从声音到文字，分章入迷宫

上

死亡救赎

麻辣香郭 著

天地出版社 TIANDI PRESS

目 录
CONTENTS

引　子　　　　　　　　　　　　　　　　001

第一章　王金国　　　　　　　　　　　　005

第二章　陈　朵　　　　　　　　　　　　027

第三章　樊　良　　　　　　　　　　　　055

第四章　王金国的录音　　　　　　　　　081

第五章　陈朵的男朋友　　　　　　　　　101

第六章　樊良死去的弟弟　　　　　　　　117

第七章　王金国和江辉　　　　　　　　　135

第八章　陈朵的胆怯　　　　　　　　　　157

第九章　樊良与三棱锥　　　　　　　　　177

第十章　王金国的真相　　　　　　　　　185

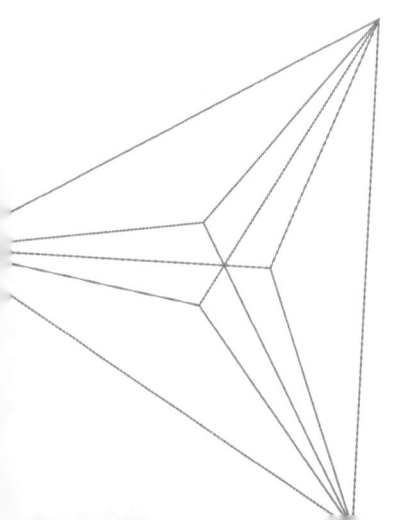

第十一章　三个重叠	205
第十二章　开始交错	227
第十三章　律师和混混	247
第十四章　一顿普通的早饭	265
第十五章　局　　长	281
第十六章　亲　　人	301
第十七章　协　　议	317
第十八章　凶　　手	331
第十九章　车　　祸	347
第二十章　归　　途	363

第二十一章　马浩回来了	*379*
第二十二章　合　作	*393*
第二十三章　棋　局	*411*
第二十四章　一个计划	*427*
第二十五章　新　生	*445*
第二十六章　许文的报复	*459*
第二十七章　替　代	*473*
第二十八章　三个人的会合	*487*
第二十九章　多出的一个	*513*
第三十章　三棱锥研究所	*525*

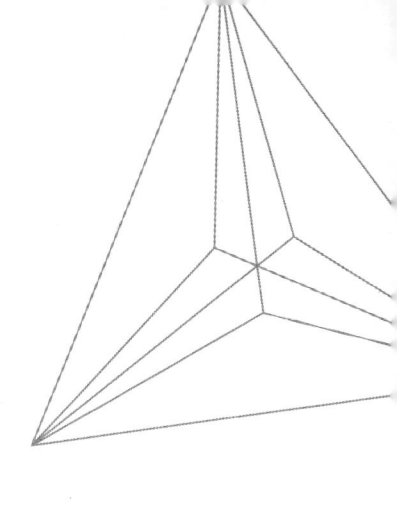

第三十一章　最后的时刻	**543**
第三十二章　告　别	**551**
第三十三章　命　运	**565**
第三十四章　原来是自己	**577**
第三十五章　绝不会抛弃你	**603**
第三十六章　野　兽	**627**
第三十七章　开端与结局	**649**

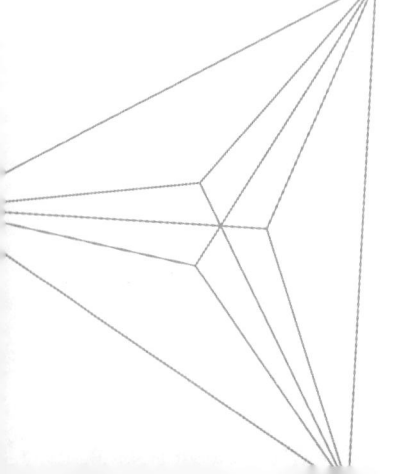

引子

明月高悬，皎洁的月光如同瀑布，倾泻在树枝上，映出一道道树影。地上斑驳的树影交织在一起，好像一个密不透风的麻袋一样，掩藏着深夜的秘密。

影影绰绰，树叶摇摆，树林深处传来细微的沙沙声，同时还有若隐若现的喘息声。

一片空地，被月光笼罩着。一个纤瘦的身影正拿着铁锹，将泥土一次次铲到面前的大坑里，泥土落下，发出沙沙的声音。大坑约有半米宽，很快就要被填满了。

泥土黑黢黢的。但在斑驳的月光处，隐约能看到下面露出的白色丝质睡衣。丝质睡衣反射出的幽幽冷光，有些醒目。大坑的末端，半掩的泥土里，还有一只白皙的裸足没有被完全覆盖。

这时，纤瘦的身影似乎注意到了什么，走过去从裸足附近的泥土里摸出一个东西，那个东西像是一个三棱锥的形状，呈灰暗色调，似乎很轻。

纤瘦的身影拿着那个三棱锥轻笑了一下，然后珍重地收了起来。

引　子

　　纤瘦的身影慢悠悠地继续铲起泥土，扬向坑里，泥土一次次落下，慢慢将暴露的裸足覆盖。

　　夜风袅袅，似乎多了一丝凉意，树林中继续传来沙沙的声响，借着月光，可以清晰地看到，坑里和坑外的两张脸竟然一模一样！

　　两张脸一上一下地互相注视着彼此，只是一张脸惨白、了无生气，眼神空洞、浑浊，而另一张脸上始终萦绕着一丝冷意，眼神中有着异常的决绝。

第一章 王金国

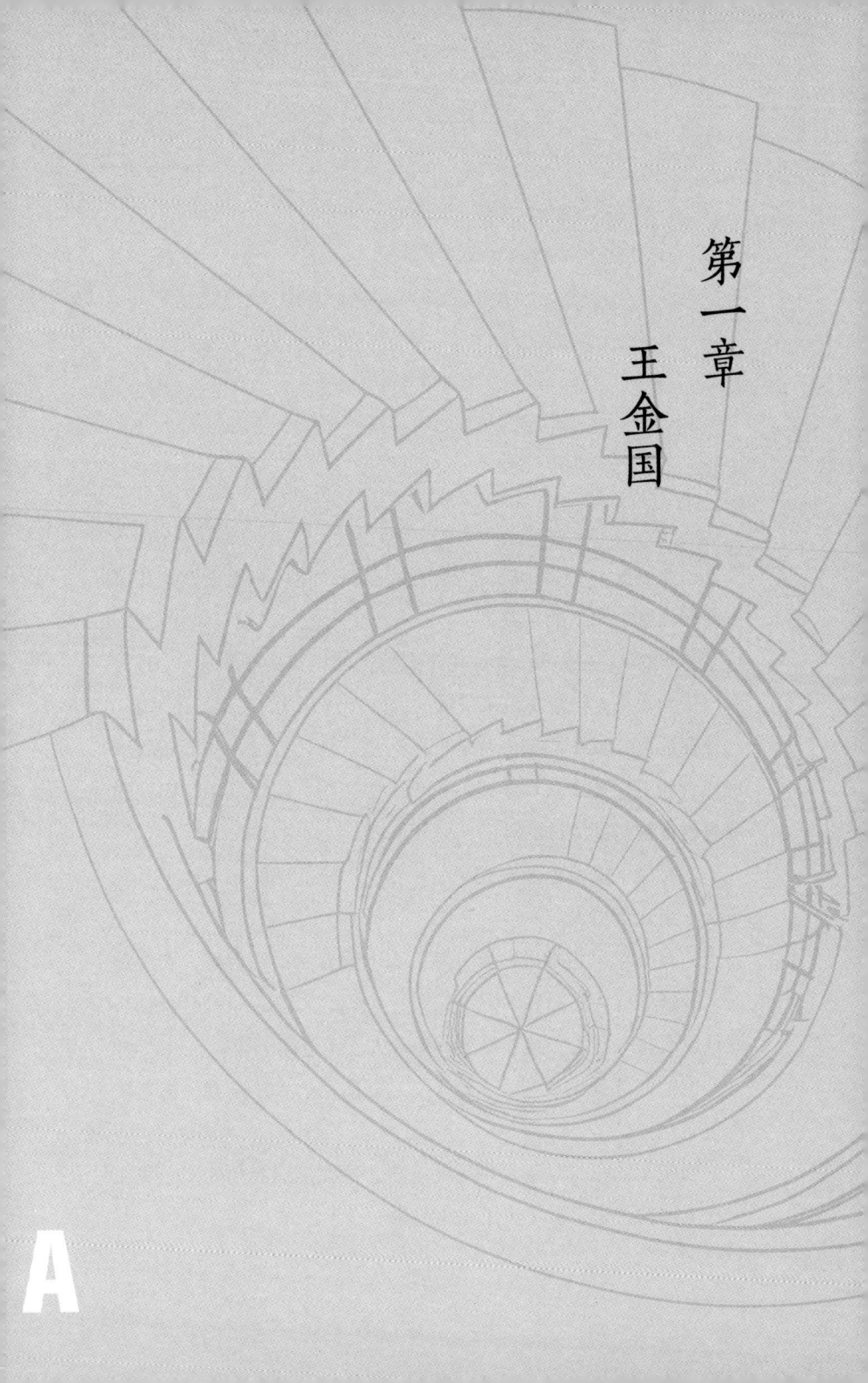

A

司象县是一个多山的北方普通小县城，也许将地图放大几倍才能看到这个拗口的县城名字。没有历史古迹，也没有风物特产，这个县城的唯一特色，就是在不大的区域里集中了很多化工厂，所以抬头看去，天空总是灰蒙蒙的，让人分不清到底是霾还是雾。

在远离县城中心的一片老旧街区里，到处都是一些低矮的平房或者四五层的老式筒子楼。街道歪歪扭扭，错综复杂，四处的墙面也像被胡乱涂抹的脸谱，斑驳不堪。

这时，一辆蓝色轿车驶来，停在了一栋低矮的筒子楼下，从车上下来几个男人。

为首的李东彪嘴里叼着牙签，头上戴着一顶鸭舌帽，衣领敞开，脖颈处有一条狰狞的眼镜蛇文身。他警惕地看了看四周情况，确认没有什么异常，这才带领其他几人，走进筒子楼。

但他们都没注意到，在楼下不远处的路边，还停着一辆老式面包车。

面包车的车身贴着最常见的广告，停在街道拐角处，隐藏在一棵老柳树旁边，看上去不是很起眼。

第一章　王金国

坐在驾驶位置上的是年轻警察江辉，剑眉星目。他一直缩着身子，好让自己不要从车窗处暴露。直到那几人走进筒子楼，他才重新坐起来，活动了一下僵硬的脖子。

江辉朝后面说道："人进去了。"

车里还坐着五六个身穿制服的警察，都缩着身子，生怕暴露身形。其中有一个人，头发有些灰白，正端着一桶方便面，低头呼噜呼噜地吃着。这人看不清长相，只看到端着方便面的手腕上戴着一只老旧手表，表带磨损严重，而且似乎是由不同颜色的表带拼接在一起的。

一旁的年轻警察小赵有些犹豫："刚才进去的人，有一个我看着有点眼熟，好像是区发改委主任的弟弟。"

其他人听后微微一愣，互相对视了一眼，似乎感到有些棘手。发改委主任的弟弟也在，那其他人是不是也有一些特殊背景？如果抓捕，会不会得罪那些领导？众人的疑虑瞬间让这场简单的抓捕行动变得复杂起来。

另一名警察问道："要不要先给局长打个电话？"

小赵点点头，拿出电话就要打给局长。

这时，一只手抓住了小赵的手腕。这只手的主人正是那个戴着老旧手表的警察王金国，他的头发有些凌乱、油腻。他抬起头来，夺过小赵手里的手机，丢到一旁。

王金国把还没吃完的方便面放到一旁，用手擦擦嘴，说道："年轻人，这点小事也找局长？都听我的，抓人！"

几个警察都有些犹豫，没有立刻行动。

江辉见状，大声说道："没听到我师父说的吗？愣着干吗？行动！"

众人这才拉开车门，呼啦一下都下了车。

这是一套老式三居室，所有窗帘都被拉上了，一只布满灰尘的灯泡发着昏黄的微弱的光，屋里没有什么家具，只有客厅摆着几张桌子，桌上放着一些赌博用具，一旁还散乱地放着一沓沓钞票，嘈杂的声音充斥在屋子里。

烟雾缭绕中，七八个赌客正围在一张桌子前，等着李东彪掀开倒扣着的碗。

几人脸红脖子粗，兴奋地喊着："大！大！开呀！"

就在这时，外面传来敲门声，赌客们一愣，都没出声，看向李东彪。

敲门声继续，李东彪不耐烦地喊了一句："谁啊？"

门外传来王金国的声音："物业公司的，你们家该交物业费了。"

李东彪示意其他人不要出声，骂骂咧咧地从桌上拿起几张百元钞票，走到门前。

李东彪只开了一道门缝，把钱递出去，看到穿着警服的王金国等人，顿时一惊。门就在这一瞬间被猛地撞开，王金国一马当先，带着江辉几人冲了进去。

赌客们见到警察进来，立刻有些慌乱，吓得四处逃窜。

李东彪退后几步，随手抄起一只啤酒瓶，朝着江辉冲过来。江辉直接迎上去，一脚将李东彪手里的酒瓶踢飞，几下就制伏了李东彪，将其死死地按在地上。

江辉大喝："都老实点！"

李东彪凶狠地瞪着江辉，脖子上青筋暴起，让那条"眼镜蛇"显得更加狰狞。屋里其他人见状，都不敢乱动了，被跟上来的警察戴上手铐。其中一个戴着金丝边眼镜的男人，对着为首的王金国说道："我认识你们刘局，能不能让我打个电话？"

王金国道："给谁打电话也没用，带回去！"

警察将几人陆续带出去，王金国扫视了一圈桌子上散乱的赌博用具，若有所思，没有急着离开。他先是在几个房间里转了转，然后来到卫生间门前，打开门一看，有个人正打算从厕所的窗户翻身出去。

"站住！"王金国大喝一声，但那人头也不回。

王金国赶紧上去抓对方，结果那人身手不错，竟然直接从窗户跳了下去。

王金国从窗户朝下望去，只见那人落在楼下一辆车的车顶上，然后飞快地朝一旁的老旧街区跑去。

王金国不管不顾，也直接从窗户跳了下去，落到那辆车的车顶上，然后再跳到地上。但落地的瞬间，王金国倒吸了一口凉气，不由得皱紧了眉头——竟然把脚崴了。王金国顾不得这些，一瘸一拐地继续向前追去。

只见那人七拐八拐地绕进一个胡同，王金国赶紧跟过去，却发现周围是各种老旧民房，道路四通八达，已不见那人的踪迹。

王金国扶着腿大口喘气，有些无奈地四处张望，过了片刻只得转身回去了。

王金国回到面包车里，坐在座位上，使劲揉着自己扭伤的脚踝。

此时一辆警用巡逻车停在了楼下，周围不少居民都在一旁围观。江辉等人将刚才抓到的赌客全部押到车内。其他警察都上了那辆车，只剩下江辉。

江辉对着车上的同事们说："你们带人回局里，我跟师父开面包车回去。"说完，关上车门。

巡逻车离开了，江辉这才看了一眼面包车里的王金国，只见王金国似乎有些心情不好。江辉知道，王金国崴了脚，觉得自己丢了面子，没办法，他就是这个脾气。

王金国低头看着自己手腕上的老旧手表，表盘上的玻璃被划花了，秒针也不走了。

王金国使劲拍着手表，骂道："这破表怎么又不走了？不中用！"

江辉笑了笑，拉开车门，径直坐在驾驶位上，说："师父，我送你回去。"

江辉驾驶面包车行驶在公路上，王金国坐在副驾驶的位子上，还在拍打着自己的手表。

江辉看出王金国心情不好，拿出半盒烟递给他："来一支。"

王金国没接。

"师父，您也不是小年轻了，还登高爬低地从二楼往下跳。"

王金国有些不服气："二楼怎么了？我当年在部队可是侦察连的，别说二楼……"

江辉打断他："好汉不提当年勇。对了，师父，我听说，您给局长打报告要转岗？"

王金国没说话，黑着脸，似乎在逃避这个话题。

"那还这么拼命干吗？临走还想来个因公负伤啊？"江辉劝道。

王金国看看手腕上重新开始走的手表，心情似乎好了一些：

第一章 王金国

"只要我还在当警察,就得好好干,不能马虎。"

江辉不停地点头。这些话早已成为王金国的口头禅,每次有人质疑他的时候,他就会这样说。王金国脾气犟得很,办起案子来六亲不认,明明业务能力一流,却总是得不到提拔,这跟他的性格有很大关系。跟他同时进公安局的刘韬,现在都已经是局长了。

这时,王金国脱了鞋袜,继续揉着自己的脚踝。

江辉看了一眼,发现王金国的脚踝已经肿起来了,有些无奈地说:"您回家赶紧抹点药。家里还有没有?要不现在先去买一点儿?"

"不用,前面就到了。"王金国拒绝道。

前面不远处是一处老式小区,小区门口连保安都没有,大门敞开,来者不拒。江辉开车驶进小区。一旁的小广场上,一群大妈正在那里跳广场舞,铿锵的音乐听着让人有些心乱,旁边几个小孩子跑来跑去,吱哇乱叫着。

面包车停在路边,王金国下车,脚有些瘸。江辉在车上对王金国道:"明天要不跟局里请个假,养几天?"

"走吧你,别管我了。"王金国有些不耐烦,摆摆手。

江辉龇牙咧嘴道:"师父,单了这么久,也该考虑一下个人问题了。哎,这么多跳舞的美女,有没有看对眼的?我看那个穿黄衣服的就不错。"

"滚蛋,你小子少跟我胡扯!"

江辉笑嘻嘻道:"那我走了,别忘了上药。"

王金国摆摆手,示意江辉赶紧走。

看着江辉的车远远离开,王金国并没有走进单元门,只是抬头看了看自己家的窗户，叹了口气，又看看手腕上的手表，把身上的警服扒下来，一瘸一拐地离开了。

小区后面，树下一群老头围成一圈，看着中间的棋盘窃窃私语。人群中央两人杀得正眼红，棋盘上战局胶着。

王金国走了过来，也凑到边上探着脑袋往里面看。在一群老头中他反而显得很年轻，有些突兀。

旁边一个老头看到王金国，道："哟，老王来了啊，今天下班早。"

王金国点点头，好奇地伸着脑袋看，只见棋盘上红方开始节节败退。王金国抱着手，皱眉思索。

天色渐渐暗了下来，天际尽头红色的火烧云也慢慢消散。

围观的人越来越少了，但是王金国依然守在那里，认真地看着棋局。

下棋的老头手机响了，他接起来，电话那头老太太的声音挺大："几点了，还不回家吃饭？！"

"就回就回。"老头马上道，说罢起身离开，"你们下吧。"另外一个老头接替了他的位置继续下棋。

又过了一会儿，一个四五岁的小女孩跑过来，走到下棋的老头面前，拉着他的手，说："爷爷，爷爷，奶奶让你回家吃饭。"

这个老头马上也不下棋了，站起身，道："好，好，跟咱乖孙女回家。"说罢拉着小女孩的手离开了。王金国看着老头牵着孙女的手走远，神色间有些恍惚与羡慕。

不一会儿，天完全黑了，原本热闹的人群慢慢散去，最后只剩下了王金国一个人。旁边有一盏路灯，将棋盘照亮，又把王金国的影子拉得格外长。

王金国便自己和自己下棋,在这边走一步,再拿着对面的棋子走一步。王金国似乎陷入了僵局,皱着眉思考下一步的走法。

这时,旁边传来一个清朗的声音:"炮二平五,换对面的马。"

王金国一愣,循声望去,见是一个十五六岁,穿着蓝白相间的高中校服的瘦弱少年。少年双眼炯炯有神,但是校服松松垮垮的,似乎有些不太合身。

王金国道:"你会下棋?"

少年点点头。

"来一盘?"

少年又点点头,坐在王金国的对面,直接拿起棋子走了一步。

王金国"啧"了一下:"有两下子啊!"

不一会儿,少年用手里的"车"对准了王金国的"帅",说道:"将军。"

王金国愣了一下,有些尴尬:"算你赢了。"

"就是我赢了,不服再来一盘?"

王金国看天色已经很晚了,说道:"这么晚不回家,你爸妈不着急?"

少年继续摆棋子,低声道:"我不想回家。"

王金国一愣:"怎么,考试考砸了,怕回去挨揍?"

少年没说话,只是继续摆棋子。

王金国看着少年若有所思,起身摆手:"不玩了,不玩了,赶紧回家去。"

少年有些失望的样子,犹犹豫豫。

王金国又补一句:"明天我还在这里等你,咱们继续。"

少年这才露出一丝喜色，站起身道："一言为定！我……我叫马浩。"

王金国道："叫我老王就行！"

马浩点点头，背着耷拉到屁股位置的书包，看看王金国，然后大步跑开了。

王金国看着马浩的背影消失在街道尽头，影影绰绰中他似乎看到了另外一个少年，那个也喜欢下象棋，但是自己再也没有机会教他的少年。

王金国胸口一窒，感觉呼吸有些困难，于是缓了好久，直到肚子咕噜地响了一声，他才意识到，自己早就饿了。

王金国来到一家小饭馆，直接找了一个位置坐下，显然他很熟悉这里。

饭馆老板名叫樊良，正在擦桌子，看到王金国进来，抹抹脸上的汗，露出憨厚的笑容："王叔，还是老三样？"

王金国点点头。

转眼间，一碗热气腾腾的羊肉汤被端到王金国的桌上，旁边还放着两个烤饼和一碟小咸菜。

王金国往羊肉汤里加了一勺胡椒粉，用筷子搅拌了一下，发现汤里的羊肉很多。

王金国对着正在后厨的老板道："小樊啊，老给我放这么多肉，这么做买卖，你要关门喽！"

后厨传来樊良的声音："一碗两碗的，吃不穷我。"

王金国听了，不再多说，大口吃起来。

漆黑的夜幕中，整个县城似乎都陷入了沉寂。一条林边小路上忽然有灯光亮了起来，只见一辆电瓶车缓缓驶来，骑车之人正是王金国。

王金国骑着电瓶车来到树林边，一路上左顾右盼，似乎在寻找什么。

车子驶到树林边缘，停了下来。王金国下车，扶着电瓶车愣愣地看着树林深处，漆黑的树林深处一片幽静，什么也看不到，充满了未知与神秘。

过了许久，王金国知道今天依旧是徒劳。他已经不知道自己是第几次来这里了，那个瘦小的身影还是没有出现。已经整整十五年了，他也许再也不会出现了。

想到这里，王金国感到心脏似乎被攥住了一样，他控制着自己的情绪，推车掉头，然后骑上车远去了。

王金国回到了自己家里。这是一间很简陋的两居室，一看就是二十世纪八九十年代的装修风格。屋里的家具都很老旧。厨房的水槽里泡着锅碗，好几天没洗，漂浮着一层油渍。

狭小的卫生间里，王金国走到洗手台前，打开水龙头，随手拿起一旁的肥皂，洗手洗脸，又脱下袜子，直接把脚抬到洗手台上冲洗。然后，他又继续用那块肥皂清洗袜子，洗好后将袜子搭在卫生间的衣架上晾了起来。

卧室里放着一张双人床，被子散乱地堆在床上。王金国回到卧室，找出一瓶云南白药，在微微发肿的脚踝处喷了几下。旁边是一张老式书桌，桌上放着一个相框，上面是王金国一家三口的合影。

照片上，王金国穿着警服，意气风发，手腕上的手表簇新；妻子许娜面带微笑，只是脸色微微有些憔悴；儿子王晨只有六七岁的样子。

王金国在书桌前坐下，拿起相框端详了许久，轻轻地擦拭着相框上的灰尘，脸上难得露出一丝温暖的笑意。

王金国一转念，放下相框，从书桌的抽屉里拿出一个老旧的笔记本。

王金国翻开笔记本，里面贴着各种照片和剪报，还有他做的笔记，隐约能看到"司象县7岁少年生死不明，雨夜中只寻到神秘断手""远峰化工厂毒气泄漏，司象县宛如地狱"之类的字样。这些都是1995年的报道。

王金国轻轻摩挲着那些剪报，脸上露出复杂的神情。

这些是一切的开始，对王金国来说，却至今没有结束。他7岁的儿子就是在那场事故不久后神秘失踪，从此杳无音信的。整整十五年过去了，活不见人，死不见尸，这对一个父亲来说，无疑是最痛苦的煎熬。十五年来的每一天，对王金国来说都是噩梦，痛苦情绪逐渐叠加，他现在终于扛不住了，这也是他向上级申请转岗的原因。警察的工作不但没有帮助他找回自己的儿子，反而成为他无法原谅自己的心结。王金国虽然还没有变成老头，但是他知道，自己的内心早已腐朽，他想要放弃了，他要彻底地自暴自弃。

这时，王金国看了一眼旁边的日历，上面的日期是2010年9月15日。王金国叹了口气，合上笔记本，躺到床上。

深夜，小区的居民都已经熟睡，只有王金国家卧室的窗户依然亮着灯。

冷冷夜色中，只有那扇窗户露出一团暖黄色的光，显得很孤独。

不一会儿，这团光也熄灭了，整个小区陷入一片漆黑之中。

第一章　王金国

第二天一早，王金国骑着电瓶车来到司象县公安局办公楼大院。

王金国走进办公楼大门，迎面看到昨天抓的那个戴金丝边眼镜的人。他在家人的陪同下，趾高气扬地与王金国擦肩而过，走出了大门。

王金国看着那人的背影有些发愣，立刻明白他就是发改委主任的弟弟，顿时一股邪火从胸中冒出来。

这时，警察小赵走过来："老王，局长让你去他办公室。"

王金国来到办公室，局长刘韬正在办公桌前打电话："张秘书，事情已经处理好了，放心，这点儿事不会留档的，不过你也提醒提醒钱主任，让他以后多管教管教他弟弟。"

刘韬挂了电话，看着王金国，示意他坐下。

王金国黑着脸："这就放人了？"

刘韬皱眉："人也拘了，罚款也交了，他又不是组织者，还能怎么样？"

王金国故意揶揄："是啊，人家是发改委主任的亲弟弟，还能怎么样？"

刘韬有些不满："老王，行动前为什么不给我打个电话？"

王金国道："我不明白，为什么抄个赌场还要给局长打电话？"

刘韬无奈："你是不明白。这就是为什么咱俩同一年进公安局，我现在是局长，你还是个基层警察。"

王金国有些不想再聊下去，站起身，道："没别的事，我先走了。"

"等等。"刘韬从抽屉里拿出一份文件，递给王金国，"你的转岗申请批下来了。"

王金国接过那份批准自己转岗的文件，看了看，道："谢谢，你肯定没少出力。"

"县图书馆，待遇可不比现在了，你想清楚。"

王金国点点头："也该清闲几天了。"

刘韬松口气，道："下个星期你就可以正式离职，最近工作上的事你别管了，跟江辉他们交接一下，把转岗手续办好就行。"

王金国看着手里的文件，默默地点了点头。

刘韬又说道："这些年，辛苦了。"

离开局长办公室，王金国回到自己的办公桌前坐下，看着手里的转岗文件，还是有些发愣。这些明明都是自己计划好的，但是真的要实现的时候，还是有些不甘心。不过已经过去十五年了，那些不甘心，那些愤怒，那些痛苦，早就被他嚼碎了咽在肚子里，差不多消化干净了，他还能怎么样？

这时江辉走过来，看到王金国手里的文件，问道："上面批了？"

王金国点点头，神色有些许黯然。

"以后安安稳稳的，不用爬墙跳楼的，多好。"江辉安慰道。

王金国不想继续这个话题，问江辉："昨天抓的人，审得怎么样了？"

江辉愤愤不平道："除了发改委主任的弟弟，其他人都押着呢。那个李东彪应该就是组织者，他一直绷着没吐口，不过我看他也熬不了多久了。"说着，江辉又压低声音道，"这小子是盛文贸易公司的安保经理，许文的马仔，说不定能从他嘴里弄出点许文的黑料。"

第一章　王金国

许文，又是许文！

王金国可是太了解这个人了，他是司象县的地头蛇，黑白通吃的许老板，当年远峰化工厂事故就跟他脱不了干系，儿子王晨的失踪跟他也有瓜葛，可以说是宿敌。这么多年来，王金国一直致力于把许文扳倒，可是……

王金国一听江辉这么说，顿时来了兴趣："走，一起审审。"

江辉却把王金国按回座位："您就安安心心地把转岗手续办完就行。局长都交代了，以后工作上的事，您就别管了。"

王金国还想再说，江辉却抢先说道："哎，师父，为了庆祝你转岗成功，晚上局里的人专门准备了一桌，估计您得多喝几杯。"

旁边有警察朝江辉招手："江辉。"

江辉道："师父，我先去审人了。"

王金国看着江辉走开，欲言又止，最后还是强压下情绪，心里叹息一声，别管了，不是想要放下吗，就这么算了吧。

下午一点半，王金国坐在自己的位置上，看着周围的同事都在各自忙碌着，只有自己无事可做，他不禁泛起困意，想趴在桌子上眯一会儿。

这时，外面走进来一名三十多岁的男人，他衣着十分朴素，身材干瘦，面色有些焦急。王金国皱皱眉，觉得那人有些眼熟。

警察小赵接待了男人，男人跟小赵焦急地说着什么，小赵一边询问，一边做记录。

过了一会儿，男人神色失望地离开。

王金国目睹了整个过程，有些好奇，走到小赵旁边，询问道："刚才什么情况？"

小赵说："来报案的，说他儿子失踪了。"

"失踪？"

小赵点点头："他儿子早上离开家，家里以为是去上学了，结果中午学校打来电话，说孩子上午一直没去上学。这不，就急匆匆地跑来报案了。不过，失踪时间太短了，才不到五个小时，还无法立案，我让他先回去了，如果晚上还是没有下落，再来局里报案。"

说完，小赵便开始忙别的事。

王金国随手拿起刚才小赵填写的材料翻看，结果看到了失踪人的姓名：马浩。

王金国看着这个名字，立刻想到昨天夜里跟自己下棋的那个孩子也叫马浩，当时还一直念叨着不想回家。

王金国点点头，道："八成是小孩子逃课去哪儿玩了，又不敢跟家长说，晚上估计就回家了。"

小赵撇撇嘴："现在的人就喜欢一惊一乍的。"

一天很快就过去了，晚上下班的时候，江辉订了一个包厢，张罗着王金国与其他同事来到附近最好的东芝大饭店，开心地喝酒吃饭，算是提前庆祝王金国的转岗。

几个同事轮流向王金国敬酒，江辉更是抱着王金国哭得稀里哗啦的。江辉从进公安局第一天起就是王金国带着，这么多年了，现在他也该独当一面了。王金国也喝得很开心，他心里知道，这一喝，以后自己就不是警察了，虽然还不到五十岁，但是他已经累了，准备养老了，以前的那些事就随风消散了吧。

王金国等人一起走出饭店，走路都有些晃晃悠悠。江辉扶着王金国，道："师父，我给你叫个车吧。"

王金国推开江辉，摆摆手："不用，我自己能回去。"

说着，王金国走到停靠在路边的电瓶车旁，掏出车钥匙，捅了好几次才捅进锁眼里。

江辉担忧地道："站都站不稳，还骑车？"

王金国骑上电瓶车，道："也不远，我一个人吹吹风，散散酒气，到家就没事了。"

说完，王金国就骑着电瓶车，慢悠悠地离开了。

王金国骑着电瓶车，行驶在县城的国道上，国道上路灯稀少，车辆也不多，显得整条路都黑黢黢的，但好在今晚月亮还挺圆。远处是县城近郊，能隐约看到远峰化工厂的旧址，那里废弃的高耸烟囱在夜色之下显得格外诡异。

王金国感受着夜风，扭头看向那座高耸的烟囱，微微有些愣神，眼前画面开始模糊，他赶紧揉揉眼睛。

这时，电瓶车的车灯一晃，路边似乎有个人，身形瘦小，正独自在国道上走着。

王金国没有在意，继续前行，但很快他就意识到了什么，停下电瓶车，朝身后看去，只见路边那人是个穿着校服的少年。

王金国下了车，朝那个学生走过去，发现那学生竟然是马浩。

王金国看了一眼手表，已经快午夜十二点了，他问马浩："大晚上的，你怎么在这儿瞎溜达？你爸妈都急死了。"

马浩看了看王金国，似乎不认识他了，也不说话。

王金国继续说："是我，昨天咱们还一块下棋呢，忘了？"

马浩还是不理会王金国，继续倔强地往前走着。

王金国拉住马浩："你去哪儿啊？赶紧回家去！"

马浩挣脱王金国的手，喊道："我不回去！那不是我家！"

拉扯中，王金国注意到马浩的手里一直紧紧攥着一个魔方大小、三棱锥模样的灰色东西，而且他脖子上似乎还有一道青色瘀痕。

王金国问他："挨揍了？"

马浩点点头。

"因为这个就离家出走？人不大，气性倒不小。你家在哪儿？我送你回去。"

马浩不说话，皱着眉头。

王金国吓唬他："你不说我就不知道了？你爸今天去公安局报警了，你家住址我一查就能查到。"

王金国重新骑上电瓶车，示意马浩坐在后面："上来，你给我指路，不然我就带你去公安局。"

马浩有些无奈，只能坐到电瓶车的后座上。漆黑的国道上，一辆电瓶车孤独地行驶着。

王金国一边骑车，一边从后视镜偷偷观察马浩，只见他一直在仔细地端详手里三棱锥模样的"玩具"，忽然紧紧地攥在手心里。

王金国问道："啥东西那么宝贝，一直看？"

马浩不说话，把东西塞到口袋里。

王金国打趣道："不说我也猜得着，是哪个女同学送你的吧？小小年纪，不好好学习，净学人家搞对象。"

马浩终于开口道："这是我回家的钥匙。"

王金国不明所以，只能无奈地摇摇头，打个酒嗝，不再说什么。

王金国带着马浩来到城外的一处果园，果园里种满了密密麻麻的梨树。不远处有一处平房，窗户还亮着灯，可以确认里面的人还没有睡觉。

王金国和马浩下车,王金国看着平房:"那是你家?"

马浩点点头。

"赶紧回去吧,你爸妈肯定急坏了。"

马浩却不肯走,只是看着王金国,问道:"你是警察?"

王金国再次打了个酒嗝:"不像吗?"

马浩犹豫了片刻,用手指着一棵梨树,幽幽地说道:"有空你去那棵梨树下面看看。"

王金国一愣,顺着马浩手指的方向看了看,问道:"看什么?"

马浩没有解释,只是说了句:"我要回家了。"

马浩朝不远处的平房走去。

王金国满意地点头,对他说道:"这才对嘛!以后别乱跑了!"

王金国见马浩终于肯回家了,便骑上电瓶车离开了。

王金国回到家时已经凌晨一点了,他惊讶地看到屋里已经被打扫干净,各种乱放的东西都被摆放整齐。厨房水槽里的锅碗也被清洗干净放回橱柜里。阳台上晾满了衣服,一看就是刚洗完不久的。

这时,王金国突然想到了什么,拿出手机一看,果然有条短信:床单、被罩都换过了,给你新买的洗面奶放在洗手台边,以后别用肥皂洗脸了,对皮肤不好。还有,明天记着把洗好的衣服收回来。

王金国无奈地摇摇头,脸上难得露出一丝温情。这个叫池小惠的姑娘一直在照顾自己,王金国早就把她当成自己的女儿了。当年远峰化工厂毒气泄漏,是他冲进去将还是孩子的池小惠抱了出来，虽然池小惠肺部受了伤，但是好在性命保住了。从那以后，他一直照顾着这个孩子，帮忙联系省里的医院，联系肺源进行移植，如今这么多年过去，反而变成她照顾自己了。

王金国叹了口气，想着以后有小惠照顾，自己的晚年也许不会太过凄惨，想着想着，酒劲儿上来，便昏昏地睡了过去。

第二天早上，王金国还在睡梦中，手机便响了起来。王金国迷迷糊糊地接起电话，看了一眼，才六点。

电话里传来江辉的声音："师父，有命案。"

王金国一个激灵，从床上坐了起来。

当王金国赶到现场的时候，警方已经在梨园附近拉起了封锁带，但现场已经围拢了不少村民，都在低声议论着。王金国打量四周，看着周围的果树，一种若有若无的怪异感觉，像是锥子一样，钻进脑子里，让他感到很不舒服。

王金国和江辉两人往事故现场走去，身边还跟着一位当地的村民。

村民有些慌张地说："早上我出门，看到村里的几条野狗一直围着那棵梨树转悠，还一直刨土，不知道是找着了什么东西，我就凑过去，结果一看，吓死我了！"

江辉一边走，一边对王金国说："本来是不想麻烦您的，可这次是命案，您得帮我参谋参谋。"

王金国沉着脸道："看看现场再说。"

两人掀起封锁带，走到了一棵梨树下，只见地上有一个土坑，坑里放着一个麻袋，旁边有法医正在拍照。

王金国走上前，见麻袋已经破了几个窟窿，像是被狗撕咬导致的，窟窿里露出蓝白相间的校服。王金国看着校服，心忽然扑通扑通急跳起来，总有一种很不好的感觉。他深吸口气，戴上手套，伸手扯开麻袋口，里面露出一张惨白的面孔，竟然是马浩！

王金国十分震惊，浑身冷得发颤，他忽然明白了自己为什么对这里那么眼熟，因为这分明就是昨晚他跟马浩分别时候的那个梨园。

王金国看了看眼前这棵梨树，就是昨夜马浩指给他的那一棵，顿时感觉耳边一片寂静，只能听到自己剧烈的心跳声。

"有空你去那棵梨树下面看看。"马浩的声音清晰地回荡在王金国耳边。眼前这个已经死去的少年与马浩的声音重叠在一起，一下下地刺激着王金国的神经，他一时间竟不知该如何理解这件事。

良久，剧烈的心跳骤然慢下来，耳边又恢复正常，王金国听到江辉跟自己说话的声音："师父，你想什么呢？"

王金国脸色冷峻，一言不发。

B

第二章 陈朵

九月份正是司象县多雨的季节，天气显得非常闷热和潮湿。此刻，夜幕沉沉，乌云堆在一起，似乎有雷鸣声传出，一股力量正在隐隐地积蓄着。忽然，云后一道闪电直劈下来，远处的山上出现一座化工厂的轮廓，高耸的烟囱直入云霄。

　　房里的床上，两个赤裸的人紧紧地纠缠在一起，男人和女人的喘息声此起彼伏。

　　女人是短发，五官看上去很干练，正是陈朵。此时陈朵目光迷离，紧紧地抱着男人，指甲在男人背部留下了几道抓痕。

　　男人将陈朵揽在自己的肩头，陈朵动情地亲吻男人的耳垂，然后伸手摸向男人的脸。男人缓缓转头，陈朵即将看清他的模样。突然，男人消失不见了，跟以前的每一次一样。

　　陈朵也从梦中惊醒，她摸了一下有些发烫的脸，原来刚才只是一个梦，但是这个梦已经出现无数次了。陈朵每次都想看清楚梦中那个男人的模样，最后却只是徒劳。

　　此刻她半靠在沙发上，身上盖着一件外套，没想到竟然不知不觉地睡了一小会儿。

第二章 陈 朵

陈朵环视四周,自己的房间很乱,各种衣服和袜子随手乱丢,桌子上也是散乱不堪。旁边有一个衣架,上面挂着一套警服,还算整洁。

陈朵长舒一口气,忽然闻到一股焦煳的味道。她想到了什么,赶紧起身跑向厨房,伸手关掉燃气灶的开关,然后将锅盖掀开。

一阵灰黑色烟雾飘出,只见锅里熬的肉汤已经被烧干了。旁边水槽里的碗碟还没有洗,水面浮着一层油污。陈朵微微叹了口气,看来这顿饭又吃不上了。

司象县公安局的值班大厅非常安静,疲倦的警察们靠在椅子上,盖着衣服,正在小憩。忽然,门被推开,陈朵手里拿着一桶泡面和一根火腿肠,大步走了进来。咣当的开门声将警察们吵醒,几人睁开眼睛,见是陈朵,又继续闭眼休息。

陈朵径直走到自己的办公桌前,将泡面的包装撕开,然后拿起电水壶,开始烧水。电水壶烧水的嘈杂声再次将其他警察吵醒,几人皱着眉头,不满地看向陈朵,但陈朵毫不理会。

旁边的女警察罗玥揉揉眼睛,见大厅里气氛有些凝重,值班的同事都面色不善,不由得叹了口气。她看了一眼墙上的挂钟,此刻已是凌晨两点半。

罗玥起身把值班大厅的门重新关上,并且抱歉地摆手示意其他警察继续休息。

罗玥做完这一切,来到陈朵旁边,问道:"组长,你怎么又来值班了?你都不睡觉的吗?"

陈朵冷冷地道:"睡不着。还有,别叫我组长了,上个案子已经结了,我也不是组长了。"

罗玥调笑道："大家都习惯了嘛。嘿嘿，这专案组上面不是还没下命令正式撤掉嘛，说不定以后就维持下去了。对了，组长，你睡不着，看来你那优质男友不行啊！"

陈朵看了罗玥一眼："关你什么事？"说着，她皱皱眉头，问罗玥，"你怎么还穿着长袖的警服，不热吗？"

罗玥笑嘻嘻地回道："我胖，所以不想露胳膊。"然后，又用陈朵的话撑她，"关你什么事？"

陈朵继续皱眉，这个罗玥总是跟小女孩一样，喜欢开玩笑，不过这的确不关她的事。陈朵不再理她，拿起电水壶，开始泡面。

罗玥撇撇嘴，明白陈朵不想搭理自己，不由得有些尴尬。

此时，窗外闷雷炸响，空气更加闷热了。

陈朵坐在办公桌前，低头看着面前的一份档案，桌角放着已经吃完的泡面桶，火腿肠的外皮被随手丢在一旁。

陈朵翻看着档案文件，其中一张照片一闪而过，上面似乎是一个沾血的扳手。

陈朵看着看着，头疼欲裂，她揉揉太阳穴，然后拉开抽屉，找出一粒布洛芬，吞了下去，感受着脑袋像锥扎似的刺痛。陈朵思忖着，这个头痛的毛病不知道是从什么时候开始有的，也许是十五年前那场事故后，也许是姐姐陈沁失踪的时候，也许是自己从警校返回司象县的时候。陈朵已经记不清了，但唯一可以肯定的是，这是对她的惩罚，是过去的一切对现在的自己的诅咒。

总之，间歇性的头痛让陈朵经常失眠，并且随身带着止痛药。对此她已经习惯了，只是在旁人看来，经常不休息且脾气古怪的陈朵就像一个怪物一样。

旁边的罗玥看着陈朵吃药，一脸担忧，她自然知道陈朵的这

第二章 陈朵

个毛病，也只有她知道。陈朵并不是故意跟其他同事关系不好，她只是不知道怎么与人打交道而已。

"叮叮叮——"就在这时，刺耳的报警铃声响起。周围的警察都被惊醒，一名离电话最近的警察立刻冲了过去。

陈朵也立刻反应过来，起身大步走过去，推开那名警察，接起了电话。那名被推开的警察有些气愤，但看着毫无歉意的陈朵，只得隐忍下去。

电话里传来女人惊恐的声音："救命！有人杀人了……一个男人正在用刀捅人，救命啊……"

陈朵急忙追问："您好，请问您现在在什么位置？"

"救命！到处都是血，一个男人正在用刀捅一个女人，魏庄小区后面……救命，快来人啊！"

女人的电话断掉了。

陈朵神色冷峻，立刻按下出警按钮，警铃呼啸中，所有人立刻起身冲了出去。

雨云中积攒的力量终于被释放，雨下了起来。雨水冲刷着地面，溅起水花。一辆辆警车从湿漉漉的地面上驶过，"红蓝"警灯映射在水洼之中。

小巷的出口被隔离带封锁了，几辆警车停在四周，几名警察穿着雨衣正在巷口四处排查。

陈朵和罗玥打着伞，走近案发现场。现场的画面让两人都露出惊骇的神色。

一具女性尸体被火焰焚烧得面目全非，周围的墙面也被烧得焦黑，鲜血、焦黑的泥土与雨水混合在一起，流得到处都是，勾勒成一幅怪异的图画。

尸体呈现出一种可怖的扭曲状，似乎能看到她临死前痛苦的神情，胸前的伤口看上去还在淌血。

罗玥捂着嘴巴，发出干呕声，转身跑到了一旁。

陈朵默默地看着面前的女尸，忽然注意到了什么，她戴上手套，蹲下身子，捡起一个东西。

那是一个在尸体旁边的被烧焦的塑料质感的东西，因为火焰的焚烧已经扭曲和焦黑，看不出原来的模样，只能勉强分辨是一个三棱锥形状的东西。

陈朵站起身，看到远处更多的警察和法医赶到了。

雨越下越大，陈朵默默地注视着手里焦黑的东西，她不是没有经历过命案，但是像眼前这样怪异的案发现场，之前从未见到过。陈朵将东西放进证物袋里，明白这注定是一个不寻常的案子。

"咣当"，一把沾着血迹的手术刀被扔在了旁边的托盘里，法医在赤裸的女尸上盖上一张白布。

罗玥鼻子里塞着两个棉球，一脸的惧意。

法医摘掉手套，开始洗手："死亡时间应该在凌晨三点到四点之间，死亡后尸体遭到焚烧，不过焚烧时间不长，就被雨水浇灭了。死者胸口有六处不规则锐器伤，死因是锐器刺中心脏。根据伤口形状，凶器应该为匕首或者刀子之类的锐器，还有——"

法医突然停顿了一下，看了陈朵一眼："死者生前曾经做过肺移植手术。"

陈朵一愣："肺移植？"

法医点点头："没错，而且手术时间应该是很久之前，其他病理方面的检测，得等血液和切片样本的结果。"

第二章 陈朵

陈朵若有所思，这时，她的手机忽然响了起来。陈朵看了一眼，见来电显示是"江辉"，便直接挂断电话，只看了一眼时间，此时已是凌晨六点。

法医问道："陈组长对这案子怎么看？"

陈朵突然想到了什么，没来得及理会法医，就匆匆地离开了法医解剖室。法医愣在原地，有些尴尬。罗玥见状，对法医抱歉一笑，吐吐舌头，也跟着离开了。

九点多，公安局所有骨干都围坐在会议桌旁。局长刘韬坐在桌子一头，目光扫视一圈，然后问："死者身份查出来了吗？"

众人对视一眼，没有说话。

刑警队队长沉吟一下，道："正在查，中午就能有消息。"

这时，门突然被"咣当"一声推开，陈朵匆匆走了进来，晃了晃手里的文件。在场领导都有些不满地看向径直进来的陈朵。

刑警队队长见状，皱紧眉头："陈朵，你干什么？不知道我们在开会吗？是不是又想领处分？这都第几回了？"

局长刘韬摆摆手，示意队长先不要发火。

陈朵不理会他，直接道："局长，身份查出来了。死者生前做过肺移植手术，我联系了县里相关医院，结合死者的年龄，现在确认死者姓名为池小惠，26岁，司象县葛家镇人，是一名美甲店店长。"

大家面面相觑，被陈朵的效率震惊。有人喃喃自语："不睡觉的女人真是可怕。"

刑警队队长的脸色却很难看，这个陈朵一向做事不按流程来，出任务也不汇报，经常驳他的面子，即便自己给了她多次处分，但她仍屡教不改。

刘韬一拍桌子："杀人！焚尸！这是一件性质极为恶劣的案子，司象县已经很久没有出现这种案子了！这件案子的社会关注度很高，务必尽快侦破！听说昨晚有目击证人，很好，这是一个好消息，立刻找到目击证人，抓住凶手，还死者公道！"

众人齐声道："是！"

刘韬看向陈朵："陈朵，你来负责这件案子！上次那个专案组不是还没解散吗，继续维持吧。"

陈朵站直身子，道："是！"

散会后，陈朵不顾刑警队队长的眼神，立刻来到证物科，此时白板上张贴着案发现场的各种照片。

证物科警察小赵说道："我们在死者身上发现了一部被烧毁的手机，不过只是外壳受损，电话卡还完整，将会进行通话记录还原。除此之外，还在现场发现一个塑料质感的东西，现在无法判定是死者的还是凶手的。"

陈朵看向旁边桌子上的证物袋，里面装着的就是那个已被烧焦的塑料质感的东西。

"我们在案发现场总共采集到六个不同的脚印，虽然被雨水严重破坏，但应该还能还原出来。现场没有发现任何凶器，应该是被凶手带走了。"

"有没有联系被害者家属？"

"正在确定被害者的社会关系，马上联系。"

"目击证人呢？"

罗玥解释道："目击证人的电话一直在打，但是无法接通。"

陈朵下令："继续打，如果还是联系不上，就向法院申请通信

第二章 陈朵

公司的协助，一定要找到报警者！"陈朵明白，既然有人目睹了案发经过，那么，只要找到目击证人，就能立刻还原案发时的情形，进而找到凶手。所以，这个目击证人就是这件案子的关键！

罗玥点点头，拿起旁边的电话，继续拨打。

这时，一旁的证物科警察将在案发现场发现的手机拆开，拿出电话卡放入相关设备中，准备进行数据还原。

忽然，设备的铃声响了起来。

同时，正在打电话的罗玥也惊喜道："打通了！"

紧接着，罗玥听到了设备传来的铃声，不由得一脸迷茫。罗玥打通的正是那部在案发现场发现的手机。

众人面面相觑，证物科警察猜测道："这难道是报警人的手机，而不是被害者的？"

铃声一直响着，陈朵皱紧眉头，现场弥漫起一种诡异的气氛，事情似乎并没有想象中的那么简单。

陈朵给小赵使个眼色，小赵立刻明白她的意思，赶紧去核实手机主人的身份。

不一会儿，小赵回来了，拿着几份鉴定报告给陈朵和罗玥看。

陈朵接过一份，看了一眼，惊讶道："怎么回事？这个结果是矛盾的！"

罗玥闻言好奇，也拿过一份报告看。

"经过验证，案发现场死者身上手机的号码确定是池小惠本人的，然后我们查证了她的通话记录，发现无论是手机还是通信公司的服务器里都没有昨晚的报警记录。所以，她不是报警者！"

罗玥有些迷糊了："这怎么可能？我按照报警号码回拨，明明响的就是她的手机。会不会报警者就是受害者，池小惠是自己报警后遇袭身亡的？"

陈朵摇摇头："这不合理，她在报警电话里说看到一个男人正在袭击一个女人，如果是她自己遇袭，为什么不直接说自己正在被攻击？"

罗玥猜测："难道还有另一个被害者？她先看到别人被袭击，然后自己也被袭击了？"

陈朵皱眉，若有所思。

小赵提高了声音："我再强调一遍，这部手机中并不存在报警通话记录！"

陈朵道："会不会是池小惠删除了报警记录？"

小赵语气坚决："我说了，我们也想到了这个可能，已经恢复了所有被删除的记录，但是很确定，没有报警记录。"

罗玥摇摇头："那也不对啊，两个号码是一样的，而且号码就是池小惠的！我们都接到电话了，但手机里却没有报警记录。"

"这无法解释，我不接受这样的结果！"陈朵将报告塞回小赵手里，"一定是哪里出了问题，重新去检查一遍。"

小赵为难道："我们已经检查三遍了！"

"那就检查第四遍！如果找不到合理的解释，谁也不准休息！"

"你……"

罗玥见状，赶紧把陈朵拉开。

罗玥看着小赵，道："不好意思，麻烦再去核实一遍吧，看能不能找到报警记录。"

小赵看了陈朵一眼，一脸不满地走开了。

罗玥把陈朵拉到走廊一角，劝道："我说陈大组长，你那么大的火气干吗，他们都熬了一晚上了，也不容易。"

第二章 陈 朵

陈朵看着罗玥,语气平静地问:"手机号码证实池小惠就是报警者,但是通话记录和报警的内容却证实她不是报警者,你觉得这可能吗?"

罗玥哑口无言。

陈朵皱着眉头,使劲揉了一下太阳穴,头又开始痛了。陈朵从口袋里摸出一粒布洛芬,正要往嘴里塞,罗玥一把抓住她的胳膊:"你都快三十六个小时没休息了,要不回去睡会儿吧,这里我盯着。"

"我不困。"说着,陈朵将布洛芬吞下。罗玥看着她,一脸担忧。

这时,陈朵看到罗玥手里依旧拿着手机通话记录的报告,便伸手拿了过来。

"这里,你看,池小惠在遇袭前一个小时,连续给这个叫田康的人拨打了三个电话。"

罗玥问道:"田康是谁?"

陈朵忽然想起了什么,问:"池小惠美甲店的店员来了吗?"

罗玥点点头:"正在审讯室等着呢!"

两人立刻来到审讯室。池小惠美甲店的两个女店员已经在审讯室等候很久了,见到陈朵和罗玥都有些紧张,毕竟公安局这个地方天然就让人有一种敬畏感,而且她们要配合调查的还是一起命案。

陈朵给她们倒了一杯水,说:"叫你们来,就是想了解一下田康的情况。还有,希望跟你们核实一些事情。"

罗玥拿出录音设备,打开,里面传出一个女人的声音:"救命!到处都是血,一个男人正在用刀捅一个女人,魏庄小区后面……救命，快来人啊！"

陈朵将录音设备关闭，看着面前的两名美甲店店员，问道："这是池小惠的声音吗？"

店员甲："没错，就是店长的声音。"

陈朵："确认吗？"

店员乙："错不了。"

罗玥在旁边做记录：2010年9月15日，审讯口供。

陈朵继续问："田康你们认识吗？"

店员甲看看店员乙，欲言又止。

店员乙："你看我干吗啊，这都啥时候了，还有啥不能说的！这个田康，我们当然认识，他是店长的男朋友，经常来店里。"

陈朵点点头："他们两人关系怎么样？"

店员乙不屑："这个田康天天游手好闲的，经常找店长借钱，店长不给他，他就跟店长吵架。"

店员甲："我觉得……我觉得……"

陈朵鼓励道："说，你知道的信息很重要！"

店员甲："我觉得这个田康根本不喜欢店长，一直很嫌弃店长，毕竟……毕竟店长做过手术，身体一直很不好。他跟店长在一起，就是为了钱。"

店员乙："店长其实是一个很有想法的人，也很努力，但奈何身子弱，天天吃药，还不能做剧烈的动作。她也知道田康不是一个正经人，但没办法，一直忍让。"

陈朵听到这里，掏出手机，拨打了一个电话："查一下池小惠的男朋友田康！"

经过店员的描述，还有池小惠的手机显示，这个田康目前有

第二章 陈 朵

着重大嫌疑。陈朵知道当务之急就是找到他，核实他在案发时的动向。

从审讯室出来，已经有两名警察去联系田康了。不过陈朵心里还是挂念着报警人手机号码矛盾的事情，想要继续找小赵查证这种情况出现的原因，但这时罗玥从一旁出来，拦在了陈朵面前。

陈朵还以为罗玥带来了什么好消息，问道："找到田康了吗？"

罗玥道："已经派人联系了，不过电话没打通，现在去他家里还有他工作的饭店了。"

陈朵点点头："有消息通知我，我去看一下证物科的进度。"

陈朵说着就要走，罗玥赶紧拉住她："哎呀，你别走。你都没看到谁来了吗？"

陈朵一愣，回头看去，这才发现走廊尽头站着一个男人。男人身材颀长，手里拿着一把湿漉漉的雨伞，脸上带着笑意，默默地看着陈朵，正是陈朵的男朋友——江辉。

江辉是一个很完美的男人，至少陈朵心里是这样认为的。他不仅是名牌大学毕业，现在正在创业，而且家境很好，家人都是市里司法系统的领导，人长得帅，品行也优良。但是不知道为何，见到他出现在自己面前，陈朵心里忽然泛起一丝反感。不过，这种感觉很快就被压下去了，陈朵明白，这样的感觉是不对的，自己病了。

陈朵看着他，问道："你怎么来了？"

江辉笑笑，有些拘谨："给你打电话也不接，我听说有案子，有些担心，过来看看。"

"对不起，案子有些忙。"

"没事，我就来看看。"

这时，罗玥瞅瞅两人，道："哎呀，没想到已经到饭点了，再忙也得吃饭吧？不如这样，你俩找个地方先去吃饭，吃完再忙。"

江辉笑笑，看着陈朵不说话。陈朵看了一眼手机，已经下午一点半了。

陈朵想了一下："一起吃吧。"

江辉很开心，点点头。陈朵转身朝着后面走去。

罗玥奇怪道："你去哪儿啊？门口在那儿。"

"时间紧，就去食堂吃吧。你也一起。"

"啊？我？咱仨一起吃？不了，我……我有点忙。"

陈朵声音不容置疑："再忙也得吃饭，这是命令！"

说着，陈朵就大步朝着食堂走去。罗玥看看江辉，两人都有些尴尬，也有些无奈，不过他们知道这就是陈朵的风格，一切都以最高效为标准。

食堂的一角，陈朵、罗玥和江辉三人分别坐在餐桌两边。陈朵拿着筷子扒拉餐盘中的米饭，显然没有什么食欲。

江辉关切地说道："你看起来脸色不太好，要多注意休息。"

陈朵皱着眉，似乎在想着什么："为什么要焚烧尸体？既然已经将对方杀死，放火的目的又是什么？单纯的泄愤吗？还是想毁掉证据？"

江辉插不上话，只好低着头吃饭。

罗玥见气氛有些尴尬，便努力活跃气氛："哎呀，吃饭就不要想案子了。对了，大辉哥，你的公司怎么样了？听说前一阵你还被选为县里的十大杰出创业青年了？"

江辉谦卑地点点头，有些不好意思地道："运气好而已，不过最近公司正跟县里的一个大企业合作，是爷爷帮忙介绍的，现

第二章 陈朵

在有机会进到一个新阶段。"

罗玥拍手，兴奋地道："那太好了！学历又高，毕业后还知道回来建设家乡，又有本事，唉，这样的男朋友，我可酸死了。"

说着，罗玥瞅瞅陈朵，使劲地用胳膊肘杵她。罗玥实在有些心累，这到底是陈朵的男朋友还是自己的？怎么净是自己在这里聊。

陈朵这才反应过来，问道："哦，跟什么大企业合作？"

江辉笑笑："就是一家贸易公司。对了，小朵，有件事我想问一下你的意见。"

陈朵疑惑地看向江辉。

"等你有时间，跟我去看看爷爷吧，爷爷最近身子一直不好，住在医院。他想见见你，毕竟……毕竟咱们也相处一年多了。"

陈朵犹豫了一下："好，不过得忙完这件案子。"

"没事，你先忙，只要你同意就行。爷爷对我很重要，从小把我带大，他见到你一定会很开心。"

罗玥起哄："见到爷爷，那就好事将近了啊！"

陈朵看了江辉一眼，江辉依旧笑容和煦。这时，陈朵的手机显示收到一条信息，她看了一眼，立刻站起身。

"凶器找到了！"

说完，陈朵转身就走，等江辉反应过来的时候，她已经走到门口了。

罗玥看看陈朵，又看看江辉，赶紧致歉："不好意思，她就这样，案子比命还重要。你慢慢吃，不着急。"

罗玥也赶紧起身，跟上陈朵。江辉一个人坐在原地，有些尴尬。

陈朵和罗玥匆匆来到证物科，一个透明的证物袋已经被放在了桌子上。陈朵几步上前，将证物袋拎起来，只见袋子里装着一把沾血的短刀。

小赵道："短刀是在距离案发现场九百米的垃圾桶里发现的，根据伤口对比，这就是杀害池小惠的凶器。"

陈朵问："血液？"

"刀刃上的血迹，经过初步对比，就是池小惠的，但是还需要进一步核实。"

"指纹呢？"

小赵继续道："提取到两枚指纹：一枚是被害者的；另一枚，经过指纹库比对，确定身份是田康！"

陈朵放下证物袋，神情肃杀："申请逮捕令，立刻逮捕田康！"

此时，外面的雨已经变成了毛毛细雨，但地上依旧有很多积水。几辆警车驶来，围在一栋居民楼附近。陈朵下车，旁边的罗玥指着一栋楼，道："这里就是田康的住址。"

陈朵一挥手，警察们立刻跟上。

陈朵站在田康家门口，敲门："警察，开门！"

房里没人回应。

"警察，开门！"

房里依然没有传出声音。陈朵冲旁边的警察使了个眼色。

几名警察一脚将门踹开，破门而入："警察，不许动！"

房间很乱，衣服扔得满地都是，不过没有发现田康的踪迹，几名警察迅速展开搜查。

罗玥从卧室里出来，摇摇头："没人，可能跑了。"

第二章 陈朵

陈朵环视房间的摆设，忽然看到门口的鞋柜，她似乎发现了什么，走到鞋柜处，打开鞋柜仔细查看，发现里面有很多黄色粉末。

这时，旁边一名警察喊道："这里有发现！"

众人立刻赶过去，只见他从厨房的橱柜里掏出一个铁盒，打开铁盒，里面放着一包包彩色的小塑料袋，塑料袋下面还有几张百元纸币。

陈朵拿起一包塑料袋，撕开看了一眼，然后闻了一下："'跳跳糖'。"

罗玥好奇："这是什么？"

"一种伪装成跳跳糖零食的新型毒品，里面含有摇头丸的成分，做成这样的包装更不易被察觉，也方便贩卖和引诱别人服下。"

罗玥惊讶道："这田康还是个毒贩？"

陈朵盯着铁盒，眉头深锁，这件案子似乎越来越复杂了，不过线索好像也越来越清晰了。

陈朵回到局里，立刻召开了专案工作推进会。

一个巨大的投影画面出现在幕布上，正是田康的照片。

陈朵语气平稳地阐述案情："犯罪嫌疑人田康，年龄30岁，司象县果里镇人，三年前因故意伤害罪入狱一年，出狱后就职于东芝大饭店客房部。据客房部经理说，田康已于一周前离职。至于离职原因，据经理描述，田康自称找到了新的工作，想要去干一件大事，具体工作内容未知，但结合现有线索，很可能跟毒品有关。"

陈朵操纵遥控器，投影上的画面变为从田康家里搜出来的铁盒子:"田康目前下落不明,疑似畏罪潜逃,我们在其家中搜到了新型毒品'跳跳糖',共141克,以及现金4000元。"

坐在旁边的局长刘韬正在看手里的资料,片刻后,他放下资料,叹气道:"被害者池小惠也是'7·29特大事故'的受害者?"

陈朵一愣,点点头:"没错,十五年前远峰化工厂毒气泄漏事件,造成了年仅11岁的池小惠肺部灼伤,她在几年后进行了艰难的肺部移植手术。"

刘韬若有所思:"哦,她就是当年老王救的那个孩子啊!"

陈朵有些走神:"'7·29特大事故',共造成13人死亡,7人重伤……"

刘韬看着陈朵,似乎想到了什么,起身拍拍她的肩膀,以示安慰:"都过去了。"

陈朵点点头。

刘韬郑重道:"犯罪嫌疑人田康,涉嫌贩毒、杀人,罪大恶极,立刻协调交通部门,全力通缉!一定要给社会一个交代!"

众人起身:"是!"

会议后,陈朵一个人坐在公安局后院空地的石凳上,手里拿着一罐可乐,时不时仰头喝一口,看着天空发呆。天色阴沉沉的,但是雨终究还是停了。刘韬的那些话,让陈朵再次陷入之前的回忆里。这时,罗玥不知道从哪里冒出来,穿着警服坐在陈朵身边。

"又想起以前的事了?"

陈朵叹息:"当我查到池小惠做过肺部移植手术的时候,我就知道,她也跟那起事故有关。"

罗玥安慰道:"那里荒废了,都过去很久了。"

陈朵转头盯着罗玥,眼睛里含着复杂的情绪:"你相信命吗?"

第二章 陈朵

罗玥一愣。

"我询问医生关于池小惠的信息时,他告诉我,绝大部分的病患在肺移植手术后,都会出现排异反应,甚至肺部感染的症状,病患后续的生活质量都会很差。可池小惠做完手术后,情况却一直很稳定,虽然终生都得服用抗排异药物,但已经是一个医学奇迹了,连医生都赞叹不已。"停顿一下,陈朵看着罗玥,又道,"她熬过了那么可怕的事情,最后却死在自己男朋友手里,是不是很荒谬?"

罗玥挥舞着拳头:"命不命的我不知道,我只知道,田康犯了罪,我们必须把他抓住!"

陈朵笑了笑,没说什么。

罗玥似乎想到了什么,拍拍陈朵的胳膊,道:"如果硬要说有什么命数,当年那么可怕的事故,却神奇地成就了司象县最优秀的女刑警,不是吗?"

陈朵默默地道:"神奇吗?"

陈朵喃喃自语,抬头看看天空,乌云似乎即将散去,后面可以看到一轮模糊的圆日。就在那一瞬间,陈朵的思绪回到了十五年前,1995年7月29日,那个噩梦一样的日子。

那一天,烈日当空,极端的高温似乎要把一切熔化。那一天的司象县,宛如人间地狱。

司象县的郊外,急促的救护车鸣笛声此起彼伏,一辆辆救护车在山路上快速行驶着。十几名身穿防护服的工作人员,手里都拎着箱子,往山头的方向奔跑。

警车也停在附近,警察都戴着显眼的防毒面具,面具后传来沉重的喘息声。

三楼：死亡救赎

四处一片混乱，不时地有人焦急大喊，声音中透露着恐惧和绝望。

远处的山上，有一座巨大的化工厂，黄色的烟雾从中不停地蔓延出来，残忍地吞噬掉周围的一切。

人满为患的医院里，两具盖着白布的尸体从病房里被推出来，在两个小女孩面前经过。尸体的胳膊露在外面，衣服上都有一个袖标，写着"远峰化工厂"。

两个小女孩木然地看着眼前的一切，她们一个是12岁的陈朵，一个是14岁的陈沁——陈朵的姐姐。

被推走的尸体，正是她们的父母，也是远峰化工厂的员工。

陈沁紧紧地揽着妹妹的身子，伸手捂住她的眼睛，自己却止不住地流下泪水。

12岁的陈朵倔强地将陈沁的手掰开，露出眼睛，直直地盯着远去的父母遗体。

陈朵咬牙道："以后就只剩下我们两个了。"

陈沁泣不成声，无言以对。

从那以后，陈朵每晚都会去一处宅子前，那是远峰化工厂厂长樊远峰的宅子。虽然樊远峰已经被警察带走，但是内心充满愤怒的陈朵还是一次次拿起石子，扔过去，将窗户砸出一个个窟窿。

每一次，二楼的灯都会亮起来，然后出现一个十几岁的小男孩。

小男孩站在窗户后面，静静地看着楼下。12岁的陈朵每次看到他，都会捡起一颗石子，使劲扔过去。

每当这时，陈沁就会从一旁跑出来，一把拽住陈朵，将她带回家去。

第二章　陈 朵

而窗户后面的小男孩始终都站在那里，没有惊慌，也没有生气，似乎早已习惯。

那一天，很多人从地狱中爬了出来，也有很多人堕进了地狱之中。

此时距离田康的通缉令发出已经过了大半天，陈朵身上披着一件外套，伏在办公桌上，似乎正在休息。

罗玥手里拿着一份文件，小心翼翼地走过来，悄悄地把文件放在桌子一角，生怕将陈朵吵醒。

她刚要走，陈朵就睁开眼，坐起身，说道："我没睡，有田康的消息了吗？"

罗玥道："我的姑奶奶，你就睡一会儿吧。"

陈朵起身拿过桌角的文件看，只见文件里夹着一张照片，正是池小惠案发现场那个被烧焦的塑料模型。

罗玥看着那个模型，眼睛里满是疑惑："这个有什么问题吗？"

"不知道为什么，这件案子总是有很多说不清楚的地方。"

"你还在想报警人的事情吗？证物科后来不也承认了吗，也许是某种通信存储的bug（故障）导致通话记录没有被保存下来，不然也没别的可能了。"

陈朵摇摇头："那是证物科给出的解释，不一定就是真相。还有……"陈朵晃了一下手里的照片，"这个是什么东西？还有，田康杀人后，为什么还要焚烧尸体？"

罗玥撇撇嘴："等抓到田康就知道了。"

陈朵站起身，穿上外套。这件案子到目前为止似乎一切都很顺利，嫌疑人田康已经被锁定，但是陈朵始终觉得案子里的很多细节都很奇怪，就像是有人编了一个剧本，结局走向了他想要的方向，但是情节发展过程却磕磕绊绊，难以让人信服。

罗玥看着陈朵的动作，问她："你要去哪儿？"

陈朵背对罗玥，晃了晃手里的照片，她必须把那些不顺畅的地方捋顺。

陈朵来到池小惠的美甲店，此时店里到处乱糟糟的，各种器材被胡乱地摆放在房间里，两个女店员正在打包东西。

陈朵走了进去，两人看到她都一愣，停下了手里的动作。

店员甲："陈警官。"

陈朵看到店里的模样，不由得问道："这是？"

店员乙低着头："店长出事了，肯定干不下去了，我们换了一份新工作，现在收拾一下东西。"

陈朵点点头，有些唏嘘。

店员甲："陈警官是还有什么要问的吗？"

陈朵将被烧焦的塑料模型的照片拿给两人看："这是你们店长的东西吗？"

店员乙一眼就认出来了："这不是店长前一阵买的那个摆件吗？"

陈朵疑惑道："摆件？"

店员甲："对，塑料做的，店长好像还挺喜欢的，经常拿在手里看。"

店员乙："嗯，就是一个小玩具，我还看过，拿在手里很轻，怎么成这个样子了？"

陈朵闻言，露出失望的神色，看来这个奇怪的模型只是池小惠的一个玩具，跟田康没有关系。

第二章 陈朵

店员甲:"陈警官,听说凶手真的是田康,抓到他了吗?"

陈朵摇摇头:"暂时还没有。"

店员甲:"唉,店长其实挺好的一个人,就毁在这个男朋友身上了。不过最近店长的心情还是很不错的,即便田康跟她吵架,她也没有像以前一样丧气,反而一个劲儿地说自己要带着男朋友干一件大事。"

陈朵听到这里,忽然一愣:"干一件大事?什么事?"

店员甲:"不知道啊,也许想开一家分店吧。对了,你们可以找一下店长的日记,她喜欢写日记,也许记录了跟田康有关的事情。"

"日记?"陈朵愣了一下,这的确是一个关键线索,如果真的可以找到池小惠的日记,也许就能搞清楚田康跟她之间到底发生了什么。

陈朵将日记的线索记在本子上,沉吟一下,终于问出一个问题:"你们店长会接触到毒品吗?比如摇头丸之类的?"

两个店员一听,瞪大眼睛,吓得赶紧摆手。

两人异口同声道:"怎么会?!不可能的,店长不是那样的人!"

离开美甲店,陈朵再次回到公安局。当她将车停在车位,正要打开车门下车时,一个人突然出现在车旁,将车门按住了。

陈朵一愣,发现按住车门的赫然是局长刘韬,不禁疑惑道:"局长?"

刘韬敲敲车窗,看了看手表,对陈朵道:"现在是晚上十点半,回去休息,明天九点之前不要让我看到你。"

"我没事。"说着,陈朵又要打开车门。

刘韬严厉道:"回家!不然就把你调离这件案子!"

陈朵立刻不敢乱动了,露出无奈的神色。刘韬可是说到做到,上次那起长途汽车抢劫案,他还真的把自己调离了岗位,仅仅因为自己两天没有睡觉。不过他不知道的是,就算自己回去了,也不见得能够睡着。

陈朵无奈地回到小区,疲倦地走出电梯,沿着过道走向自己的房门。过道里的顶灯似乎坏了一个,光线十分昏暗。陈朵掏出钥匙,走到房门前,准备开门。

但在陈朵没有察觉的楼梯口处,一个人正隐藏在阴影中,朝着她悄悄逼近。

陈朵将钥匙插进锁孔的瞬间,忽然,一双手从背后朝着她的脖子伸过来。

刹那间,陈朵迅速反应过来,一个侧身抓住了来人的双手,顺势一扭,将其胳膊拧到背后,并把他死死地按在了墙上。

那人疼得吱哇乱叫:"疼疼疼!陈警官,是我!是我!"

陈朵这才看清那人的模样,男人梳着寸头,正是自己的熟人——樊良。三年前,这个樊良因为入室盗窃罪,被她亲手抓住,送进了监狱,如今看来已经出狱了。

此时樊良疼得龇牙咧嘴:"陈警官,不认识我了吗?"

陈朵不理他,手上反而加大了劲道。樊良顿时一阵哀号。

陈朵眯着眼睛审视樊良:"你想干什么?"

"没……没干吗。我刚出来,这不想起来,过来看看你嘛。"

陈朵冷着脸道:"一个刑满释放的犯罪分子,蹲守在抓捕过他的警察家门外,我怀疑你是蓄意报复,信不信我再把你抓进去?"

陈朵手上继续加大力道。樊良疼得脸都白了:"哎哟!不是,

第二章 陈朵

不是……误会,我……我知道田康的下落!"

陈朵一愣,手劲松了松:"你说什么?"

樊良这才缓过气来:"陈警官,这可是条重要线索,不让我进屋坐坐吗?"

樊良瞥了一眼旁边的屋门,嬉皮笑脸的。陈朵盯着樊良,一脸疑惑,不知道他葫芦里卖的什么药,不过她也不怕他做出什么出格的事情。对于危险的事情,陈朵向来都很兴奋,这也许就是她"病"的地方吧。

房门打开,陈朵伸手将客厅的灯也打开,樊良吊儿郎当地跟在她后面,四处打量一番:"哟,屋里还挺干净的。"

陈朵看到屋里整洁的模样,不禁愣了一下。

屋子里本来乱放的衣物都被整齐地叠起来,放在了沙发上。桌子上杂乱的摆设也被收拾得整整齐齐,厨房水槽里的碗碟也被清洗干净了,完全不像之前的状况。

餐桌上还有做好的饭菜,饭碗下压着一张纸条。陈朵走过去,拿起纸条,只见上面写着"小朵,注意休息,好好吃饭——辉"。

陈朵看着纸条,神色有些复杂,她知道这次又跟以前无数次一样,江辉知道她不爱收拾,就自己过来帮她打扫卫生,整理屋子。

而另一边,樊良双手插兜,溜达到电视柜旁,随手拿起一个相框,上面是两个小女孩的合影,正是12岁的陈朵和14岁的陈沁,背景是一个公园。

樊良撇撇嘴:"这是你姐?我见过,可惜了。"

"别乱动!"陈朵上前一把夺过相框,放回原位。

樊良毫不在乎,径直坐在餐桌前,然后给自己盛了一碗汤:

"我都饿了一天了,陈警官,不介意吧?"

说着,樊良竟然狼吞虎咽地吃了起来。

陈朵坐在樊良对面,冷冷地看着他:"别耍花样了,田康是怎么回事?"

樊良看看陈朵,咽下嘴里的食物:"那小子我认识好久了,我知道他躲在哪儿。他有一个专门藏身的地方,不太好找,不过我几天前还在那儿见过他。"

"在哪儿?"

樊良将碗筷放下:"陈警官,我知道在你眼里,我跟田康一样,都是社会败类,不过那小子杀了人,已经没有回头的机会了,这辈子算是完了,但我还有机会。"

陈朵简洁道:"继续说!"

樊良低着头,有些嗫嚅:"我想让你给我写一份担保书。你知道,我刚出来,不好找工作,要是有你的担保书,会方便一些。"

陈朵冷笑道:"你觉得我会信任你吗?"

樊良沉默了一下:"如果有机会,谁不想好好生活?"

陈朵盯着樊良不说话。

樊良低头沉默一会儿,然后道:"我有一个女朋友,等了我三年,现在怀孕了,我得养活她。"

陈朵一愣,依旧注视着樊良,就如十几年前,12岁的陈朵将石子扔出去,与那个站在二楼窗户后面的男孩对视一样。只是如今,那个男孩变成了一个刑满释放人员,而自己则成了一名警察。这么多年过去了,他们还是有着这么多交集,还是彼此充满敌意,命运似乎从来不允许两人和解。

陈朵目光锁定在樊良身上,樊良却一直低着头,不敢与她

第二章 陈朵

对视。

陈朵微微叹了口气："那场事故，我们都被改变了，你本来不需要这样的。"

樊良一听，抬起头来，第一次语气高昂："所有人都觉得是我们樊家的错！"

陈朵冷冷地道："不然呢？"

樊良咬牙切齿："樊家问心无愧！我变成败类，是我自己的错，是我自己的选择，跟当年的事故没有一丝一毫的关系！"

"你还嘴硬，事故调查结果都——"

"樊家被陷害了！"

陈朵一愣，似乎想到了什么，不再说话，脸色有些难看。

樊良站起身："你想不想知道田康的下落？"

陈朵点头："好，我答应你，我不但会帮你担保，还会通知社区。"

樊良脸上露出一抹轻松之色："谢谢！郊外有个木材仓库，其中一个是属于田康的，他经常在那里鬼混！"

陈朵掏出手机，立刻拨号，联系公安局。

红蓝色的警灯闪烁着，几辆警车驶来，将一间仓库团团包围。陈朵带着人踹开门，冲进仓库中。

仓库里弥漫着一股腐烂的气味，陈朵环视四周，黑漆漆一片，没有一丝声音，也没有田康的身影。

陈朵一挥手："开灯！"

旁边的警察打开仓库里的灯，整个仓库顿时映入眼帘，所有人都露出了惊骇的神色。

仓库的一角放着一张床，田康坐在地上，双手被绑在床头，脸上全是血污，后脑勺的位置有个巨大豁口，灰白的脑浆都露了出来。

田康其中一只手的五个手指头都已经被掰弯，呈现出诡异的扭曲状。田康瞪着眼，死不瞑目，脸上是惊恐与不可置信的表情。

所有警察看着眼前这一幕都愣在当场，许久后才反应过来，上前验尸、搜集证物。

陈朵目光扫视一圈，落在了床头柜的位置，只见那里也有一个铁盒。

陈朵戴上手套，打开铁盒，里面依然是一包包的"跳跳糖"，不过这次多了一样东西，那是一个蓝色的火柴盒，上面写着两个字：蓝灯。

陈朵拿起火柴盒，仔细端详着，她的脑袋如同被紧紧勒住一样，太阳穴一跳一跳的，又开始头痛了。陈朵知道，自己最担心的事情发生了，这件案子将会是她经历过的最复杂的案子。但她不知道的是，迎接她的将是更加扑朔迷离、更加难以想象的事情。

第三章
樊 良

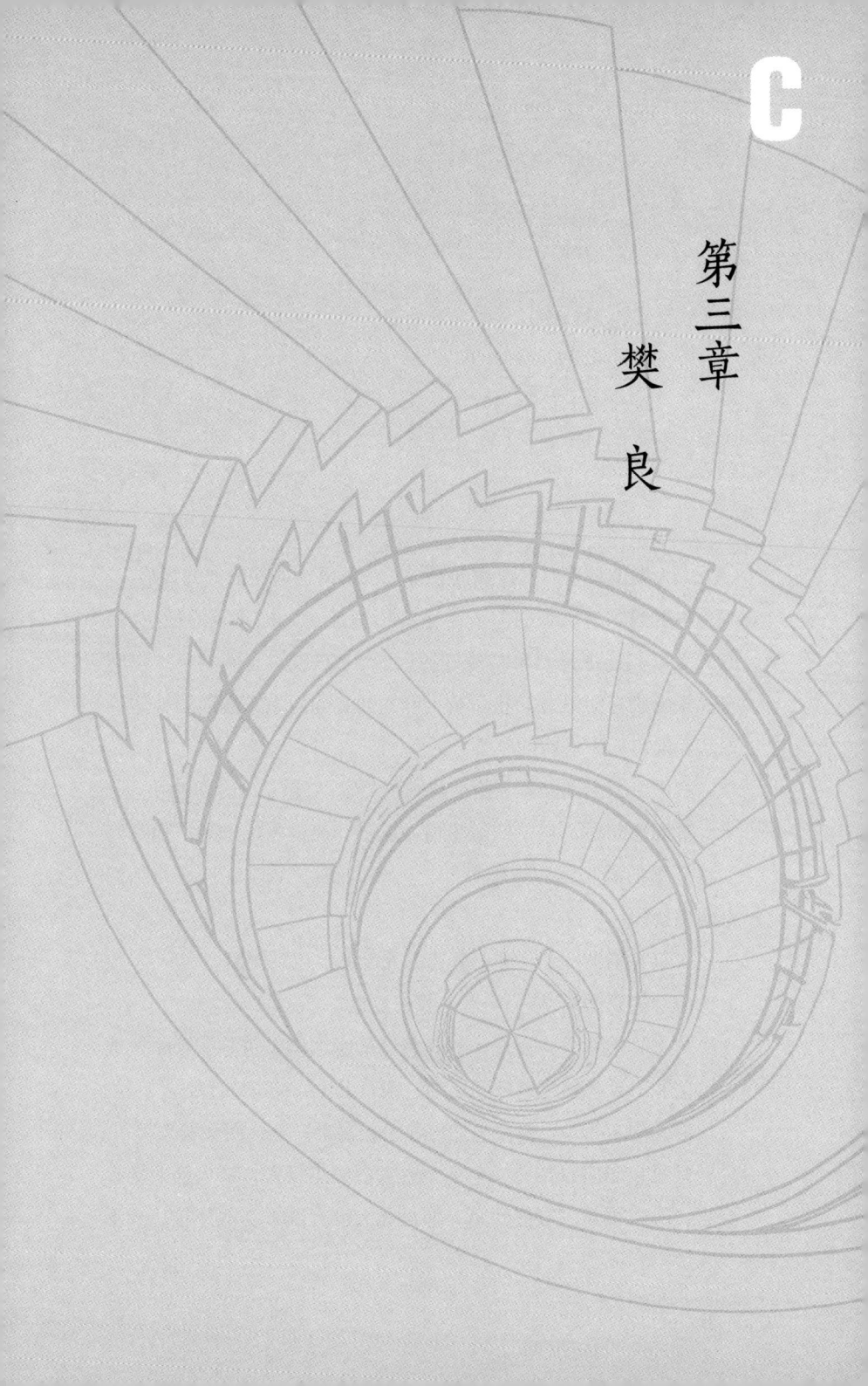

人工湖倒映着对岸斑斓的彩灯，一条甬道通往前方的饭店。

写着"东芝大饭店"五个字的招牌挂在一栋建筑的最上方，流光溢彩。这里是司象县最好的饭店。203包间富丽堂皇，包间内气氛特别好，觥筹交错。被人群簇拥着的两人，端起酒杯碰到一起，发出一声清脆的声音。

其中一人满面红光，脸上盈满了笑容："包总，合作愉快。"

听到这句话，包总知道事情谈成了，笑得更加灿烂。他一口气将杯里的酒喝完，拍拍另外一人的肩膀："老李，这事儿咱们有的赚！"

气氛立刻被推到高潮，旁边的人赶紧给包总倒酒。

包总摆摆手："你们喝着，我去放放水。"

众人哈哈大笑，以此来衬托包总的幽默感。包总浑身酒气地走出包厢，晃晃悠悠地来到走廊，朝着卫生间的方向走去。

但是刚走几步，他就忽然停住了，愣了一下，回头看去。

只见包厢门口站着一个三十岁左右的年轻人，那人脸上堆着笑容，头发很长，有些油腻，像是几天没有洗了。他穿着一身不是很合体的廉价西服，胳膊肘里夹着一个公文包，毕恭毕敬地看着包总，此人正是樊良。

包总看上去有些意外："还在这儿站着呢？"

樊良赶紧回道："没事儿，包总，您忙您的，我等会儿。"

包总抬起手，指了指樊良，想说什么，似乎又忘了，只是打个酒嗝，顺势拍了拍樊良的肩膀，扭头走开了。

樊良点头哈腰地目送包总离开。

包总回到包厢后，樊良一会儿站着，一会儿坐着，一会儿蹲着，还是守在包厢门口，就这样又过了一个小时。

包厢门口，人们进进出出，每个人都喝得红光满面，但无论是谁都不搭理樊良。

樊良不以为意，每次见到有人进出，就毕恭毕敬地起身，赔笑。

两小时后，樊良心里盘算着人已经走得差不多了，才推开门，小心翼翼地探头进去。

此时包厢确实已经没什么人了，只有包总一人坐在正对着门的位置上，桌子上一片狼藉，酒杯东倒西歪，剩饭剩菜撒得到处都是。

樊良一瘸一拐地走进来："包总，忙完了？"

包总一只脚踩在椅子上，正拿着牙签剔牙，看到樊良一瘸一拐的模样，问道："腿怎么了？"

"有些小毛病，包总见谅。"

包总把嘴里的牙签吐掉："死瘸子，你倒是挺有耐心，愣是在门口站了四个多小时。"

"应该的，应该的。"

"说说吧。"

樊良赶紧上前,将公文包打开,然后从里面取出几张照片,递给包总。照片上的内容是包总站在某KTV门口,左拥右抱着几个美女。

包总看了一眼,就把照片扔在了桌子上:"眼看要离婚,这娘们儿不就是想多要点儿钱吗,跟我来这一套!"

顿了顿,包总又斜眼看樊良:"照片是你拍的?"

樊良笑嘻嘻地道:"包总见谅,客户委托,挣口饭吃。"

"哟,你这瘸子律师还挺全能。她给你多少钱,这么卖力?"

樊良点头哈腰:"包总,不方便说,见谅。"

包总哼了一声:"你去跟她说,钱的事可以商量,但凡事别做过头,我脾气可不好。"

"明白,明白。"

包总瞥了他一眼:"没别的事就滚吧。"

樊良却站在原地,没有动。

"怎么?"

樊良搓着手,凑近包总:"包总,想不想再做个买卖?"

包总疑惑地看着樊良。

樊良悄悄地道:"嫂子那边,我也能拍到一些照片。"

包总眯着眼看樊良,露出了感兴趣的神情。

樊良压低声音:"因为最近打交道比较频繁,我能感觉到,嫂子那里也有人。包总如果手里有些照片,将来打起官司,也方便一些。"

包总捏一捏樊良的脸:"你到底是哪边的?"

樊良咧嘴笑道:"挣口饭吃。"

第三章 樊 良

月光透过窗户，照进一个逼仄的房间里，衣服扔了一地。樊良正在和一个中年女人亲热，两人激烈地纠缠在一起。

一阵翻云覆雨之后，两人各自点了根烟。中年女人吐出一个烟圈，昏暗的房里，只有床头柜上的台灯亮着，灯光下，隐约可见烟雾袅袅而上，一种暧昧的气氛萦绕在四周。

中年女人慢悠悠地道："我拜托你的那件事怎么样……"

樊良满头大汗："有眉目了，今天去了一趟……"

樊良长长地吐了口气，又狠狠地吸了口烟，欲言又止。

中年女人察觉到樊良的表情："有困难？"

樊良假装有些为难道："你老公包总去的都是高档的地方，我要进去，也要花钱……"

中年女人坐起来，从包里掏出一沓钱扔在樊良面前："钱不是问题……"

樊良没有看她，只是仰头对着天花板吐出一个烟圈，表现出很专业的模样，但心里却想着有时候挣钱就是这么简单。

第二天一早，中年女人开着车走了。樊良站在门口目送车子往外驶去，谁想车子又倒了回来。

中年女人摇下车窗："樊良，你不会对我有什么想法吧？"

樊良一笑："走肾不走心。"

中年女人也笑了："那最好。我跟你睡，只是报复我老公，他一个晚上没回来，我就和你睡一次。"

樊良过去扒着车窗问道："为什么是我？"

中年女人停顿了一下："我就是要找个没用的男人糟蹋我。你够窝囊，不过长得还可以。"

樊良没有生气，反而笑得更灿烂了："谢谢。下次咱们去酒店试试？"

中年女人大笑出声，开车走了。

樊良掏出一根烟正要抽，却发现没带打火机。他把烟塞回烟盒，转身往回走，却看到不远处站着一个老人，正盯着他。老人须发皆白，穿着一身青色褂子，脸色阴沉得厉害。

樊良诧异道："忠叔……"

忠叔沉着脸，走回屋子，樊良悻悻地跟上。屋子一侧有一个小鱼缸，是樊良买的。樊良走上前给小鱼缸里的乌龟喂食。

忠叔气愤地过来，拿过饵料袋哗哗地就把饵料撒了一堆下去。

樊良耸耸鼻子，像是闻到了什么："忠叔，婶儿做的是豆腐脑吗？怎么这么香？"

忠叔皱着眉头："别打岔，你婶儿出门了。樊良，我告诉你，你找对象，忠叔是高兴的，但你这样乱搞，是会惹祸的……"

樊良给忠叔倒了杯水："忠叔，我有分寸。"

"你这叫有分寸？"

樊良顿时翻了个白眼："忠叔，我这是在帮我的客户看清自我，日行一善，功德无量！"

忠叔急了，一下子站了起来："樊良，你现在是律师，还是流氓？"

樊良却吊儿郎当地往沙发上一靠："我当然是律师，而且还是刑事辩护律师！对了忠叔，你那辆小车能不能借我啊？我这天天坐公交，客户看着对我也没啥信心！"

说着樊良就伸手去拿茶几上的车钥匙。忠叔一把将他的手打开，声色俱厉："想都别想，别打我车的主意！你还有脸提辩护律师？那个杀人犯大家都躲得远远的，没人愿帮，也就你还接

第三章 樊良

这种援助的活儿。"

樊良给自己倒了杯水,喝起来:"忠叔,挣钱的活儿,我来者不拒。再说了,在司象县,我什么时候有过脸?"

忠叔仿佛想起了什么,语气柔软下来:"你这些事可千万不要让你婶儿知道了。她身子不好,经不起你这么折腾。"

樊良嬉皮笑脸:"忠叔,你不说,我不说,婶儿怎么会知道?"

忠叔无可奈何地叹了一口气。

这时,樊良的电话忽然响了起来。樊良接起电话,脸色一变,把桌上给忠叔倒的水一饮而尽,匆匆出门来到公交站台。

一辆95路公交车开来,樊良一瘸一拐地上车。公交车在路上停了几站,人们陆续下了车,车上有些空空荡荡。

公交车广播:"下一站第二看守所。"

坐在樊良身边的老头儿看了眼樊良,问道:"小伙子,你家谁在监狱?"

樊良靠着窗户,不搭理老头儿。

老头还喋喋不休:"现在还在车上的,都是去看在监狱服刑的人的。"

樊良似乎被刺痛了:"在里面的人早就死了!"

老头儿一下子愣了。樊良也不再说话。

不一会儿,樊良来到了看守所,做了简单的登记。他在表格上一笔一画地写下"时间2010年9月15日,姓名樊良",然后在警卫的引领下来到会见厅。

樊良在会见厅里等待着,不一会儿,一个狱警押着个犯人过来了。犯人在樊良对面坐下,他把手放在两人中间的桌子上——正是田康。樊良的视线落在田康的额头上,只见上面有着一块巨大的青紫瘀痕。

樊良有些无奈道:"我说田康啊,你这是干什么?"

田康激动地摇晃着身子,叫道:"我是被冤枉的!我要申请上诉!不然,我……我还自杀!"

"你怎么自杀,打算撞死自己吗?你本来就是死刑犯,这叫什么?以死谢罪?"

田康瞪着眼,大声嚷嚷:"我没杀人!我知道你们都不信我,我要证明自己的清白!"

"我的祖宗啊,这不是信不信的问题,上诉可以,但是需要时间啊,得走流程。"

"我不管,法院不同意,我就继续自杀……"

樊良有些生气了:"你……你这是在折腾我啊!好好好,上诉,咱们上诉,但是得要新的证据啊!"

田康语气很坚定:"马浩!你找到那个学生,他能证明我当时不在场!"

"谁?"

"马浩!我跟你说过几次了,我那天在公路上遇到过他!你们找到他,就能知道我是被冤枉的了!"

樊良无奈地揉揉太阳穴,强压住心里的不耐烦:"好好好,我去找。但你答应我,这段时间安稳一点儿,不要再给我添乱了,行不行?"

樊良示意狱警将田康带回去,然后起身离开,嘴里还嘀嘀咕咕的:"挣个几毛钱容易吗?"

樊良离开看守所之后,并没有第一时间去找那个马浩,毕竟这本来就是一个不赚钱的义务援助的活儿。这个田康看上去老实,

第三章 樊 良

实际上却是杀人犯，而且铁证如山，樊良只要走个过场就行，伸张正义的事情从来都不是他这个流氓律师该做的。樊良吹着口哨，盘算着什么时候能收到援助金，不知不觉来到街边的一家小饭馆，只听里面传出游戏机的电子音乐声和一个人的叫喊声。

樊良进去，一屁股坐在另一台游戏机前，塞进几个硬币，聚精会神地看着屏幕上飞速转动的图案，最后停留在一个西瓜、一个香蕉和一个芒果的图案上。他有些气恼地一拍游戏机，然后又往机器里塞入几个硬币，开始了下一轮。

这时，有人在后面拍了拍正在玩的樊良。樊良不理会，只是盯着屏幕："等会儿。"

后面那人又拍了拍樊良，樊良有些不耐烦，转过脸骂道："让你等会儿……"

樊良看到来人，不由得撩了一下自己的头发，脸上顿时露出讨好的神色："哟，江检察官，这么巧！"

对面那人正是司象县的检察官江辉："你是田康的援助律师？"

"对对，就是我，樊良……"

"田康案的案情卷宗，你看了吗？"

樊良有些含糊："还没看，正准备看……"

江辉冷言道："身为援助律师，连委托人的庭审资料都不看，你是我见过的最不负责的律师！"

樊良嘿嘿笑道："这有啥好看的，田康杀人，不是板上钉钉的吗？我就是走个流程。"

江辉有些气愤："设置援助律师就是为了让每一个被告都能得到公平的法律待遇，你这样的态度，是亵渎你的职业！"

樊良见对方真的生气了，忙道："别生气嘛，明白了明白了。

对了，那……资料您有吗，给我一份？"

江辉无奈，从包里拿出一份卷宗扔给樊良。

樊良接住，依旧笑嘻嘻的："江检察官，有个叫马浩的孩子，您找过他吗？"

"樊律师，我不是你，田康案的任何蛛丝马迹，我都没有放过！但是咱们立场不一样，希望你还是用心一些，亲自去看看！不然被告有权利更换援助律师。"

樊良看到了对方眼中的鄙视，但这些他早就已经习惯了，他举起双手作投降状，不想再跟对方纠缠了。

江辉气哼哼地离开了。樊良无奈地看了看手里的卷宗，有些烦躁地叹了口气，看来还是得走一趟啊，不然以后怕是接不到援助的活儿了。想到这里，樊良将手里的几个硬币全部用完后，这才依依不舍地离开了游戏机。

樊良根据卷宗上记录的马浩的地址，一瘸一拐地来到一个梨园，远处可以看到连绵的群山和废弃化工厂的轮廓。樊良远远地看去，触景生情，心里有些不舒服，往前走了几步，只听得风吹果树，树叶沙沙作响，周围显得很安静。

樊良四处张望了一下，喊道："有人吗？"

樊良看到梨园旁边有个屋子，屋里传出女人的哭声和男人训斥的声音。他朝屋子走去，刚走到门口，马浩的父亲马喜才便提着酒瓶，醉醺醺地出来了。

"哭哭哭！老子喝点儿酒，你就不能消停会儿……"马喜才骂完，看到樊良站在门口，问道，"你是谁啊？"

樊良有些紧张地道："我是律师……来问马浩的事。"

马喜才挠挠头："律师？律师来干吗？不应该是警察过来吗？"

第三章 樊良

樊良也蒙了："啊？"

马喜才不满地道："我儿子走丢了，一点儿消息都没有，警察是干什么吃的？"

樊良皱皱眉头："马浩失踪了？"

"这小子不知道跑哪里去了，看回来了我不打断他的腿……"马喜才猛灌一口酒，盯着樊良道，"你是律师？"

这时，马浩的母亲周慧突然从后面扑过来，死死地抱住马喜才，尖叫道："儿子！跑啊！快跑啊！"

马喜才抓住有些疯癫的周慧："别发疯了！"说着一巴掌打在她脸上。周慧摔倒在地，但是依旧爬着抱住马喜才的腿。

马喜才嘴里骂骂咧咧的，眼睛通红，像是要吃人。

樊良一看这种混乱场面，有些发怵："没事没事，看来是个误会！我先告辞了。"

樊良赶紧一瘸一拐地跑出梨园，蹲在路边大口喘气。樊良心有余悸，又回头看了看，见没有人追出来，才把他的劣质西装解开，大汗淋漓："这都是些什么破事！是不是故意耍我，让我去见这些疯子？"

樊良张大口呼吸着，胸膛剧烈起伏，伸手去摸自己受伤的腿。他心里暗暗发誓，这浑水自己再也不蹚了，什么狗屁马浩，一家人好像疯子一样。

休息了一会儿，樊良坐车回到县城，找了一个小卖部，买了一瓶水，拧开盖，咕咚咕咚地猛喝。

这时，路上一辆警车靠边停下，车门打开，一个头发油亮的四十多岁的男人从车内走出。那人身穿一身笔挺的警服，一级警督的肩章十分亮眼，竟然是王金国。

正在旁边喝水的樊良见到王金国，眼睛顿时一亮："王局！"

王金国瞅瞅樊良："樊良？"说着，他走到小卖部窗口处，指了一盒烟，老板将烟递过来。

王金国刚要掏钱，樊良赶紧上前："我来，我来。"

樊良掏出一张百元钞票递给老板，然后笑吟吟地看着王金国。王金国把自己的钱塞到他手里，道："没规矩。"

樊良愣了一下，拼命点头："对对，王局教训得对。"

樊良说着，目光无意间瞥见王金国手腕上的一块精致手表："王局，好眼光，这表太配您这身份了。"

王金国脸上闪过一丝不悦，抬手将衣袖往前拽了拽，盖住手表："听说你在给那个田康做援助律师？"

"嘿嘿，走个过场而已。王局，那田康可是您亲手抓的，像我们这样的，就是配合一下，早点儿让他伏法。"

王金国点点头："田康案，影响很大，作案手段极其残忍。你要查漏补缺，早点儿给社会一个交代。"

"明白，明白。"

王金国显然也不想再跟樊良闲聊，朝他点点头，便往自己的车子走去。

樊良一瘸一拐地抢先过去开车门："王局，听说过几天您家公子大婚，我这边也准备了一份小礼物……"

王金国头也不抬："看情况吧。"

说着，王金国便开车离开了。

樊良站在原地，恭恭敬敬地目送王金国离去。这个王金国可是司象县有权有势的人，从一个默默无闻的小警察一跃成为公安局局长，靠的就是雷厉风行的雷霆手段。樊良虽然跟王金国早就

第三章 樊 良

认识，但对方从来没把他放在眼里，不过也能理解，想要靠王金国这棵大树的人大有人在，他一个瘸子算什么。不过从刚才的谈话中也能看出来，田康这个人，王金国还是希望他能尽快受到法律判决的。樊良知道这是一次可以收获顺水人情的机会，心里顿时有了想法。

很快，樊良再次来到看守所，在田康对面坐下。

樊良跟狱警说："我们单独聊一下。"

狱警点点头，退到门外。

樊良强装镇定："我打听过了，那个马浩失踪好久了，警察到现在都没找到。"他看着田康没有波澜的表情，讶异道，"你好像一点儿也不惊讶。"

"那天我要带客人去看一套房，但是客人放我鸽子了。回来的时候是晚上，我赶着要和小惠见面，在山道上差点撞到一个孩子，他说他叫马浩，我要送他去医院，但他却慌慌张张地跑了。那天恰巧记录仪也坏了，我没法证明……"田康停顿了一下，"后来，我在老地方等小惠，小惠没来，但警察把我按住了，说我杀死了她。那是我女朋友啊，我怎么会杀她？"

樊良将一份文件推到田康面前："现场发现了凶器，上面都是你的指纹，还有小区的监控视频，拍到了你逃走时候的画面，身上还有血……"

田康失望地垂下头："我也不知道怎么回事，我根本没进小区。"

樊良冷漠地道："说实话，你的案子没人想接，我就是来挣个辛苦费的，别为难我了。"

田康抬头盯着樊良，眼睛一眨不眨。良久，田康的眼神渐渐黯淡下去："算了，可能这就是命中注定的吧。"

樊良闻言，身子不易察觉地一颤，眼神复杂地看着田康。

命中注定？多么熟悉的一个词！

窗外夕阳西坠，火烧云红透天边，好像着了火一般，十分壮丽辉煌。樊良看着落日，眼神迷离了，不知道为什么，那些他再也不想回忆的画面一时间全部奔涌而出，冲刷着他的思绪，樊良努力地压制，但是它们还是出现了。

那时候，还是二十岁的樊良抱着头躺在厕所的地上，周围几个同学都喝得醉醺醺的，轮流用脚踹他。

樊良死死地保护着自己的脑袋，咬着牙，一声不吭。

"你神气什么？杀人犯的杂种！"

那人狠狠地一脚踩在樊良的腿上。樊良猛地瞪大眼睛，终于痛苦地喊叫出来。

那时也是傍晚，天边同样是壮丽的火烧云。

后来医生把检查结果递给樊良："你的右腿不可能再跟以前一样了……"

樊良偏过头去，看着傍晚的落日。

一个老师模样的人坐在旁边的椅子上，劝道："樊良啊，这件事你考虑一下，警察肯定也来问过你了……老师的意思是……"

樊良眼神黯然："老师，你不用劝了，我接受和解，不会起诉他们的。"

老师脸露惊喜："樊良，你的选择太对了，他们都是有钱有势的孩子，咱们普通人跟他们计较，是自讨苦吃。那边准备了十万块钱，我立刻让他们给你打到卡上。"

老师谆谆教诲，比上课还要认真，夕阳的余晖在他身上镀上

第三章 樊良

了一层"神圣"的光辉。傍晚时的光线从窗外射进来，给房间染上一层夺目的颜色。

樊良缩在病床上，紧紧地抱着自己："可能这就是命中注定吧。"

命中注定啊，也许只有经历过什么，才会说出这样的话吧。田康为什么也要这样说呢？真是讨厌啊！

樊良回过神来时，天光已经暗淡，他隐藏在看守所围墙的阴影里，自嘲道："可我只是一个为了糊口的流氓律师啊，我什么都做不了。"

樊良想了一下，掏出手机，发了一条信息：酒店见？

他发完短信，看着天空中逐渐消失的火烧云继续出神。

酒店里，樊良一边脱衣服一边跟一个女人激吻，对方正是包总的老婆。樊良喘着粗重的气，将女人的衣服一件件褪去，然后将她推倒在床上。

两人的呻吟声充斥在客房之中。樊良竭力地发泄着，那些灰色的回忆，靠着欢愉的快感，全部都被忘记了。

从酒店离开，樊良手里拎着一袋扒鸡，晃晃悠悠地回到忠叔家："忠叔，看我带了什么好东西？"

樊良走近，忽然愣住了，只见忠叔的小超市门口竟然挂着"今日歇业"的牌子。樊良意识到不对，回头看去，却见包总笑吟吟地带着五个人站在身后。他们将樊良团团围住，超市门后，忠叔和忠婶也被三个人守着，一脸担忧地看着樊良。

樊良被包总的人推进小超市内，里面的货架都被推倒了，商品散落一地。角落里，忠叔和忠婶目光惊惧。

包总坐在一张椅子上，随意地捡起地上的一包薯片，撕开包装袋，抓起一把塞进嘴里，嘎嘣嘎嘣地吃着。

"樊律师……你真的以为我没派人去盯着我老婆？"

樊良赶紧挤出笑容："包总，误会，真的都是误会，您听我解释。"

包总猛地把薯片扔到樊良脸上："睡老子的女人，还转过头来赚老子的钱……你把老子当傻子耍是吗？！"

这时，一个手下猛地一脚踹在樊良的后背上，樊良惊呼一声，扑通一下，摔在了包总脚下。

包总一脚踩在樊良脸上，脚上一使劲，樊良的脸就被踩得变了形，散落在地的薯片也被樊良压碎了。

"你不是想偷吃吗，给老子吃！"

忠叔和忠婶见状要冲过来，却被人推回了角落。

樊良的脸被包总的鞋子踩得扭曲变形，但还是伸出舌头，将嘴边的薯片全都吃到了嘴里。

"包……包总息怒，我吃，我吃！"

包总气得大吼大叫："你这个死瘸子，胆子还不小！"

这时，旁边一人拖着一根铁棍走过来，慢慢地将铁棍放在樊良的左腿上比画着。

包总阴恻恻地道："你是不是也想另一条腿被打断？"

樊良一听，吓了一跳，赶紧挣扎起身，跪在包总面前。

樊良痛哭流涕地道："包总，我错了，我错了！饶命！"他一边说着，一边狠狠地扇自己，"包总，我给你钱，我给你钱！"

包总瞪着眼，咬牙切齿："滚！老子缺钱吗？老子要的是面子！"

第三章 樊　良

说着，包总一脚将樊良踹倒，示意手下动手。三个手下过来，立刻再次把樊良死死地按在地上，其中一人拽着樊良的左腿，举起铁棍就要抡下去。

樊良拼命地喊叫着，旁边的忠叔和忠婶见状也大声呼喊着向前挣扎，却被人死死拉住。

就在这时，忠婶忽然身子一软，捂着自己的心口痛苦地倒在地上，拽着她的那人吓得不禁后退一步。

樊良见状呼喊道："婶儿……婶儿……"

忠叔赶紧扶住忠婶："别吓我啊，你怎么了？"

樊良嘶吼道："快打120！"

忠叔让忠婶靠在自己怀里。包总等人见状也都愣了一下，看到昏迷着的脸色惨白的忠婶，面面相觑。

包总啐了一口："真是晦气，别出人命。"说着，他弯腰拍了拍樊良的脸，"别以为这事完了。"

然后，包总带人离开了。樊良手忙脚乱地拨电话。

救护车很快来到，将三人带到医院。忠婶被送进手术室，樊良和忠叔则守在手术室外的长椅上。

樊良脸上青一块紫一块的，轻声道："忠叔……"

忠叔摆摆手："有什么话，等手术结束再说。"

两人都看向手术室门，静静地等待着结果。在这焦灼的等待中，两人几乎都没有什么动作，直到手术室灯灭，才一下站了起来。

医生出来了，忠叔冲上前去，张开口想问结果，却又怕听到不好的消息，只能无言地看着医生。

医生点点头："支架手术很成功。病人暂时脱离了危险，需要好好休息。"

忠叔拉着医生的手，连声道谢。医生一脸疲倦，拍了拍忠叔的肩膀就离开了。

忠婶被送到了病房里，脸色苍白，还没苏醒过来。忠叔和樊良静静地坐在旁边的病床上看着她，气氛有些压抑。

良久，忠叔叹息一声："樊良，你走吧……"

樊良有些内疚："忠叔，你一个人守着行吗，还是我陪着你吧？"

"我是说，你搬走吧。"

樊良一下子愣住了："忠叔，你开什么玩笑呢？"

"当年你家出事后，我答应樊总照看你。这么多年了，我想，我不欠你家什么了……"

樊良有些着急了："忠叔，你这是说气话呢吧？我知道错了，你别赶我走啊！"

"走吧，让我清静清静吧。"

樊良声音提高了几分："忠叔，你欠我的，你欠我爸一条命。"

忠叔低着头，不说话，樊良有些看不清他的表情。

樊良见状站起来，更加激动了："当年在工地干活，你就一直跟着我爸。那次，你没系安全绳，掉下脚手架，是我爸拉住了你。整整四十分钟，我爸的胳膊都要断了，却一直没松手。你得救后，是怎么说的？你说要用一辈子报恩！"樊良胸膛起伏，说话都有些喘了，"后来，你跟着我爸一起建立了化工厂，我爸从没亏待过你。我爸被带走的时候，你答应过的，说会把我和小斌当儿子一样照顾！你不能赶我走！"

忠叔这时抬起头，盯着樊良。樊良看到忠叔的眼神，愣了一

第三章 樊 良

下,他从未见过忠叔这种眼神,有失望,也有痛苦。

忠叔忽然攥住他的胳膊,低吼道:"不欠了,这么多年了,你婶儿差点被你害死。樊良,不欠了,我们不欠你家什么了……"

樊良呆住了,低头看着忠叔皱皱巴巴的手,这只手正在颤抖着。樊良第一次意识到,忠叔也老了,他错误地以为忠叔还是跟以前一样强大,但是时间总是无情的,毕竟已经十五年了。

十五年前的灾难,十五年的腐蚀,十五年足以磨平一切。

一瞬间,那些碎片再次将樊良包裹住。那是一切的开始,是樊家变得落魄甚至被唾弃的开始,也是忠叔守护樊家的开始。

那天,樊良父亲樊远峰在两个警察的陪同下被带出来押进了警车。少年时代的樊良和弟弟樊斌站在门口。

樊斌问樊良:"他们为什么抓爸爸?"

樊良摸了摸弟弟的头:"爸爸很快就会回家的,是吧,忠叔?"

中年时的忠叔对着两个孩子点点头,但却眉头紧皱,没有言语。

从那以后,老宅夜里总会有一块块石头被丢进来。

樊斌这时总会扯扯樊良:"哥,我害怕……"

石头连续不断地被扔进来,花瓶、电视机等都被砸破、砸坏……樊良捂住樊斌的耳朵,和他一起躲在沙发后面,月光透过被砸破的窗户照在两人惨白的脸上。那时的他们弱小无助,不明白为何一夜之间世界都变了。

印象里,还有那无处不在的新闻,电视机里主持人播报道:"经过市里专家组为期两个月的调查,'7·29远峰化工厂特大毒气泄漏事件'主要负责人樊远峰已经被警方刑事拘留,远峰化工厂的安全设备存在重大隐患,安全章程也有重大纰漏。此次事故共造成13人死亡，7人重伤……樊远峰因涉嫌危害公共安全罪，可能面临最高长达十年的有期徒刑……"

还有樊家门上及墙上被人刷满的咒骂：

"杀人犯，樊远峰！"

"樊家人都下地狱！"

"不得好死！"

"是的，经历了那么多，弟弟被害了，爸爸死了，妈妈也病了，整个樊家仿佛一夜之间变成了被烧过的木头架子，一碰就化为了灰烬。忠叔已经尽力了，他照顾了我那么久，是我自己不争气，跟大家预期的一样，终于活成了一个败类。我是该走了，我早应该接受十五年前就该承受的孤独和惩罚了。"

樊良脸色黯淡，起身告别忠叔，一瘸一拐地走在路上。深夜的马路上，只有他一个人。

忠叔如同泥塑，自始至终都没有抬头，没有挽留。

樊良回头看向身后的医院，久久地凝视着，世界那么大，他却不知道该何去何从。

大排档上，樊良鼻青脸肿的，往嘴里灌酒："赶我走，走就走……赶得好，我还不用给你们养老送终，赶得好……"

樊良又灌了一大口酒："天天管这管那的，我早就想走了！"

樊良又开了一瓶接着喝："老板，再来一箱！"

夜摊老板走过来，道："兄弟，我们要收摊了！"

樊良晕乎乎的，口齿都不伶俐了："好好好，你也要赶我走，走就走，算……下钱……"

夜摊老板道："一共230元……"

第三章 樊　良

樊良往身上摸去，却没有找到钱包。他鼻子耸了耸，似乎闻到了什么，问道："老板，你这还有羊汤吗？真香，给我加一碗。"

"我这只有烧烤，你闻错了吧。"

樊良继续找钱包："这么浓的羊汤味儿……算了，老板，你稍等一下，我找找……"

樊良找了一圈也没找到钱包，眼珠子开始滴溜溜地转起来。

"没事……不急……"夜摊老板正说着话，樊良转身就跑。

夜摊老板反应过来后急眼了："你……"说着，他拔腿追了上去。

樊良一瘸一拐地在前面跑着，姿势极为怪异。夜摊老板气喘吁吁地在后面追，怒气冲冲地道："你个死瘸子还跑这么快！"

樊良一边跑一边回头看夜摊老板，没注意到绿灯变红，还是冲了过去。

夜摊老板突然一脸惊骇，着急地喊道："你站住！"

樊良嘿嘿一笑："傻子才站住！"

话音没落，樊良就被一辆车子擦倒在地。车子一个急刹，停住了，前车轮离樊良的脑袋只有十几厘米。

夜摊老板见出了事，左右看看，赶紧转身一溜烟地跑走了。

樊良晕晕乎乎、晃晃悠悠地站起来，然后直接瘫倒在引擎盖上。樊良还在挣扎着，突然一口吐了出来，弄得整个车前窗都是秽物。

最后樊良趴在引擎盖上不动了。

这时，车门打开，伸出一双修长的腿，脚上是赤红的高跟鞋。

第二天，司象县东芝大饭店的客房中，清晨和煦的阳光照进来，樊良醒过来，拿手挡住阳光，缓了缓，坐起身，身上的毯子落在了地上。

樊良捂着脑袋，有些头痛，同时也一脸疑惑地环视四周，这里明显是一间酒店的客房，他自言自语："我这是在哪儿？"

这时，卫生间里传来一个女人懒洋洋的声音："你这是在阴曹地府。樊良，你再这么折腾，怕是小命都要折腾没了。"

樊良一愣，女人走了出来，长发披肩，妆容妩媚，身材凹凸有致，举手间风情万分，正是他认识的陈朵。

樊良笑嘻嘻地伸个懒腰："陈朵？哦，我明白了，这是你的饭店。"

陈朵白他一眼："我真应该把你扔在马路上。"

樊良嬉皮笑脸："那你舍不得。"说着，他目光炙热地上下打量陈朵，"昨晚咱们有没有……"

陈朵似笑非笑地看着樊良："你猜……"

樊良探过身子，想要拉陈朵的手，却被陈朵一巴掌打开。樊良讨了个没趣，起身走到旁边镜子前，整理一下发型："你就这么着急赶我走？女人啊，真是忘恩负义。"

陈朵靠在墙上，抱着手，道："你就不能干些正经事，成天把自己搞得灰头土脸的……"

樊良瞅瞅陈朵，摸了摸自己那条瘸了的腿，自嘲道："我去过正规的律所，连给大律师买杯咖啡都比别人跑得慢，实习期结束，其他人都留下了，就我没有签约。社会就是这么实际，生活就是这么不公平。"

"你就打算一直这样？"

"还能怎么样，混着呗……反正我活成了大家希望的模样。"

陈朵没好气地打开门，把樊良推出去："走走走，赶紧

第三章 樊良

走……"

樊良扒着门道："你能不能借我点儿钱……"

陈朵厌恶地道："你能不能要点儿脸？"

樊良忽然有些伤感，低下头道："今天是樊斌的生日，我想好歹得去祭拜一下，但钱包丢了……"

陈朵愣了一下，似乎想到了什么，神情有些复杂，最后还是递给他几百块钱。

樊良接过钱道："谢谢了。"

然而樊良并没有去墓地。"今朝有酒今朝醉"，樊良这些年如果说学到了什么，那么这句话就是他的座右铭。在他精湛的演技下，那些凡是对他还抱有同情心的人，都是他收割的对象，这不，几百块钱又到手了。

"啪"的一声，几百块钱被拍在牌桌上。这是几个棚子搭成的赌场，里面乌烟瘴气，声音嘈杂。

樊良蹲在凳子上，吆五喝六的："我可是都押上了，你们麻溜的。"

周围几个赌客相互对视一眼，也纷纷掏钱，扔在桌子上。旁边的人开始发牌。

樊良吆喝道："四个'二'，大家客气了……"

说着，樊良就准备从几人面前抽走一些钱，但他的手却被人摁住了。有个赌客也从手里放下一张"二"。

"一共八个'二'，前面出了四个，你这里四个，我这里还有一个，怎么就多出了一个？"这人说道。

另外几人也看着樊良。

樊良挠挠头："我怎么记得只出了三个'二'？打了一天牌

了,记错了也不奇怪,我现在看牌都迷糊,找找呗,看看有没有多出来的……"

几人从出牌堆里找了下,还真的只有八个"二"。

率先发难的赌客还是不肯罢休:"你站起来!"

樊良不满道:"你别输不起……"

赌客将自己面前的一沓钱都推到樊良面前:"我赌你身上还有个'二',没有的话,这些就都是你的。"

樊良听到这话,瞬间来了精神,一下子把自己脱得只剩下一条内裤,然后原地转了一个圈。几人眼睛都瞪大了,不禁笑了出来。

樊良毫不在意:"怎么,还要不要继续脱?"

赌客呸了一口:"晦气……"

说着,这人起身离开。樊良开心地将钱全部揽走了。

这时,赌场管理人员大声嚷嚷道:"散了散了!隔壁工地挖出了尸体,警察要来了,都散了散了!"

所有人一时间作鸟兽散。落在后面的樊良背过身,从嘴巴里扯出一张纸牌丢到地上,赫然是一张"二"。

隔壁工地上,一辆挖掘机停在旁边,许多人站在那里围观。樊良好奇地挤过人群来到前面。只见挖掘机下面有个土坑,一个人的头骨被挖出来,坑里还散落着一些其他白骨。白骨被一件衣服覆盖着,衣服有些破损,但整体还是完好的。

有几个胆子大的,跳到土坑里,用木棍扒拉着白骨。樊良看到白骨的衣服下面露出一块手表,还有一个灰不溜秋、三棱锥模样的东西。

其中一人要把手表拿走,周围的人立刻大喊道:"死人的东

第三章 樊良

西你也敢拿，小心警察把你抓了。"

那人一听，犹豫了一下，又把手表扔在了坑里。

这时樊良注意到，那块手表表带的颜色似乎有些不一致，像是不同表带拼接而成的。

正想着，几辆警车快速驶来，五六个警察下车走了过来。樊良看到局长王金国走在前面，神色匆匆。

王金国指挥现场："你们几个，过去把所有人都清走，拉起警戒线！"

几个警察听命散开，分别驱赶还在围观的所有人。樊良一边被警察驱赶着，一边扭头看向王金国，只见他走进坑里，左右看看，然后伸手将那块手表和三棱锥模样的东西揣进了怀里。

樊良皱皱眉头，觉得王金国的举动有些怪异，而且那个三棱锥模样的东西，刚才好像微微闪烁了一下，自己好像在哪里见过。

第四章
王金国的录音

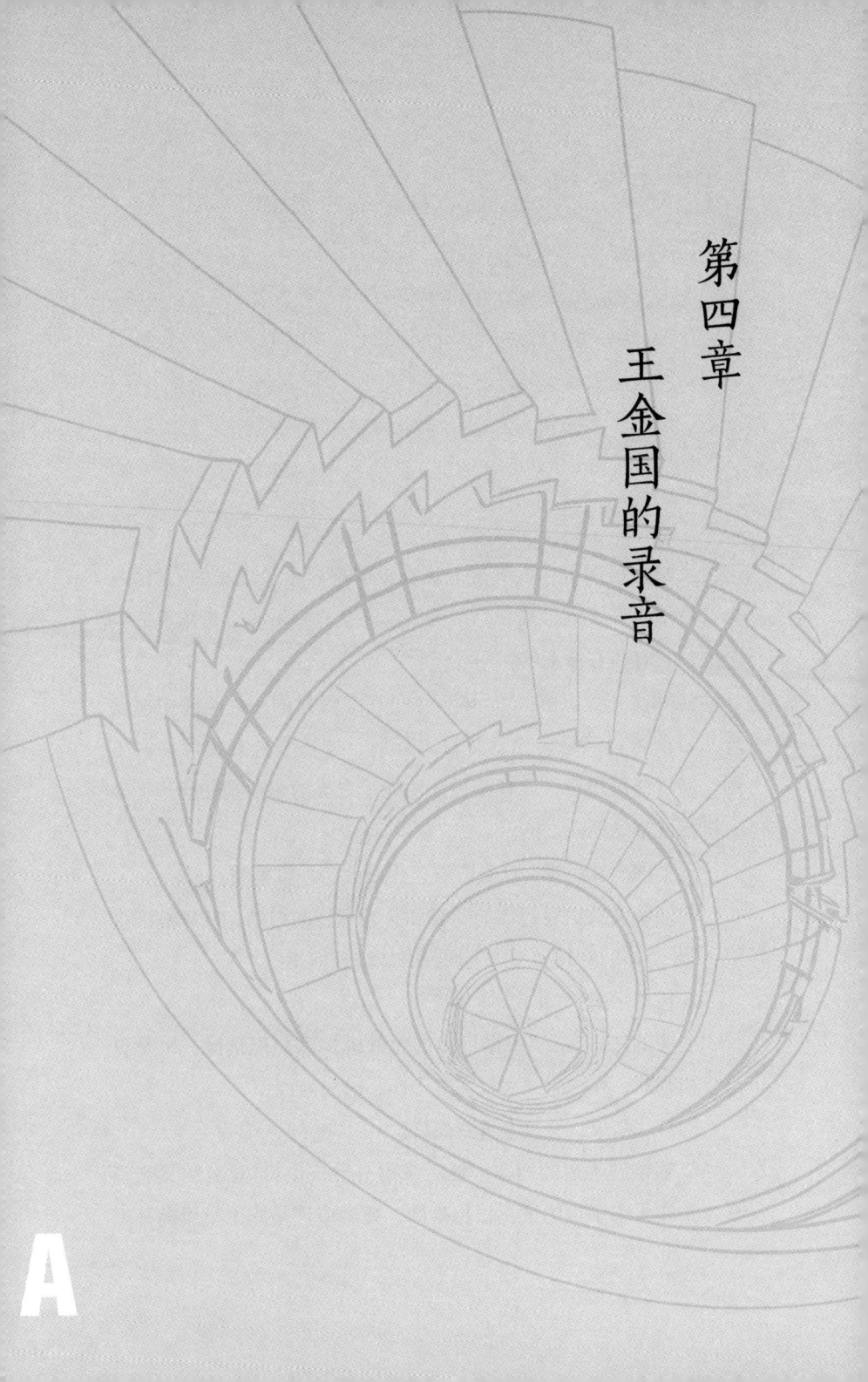

A

黑暗的房间里，大屏幕上正在投放梨园事故现场的幻灯片。会议室里坐满了人，局长刘韬等人都在认真地看着，角落里的王金国一直有些心神不宁。

江辉在一旁讲解："尸体于今早在北源村的一处梨园中被发现，目前可以确认，死者是被杀死后，才被装入麻袋埋在树下的。经过法医检查，死者是被人用绳子之类的东西勒住脖颈，导致机械性窒息而死亡的。"

王金国坐在后排，认真听着，但是眉头一直紧蹙。

大屏幕又放出装尸体的麻袋和扎紧麻袋的绳结，江辉继续讲解："装尸体的麻袋和绳子上面没有发现任何指纹。"

局长刘韬问："死亡时间呢？"

一旁的法医说："根据尸体的血液沉积和尸斑情况，以及胃部食物判断，死亡时间大概在二十四小时之内。"

幻灯片结束，会议室重新亮灯。

江辉整理手边的档案，然后拿出一份记录："死者的父亲马喜才是昨天中午报的案，根据推断，死者应该是昨天早晨离开家之后，被人杀害的。"

这时，王金国起身说道："死亡时间不可能是昨天早上，应该不到十二小时。"

所有人都看着王金国，尤其是那位法医，听到这话也站了起来。

刘韬敲敲桌子："理由？"

王金国道："因为昨晚我在国道上遇到了马浩，是我送他回到北源村，并且亲眼看着他回家的，所以死亡时间只能是昨晚。"

众人一听都低声议论起来，法医的脸色更是有些难看："王师傅，你说什么？你这是在怀疑我的职业素养吗？"

王金国继续说："而且……我记得马浩当时给过我提示，让我去那棵梨树下看一看。"

听到此话，现场所有人更加震惊。

刘韬冷着脸道："就是那棵发现尸体的梨树？"

王金国点点头："我当时并没有在意，只是现在想起来，才觉得很奇怪。"

刘韬疑惑道："你的意思是说，马浩其实是在告诉你，那里埋着自己的尸体？或者说，他知道自己会死，且会被埋在那里？"

警察小赵笑了："这不太合理吧？怎么听着像鬼故事？"

刘韬皱眉道："还有别的目击证人吗？"

王金国摇摇头，也有些困惑："当时只有我们两个人，我只是把他送到门口，并没有跟马浩的父母见面。我知道有点奇怪，但这的确是我昨晚的经历。"

法医想了想，道："昨天晚上你们聚餐，王师傅好像喝了不少酒吧？"

王金国点点头。

法医道:"那会不会是因为醉酒而产生的幻觉?我对自己的尸检结论负责。如果不信,可以去市里再检查一遍。"

其他人议论纷纷,低头窃笑。

刘韬干咳一声,止住会议室里的议论声:"好了,老王提供的这条线索先放一放,还是按照之前法医提供的信息继续讨论吧。"

会议继续,王金国有些尴尬地重新坐下。他没有纠缠这个问题,因为他说的那些话,他自己也在质疑中,但是那些记忆又无比清晰,让他不吐不快。

会议结束后,局长刘韬返回自己的办公室,王金国赶紧跟了进去。

"局长,马浩这个案子,我要参加。"

刘韬坐到桌前,语重心长道:"你现在的工作是办理转岗手续。"

王金国声音提高了几分:"那事儿不着急!这是命案,我是老同志,有经验!"

刘韬看了王金国一眼:"你还觉得你昨晚遇到的事是真的?"

王金国犹豫了一下:"这个……我也说不准,反正我觉得这个案子有点蹊跷,我得查清楚。"

刘韬起身在饮水机上给王金国接了一杯水,递给他:"你儿子那事,我知道你一直放不下,心里那道坎儿一直没过去。"

王金国有些生气,把水杯放在桌子上,道:"刘韬!这跟我儿子有什么关系!我就是想查马浩的案子。"

"老王,现在你别当我是局长,就当我是你的老朋友,听我一句劝,还有一个星期就走了,有些事你也该放下了。"

第四章　王金国的录音

王金国看了看手表，正色道："局长，距离我正式离职转岗，还有六天零十小时五分钟，只要没到最后一刻，我就还是一名警察，你说的这些，我理解不了。"

刘韬愣了一下，看着王金国这个模样，如此熟悉，跟以前一样，一旦他认定什么事情，那么几头牛都拉不回来。刘韬知道，现在谁也劝不动他了，只能无奈地摇摇头："好吧，你可以加入专案组。"

王金国点点头："谢谢。"

冰冷的法医室里，马浩的尸体被摆放在停尸台上。房里只有王金国一人，正看着马浩的尸体发呆。这时江辉走了进来，站在王金国身旁，两人都不说话。

沉默很久，王金国首先忍不住了："你是不是也觉得我昨晚喝多了眼花了？"

"师父，我不是不相信您，您说您昨晚亲自送马浩回了家，可是刚才我打电话给马浩他爸确认过了，他说昨晚根本没见马浩回来，这事……也太玄乎了。"

"别说你，连我自己都不相信了。"说着，王金国开始检查马浩的尸体，他注意到了尸体脖子上的勒痕。那天夜里他送马浩回家的时候，的确也在马浩脖子上看到了伤痕，但是光线太暗，没有看清。如果真是幻觉，那这一切也太巧了。

王金国摩挲着下巴，思索道："我记得很清楚，那时马浩脖子上也有伤，我还问他是不是挨揍了。"

江辉神秘兮兮地道："会不会当时马浩已经死了，您见到的根本不是马浩，而是他的鬼魂？他就是要告诉你他被杀了，让您帮他申冤。哎呀，这越说越瘆人了。"

王金国沉默良久，如果他不是一名警察，也许就真的相信这个假设了。他一巴掌拍在江辉脑袋上："大胆假设，小心求证，排除一切不可能的选项，最后剩下的，不管多不合理，都会是真相。"

江辉感慨道："您儿子失踪了那么多年，一直没找到，可只要有跟孩子相关的类似案子，您都特别上心。"

王金国不满地看了江辉一眼："当警察查案子，天经地义，跟别的事没关系。"

这时，王金国突然注意到，马浩尸体的手腕上，戴着一个用塑料绳编成的手环。他思忖道："昨晚倒是没注意他手上戴没戴东西……"他盯着手环一直看，然后似乎想起什么，浑身一激灵，仔细地辨认着手环的细节。

江辉察觉到王金国的异样，他感到王金国整个人似乎被什么激怒了一样，浑身散发出一股骇人的气势。

"师父？"

王金国快速朝外面走去，穿越走廊，来到办公大厅自己的工位上，从已经收拾好的东西里翻找着一份文件。

王金国找到那份文件，快速地翻看起来。最后他终于找到了，目光停在其中一页上。

那页文件上贴着一张照片，是一张从肘部断裂的前臂的照片，断臂上到处是被啃食的痕迹，手腕上系着一个手环，颜色、样式与死者马浩手腕上的一模一样！

王金国拿着照片愣在当场，就连江辉不停地在旁边喊，他都没反应。此时王金国脑子里仿佛刮过一阵龙卷风，思绪早就被拉到了十五年前的那个雨夜。

那天，浓黑的夜色中下着倾盆大雨。雨点落地的声音、鞋子踩在树枝上的声音，还有众人剧烈的喘息声交织在一起，成为王金国脑海中始终无法忘怀的画面。

年轻的王金国穿着厚重的雨衣，手里拿着手电筒，在茂密的树林中焦急地奔跑着，四处呼喊儿子王晨的姓名。

不远处，远峰化工厂高耸的烟囱，显得格外诡异。

旁边还有一些别的人，也都穿着雨衣拿着手电筒，拉成一条搜索线，一起向前寻找着。

这时，对面走来一个穿着雨衣的人，手里拎着一只证物袋，是年轻时候的刘韬。他掀开雨衣的帽子，递上那只证物袋，说道："我找到这个。"

王金国急忙抢过证物袋，打开查看，发现里面是一只成年男人的前臂断臂。断臂的伤口处还残留着一些血迹，上面有很多被啃食的伤口，断口一看就是刚刚被砍断不久，手腕上系着一个手工编织的塑料手环。

明白这不是王晨的，王金国又拉住刘韬，急切道："有王晨的线索吗？"

刘韬摇摇头："已经拉网搜查两遍了，只找到这只被野狗啃食过的断臂，不过这是一只成年人的断臂，恐怕王晨遭遇了什么事……"

刘韬没有继续说下去。王金国有些绝望了，他"扑通"一声跪在了地上，任由雨水打湿自己的头发。

那一夜的那场雨似乎一直没有停，在王金国此后十五年的生活里一直下着，直到今天。

没错，这只断臂上的塑料手环正是当年王金国儿子王晨失踪后的唯一线索，如今竟然跟死者马浩手腕上的手环一模一样，这难道是巧合吗？还是两个相隔十五年的案子之间有着什么不为人知的联系？

无论是哪一种结果，都让王金国情绪有些激动，他来不及向其他人解释什么，就立刻带着塑料手环前往马浩家，了解情况。

马浩的爸爸马喜才拿着证物袋，仔细地端详后确认手环确实是马浩的。

王金国坐在马喜才的对面，打开一支录音笔，放在桌上："你知道这东西的来历吗？"

"就是小孩子自己编着玩的东西。为了这个，我还训过他一次，不好好学习，净搞些没用的。唉，早知道会是现在的情况，我……我就不骂他了。"马喜才低下头，有些哀伤的样子。

这时，马浩的妈妈周慧穿着居家睡衣，从里屋冲了出来。她蓬头垢面，面容憔悴，大喊大叫道："我儿子回来了！我儿子回来了！我的儿子，我对不起你！"

马喜才赶紧把周慧拉过来坐下，训斥道："别乱说！是警察同志过来调查情况。"

周慧又哭起来："我的浩浩死了……浩浩死了……我对不起我的浩浩啊……"

马喜才有些无奈，对王金国解释道："自从儿子出事，她就不太正常了，疯疯癫癫的。"

王金国同情地点点头，当年王晨失踪后，他的精神也一度出现问题，那种失去骨肉至亲的惨痛，至今记忆犹新。

马喜才低头道："警察同志，我家马浩的案子，查出是谁干

第四章 王金国的录音

的了吗？"

王金国拿出一张照片递给马喜才，正是那只神秘断臂的照片，他问道："这个你有印象吗？"

马喜才摇摇头："这是什么？没见过。"

而一旁的周慧看到照片，忽然"啊"的一声尖叫，似乎被照片上的断臂吓到了，她"扑通"一声坐在了地上，抱着自己瑟瑟发抖。

马喜才不耐烦地呵斥妻子："疯疯癫癫的，回屋去！"

周慧被马喜才赶回了里屋。马喜才又继续看照片，有些奇怪道："这只断臂上的手环跟我儿子戴的那个一样。警察同志，这个，是杀我儿子的凶手的线索吗？"

王金国道："目前还不清楚。你们家和什么人发生过冲突吗？或者之前得罪过什么人？"

马喜才摇头，有些无奈道："我就是一个卖梨的，从来没得罪过谁。"

王金国站起身，环视房间，注意到柜子上放着几瓶云南白药喷雾，他立刻想到自己扭伤的脚，不由得摇摇头，感到脚踝又隐隐痛了起来。

眼看没什么其他发现，王金国收起录音笔准备离开："有什么进展，我会及时通知你们的。"

马喜才站起身，神情哀伤："警察同志，那……那就拜托你们了。可能对你们来说，查案就是工作，可是对于我们家……你恐怕不能理解，孩子突然就没了，唉，那种感觉……这个家要毁了。"

王金国愣了一下，沉默片刻说道："我能理解。"

王金国离开马浩家，一个人在国道上骑着电瓶车。当他再次经过昨晚遇到马浩的那个地方时，他停下车，来到路边。

　　王金国看看四周，又抬头看向远处的远峰化工厂，那高耸的烟囱，即便过去了那么久，还是十分惹人注目。

　　这时，王金国的手机响了，接听后传来江辉的声音："师父，许文来局里了。"

　　王金国顿时一愣，立刻转身，跨上自己的电动车快速离开了。

　　公安局里，李东彪坐在桌前，手上依然戴着手铐，他的身边坐着一个穿着西装的男人，看样子是一名律师。

　　李东彪对面，是江辉和警察小赵。

　　律师胸有成竹地说："已经有人承认自己是赌场组织者，你们也没有足够的证据指向我的委托人，那他就是无辜的，最多就是个参与者，根据《治安管理处罚条例》，只要缴纳罚金，你们就得放人。"

　　李东彪得意扬扬地靠在座位上："我都说了，我不是组织者，我就是被朋友叫过去玩几把。"

　　江辉冷冷地看着李东彪，没说话，只是拿着笔的手死死地握着，指节发白。

　　小赵轻轻碰了碰江辉，提醒他别冲动。

　　江辉只能起身，拿着一份文件走到李东彪面前，把笔丢给他，冷冷地道："签字！"

　　李东彪缓缓拿起那支笔，然后故意手松了一下，笔掉在了地上。这让在场众人一愣。

　　李东彪晃动一下手铐，阴阳怪气地道："哎哟，我被铐太久了，腰有点疼，弯不下去，警察同志，能帮我捡一下吗？"

江辉忍着怒气看着李东彪，而李东彪也仰着脖子，看着江辉，神色得意。

江辉最后还是过去捡起笔，缓缓放在李东彪面前。

李东彪冷笑一声，痛快地在文件上签了字。

江辉给李东彪打开了手铐。李东彪揉揉手腕，站起身道："警察同志，多谢你这几天的照顾，有机会我一定好好地报答你。"

江辉冷冷地说了一句："我等着。"

李东彪跟律师离开了审讯室。江辉眼里冒火，一直攥着拳头。

此时，王金国骑着电瓶车刚刚进入公安局大院，看到大楼前停着一辆黑色的奥迪轿车。

大楼门口，律师陪着李东彪正好走出来，两人走到车前，李东彪打开后门坐进去，律师坐到副驾驶的位置。车子发动，朝大院外行驶，与骑着电瓶车的王金国擦肩而过。但是，车子忽然在王金国旁边停了下来，后车窗落下，露出了里面的人。一个五十岁出头的中年男子，穿着宽松的休闲装，面容消瘦，戴着金丝边眼镜，一副成功商人的模样，正是许文。

高级轿车内的许文和骑着破旧电瓶车的王金国对视着，两人的气势却不相上下。许文脸上露出淡淡的微笑，率先说道："王警官，好久不见。"

王金国脸上一片冰冷："好久不见，许老板。"

李东彪坐在许文旁边，冷冷地看着王金国，伸手揉着脖子上的眼镜蛇文身。

许文温文尔雅，像和老朋友叙旧一样道："我这个手下不成器，给你们添麻烦了。"

王金国没说话。

"我听说，咱们司象又有小孩子被害了，唉，我为什么要说'又'呢？王警官，你家王晨丢了这么多年了，还没消息吗？这生不见人，死不见尸的，最熬人了，倒不如像那家人，起码知道孩子没了，省得念想了。凶手有下落了吗？出了这种事，到处人心惶惶的，你们警察要多多费心啊！"

王金国握着车把的手不由得握紧，但脸上依然保持平静："凶手一定会抓到的，你放心。"

"不急，跟做饭一样，讲究火候，武火不成的时候，文火慢炖反而有奇效。"许文一笑，车窗缓缓上移，挡住了他的脸。

直到车子离开大院，王金国的脸色才阴沉下去，缓缓吐出一口浊气。

王金国停好车子，走到大楼后面，看到江辉一个人坐在后门的台阶上，心情有些烦躁，他拿出一支烟叼在嘴里，又掏出打火机想要点烟，但是按了好几次，打火机都不出火，江辉更加烦躁，直接把打火机狠狠地丢了出去。

王金国走过来，坐在了江辉身边。他没有理会江辉的烦躁，只是静静地坐在那里，眼神有些放空。

江辉忍不住大骂道："那个李东彪肯定是组织者！本来以为这次能判他几年，没想到又跑出来个顶罪的，全黄了。"

王金国看了看江辉："这点事就沉不住气了？"

江辉捏碎手里的烟："我是心里憋屈，师父您是没看见李东彪的那副嘴脸，我真想抽他！"

王金国拍了拍江辉的肩膀："李东彪是许文的人，想抓他本来就没那么简单。我跟许文斗了十几年，都还没抓住他的把柄，

第四章 王金国的录音

你急什么？"

"对，当初爷爷在检察院的时候也数次起诉过他，结果都被他给翻案了。爷爷去世的时候，嘴里都念叨着许文的名字。师父，您说，这是为什么？"

"什么'为什么'？"

"为什么执行正义这么难？"

"这……正是正义弥足珍贵的原因吧。"

江辉无奈地叹了口气。这么多年了，师父和爷爷一直想把许文绳之以法，但有时候正义总是无法战胜邪恶，直到爷爷去世，许文还逍遥法外，这也是江辉最感到窝囊的地方。全司象县的人都知道这个许文违法乱纪，残暴无道，可就偏偏没法将他抓住，仅仅因为他有权有势，还有一批愿意为了钱而顶罪的爪牙。

江辉摇摇头，驱散一些消极的想法，然后又想到什么似的说道："师父，马浩的案子有进展吗？我看你当时很激动。"

王金国道："马浩家没什么仇人，暂时没有嫌疑人。"

江辉撇嘴，有些丧气："学校我也去走访过了，根据马浩的老师和同学说，马浩这孩子，家庭条件不算好，性格虽然有些孤僻，但是从不惹事。哎，马浩那个手环呢？有发现吗？"

王金国摇摇头："我去问过马浩的父母，那个手环是马浩自己编的，没什么特别的来历。"

"那只无名断臂可是小晨失踪案的唯一线索，断臂上的手环又跟马浩手腕上的一模一样，师父，这也太巧了吧？这两个案子会不会有什么联系？"

王金国沉默了很久："大胆假设，小心求证。只要耐心寻找，就会有新的线索出现。"

江辉佩服道："师父，你还真是沉得住气。"

王金国拍拍屁股，起身，看了看手表："查案子总得有点耐心。那个许文不是总喜欢拿做饭说事吗，对付他也一样。心急吃不了热豆腐。"

王金国9点多从公安局离开回家，一进屋就发现地面还是湿的，明显刚刚拖过。墙边立着一个笨重的氧气罐，氧气罐的下面还装着轮子。

厨房传出炒菜的声音。王金国走到厨房，看到一个二十多岁的年轻女孩正在那里炒菜，因为油烟的味道，她脸色苍白，有些咳嗽，正是池小惠。

王金国看到操作台上已经放着几盘炒好的菜，煤气灶上还煮着一锅热汤。

"又搞这么多，哪吃得完？"王金国说道。

池小惠看了一眼王金国："才四个菜，怎么吃不完？……哎呀，我刚拖的地，你进屋怎么不换拖鞋啊？地又被踩脏了，赶紧换鞋去。"

王金国有些无奈，只好重新走回门口，从鞋柜里拿出一双拖鞋换上。

不一会儿，餐桌上已经摆放了四个菜和一锅排骨汤，王金国和池小惠分别在桌前坐下。池小惠明显有些喘不上气，赶紧拉过一旁的氧气罐，戴上氧气面罩，吸了好几口氧气，才缓过来。

王金国有些无奈："你的身体又不好，不要每次搞这么麻烦嘛！"

池小惠摘下氧气面罩，没理会王金国的话，拿起筷子说：

第四章　王金国的录音

"每天都回来这么晚，快吃吧，一会儿该凉了。"

王金国只能拿起筷子也吃起来。

"味道怎么样？"

王金国点点头："不错。"

池小惠道："家里做的饭肯定比外面饭馆强。那家羊汤馆，味精又多，油也不干净。"

王金国嘟囔："我觉得樊良家的羊汤还行。"

池小惠边吃边说："给你买的洗面奶，你怎么还没用啊？肥皂碱性大，洗多了皮肤干燥。还有，让你把洗好的衣服收了，你也不收。"

王金国不说话了，笑眯眯地、静静地吃着饭，就让池小惠不断唠叨着，这一刻对他来说也是一种享受。

忽然，王金国抬头，看着池小惠道："小惠，不知道是不是我的错觉，我总觉得你最近变了很多。"

池小惠一愣，莫名其妙地看着王金国："我怎么了？"

"就是比以前活泼了一些，之前你一晚上一句话也不说，最近一两年好多了，感觉愿意说话了，像变了一个人。嗯，身体好像也好了一些，不像以前那样一说话就喘不过来气了。哈哈，都是好事啊，说明你终于走出来了！"

池小惠沉默了一下："身体倒是没觉得好一些。而且，那些事，会留在心中一辈子吧，走不出来的。"说着，她感觉又有些气喘，赶紧戴上氧气面罩吸了几口氧气。

王金国叹了口气："每天去哪都拎着个氧气罐，也不是个事儿，医院还没有找到合适的肺源吗？"

池小惠有些失落："肺源很难的，就算找到了，还要去省会的大医院才能做手术，要好多钱呢。我现在这样挺好的，没事。"

"手术要多少钱？"

"不清楚，大概几十万吧。"

王金国想了想，走回里屋拿出一张存折，递给池小惠："这里面有二十万，要是找到肺源了，你先拿去用。"

池小惠没有接："我不要，这是你养老的钱。"

王金国道："我的工资够用了，这钱我也没处花。"

"那我也不要。"

"你爸妈走得早，你身体也不好，也没个稳定工作，这几年一直都是你帮我照顾家里，我一分钱都没给过你，这就算是你的工钱了。"

池小惠听到王金国这番话，生气了："我是看你可怜，孤寡大叔一个，谁想要你的钱了？我……我起码还有男朋友呢，你才是可怜的那个！"

王金国听了池小惠的话，情绪有些低落。

池小惠也觉得自己说话有些重，缓和了语气："王叔，我……我不是那个意思，我的命都是你救的，做这点事，都是我应该的。"

王金国点点头，没再说什么，小惠说的其实没错，自从十五年前的那些事发生之后，自己就没有了生活，只有活着。无论发生什么事情，都已经无法再将他的内心点燃了，除非……除非能够让他见到自己的儿子王晨！

吃完饭后，王金国送池小惠离开，然后回到卧室，坐到写字台前，看着桌上一家人的合影，神情落寞。照片上妻子许娜的模样依然美丽，当时她可是司象县知名的美人，却嫁给了自己这样一个穷警察，过得并不快乐。王金国一直以来都觉得人定胜天，但是面对病魔，他却束手无策。

十五年前，医院里，年轻的王金国穿着一身警服，正在跟一名医生谈话。

"你爱人的身体状况恶化了。"

"怎么会恶化？每周两次的血液透析从来没有耽误过……"

"对于尿毒症患者，血液透析只能部分替代肾脏的功能，长期下来还是会对患者的脏器造成损伤。"

"那还有什么别的办法吗？"

"最好的办法还是尽快做肾移植，这样既可以保证病人的生活质量，也可以延长生命。"

"好，那就做肾移植！"

医生担忧地望着王金国，有些不忍："配型合适的肾源我们医院可以帮你去找，但是后续手术的费用很高，术后还要终生服药，经济负担会比较重，你要有心理准备。"

王金国眼神很坚定："大概要多少钱？"

"30万左右吧。"

王金国没有丝毫犹豫，点点头："我知道了，我会想办法的，谢谢您。"

王金国返回病房，病床前一台血液透析机正在工作，机器连着躺在床上的女人，正是他的妻子许娜。

7岁的儿子王晨坐在一旁的小桌前安静地写作业，桌上放着一个小水壶，上面用油漆写着他的名字。

王金国推门进来，坐在妻子身边时，已经换上一副轻松的表情：" 今天的气色不错。"

许娜有些虚弱地点点头："医生怎么说的？"

王金国故作轻松："放心吧，医生说你的状态很好，只要坚持透析，什么事都没有。"

"每周两次透析，这几年下来，咱家哪还有钱？"

王金国抚摸着妻子的手，安慰她道："钱的事你就别操心了，我有办法。"

这时，病房里有些骚动，原来电视里面正在播放一条新闻。一名记者在做实况报道，她身后不远处就是远峰化工厂，那里正飘散出一阵阵浓烟。旁边停了很多辆救护车、消防车，医生、公安消防和武警都在忙碌。

"我县的远峰化工厂刚刚发生了一起严重的化学药品泄漏事故，大量的有毒气体已经扩散，很多厂内职工和附近村民都不幸中毒，政府已经组织公安、消防等部门展开了紧急救援工作，目前伤亡人数还没有准确数字……"

王金国看着新闻，眉头紧锁。

许娜露出一个温和的笑容："金国，你赶紧去吧，我这边没事。"

王金国把儿子拉过来，拍拍儿子的脑袋："照顾妈妈。"

王晨使劲点头："爸爸，你也要注意安全。等你回来教我下棋，你都说了好几次了。"

王金国点点头，快步离开。

救援现场十分混乱。救护车、消防车的鸣笛声此起彼伏，公安、消防和武警都戴着防毒面具，正在从化工厂里往外救人。医生和护士也都在紧张地忙碌着，将救出来的人员送上救护车。

第四章　王金国的录音

王金国见到这种情形，拿起一个防毒面具，就快步冲进了事故现场。

王金国戴着防毒面具冲进一所民居，看到那里躺着三个人，一对成年夫妇和一个小女孩，三人已经倒地不动了。

王金国上前检查，发现夫妇二人已经死亡，他遗憾地站起身。这时，那个小女孩却意外地咳嗽了一声，她竟然还没死！王金国赶紧抱起她，并把自己的防毒面具戴在她脸上，快步冲了出去。

王金国抱着女孩跑到救护车前，把她交给一名医生。医生立刻用听诊器检查女孩的身体，王金国在一旁担忧地看着。

"大夫，还有救吗？"

检查完毕，医生点点头："应该能救过来，就是肺部的损伤可能比较大。"说完，医生便让两名护士将女孩送上了救护车。

王金国当初拯救的小女孩正是池小惠，而妻子许娜也并没有从病魔手中逃脱。王金国轻轻地叹了口气，将忧伤的回忆从脑海中驱散，打开笔记本，习惯性地将最近案情的梳理记录下来，然后他又拿出白天那支录音笔，按下播放键，里面正是他询问马喜才的录音。

"你知道这东西的来历吗？"

"就是小孩子自己编着玩的东西。为了这个，我还训过他一次，不好好学习，净搞些没用的。唉，早知道会是现在的情况，我……我就不骂他了。"

"我儿子回来了！我儿子回来了！……"

就在这时，录音笔似乎受到了什么干扰，发出刺刺啦啦的噪声。在噪声中，隐约还能听到一个女人惊恐的声音："救命！到处……都是血,一个男人……正在用刀……捅一个女人,魏庄小区后面……救命,快来人啊!"

声音戛然而止,王金国一愣,疑惑录音笔里传来的奇怪声音,他拿起录音笔重新听了一遍,而这次,录音笔一切正常,再没有出现之前的噪声,也没有出现那个奇怪女人的声音。王金国不甘心,又重新听了一遍,可是录音笔依然正常,没有出现之前的噪声和女人的声音。

王金国有些惊异地拿起录音笔看着,不知道这是怎么回事。

第五章
陈朵的男朋友

会议室，大屏幕上显示的照片正是那个写有"蓝灯"字样的火柴盒。

陈朵站在大屏幕旁边，向在座的上级汇报目前的案情："这个火柴盒来自县里的蓝灯酒吧，我们当晚突袭了蓝灯酒吧，果然查获到新型毒品'跳跳糖'734克以及大量的致幻剂。现在有充足的理由，将池小惠被杀案及田康被杀案并案，两起案子很可能都跟毒品有关！"

局长刘韬点点头："按照你们的推理，田康因为某些原因杀死了他的女朋友池小惠，然后又在自己藏毒品的地点被其他人杀死？池小惠也跟田康的贩毒行为有关系？"

陈朵点点头："根据已知的线索，可以做出这样的推断，但是具体犯罪详情，我们还在调查。另外，据调查，池小惠有一个日记本，我们正在寻找日记本的下落，但目前还没找到，如果找到了，可能会对案情有巨大帮助。"

"这个蓝灯酒吧是什么来头？"

陈朵操纵遥控器，大屏幕上的投影变成两个人的照片：一个是许文，一个是李东彪。

"这是蓝灯酒吧的法人李东彪，不过背后的实际所有人是盛文贸易有限公司的董事长许文，李东彪是他的爪牙。李东彪坚称自己对蓝灯酒吧的毒品毫不知情，而且同一时间酒吧经理刘财会主动承认是他瞒着李东彪在酒吧贩卖毒品的，目前已经因贩卖毒品罪被逮捕。"

刘韬冷哼一声："又是这一招，舍车保帅。"

"根据对刘财会的审问，刘财会承认是他招募田康为自己贩卖毒品的，但是表示对田康的死毫不知情。田康的死亡现场没有发现凶器，只提取到了田康本人的指纹，具体情况，需要等详细的尸检报告出来才能知道。"

刘韬郑重道："这个许文，可是咱们司象县黑恶势力的代表人物，这么多年来，涉嫌非法走私、雇凶伤人、非法占有等，但就是逮不住他，不仅因为他做事滴水不漏，更重要的是他还有一批爪牙愿为他扛罪！如果这次的案子真的跟他有关，一定不能放过他！"

陈朵转头看着大屏幕上许文的照片，眼中闪过仇恨的光芒，但很快又压抑下去。

会后，陈朵来到证物科，看到小赵正在一排排的证物架子上寻找着什么。良久，小赵根据架子上的时间标签，从最里面的一个架子上搬下来一个纸箱子。小赵从箱子里摸出一个证物袋，袋子里有个长满铁锈的金属扳手。

小赵一脸不解："陈组长，你找这个干吗？这都是多少年……"他看了一眼袋子上贴的时间标签，"都是十五年前的证物了，按理说早该清理掉了。"

三楼：死亡救赎

　　陈朵接过小赵手里的证物袋，拿着沉甸甸的扳手："这是跟许文有关的证物。"

　　小赵愣了一下："跟现在的案子也有关系？"

　　"还不知道。"

　　陈朵回到办公区，坐在办公桌后面，放在证物袋里的扳手就静静地躺在办公桌一角。陈朵默默地注视着扳手。

　　罗玥从旁边探过头来："这不是你经常看的那个？"

　　陈朵看看罗玥。

　　"你每次主动过来加班，就拿着档案看，档案里不就有个扳手的照片？"

　　陈朵点点头，拉开抽屉，从里面拿出一份档案，翻开一页。那一页上正是一张沾血的扳手的照片，跟眼前的扳手一模一样，只是现在的扳手多了很多锈迹。

　　罗玥瞥了一眼档案一角的备注："9·24陈沁失踪案"，有些惊讶地看着陈朵。

　　"陈沁是我姐姐。"陈朵淡淡地道，说完，她合上档案，站起身道，"你上次说化工厂事故造就了我警察的身份，其实不是，我当警察是为了姐姐。"

　　罗玥愣愣地看着陈朵，良久后喃喃道："陈沁如果知道，一定会很骄傲的。"

　　"你不会懂的。"陈朵冷漠地回应一句，然后离开了公安局大楼，她必须亲自去见一下许文，核实一些新的线索。

　　陈朵开着车，沿着街道行驶，来到一个巨大的厂房前，厂房后是一栋高层楼房，门口牌匾写着"盛文贸易有限公司"。陈朵停好车，大步走到前台面前。

第五章　陈朵的男朋友

"许文在哪儿？"

前台问道："请问您有预约吗？"

陈朵掏出证件："警察。"

前台顿时有些紧张："这……这……我打个电话。"

陈朵不耐烦了，看了一眼旁边墙上的指引图，转身朝着二楼走去。

"哎！您好……您等会儿。"前台想去追，但犹豫了一下，还是决定先打电话。

陈朵沿着走廊一路看去，目光最后停在了前面的董事长办公室。她径直推门进去，只见头发微微花白的许文正站在桌子后面，手持毛笔，屏气凝神，似乎在酝酿着什么。

见到进来的是陈朵，许文微微瞥了她一眼，示意她稍等一下。只见他忽然笔走龙蛇，很快写完一句话："兰因絮果，现业谁深。"许文长舒一口气，提着笔，看着墨迹未干的八个大字，有些出神。

"陈警官，'兰因絮果，现业谁深'，我这幅字怎么样？"

陈朵走向前，坐在桌子对面，看着许文道："早悟兰因，不结絮果。你应该比我更懂，许老板。"

许文惊讶地看了陈朵一眼，放下手里毛笔，拿起方巾擦手，道："陈警官是为了酒吧的事情来的吗？放心，酒吧我已经关了，下面的人办事就是不靠谱，陈警官不用顾忌我，该抓谁就抓谁！我也很生气，怎么能做违法的事呢？"

正说着，办公室门突然被推开，李东彪带着几个人着急忙慌地走了进来。

李东彪瞥见陈朵，眼中凶狠一闪而过："老板？"

许文见状,摆摆手,示意他们出去。李东彪再看陈朵一眼,然后离开了。

陈朵一直盯着许文,忽然注意到他的左侧脖子上似乎有几道血痕。许文察觉到陈朵的目光,有些不自然地拢了拢衣领,试图挡住那些血痕。

陈朵意味深长地道:"许老板,我可没说是酒吧的事情,你不用心虚。"

许文笑笑:"那陈警官这次过来,是单纯叙旧?"

"你真的以为做了那些事,可以全身而退吗?"

"哈哈,陈警官真会说笑,果然一直对我有误会。我记得陈警官刚回司象的第二年,就查了我七车的货。不过查得对,我竟然不知道手下用我的车走私,我也很生气,该查!这些我都还没来得及感谢陈警官呢。"

许文笑呵呵地注视着陈朵,言语中却有一丝威胁。

"许文,你知道我为什么一直盯着你吗?"

"陈警官,盯着我的人很多,我从来不去记他们。"

陈朵:"田康、池小惠跟你到底是什么关系?"

"从没听说过他们。"

"许文,这次你露出的破绽太多了。"

许文不以为意,拿起那幅自己刚写的大字,欣赏着:"如果没别的事,我还约了人。陈警官,请吧。"

许文赶客,陈朵起身离开。李东彪等人都守在办公室门口,看到陈朵出来,个个眼神不善。

陈朵不理会他们,径自离开。她快步走出公司大门。这时,一辆车驶来,停在了旁边。陈朵没怎么注意,继续往自己的车走去。谁知那辆车车门打开,江辉却从车里跑了出来:"小朵!"

陈朵站定,回头看去,有些疑惑:"你怎么来这了?"

江辉见到陈朵很开心:"我是来谈工作的啊!好巧啊,你也在这。"

陈朵盯着江辉,想了一会儿:"你上次说的,跟你的公司合作的大企业,就是盛文?是你爷爷推荐的?"

江辉点点头,很开心:"没错,盛文在咱们司象也是数一数二的企业了,能跟他们合作,一定对我们有很大帮助。"

"你知道盛文是谁的公司吗?"

江辉道:"许总啊,我们见过几次。"

陈朵冷笑一声,看着江辉,然后转身打开车门上车。

江辉在背后直喊:"小朵!你去哪儿?"

陈朵不理江辉,径自驾车离开,回到了公安局。刚到公安局,罗玥就迎了上来:"你可回来了,田康的尸检报告出来了。"

"有什么发现?"

罗玥欲言又止。陈朵看罗玥神色有些奇怪,问道:"怎么了?"

罗玥道:"你自己去看看就知道了。"

田康的尸体被白布盖着,躺在解剖台上。陈朵拿着尸检报告,仔细看着,眉头紧锁。罗玥忐忑地站在一旁。法医坐在旁边的凳子上,手里端着一碗焖面,一边吃,一边好整以暇地看着陈朵。

良久,陈朵把报告放在了桌子上,疑惑地看着法医。法医这才开口:"死者是被钝器击中后脑致死的,死前似乎遭受过长时间的折磨,手指都被掰断了。"

陈朵看着法医,等他继续说。

法医吃了口焖面,拿餐巾纸擦擦嘴,接着道:"死亡时间为九十六小时之前。"

陈朵惊讶道："你是说，田康在池小惠死亡之前就已经死了？"

法医点点头："没错！"

陈朵一下子愣住了。

罗玥的脸也一下子垮了下来："如果是这样，那咱们之前的推断就全是错的，田康不可能杀死池小惠。"

陈朵摇摇头："那把短刀怎么解释？上面有池小惠的血迹，还有田康的指纹，就出现在案发现场不远。"

法医道："那就是你们的事了。看来，你们的方向从一开始就不对！"

陈朵有些恼怒，使劲揉了一下太阳穴，头又开始疼了。她从口袋掏出一粒布洛芬吞下去，又问道："指甲里的肉屑是怎么回事？"

法医说："嗯，这才是关键。田康死前的确曾经与人搏斗过，抓伤了某人，指甲里存留少量的肉屑，应该就是凶手的！"

陈朵一愣，想到许文脖子上就有血痕："是许文！立刻去做DNA鉴定！"

"我已经交上去了，准确的DNA鉴定得去市里做，走着流程呢，等着吧，等排到咱们，起码得十天半个月。"

陈朵紧蹙眉头："太久了，能不能加快？"

法医一笑，继续往嘴里扒拉焖面："那你去说吧，我没这本事。"

陈朵盯着法医，法医低头吃面，似乎不想理她了。陈朵忽然上前，一把夺过法医手里的面，然后倒进垃圾桶，转身离开。

罗玥也瞪了法医一眼，跟着陈朵离开了。法医瞪大眼睛，敢

第五章　陈朵的男朋友

怒不敢言，只能一脸惋惜地看着垃圾桶。

公安局大厅里，陈朵快步走在前面，罗玥紧跟在后面："现在怎么办啊？"

"什么怎么办？"

"如果不是田康杀死的池小惠，那两个案子是不是不应该并案？"

陈朵不说话，继续走。

"或者田康的死其实跟毒品没有关系呢？"

陈朵站定，盯着罗玥，道："一定跟许文有关！你去重新把池小惠和田康的社会关系捋一遍，尤其是最近接触的人，看有没有我们忽略的信息。"

罗玥哭丧着脸："组长，这案子现在越查越乱了。"

陈朵道："不会的，我们一定是忽略了什么。市里DNA鉴定那边，你去问一下队长，看能不能加快。"

"嗯，明白。"

看着罗玥转身跑走，陈朵从旁边的自动售货机里取出一听可乐，咕咚咕咚地喝着。这时，手机响了起来，是江辉打来的。陈朵看着嗡嗡响的电话，犹豫要不要接。

正在这时，局长刘韬走过来，从自动售货机里捞出一瓶果汁，听到手机声音，问道："怎么不接？"

陈朵一愣，想了一下，挂断了电话："没事。"

"怎么，心情不好？"

"池小惠和田康的案子……"

"我听说了，很多线索都是矛盾的，你们之前的很多推论都不成立了。"

陈朵点点头:"先是报警人和受害人之间出现矛盾的报警记录,现在田康和池小惠的死亡时间也是矛盾的。对不起,是我太自信了。"

"你已经是我们最优秀的警察了,有时候如果想不通,不妨换个角度去考虑,线索太多,反而会干扰你,一定要相信你的直觉!"

刘韬举起手里的果汁,跟陈朵手里的可乐碰了一下,说道:"不要放过任何一个罪犯!你不是经常把这句话挂在嘴边吗?"

陈朵点点头,喝下一口可乐,但是依旧无法压抑心里的烦躁。每当这个时候,她总是会去一个地方,一个可以让自己说说话,舒缓心情的地方。

天空还是阴沉沉的。陈朵开着车缓缓地驶进墓园,下车后她手里拿着一束鲜花,走到一处墓碑前,将花放在一旁。

放鲜花的地方有很多干瘪的花朵,墓碑上是一个14岁小女孩的照片,正是陈朵的姐姐陈沁。

陈朵将墓碑上的一些干枯的花瓣拂去,静静地看着姐姐的墓碑。其实陈朵一点儿都不喜欢鲜花。在她看来,鲜花的生命周期太短,所以无论看上去多美好,她都觉得没有意义。不过,陈朵一时间也不知道应该拿什么更有意义的东西来看望姐姐,只能入乡随俗地带着鲜花过来。她始终觉得很抱歉,因为总是拿着自己不喜欢的东西来看望姐姐。

陈朵正胡思乱想的时候,一个人走了过来,是江辉。陈朵听到脚步声,回头看看江辉,似乎对他出现在这里毫不惊讶。

江辉倒是有些尴尬,讪讪地道:"我去公安局找你了,你不在。"

第五章 陈朵的男朋友

"罗玥这个大嘴巴,是她告诉你的?"

"她也是为你好。这些事,你怎么没跟我说过?"

陈朵目光平静地望着江辉:"你是说许文的事?"

江辉点点头,脸色有些不满:"你应该告诉我的,许文跟你姐姐的失踪有关系。"

陈朵叹了口气:"告诉你又有什么用?"

"我刚才在路上已经取消所有跟盛文的合作了,你不喜欢许文,我怎么会跟他合作呢?"

陈朵愣了一下:"你没必要这样。"

江辉上前,拉住陈朵的手:"这是我该做的。小朵,你还不明白吗?"

陈朵有些动容,江辉的确是一个完美无缺的男朋友,不光细心地为自己打扫屋子,还总是能很缜密地照顾到自己的心思。但是陈朵也明白,他很难走进自己的内心,其实不只是他,其他人也都难以接近自己。自从那一年,在毒气包围中,父母永远离开了她,姐姐陈沁也活不见人,死不见尸,陈朵就觉得自己变成了一个怪物,仿佛暴躁的、没有感情的行尸走肉一般。她可以笑,也可以哭,但是内心早就腐朽,没有了生命力。陈朵很感恩江辉出现在自己的生命里,这让她意识到,即便是这样的自己,也会有人喜欢,但是她依旧做不到像普通人一样去爱,因为她早就失去了爱的能力,甚至有时候,江辉的爱还会让她恐惧、让她后退。可即便如此,江辉还是一直守护在她身边,陈朵都觉得自己有些残忍。

其实,陈朵曾经问过江辉为什么会喜欢自己,为什么会喜欢这样奇怪的自己。江辉每次听到这个问题,都会沉吟一下,然后看着陈朵，说她很像他小时候梦中的一个人，一个漂亮的大姐姐，是那个姐姐教会了自己很多东西，所以他一看到陈朵就喜欢上了。但陈朵知道，江辉是在开玩笑，每次遇到这样的问题，他都会故作幽默地开玩笑，逃避回答。

陈朵收敛神色，转头看向姐姐的墓碑："你知道吗，墓里是空的，我其实一直觉得不应该有这个墓，但是别人告诉我，这样可以方便姐姐找到回家的路。"她抬头看着江辉，"他们都说她死了。是的，这么多年了，我还在期待什么？"

江辉神色动容，这似乎是陈朵第一次如此耐心地给他讲述自己跟姐姐的故事："所以你刚警校毕业就回到司象，一直盯着许文，想查清楚当年的事？你觉得姐姐的失踪跟许文有关系？"

陈朵点点头，思绪纷飞，那天发生的一切，都是如此的铭心刻骨。每一句话，每一秒的煎熬，都如同刻刀一样，雕刻出现在的陈朵。

往日的画面，如同走马灯一般，一幕幕地闪现在眼前。

十五年前，少女陈朵家里。

陈朵跟姐姐陈沁发生了一次激烈的争吵。14岁的陈沁被12岁的陈朵死死拽住，陈沁使劲挣扎，将桌子上的东西都扫了下来，花瓶也落在地上摔得粉碎。旁边的电视机里正在播放着司象县的新闻，姐妹两人剑拔弩张。

"你不准去！你为什么要帮我们的仇人？"

"你松手！你这样不对，你会害了别人的！"

"我不管，我就想让他们受到惩罚！"

陈沁突然停手，摸着陈朵的脸："就是因为应该让真正犯错

第五章　陈朵的男朋友

的人受到惩罚，我才必须得去。"

陈朵"哇"的一声哭了出来："你为什么总是不听我的？"

"因为我是你姐姐，我必须告诉你，什么是对的！"说着，陈沁一把挣脱开陈朵，大步走出了房间。

陈朵一边哭，一边追出屋子，来到街道上："姐——"她四处张望，却没有看到姐姐的身影。后来陈朵回到家，抱着腿，蜷缩在沙发上，默默等着姐姐回家。可直到凌晨三点钟，陈沁也没有回来。

第二天，陈朵一边哭，一边走进公安局。

当时还是年轻警察的王金国见到陈朵，赶紧迎了过去，问道："怎么了小朋友？"

"我的姐姐……昨天晚上……来报警，没有回家！"

王金国惊讶道："你的姐姐？叫什么？"

"陈沁。"

……

一些群众，还有大量警察，正在树林里做地毯式搜索："陈沁！陈沁！"警察手里牵着警犬，警犬到处嗅闻，但是一无所获。

年轻的许文和其他几个年轻人，并排站在审讯室里。审讯室的玻璃后面，一名中年妇女抬起手，颤颤巍巍地指向许文的方向。

王金国问道："确定是他吗？"

中年妇女点点头。

几名警察从许文的车里搜出一个带血的扳手，然后将扳手放进了证物袋，王金国在旁边用相机拍下了扳手的照片。不远处，许文戴着手铐，被几名警察押走。

陈朵站在墓前，给江辉描述自己脑海中的一幕幕画面："当时除了那个扳手，警察什么都没有搜出来。那时县里没有先进的DNA鉴定技术，而且也没有发现姐姐的尸体，因此无法确定血迹是姐姐的。血迹也遭到了污染、破坏，没有保存下来。后来许文一直坚称，那个扳手是自己手下捡到的，他从没有见过姐姐。因为没有姐姐的下落，也没有其他证据，几天后许文就被释放了。"

江辉问道："不是有目击证人吗？"

陈朵叹气道："那名目击证人只是在夜里看到有一个身形跟许文很像的男子带着姐姐上了车，她也不确定那人是不是许文，夜里黑暗，更没有看清车牌号码。"

江辉沉默了。

"不过，那个扳手，许文自始至终都没有给出一个有说服力的解释。而且根据当时的记录，许文被捕的时候，身上有一些淤青和伤口，似乎跟人搏斗过，那个晚上肯定发生过什么！"

"你认为是许文带走了陈沁，然后用扳手袭击了她？许文为什么这么做？"

陈朵沉默一下："因为姐姐要去揭发他。"

江辉一愣。

"当年的远峰化工厂毒气泄漏事件，跟许文有直接关系，我看到了……但这些……我都没有证据。那时候的警察并不像现在这样，你明白吗？"

江辉似懂非懂，认真听着。

陈朵接着道："我成为警察，再次回到司象县，第一时间就找到了当年案子的档案，但是关于这件案子的信息实在是太少了。"

"现在发生的案子也跟许文有关系？"

第五章　陈朵的男朋友

"我们在死者指甲里发现了肉屑，我可以肯定就是许文的，只要做DNA鉴定，就能抓捕他！但是，市里的DNA鉴定需要排队，估计得很长时间才能知道结果。"

"这个交给我吧，爷爷虽然退休了，但好像跟市里的公安很熟，走动一下应该能加快一些速度。"

陈朵惊喜道："那太好了！"

江辉看着陈朵惊喜的表情，露出心满意足的笑容，点点头。

陈朵感受到江辉的目光，心里有些异样："谢谢你。"

"要谢就谢爷爷吧。"说着，江辉神色有些黯然，"最近爷爷身体越来越不好了，小朵，有时间跟我去见一下爷爷吧。"

陈朵看着江辉真诚的眼睛，避开他的目光，点点头："好的。"虽然答应了江辉，但是内心的排斥感再次出现，陈朵强忍着，没有让自己立刻离开。

第六章
樊良死去的弟弟

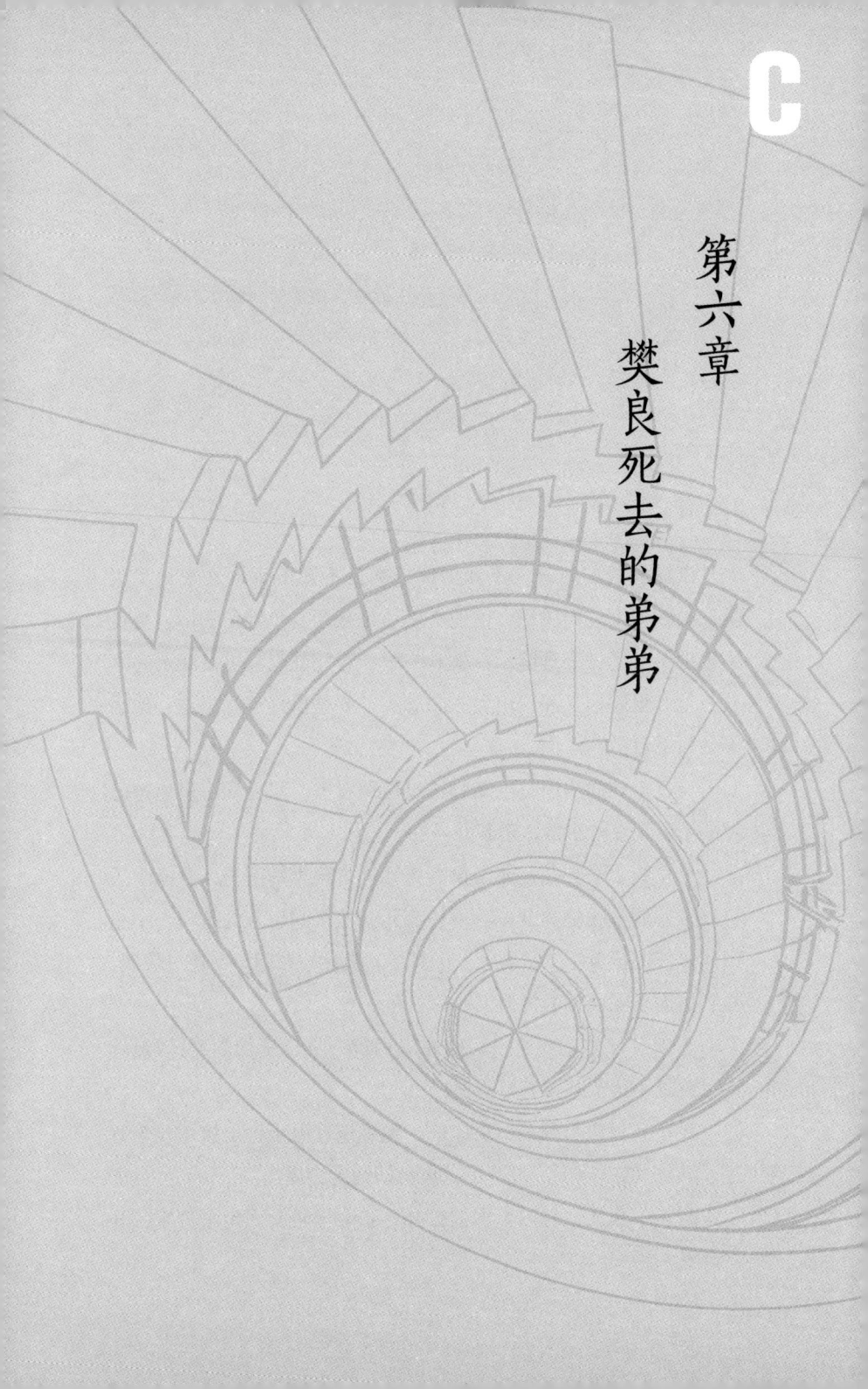

夜深人静的时候，不知为何，樊良不知不觉地又来到了医院，虽然嘴上说得决绝，但他心里还是挂念着忠婶的病情。樊良不停地给自己做心理暗示：就看一眼，看完就走！可是暗示完之后，他心里随即又浮现出另一个念头，要是恰好遇到忠叔，他会不会留下自己？

樊良走到病房门口，踮脚透过玻璃看去，只见病房里忠婶已经醒了，正在吃东西，忠叔并不在。

樊良看了一会儿，还是没有勇气进去跟忠婶解释，只能叹了口气，一瘸一拐地离开了。不一会儿，他来到忠叔的超市。小超市门口依旧挂着"今日歇业"的牌子。樊良站在门口，透过玻璃，看到里面东倒西歪的货架，一片狼藉。

想到自己是造成这一切的罪魁祸首，樊良更加烦躁："走就走，此处不留爷，自有留爷处！"

樊良又很快来到一所房屋前，熟练地在电子锁上按了几个数字，"叮"的一声，门打开了，樊良悄悄走进屋内。

过了一会儿，屋门再次被打开，一个年轻女人走了进来，开了灯。这时,樊良闪身出来,一下子抱住了女人。女人惊恐地挣扎,想要喊叫,嘴巴就被捂上了。

樊良笑嘻嘻地道:"小红,别喊,是我……"

女人定睛一看,气道:"樊良!"她突然一脚踩在樊良脚上,"你还回来干吗!"

樊良吃痛,但还是把她逼在角落里:"你电子锁的密码还是我的生日……"

女人好像秘密被发现了似的,歪过头去:"那又怎样……"

"说明,你还在等着我回来。"樊良贴着女人的脸颊说话,一只手放在女人臀上,揉捏着。

"你……你讨厌……"

樊良按了下墙上的电灯开关,屋子一下子黑了下去。黑暗中,喘息声越来越响……

旖旎时光过后,睡袍、衣服、鞋子散落一地,樊良盖着一条毛毯还在熟睡,而女人已经醒了,正侧着身体看手机。

过了一会儿,樊良醒了,轻轻抚摸女人光滑的脊背:"小红,在看什么?"

"真可怕,金石建筑工地发现了一具尸体……"

樊良敷衍道:"我知道……"

"你知道许文吗?"

樊良身子一僵,手上的动作停住了。女人放下手机,看向有些不对劲的樊良。

"怎么突然说起许文?"樊良掩饰道。

"新闻里说,昨晚金石建筑工地发现的那具尸体,就是十五年前失踪的许文,据说他当年犯了命案,畏罪潜逃了,没想到是死了。"

樊良听完,一个激灵,拿过小红的手机看了起来。他盯着手机屏幕,很快就看完了这篇新闻报道。

樊良一下子跳下床,从地上找到衣服麻利地穿上。女人一头雾水地看着他:"樊良,樊良……你干吗啊?"

但樊良好似没听到一般,衣服一穿好,就直接离开了屋子。

街道上,樊良拦住一辆出租车,朝着司象县公安局而去。他坐在出租车上,看着车窗外的风景。远处正是远峰化工厂旧址,废弃的烟囱矗立在山间。朦胧的剪影就像当初停尸台上的遮尸布一样,错落起伏,安静而沉重。

樊良永远不会忘记,十五年前,那个寒冷的房间里,白布被掀开,露出尸体的面孔,正是他的弟弟樊斌。他清楚地记得,当时自己愣愣地看着弟弟的尸体,一言不发,脑中一片空白。那可是樊斌啊!那个淘气的家伙,怎么现在一动也不动了?而他身边,小时候的陈朵紧紧地拉着他的手,忠叔也攥住了他的胳膊,攥得他生疼。

那时候还是普通警察的王金国在一旁问道:"能确认死者的身份吗?"

年幼的樊良依然愣愣地看着,似乎没有听到王金国的问话,或者说,无法理解这句话。

站在一旁的忠叔点点头:"对,是樊斌,樊总的二小子。"

王金国低头看着樊良:"你是说,你和樊斌意外看到许文掳走了陈朵,你们是为了救陈朵,才和许文发生了冲突,从而导致你弟弟死亡的?"

樊良木然地点点头。

第六章 樊良死去的弟弟

王金国又问道:"许文杀了你弟弟,是你亲眼看见的吗?"

"救了陈朵之后,许文拿着刀追我们,我们三个一起逃跑。我俩和弟弟走散了,从山坡上摔下来,晕了过去,后面的事,我都不记得了。但是,我能确定,就是许文害死我弟弟的。"

王金国看向一旁的少女陈朵:"当时是许文抓的你?"

陈朵点点头,神色依然有些惊恐。

王金国问道:"他为什么要这么做?"

陈朵犹豫了很久,却不肯说,只是摇摇头。

一旁的樊良终于忍不住了,说道:"陈朵看到了许文的秘密,所以他要杀人灭口!"

"什么秘密?"

"陈朵看到许文在贿赂一个人,让那人栽赃我们家,说化工厂的事故是人为造成的,不是地震的原因。"

一听这话,现场几人都有些震惊。

王金国眯起眼睛,看向陈朵:"是你亲眼看到的?"

陈朵不敢看王金国,只是点头,然后又摇头。

王金国神态和蔼:"你只管大胆说出来,这里是公安局,没有人敢再伤害你们。许文贿赂的那个人,你看清长相了吗?"

陈朵抬头看向王金国,犹豫了很久,才小声说道:"我……我没看清。我当时离得很远,没看清那人的长相。"

"那你听清他们说的话了吗?"

陈朵嗫嚅道:"其实……也没怎么听清楚。"

樊良急了,看向陈朵,抓住她的胳膊:"你不是说,你当时听得清清楚楚吗?"

陈朵吓得退后几步:"我……我记不太清楚了,离得那么远，我好像是听见几句……不，我好像没听见，可能是我猜想的……"

见陈朵有些前言不搭后语，王金国只好摇摇头："不管怎么说，从樊斌的尸检结果上看，的确发现了许文的指纹，他的杀人嫌疑很大。"

忠叔声音低沉："那，许文呢？抓到他了吗？"

王金国道："已经找不到他人了，很大可能已经畏罪潜逃。"

"唉，樊总的厂子刚刚出了那么大的事，现在他儿子又……我……我可怎么向他交代……那陈朵说的那件事……"

"还是等抓到许文，一切才能真相大白。"

这一等就是十五年，十五年足以改变很多事情。十五年后，樊良已经落魄不堪，似乎很多事情都被遗忘了，但是樊斌的死，他一直记在心里！哪怕他已经放弃了自己，但是有些事，还是得有始有终。

樊良一瘸一拐地来到司象县公安局的大楼门口，毅然走了进去。

此时，公安局会议室，局长王金国等正在召开专案分析会议。大屏幕上放着投影，正是发现许文尸体现场的尸骨照片，还有散落的许文钱包的照片。

投影又放了一张头骨后脑处的照片，上面有些轻微的裂痕。

"在死者的后脑颅骨处，发现了骨裂的痕迹，推测是被某种钝器猛击，或者脑部撞击到坚硬物体而造成的，但因为年代久远，无法确定这是不是死亡的直接原因。"一名警察看着照片讲解道。

第六章 樊良死去的弟弟

王金国沉吟道:"死亡时间呢?能确定吗?"

"根据死者许文钱包里遗留的纸币等物品,初步判断许文被害于十二至十五年前,但是同样由于年代过于久远,无法确认具体的死亡时间。"

"也就是说,许文其实根本不是潜逃,而是十几年前就被人杀了,埋在地下。"

"从尸检结果判断,应该是这样的。"

"现场还有什么别的发现吗?有没有跟凶手有关的线索?"

"在现场只发现了许文的遗骨、钱包,还有一些半腐烂的衣物,没有发现其他证物。"

王金国站起身,做最后的总结:"许文这个人,十几年前就在司象做生意,手段恶劣,得罪过不少人。排查一下他当时的社会关系,看看能不能找到一些线索。另外,案情没有明朗之前,先不要向社会公布太多案件信息。"

"是。"

另一边,樊良走进公安局大厅,这里每个人看起来都很忙碌,无人注意他。

樊良拦住一位警察,客气地打招呼道:"警察同志。"

警察一眼就认出是樊良,有些不屑地道:"是你啊!田康案的材料不是早就给过你了吗?又来干吗?"

樊良拿出烟盒,递给对方一支烟,讨好道:"我这次来,不是问田康的事,是许文的事。"

"许文?等案情明朗之后,才会向社会公布,你先回去吧。"

说完,警察就要走,樊良忙拦住他道:"哎,通融一下嘛,稍微透露一点儿。"

三棱: 死亡救赎

"那你还是去找我们王局吧,这都是他的意思,不允许对外公开案情资料。"说完警察就走了。其他人也忙忙碌碌地从樊良身边经过。

樊良无奈,看了一圈,确实没有人搭理自己。他想了一会儿,似乎想到了一个地方,眼睛一亮,也许在那里能够打听到一些消息。

东芝大饭店,有不少客人在聚餐,服务员正忙碌着。不远处,收银台前,一身职业装的陈朵在与服务员交代着事情,此时她把头发束了起来,看上去颇有气场。

"包厢的那桌客人,一会儿记着多送盘果盘。"

"知道了经理。"

这时,另外一个服务员走过来:"经理,有人找。"

陈朵顺着服务员所指的方向看去,发现大堂站着一个人,正是樊良。

"知道了,都忙去吧。"

陈朵让服务员离开,自己朝樊良走去:"你怎么又来了?"

樊良四处看着,有些调戏地道:"这不是饭店吗,别人能来,我不能来?这不是想你了吗?"

"点菜找服务员,我忙着呢。"

陈朵要走,樊良拉住陈朵的胳膊:"有正事找你。"

陈朵一愣,扯开樊良的手,看了看周围:"到我办公室说。"

陈朵带着樊良走进自己的办公室,然后把门关好,似乎特别怕别人看到。樊良看看办公室的陈设,然后从一旁的冰箱里拿出一罐饮料,打开喝起来:"装修不错。"

第六章　樊良死去的弟弟

陈朵没心思闲扯:"到底什么事?"

樊良不疾不徐地喝了一口饮料,道:"新闻看了吗,许文的尸体找到了。"

陈朵身子微微一震,不动声色道:"我知道。"

樊良坐在陈朵身边,能够清晰地嗅到她身上栀子花的香味。他盯着陈朵道:"你就没什么想说的?当时他可是想杀你的。"

陈朵目光转向别处:"都过去这么多年了,我早忘了。再说,既然他已经死了,那我更没什么好害怕的。他害死了你弟弟,现在人死了,你弟弟的仇也报了,你也该安心了。"

"可是……那个人还没有下落。"

陈朵脸色一变,有些不安地看向樊良。

"跟许文一起栽赃我们家的那个人,我到现在都不知道他是谁,而且许文的死,说不定也跟那个人有关。"

陈朵正色道:"樊良,我早就跟你说了,我根本没看清那个人的长相!而且,这么久了,我更是什么也不记得了。"

"所以我才一直想找到许文的下落,我想问问他,那个人到底是谁。可是现在许文死了,这条线索也断了。"

陈朵见樊良这样说,只好缓和语气:"可是许文已经死了,你还能怎么样?总不能让死人开口说话吧。"

"就算是尸体,说不定也会有些线索呢?我想请你帮我一个忙。"

陈朵心里有种不好的预感,深吸口气,问道:"什么忙?"

"挖出许文尸体这事,公安局里口风很严,一点儿消息也没有,我想让你帮我打听打听有关的消息。"

陈朵苦笑:"我哪有这个本事?"

三棱：死亡救赎

樊良拉过陈朵的手，摩挲着，又是一副贱兮兮的表情："咱们的王金国局长可是你的干爸，这点儿小事，对你来说，不算难吧？"

陈朵顿时脸色一沉，抽出手："樊良！都过去十五年了，你怎么还放不下？这点儿破事，还让我去找干爸？"

"不肯帮我？"

陈朵抬起手，摸着樊良的脸："樊良哥，别的事，我都可以答应你，这件事，不行。我求你了，放弃吧，好吗？"

樊良点点头，漠然地将陈朵的手挪开，缓缓站起身，朝门外走去，但走到门口又转身道："因为那个人，我弟弟被人杀了，我爸也死在监狱里，对你来说是破事，可对我来说，这是天大的事。"说完，他便愤愤地离开了。

陈朵看着樊良的背影，神色复杂，她最担心的事情还是发生了，原来樊良不管活成了什么样，他从来都没有从十五年前的那一天中走出来。陈朵明白自己错了，她错误地以为樊良已经放弃了，放弃了他自己，也放弃了执念，但现在看来，他不是放弃，而是在等待。这样的樊良，她是第一次见到。

所以，他下一个要去找的人是谁？陈朵担忧地想着。

一处宽敞的大平层，屋里的陈设十分考究，局长王金国的妻子许娜，正在厨房忙活着。这时，门外传来门铃声，许娜走过去，从门禁的监控器上，看到一张熟悉的脸，正是樊良。

许娜按下通话键："找谁啊？"

屏幕上的樊良笑得很灿烂："阿姨是我，小樊。"

许娜有些想不起来，但总觉得眼熟："小樊？"

第六章 樊良死去的弟弟

屏幕上的樊良依然很热情:"阿姨,您想不起来我啦?就是王局老家的那个小樊啊,我小时候我们还见过。我还在你们家吃过饭。"

许娜愣了一下:"樊良?哦,那……你先上来吧。"

许娜按下门禁,让樊良进了单元门。不一会儿,樊良拎着几条名贵香烟和几瓶名酒,站在门口,依然是一脸的笑意:"阿姨,好久不见啊!"

"别在门外站着了,赶紧进屋。"

许娜从鞋柜给樊良找拖鞋。

樊良有些跛脚,但还是用手扶着墙,从兜里拿出两个塑料鞋套,套在皮鞋上:"不用麻烦,不用麻烦,我有鞋套。"

樊良一瘸一拐地走进客厅。许娜招呼樊良在沙发上坐下:"坐。"

樊良把手里的礼物放在茶几上,满脸堆笑道:"阿姨,我这初次登门也没好好准备,您别嫌弃。"

许娜赶紧推托:"不要不要,老王最烦我们收东西。我要是收了,回头又要埋怨我。"

"哎呀,这是晚辈孝敬长辈的一点儿心意,又不是送礼。"

许娜一听,笑了笑,也就不再推托。

"阿姨您做完手术,也有十几年了吧,身体保养得真好。"

"当年做了手术,谁也没想到能维持到现在,除了每天按时吃药,别的倒没什么了。"

樊良左右看看,似乎在寻找什么:"阿姨,王局什么时候回来?"

"估计得挺晚的,单位事多,下班都挺晚的。而且下了班,他还得去王晨那里待会儿，不是要结婚了吗，一些事他们爷儿俩得商量一下。哎，小樊，你是不是找他有事？"

樊良尴尬地笑笑："其实，也没什么大事。"

樊良自然想要知道许文的事情，但是王金国没有回来，他不想多说。樊良心里明白，这次唐突的登门拜访肯定会引起王金国的反感，这不符合他现在的处事风格，但是他已经管不了那么多了。

许娜见樊良不肯多说，也不再问，只是道："你先坐，我去洗点水果。"

"不用这么麻烦……"

许娜已经离开客厅，去厨房了。樊良一个人在客厅，环视整个房间，看到一旁的墙上挂了不少照片。樊良起身，走上前，看着墙上的照片。墙的一边有王金国一家三口的合照，有王金国儿子王晨大学毕业穿着学士服的照片，还有王晨和妻子的婚纱照；另外一边则全是王金国从警以来的各种照片，从青涩到成熟，从警察到局长，隐隐地透露出王金国的升迁轨迹。

这时，许娜洗好水果，端着果盘走了过来："来，吃水果。"

樊良的目光还在照片上流连，他似乎都没有一张与家人的合影，以前从未想过这件事，但是现在看到王金国一家人，还是生出一些羡慕："一家人团团圆圆，有这么多照片，真好。"

"你王叔还嫌我摆得太多呢。"

樊良继续看着照片，突然，其中一张照片引起了他的注意，他走过去细细观看。那张照片是年轻的王金国和警队同事的合影，他搭在同事肩膀的手腕上露出一块手表，手表上的一个小特点格外引人注意——手表的腕带有一截明显颜色不符，应该是后来替

第六章 樊良死去的弟弟

换、拼接过的。

樊良愣了一下,这一截拼接的表带似乎有些眼熟,他略作思索后,想起来了,之前在金石建筑工地,许文尸体的发现现场,就有一块拼接表带的手表,跟照片中王金国的手表一模一样!

电光石火间,似乎有什么念头出现在了脑海中,樊良的表情有些异样。他故作平静地问一旁的许娜:"王局这块表,应该有些年头了吧,现在很少见这种款式了?"

"那块表是老王刚当警察的时候,我给他买的,他一直很喜欢,不过就是表带坏了,当时又找不到一样的替换,最后没办法只能换了一截不同颜色的,看着挺扎眼的。老王还引以为豪,说这样显得更有风格。"

樊良眯起眼睛,冷笑一声:"看来,王局真的很珍惜这块表……"

"别提了,早就丢了。"

"丢了?"

许娜点点头:"好像就是当年远峰化工厂出事那年,他忙着调查,不知道怎么就给弄丢了。为了这个,他心疼了很久,毕竟是刚当警察时的一些念想,再找也找不到了。"

樊良听了许娜的话,顿时感到心脏一阵剧烈跳动,他似乎发现了什么巨大的秘密,却不能显露出来:"阿姨,东西我也送到了,那我就先回去了。"

"晚上留下一起吃饭吧,你不是找老王有事吗?"

樊良笑笑,将鞋套摘下来,走出屋门:"不用了阿姨,我的事已经解决了。"

公安局局长办公室，王金国正坐在桌前，看着许文尸体案的各种材料，这时外面传来了敲门声。

"进来。"

门被推开，陈朵笑着走了进来："干爸。"

王金国看到陈朵，合上手里的材料，和颜悦色道："你怎么来了？"

陈朵在王金国的对面坐下，拿出一份清单："给王晨准备的婚宴，我这边还有些细节要跟您商量商量，这是酒水和菜品的清单，您过过目。"

王金国拿起清单看了看，有些不满："这些事怎么来局里说？你按自己的意思办就行了，你办事我放心得很。"

"好。"

"只为了说这些？"

陈朵似乎没有要走的意思，有些吞吞吐吐。

王金国看出陈朵的异样："怎么，还有事？说！"

"其实……也没什么事……"

王金国看了陈朵一眼："你是想问许文的事吧？"

陈朵眼神有些闪躲，赶紧站起身："新闻上都报道了，我也有点关心这事。毕竟，他当时逃跑，跟我也有关。"

王金国笑了笑，手指敲击桌面："那你想了解什么呢？"

"就想知道……他是怎么死的。"

王金国把手里那份许文尸体案的资料递给陈朵："可能是被人敲了后脑勺，一击毙命，然后埋在了山里，资料在这儿，你自己看吧。"

陈朵犹豫了一下，还是鼓起勇气接过资料看了起来。上面有许文尸骨的照片。

王金国见陈朵看得认真,又问道:"当初你说,还有另外一个人跟许文合谋陷害了樊家,是吗?你就不想了解一下这个人?"

陈朵一听,赶紧合上资料,推还给王金国,摇头道:"那都是小时候胡乱说的,我现在也……记不太清楚了。再说,樊家跟我有什么关系,我干吗要管那些闲事?"

王金国有些意味深长地看着陈朵,语气冷了几分:"不能这么说吧,你跟樊良,关系不是一直不错吗,他救过你的命。"

办公室里的温度骤然下降,空气似乎都凝固了,陈朵感觉呼吸有些困难。

"都……都是朋友关系,只有干爸您才是我最在意的。这么多年,多亏您的照顾,我才能有今天。干爸,您忙吧,我先走了。"

王金国点点头,一扫刚才的阴鸷,露出一个和蔼的笑容:"那婚宴的事,就麻烦你这个姐姐多上心了。"

陈朵背过身,抹去额头上的冷汗,赶紧离开:"放心……放心吧,干爸。"

王金国看着陈朵离开,沉吟不语,将许文尸体案的资料锁进了抽屉。

陈朵走出公安局大楼,这才长出一口气,从紧张的状态松弛下来。忽然,她感到脸上凉丝丝的,抬头一看,竟然下雨了。

雨丝飘落,街上有些空空荡荡的,很是凄清,就如陈朵此刻的心情,孤独而又迷茫。

远处,樊良一个人坐在路边的台阶上,任由雨水打湿自己,前方正是巍峨的公安局大楼,他目睹陈朵从里面走出来,但陈朵并没有注意到角落里的樊良。

樊良望着陈朵离开的身影，看着雨雾中的公安局大楼，过去的谜团就如朦朦胧胧的建筑轮廓，虽然看不清细节，但是已经可以窥见全貌了。樊良站了起来，雨水将他的头发打湿，遮住了眼睛，他拨开头发，不想让任何东西阻挡自己的视线。他曾经发誓，再也不想来这里，但他还是来了。

十五年前的那天，当时年幼的樊良和陈朵一起走出这栋公安局大楼。那时的樊良恸哭着，疯了似的挥拳朝一旁的墙壁打去！一拳又一拳，樊良的拳头在墙上留下了斑斑血迹。

陈朵站在樊良身后，拉着樊良的手臂，有些慌张："别……别打了。"

樊良转身看向陈朵，眼里都是怒火："你说你看到有人与许文要陷害我们家，为什么见了警察就不承认了？"

陈朵低头不语，只是拿出一块手绢，要给樊良包扎流血的手。

樊良猛地抽出自己的手："为了救你，我弟弟都死了，可你为什么不说实话？"

陈朵依然低着头，身子颤抖着，紧紧地攥着手里的手绢，不说话。

樊良双手抓住陈朵的肩膀："你说话啊！为什么？！"

陈朵这才抬头看向樊良，眼里都是泪水："樊良哥，我……我害怕。他们能杀了樊斌，就能杀了我们，我……我已经没有爸爸妈妈了，我只有你和姐姐了，我害怕……"

听了陈朵的话，樊良松开了手，踉跄几步，将拳头上的鲜血擦在衣服上，抱着脑袋："我……我的弟弟没了！"

"樊良哥，我们都是小孩，我们斗不过许文他们的。我知道，我永远知道你们家是被陷害的,但这件事,咱们永远都不要再提,好不好?我真的害怕!"

樊良看着流泪的陈朵,露出绝望的表情。

那些绝望,那些彷徨,一瞬间都涌上心头。如今雨夜中,樊良站起身,似乎下定了什么决心,大步离开了。

他终于明白了陈朵在害怕什么。

第七章 王金国和江辉

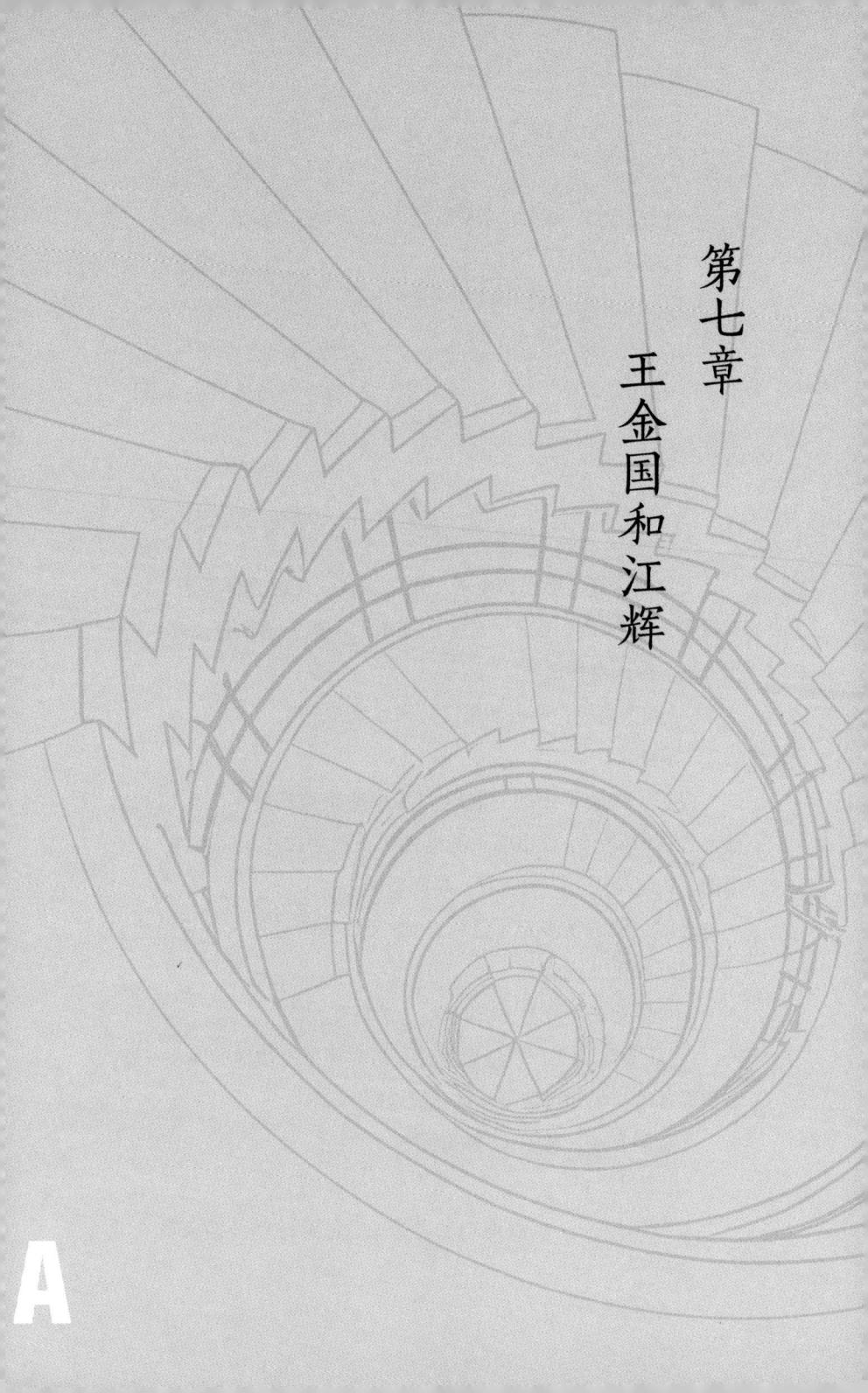

A

王金国停好电瓶车，走进小饭馆，找了个位置坐下来。饭馆老板樊良看到王金国来了，手在围裙上一擦，急忙打招呼："王叔来啦，今天吃什么？"

"一碗豆腐脑，两根油条，再来点蒜瓣。"

"好嘞。"

很快，一碗带卤的豆腐脑和两根油条被端到了王金国的桌前，香气四溢。小饭馆墙上的电视机正在播放《早间新闻》。王金国一边吃早饭，一边听着《早间新闻》。

这时，江辉快步走了进来："师父，我听说许文要重建咱们司象的远峰化工厂。"

王金国把油条蘸着豆腐脑吃："然后呢？"

"不但重建化工厂，还要扩建，可是原来那块地的面积不够，需要新征地，你知道他是从哪儿征地吗？"

王金国有些兴趣了："哪儿？"

"北源村。"

王金国用手一点点地扒着蒜皮："北源村？马浩家就在北

源村。"

江辉意味深长地点点头。

这时电视机里正在播放新闻:"盛文集团将斥巨资在本县原远峰化工厂的旧址重新建厂,征地工作基本完成,一期工程计划近期开工,该厂一旦投产,预计能给我县增加税收……"

王金国跟江辉对视一眼,胡乱地扒拉几口,将油条塞进嘴里,立刻起身赶往马喜才家里。

两人来到马喜才家,只见马喜才正蹲在角落里擦鞋,马浩妈妈周慧一直唯唯诺诺地躲在厨房门口,胆怯地看着他们。

江辉直接发问:"你认识许文吗?"

马喜才低头,有些犹豫,然后点点头:"认识,大老板嘛。"

王金国没说话,只是静静地观察着马喜才。

江辉大剌剌地往旁边一坐:"听说他要建新厂,要从你们北源村征地?"

马喜才点点头。

"你家的拆迁补偿谈得怎么样?金额满意吗?"

马喜才沉默了许久,才低声道:"满意。"

王金国和江辉对视一眼,都看出了马喜才的异样。马喜才神情很犹豫,低着头,不敢跟王金国他们对视,有些手足无措。

王金国这才说话,语气温和,像老朋友一样:"老马,有什么为难的,其实可以说出来,我们也是为了查案子,给你家孩子一个交代。你跟我说实话,许文给你家的补偿款,你真的满意吗?"

终于,马喜才嘴巴翕动了好一会儿,才叹气道:"我家这梨园前几年才新种的果树,今年才挂果,其实我找人打听过了,像我家这种情况,应该再多给20万的。"

王金国眼睛里精光一闪："那就是说，你和许文的拆迁协议一直没谈妥？"

马喜才点点头。

江辉有些生气，拍着桌子，痛心疾首："这么重要的信息，你怎么不早说？！"

马喜才有些唯唯诺诺，不敢抬头："许老板找人给我递过话，让我别乱说，免得有不必要的麻烦。人家是大老板，有钱有势的，我哪敢乱说话啊……"

"那可是你儿子！"王金国怒吼道，马喜才的模样让他感到气愤，触到了他的逆鳞。一个父亲不应该为了孩子而抗争到底吗？因为一些威胁就知情不报，耽误案情，这种行为，王金国永远无法理解。

马喜才吓得一哆嗦，一屁股坐在了地上，而旁边的周慧更是哇哇大哭起来。

从马喜才家离开，江辉开车，王金国坐在副驾驶的位置，愣愣地看着窗外的景色。

江辉问道："师父，会不会是这样，因为跟马喜才的拆迁补偿有纠纷，许文才绑架了马浩，然后因为什么意外，导致了马浩的死？许文也不是第一次干这种事，王晨不也是……"

江辉突然觉得自己有些失言，看向王金国，而王金国却只是看着远处化工厂的旧址，没说话。

"许文的确是这样的人，喜欢威逼加利诱！"良久，王金国喃喃道。

十五年前，年轻的王金国坐在桌前，对面是当时的局长。

局长拍着桌子，大声布置工作："远峰化工厂的事故影响很大，省厅派了专案组过来，要彻查事故的源头，咱们局里也得全力配合，需要有个人负责这件事！"

王金国静静地听着，没说话。

局长扫视众人，道："这件事非常重要，我必须交给最可靠的人。金国，你有没有信心接这个担子？"

王金国站起身，神情坚定："请局长放心，我一定好好干。"

局长满意地点点头："好，你跟刘韬一起，把这件事办好，彻底查清事故到底是不是人为造成的，给那些受害者一个交代。"

"明白！"

从那以后，王金国每天都戴着防毒面具，穿着橡胶防化服，在厂区仔细地检查着每处细节。

有一天，王金国来到一处管道阀门处，看到阀门已经掉落，有毒的化学品就是从这里泄漏出来的。他捡起地上那个阀门，仔细端详，然后将其装入证物袋内。

当王金国走出厂房，拎着证物袋回到自己的车上，费力地脱下身上的防化服，正准备开车返回公安局时，外面有人轻敲车窗。

王金国打开车窗，外面是一个男人，对他道："王警官，我们许老板有事想跟您聊聊。"

"有什么事去公安局说吧。"

说完，王金国就要关上车窗，对方突然按住，说道："您最好还是去和我们老板见一面，这事跟您家里人有关系。"

王金国一听，脸色顿时一凝。

男人将王金国领到不远处的树林中，那里正站着一个人，正是年轻时的许文。许文示意那个男人先离开，树林里就只剩下了王金国和许文两人。

　　王金国看看周围，有些警惕："找我有什么事？"

　　许文微笑着："王警官，我想跟你交个朋友。"

　　"交朋友？有什么话直接说，别拐弯抹角的。"

　　"我知道，你现在负责调查远峰化工厂的事，我需要你帮我做一件小事。你只要把这个阀门交上去，说这是在事故现场找到的就可以了，其他的，我会安排好。"许文从一旁的提包里拿出一个阀门，说道。

　　王金国盯着那个阀门，问道："什么意思？"

　　"樊远峰的化工厂出了这么大的事故，害死这么多人，就该受到惩罚，可是他还想推卸责任，非说事故只是意外，还说什么是地震造成的，不是人为造成的。我只是觉得，他必须接受惩罚。这个东西，可以把他的罪名坐实。"

　　王金国皱眉："让我做伪证？"

　　许文走上前，靠近王金国，压低了声音："你可以认为这是一种讨回公道的方式。听说嫂子身体不太好，做手术需要不少钱，我这有二十万，你可以先拿去应个急，后续还需要钱的话，我还可以再给。我是真心想跟你交个朋友。"说着，许文从怀里掏出一张存折，放入王金国的上衣口袋。

　　王金国冷笑："贿赂警察？你胆子倒是不小，你想得到什么？"

　　许文神色淡然，似乎在说一件微不足道的小事："让樊远峰付出应有的代价。"

　　王金国沉默片刻，似乎在思索着什么，表情有一丝犹豫，这时一旁的树林中忽然传来一声响动。

　　许文有些警觉，看向声音传来的方向，但是那边再没有声音传来，他也没看到什么。

许文转回目光，再次看向王金国："王警官，你觉得呢？"

王金国的眼神重新恢复清明，从上衣口袋里掏出那张存折丢在地上："对不起，这事我没法帮你。"

许文眼神逐渐冰冷，王金国迎着他的目光，没有丝毫退缩。

许文道："王警官，你真的以为没有你，这件事我就做不成吗？我找你，只是想跟你交个朋友。"

"不，跟你没关系。不管有没有你，只要有我在，我一定会查出真相。"

王金国冷笑一声，转身就要离开，这时身后传来许文阴鸷的声音："王警官，拒绝我，可不是什么明智的决定，你可是有老婆和……孩子的人。你的孩子，叫王晨，对吗？"

王金国深深地看了许文一眼，没说什么，只是看了看自己的手表就离开了。

没错，许文曾经贿赂过王金国，但是被他拒绝了。后来王晨就神秘失踪了，而这也让许文成为王金国心中的第一嫌疑人，他疯了一样地调查了许文很多年，但始终没有找到证据。如今，难道马浩的死亡也跟许文有关系？

旁边，江辉不知道王金国想了那么多，而是继续说着："当年你拒绝了许文栽赃的要求，没多久王晨就失踪了，现在马喜才也是跟许文有经济纠纷，没多久马浩就死了。这和许文，不可能没有关系。"

王金国思索着。

"师父，这次咱们要是能抓到许文杀害马浩的证据，那是不是说明，王晨失踪的事，也能查清楚？"

王金国的眼睛闪烁了一下,那簇曾经快要熄灭的希望之火忽然间又重新燃烧起来:"但愿吧。"

江辉义愤填膺道:"一定是这样!"

王金国沉默良久,缓缓道:"十五年了,在我离开公安局前能有个结果,不管是好是坏,我都能安心了。"

江辉点点头:"师父,我一定帮你把这件事查清楚!"

王金国和江辉很快回到了局里,向局长刘韬汇报之前的发现。刘韬听完后,默默地思索着,久久没有回应。

江辉有些着急了,催促道:"局长,我们觉得这个许文有很大的嫌疑,应该马上提审他。"

刘韬道:"这件事该怎么处理,我要先考虑一下。"

江辉一听,脸都涨红了:"许文还跟多年前师父儿子失踪的案子有关,这家伙不是什么好人,还考虑什么?"

王金国按住江辉,摇摇头,示意他冷静。

"事情没你们想的那么简单,许文是咱们司象有名的企业家,马上又有大项目要动工,现在对他启动调查,不管结果如何,社会影响都很不好,必须慎重,我需要更多的证据。"

"那这事就放着不管?"

刘韬沉吟片刻:"这样吧,查是一定要查的,但是目前的局面,不能太大张旗鼓。江辉,这件事你继续查,但不要声张。"

江辉这才满意地点点头:"明白。"

刘韬摆摆手,看了王金国一眼,然后转头道:"江辉,你先出去忙吧。"

江辉点点头离开,屋里只剩下刘韬和王金国两人。

王金国道:"局长,查许文的事,让我跟江辉一起吧,我多少有些经验……"

刘韬叹了口气,一副忧虑的模样:"金国,听我一句劝,无论结果是什么,你就别掺和了,你老老实实地把转岗手续办了,等我们的消息就行。"

王金国一愣,盯着刘韬:"刘韬,你到底在怕什么?为什么不让我查?这不是你的作风!你怕许文什么?"

刘韬瞪眼道:"我怕什么?我知道你放不下你儿子的事,所以才怕你意气用事……还有几天你就转岗了,就别蹚这浑水了,我是为你好!"

王金国盯着刘韬:"放屁!你知道吗?这是我离我儿子最近的一次!"

刘韬闻言,沉默着,只能不停地喘粗气。而王金国已经转身,愤然离去。

漆黑的夜幕中,灯光亮起来,一辆电瓶车缓缓驶来,骑车的人正是王金国。王金国骑着电瓶车来到树林,一路上左顾右盼。

车子驶到树林边缘,停了下来。王金国下车,扶着电瓶车愣愣地看着树林,虽然知道不可能,但是他多么希望那个身影可以从树林中走出来,然后扑到自己的怀里。十五年前,因为许娜的病情,王金国的情绪一直不好,再加上对于远峰化工厂的调查也困难重重,他跟王晨大吵了一架,然后王晨在雨夜中摔门而去,自此再也没有人看到过他。

王金国无数次地幻想着,当初如果自己不让王晨离开,一切会不会就不一样了?可是人生没有如果,只有遗憾。

过了很久,王金国又深深地看了树林一眼,然后推车掉头,骑车缓缓远去了。

不远处正是远峰化工厂的旧址,夜色中,化工厂的废弃烟囱矗立着,显得格外诡异。

而王金国不知道的是,此刻的远峰化工厂旧址附近走出几个人,其中一个人正是李东彪,他指挥着两个手下,从树林中抬出一个麻袋。

一辆轿车停在远处的隐蔽处,江辉坐在车里,拿着手机拍摄树林中几人的一举一动。这时,江辉的手机响了。他接起电话,是王金国打来的。江辉打开免提。

"你那边有什么发现没有?"

江辉继续用手机拍摄,李东彪等人正在把那个麻袋搬进一辆越野车的后备厢。

"李东彪大晚上地跑到树林里来,把什么东西弄到了车里,看样子没干什么好事。"

江辉看到李东彪上了那辆越野车,正准备离开树林,赶紧对王金国道:"师父,我这边有情况,先不说了。"

"注意安全。"

江辉挂了电话,发动车子跟了上去。

其他几个帮手就地散开,李东彪开着车独自行驶在郊野的公路上,正在打电话:"已经处理好了……老板请放心。"

这时,一阵灯光闪烁,李东彪从后视镜望去,看到后面追上来一辆车。李东彪感觉不妙,立刻脚踩油门,车子加速。江辉死死地跟着前面李东彪的车,发现李东彪的车竟然开始加速,他也踩下油门加速。很快,江辉的车追了上来,与李东彪的车并驾齐驱。

李东彪看到后面的车逐渐与自己平齐,驾驶员正是江辉。江辉看着李东彪,对他做了个手势,示意他停车。李东彪眼中闪过一丝狠厉，竟然猛打方向盘，想要撞向江辉的车。两辆车的侧面碰撞了一下，江辉的车险些被撞到一旁的安全护栏上。江辉在车内也被撞得歪了一下身子，但他马上坐正，握紧方向盘，让车子保持正常行驶。

江辉骂道："兔崽子！"

江辉继续加速，追赶李东彪的车。公路的前方是一处弯道。在拐弯处，江辉的车加速，然后一个侧滑，将李东彪的车死死地堵住、逼停。

江辉直接下车，将刚打开车门的李东彪反剪双手，重重地按在了车门上。

江辉拿出手铐，将李东彪背在身后的双手铐了起来，问道："跑什么？"

李东彪不说话。

"车里装的是什么东西？"

李东彪依然不说话，只有脖子上的眼镜蛇文身依旧青筋跳动。江辉拽着李东彪走到车后，然后一只手打开后备厢。

江辉翻看后备厢里的东西，顿时露出震惊的表情，只见后备厢里有一个麻袋，而麻袋里竟然装着一些散乱的人骨！

公安局法医解剖室，残缺不全的人骨被摆放在解剖台上，勉强拼凑成人形，但是很多部位的骨头都是缺失的，看上去也有些年岁了。

王金国和法医，还有警察小赵，看着这具古怪的尸体，都有些惊讶。

法医解释道："根据骨盆宽度，可以确认死者为男性；根据牙齿和骨骼的磨损程度,可以判断死者在40岁以上,身高175厘米左右。"

王金国点点头:"死者身份有核实吗?"

小赵立刻回复:"已经查了本市最近十年的失踪人口记录,目前还没有发现跟这具尸体相符合的。"

"可以确定死亡时间和致死方式吗?"

法医摇头:"这具骸骨至少埋藏了十年,很多身体上的线索都丢失了,具体的死亡时间现在没法确定,还需要做进一步的检验。"

法医示意几人看向尸体的一处肋骨,只见两根肋骨上还残留着几处刀伤痕迹:"但是从肋骨上的痕迹可以初步断定,死者大概率是死于刀伤,根据刀口切入的角度……"

"这是他杀。"

法医点点头:"初步可以这么断定。"

王金国脸色阴沉,大步走了出去,前往审讯室。

审讯室里,李东彪坐在审讯桌前,手上戴着手铐,脸上一副满不在乎的表情。江辉和另外一名警察坐在对面,一脸严肃,正在审问。

"那具尸体是谁?"

"我不知道。"

"那为什么会在你的车里?"

"不知道。"

江辉厉声道:"李东彪,你小子老实点!你以为一句'不知道'就能蒙混过去?你要是不心虚,追你的时候,为什么要跑?"

李东彪吊儿郎当地道:"警察同志,我哪有跑啊?我当时正在开车，是你撞了我的车，要问也该问你，没事儿拦我车干吗？"

这时，门被推开了，王金国缓缓走了进来。他面无表情地走到李东彪面前，递给他一支烟。

李东彪接过香烟，看着王金国，冷笑道："跟我玩儿红白脸？"

王金国没理会李东彪，给他点上烟。

李东彪吸了一口，缓缓吐出一个烟圈："我说了，我什么都不知道。"

王金国把几张人骨照片摆在李东彪面前："你车上那具尸体，肋骨上有刀伤，可以确认是他杀。"

李东彪一愣，眼神里闪过一丝慌乱，但随即又恢复平静："这跟我有什么关系？我不知道那倒霉东西怎么会在我车上，肯定是别人放的，故意陷害我。"

王金国示意江辉上前。江辉走上前，拿出手机，给李东彪看自己拍摄的视频，正是他指挥几个帮手把麻袋搬上车的那段。

李东彪看了视频，脸色有些难看。

"还等你老板来捞你呢？这次你摊上的是杀人案，不老实交代，谁也救不了你。"

李东彪明显有些慌了，使劲吸了几口烟，眼珠子转了几圈，似乎在权衡什么。

王金国就看着李东彪，也不说话。

李东彪犹豫了很久，终于开口道："晚上我老板给我打电话，让我去后山的野林子，把树底下的一个东西挖出来，让我找个没人的地方再埋了。"

王金国点点头："那你为什么要跑？"

"我挖的时候才知道，那是一堆骨头架子，晦气死了。我老板叮嘱我，干活的时候要低调点儿，别让人看见。你们警察开车拦我，我怕说不清楚，肯定要跑。"

王金国审视着李东彪，目光如炬，似乎能看透李东彪。

"我说的都是真的，要是早知道是那玩意儿，我才不干呢。"

王金国看了江辉一眼："马上提审许文。"

"要告诉局长吗？"

"先不用。"王金国沉吟一下，语气很坚定。

三个小时后，许文神色平静地坐在了审讯室。王金国和江辉坐在对面，冷冷地看着许文，桌上放着录音笔。

江辉把马浩尸体发现现场的照片，放在许文面前："眼熟吗？"

许文摇摇头："没见过。不过，我要是没猜错，这应该是咱们司象最近那起杀人案的现场吧？这孩子叫马浩，对吧？可是这跟我有什么关系？"

江辉又问："马喜才你认识吗？"

许文想了一下："有点印象，好像是北源村的，我公司征地，正好要他家的梨园。"

江辉问道："因为补偿款的事，你跟马喜才有些纠纷，而马浩就是他儿子，你不觉得这件事有些太巧了吗？"

许文笑了："你的意思，是我杀马浩，以此逼马喜才同意签补偿协议？我为什么要这么做？你知道吗，做菜时，调料放入的顺序很重要，一旦顺序错了，菜的味道就不一样了。"

江辉一拍桌子："别废话，这是你的做事风格，许大老板！"

王金国一直在默默观察许文，并没有着急说话。

许文很淡定："你可以找我的律师确认，在马浩死亡之前，甚至是失踪之前，我和马喜才的补偿协议就已经签了，钱也第一

第七章　王金国和江辉

时间打到了他的账户，我为什么还要杀他儿子？重建化工厂，涉及的是超过十亿的投资，一个村民的梨园的拆迁补偿款，不过是几十万元左右，你觉得我会为了这点钱杀人？"

许文的话让江辉有些语塞，他惊讶地看了王金国一眼。王金国示意江辉先坐下，然后走到许文面前，把昨晚那具无名男尸的照片放在他面前。

"昨晚，我们在李东彪的车上发现了一具尸骸，而且他已经交代，是你让他挖出来转移出去的。这件事，你需要解释一下。"

许文看看照片："我没什么好解释的。"

"我们在尸体的肋骨上发现了刀伤，可以确定死者是被人杀死，然后埋在树林里的，而你却知道埋葬尸体的准确位置，还试图转移尸体。"

王金国一边说，一边审视许文："所以，我们怀疑，是你杀了这个人。"

许文闻言，沉默良久，眼中闪过一丝异色。王金国一直盯着许文，他捕捉到了那丝异色，那是一种微妙的情绪，似乎包含着愤怒，还有疑惑。王金国知道许文一定隐藏了什么秘密，他等着许文最终放弃抵抗。

许文终于开口："确实是我让李东彪转移尸体的，不过这件事我可以解释。"

王金国很有耐心："我倒想听听你的解释。"

许文不急不躁道："那具尸体是化工厂动工以后，附近施工的工人意外发现的。"

"为什么不报警？"

"当年远峰化工厂出了那么大的事，死了不少人，现在我要重建化工厂，本来就有很多人担心再出什么事故，这才开工就遇到不吉利的事，如果传出去，难免会有流言蜚语，所以我只能低调处理，让李东彪偷偷把尸体转移出去，找个别的地方埋了。你们可以去找挖出尸体的工人核实，看我说的是不是真话。"

王金国听着许文的辩解，紧皱眉头。

"至于那具尸体是谁，又是怎么死的，我完全不知道。除非你们有证据能证明是我干的，否则无权抓我。请问，你们有证据吗？"

王金国和江辉对视一眼，都没说话。许文似笑非笑地看着两人，跷起了二郎腿，好整以暇地道："王警官，看你脸色不太好，我这里有个调理肝脏的食补方子，要不要写给你？"

不久后，王金国和江辉走出了审讯室。

"师父，你觉得许文说的是真的吗？要不要审一下那个施工的工人？"

王金国摇摇头："昨晚李东彪被抓，许文肯定会事先做准备，就算把那个工人找来，肯定也问不出什么。"

江辉有些丧气，紧紧地攥着拳头。

王金国皱眉思考："而且，我总觉得，那个李东彪也没有说实话，两人很可能早就串好了口供，互相打配合呢。"

这时，外面走进来一个人，正是许文的律师。

律师走上前道："我是许文的代理律师，如果你们没有确凿的证据可以证明我的委托人有犯罪嫌疑，请马上放人。"

与此同时，刘韬正在打电话，电话那边是县长愤怒的声音。

"刘韬！你胡搞些什么？！许文是咱们司象的知名企业家，正要在咱们县投资那么大的项目，你们公安局没有证据说抓人就抓人？这让别人怎么看咱们司象？怎么看这里的投资环境？你知不知道，为了争取这个化工厂的项目，政府花了多大的精力？是不是要我给市里的陈局打个电话你才放人？"

刘韬抹汗道："钱县长，我们不是抓人，只是有些情况需要找他了解一下。"

"了解完了，他有什么问题吗？"

"暂时没有问题。"

"没问题就赶紧放人！影响了化工厂项目的进度，这个责任你担得起吗？还有，是谁负责这件事的？是谁去抓的人？"

刘韬犹豫了一下，还是说道："王金国。"

"又是这个王金国！上次赌场抓人的也是他吧？他是马上就要脱警服了，可以什么都不在乎，你刘韬还想不想当这个局长了？让他尽快转岗，别整天瞎折腾！"

"我知道了。"

最终，刘韬亲自送许文走出公安局大楼，并客气地对他说道："今天请您来，只是了解情况，希望您不要太介意。"

许文看上去很和气："刘局长，我能理解，配合警方调查，本来就是我们的义务，以后还有什么需要我做的，我一定全力配合。对了，有空去我那吃饭，我亲自下厨。"

刘韬点点头："早就听说许老板厨艺精湛。"

这时，王金国和江辉正好从一旁走过来，看到许文已经被释放了，都是一愣。

许文看到王金国，走到他面前，故意道："王警官，还有没有新的证据？要是没有，我就先走了。"

王金国阴着脸，一言不发。

许文冷笑一声："听说你就要去县图书馆上班了？那破地方

工资那么低,也没什么别的事做,将来我的化工厂建成了,有没有兴趣来我厂里上班?我给你个安保经理的位置,工资绝对比你想象的要高。"

王金国紧咬牙关,强忍怒意:"不必了。"

"也对,你还要继续查你儿子的下落,别的事,你也没兴趣。我昨天做了个梦,梦见你和你儿子都被人杀了,还被埋在荒山里,谁也找不到。王警官,你说我这个梦,是不是不太吉利啊?"许文凑近王金国,低声道。

王金国努力保持平静,但是拳头已经握紧,强忍着心里的愤怒。

许文拍拍王金国的肩膀,一字一句地说道:"四十多岁,也不年轻了,该放下就放下,别弄得最后没个善终。"

"去你大爷的!"江辉听到了许文的话,终于还是压不住火,怒吼一声,直接快步冲了上去,一把扯过许文,朝他脸上就是一拳!

许文被打翻在地,江辉上去又挥拳要打,却被王金国一把拉开。

刘韬在一旁大喝道:"江辉!"说着,赶紧上前去扶许文。

许文站起身,鼻子已经流血。一旁的律师赶紧递过手帕,许文接过手帕,擦擦脸上的血。

律师气得跳脚:"当众殴打我的委托人,我会起诉你们!"

许文一笑,摆摆手,对律师道:"算了,走吧。年轻人,有血性,很好。"

许文把带血的手帕随手丢进一旁的垃圾桶里,深深地看了众人一眼,然后似笑非笑地走了。

王金国和江辉站在那里,看着许文离开。

刘韬脸色难看,对江辉道:"你小子是不是疯了?回去给我

第七章　王金国和江辉

写检讨去!"

江辉低着头不说话。

"幸亏人家没追究你,要不然你得脱了这身警服!"刘韬继续道。

王金国道:"局长,江辉打人是不对,不过,我们觉得许文身上还是有不少问题,想继续查查。"

刘韬指着王金国,情绪有些激动:"老王,你还嫌惹的麻烦不够大?我知道你跟许文有过节儿,可是你已经查了他十几年了,查到证据了吗?下次再找我,我希望看到证据!不然,这件事别提了!"

王金国还想再说什么,被刘韬直接打断:"从现在开始,不许你再参与局里任何案子!"

天空中有微风吹过,带来一丝丝凉意,但是王金国却异常烦躁,松开了衣领附近的扣子。

王金国一个人坐在公安局后院的台阶上,发着愣。跟以往一样,许文每次都能够脱身。他甚至开始怀疑,自己是不是真的查错方向了?如果这么多案子真的都是许文犯下的,为什么一点儿线索都没有呢?还是说,在司象县,他王金国就注定斗不过许文!之前燃起的希望之火,又渐渐熄灭了。如果没有马浩被杀一案,也许现在他早就放下一切了,可是自己刚刚打起精神,认为这次可以找出真相的时候,残酷的现实又将无力的他死死按住了。

江辉走过来,坐在王金国的旁边,把一个文件袋递给他:"师父,这是马浩被杀案和那具无名男尸案的卷宗。"

王金国没接文件袋:"我不看,你小子别又乱来。"

"局长说不让你查,你就真不查了啊?"

"规矩就是规矩!我离开公安局以后,没人管着你,你小子一定要记着这句话!"

江辉无奈地收起文件袋:"许文这家伙很狡猾,卷宗我研究了好几遍,都没找到什么确凿的证据!师父,你以后也要小心点儿,我听许文那话,可能要找机会对付你。"

王金国一笑道:"我无亲无故的,怕什么,他出什么招,我接着就是了。倒是你,我最不放心,以后做事稳重点儿,别动不动就上头。许文说的那些话,就是要激咱们,你那一拳打出去,他就彻底主动了。"

江辉懊恼无比:"就差一个证据!只要有证据,就能办了他。"说完,他使劲捶了一下墙,心里说不出的难受,只好起身离开了。

王金国看着江辉的背影,有些担忧,他太了解这个徒弟了,性格耿直,做事冲动,虽然有着一名警察该有的冲劲儿,但缺少良好的大局观,如果被有心人加以利用,恐怕以后会吃大亏。王金国觉得在局里的最后几天,一定要好好跟江辉聊一下这个问题。

当天下班前,负责办理人事工作的警察,将一份转岗文件盖了章,递给王金国:"拿着这个,还有两张免冠照片,去人事局就可以了。"

王金国看着手里的文件,点点头:"谢谢。"

王金国走出办公室,心情有些复杂,所有手续都办完了,但是偏偏在这个时候,马浩的案子却不仅没有一点儿进展,还更加扑朔迷离。想着想着,王金国不由得朝法医解剖室走去,结果刚到走廊,就看到江辉从法医解剖室走出来。

第七章　王金国和江辉

王金国喝道:"干吗去了?"

江辉吓得后退一步:"没什么,师父,手续都办好了?"

王金国点点头:"就差最后一步了。"

江辉神色有些不自然,左右看看,然后道:"我先去忙了,有什么需要我跑腿的,告诉我一声。"

江辉赶紧离开了,王金国看着他的背影,有些疑惑,于是推门走进法医解剖室。法医正在收拾桌上的东西,准备下班,看到王金国,和他打招呼:"王师傅,有事吗?"

"刚才江辉来了?"

"对,说要再检查一下马浩的尸体。"

"能不能让我也再看看?"

法医一愣,但还是走到冷柜前,打开柜门,拉出马浩被冰冻的尸体:"你们这是怎么了,都跑来检查?是有什么新线索吗?"

王金国走上前,看着马浩的尸体,问法医:"江辉那边有什么发现?"

法医道:"他倒是没说什么,就是又检查了一下脖子上的勒痕,说是想大概确认一下是哪种绳子。"

王金国也看了看尸体脖子上的勒痕。

"初步判断,凶器应该是那种直径6毫米的尼龙绳。但是这种绳子太常见了,根本追查不到什么有用的线索。"法医道。

王金国若有所思地点点头:"好,我知道了。"

王金国离开法医解剖室,走到公安局大楼的门口,他看着旁边那个垃圾桶,然后走了过去。他竟然俯下身,在垃圾桶里翻找着什么。过了一会儿,似乎没有找到想要的东西,他终于停了下来,脸上露出忧心忡忡的神色。

第八章
陈朵的胆怯

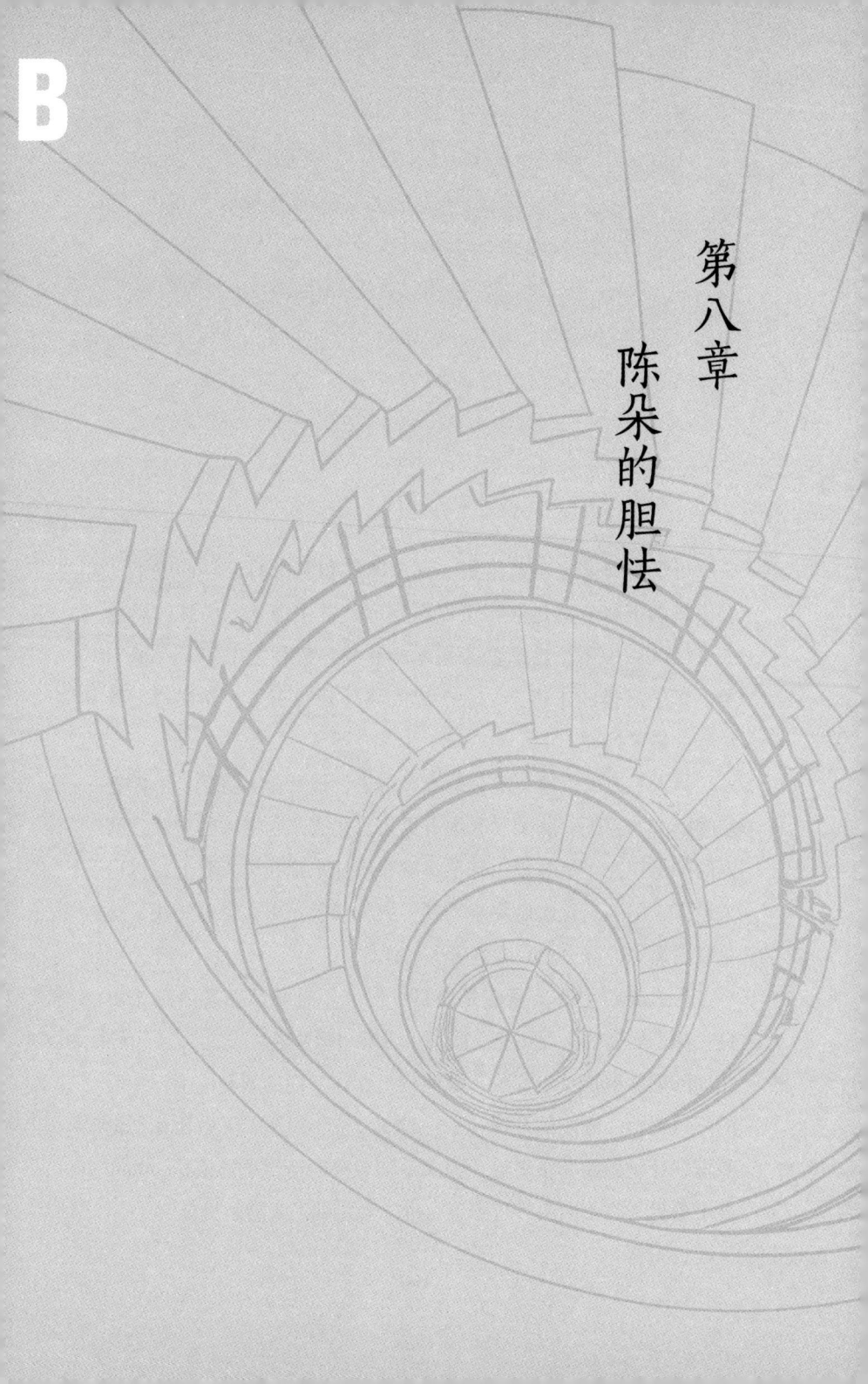

司象县街道上车流密集，汽车尾气和阴沉的天空形成了一层模糊的雾帐。透过雾帐可以看到远处群山绵延，山脉的黑色一直延续到山脚，渐渐变为树木的苍绿，树林之中停了一辆车子。车子后排的车座上，一个男人将外套脱下来，赤裸着上身将陈朵紧紧抱住。

男人心急火燎地将陈朵的衣服褪去，然后俯下身子，不停地亲吻陈朵的脖子。陈朵紧紧抱着男人，也去亲吻男人的肩膀。两人的喘息声在车里弥漫，陈朵将额头的汗水蹭在男人身上，然后去摸男人的脸。这次她终于摸到了男人的脸。男人微微转头，陈朵盯着男人，努力想要看清男人的模样。

男人转过了头，竟然是樊良！但又不是陈朵熟悉的那个樊良，这个樊良的头发更长，眼神中带着一丝决然。

陈朵猛地从梦中惊醒，她此刻正靠在车内的驾驶座上，一脸的不可置信。刚刚的梦境让她一时间反应不过来，无数次相似的梦境，让她感到非常尴尬，但又迫切想要看清男子的模样，如今梦中的男子终于回头，可她怎么也不会想到，竟然是樊良。

第八章　陈朵的胆怯

陈朵感到莫名其妙，不由得摇摇头："我真的是疯了。"

说着，陈朵弯腰捡起掉在车上的一板布洛芬药片。她将药片收起来，然后看向旁边副驾驶位置上的一个档案袋。陈朵拿起档案袋打开，从里面拿出一份文件，文件的标题正是"担保书"三个字。陈朵看了一眼担保书，拿着档案袋走下车四处张望了一下，似乎在找某栋楼。

陈朵拿起手机给樊良打电话，但是打了一会儿，没人接。她正犹豫着要不要走进小区的时候，远处一辆奥迪轿车驶来，停在不远处。陈朵皱皱眉头，因为她看到奥迪轿车的司机竟然是李东彪。

紧接着，奥迪轿车的后车门被打开，樊良居然从车里走了出来。他似乎在跟车内的人道别，态度极为谦卑，恨不得弯腰九十度深鞠躬。陈朵一下子愣住了，惊讶地看着眼前这一幕。

这时，樊良关上车门，奥迪轿车朝着陈朵的方向开过来。陈朵盯着奥迪轿车，李东彪似乎也注意到了陈朵，回头说了一句什么。奥迪轿车慢慢减速，停在了陈朵面前，后车窗被打开，后排坐着的正是许文。

"陈警官，看来咱们最近很有缘啊，在哪儿都能遇到。"

陈朵转头看了一眼，远处的樊良似乎也看到了陈朵，愣在那里看着她与许文对话。

陈朵收回目光，盯着许文："但愿下次见面，你就会被戴上手铐。"

许文笑笑，推了一下眼镜："哦，我一直很喜欢陈警官说大话的口气。不过，我一个守法公民，可跟那玩意儿挂不上钩。"

陈朵指了指自己的脖子，示意许文脖子上的血痕。

许文一愣，拉了下衣领，将血痕遮住："陈警官，劝你一句，查案子可不能太冲动,别让真正的罪犯给跑了。对了,上次我送你的字,你也没拿,有空可以去取一下,我是真心想跟陈警官交朋友的。"

陈朵面无表情:"谢谢,我不跟罪犯交朋友。"

许文笑笑:"好吧,那我就不打扰了。感觉你应该跟我这个侄子,当然,现在也是我公司的新员工,有些话要聊。"说着,许文微微侧头往樊良的方向看了一眼。

车窗关上,奥迪轿车驶远了。陈朵看向旁边的樊良,樊良也看着她。陈朵站在原地不动,樊良似乎有些歉意,犹豫一下,慢慢走了过来。

陈朵冷冷地看着他:"恭喜你,找到了新工作。"

樊良低着头:"谢谢。"

"你知道许文做了多少坏事吗?你知道他是什么人吗?"

樊良脸色平静:"他是我走投无路的时候愿意帮我的人,我缺钱,他能给我钱。"

"你真的以为他是好心帮你?他只是想让你帮他隐藏田康的事情,他在带你走歪路!"

"什么田康,我不认识,以后不要问我关于他的任何事情了。"

陈朵怒极反笑:"厉害啊,许文真的是好手段。"

"还有什么事吗?没有的话,我回家了。"

陈朵将手里的档案袋拿起来,挥了挥:"我想你也用不上这个了。"说着,陈朵将档案袋扔在了樊良身上,"我现在终于明白,有些人不是选择成为败类,而是天生就是败类。"

樊良冷笑,摸了摸自己的寸头,漠然地盯着陈朵:"呵呵,你以为我有选择吗?整个司象县给过我机会吗?我是樊远峰的儿子，一辈子都是远峰化工厂毒气泄漏罪人的孩子！你不是也恨我们家吗？我变成现在这个样子，你该开心啊！"

陈朵道："当初在调查远峰化工厂案时，许文一直在使小动作，你知道吗？我姐姐也是因为这件事才失踪的。"

樊良吼道："那又怎么样？那又能改变什么？当一切发生的时候，又有谁站在我们这边？如果你觉得许文有问题，当时为什么不说？现在，只要给我和我女朋友一口饭吃，让我叫他一声'爹'都行！"

陈朵愣住了，她右手微微颤抖着，紧紧地攥着拳头，似乎樊良的质问也刺激到了她。明明是强词夺理，但是陈朵却无法反驳，她为自己现在的心态感到诧异。

"别再高高在上地指责我，如果有机会，谁不想好好生活？！"樊良看看陈朵，转身走进了小区。

陈朵看着樊良离开的背影，心里莫名有股邪火，但是又发泄不出来，只好回到公安局，但是樊良的那些话一直萦绕在耳边，让她的心情变得更加阴郁。这个她本来以为会厌恶一辈子的人，反而让她有些怜悯了。

这时，陈朵收到了一条信息。

信息是江辉发来的："小朵，晚上能来医院吗？爷爷状态不是很好。"

陈朵看着这条信息，有些迟疑，理智在不停地告诉她应该过去，但是情绪上她却害怕跟江辉再次拉近关系，那种莫名的排斥感又出现了。她将手机锁屏，有些烦躁，但过了一会儿，又打开，良久之后，才回了一句："好，我抽时间过去。"

江辉发来信息："谢谢，我等你。"

陈朵叹了口气，收起手机，看到不远处罗玥冲她招手，似乎有什么重要的事情。罗玥的鼻尖上都是汗珠，显得有些焦急。

罗玥带着陈朵来到证物科，警察小赵迎接了两人，但是没有着急说话，而是用目光扫视陈朵还有旁边的罗玥，神色有些为难，欲言又止。

陈朵本来就心情不好，见到小赵的模样，更加生气了："磨叽什么？说结果啊！"

小赵嗫嚅道："DNA的鉴定结果提前出来了……"他转过头去，不敢看陈朵的表情，"田康指甲里残留的肉屑，DNA显示不是许文的！"

"是谁的？"

"是田康自己的！"

罗玥一脸惊讶，转头看陈朵。陈朵突然笑了，似乎遇到了这辈子最好笑的事情，一边笑一边拍桌子。

"哈哈，那也就是说，田康自己跟自己搏斗，然后自己拧断了自己的手指，最后一棍子把自己的脑浆砸了出来！"陈朵眼泪都要笑出来了，"我们都被骗了！从池小惠案到田康案，我们都在被人牵着鼻子走！哈哈，我们都是傻子！"

罗玥和小赵对视一眼，担忧地看着陈朵。

罗玥上前去拉陈朵的胳膊："陈朵，要不你先回家休息一下，明天咱们再重新整理一下线索。"

陈朵终于止住了笑，她抹抹眼角的泪水，冲罗玥摆摆手，然后转身离开。

陈朵朝着证物科大门走去时，猛地一脚将门口的垃圾桶踢飞，"咣当"一声，垃圾桶正好落在刚刚进来的刑警队队长脚边，

第八章 陈朵的胆怯

里面流出来的不明液体全都溅在了队长的鞋子上。

队长皱皱眉，看着陈朵，整个大厅鸦雀无声。

"陈朵，你干什么？是不是又想被停职？"

陈朵似乎没有听到队长的话，继续往外走。

"陈朵，我命令你过来！你这是擅自离岗，要是敢走，我立刻让你停职！"队长气得脸色涨红，指着陈朵的手都开始发抖。

陈朵依然充耳不闻，推门就走了，留下众人面面相觑。

陈朵开车回到家，躺在沙发上，盖着一件外套，翻来覆去，异常烦躁，接二连三的事情，让她的思绪乱成一团。手机放在旁边的茶几上，一直嗡嗡作响，她也不理会。

从一开始在雨夜巷子看到池小惠的尸体，陈朵就隐隐感觉到这件案子有着一丝不对劲，一番调查下来，果然走进了死胡同。陈朵生气的是，那么多线索，那么多痕迹，却偏偏无法得出一个合理的结论。更重要的是，她一直以为的嫌疑人许文，现在看来也无法跟案子直接联系在一起。陈朵觉得自己这几天就像是一个傻子，看似在推进案件，但根本没有触及这件案子的核心。

陈朵心中泛起一种无力感，到底是哪里错了？她抬起头，看到前面电视柜上的相框。相框里是陈朵跟陈沁的合影，两人都笑靥如花，背景是在一个公园门口。

陈朵清晰地记得拍照那天的情景。

那天傍晚，司象县的天空似乎还没有这么阴沉，夕阳的余晖还是美丽的。陈沁跟陈朵在公园玩捉迷藏，陈朵四处寻找躲藏起来的陈沁。

"姐！你在哪儿？"

公园里人们好奇地看着陈朵，陈朵环视四周，无法看到陈沁的身影，她着急地哭了起来："姐，你藏哪儿了？我找不到你了！"

这时，陈沁从一旁的滑梯后面闪身出来，过来给陈朵擦眼泪："怎么哭了，不是在玩捉迷藏游戏吗？"

"我以为你走了。"

"我肯定不会把你自己留在这儿啊！"

陈朵破涕为笑，陈沁也笑着捏陈朵的脸，两人离开公园前，妈妈给她们拍了这张照片。

这张照片是陈朵为数不多的美好回忆。她看着照片，默默地念叨："姐，你藏哪里去了？你还是把我自己留下了……"

陈朵眼睛红红的，她想起了自己做警察的初衷。当初父母都在那场事故中离世，陈沁也失踪，被姥姥含辛茹苦养大的陈朵经历了那么多艰辛，才终于回到司象成为一名警察。如果这是一件容易的事，那么十五年的煎熬岂不是笑话？所以，即便再难，她也不能动摇。陈朵的神色更加坚定了，如果之前的推断都是错的，那大不了重新开始调查。她站起身，穿上外套，推开门出去了。

陈朵很快来到田康的死亡现场，她拿着手电筒，掀开四周的隔离带，走到仓库附近，然后用手电筒四处扫了一圈，推门进入仓库。

仓库里还是保持着案发现场的模样，只是不见了田康的尸体，地上依旧能看到一摊摊血迹。陈朵蹲下，用手电筒照着地上的血迹，然后抬头环视四周，企图发现一些以前没有注意到的线索。忽然，她似乎看到了什么，在仓库门口的一侧，有一些黄色粉末状的东西。

陈朵走过去，仔细察看，然后戴上手套，用手指捏起一些黄

第八章 陈朵的胆怯

色粉末，没有记错的话，当初在田康家里也发现了类似的东西。这到底是什么？

陈朵正在认真思索的时候，忽然，仓库窗户后面的树林里闪过一个人影。她立刻将手电筒照过去："谁？"

那个人影似乎跑了。陈朵立刻冲出仓库，追了过去。月光下一个人慌张地在树林中奔跑，陈朵在后面紧追不舍。

"什么人？站住！"陈朵喝道。

人影不停，继续往前奔跑。

"警察！站住！"陈朵再次喝道。

两人一前一后来到小树林边缘，眼看就要到马路上了。前面奔跑的人影似乎被绊了一下，踉跄了几步。陈朵趁机追了上来，一把按住那人的肩膀。那人也不跑了，气喘吁吁地扶着腿喘气，马路上驶来一辆车，借着灯光，陈朵看清了他的模样，正是王金国。

王金国满头大汗："不跑了，不跑了，至于这么追我吗？"

陈朵问道："什么人？你在案发现场干什么？"

王金国指指远处，只见马路边停着一辆大货车："跑长途，停车撒个尿，就走深了一点儿，我哪知道什么案发现场的？"

陈朵道："那你跑什么？"

"我正撒尿呢，你用手电筒照我，我能不跑吗？"

陈朵有些无语，疑惑地看着王金国，似乎觉得这人有些眼熟："我是不是……见过你？"

王金国闻言，转头看到陈朵身上的警服，语气有些得意："我也在局子里干过几年，我叫王金国。不过，你不一定知道我。"

陈朵认出来了："你是王警官，我是陈朵，好久不见。"

王金国听完，先是想了一下，然后一脸惊讶，上下打量着陈朵，啧啧道："你是化工厂的那个小女娃，现在也是警察了？"

这时，天空开始下起了小雨。王金国跟陈朵抬头看了一眼，有些无奈。两人目光都转向王金国停在路边的大货车。

雨水落在马路上，湿漉漉的地面映照出路边暖色的灯光，两人上了大货车。

小雨淅淅沥沥地淋在挡风玻璃上，胡子拉碴的司机王金国坐在驾驶座上，旁边坐着警察陈朵。王金国瞥见陈朵口袋里露出来的布洛芬，从旁边的塑料袋里摸出几个核桃，然后用手咔咔捏碎，挑出核桃仁，递给陈朵："补脑的。"

陈朵也不犹豫，接过吃了起来。王金国自己也挑了几块，放进嘴里。

王金国问道："怎么着，这里也有案子？"

陈朵道："有个叫田康的，死在仓库里面了。"

王金国叹了口气："我说啊，这司象县也不知道是变好了还是变坏了，之前各种大案要案，局子里都不作为，奉行"多一事不如少一事"的原则。现在虽然整顿了，但还是三天两头地出命案，前几天不是还有个女的，据说被烧死了？"

陈朵点点头。

王金国打开车窗，啐出一小块核桃壳："这世道真是越来越乱了。"

"你经常在附近活动吗？"

"哦，你说我啊，对啊，这条路直通市里，我跑物流货运，基本天天从这里走。"

"最近有看到什么异常吗？"

第八章　陈朵的胆怯

"我现在就是一个货车司机，能看到啥异常，你把我当成目击证人了？"

陈朵默然，想想也是，这里距案发现场还有一段距离。

两人似乎没了话题，王金国依旧在剥着核桃，陈朵透过车窗，看到了远处山头上的远峰化工厂。

朦胧的雨幕中，隐隐约约能看到高耸的烟囱。

王金国给陈朵递核桃，顺着她的目光也看了过去："那厂子，听说许文要盘下来。"

陈朵一愣："什么？"

王金国道："那个厂子啊，出事后不是一直荒废着吗，过了这么久了，听说许文要盘下来重建，最近正在市里办手续呢。"

陈朵皱皱眉头，似乎对许文的做法感到不满。

"这许文啊，盯上这个厂子，不是一天两天了。听说当初远峰化工厂是他跟樊远峰一起搞起来的，后来不知道怎么的，他就被赶走了。看来他一直惦记着呢，忍了这么久终于下手了。"说着，王金国的目光锁定在了陈朵身上，"你应该知道的吧？"

陈朵叹了口气，点了点头。

十五年前，傍晚时分，12岁的陈朵悄悄藏在一棵树后面，小心翼翼地露出半个小脑袋，望着远处，只见年轻时的许文正在跟一个人谈话。不过，那人被树木挡住了，陈朵看不到。

"樊远峰的化工厂出了这么大的事故，害死这么多人，就该受到惩罚，可是他还想推卸责任，非说事故只是意外，还说什么是地震造成的，不是人为造成的。我只是觉得，他必须接受惩罚。这个东西，可以把他的罪名坐实。"

对面那人听到许文的话，似乎说了什么，可惜听不清楚。

"听说嫂子身体不太好，做手术需要不少钱，我这有二十万，你可以先拿去应个急，后续还需要钱的话，我还可以再给。我是真心想跟你交个朋友。"说着，许文从怀里掏出一张存折，放入那人的上衣口袋。

那人又和许文聊了两句，然后沉默片刻，似乎在思索着什么，表情有一丝犹豫。

躲在树后的陈朵挪动一下身子，想要看清楚许文对面的人到底是谁，但她不小心踩到了一个易拉罐，发出咔嚓的响声，不禁惊骇地抬头看去，正好看到了许文对面的人，是年轻时的王金国。

王金国目光扫来，正好跟陈朵对视了，陈朵有些害怕，赶紧转身跑了。

不久后，司象县电视台播报新闻：

"经过市里专家组为期两个月的调查，'7·29远峰化工厂特大毒气泄漏事件'主要负责人樊远峰已经被警方刑事拘留，远峰化工厂的安全设备存在重大隐患，安全章程也有重大纰漏，此次事故共造成13人死亡，7人重伤……樊远峰因涉嫌危害公共安全罪，可能面临最高长达十年的有期徒刑……"

12岁的陈朵坐在沙发上，看着电视里的播报，有些开心。陈沁坐在旁边，见状伸手拿过遥控器，想要换台，却被陈朵一把夺了过去。

"干什么，陈朵？把遥控器给我。"

"我就要看，他们一家人活该！不光咱们讨厌他，别人也讨厌他！姐，你知道吗，我那天在小树林里看到有个人给警察钱，让他陷害这个樊远峰。"

陈沁一听,愣了一下:"你说什么?"

"就是很远的那个小树林,有个人掏出一张存折,要给一个警察。"

"什么时候?"

"好久以前了,就是爸妈……刚走不久……"

"你怎么不跟我说?"

"我……我害怕,那个警察好像看到我了,不过他没来找我。姐,这不是好事吗?反正那个樊远峰也不是好人。"

陈沁站起身就要往外走。

"姐,你去哪儿?"

"把这些告诉警察,你这样会冤枉好人的。"

"姐,你别去。"说着,陈朵起身去拉陈沁,两人拉扯中,桌子上的花瓶被扫落在地,摔成了碎片。

"你不准去!你为什么要帮我们的仇人?"

"你松手!你这样不对,会害了别人的!"

"我不管,我就想让他们受到惩罚!"

陈沁突然停下手,摸着陈朵的脸:"就是因为应该让真正犯错的人受到惩罚,我才必须去说。"

陈朵"哇"的一声哭了出来:"你为什么总是不听我的?"

"因为我是你姐姐,我必须告诉你,什么是对的!"说完,陈沁一把挣脱开陈朵,大步走出了房间。

那一夜,陈沁再也没有回来。第二天,陈朵一边哭,一边走进公安局。王金国见到陈朵,微微一愣,想到了那天树林中的画面,不过还是迎了过去,问道:"怎么了,小朋友?"

王金国左右看看，生怕其他同事看到，心里猜测着陈朵过来的目的。

陈朵哭着说道："我的姐姐……昨天晚上……来报警，没有回家！"

王金国惊讶："你的姐姐？她叫什么名字？"

"陈沁。"

这时，陈朵盯着王金国，也想起了树林中的那一幕。一大一小的两人对视着，陈朵渐渐露出了胆怯的眼神。

公安局里，年轻时的刘韬问陈朵："陈朵，别害怕，告诉我，陈沁那么晚了，为什么还要出门？"

陈朵坐在桌子对面，有些紧张，她看了一眼坐在一旁的王金国，更加害怕了："我……我不知道，她……没跟我说。"

刘韬跟王金国对视一眼，摇摇头。

货车里，王金国似乎也陷入了回忆，良久，他摸了摸自己灰白的胡茬，叹了口气，搓了搓手上的核桃壳碎屑，转头望向陈朵："我知道，那天你在树林中见到我和许文了。"

陈朵点点头："樊远峰被抓后，我把这些告诉了姐姐，姐姐要去公安局举报，却再也没有回来。"

王金国忽然有些气势凌人："你当时并没有把这些告诉警察，陈沁出门的原因你也没说！"

陈朵点点头，然后捂着脸，痛苦万分："我当时害怕极了！我看到了你在现场，还有很多警察，我不知道你们是不是一伙的。我……我就觉得是你们抓走了姐姐，就是因为姐姐要举报你们。我……我觉得……要是我说出来，我也会被抓走！"

第八章　陈朵的胆怯

陈朵痛苦地蜷缩着身子，剧烈的头痛再次袭来。是的，就是当年的怯懦，让陈朵病了。这个女孩从那一刻开始就厌恶自己的胆小，甚至厌恶自己的一切。那种没有说出真相的悔恨变成了一把锥子，时刻钻着陈朵的脑袋，让她失去了爱与被爱的能力。这也是后来，陈朵渴望危险，喜欢用无休止的工作来麻痹自己的原因，她一直在惩罚自己，她觉得自己是一个罪人。而这种惩罚慢慢地变成了她的一部分，再也摆脱不掉。

"我每天都会想到那一幕，是我……是我害了姐姐！"

王金国伸手拍拍陈朵的肩膀，以示安慰。

"如果我当时能够勇敢一些，早点把所有事情都说出来，也许姐姐就不会失踪，也许你们就能找到姐姐！"

"你不用自责，我一直知道是许文！当时不光我看到了你，许文也看到了。"

陈朵一愣，抬头看着王金国。

"所以，我推测许文一直在监视着你，之后看到陈沁想去举报，才抓走了她。但在后来的半年时间里，我一直盯着许文，可除了那个带血的扳手，一无所获。"

陈朵额头全是冷汗，她虚弱地靠在座位上："我从警校毕业，回到司象，就是想要重新调查这件案子。局长却告诉我，你早在离职前就把一切都告诉了他！"

王金国点点头："那天许文给我钱，我犹豫了。我拿着那张存折回到家，揣在兜里捂了一夜，但我还是做不到，第二天又还了回去。我不敢告诉任何人，直到我决定离职，才说出来。"

陈朵道："如果你没有帮许文，那么樊远峰为什么还是入狱了？难道真的是樊远峰的责任？"

王金国摇摇头："我没有收钱，不代表别人没有收，那时候的局里，谁都有可能收这笔钱。许文一条路走不通，还有其他路。那么大的事故，必须找个替罪羊，才能平民愤，至于事故到底跟樊远峰有没有关系，已经不重要了。我只是一个小警察，什么也做不了、改变不了，谁也保护不了。当我意识到这一点时，我就知道，自己不再适合做警察了。"说着，他拍拍方向盘，"做个司机挺好了，儿子也快结婚了，还不错！"

陈朵将手伸到窗户外面，雨似乎已经停了："被杀死，然后焚尸的那个女孩叫池小惠，你应该认识。"

王金国一愣，点点头："是我把她从厂子里抱出来的，后来我离职，就再没有联系了。"

"她的男朋友就死在不远处的仓库里，现场发现了毒品，这些毒品来自许文的酒吧，线索非常多，但又全是矛盾的。"

王金国笑了笑："一个好的警察要相信自己的直觉。"

陈朵道："局长也是这么说的。我问你，如果只凭直觉，你觉得许文是我姐姐失踪的元凶吗？"

王金国坚定地点点头。

"如果只凭直觉，你觉得许文当初贿赂了谁，扳倒了樊远峰？"

王金国沉默了一会儿，又吃了几块核桃："不知道。我只知道，当初是我跟刘韬一起调查远峰化工厂的……"

陈朵闻言沉默了。

"我是真的不知道，并不是在暗示什么。"

陈朵叹了口气，没有继续追问这个问题，而是说："池小惠、田康和许文，我的直觉告诉我，这些人之间一定有着某种联系！"

王金国话里有话道："看到你，就跟看到当初的我一样。我

第八章　陈朵的胆怯

看着你的眼睛，明白你一定是个好警察，但是我还是从中看到了恐惧。"

陈朵笑了："恐惧？我是警察，恐惧什么？"

王金国意有所指："你恐惧除了犯罪分子以外的所有东西，你的过去、你身边的人，包括关心你的人和你关心的人……"

王金国又掰开一个核桃，递给陈朵："这些，你都恐惧。"

陈朵琢磨着王金国的话，当她从货车上下来时，雨已经停了。陈朵摆摆手，跟王金国告别。

王金国坐在车里，从车窗探出头："对了，陈警官，你姐姐是不是有个三棱锥模样的玩具，经常带在身上？"

陈朵一愣："玩具？什么意思？"

王金国道："当初那个目击者，看到你姐姐跟一个男人上了一辆车，但是上车的时候手里拿着一个三棱锥模样的玩具，而且周围好像还有其他人，其中一个好像是女人，你有印象吗？"

"三棱锥？我……从来没有见过。也就是说，还有别的目击者？"

"但是我们什么也没找到，没有找到新的目击证人，没法核实。"

"对了，当初目击证人是在哪看到我姐姐的？"

王金国沉吟一下："这个……好像就是在公安局附近。就这样吧，我想起什么，随时联系你。不早了，我也该回家了。"

说着，王金国发动货车，渐渐驶远。陈朵目送货车离开，然后回到自己停车的地方，发动车子，驶进小区，将车停在楼下附近的停车位上。

陈朵下车，脑子里还在整理跟王金国的对话，那些话里传递出来的信息量非常大，不仅有关于陈沁的，还有关于许文和刘韬的。陈朵想得出神，正要朝楼道走去，却忽然停在了原地。

前面的花坛上坐着一个人，正是江辉。

江辉浑身都湿透了，头发贴在额头上，脸色有些苍白，脚边散落着数不清的烟蒂，眼神有些悲伤和疲倦，整个人看起来似乎被抽走了魂一样，跟以往的阳光和煦截然不同。

陈朵惊讶地走过来："你在干什么？都湿透了。"说着，她就拉着江辉准备进楼道。

江辉却挣脱开陈朵的手，他看着陈朵："爷爷走了！"

陈朵呆住了，然后伸手摸自己口袋，这才想起来，手机没有带在身上："节哀。对不起，我……手机没在身上。"

江辉看着陈朵，似乎想要压抑，但还是失败了，他第一次如此失态，大声道："陈朵，你还不明白吗，跟手机没有关系，是你的原因！"

陈朵低着头，有些逃避道："对不起。"

江辉摇头："我真的尽力了，但是你从来没有接受过我。你的一举一动仿佛都在提醒我，你根本不允许任何人跟你拉近关系。对不起，我退出了。"

江辉看着陈朵，他的眼中满是不舍，还有悲伤。

陈朵躲避着江辉的眼神，显得有些局促。她知道，此刻自己应该说些什么挽留江辉，但她还是说不出口，那些自己厌恶的烙印，让她无法打开心扉。

江辉一咬牙，下定决心，转身离开。

陈朵望着江辉离开的背影，抬起手，欲言又止，似乎想把他留住，但最终还是没有发出一丝声音。她始终还是没有爱别人的能力。

陈朵感到胸口一阵绞痛,浑身没有力气。她明白自己是不想江辉离开的,但是这样的她注定留不住对方。

江辉的背影渐渐消失在夜幕之中。

第九章 樊良与三棱锥

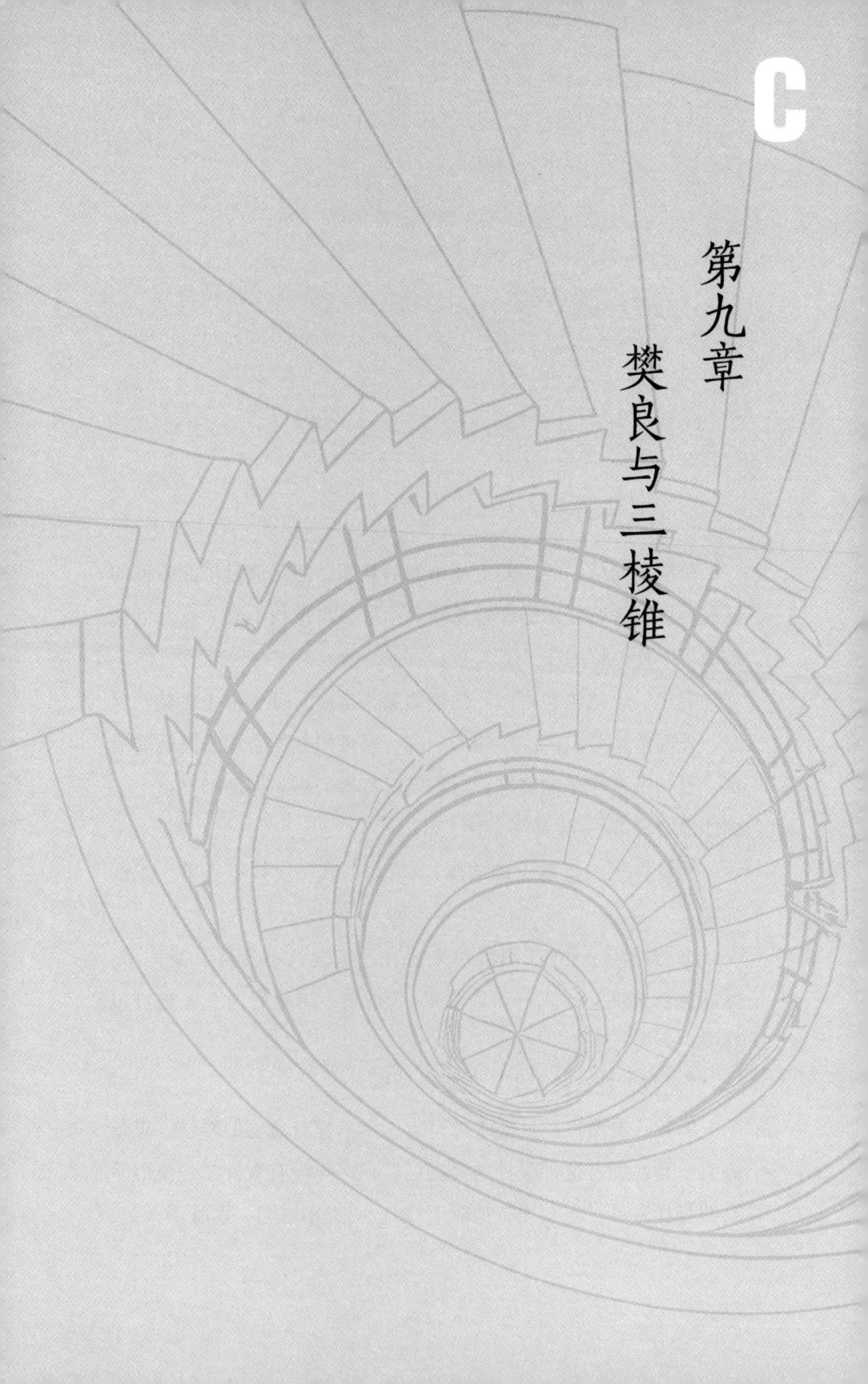

小雨淅淅沥沥的，前方超市大门紧闭，但是通过里面昏黄的灯光，可以看到超市已经被重新收拾好，再也找不到一点儿当初被砸得一片狼藉的样子了。

后屋，忠叔正在将做好的饭菜装入饭盒，准备带去医院。这时，外面传来敲门声。忠叔去开门，发现门外站着浑身湿透的樊良。看到这个样子的樊良，忠叔顿时有些心疼，但随即又换上一副冰冷的表情："你又来干什么？"

樊良抹了一把脸上的雨水："忠叔，我……我有点事，想和你说。"

忠叔冷哼一声："别跟我来这套，这次我不会再收留你了。你的东西都在这，正好可以带走。"说着，忠叔看向一旁被打包好的一个大行李箱。

"忠叔，我真的有事，很重要的事。"

忠叔盯着樊良，见他眼神坚定，全然没有之前的轻浮。忠叔心头一动，拥有这种眼神的樊良已经很多年没有看到了，他似乎真的有什么事。忠叔无奈地叹了口气："进来说吧，别耽误太久，我还得给你婶子送饭去。"

进屋后，浑身湿透的樊良在沙发上坐下，忠叔递给他一条毛巾，让他擦擦脸上的雨水。

"到底要说什么事？"

"我知道那个人是谁了。"

忠叔一愣，激动地站起身。

樊良一字一句地说道："那个跟许文一起陷害我们樊家的人，我终于知道是谁了。"

"你这话是什么意思？"

樊良对忠叔说道："自从樊斌被杀，许文失踪，这么多年了，我一直想知道那个人到底是谁。现在我知道了，就是咱们司象县公安局的局长王金国。"

忠叔更加震惊，左右看看，把门关紧："樊良，这话可不能乱说啊，你有证据吗？"

樊良点点头："前几天许文的尸体被找到了，在现场我看到一块手表，跟许文的尸体一起被埋了十五年。今天我去了王金国家，在他家的相册上，我看到当年的王金国手上戴着一块一模一样的手表。"

忠叔闻言一时间不知道该说什么。

"天底下没有这么巧的事。忠叔，你还记得吗？樊斌出事那天，你带着我和陈朵一起去公安局时，就是王金国亲自审问的这件事。"

忠叔道："对，我记得。"

樊良回忆着："陈朵看到许文跟人密谋，要陷害我们樊家，所以才会被许文抓去灭口。可是到了公安局，她就改口了，说自己不记得当时的事了,直到现在,我才明白,陈朵当时为什么会表现得那么奇怪,因为她早就知道跟许文密谋的人是谁!"樊良咬牙切齿,语气更加低沉,"就是那个正在询问案情的警察,王金国。所以,她害怕了,她看到樊斌死了,她根本不敢说出真相。"

忠叔听完,震惊无比:"樊良,这件事已经过去十五年了,我觉得你应该先冷静一下……"

"忠叔,你知道我当初为什么学法律吗?就是为了有一天能给我们家翻案,告诉所有人我父亲没有错;就是为了有一天,其他人能够说我弟弟死得冤枉,而不是我弟弟死了,大家还拍手叫好,认为这是我家的报应!应该遭报应的是许文和王金国!我这些年活得跟狗一样,无所谓,但是狗也有咬人的时候!"

忠叔呼吸有些粗重:"你……你说的这些,也许是真的,可是,你有证据吗?"

"我会有的。"

忠叔有些被樊良的样子吓到:"这件事你千万不要声张,也不要轻举妄动,人家可是公安局局长啊,你还是搬回来住吧,我实在不放心你。"

樊良摇摇头:"忠叔,你说的对,你早就不欠我们樊家什么,是樊家欠你的,等我把这些事了结了,我再好好孝敬您!我来跟您说这些,也是为了给您一个交代。"

忠叔还想再说什么,樊良已经起身,拉过一旁的行李箱,又将桌上的鱼缸抱起来,一瘸一拐地朝门外走去。

樊良拖着行李箱走出超市,站在雨中等公交车。忠叔冒雨追了出来,走到樊良面前:"你要搬到哪儿?"

樊良说道:"先回老宅吧,那才是我家。"

第九章　樊良与三棱锥

忠叔欲言又止，不知道还能说些什么，最后只能拿出一把车钥匙，塞到樊良手里。

樊良一愣，不解地看着忠叔。

"我知道我劝不动你，打小你就主意正。虽然以后一切都要靠自己了，但你一定要记住，无论你做什么，我都支持你！"忠叔说完，转身走回超市。

樊良看了看手里的车钥匙，又看向停在一旁的一辆老式普桑，脸上已经分不清楚是雨水还是泪水。

另一边，被樊良怀疑的局长王金国也回到了家，开门进屋，摘下自己的新表，小心翼翼地放在抽屉里。

这时，妻子许娜迎了过来："累了吧，先吃饭。"

王金国坐到沙发上，看到茶几上放着几个礼盒："哪儿来的？"

"下午樊良给送来的，说是有事找你帮忙，结果没等你回来，就先走了。"

王金国一听，微微皱眉："他来干吗？"

许娜回忆着："我也不知道，就是闲聊天，看了看咱家的照片，然后就说有事先走了。"

王金国有些警觉，起身走到那面墙前，看着墙上的照片，思索着："他都说什么了？"

"也没说什么。"看到那张王金国戴着手表的照片，许娜道，"对了，说起你那块表，丢了好多年了。"

王金国顿时一愣，思索起来，脸色渐渐阴沉。

许娜看他脸色不对劲，问道："怎么了？"

王金国脸色恢复平常："没什么，就是想起点儿以前的事。

三楼：死亡救赎

没事了，先吃饭吧。"

一辆普桑驶来，停在了一座破败老旧的老宅门前。樊良走下车，从后备厢里拿出行李箱和鱼缸，他抬头看了看面前破败的老宅，墙上都是各种涂鸦和咒骂的话语。

樊良微微叹了口气，驱逐出脑中不愉快的想法，推门进屋，打开客厅的灯。屋里到处都是散落的家具，墙上满是蜘蛛网，窗户上的玻璃也碎了大半，一看就是许久没有人居住了。

樊良看着眼前的一切，陷入回忆之中，爸爸、妈妈和弟弟都曾生活在这里……如果没有那些事情，这里仍然会是一个幸福的家。樊良用手抚摸着墙面，脸上不由露出一丝温暖的笑意。

稍微整理一下后，樊良把鱼缸摆放在了桌上，鱼缸里的那只小乌龟，似乎对新环境还不适应，脑袋缩在壳里，一动不动。樊良扶起地上翻倒的椅子，然后将行李箱打开，拿出一份文件，坐在桌前翻看起来。文件是关于远峰化工厂事故的调查报告，樊良神色冷峻，似乎想到了什么，合上文件，起身离开了老宅。

另一边，一个被拆开的相框放在洗手台上，王金国看着被取出来的照片。

犹豫片刻后，王金国点燃了这张照片，照片化为灰烬落在马桶里，被冲得干干净净。处理完一切，王金国拎着一个手提包，打开家门，离开。

天空依然下着小雨，单元楼下不远处的角落，停着一辆普桑轿车，樊良静静地坐在里面。

普桑轿车挡风玻璃上的雨刷正来回摆动着，透过车窗，樊良看到王金国拎着包从单元楼出来，走到停车场，上了一辆车，车

第九章　樊良与三棱锥

子发动，消失在了雨幕里。

樊良坐在驾驶位置上，看着王金国开车离开，脸上露出一丝冷笑，跟了上去。

樊良保持一定的距离，紧跟着前面王金国的车。红灯时，王金国的车停下，樊良的车不得不停在王金国车的后面。王金国有些警惕地从后视镜向后车望去。樊良压低了自己的鸭舌帽，挡住面孔。

交通信号灯的绿灯亮起，樊良按动喇叭，声音十分刺耳，故意做出催促前车赶紧走的架势。

王金国的视线从后视镜上移开，看到前面已经绿灯了，便继续开车朝前驶去，一直到城外的野树林，才停了下来。

而樊良的车停在远处，他将车子熄火，在黑暗中观察王金国的一举一动。

透过挡风玻璃，樊良看到王金国下车，拎着那个手提包，警惕地看了看四周，然后从后备厢里取出一把铁锹，朝树林中走去。

樊良也下了车，悄悄跟了过去，只见王金国先用铁锹挖了个坑，接着从那个手提包里拿出一个东西丢进坑里，最后再用铁锹填坑。樊良静静地看着王金国的举动，不敢发出一点儿声音。

很快，王金国将坑填埋完毕，用脚踩实后，这才离开。

樊良看着王金国逐渐走远，确认无人后，立刻走到刚才王金国挖坑的地方。樊良也顾不得许多，直接用手开始刨土，任由污泥弄了自己满手、满身。

最终，樊良在土坑里找到了王金国刚才掩埋的东西，他抹掉上面的泥土，看清了那件物品的模样——一个透明的塑料袋，袋子里装着那块老旧的手表和那个奇怪的三棱锥。

樊良看着塑料袋里的东西，思忖片刻后立刻拿着东西，起身返回了老宅。

回到老宅，樊良在笔记本电脑上查阅三棱锥的信息，却没有找到什么有价值的资料。

樊良关闭了搜索引擎，又看向一旁的三棱锥，思索着，忽然他想到了什么，快速起身，从行李箱中翻出一份文件，正是当初检察官江辉交给他的关于田康的案件资料。樊良翻查着资料，然后从资料里看到一张照片，照片是视频的截图，截图中田康正在东张西望地离开，手里拿着一个东西，而那个东西的模样就像是一个三棱锥！

樊良盯着照片，有些激动。接着，他从资料里找出一个U盘，将U盘插在电脑上开始播放，那是一段田康杀人逃走的监控录像。

樊良看着视频，然后按下暂停键，将视频倒回去，继续播放刚才看的那一段。视频里，田康正从杀人现场逃离，他的手里果然攥着一个东西。

樊良再次暂停视频，然后将画面放大，只见田康手里攥着的正是一个三棱锥，跟王金国丢弃的那个一模一样！

樊良拿起桌上的那个三棱锥，仔细地端详着。

"这到底是什么？"

樊良陷入沉思。

第十章 王金国的真相

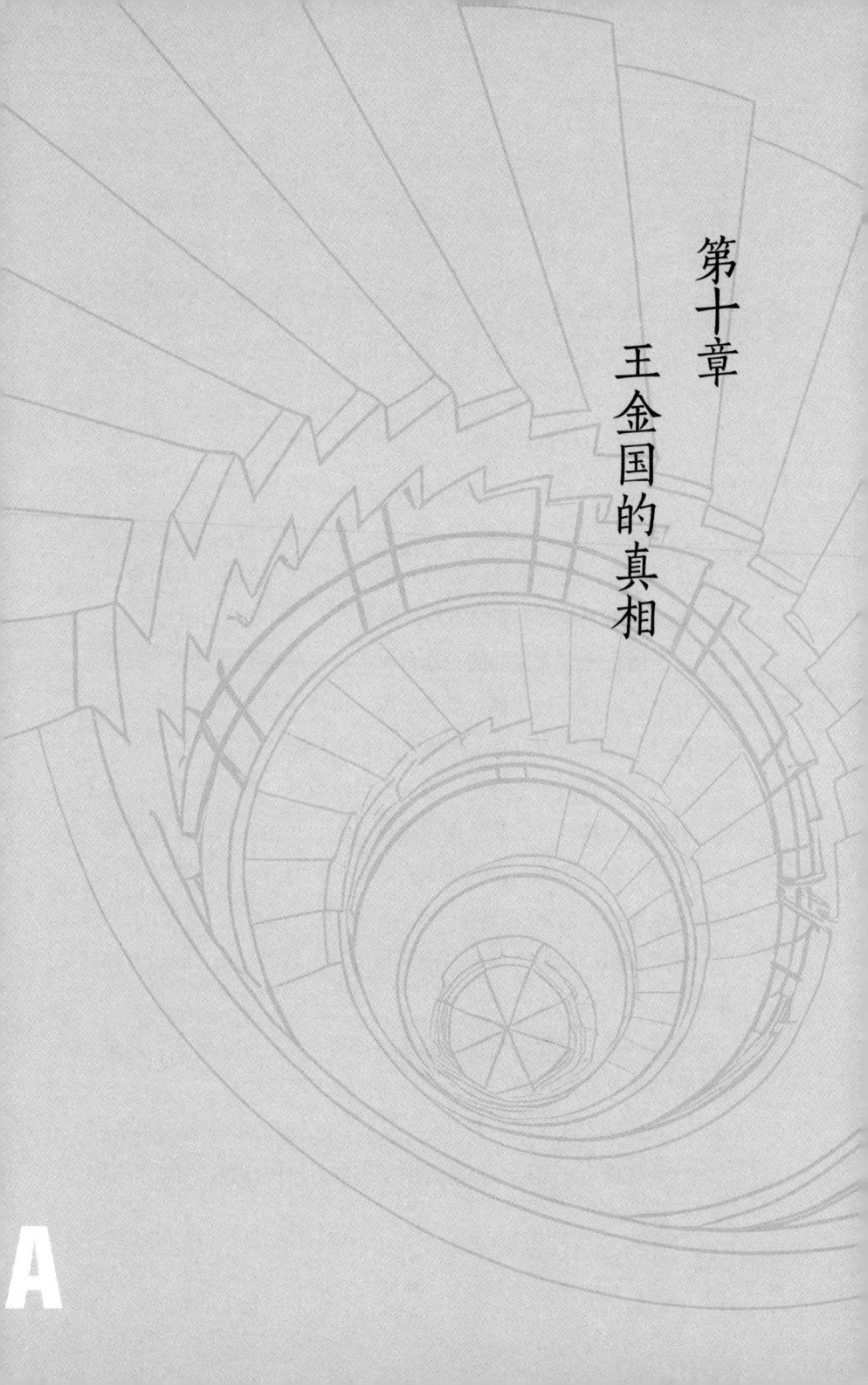

A

月光如纱,朦朦胧胧,陈旧表盘上的指针显示此时时间为一点,王金国放下戴着手表的胳膊,抬头望了一眼皎洁的明月。

王金国正坐在大楼外的一处台阶上,一动也不动,似乎在思索着什么,表情有些纠结。过了良久,他终于叹了口气,下定决心似的站起身,掸去屁股上的灰尘,走进大楼。

公安局大楼内幽黑静谧,法医室已经没人,屋里黑着灯。这时门被轻轻地推开了,从外面走进一个人,正是江辉。江辉戴着胶皮手套,轻轻关上门,然后走到冷柜旁,打开柜门,将马浩的尸体从里面拉了出来。

江辉拿出一根尼龙绳,触碰到马浩脖颈处的皮肤,轻轻摩擦几下。

就在这时,屋里的灯突然亮了。江辉一愣,扭头看去,只见王金国竟然站在法医室门口,正是他打开了屋里的灯。

王金国看着江辉,一言不发,但是脸色却阴沉得能滴出水来。

江辉微微有些紧张,但随即恢复正常,故作冷静:"师父。"

"干吗呢?"

第十章　王金国的真相

"我找了一款尼龙绳,想比对一下死者的伤痕。"

"大半夜的来干这个?"

"我想尽快知道结果,所以,就直接过来了。"

王金国走到江辉面前,看着他,伸出手:"拿来。"

江辉有些犹豫,不肯把手里的绳子交给王金国,甚至藏到了身后。

王金国喝道:"我让你把绳子给我!"

江辉抿着嘴,有些无奈,只好把那根绳子递给王金国。王金国没有用手去接,而是拿出一个证物袋,让江辉把绳子放进袋子里。

王金国拎着证物袋,质问江辉:"你跟我说实话,这到底是什么?"

江辉低头,不敢看王金国的眼睛。

"我要是没猜错,你是故意打伤许文,然后从垃圾桶里拿走那块沾着许文血迹的手帕,再把手帕上的血迹擦拭到这根绳子上,对不对?"王金国越说越激动,呼吸都急促起来,"你把这根绳子在马浩的皮肤上摩擦几下,这样一件沾有许文和马浩DNA的作案凶器就制作出来了,对吗?"

江辉无奈地点点头:"师父就是师父,说得一点儿没错。我打算找个机会搜查一下许文,然后把这根绳子放在他车上。"

王金国一把扯住江辉的衣领,把他按在墙上,有些严厉地道:"你小子敢做伪证!"

江辉激动地道:"师父!马浩的案子、你儿子失踪的案子,许文肯定是幕后黑手!只是因为没有证据,咱们就拿他没办法,我不甘心!师父,你马上要走了,以后再也不能查案子了,我不想让你带着遗憾脱警服。"

王金国死死拽着江辉的衣领，似乎一松手江辉就会从万丈悬崖掉落下去一样："放屁！全他妈放屁！这几年我真是白教你了！你这么干，跟许文有什么区别？！你对得起你这身警服吗？！"

"我只是想把坏人绳之以法。"

"你的办法，十五年前我就能干，为什么要等到今天？因为我知道我是警察，做事要守规矩；不守规矩，就算抓到了坏人，一样是犯罪！这些，你爷爷没教你吗？如果可以栽赃许文，你觉得他不会做吗？"

江辉终于不说话了，低着头，身子微微颤抖着。

王金国松开江辉的衣领："明天就是我最后一天当警察了。你这个样子，我不放心。"他把那个袋子丢给江辉，"明天一早，你自己带着东西，去找局长自首。"

江辉看看袋子，惊讶道："师父，你就不怕我把这东西销毁了？"

"你要还当自己是警察，就不会这么做。"

江辉苦笑："师父，要是按你说的做，我也当不成警察了。"

王金国正正衣服，又看了看手表，大步离开："算是我教你的最后一课。"

第二天，江辉被停职的消息很快传开，局里的同事围在一起议论纷纷。

"听说了吗？江辉被停职了，还要接受严重处分，据说要被送到警察教培中心教育两年时间。"

"听说了，说是伪造马浩案的证据。江辉挺能干的，这下完了，教育两年，跟坐两年牢有什么区别，前途算是彻底毁了。"

"我听说，这事本来还没办成，就是被他师父发现的，非让

第十章　王金国的真相

他去找局长自首。"

"这老王真是的，江辉的做法是不对，可他就是一时冲动，而且也没真的执行，私下教育教育得了，还非弄到局长那里，这一上纲上线，连挽回的余地都没了。"

这时，王金国走了进来。其他几人一看是王金国，都不再说话，各自回自己的位置坐下。

王金国只是收拾自己的东西，将个人物品都装入纸箱里，抱着离开办公区，什么都没说。

王金国本来还想跟同事道个别，但是发现他们都各自忙着各自的事情，当作没看见他，他只好不再说什么，一个人离开。他抱着纸箱，沿着走廊走着，忽然站定，透过窗户，看向楼下。

王金国正好看到楼下的江辉，他已经脱下了自己的警服，正准备坐车离开。江辉上车前，抬头望去，看到了窗户旁边的王金国。

王金国与江辉两人对视片刻，都没说话。江辉收回目光，上车离开。

王金国神色微微有些黯然，他低声叹了口气，摇摇头，想了想，又掉头走向局长办公室。他抱着纸箱走进去，刘韬坐在桌子后面，两人一个站着，一个坐着，都沉默着。

"要走了？"

王金国点点头："本来不想过来跟你矫情的，但是看在认识这么久的分儿上，最后帮我一个忙。"

"江辉的事？"

王金国点点头。

"最后一天当警察，把自己培养出来的好苗子给拔了，不心疼吗？"

"就是因为好苗子,所以我才让他自首。"

刘韬看王金国一眼,摇摇头:"你就不怕他记恨你?"

"记恨我的人多了,但这个教训他必须接受。"

刘韬叹息:"你啊,脾气真是从来没改过。江辉先停职一段时间,免不了还要接受上面的调查,我争取让他早点回归。"

王金国点点头:"多帮衬一下,这是个好苗子。"

王金国离开公安局,抱着纸箱回了自己家,把东西一件件拿出来,最后拿出来的是一张警官证,打开警官证,里面有一张他年轻时的照片,照片上他穿着警服,一副意气风发的样子。

王金国摘下自己的那只老旧手表,放在桌上,有些发愣。

这时,电话响起,王金国接起电话,里面传来马喜才的声音:"是王警官吗?我……我是马喜才,马浩的爸爸。"

"我知道,有事吗?"

"我就想问问,我儿子的案子查得怎么样了?我什么时候能给我儿子办丧事?"

王金国有些为难,不知道该如何回答,他想了想,还是决定亲自去一趟。王金国骑着电瓶车,很快来到马浩家门外,车子的后座上还放着几个礼盒。

王金国下车,拿着礼盒,走到门前,轻轻敲门。门打开,马喜才看到是王金国,微微一愣。

马喜才赶紧把王金国让进屋里,招呼王金国坐下。王金国注意到,屋里的陈设比上次来时更加简陋了,桌上还摆上了马浩的遗像,显得格外凄凉。

王金国把礼盒放在桌上:"一点儿心意。"

马喜才有些不知所措:"王警官,您这是干什么?"

"别叫我警官了，我已经离开公安局了。"

马喜才更加迷惑："哦，那您这次来……"

王金国有些愧疚："你儿子的事，一直没有查出结果，我现在离职了，没法继续查这件案子了，没能给你们一个交代，很抱歉。"

马喜才有些受宠若惊，赶紧摆摆手："你们警察已经很用心了，我们心里很感激。"

"不过你放心，局里会有别人继续跟进这件案子，一定会查个水落石出的。"

马喜才点点头："是那个江辉警官吧，他也是个好警察。不过，尽力就好，我现在只是想把我儿子的遗体带回来。"

王金国顿时不知该如何接话，只能点点头，保证很快就会有结果了。这时，里屋又传来马浩妈妈有些疯癫的哭喊声："我儿子回来了！我儿子回来了！"

马喜才赶紧起身，去了里屋。

里屋传来马喜才的训斥声："别哭了！是警察来了！"哭喊声这才停了下来。

马喜才从里屋出来，坐在王金国对面："其实，查凶手对我们已经没那么重要了，就是找出凶手，我儿子也回不来了。您也看见了，我家里这个样子，我现在就想尽快结束这件事，让孩子入土为安。"

王金国无奈道："我理解。"

两人又寒暄了几句，马喜才始终对王金国有些拘谨，王金国见状也不想多留，准备离开，马喜才送王金国出门。

临走前，王金国嘱咐道："局里有什么进展，我会帮你打听，你还是先把家里安顿好。"

马喜才使劲点头："嗯。"

"那我先回去了。"

马喜才这才想到什么："王警官，稍等一下。"他走回屋里，很快拎着一袋子梨出来，"我家里也没别的，这袋子梨，您带回去尝尝，挺甜的。"

王金国推托："不要不要。太多了，我也不好带。"

马喜才却没有理会王金国的话，直接拿出一根尼龙绳，很熟练地打了一个绳结，扎紧袋子的口。王金国看着马喜才扎好的绳结，顿时有些发愣，脑海里飞快地闪过一丝光亮。

马喜才没有注意到王金国的异样，很热心地把袋子放在王金国电瓶车的踏板上。

王金国愣愣地看着马喜才做着这一切，也不说话，神情变得有些凝重。

马喜才笑吟吟地说："我帮您放车上了，路上稍微小心点儿，没事。"

王金国点点头："你先回去忙吧。"

"那我就回去了，我媳妇身边不能离开人。"

马喜才转身回去，关上了房门。王金国却没有立刻骑车离开，而是走到车前蹲下，仔细地观察扎袋子的绳结。王金国脑海里闪过卷宗里装马浩尸体的麻袋的照片，照片上扎紧麻袋口的绳结跟这个袋子上的绳结一模一样。

王金国转脸望向马浩家的方向，神色复杂。屋子里传来马浩妈妈哭喊的声音，还有马喜才辱骂殴打的声音。

王金国眉头皱起，立刻给江辉打电话，可是打了一遍又一遍，江辉一直不接。

第十章　王金国的真相

王金国叹了口气，只好给局里的其他同事打电话："小赵，你帮我个忙，帮我查查马喜才的资料。"

"王师傅，您都转岗了，怎么又问起马浩的案子了？是不是有什么发现？"

"我还不确定，你先帮忙查查看。"

"稍等一下。"

小赵坐在电脑前，调出了马喜才的档案："马喜才，1974年出生，高中学历，之前做过一段时间的海员，因为聚众赌博被拘留过，后来回了北源村……"

王金国听着电话里小赵的介绍，眼睛一亮："做过海员？还赌钱？"

"对。"

王金国直接挂了电话，骑着电瓶车快速离开。

李东彪正带着几个小弟在KTV唱歌，旁边还有几个陪唱的女孩。李东彪一身酒气，看了看表："不喝了不喝了，今天就到这了。"

李东彪微微有些醉，搂着一个女孩，在几个手下小弟的簇拥下，走出会所。

"都回去吧，明天还要上班呢。我自己开车回去。"

几个小弟都很识趣地先走了，李东彪搂紧女孩，笑道："走吧，跟我回家。"

两人晃晃悠悠地朝停车场走去，不远处，王金国站在暗处，看着李东彪，然后跟了上去。

李东彪搂着女孩，来到一辆车前，刚要上车，身后传来王金国的声音："李东彪。"

李东彪一愣，扭头看到王金国，打量了他几眼："有事？"

"问你点情况。"

"你都不是警察了，跟我摆什么谱？滚蛋！"

李东彪不想再理会王金国，说完就要去拉车门。王金国上前直接按住车门，不让李东彪离开。

"你有病啊？别以为我不敢揍你！"

说着，李东彪就要掐王金国的脖子，结果刚伸手，就被王金国一把握住了小拇指，轻轻一掰，他就疼得大叫："唉，唉，疼！"

王金国继续握着李东彪的手指："回答我的话，就放了你。"

李东彪忍着疼，使劲点头，又摆手示意一旁的女孩走开，女孩吓得赶紧离开。

王金国语气冰冷："马喜才这个人，你了解多少？"

李东彪一愣："我不认识。"

王金国手上一用力，李东彪又疼得叫起来："我说我说，马喜才这小子，跟许老板签了补偿协议，拿了不少钱。但是老板知道这个马喜才喜欢赌钱，就让我把他拉到我的赌场里，没几天他那些补偿款就输得差不多了。本来那天他想用最后一点儿钱翻本，结果正好遇到你们抄了赌场，这小子运气不错，自己跑了，不过钱也输光了。"

王金国一愣，想到那天从厕所跳窗户跑走的人，然后又想到马喜才家里也有治疗扭伤的喷雾，顿时恍然大悟："竟然是他。"然后又道，"那赌场果然是你开的，你就是组织者。"

李东彪道："我就是个打工的，许老板才是幕后老板，他给马喜才的那些补偿款，利用赌场全部都收回来了，等于是白拿了马喜才家的梨园。"

第十章 王金国的真相

王金国静静地听着："你们许老板真是好手段啊！"

李东彪又说："马喜才这人，看着老实巴交的，其实骨子里坏着呢！他经常打老婆孩子，下手可狠了。"

王金国若有所思，放开李东彪，然后掏出电话，将自己知道的事情全部告诉了公安局的前同事。

马喜才很快就被带到公安局，坐在审讯椅上，垂头丧气。对面的刘韬和小赵，正冷冷地看着他。

马喜才的面前，放着两张照片，一张是装马浩尸体的麻袋上的绳结，一张是装梨的袋子上的绳结，两个绳结一模一样。

刘韬道："会打这种渔夫结的人，在咱们这可不多见，一般都是当过海员的人，才习惯打这种绳结。马喜才，你以前做过海员吧？"

马喜才无奈地点点头，满头大汗。

"知道为什么会带你来这里吗？老实交代吧。"

马喜才沉默良久，身子发软，瘫在了座位上，终于开口："我承认，马浩是我杀的。"

"他可是你的亲儿子，为什么？"

"我……我不是有意的……"马喜才脸色灰暗，哭了出来。

随着马喜才的招供，案子的真相终于得到还原。七天前，马喜才与妻子周慧关于赌博的问题发生了争吵，跟以往每次一样，醉酒后的马喜才一把抓过周慧的头发，不停地对她进行殴打。

马浩正在里屋写作业，听到外面父母的争吵，紧紧地捂着耳朵，但是争吵声还是不断地钻到他的脑子里。

"家里的补偿款都要被你输光了！梨园也没了，你让我们一家怎么活？"

三棱：死亡救赎

马喜才喝了不少酒，眼睛血红："少废话，不是还有几万块钱吗？都给我，这次我一定能翻身。"

"你还要赌？那是咱家救命的钱！"

"有钱我才能翻本！咱家存折呢，拿来！"

马喜才说着就要去柜子里翻找，周慧死活不肯给钱，挡在前面。马喜才有些火了，直接扇了周慧一个耳光，可周慧却依然死死靠着柜门，不肯让开。马喜才的脸更加狰狞，开始疯狂地殴打周慧。他掐着周慧的脖子，不顾她的挣扎，眼看就要把人掐死了。

这时，马浩终于受不了了，他丢下手里的书本，直接冲出来，随手捡起地上一根扎麻袋的尼龙绳，从后面勒住了马喜才的脖子。

"放开我妈！"

马喜才被马浩勒住，只好先放开妻子，反手开始收拾马浩。马喜才怒吼着夺下了马浩手里的绳子，一巴掌将马浩扇倒在地，整张脸都是扭曲的："反了你了，找死！"

周慧趴在地上，对着马浩大喊："跑啊，跑啊！"

马浩看了一眼有些失控的父亲，起身就跑。马喜才浑身酒气，大脑已经被愤怒和酒精遮蔽了所有理智，他紧跟着马浩追了出去。马浩惊恐地往外跑着，一直跑到梨园边缘。马喜才在后面歇斯底里地怒吼道："你给老子站住，杂种！"

马浩跑了几步，不小心摔在了地上。怒火中烧的马喜才冲过来，双眼充血，如同丧失理智的野兽，用绳子勒住了马浩的脖子。

马喜才的眼睛里全是疯狂，他看着马浩不断挣扎，手上却依然用力。马浩脸色发紫，渐渐没了呼吸。

审讯室内，马喜才坐在椅子上，双眸渐渐黯淡，脸色惨白：

第十章 王金国的真相

"我当时喝了酒,手上没有度,也不知道自己在干什么,这才失手害死了我儿子。然后我就把尸体装到麻袋里,趁着夜里没人,埋在了我家梨园的树下。第二天中午,我就来报警说马浩失踪了,本来以为这事能混过去,只是没想到第二天就被人发现了。"

刘韬和小赵冷冷地看着马喜才,内心五味杂陈,没想到马浩的死竟然是这样一出人间悲剧。

马喜才抱着脑袋,后悔万分:"我认罪,我不该喝酒,不该去赌钱的……我是畜生……"

小饭馆门口一灯如豆,饭馆内隐隐飘出饭香。王金国正在小饭馆内吃饭,坐在老位置上,面前依然是一碗羊汤、两个烧饼。

墙上的电视正在播放本地新闻:"本县少年马浩遇害案的真相终于水落石出,凶手竟然是马浩的父亲马喜才。据本台记者通过警方了解到的消息,马喜才已经被捕,近期将移交检察机关提起公诉……"

电视里,正是马喜才戴着手铐被押解进入警车的画面。

王金国看着电视画面,有些唏嘘,他实在无法理解,怎么会有人能够对自己的孩子下毒手?即便是醉酒状态,那刻在骨子里的血浓于水,是怎样也无法抹去的才对。

这时,饭店老板樊良将两盘菜放在王金国的面前,然后自己也坐在了他的对面。王金国有些奇怪地看着樊良。樊良又拿过两瓶啤酒,分别给王金国和自己的杯子倒满。

"王叔,听说你转岗了,以后就可以过清闲日子了,这是好事,得庆祝一下。"

王金国也拿起酒杯,喝了一口:"转岗有什么好庆祝的。"

正说着，外面驶来一辆车，停在店门口，车上下来一对年轻的夫妇，只见那名妻子，腹部已经隆起，明显是个孕妇。她身边的年轻男子，很小心地搀扶着她，十分体贴。

樊良看到这两人，脸上露出喜色，赶紧站起身，迎了出去。

男子看到樊良，很亲热地喊道："哥。"

樊良赶紧让两人进店里："斌子快进来，你也真是，弟妹现在身子不方便，大老远地非要回来。"

原来两人正是樊良的弟弟樊斌和他的妻子陈朵。

樊斌和陈朵走进小饭店，正好看到王金国，樊斌拉着陈朵过来打招呼："王叔！"

陈朵眼神虽然微微有些闪躲，但也打了声招呼："王叔。"

王金国一笑。当初许文贿赂王金国的时候被陈朵撞见了，那时候还是小孩子的陈朵跑到樊斌家里检举王金国，但后来王金国顶住压力，终于还了樊家清白，这让陈朵一直不好意思，每次见了王金国都脸红。

不过这都是过去的事情了，现在陈朵跟樊斌成了一对，也算是天作之合，缘分奇妙。

王金国看着樊斌和陈朵："回来啦？这是陈朵吧，这么多年不见，都要当妈妈了。樊斌，你小子可以啊！"

樊斌嘿嘿地笑道："大学毕业以后，我们俩都留在省城了，也没怎么回来，这不是陈朵怀上了，我就带她回来，给我们俩的爸妈都烧点纸，告诉他们这个好消息。"

王金国目光慈祥："应该的，应该的。樊良，你赶紧照顾他们进屋休息吧。"

樊良点点头，带着弟弟和陈朵走到饭馆后面。王金国看着他

第十章 王金国的真相

们一家人有说有笑地走进后堂,有些出神,仿佛这就是他向往的生活。

很快,樊良又走了出来,重新坐回王金国的桌前,继续陪他喝酒。因为弟弟一家回来,樊良明显心情不错,他又满上一杯酒,一口喝下:"等开春,我侄子就出生了,我们樊家就又红火起来了。"

王金国却有些黯然,强作笑颜:"好事,好事啊!"

樊良看出王金国的凄然,问道:"王叔,你以后有什么打算?"

王金国沉默了一下,没说话。

"反正你家里也没别人了,要不,搬到我们家来,也有个照应。"

"那怎么行,给你添麻烦。"

樊良郑重地道:"王叔,你别这么说,当年要不是你秉公办案,查清化工厂的事,给我们樊家洗清了罪名,我们家还不知道会怎么样呢。我爸在的时候天天在嘴边念叨呢,你是我们樊家的恩人。"

王金国喝了口酒,摆摆手,毫不在意:"那是我的职责,什么恩人不恩人的。"

"不搬过来也行,以后有什么需要我帮忙的,直接跟我说,您就把我当您半个儿子,别客气。"

王金国没说什么,只是站起身,拍拍樊良的肩膀,然后走出了小饭馆。

王金国骑上电瓶车,晃晃悠悠的,不知不觉又来到了树林边。也许今天触景生情,他扶着电瓶车愣愣地看着树林,有些怅然。树林里幽静一片,深邃漆黑,没有任何踪迹。

过了许久,王金国推着车,准备掉头回去。这时电话响了,王金国接起电话,是池小惠打来的。

"王叔，我饭做好了，你在哪儿呢？"

"哦，我吃过了，在树林这边溜达呢。"

池小惠沉默了一会儿："你又去了啊！我还以为……你转岗了，就准备放下了呢。"

王金国推着电瓶车走着："没事就来看看……"停顿了一会儿，他喃喃道，"万一呢。"

池小惠似乎也有些感触，沉默片刻。

"嗯，不说了，那你赶快回来吧，我等你吃饭。"

"你先吃吧，我真的吃过了。"

"我不管，吃过了，我做的也得吃。"

王金国挂了电话，无奈地摇摇头，骑上电瓶车离开了。

很快，王金国回到了家，手里还拿着一个包裹。池小惠已经把家里打扫干净，桌上摆了几个菜，正坐在沙发上看电视，等王金国回来。

池小惠见王金国进屋，赶紧迎上来：

"回来了。"

王金国把那个包裹递给池小惠："送你的。"

池小惠好奇地打开包裹，见里面是一个暖水瓶大小的氧气罐，有些惊讶。

"整天拎着你那大罐子，太麻烦了，我给你买了个小的。说到这，我就来气，你那男朋友，叫什么来着？田康，对，也没点眼力见儿，不知道帮你换一个方便的，改天你把他叫过来，我教育教育。"

池小惠挺高兴，好奇地把玩了一阵："谢谢王叔！他就算了，等有机会再带来给王叔看，我怕丢人。"池小惠似乎不想多提男朋友的事情,从包里拿出一个盒子,递给王金国。

"王叔,我差点忘了,这是我给你准备的转岗礼物。"

"转岗还准备什么礼物。"

"新的开始嘛,打开看看。"

王金国只好打开盒子,里面是一块新款的石英表。

"你那块破表总也走不准,早该换了,我给你买了块新的。"

"多少钱啊?"

"哪有问人家礼物多少钱的?放心吧,就是块石英表,不贵。来,戴上看看。"

王金国无奈,只能戴上那块新的石英表。池小惠这才满意,高兴地直拍手。

池小惠把饭菜摆好,两人开始吃饭,一旁的电视里播放着马浩案的新闻,池小惠看得聚精会神。

"哎呀,儿子死了,老公是杀人犯,这家人好惨。"

王金国点点头,叹息一声,的确,谁也没想到是这么一个结果。尤其是再想到周慧疯癫的样子,王金国既难受又疑惑,这个周慧到底在马浩的死亡中扮演了什么样的角色?看来还得再去一趟问问,他心里默默琢磨着。

"王叔,这件案子你也参与了吧,有什么内部消息,说来听听?"

"杀人案,你个女孩子家,听这些干吗?"王金国回过神,有些不满。

"我就喜欢听这些,说说嘛。"

王金国无奈,只好开口:"这案子是破了,但是还有几个疑点一直没解决。许文工地上挖出的一具无名男尸,身份是谁,被谁杀的，都还没有解决，年代太久了，很多线索都没有了。"

池小惠认真地听着，眼睛里满是好奇。

"而且，最奇怪的是……在马浩被害之后，我好像又遇到他了，我还清楚地记得，我送他回了家，他还让我去梨树下面看看。"

池小惠吃惊："就是挖出马浩尸体的那棵梨树下？那……不就是遇到鬼啦？"

王金国摇摇头："那天晚上我喝了不少酒，也许是我喝多了眼花了？可是遇到马浩的情景，我记得特别清楚。"

池小惠吓得瑟瑟发抖，抱住自己："哎呀，别说了，我觉得有些瘆人了。"

听了马浩的故事，池小惠不敢一个人回家了，最后还是王金国叫了一辆出租车，送她回家的。这让他哭笑不得。

独自回来后，王金国再次坐到写字台前，看着自己从局里拿回来的个人物品，随意地整理着。他看到自己那块老旧的手表，又看看手腕上的新石英表，总觉得有些不适应，于是摘下石英表，重新戴上原来的老旧手表："还是这块戴得习惯。"

王金国继续整理东西，看到了那支录音笔，拿起来按下了播放键。

里面正好是审问许文时的一段录音，只听许文道："至于那具尸体是谁，又是怎么死的，我完全不知道。除非你们有证据，能证明是我干的。请问，你们有证据吗？"

王金国听着录音，沉思着。

这时，录音笔似乎出了什么故障，又发出一阵刺刺啦啦的噪声，然后传出一些古怪的声音："我觉得这个田康……根本不喜欢……店长，一直很嫌弃店长，毕竟……毕竟店长做过……手术，身体一直……很不好。他跟店长……在一起，就是为了……钱……"

王金国一个激灵，这种奇怪的声音又出现了。他马上倒回去重新听这段录音，但是这一次，录音一切正常，再也没有那种奇怪的杂音出现了。

王金国看着手里的录音笔，一脸凝重："田康？"

第十一章 三个重叠

一辆普桑车驶进看守所大门。车子停下,樊良下车一瘸一拐地走向看守所,做好登记后,申请见田康。不一会儿,田康被警察带来,坐在桌前。樊良从兜里拿出一张照片给田康看,正是那张三棱锥的照片。

"这东西是什么?"

田康辨认了一下,摇摇头:"我不知道。"

樊良神色有些焦急:"你再仔细看看。"

田康依然摇头:"我没见过,也不知道这是什么东西。"

"你没见过?在记录你行凶后逃走的那段视频上,你手上就攥着一个同样的东西。这东西到底是什么?"

田康有些激动,站起来用力一捶桌子:"我说了,我不知道!那段视频上的人根本不是我!你一直都不相信我,为什么还要接这个委托?!"

说完,田康似乎浑身没了力气,低头坐回椅子上。樊良审视着田康,观察他的细微表情,企图看出一些什么信息。

田康看着樊良,最后叹了口气:"樊律师,感谢你前一段时

第十一章 三个重叠

间的帮助。我累了。"

樊良一愣，看着田康的眼睛，似乎预感到接下来的话语了。果然，田康面如死灰，闭上眼睛，平静地说："我，认罪。"

樊良看着田康的样子，有些发愣，这句话一下子把他拉回到了当初的法庭之上。

当年樊远峰站在被告席上，少年樊良在忠叔的陪同下，坐在旁听的座位上，见证法官对父亲的宣判。

法官声音威严："樊远峰，你作为远峰化工厂的负责人兼法人代表，玩忽职守，违规使用劣质安全元件，导致重大人员伤亡事故，事实清晰，证据确凿，你认罪吗？"

樊远峰面如死灰，闭上眼睛，良久后如同解脱一般喃喃道："我，认罪。"

被告席上樊远峰绝望的表情，与如今田康的表情重叠在了一起，樊良不由有些失神，心底的一些东西被触动了。尤其是在樊良获知了更多关于当年的信息之后，那些被蒙蔽、被栽赃的愤怒让他悄然发生了一些变化。

田康看着樊良："好了，我没什么要说的了，樊律师，你的工作结束了，辛苦了。"说完，他缓缓起身，就要离开。这时，身后传来樊良的声音："等等。"

田康一愣，转身看向樊良，不明白这个吊儿郎当的律师还要干什么。

樊良也站起身："你的案子还有疑点，我要继续查下去。"

田康疑惑地看着樊良，神色渐渐诧异。

"虽然我还不清楚真相是什么，但是我好讨厌你现在的样子。我改变主意了，作为你的援助律师，不到最后一刻，我是不会放弃调查的，同样我也不许你放弃。如果你是被冤枉的，我一定会还你清白和自由！"

田康看着樊良，眼神有些难以置信。

樊良深吸口气："再给我一点儿时间。"

田康脸上激动的神色一闪而过，随即点点头。

另一边，局长王金国一人待在监控室内，查看昨晚的监控画面。视频里，王金国的车停在十字路口，后面跟着一辆普桑。王金国暂停画面，然后将普桑司机的画面放大，虽然樊良戴着鸭舌帽，但他还是能准确辨认出樊良的面孔。

王金国脸色立刻阴沉起来，手指快速地敲击着桌面，显得有些焦虑。

而樊良全然不知王金国的心情，他从看守所径直回到家，继续梳理最近发现的一些线索。电脑上播放着田康逃离现场的视频，樊良一遍遍看着，想再从视频中发现一些信息，却一无所获。

樊良有些苦恼地挠了挠头，如果十五年前许文被杀跟现在的王金国有关系，那么池小惠的案子是不是也跟王金国有关？毕竟两个案发现场出现了一样的东西。可是，这个东西到底是什么呢？

这时，外面传来敲门声，樊良顿时有些警觉，立刻合上电脑，然后将那块表带拼接的手表和三棱锥放进抽屉。

"谁啊？"

门外传来忠叔的声音："是我。"

樊良听出是忠叔的声音，这才松了口气，走过去开门。忠叔拎着保温饭盒，走了进来。

"忠叔，你怎么来了？"

第十一章 三个重叠

忠叔也不回话,只是把饭盒里的饭菜摆放在桌上:"快吃吧,一会儿该凉了。你一个人住在这,我不放心。"

樊良只好坐下,开始吃饭。忠叔看看桌子上凌乱的各种文件资料:"还在查那件事?"

樊良不说话,只是默默地吃东西。

"你小子什么意思,几天不见成闷葫芦了?还信不过你忠叔?"

樊良只好停下吃饭,从抽屉里拿出手表和那个三棱锥。

"这是什么东西?"

"这是在许文尸体旁边发现的东西,后来被王金国当作证物带走了。"

忠叔大吃一惊:"那怎么会在你这?你不会是……"

樊良冷笑:"我跟踪了王金国,发现他把这两样东西偷偷埋了,他以为自己做得神鬼不知,却没想到被我发现了。我敢肯定,这两样东西是王金国私藏下来的,根本没有记录在案,是关键证物。"

忠叔有些好奇,拿起手表和三棱锥仔细看了半天:"这是证物啊,王金国为什么要私藏?除非……"

"除非跟他的秘密有关。那块手表,我已经确定了,就是当年王金国的。"

"王金国的表在许文的尸体旁边?那就是说,许文的死跟他有关?"

樊良点点头,表示自己也是这么想的。忠叔又看了看那个三棱锥:"那这个东西是什么?"

樊良摇头:"我也不清楚,这玩意儿为什么会出现在许文的尸坑里。但是,我还有一些新的发现。"

说到这，樊良再次打开电脑，给忠叔播放关于田康的那段视频："还记得那个杀人犯田康吗？在他身上，我也发现了三棱锥。而且，我去问过田康，他根本不知道那是什么东西。我在他家里也没有发现类似的物品。"

忠叔摩挲着花白的胡子，若有所思："田康，就是杀了女朋友的那个人？可是他跟十五年前许文的案子怎么会扯上关系？"

樊良看着三棱锥："所以，我现在也不清楚，这个东西跟许文、王金国还有田康到底有什么牵连。而且……我有一种感觉，田康可能真的是被冤枉的，杀人的可能不是他。"

"可是视频里就是田康本人，现场不是还有他的指纹吗？"

樊良揉着眉心："这也是我现在最困惑的地方，总觉得有什么地方把所有的思路都堵住了。"

忠叔开始看桌子上樊良摆放的各种文件资料，过了一会儿，他似乎发现了什么，有些兴奋地喊道："樊良，你来看一下。"

樊良凑过去，只见忠叔指着一张田康档案里的照片，照片上是凶杀案的案发现场，照片拍的是房间角落里的一些黄色粉末颗粒。

"这个黄色的泥……有点眼熟，好像是咱们化工厂里的。"

樊良一愣："能确定吗？"

忠叔又仔细辨认了一下："应该错不了！这种黄泥，别的地方很少见，就是咱们化工厂做材料时用的添加剂，很便宜，仓库里堆了很多，地上撒的都是，我记得以前在厂子里的时候，脚上总会沾上这个。"

樊良感觉心脏跳得厉害，似乎捕捉到了什么关键信息："那就是说，去过案发现场的人也去过咱家化工厂？"

第十一章 三个重叠

忠叔点点头："应该是。可是，那地方早就荒了，平时见不到一个人，田康没事儿去那里干吗？"

樊良将三棱锥和旧手表装在兜里，站起身就往外面走。

"你去哪儿？"

"化工厂，跟着线索走，那里也许藏着东西。"

樊良告别忠叔，开车前往化工厂。车子一路开出城区，他抬头看向远处，隐约见到高耸的化工厂烟囱。这么多年了，很多事情都变了，但它似乎从未改变，一直默默注视着这个无名的小县城。

这时，手机响了下，樊良拿起手机，看到一条短信：四点，老地方见。樊良放下手机，神色复杂。

中午，值班大厅里非常安静，疲倦的警察们靠在椅子上，盖着衣服，正在小憩。忽然，门被推开，一身运动装的警察陈朵手里拿着一桶泡面，还有一根火腿肠，大步走了进来。咣当的开门声将警察们吵醒，几个人睁开眼睛，见是陈朵，又继续闭眼休息。

罗玥见到陈朵，赶紧迎了过来："你去哪儿了，局长一直在找你。还有，队长……好像很生气，给你打电话也不接，说是要处分你！"

陈朵径直走到自己办公桌前，撕开泡面的包装，然后拿起热水壶，开始烧水。

罗玥几步跟过来："你怎么连警服都没穿，不会真的被停职了吧？案子我又重新梳理了一下，局长说要再开一次述案会，应该是下午，你别乱跑了啊！"

热水壶里的水烧开了，陈朵却呆呆地看着眼前的泡面出神。

旁边罗玥提醒她:"陈朵,你的水烧好了,你能听到我说话吗?"

陈朵依旧默默地看着前方,似乎走神了,也不搭理罗玥。等回过神来,将泡面泡好后,她胡乱地扒拉了几口,然后对罗玥说:"有事叫我,我去眯一会儿。"

不知道为何,面对江辉的离去,陈朵本来以为自己会很平静,但实际上她整个人像被抽空了一样,罕见地感受到了极度的疲倦。陈朵来到自己的座位,趴在桌子上,正要闭目休憩,忽然看到桌子一角的透明证物袋,那里面放着在池小惠案现场发现的被烧毁的塑料质感的神秘东西。

陈朵默默地盯着那个证物袋,一瞬间,似乎有什么东西在她脑海中涌动,一些琐细的碎片开始一点点地被拼凑起来。陈朵神色越来越激动,伸手一把拿过那个东西,放在手里仔细端详。

陈朵望着唯一一个完好的锥角,恍然大悟,猛地站起身,大步走进法医办公室。

法医正盖着衣服在座位上休息,突然被陈朵急匆匆推门而入的声音吵醒,有些迷糊地问道:"怎么回事?陈组长?"

陈朵一把将法医拎了起来,然后把另外一个证物袋递到他的面前,里面正是那个生锈的扳手:"这个,像不像凶器?"

法医睡眼惺忪,还有一些惊魂未定:"什么啊?这不是工厂用的扳手吗?"

陈朵着急地问道:"田康后脑勺的伤口,是钝器击打造成的。你看一下,这个扳手符不符合?"

法医这才明白陈朵的意思,赶紧起身找出一份文件,打开查看,里面是田康后脑勺的伤口照片。对照了一会儿,法医点点头:

第十一章 三个重叠

"好像能对上。"

陈朵露出不可置信的眼神。

"凶器在哪儿发现的?"

"这是十五年前的证物!"

法医一下蒙了。

陈朵大步往外走去,罗玥上前来拦她:"你要去哪儿啊?局长一会儿就来了!"

陈朵有些激动:"我必须去查清楚,一切都是有联系的!池小惠、田康、许文、陈沁,还有我……这一切都开始于一个地方!"

罗玥不明所以,只能干着急:"你在说什么啊?"

陈朵不理罗玥,径自离开公安局,开车朝着化工厂方向而去。

风吹过树林,树叶沙啦啦地响着,把刚才的燥热全部驱散了。树林中,跛脚律师樊良坐在车里,看了看手机上的时间,四点左右。不远处一辆轿车驶来,停在了樊良的车旁。

一身职业装,丝滑的、大波浪般的长发披散在肩头,嘴唇有些艳红的陈朵从车上下来,上了樊良的车,坐在副驾驶的位置,默默点了一支烟。

樊良看了陈朵一眼:"怎么突然约我,有什么事吗?"

"没事就不能找你了?你这个无良律师,平时也没这么忙吧?"

樊良看着陈朵:"我现在有正事。"

"你还在查那些?你为什么不听我的?"

樊良忽然握住陈朵的手腕,直愣愣地看着她。陈朵有些慌:"放开。"

樊良死死握着陈朵的手腕,不肯松手。

"你疯了！弄疼我了！"陈朵挣扎道。

樊良这才松手，看着陈朵："是王金国，对吗？"

陈朵被樊良的话惊得一愣，随即有些慌乱，手中的烟掉在了一旁："你说什么呢？我听不懂。"

"跟许文一起陷害我们樊家的人，是王金国。你从一开始就知道，对吗？"

陈朵沉默不语，不再争辩，只是默默地将烟捡起来。

"去给我弟弟认尸的那天，你说你很害怕，我到现在才明白你害怕什么。你知道，就算许文跑了，王金国还在司象县，如果你说出他和许文的事，王金国一定不会放过你。"

陈朵沉默良久，叼着烟，长长地抽了一口。

樊良看着陈朵，神色复杂："所以，你就瞒了我十五年。"

"早知道，我就跟姐姐一起走了，去大城市里生活多好，也许就不会有这么多烦心事了。你以为这十五年我过得很好吗？王金国为什么要收我当干女儿？还不是为了暗中监视我！他现在是公安局局长，你斗不过他的。在许文抓走我的那天，我就明白了，我是一只随便就能被踩死的蚂蚁，我不想咱们落得跟你弟弟一样的下场。"

樊良摇摇头，盯着陈朵："你以前很勇敢的，你是打算去揭发许文的，为什么现在变成了这样？你让我就这么算了，放过王金国？"

陈朵凑近樊良，盯着他的眼睛："樊良，算我求你一次，过去的事就让它过去吧，一切重新开始不好吗？"

樊良看着陈朵，能够清晰地闻到她身上的香味，一时间有些意乱情迷。许久，他摇摇头："蹉跎的日子，已经够久了。"

第十一章 三个重叠

陈朵露出绝望的神色："我们就跟以前一样，默默地互相守护对方不好吗？躲在暗处，看着对方，遵守小时候的约定。"

"有些东西，不是逃避就能躲开的。"

陈朵看着樊良，眼神里闪过一丝复杂情绪，然后她似乎决定了什么，猛地朝樊良吻了过去。

樊良一愣，感受着嘴唇上的温柔，也激烈地回应着。两人紧紧相拥在一起，开始激吻起来，互相撕扯对方的衣服。这时，陈朵把一个小塑料袋，偷偷塞进了樊良的车座缝隙中。

陈朵与樊良激吻，眼角流下了泪水，她呢喃着："樊良，对不起……"

樊良没有在意陈朵的话，继续拥吻着对方，似乎这是他最后的柔情。

旖旎过后，樊良开车准备离开。陈朵整理着衣服，站在车旁，看着樊良。

"你打算去哪儿？"

"化工厂，一切都始于那里。没想到，兜兜转转，我还是要去那里看看。"

陈朵看着樊良，欲言又止。

"等我回来，咱们再聊。"说着，樊良开着车子离开了。

陈朵看着樊良远去，犹豫半响，终于掏出手机，拨通了一个号码。

樊良开车经过检查站时，检查站的绿灯突然变红。

检查站的工作人员走出来："下车，检查。"

樊良只能下车，让工作人员在车上做例行检查。工作人员在副驾驶座位的缝隙里找到一个小塑料袋，里面装着一些彩色的粉末。工作人员不动声色,离开车子,走到检查站里另外一名工作人员的身边,将那个小塑料袋递给他。那人打开袋子闻了一下:"好像是新型毒品'跳跳糖'。"

工作人员看了看外面正在等待的樊良,出了检查站,朝樊良走过去:"你现在不能离开。"

"什么意思?"

工作人员拿出那个小塑料袋:"我们在你车上找到了疑似毒品,请你配合我们的调查。"

樊良微微一愣:"这肯定是哪里搞错了。"随即换上一副笑脸:"行吧,不过,我得先去打个电话。"

樊良若无其事地走到车旁,然后快速上车,一踩油门,撞开护栏,扬长而去。工作人员看到樊良逃离,大惊失色,立刻拿出手机通报情况:"注意!注意!有人携带疑似毒品强行闯关!"

公安局局长办公室,一名警察正在向王金国汇报:"局长,检查站报告,有人疑似携带毒品被查扣,目前从检查站闯关逃离……"

王金国语气沉稳:"马上派人封锁各路段,一定要拦住他,严惩不贷。"

"是。"

警察转身离开,王金国嘴角露出一丝冷笑,起身抓起外套,也走了出去。

公路上,陈朵开着车,一只手的手指夹着烟。这时,手机响起,来电显示正是王金国。陈朵接起电话,里面传来王金国的声音:"这次你做得不错,果然最听话的还是你。"

陈朵没说什么,直接挂了电话。她打开车载音响,优美的旋律随即传了出来。

陈朵跟着旋律高歌:"今晚的夜色很美,美得让人想迟一点睡,若是夜空少了星星的点缀,月亮会不会累……"

陈朵疯狂地踩着油门,一路狂飙。

陈朵继续唱着,歌声跟车窗外吹进来的风交织在一起:"这夜色凄凄的美,没有爱的人容易憔悴,就像霓虹般亮丽的周围,只是一种寂寞颓废……"

声音随风而去,陈朵一边唱,一边流泪,脸上的妆都花了。马路上,一辆辆警车警灯闪烁,警笛呼啸,朝郊外驶去,与陈朵的车交错而过。

梨园中,一片寂静。一个人骑着电瓶车过来,将车停好,然后看了看手表,正是前警察王金国。王金国再次来到马浩家,惊讶地发现门口停着一辆奔驰车。他还没进屋,就听到屋里传来马浩的妈妈周慧与人争执的声音。

王金国皱眉,走进去,看到律师正在跟周慧争执,许文则悠闲地坐在一旁。

周慧面色憔悴,身子显得瘦弱单薄,不过神志还算清醒:"许老板,我们家的情况你也知道,能不能再宽限一段时间,让我先把园子里的梨收了,多少也能换些钱。"

许文没说话,而是玩味地看着进来的王金国。

律师手拿一份合同:"你们家已经签署了拆迁补偿协议,钱也早就转给你们了。根据协议,梨园已经不属于你们家了,我们如何处置,你无权干涉。你要是不同意,可以去法院起诉。"

周慧乞求道:"我……我……没想起诉,我就想你们能通融几天。"

许文终于开口，慢条斯理地道："油熟了，就得下菜，等不了。"

周慧露出绝望的神情，看向旁边的王金国。

王金国向前一步，皱着眉头："许文，你这么做不太地道吧。"

"王金国，我只是按照合同办事，合理合法，你管得太宽了。"

"合理合法？别以为我不知道你那点勾当，李东彪设局让马喜才赌钱，把补偿款都给骗回去了，你一分不花就想霸占人家的地。"

许文和律师对视一眼，律师喝道："你有证据吗？如果你随意诽谤我的委托人，我会起诉你！"

"证据？只要我想，我一定能找出来，这些李东彪已经交代了，还有那具骸骨，我一直盯着你，到时候只怕你不好收场。许文，你现在也是大老板了，注意点吃相，你收人家的地，就老老实实地把钱还给人家，别玩这些下三烂的手段。"

许文盯着王金国片刻，似乎想到了什么，对律师道："今天先回去，这事以后再说。"

许文走出马浩家，与王金国擦肩而过："王警官，咱们来日方长。司象县没有你，我会很寂寞的。"

"我会一直在，直到看到你垮台。"

许文笑而不语，带着律师离开了。

周慧这才松了一口气，赶紧上前给王金国倒了一杯水："这次多谢你了，王警官。要不是你来，我真不知道该怎么办。"

"你家的拆迁补偿，我一定想办法帮你要回来。"

周慧很感激："那……那太感谢了！我……我真不知道该怎

么办了。"

王金国点点头，打量了一下屋子，感觉比上次来时更加杂乱了，到处透着一股冷清的意味。

周慧犹豫了一下，试探着问道："我丈夫……他……会被判死刑吗？"

王金国不知道该怎么回答，只好说："相信法律，相信政府，会给他一个公正的判决。"

周慧点点头，安安静静地坐在一旁。这个女人就跟失了魂一样，双眼无神，有气无力，整个人似乎一碰就能倒下。

王金国看着她，终于问出了心里的疑惑："你既然知道马浩是怎么死的，当时为什么不报警？"

周慧身子一震，哆哆嗦嗦地看着王金国："他……他不让……"

说着，周慧脸上露出一种奇怪的表情，那种表情，似乎是想哭，但是眼泪已经流光了。

"可那是你的孩子啊……"王金国叹息一声。

"我……我的孩子？"周慧似乎在思考什么难以理解的问题。不知道从什么时候起，她已经习惯于屈服在马喜才的暴力之下，慢慢地，整个人的灵魂就没了，看到马浩脸色苍白地躺在那里，马喜才一句"不准说出去"，她居然点了点头。

她那时候似乎都不明白自己同意了什么，那可是自己的孩子啊，她到底在做什么？

周慧恍然大悟，仿佛这时候才明白过来，死去的马浩是自己的儿子，是自己的骨肉。这个女人抬起头，眼睛里满是不可思议，她竟然没有保护好自己的孩子！

王金国察觉到周慧这一瞬间的神态变化，明白她已经失去了太多。她不但失去了自己的孩子，还失去了自己。

"好好振作一下，马浩也不想看到你这样。"王金国只能安慰道。

这时，周慧有些犹豫地道："王警官，有个事，我不知道该不该说。我儿子马浩也许……没死。"

王金国听到这话，顿时一愣："什么？"

"我……我知道，你肯定觉得我疯了，可是……我真的看到我儿子回来过。"

王金国神色有些激动："继续说。"

"我儿子被杀之后，第二天晚上，他就回来了，可是没待多久，就说这不是他家，表情也很奇怪。后来，他说要回家，然后就走了，再也没回来。"

"还有别人看见吗？"

周慧摇头，回忆着："马浩他爸晚上出去了，只有我看见了，后来我跟他说起这事，他非说我疯了，又把我打了一顿。可是，我当时看得真真切切，我儿子真的回来了。我记得特别清楚，他手里还攥着一个玩具一样的东西。"

"是什么样的玩具？"

周慧拿起桌上的一支笔，找了张纸，在纸上画了一个图案，递给王金国。王金国接过纸，看着上面的图案，顿时震惊不已。那图案正好是一个三棱锥的样子。王金国立刻联想到当初自己夜里遇到马浩时，他手里就拿着这个东西，顿时心里更加疑惑。

"这件事，我会继续调查的。"

周慧点点头，眼中充满向往的神色："王警官，如果浩浩没死，我是不是还有机会……有机会保护他？"

第十一章 三个重叠

"这……"王金国也不知道该怎么说,毕竟这件事他自己都无法解释,只能点点头。

王金国转身正要走,又听周慧说道:"王警官,你儿子当年是不是也出事了?"

王金国站住,点点头:"失踪很多年了。"

"你儿子失踪的时间是不是十五年前,9月24日的那个晚上?就是远峰化工厂那事之后,我记得没多久有警察来问过。"

王金国苦笑:"对,就是那天,当时这事还上了报纸,县里很多人都知道,只是现在恐怕没什么人记得了。"

"你觉得你儿子还……活着吗?"

王金国沉默良久:"我不知道,我还在找他。"

"我觉得,你儿子可能还活着。"

王金国一愣。

"我从小就在这里长大,你儿子出事那天,我在远峰化工厂附近,好像看到过你儿子。"

王金国大吃一惊:"什么?!"

"他跟着一个穿雨衣的人,看身形应该是个男人,而且……那人好像断了一只胳膊。"

王金国想起当初在树林中找到的那只断臂,更加震惊:"断了一只胳膊?你有看清那人的脸吗?"

周慧摇头:"没有,当时天色已经暗了,还下着雨,我站得比较远,只看到那人浑身是泥,拉着一个男孩,往化工厂的方向跑。看起来很吓人,我那时胆小……没敢说,警察问的时候,我跑了。但是现在……王警官,我对不起你,我说晚了。"

"他们去化工厂了?"

周慧点点头:"我当时还奇怪,那时候化工厂刚毒死不少人,一般人都躲得远远的,他们怎么还往那边赶?过去这么久,要不是有次你来我家,拿出一张断臂的照片,这件事,我早就忘记了。"

王金国听着周慧的话,愣愣地看向远处化工厂旧址的方向,那里似乎就像一个神秘的地下遗址,散发着诱人的气息,吸引着王金国。

周慧的话到底是真的还是假的,这让王金国的心有些乱,感觉以往很多线索和认知一夜之间全被颠覆了,好像还有很多东西,他并没有窥见,而这一切,似乎都跟自己的儿子有关,跟那个神秘的三棱锥有关。

这时,王金国的手机响了,他拿起来一看,来电显示竟然是江辉。王金国感觉有些奇怪,犹豫了一下,接起了电话。

江辉语气有些焦躁:"师父,你在哪儿?我这边有发现。"

"你现在不是停职期吗,又干吗去了?"

"现在不是说这个的时候,我就在化工厂工地附近的树林,就是李东彪挖出那具无名男尸的地方,上次跟你说过。你赶紧过来,这里还有东西。"

江辉说完,挂了电话。王金国感觉更加奇怪,又看了看化工厂旧址,最后还是骑上电瓶车,朝着那个方向驶去。

很快,王金国走进一片茂密的树林,来到江辉所说的地方,但是附近却没有一个人影,只有一个土坑,还有一把扔在旁边的铁锹。

王金国环视四周,呼喊道:"江辉!江辉!"

附近没有任何回应,安静得吓人。王金国一脸疑惑,掏出手机拨打江辉的电话，但却显示无法接通。凭借警察敏锐的直觉，王金国意识到事情越来越不对劲了，他走近那个土坑查看，土坑明显是刚刚被人挖开的，应该是江辉挖的。

王金国目光扫视，看到土坑里有一块半截的上臂骨。王金国一愣，拿起上臂骨仔细地端详着，发现肘部的断口很整齐，明显是当时被人砍断的。

王金国忽然想起当年那只神秘的前臂断臂，他眯着眼仔细观察断口，发现上臂骨的断口处似乎可以与神秘断臂相吻合。王金国有些惊疑不定："难道那具骸骨，就是那只断臂的主人？"

强烈的预感涌出，王金国立刻冲进土坑，开始仔细地翻找起来。很快，他在土里发现了一些老化的塑料片，正琢磨这是什么时，突然想起周慧说过，当年王晨跟一个穿雨衣的人往化工厂方向走去。

王金国神色震惊："是雨衣！"

王金国赶紧低头继续在坑里寻找，终于找到一个水壶。尽管水壶已经破损不全，但是依旧可以看到上面写着王晨的名字。王金国紧紧抓着水壶，神色渐渐激动起来，他确认这就是儿子王晨的物品。

王金国继续发疯一样地跪在土坑里翻找，又发现一件老式的化纤校服，上面全是大片的刺目的血迹。王金国知道这是王晨的衣服，他抓着校服，看着血迹，浑身都在颤抖，这么多年过去他再一次看到自己儿子的东西，但是这些东西都暗示着一种不好的结果，王金国眼睛渐渐红了，呼吸也急促起来。

这时，从这件衣服的兜里掉出来一件东西，王金国从地上捡起来，仔细地端详着，竟然是一个三棱锥形状的东西。

王金国拿着那个三棱锥，各种纷杂的线索在脑子里串联起来。王金国又注意到地上不远处有一些脚印，似乎是最近才留下的，而脚印的方向，正是远处的化工厂旧址。

王金国喃喃道："江辉……你在哪儿？"

天色沉沉，乌云在远处堆积，似乎随时都会下雨。警察陈朵开着车，沿着山路而上。

手机铃声突然响起，陈朵接起电话，电话里是池小惠美甲店店员甲的声音："是陈警官吗？不好意思，刚看到电话。"

"你说池小惠经常拿在手里的那个玩具，是什么形状？"

"啊？形状啊，那叫什么形状，金字塔一样？"

"三棱锥？"

"对对，就是三棱锥，好像是这么叫。"

"池小惠出事之前，去过远峰化工厂吗？"

店员甲语气有些惊讶："你是怎么知道的？有一天，店长突然让我去接她，就是在那个化工厂附近，也不知道去干什么。"

陈朵挂掉电话，转头望去，副驾驶座位上正放着那个被烧毁的塑料质感的东西，其中完好的那个角，正是锥角。

警笛声连续不断地传来，似乎将周围全部包围，红蓝闪烁的灯光透出无形的压力，樊良看到公路前面也有警车过来。

此刻，樊良鼻尖全是汗水，心中隐隐有着一种绞痛，那是被出卖的感觉。他知道那包毒品一定是陈朵放在自己车上的，他也知道这一切都跟王金国有关。那个司象县最有权势的人，害怕了，他害怕自己查下去，所以自己一定不能被抓住，不然一切就白费

第十一章 三个重叠

了,好不容易走到这里,也许真相就在前面了。他一咬牙,猛打方向盘,向右拐到司象县后山方向。

樊良将油门踩到底,抬头看去,前面路的尽头就是荒废的远峰化工厂。

樊良回头看看紧跟的警车,握了握兜里的三棱锥,猛地一踩刹车,将车停在路旁。樊良急忙下车,沿着小路朝化工厂大门一瘸一拐地跑去,就算被抓住,他也要查清楚里面到底有什么,这个三棱锥到底是怎么回事。

樊良奋力奔跑着,后面警笛声越来越近。

陈朵的轿车快速驶出,前方正是那个巍峨的化工厂,一条条高耸的烟囱,似乎与墨云融为一体。

陈朵将车停在路边,下车,拿着烧毁的三棱锥,走向化工厂的大门。

王金国抬头望向远处,残破的化工厂像一头巨大的怪兽一样矗立在山头,说不出来的神秘和深邃。

王金国掏出手机给局长刘韬打电话:"立刻派人来化工厂附近的树林,这里有发现,王晨的东西,我找到了,但是没有发现遗骸。"

说完,王金国不顾刘韬的询问,就挂断了电话,他攥着手里的三棱锥,沿着脚印朝前面走去。

道路一直往前延续,尽头处正是那个巍峨的化工厂,一条条高耸的烟囱,直入天际。

天色越来越阴沉,墨云有了一种无形的压迫感,山雨欲来。

三棱：死亡救赎

从高空鸟瞰，化工厂大门前有一个三岔路口，此刻，三个人影正从三个不同的方向慢慢地会聚过来。

一条路上是缓缓走来的王金国。

另一条路上是注视着化工厂大门的陈朵。

中间一条路上是一瘸一拐、着急奔跑的樊良。

三人慢慢地走着，最终会合在化工厂大门前，明明身处同一个地点，彼此却都看不到对方。就在这时候，天空一声炸雷，闪电将废弃的化工厂照亮，雨又开始下了。

三人似有感应，不约而同地回头望了一眼，然后，一瞬间，几乎同时迈进大门之中。

B

C

第十二章
开始交错

A

这是一个巨大而空旷的厂房，各种已经被拆除的大型设备只剩下空壳和底座，地面杂草丛生，墙壁爬满了鲜绿色的植物，到处透着荒废的气息。四周的窗户玻璃都已经破损，雨水透过窗户溅在厂房里，在地上留下一个个水坑。

王金国大步走进来，看着空无一人的厂房，又看了看手里的那个三棱锥，三棱锥表面粗糙暗淡，没有任何异常。

王金国大声喊道："江辉？"空荡荡的厂房无人回应，只有外面稀稀拉拉的雨声。

王金国拿出手机，给江辉打电话，里面传来声音："您好，您拨打的用户不在服务区，请您查证后再拨……"

王金国有些奇怪地看了看手机，无奈地挂断。这时，他注意到前面不远处有一个通往地下室的入口，入口处的楼梯上有几个湿漉漉的脚印，似乎不久前有人进去过。

王金国略一沉吟，把三棱锥放进口袋，大步朝楼梯走去。

陈朵缓缓走进厂房之中，感受着这个遗址的荒凉。即便这里

第十二章 开始交错

曾经摧毁了她的家庭,但这是她第一次走进这里,一种异样的感觉萦绕在心头。陈朵的头发被雨水打湿,粘在了一起,她稍微整理了一下,警惕地左右观察着。

陈朵立刻敏锐地注意到了什么,她走到角落,从地上的泥土里抠出一个锈迹斑斑、只剩半截的扳手。

陈朵抹去扳手上的泥土,露出扳手的形状。陈朵想起证物袋里那个锈迹斑斑的扳手,她知道,一切都跟自己推想的一样,凶器源自这里,当初凶手一定在这里待过。

陈朵将扳手放在一旁,然后起身,继续观察。

厂房的深处,似乎有一个通往地下室的楼梯,陈朵大步走了过去。

樊良一瘸一拐地跑进厂房,趴在窗户玻璃上,看着外面道路上正冒雨搜查的警察,他们离他所在的厂房越来越近。

闪电不时划过天空。外面的警察与厂房内樊良的脸,在闪电的映照下都忽明忽暗。

樊良打量了下四周,见厂房深处有个通往地下室的楼梯,他急忙猫着身子离开窗边,朝楼梯走去。

金属的楼梯呈螺旋状,蜿蜒而下。

王金国走在旋转楼梯上,越往下越暗,他掏出手机,打开手机上的手电筒,沿着楼梯继续往下走。但他没有注意到自己兜里的三棱锥,此刻发出了异常的光亮。

突然,王金国似乎感觉到一丝异常,他眼前的画面出现了一阵轻微的波动,像水纹一样,脸上有微风拂过的感觉。王金国愣了一下，以为自己产生了幻觉，立刻站定，揉了揉眼睛。

眼前的画面恢复如初，再也没有任何异常，闪烁着的三棱锥也悄悄地恢复了正常。

王金国皱皱眉，一直走到楼梯的尽头，面前是废弃的地下室，空荡荡的没有人。

王金国掏出三棱锥看了看，此时的三棱锥不再发出光亮，只是一个很普通的东西。他把三棱锥重新放回兜里，环视一周，这里除了一袋袋黄色的粉末和一些废弃的桌椅，什么也没有，更没有江辉的身影，他只能转身返回，再次踏上楼梯。

陈朵顺着台阶，一步步走向深处，空旷的地下室黑暗寂静，只有她一个人空荡的脚步声。

此时，陈朵同样没有注意到，自己口袋里的三棱锥微微闪烁了一下，又旋即暗淡下来。

忽然，一缕微风拂过，陈朵感受到脸上的凉意，不由愣了一下。

这时，台阶的最下面似乎有个人影在黑暗里一闪而过。

陈朵全身戒备，大喝一声："什么人？"

陈朵的声音在地下室里回荡，她举起手机上的手电筒，地下室就在眼前，空无一人。她有些疑惑，以为刚才只是眼花。

陈朵大步迈进地下室，首先映入眼帘的就是地上特别显眼的黄色粉末。她精神一震，赶紧过去，蹲下身，用手拈起一些粉末，仔细观察着。这些粉末跟田康案发现场仓库里的粉末是一样的，旁边还有成袋包装的，都杂乱地堆在一起。

陈朵感受着指间粉末的颗粒感，立刻拿出手机，拍了几张照

第十二章 开始交错

片,然后开始拨局长刘韬的号码。

但是地下室里似乎没有信号,电话无法接通。

陈朵抬头看了一眼上方的出口,再次踏上楼梯。

樊良三步并作两步,着急地朝下跑去,上面的脚步声越来越响,离他越来越近,他慌忙往下一冲,却一脚从台阶边缘踏空,整个人摔了下去。

樊良一瞬间都蒙了,天旋地转的,直接滚到了地下室里。他躺了一会儿,总算回过神,赶紧从地下室的地上坐起来。他同样没有注意到口袋里的三棱锥微微闪烁了一下,眼前的画面也出现了一阵轻微的波动,脸上似乎有微风拂过的感觉。

樊良揉揉眼睛,以为自己摔蒙了,再次看向周围,只见这里堆满了工业添加剂,地上到处散落着黄色粉末。

樊良搬开几袋工业添加剂,整个人缩进里面,又用一个袋子把口子遮掩起来。

樊良透过袋子间的缝隙,紧张地看向上方的旋转楼梯。良久,那里的天光由暗转明,最后有阳光从上面洒了下来。

樊良有些疑惑,缓缓推开装有黄色添加剂的袋子,蹑手蹑脚地来到旋转楼梯旁,朝上看去,只见楼梯上空无一人。樊良侧耳听了一会儿,地下室和旋转楼梯上安静极了,没有一丝声响传来。樊良这才长长地松了一口气,再次踏上楼梯,放心地出去了。

王金国走出废弃厂房,面前依然是化工厂的厂区,萧瑟无人,并没有什么异样,也没有看到江辉及与三棱锥有关的其他线索。这时,厂房外隐约传来警笛的声音。王金国愣了一下,以为

三棱：死亡救赎

是局长刘韬带人过来了，于是赶紧几步冲出去，然而他看到的却是警车远去的背影。

王金国有些奇怪，怎么警察刚来就走了？他看了看周围，拿出手机，给刘韬打电话。

这次，电话里传来声音："您好，您拨打的号码是空号……"

王金国奇怪地看了看手机，明明有信号，却无法接通。

王金国只好把手机收好，骂道："怎么回事？怎么都跑了？这破手机！也不知道江辉这小子跑哪儿去了！"

王金国决定先离开化工厂。

雨来得快，去得也快，此刻太阳从云层中露了出来。

陈朵疾步走出化工厂大门，手里攥着手机，但手机里却不停地传来"您拨打的号码是空号"的提示音。

陈朵有些疑惑，盯着手机屏幕，屏幕上是罗玥的名字。她只得收起手机，朝前走去。

陈朵走到路边，忽然愣住了，因为本来自己停车的地方，此刻却空空如也。她环视一周，只见不远处，一辆电瓶车停在那里。

陈朵有些发蒙："车呢？"

樊良走出厂房，整理了一下身上的东西，慎重地看了下三棱锥和局长王金国的旧手表，他知道这两样东西是关键线索，一定要小心保管。

樊良又把它们小心地揣进口袋，这才向外走去，此后的每一步都得谨慎，因为他现在的身份是一个通缉犯了。

樊良在化工厂门口探头探脑地查看着四周，许久，才走了出去。

樊良见山下道路上驶来一辆车，急忙闪身躲到一旁的树林里。那辆车很快开到了化工厂门口，罗玥和江辉同时从车上下来。

樊良见到穿着警服的罗玥，急忙藏到一棵树后，不敢露面。樊良见两人急匆匆地进了化工厂，十分忐忑，他也不上大路了，直接沿着树木茂盛的山坡往下走去。

天色有点阴沉，地面因为下雨有些泥泞，王金国走到之前停电瓶车的树林处，却发现自己的电瓶车不见了。

王金国有些恼怒地看了看周围，骂道："是哪个龟儿子偷老子的车？"

王金国又沿着道路走了一会儿，他记得那里正是发现土坑的地点。王金国走过去，却奇怪地发现，树林里的地面十分平整，地上覆盖着一层薄薄的树叶，根本没有土坑。

王金国拨开地上的树叶，四处寻找着，想重新找到那个土坑，却发现什么都没有。

没有铁锹，没有手臂骨，也没有王晨的水壶，什么都没有！刚刚的一切似乎就是一场幻觉。

王金国感觉更加奇怪，他核实了一下地点，没有错，然后又抬头看了看天空，看了看周围的树林，与之前都是一样的，可联想到刚刚离开的警车，他总觉得哪里不对劲。

王金国紧皱眉头，感到无法解释这一切，只好徒步走出树林，正好经过马浩家所在的北源村。不远处的村口，停着一辆小货车，一个人正往车上装梨子，竟然是马喜才！

王金国一眼就认出了马喜才，顿时一愣，有些不可思议。

三棱：死亡救赎

　　马喜才一边干活，一边跟路过的村民打招呼，神色十分放松。王金国大步走了过去，站在马喜才的面前。

　　马喜才看到王金国走过来，毫不在意地打量了他一眼，问道："买梨？我这是正宗的酥梨，又甜又酥，来一个尝尝？"

　　说着，马喜才拿起一个梨子，递给王金国。王金国被马喜才的举动搞蒙了，他没有接马喜才的梨子，只是审视着对方，也不说话。

　　马喜才被王金国的审视弄得有些疑惑："你认识我？有事啊？"

　　王金国也不回话，直接出手，反剪马喜才的手臂，将他按在车门上。

　　马喜才疼得大叫："你……你干什么？！"

　　"你小子胆子不小啊！越狱还敢回家！"

　　"你说什么！我……我听不懂！"

　　"杀了自己儿子，还有心思卖梨，说，你是怎么跑出来的？！"

　　马喜才瞪大双眼，一脸迷惑："我……我不认识你，你是谁啊？"

　　王金国见马喜才还嘴硬，手上用力，马喜才立刻疼得嗷嗷叫："你别冤枉人啊，我儿子是跑了，可是我没杀他啊！"

　　"少跟我装蒜！走！跟我回局里！"

　　王金国架着马喜才，掏出手机就要打给局里，这时才想起手机有问题，不禁骂了一句："这破手机！"

　　就在这时，马喜才趁着王金国打电话，突然发力挣脱他，撒腿就往树林跑去。

　　王金国的手机摔在了地上，他顾不得捡手机，急忙追了过去。马喜才在树林中狂奔，王金国在后面追个不停。但是，马喜

第十二章 开始交错

才跑得飞快,很快就看不到踪影了。

王金国无奈站住,大口喘着粗气,气道:"每次都抓不住这小子!"

王金国气喘吁吁地重新从树林走出来,发现几个村民在那里指指点点的,似乎正在议论刚才发生的事,神情有些异样地看着他。

王金国大喊:"马喜才是杀人犯,希望大家看到他时踊跃举报!"

说完,他看了看四周,烦躁地捡起手机,走到马喜才那辆装梨的小货车前,径直打开驾驶室,坐了上去,车钥匙还留在车上。王金国发动货车,直接离开了。

村民们看着王金国开车离开,然后继续低声地议论着。

王金国驾驶着货车,行驶在国道上,车窗外,远处正是废弃的化工厂,高耸的烟囱依旧矗立着,景色和他原来的世界一模一样。

王金国开着车,看了看远处废弃的化工厂,神情奇怪,总觉得有一股陌生感。

陈朵沿着道路走到树林附近,看到树林边缘有一个大土坑,土坑里有些积水,还有一些其他东西,看上去是一个腐朽的水壶,以及一件似乎带血的学生校服。陈朵疑惑地盯着大坑,自己刚刚过来的时候明明没有这个坑,这是谁挖的?里面这些东西又是什么?

陈朵正琢磨着,就在这时,几辆警车驶来,停在一边。几名警察快速地跑进化工厂,似乎在搜查什么。另外几名警察则径直来到土坑处,开始对着土坑拍照。陈朵以为这里发生了什么案子,也想凑过去，却很快被人拦住了。

警察小赵看着陈朵："你好，这边不要靠近，警察办案。"

说着，小赵在陈朵面前拉起了警戒线。

陈朵见是小赵，忙上前几步问道："小赵，什么案子？"

小赵疑惑道："你认识我？我怎么没见过你？"

陈朵一愣，还没来得及回答，局长刘韬就拿着手机走了过来，一边走一边嘟囔着："这个老王，怎么电话也打不通？"

陈朵看到刘韬，下意识喊了一声："局长！"

刘韬抬头看到陈朵，然后瞅瞅小赵："这是什么人？闲杂人等不要过来，封锁现场！找到老王没有？"

陈朵有些迷惑："局长，是我！"

这句话刚说完，陈朵就意识到不对劲了，因为这个刘韬虽然跟自己认识的刘韬长得一模一样，但是发型、身材及说话的语气却完全不同，还有旁边的小赵，明显也不认识自己。这种又相似又不同的感觉，让陈朵陷入一种微妙的恐惧与疑惑之中。

刘韬盯着陈朵："我认识你？"

陈朵皱皱眉，含糊道："我……是陈朵啊！"

这时，几名警察从化工厂里跑了出来："局长，搜了一遍，里面没有发现任何人。"

陈朵强行压制自己心里的疑惑，身为一个警察，她还是主动提供了一些信息："里面我搜过了，没人。但是，在地下室我发现了田康案案发现场的黄色粉末，凶手一定来过化工厂。还有，杀死田康的凶器，也许就是化工厂里的扳手！"

说着，陈朵打开手机，就要给刘韬展示自己拍的照片，但她很快就停住了自己的动作，因为此时刘韬与几名警察正警惕地看

第十二章 开始交错

着她，似乎她是某个犯罪嫌疑人一样。

"什么田康？什么扳手？"

陈朵一愣，她再次感受到现场怪异的气氛，更加验证了心里的想法。这一切都不对劲，这个刘韬根本不认识自己，他们不是自己所熟知的那些人，但这是为什么？

陈朵警惕地环视一周，这是恶作剧吗？应该没有人会这么无聊。她痛苦地揉了一下脑袋，头开始疼了，现在最重要的就是不露声色，静观其变。

刘韬上下打量陈朵一眼："你刚从里面出来？那你有没有遇到一名四十多岁的男性？那辆电瓶车就是他的。"

陈朵摇摇头，脑中飞速分析现在的情况。

刘韬喝道："你到底是什么人？！为什么来这里？！"

陈朵盯着刘韬，终于意识到，这个刘韬似乎真的不认识自己。于是，她沉吟一下，谨慎回答道："哦，我……我就是来瞎逛的。"

刘韬转头对小赵道："带回局里做个笔录，问清楚。"

"是。"

小赵领着陈朵上车，陈朵没有反抗，上车前她再次看了刘韬一眼，然后环视一周，确认他们的确不认识自己，这才进入车里。

小赵开着车，通过后视镜看了一眼后排的陈朵。陈朵一直眉头紧锁，看着窗外的景色，似乎在思考什么事情。

小赵想了片刻，忽然对陈朵说："我认识你。"

陈朵一愣，没有立刻回答，因为她已经完全不知道现在是什么情况了，就像身处一个迷幻的梦里，一切都乱套了。

小赵继续说："我跟王师傅去喝羊汤的时候见过你一次，你不是……那老板的弟媳吗？叫……陈朵是吧？"

陈朵静静地消化着小赵的话，起码名字是对的，她点点头。

"对嘛，我就说看着眼熟。你男人叫什么来着，好像是樊斌，是吧？"

陈朵一愣，这名字有些耳熟："樊斌？樊良的弟弟？"

"对嘛，想起来了，都想起来了。司象县就这么个小地方，在这遇上了。"

陈朵只能点头附和着，她看着窗外的景色，这里明明就是她熟悉的司象县，但似乎又不一样了，到底发生了什么？

陈朵忽然意识到什么，将手伸进口袋，紧紧攥住了口袋里的三棱锥。

小区里的居民楼下，有个戴鸭舌帽的男人见有人过来，急忙压了压帽檐，低着头和对方擦肩而过。这个男人正是樊良。

樊良小心翼翼、一瘸一拐地走进一栋居民楼内，刚要在电子锁上按几下，忽然发现门没有锁，便径直推门进去了。樊良进屋后，把门关上，这才靠着被关上的门，长长地出了一口气。

樊良轻车熟路地打开冰箱，拿了瓶饮料，仰躺在沙发上，咕噜噜地灌了一大口："小红……小红……"

喊了两声，听见洗手间的门开了，樊良松了口气，感受着冰凉的饮料沿着喉咙往下，将热意驱走的舒爽。他有些疲惫地闭上眼睛，揉着脖子："小红，有没有吃的，饿死我了……"

樊良没有听到回应，又揉了揉眼睛："那天我走得急了，不要生气啊，今晚我好好补偿你……"

对方还是没有回应，只是似乎走得近了些，默默地看着他。

第十二章 开始交错

樊良缓缓睁开眼睛,却看到一个裹着浴巾、袒露着肩膀的男人正站在自己面前。他一个激灵就站了起来,吓得大惊失色。两人大眼瞪小眼,都不敢乱动弹。

那人的表情慢慢有些扭曲:"你是谁?"

樊良一脸蒙,脑子似乎死机了:"你……是谁?"

那人左右看看,然后抓起桌上一个啤酒瓶:"你说你哪天走得急了?"男人牙齿咬得紧紧的,太阳穴一跳一跳的,手里的啤酒瓶仿佛要被他捏碎一样,"小红!小红!"

敷着面膜的小红从卧室开门出来:"小点声!刚把孩子哄睡……"她看到了樊良,一脸疑惑地问道,"你是谁?"

樊良看看小红,再看看半裸男,更诧异:"你什么时候有孩子了?"

小红看男人:"老公,他是谁?"

男人看小红:"你告诉我他是谁!"

樊良见气氛不对,自己似乎闯大祸了:"我好像来错……地方了,那个……"说话间,他拔腿便朝门口跑去,"我先走了啊……不送,不送啊!祝你们夫妻恩爱!"

小红丈夫一下子把啤酒瓶砸了过去:"站住!"

樊良眼疾手快地拉开门冲了出去,然后把门一关,砰的一声,啤酒瓶砸在门上,碎了一地。

樊良气喘吁吁地从小区跑了出来,一边跑一边回头看,确认小红丈夫没有追出来,这才缓下脚步,一脸不解地站在原地喃喃道:"什……什么情况?小红结婚了?"

就在这时,一辆面包车从旁边经过,停在樊良身侧。忽然,车门打开,一个人拿着黑布袋一下子套住樊良的头,另一个人

三楼：死亡救赎

伸手将他往面包车里一塞，然后两人快速上车，面包车飞速向外驶去。

王金国驾驶着货车驶进公安局大院，把车停好后打算去找刘韬说马喜才逃窜的事情。他下车看着眼前的公安局大楼，门口的牌子上面写着"司象县公安局"六个黑色大字，没有什么特别之处。王金国使劲摇摇头，打算把刚才的奇怪念头全部驱散。

这时，从大楼里走出来一个警察，他看到王金国，上前打招呼："王局。"

王金国一愣，什么王局？刚刚驱散的念头又重新浮了上来。

对方没有等王金国回话，只是说："我出去办点事。"

王金国一脸诧异，下意识地点点头，看着那个警察离开了。王金国有些蒙，朝大楼里走去。进了公安局大厅，王金国环视四周，大厅里的陈设布置没有什么特别的变化，几名警察正各自忙碌着。

有人看到王金国，便和他打招呼："局长。"

王金国只能茫然地点头，不敢贸然回应什么，但他内心早已翻江倒海，思绪如同一团乱麻。事情变得越来越离奇了。

幸好几名警察都只是打招呼，没有多停留，就各自忙各自的事情去了，对于王金国的出现，似乎并没有什么特别的留意。

王金国继续环视四周，目光落在了一旁的墙上。他看着墙上的公安局人事公告栏，脸上逐渐露出震惊的神色，只见公告栏上最大的一张照片，正是局长王金国穿着一级警督制服的照片！

照片下面还有文字介绍：司象县公安局局长，王金国，一级警督。

第十二章 开始交错

王金国愣愣地看着公告栏,又转脸看向四周,有些不相信这一切:"这……这是怎么回事?我是局长?"

这时,又一名警察走了过来,向他汇报工作:"局长,樊良还是没找到,好像已经不在化工厂了。"

王金国还是一脸蒙:"什么?樊良?他怎么了?"

这名警察有些奇怪:"他涉嫌藏毒,不是您让抓捕的吗?"

王金国只能先敷衍道:"哦,我知道了,这事一会儿再说。"

"那您先回办公室,行动的细节,一会儿我向您详细汇报。"

王金国点点头,只能硬着头皮,朝二楼的局长办公室走去。

这名警察有些奇怪地看着王金国的背影。另一名警察凑过来,问道:"怎么了?"

"局长今天怎么了?感觉精神不太好啊,穿得也很奇怪,身上都是泥。"

对方示意外面的货车:"开货车来的。"

这名警察立刻心领神会:"'微服私访'去了。"

王金国独自走在走廊上,面前正是局长办公室,他看着局长办公室的铭牌,略一沉吟,走了进去,并顺手关上房门。

王金国看着眼前的房间布局,一张大办公桌,后面是几排书柜,一旁的衣架上挂了一套局长制服,与他原来世界里的刘韬办公室几乎一模一样,不过他心里明白,一切都不一样了。

王金国走到办公桌前,桌上放着一个相框,里面是王金国和妻子、儿子的合照,儿子王晨已经成年,妻子许娜面色红润,看样子很健康,三人都微微笑着,很幸福的样子。

王金国看着相框里的照片,大受震撼,手都有些颤抖了,他轻轻地抚摸着照片上的妻子和儿子,这不正是他无数次在梦中才会见到的场景吗？

这是在梦里吗？这是王晨吗？他长大后是这个样子吗？比自己想象中的好像要瘦一些，眼睛也大了一些，但是……长得跟自己好像，这就是王晨！王金国一眼就能确定，这是自己的儿子，这是王晨！但这……到底是哪里？

王金国放下相框，又环视整个房间，似乎不相信眼前的一切都是真的。他走到墙边的仪容镜，看着镜子里的自己，使劲拍打自己的脸，似乎想把自己从睡梦中拍醒："王金国，醒醒！别做梦了！"

王金国很快又摇了摇头，转身盯着桌上的相框，虽然现在的情况超出了以往的认知，但是一个老警察的职业素养还是让他冷静下来，尽量说服自己接受这一切。就在这时，他听见窗外有人在争吵，似乎是江辉。

"放开我！是我！江辉！"

王金国急忙走到窗前朝下望去，只见办公楼下，江辉正和几名警察争执，他想闯入大楼，却被他们拦住了。

"我要找局长，我有重要的情况汇报！"

但是几名警察却不肯放江辉进来，死死拦着他。

王金国看到这一幕，微微皱眉。这时，他目光扫到一旁衣架上的局长制服，灵光一闪，走上前，脱下自己的便服，穿上了这套局长制服。

王金国对着镜子看了看自己，已经是一副局长的派头了。随后，他注意到自己换下来的便服无处安置，便将其胡乱地塞进了办公桌一旁的文件柜里。

这时，门外传来敲门声，一名警察在外面说："局长。"

第十二章　开始交错

王金国沉声道："什么事？"

"外面有个人吵着要见您。"警察对着门继续汇报，"那人说自己叫什么江辉，还说自己是警察，有重要情况要汇报，非要见您。"

办公室的门开了，王金国穿着局长的制服，走了出来。

"局长，可能是个神经病。"

"带我去看看。"

两人朝楼下走去。这时，江辉已经闯进了大厅，依然和几名警察争吵着。

"你们是不是疯了？！几天不见就不认识我了？！我要见刘局长！"

"我们这里没有什么刘局长。"

江辉愣了一下，气得直瞪眼："刘韬局长啊，你们也忘了？"

几名警察对视一眼，都很无语，像看神经病一样看着江辉。

江辉继续往里面冲："我真的有重要情况要汇报，跟我师父的事情有关。"

"你师父？谁啊？"

江辉也有些抓狂："王金国！你们不会也忘了吧？！前几天才转岗去了县图书馆，你是不是这里的？新来的吧？"

几名警察彻底没耐心了："就是个神经病，赶紧轰走，不然就抓起来。"说完，他们直接架起江辉，就要朝外轰人。就在这时，身后传来王金国的声音："等等。"

众人停手，循声望去，正是冒牌局长王金国走了过来。

"局长，这就是个疯子，胡言乱语的。"

江辉也看到了穿着局长制服的王金国，眼睛直发愣："师父？你怎么在这？还穿着警服？"

听到江辉的"疯话",几名警察都看向王金国,一副"你看吧"的表情。

王金国干咳几声,装腔作势地说道:"这小子是我亲戚,小时候脑子受了点刺激,你们别管了。"说完,他直接走到江辉面前,扶着江辉的胳膊,"江辉,走了,回家去。"

江辉还想再说什么,却被王金国的目光制止了。

王金国对其他警察道:"行了,没事了,我先送他回去,都忙你们的去吧。"说完,他带着江辉走出了大厅。

几名警察看着两人的背影,小声议论道:"以前没听说局长有个神经病亲戚啊?"

"又不是什么光荣的事,谁会没事儿跟你说?"

王金国架着江辉走出公安局大厅。江辉很不理解:"师父!你……你搞什么呢?"

王金国一边走,一边低声道:"一会儿再说!"

两人走到马喜才的那辆小货车前,王金国先是把一脸蒙的江辉推进驾驶室,然后也上了车,发动车子离开了公安局大院。

王金国开着车,江辉看着穿着局长制服的师父,终于忍不住开口了:"局里那帮孙子,都当我是神经病!这到底是怎么回事?到处都不对劲,而且,你……怎么穿着这身衣服?"

王金国看了江辉一眼:"在他们眼里,你就是神经病。"

"我……我不就是做了个伪证吗,我都已经自首了,至于吗?再说,我还不是为了你。"

"我说的不是这件事。"王金国声音越来越低。

"啊?那是什么事?"

"你好好看看,这里……是司象县吗?"

第十二章　开始交错

江辉被王金国说蒙了,看了看周围的街道:"是啊,这不是南门大街吗?前面就是樊良家的羊汤馆,你老去吃的那家。"

王金国在前面把车停下说道:"你再好好看看。"

江辉仔细一看,发现原本樊良家的羊汤馆不见了,现在那里是一家川菜饭店,里面还放着几台游戏机,有人正聚精会神地坐在那里玩。

江辉有些蒙了,揉揉眼睛,确认自己没有看错:"怎么回事?"

王金国的眼神意味深长:"这是司象,但不是我们那个司象。"

江辉惊讶地张大了嘴巴,一时间不知道说什么好了。

第十三章 律师和混混

一辆面包车飞快行驶在路上,隐匿在车流之中,不是很显眼,车内李东彪几人将樊良的手脚都给摁住了。

樊良戴着头套,什么也看不到,很是慌张:"你们……干什么?"

李东彪一拳打在樊良肚子上:"臭小子,胆子不小,许老板的钱也敢偷?"

樊良痛苦地蜷缩身体,但被人死死按住:"你……你们是包总的人?"

李东彪又是一拳打在樊良肚子上:"还装蒜。"

"兄弟,你……你可想好了,你们这是绑架,根据《刑法》第二百三十九条,以勒索财物为目的绑架他人的,或者绑架他人作为人质的,处十年以上有期徒刑或者无期徒刑,并处罚金或者没收财产……"

李东彪又是一拳:"恐吓我?!你樊良懂法律,公鸡都能下蛋!"

这时,一个浑厚的声音传来:"把头套摘了。"

第十三章 律师和混混

樊良的头套被取下，他这才看到车里坐着好几个陌生人，正对着自己的方向坐着一个戴着金丝边眼镜的男人，正是许文。

樊良死死盯着许文，眼中充满震惊，脑海中立刻闪过一个画面，这个人本来不应该出现在自己面前的。

小时候的樊良拉着樊斌的手急匆匆跑来，两人气喘吁吁，望着远处小时候的陈朵被一个男人带上了车。那人回头观察，露出真容，正是年轻时候的许文。那时候许文的脸与现在对面许文的脸交叠在一起。

思绪回到现在，樊良看着许文的脸微微出神，渐渐有些迷惑：许文不是死了吗？会不会是自己认错了？

许文摇摇头，有些惋惜："樊良啊，我给了你机会，你可太让我失望了……"

樊良还没从重新见到许文的震惊中回过神，许文突然一只手掐住他的脖子，把他死死地摁在座位靠背上。

"我的钱呢？"

许文一下子从之前温和的模样，变得杀气腾腾。

樊良想要挣扎，但被人抓住胳膊动弹不得："我……不知道……什么钱……"

许文手上更加用力，樊良眼睛睁大，满脸通红。眼看樊良快呼吸不过来了，许文才把手松开。樊良捂着脖子拼命咳嗽，许文朝一旁的李东彪招了招手。李东彪拿来一个手机，在樊良面前播放了两段视频。

视频中，一个寸头模样的樊良穿过烟雾缭绕的十几张赌桌，朝里面走去。樊良进入里屋，将房门反锁，然后从包里取出一个小工具箱，将房间角落的一个保险柜打开，接着将里面的钱都装进一个袋子里。樊良将保险柜关好，提着袋子快步走了出去，视频结束在他那张被清晰拍到的脸上。

樊良看着眼前的画面，一脸惊骇："不是我，我没干这事，这不是我……"

李东彪闻言，摁着樊良的后脑勺就往座位扶手上撞去："这个人是鬼吗？别以为换了个发型就认不出你了！"

樊良鼻血都流出来了，除了痛苦，眼神中更多的还是迷惑。

许文摆摆手，示意李东彪停手："樊良，你出来后无依无靠，是我给你安排了工作，我这么照顾你，你太让我失望了。你缺钱可以跟我说，赚钱的方法很多，但偷拿我的钱，我许文还是第一次遇到。你是不是在耍我？"

樊良一脸震惊与疑惑地看着许文："你真的……是许文？！"

李东彪立马给了樊良一个耳刮子："装什么傻！"

樊良还是不能相信，自言自语着："不可能，不可能，许文已经……"

李东彪又是一个耳刮子扇在樊良脸上："许总的名字，是你能直接叫的？"

许文见樊良状态有些奇怪，叹了口气："彪子，别在这弄。见血的事情，去窑厂。"

李东彪点点头，示意司机拐进另一条路。

车窗外的司象县正是夜市热闹的时候，烤架上的肉串慢慢出油，夜摊老板娴熟地撒下孜然，在蘸料碟里一抹，送到喝着啤酒的客人的嘴边，啤酒溢出了杯子……

车外人间烟火，让人心情愉快，车内却是让人窒息的安静。樊良脑子乱成一团麻，不知道如何是好，最后还是许文开口了：

第十三章 律师和混混

"樊良,你去过窑厂吗?"

樊良不知道许文要说什么,没有应声。

"哦,你应该没去过,因为去了的人就再也没有机会回来了,他们都沉在了窑湾的泥巴里,警察也查不到!"许文拍了拍樊良的腿,"看在你那死鬼老爸的分儿上,把钱还回来,我饶你一条命。"

樊良有些无奈:"我……真的不知道。"

许文脸色更加阴沉:"果然,人为财死!"

这时,路上一辆贴着"新手上路,不要催促"的轿车,从一旁拐了出来,在前面开得很慢。车内许文的司机一脸不耐烦,不断地摁着喇叭,催促前面的车开快点儿。

这时,前面忽然红灯,那辆"新手司机"车一个急刹,面包车猛地撞在了前车车尾,车内一阵颠簸。前面轿车车门打开,一个人怒气冲冲地走过来,用手猛地锤打面包车的车窗户。

"干吗呢?会不会开车啊?找死是吧?"

那人砰砰地拍打车窗玻璃,许文皱皱眉头,有些不满。

"兔崽子!"李东彪咬牙切齿,一把拉开车门,一拳就打在那人脸上,然后疯狂地用脚踹对方。

许文看着车外的事情,也不阻止。樊良瞥了眼旁边的那个马仔,见他也被外面吸引了注意力。樊良猛地起身,拉开另一侧车门,整个身子扑了出去。其中一个人反应过来,去抓樊良的脚,但被他一脚踹在脸上,挣脱了。

樊良扑出去后摔在地上,赶紧起身,一瘸一拐地逃跑。李东彪见樊良跑了,也不踹人了,大步追了过去:

"站住!"

在一片混乱中,樊良穿过了马路,眼见马仔和李东彪已经追来，一时根本甩不开，他跑了几步，一狠心，跨过桥梁的栏杆，一下子跳了下去。大桥下，河面一片昏暗，樊良落入河里，溅起大片水花，不见了踪影。许文盯着黑暗的河面看了会儿，脸色阴沉，转身回到了车上，李东彪等人面如死灰，不敢多话。

许文摇下车窗，拿出打火机，一声清脆的开盖声响起，一道火苗蹿起，烟被点燃了。借着打火机的火光，许文注意到车座下有个东西。

许文捡起看看，是樊良带在身上的三棱锥。见到这个东西，许文似乎想到了什么，目光一下子锐利起来，吐出的烟雾撞到三棱锥，轻轻飘散开来。

"谁的？"

李东彪和几个兄弟都看了一眼。

"老板，我看到这是从樊良那小子的口袋里掉出来的。"

许文狠狠地吸了口烟，闭目陷入沉思，一些本该忘记的事情又出现了。

当年那个夜晚，那辆轿车的后座上坐着女孩陈沁，因为害怕，她的身体在瑟瑟发抖，手里还拿着一个三棱锥。

年轻的许文点了根烟，吐了一个烟圈，摇上了车窗。许文目光落在陈沁握着的三棱锥上，将手指对着嘴唇比了个嘘声的动作。

回到现在，面包车里许文端详着手里的三棱锥，没想到这么多年之后，又看到这个东西了。一个狰狞女人的模糊面孔忽然浮现，许文竟然打了一个冷战，眼神中闪过一丝恐慌，那可是一段不太愉快的回忆。

"有意思。"许文眯起眼睛，把三棱锥收了起来，然后对李东彪等人说道，"先回去吧。"

第十三章 律师和混混

一颗颗水珠沿着头发滴落在地面，樊良浑身湿漉漉的，坐在河边的石头上喘息着，脑中飞快地梳理着刚刚经历的一切。他捡了块石头在面前的河滩上飞快地写着什么，嘴里嘟囔：

"小红，有丈夫，有孩子……

"许文还活着……

"另一个樊良偷赌场钱……"

这些信息中，名字单成一列，其他信息都备注在名字后面。

樊良盯着看了良久："不一样了，都不一样了……"

樊良抬头看着周围，还是那个普通的世界，但气氛已经陡然诡异："这不是做梦！这不是我的世界，这是另一个世界……都变了，我得回去，但我要怎么回去……"

樊良继续在河滩上写着："化工厂地下室""追赶的警察是什么时候不见的？"

最后，樊良把其他文字都抹掉，只留下"化工厂地下室"这一行字。樊良想到自己从化工厂地下室的楼梯跌落后，那些追踪他的警察就不见了，也就是说，从那一刻他就来到了另外一个世界。虽然不知道为什么会这样，但樊良还是决定立刻返回化工厂看一下。

樊良离开河滩，沿着公路朝化工厂方向走去，但刚走一会儿他就停了下来，因为不远处是家小超市。樊良看着那家小超市，正是原来世界里忠叔家超市的位置。

"在这个世界，忠叔不知道过得怎么样。"

樊良心念一动，有些好奇，便朝对面超市走去。

樊良走进超市，见几排货架间有个大叔正在整理货品。樊良假装在挑选东西，眼角余光却四下打量，想看看忠叔在哪儿。那个大叔一边整理东西，一边留意着樊良，很快他就转头将注意力完全放在樊良身上，最后索性直接走了过来。

"樊良……"

樊良一愣，却见那大叔几步冲过来，往外推搡他。

"走走走……"大叔一边说，一边在樊良身上摸着，"没偷我店里东西吧……"

樊良有些诧异："我马上走，马上走，你别动手动脚！"

樊良一瘸一拐地往外走了两步，那个大叔赶紧离他远点："店里是有监控的，你别装瘸腿，想讹我！"

樊良打量着大叔："你不会是忠叔吧？你这……过得不错啊……模样都变了……"

大叔没好气地又推搡他说："谁是你忠叔谁倒霉，你忠叔现在在郊外看梨园，日子安稳着呢。你赶紧走……要不是你天天和社会上不三不四的人混在一起，老是来超市白吃白喝的，你忠叔也不会把这超市盘出去。"

樊良咔了一声，一副义愤填膺的模样："有这么过分？"

大叔很惊讶："你还委屈上了，赶快滚！"

说话间，大叔把樊良推出了超市外面。

樊良被推得踉跄几步，想到了许文给自己看的那个视频，再联想刚才大叔的话，不由长长叹了口气："这个世界的樊良真不是人啊……不过，关我什么事……"

樊良一瘸一拐地离开了。

他走了很久，才到化工厂附近，此时天色已经很晚了。月色下静谧的化工厂如同一只蛰伏的巨兽。

樊良拿出手机看了一眼，见手机竟然还能用，便一边感叹质量真好，一边打开手电筒模式走进了厂房。樊良在楼梯上故意留

第十三章 律师和混混

下一只鞋，然后顺着旋转楼梯走了下去，之后他又走了上来，看到鞋子还在那里。

"还是在同一个世界。"

樊良又往楼梯下面走去，走到一半，他停了下来，想到什么。

"难道得摔下去才能穿越……"

樊良一狠心，闭上眼睛，蹲下身子，一个翻身，朝下滚去，很快四脚朝天地摔在地下室的地上。

樊良摔得眼冒金星，揉了会儿被摔疼的地方，很费劲才站了起来。他重新回到化工厂的地下室入口，发现鞋子还在那里。

樊良又试了几次，依旧没有变化，一下子泄了气，靠着墙壁坐了下来。

"当时我进了厂房，摔到地下室里，但警察却没追来，我肯定是在这个旋转楼梯上穿越了……但这次为什么不行呢？"

樊良突然回过神来，将身上的东西都摸出来摆在自己面前，一些纸币、几枚硬币，还有王金国的那个旧手表。

樊良愣了："三棱锥呢？"

跟以前相比，现在不同的地方就是身上缺少了那个三棱锥，樊良立刻明白，三棱锥才是穿越世界的关键。

樊良拿着手机在地下室里照着，想了很久，最后靠坐在一个角落里，打开手机的录音功能：

"我叫樊良，是个律师。我不是这个世界的人，我现在把一些事情记录下来，是因为我丢失了回到自己世界的钥匙……一个像是三棱锥一样的东西，它现在最有可能落在了一个叫许文的人的手里……他是个很危险的人，但我不得不想办法拿回三棱锥，只有这样，我才能回去。如果我死了，就是他杀的。我不知道为

三楼：死亡救赎

什么会有两个相同的世界，但如果有从我的世界来的人，我有两件事情希望你知道，第一件事情就是司象县公安局局长王金国可能涉嫌在1995年杀害了许文，证据就是我身上这块旧手表……"

樊良将旧手表放到面前，继续说道："另一件事情是，我离开那个世界之前，接了一个案子，有个不断上诉的嫌疑犯田康，我想他是无辜的，而证物视频里那个杀人的田康，可能是这个世界的田康穿越到了我们的世界。如果你有能力，就帮帮他。"

刚刚说完，手机就自动关机了，樊良明白手机已经没有电了，疲倦的他也懒得去想其他事情了，今天的经历离奇得足以耗干他所有力气。樊良靠在墙上，紧了紧衣服，缓缓睡去。

忽然，樊良似乎进入了一个奇怪的梦中。梦里，他眼前的画面在晃动，情绪上似乎感觉非常惊恐，周围环境是一个小餐馆，灯光有些昏暗。

樊良使劲地挣扎，但是依旧一动不动。他低头看去，只见自己被捆在了椅子上。

"救命！求求你放了我吧！"

有一个人似乎站在樊良的背后，一只手搭在他的肩膀上。樊良使劲地扭头往后看，但是看不到那个人，只能看到一个影子映在对面的墙上。

樊良带着哭腔求饶："所有的我都说了，我真的谁都没有告诉，王叔我还没来得及跟他说，他失踪了。真的，求你放过我吧！"

对面的影子似乎举起了什么，狠狠地朝着樊良的脑袋砸下去。

一阵恐惧袭来，眼前变黑。

樊良猛地惊醒，然后开始剧烈地恶心，他扶着墙壁不停地干呕。良久，樊良气喘吁吁，虚弱地靠在了墙上。

第十三章　律师和混混

樊良若有所思："这是什么梦，也太真实了吧。"

樊良摇摇头，起身，晃晃悠悠地沿着楼梯走上去。

清晨，天还没完全亮，江辉和罗玥从一间厂房里出来。江辉又要去另一间厂房，此时他的状态很差，两眼黑眼圈浓重，眼睛里布满了血丝。

罗玥拉住江辉："江辉哥，不要找了！这里我们都找过了！组长不在这里！"

江辉摇摇头，坚持道："一定有哪里遗漏了……小朵的车就停在这附近，小朵一定就在这里……我一定要找到线索……"

"你这样会垮掉的！"

这时，樊良从不远处的另一间厂房里出来，见到有人下意识地就要躲开。

江辉看到了樊良，大喊道："站住！你站住！"

江辉和罗玥追了过去，一下子揪住了一瘸一拐准备逃走的樊良。

江辉看着樊良，有些疑惑："你是谁？"

樊良低着头："我……我就是路过！"

罗玥凑近，仔细打量樊良："樊良……"

樊良拿手遮挡他们的视线："我不是……我不是……"

"你就是那个被陈朵组长逮住的小偷，你蹲了几年牢，出来后又跟许文混在了一起。"

樊良有些心累，有些无奈："我真不是。"

江辉看向樊良出来的那间厂房，一下子把樊良的衣领往上提了提，揪得更紧了："许文的人？小朵是不是在那间厂房里，她现在有没有事？"

"我不知道你在说什么,什么小朵?"

罗玥解释道:"陈朵,你应该认识。这位是陈朵组长的朋友江辉先生,陈朵组长失踪了。"

樊良露出惊讶的神色:"陈朵,耳东陈,花朵的朵?"

"你出狱后还去找过她,现在装什么傻!"

江辉把樊良抵在墙上,一脸激动,似乎揪住的是找到陈朵的唯一线索。

罗玥拍拍江辉的肩膀:"江辉哥,别冲动,放开他。"

樊良却冷笑了一下:"那个陷害人的狡猾女人,在这里居然是个警察……"

"你说小朵是什么?!"

"我……谁也没看到。"

樊良正说着,江辉已经控制不住愤怒,挥拳把他揍倒在地。

罗玥赶紧拉住江辉:"住手!江辉,你住手!"

最后没办法,罗玥制住江辉,对樊良道:"你先走!"

樊良见状,赶紧溜走了。他似乎感受到了这个世界深深的恶意,怎么遇到的每个人都要揍他?这个世界的樊良,到底是个什么东西?

江辉大喊大叫着:"你站住!你不准走!你告诉我,小朵在哪里!罗玥,不要让他跑了!"

"江辉哥!冷静下来!组长不会想看到你这样的。"

江辉听到罗玥搬出陈朵,终于安静了下来。

另一边,樊良气喘吁吁地跑着,生怕那个痴情的家伙追上来,也不知道跑了多久,竟然不知不觉地又来到了原来忠叔的那个小超市附近。樊良躲在一个拐角后面,只见前方一辆面包车停

第十三章　律师和混混

在超市的门口。

樊良看到李东彪正跟超市里的大叔交谈,大叔比画着什么。

樊良隐蔽在远处,暗道:"还让不让人活了?在自己的世界被警察追,在这里被许文追!这个樊良到底惹了多少麻烦?"

樊良一瘸一拐地悄悄离开了。

但是,他该去哪儿呢?樊良忽然感到一种前所未有的孤独,在这个世界他谁也不认识,那种熟悉又陌生的感觉最为致命。樊良有些茫然,感到又累又冷又饿。他觉得在自己那个世界,每当这种时候,也只有一个人能够信任了。

可是,这里的那个老人,跟自己世界的一样吗?他会帮助自己吗?樊良心里有些忐忑,但是事到如今,只能去试试了。

梨园里,胡子灰白的忠叔在结满果实的园外正指挥着几个人摘梨子,梨园的一部分果树已经被砍了,周围停着几辆推土机。

有人欣喜地喊道:"忠叔!你果然在这里!长得都一样!"

忠叔回头看去,见是樊良,他浑身脏兮兮的,一瘸一拐地走了过来。

忠叔看到樊良,皱眉道:"你的腿怎么了?"

"摔了。"说着,樊良抓起旁边一个梨子,咬了一口,"嗯,真甜。"

忠叔把手伸到樊良面前。

"忠叔,干吗?"

"吃梨,给钱。"

樊良眨眨眼,挤出一个人畜无害的笑容:"忠叔……是我啊!"

忠叔不为所动,依旧伸手要钱。见忠叔依然坚持,樊良无奈地将口袋里的零钱给了忠叔。忠叔拿了钱转身就走。

"忠叔……我有事找你帮忙!"

忠叔站住,回头看樊良,口气冰冷道:"我早说了,不要再让我看到你,你走吧。"

樊良愣住了,还想上前,他一时间有些恍惚,仿佛面对的是自己世界里的那个忠叔:"忠叔!是我啊,我是樊良,樊远峰的儿子啊!"

忠叔怒喝:"走吧!我跟你们樊家没有任何关系了!"

说完,忠叔就怒气冲冲地转身走了。樊良被忠叔的愤怒惊住,愣在原地不知所措,看来这个世界的樊良与忠叔也决裂了,这个樊良到底是什么样的?比自己还落魄。

这时,一个少年的声音传来:"你这个败家子,咋不长记性,忠叔上次给你那两巴掌,还不能把你赶走啊?"

樊良一愣,转头看去,只见一个十几岁的少年穿着校服,骑着一辆崭新的山地车,正在一旁笑吟吟地看着樊良。

樊良撇撇嘴:"小屁孩儿,你是谁?"

"我是马浩啊,咋的,你是不是装傻?樊良我告诉你,你借我的钱,装傻也赖不掉!"

樊良不由扶额,一脸无奈:"奶奶的,这个樊良到底有多失败,怎么净得罪人啊?"

忽然,樊良想起了自己在田康案档案里看到的信息:"你就是马浩?这是马喜才的梨园?"

马浩一仰头,有些得意:"这不是废话吗?当然是我家的。"

樊良瞅了一眼马浩的山地车:"这车不错,挺贵吧?"

马浩围着樊良绕了一圈,展示一样地炫耀道:"那当然,我爸给我买的。樊良我告诉你,别打什么馊主意,赶紧还钱。我可

第十三章 律师和混混

是知道你藏在哪的,上次在城中村我见到你了,你要是不给钱,我就让我爸带人找你去!"

樊良喃喃道:"不一样了,果然不一样了,这里的马喜才竟然出息了。"

马浩喝道:"你听到没?!"

樊良眼珠一转:"你说我住在哪儿?我都不知道自己住在哪儿,你有本事就说出来,我不信你知道。"

"嘿,你不就藏在城中村后街,路尽头的那个破院子里吗?"

樊良一笑,奸计得逞:"行,我知道了。人啊,果然还得靠自己。"

说着,樊良一瘸一拐地离开了。马浩愣愣地看着樊良,总觉得有些不对劲。远处,忠叔站在梨园一角,也默默地注视着樊良离开,若有所思。

樊良立刻来到城中村,他现在明白了,这个世界不能久待,且不说这里的樊良惹下了那么多麻烦,自己这个外来者的身份万一被人发现,也不知道会发生什么样的事情,该不会被抓起来去做研究吧?樊良脑中闪过自己看过的几部小说里面的情节,有些惴惴不安。

樊良觉得现在最重要的事情就是赶紧找回三棱锥,立刻回到自己的世界,虽然自己的世界里也有一群人在抓自己,但起码自己能想出周旋的办法,而在这里,一切都是未知的,未知的人物,未知的危险。樊良想着,更加坚定自己的计划,要是能找回来那笔被偷走的钱,也许就能换回三棱锥。

城中村离县中心比较远,到处都是逼仄狭窄的街道及各种破旧的院子。樊良看着各家门口,一路找到最后一个院子。

樊良小心翼翼地走进院子，打量一圈，见院子里堆满各种杂物，一片破败。樊良看到院子中央有个屋门，便准备从这里走进去。

这时，挺着大肚子的阿秀端着一盆水，从屋里走了出来。

樊良见到阿秀，并不认识，不由愣了一下。

阿秀看到樊良也是一愣，随即将手里的那盆水怒气冲冲地泼在了他脚边。

樊良退后一步，不明所以，刚要解释："我……我找……"

阿秀一瞪眼："你死哪里去了，还知道回来啊？"

樊良灵机一动，打量了一下阿秀，凭借多年跟女人打交道的直觉，他似乎明白了，这个女人跟这里的樊良是熟人。

樊良故作紧张："许文的人在找我，我躲了一下。"

阿秀一惊，立刻面露关切："你没事吧？我早就跟你说了，不要贪那笔钱，你不听……你……你这头发怎么了，长了这么多？"

"啊，这……这是假发。这不是为了乔装打扮一下，骗许文的人吗？"

"你真是，你就不能踏踏实实地过日子吗？非得天天让我跟你提心吊胆的！将来孩子生出来了，也这样过日子吗？"

樊良暗喜，明白了女人的身份，这可是他擅长的领域。他很自然地上前抱抱阿秀的肩膀："行了，我知道了，把钱拿出来，我去还给许文，这事就过去了。"

阿秀一听，似乎也很开心："你终于想明白了！"

说着，阿秀就转身朝屋里走去，樊良一瘸一拐地跟着。

阿秀见状问道："你腿怎么了？"

樊良随口道："让许文给打的。"

"他们怎么可以这样……我们快去医院，可不能落下一辈子的毛病……"

樊良着急道:"先把钱还了再说!现在被他找到了,不还他钱,不要说腿,连命怕都要没了……"

"我这就去拿。"

阿秀来到屋里,从床底下拿出一个皮箱来。

樊良趁机四处打量这个破旧的屋子,屋里很潮湿,光线也很暗,到处都是掉落的墙皮,也没什么家具。樊良不由微微叹了口气,他早料到这个樊良过得也不咋样,但没想到会这么凄惨。

阿秀打开皮箱,箱子里塞满了钱,有一百的,有五十的,还有十块的,乱糟糟的一堆,没有整理。

阿秀把箱子递给樊良:"都在这里,我一分没动,你赶紧送回去。"

樊良伸手去接箱子:"不要担心,还了钱就没事了。"

阿秀忽然又把手缩了回去:"你今天怎么怪怪的?你不会骗我吧?"

"我……我怎么会呢?我是樊良啊,没骗你!"

说着,樊良一把抓过皮箱,就要离开。但他刚转过身,就见忠叔站在门口默默地看着自己。

樊良觉得有些不对劲:"忠叔……你怎么在这啊……"

忠叔打量着他:"你是谁?"

"我……我是樊良啊……我能是谁?"

背后一个声音传来:"那我是谁?"

樊良一愣,只见另一个寸头模样的樊良从忠叔背后走出来,不怀好意地看着自己,正是视频里那个偷钱的樊良。

阿秀一脸惊讶地看着眼前几人,心中满是疑惑。

第十四章 一顿普通的早饭

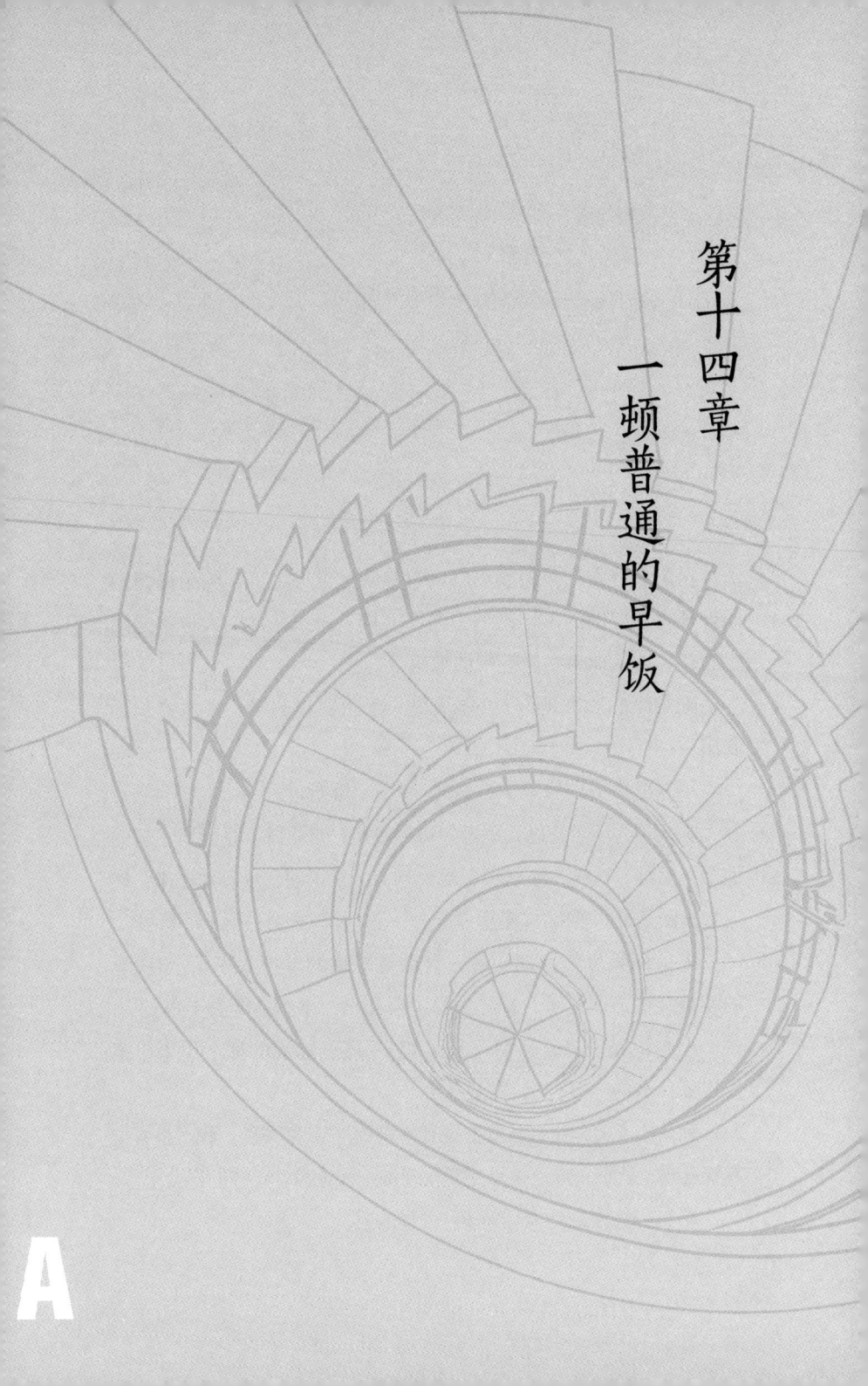

A

司象县公安局，警察小赵领着陈朵走进办公区，陈朵谨慎地四处环视，周围的一切既熟悉又不一样，来来往往的人也都是陌生面孔，这更加坐实她心中的想法了。

陈朵小心翼翼地问："你认识一个叫罗玥的吗？喜欢穿长袖衣服……"

小赵摇摇头，思索了一会儿："谁？没听过。"

陈朵不再问了，她几乎已经可以确定，这里并不是她所了解的那个司象县。这时，小赵领着她来到一个桌子前，示意她先坐，然后拿出做笔录的表格："希望你配合一下。你怎么会去化工厂那里？"

陈朵深吸口气，她知道，自己要隐藏的事情太多了："我真的就是瞎逛，下雨了，就进去躲了会儿雨，不然还能去干吗？"

小赵记录下来，然后又想了想："还有你说的那个田康、案发现场什么的，是什么意思？"

陈朵笑了笑，让自己看上去有些尴尬："我瞎说的。我不是看见有警察吗，就想，难道这里是案发现场？很抱歉，让你们误会了。"

小赵将信将疑地看着陈朵："真的吗？"

第十四章 一顿普通的早饭

就在这时,一名警察领着一个女孩走了过来,那女孩身子比较瘦弱,手里拎着一个包,包里放着两个微型的氧气罐,氧气罐连接着一个呼吸罩。

陈朵看到那个女孩,立刻惊骇地瞪大了眼睛,对方正是池小惠。在陈朵的世界里,池小惠被杀害,她见到的只是尸体,现在在这里看到一个活生生的池小惠,让她有一种奇异的感觉。

警察对小赵说:"来找老王的。"

小赵看到池小惠,认出来了,点点头:"我来吧。"他起身把池小惠领过来,"小惠,你怎么来了?"

池小惠语气依旧柔柔弱弱的:"我……联系不上王叔,怕他出事了,过来看看。"

小赵安慰道:"你先别着急,我们正在派人找他,他下午还给我们局长打过电话,没事的,放心吧。"

池小惠还是显得有些忧虑,白皙的双手不停地揉搓着挎包。

"这样,你先回去,你也联系着。有啥消息,我立刻通知你。"

池小惠没办法,只好点点头,转身准备离开。

陈朵忽然道:"等一下!"

池小惠和小赵都惊讶地看着陈朵。

陈朵确认一下:"你叫池小惠是吗?"

池小惠点点头:"你认识我?"

陈朵眼中的震撼一闪而逝,她收敛情绪道:"没事,谢谢。"

池小惠这才离开,但陈朵的目光一直锁定在她身上。小赵看看陈朵,又坐回原来的位置:"咱们继续。你确定没在化工厂见过其他人是吗?"

陈朵点点头:"警察同志,实在对不起,可能都是误会。你看你也认识我,我也跑不掉,我能说的都说了。如果没别的事,我能不能先回家?"

陈朵诚恳地看着小赵,尽量让自己显得有些紧张。小赵看着陈朵,犹豫一下,这才点点头:"有事我再找你吧!"

陈朵赶紧起身,快步离开公安局。

不远处,池小惠正沿着街道向前走着,眼神有些忧虑。她身子羸弱,每走几步就要停下来,吸几口氧气。这时,陈朵从背后快步追了上来。

"你好。"

池小惠愣了一下,转身见到是陈朵:"你是公安局里那个人。"

陈朵点点头,看着眼前活生生的池小惠,依旧有些不敢相信:"我想问你几个问题。"

"啊?什么问题?"

"你认识一个叫田康的吗?"

池小惠有些惊讶:"啊?那是我男朋友,怎……怎么了?"

陈朵一愣,没想到两个不同的世界,池小惠跟田康的关系竟然都是男女朋友。陈朵继续问:"你知道他现在在哪儿吗?"

"我……我不知道,我已经两三天没有见到他了。"

"以前失联过吗?"

池小惠点点头:"以前也失联过三五天。"

陈朵又问道:"他……他是不是经常失踪,然后联系不上,很久之后才出现,而且似乎有事情瞒着你?"

池小惠点点头,有些奇怪地看着陈朵,不知道这个女人是什么意思。

陈朵深吸口气,缓缓从口袋里摸出那个被烧毁的三棱锥,递

第十四章 一顿普通的早饭

到池小惠面前:"这个东西,完整的样子是一个三棱锥,田康手里有这个东西吗?"

池小惠盯着看了一会儿,似乎想到了什么:"我看见他拿着过。这是什么?到底是怎么回事?"

陈朵苦笑一下,按照自己的推理,这里不是自己的世界,而且根据警察小赵的话,这个世界应该也有一个陈朵,那么,这个世界肯定也有一个田康。如果有两个田康,那么在自己世界里的那个案子,就解释得通了。不过,很多事情还需要继续核实,毕竟这件事也太匪夷所思了。

"我也很希望能给你解答,但不是现在。你真的不知道田康在哪儿吗?"

池小惠摇摇头,追问道:"你是警察吗?"

陈朵犹豫一下,想到这不是自己的世界了,好多事情没法直接说:"算……是吧。"

陈朵收起三棱锥,想了一下,如果这个池小惠没有撒谎,那么,这个世界的田康嫌疑很大,她决定还是先回到自己的世界,搞清楚这些离奇的事情到底是怎么回事后,再做打算。想完后,陈朵转身大步离开了。

池小惠愣在原地,看着陈朵离开,感到莫名其妙。

陈朵很快回到化工厂附近,一个人站在树林之中,四周郁郁葱葱的树木像是一个囚笼。陈朵仰头望去,从浓密的枝叶的缝隙中看着天际。

良久,陈朵收敛心思,拿出手机,打开录音模式。

陈朵拿着手机,许久才说出第一句话:"这……不是我原来的世界!"她继续说道,"这个世界的池小惠没有死,也就是说有两个池小惠，有两个世界，那么，田康也有两个。这就可以解释为什么田康被杀现场留下的都是田康自己的指纹和DNA，因为另一个田康可能才是凶手！"

陈朵抬头看向远处，那里隐约可以看见化工厂的轮廓。陈朵大步朝化工厂方向走去："池小惠也是被另一个田康杀死的，所以跟田康的死亡时间才会有矛盾点……一切都说得通了。在这个世界，我不是一名警察，我也不知道这里的陈朵是什么人。化工厂，我就是从那里出来的，也就是说，我可以从那里回去。"

陈朵掏出那个被烧毁的三棱锥："这个三棱锥……就是关键！"

此刻天色已经暗了下来，周围一片漆黑，仅能靠月光勉强辨认环境。陈朵大步来到树林边缘，探身向前看去，发现警察依旧在化工厂附近搜索。

陈朵犹豫一下，并不想再被警察看到，她缓缓缩回身子，思忖着如何行动。忽然，她感到不对劲，刚要转身，后脑一阵剧痛，眼前顿时昏暗下去。一根木棍狠狠地砸在了陈朵的后脖颈上，她瘫下身子，登时昏迷过去。

一个看不清模样的神秘人拿走了陈朵身上的三棱锥。

恍恍惚惚中，陈朵感到自己似乎来到了一个温暖而熟悉的空间。少女陈沁端着一碗热气腾腾的乌冬面走了出来："来喽，来喽。"

小时候的陈朵坐在沙发上，挥舞着筷子，一副垂涎欲滴的样子。

陈沁笑吟吟地说："最好吃的乌冬面，给我的好妹妹赔罪！"

"我先吃一口，我先吃一口。"

陈朵赶紧夹了一筷子，结果差点烫到嘴。

陈沁心疼道："哎呀，你急啥。"

第十四章 一顿普通的早饭

陈朵噘着小嘴："哼，平时你都不做，只有我哭了你才做面哄我。"

陈沁一笑，把陈朵揽过来："呀，真是小哭包，捉迷藏都能哭，我不是答应你，以后绝对不会把你一个人扔下了吗？"

陈沁笑着捏陈朵的脸，陈朵开心地躲避着。

那些画面渐渐模糊，陈朵猛地睁开眼睛，后脑勺传来剧烈的痛感。她撑着身子站了起来，摸了摸后脑勺，还好没有出血。

陈朵虽然不知道发生了什么，但是她知道，自己必须得离开这个世界，在这里，一切都是未知，她在明处，敌人在暗处。她踉跄着朝化工厂附近走去，此时警察都已经撤离了。陈朵打开手机上的手电筒，找到厂房角落的那个地下室，在楼梯的扶手上用石子刻上一道划痕，然后沿着楼梯走了下去。

良久，陈朵再次走上来，低头看去，却发现那道划痕还在。

陈朵继续下去，然后上来，依旧没有改变，说明她还在这个世界。陈朵摸了摸口袋，这才意识到，三棱锥不见了。

陈朵咬咬牙，明白三棱锥是被那个袭击自己的人拿走了，看来自己是被人盯上了，而那个人一定也知道通过三棱锥可以穿越两个世界。陈朵想来想去，这个人只有可能是田康，一切的始作俑者！

陈朵不甘地走出厂房，此时眼前一片漆黑，四处寂静而深邃。她环视周围，不知道何去何从，一种前所未有的迷茫将她笼罩。

这时，前方有个瘦弱的身影缓缓靠近。

陈朵警惕地看着前方，打开手机上的手电筒照过去，只见来人竟然是一个十五六岁的少年，正是马浩。陈朵并不认识马浩，疑惑地看着对方。

马浩在离陈朵五米左右的地方停了下来，灯光将他的脸笼罩在阴影之中，看上去有些诡异。

"你是谁？"

马浩看着陈朵，向前一步："我知道你来自哪里！你不属于这里！"

陈朵皱了皱眉头，没想到这个少年的第一句话就让自己心里一惊，看来他也知道穿越世界的秘密。

"你也是来阻止他的吗？有些东西不能改变，这是他告诉我的，你是在犯错！"马浩说。

"你到底是谁？你说的那个他，是田康吗？"

马浩大声喊道："你是在犯错！"

说完，马浩不理陈朵，转身跑进了黑暗之中。陈朵追了几步，就不见对方的踪迹了。

陈朵再次一个人站在黑暗之中，巨大的疑惑在她的脑海里不断盘旋，看来在这个世界，不止一个人知道田康的事情，那个少年是谁？虽然陈朵习惯了一个人独来独往，但一个人身处在陌生的世界里，那种压力还是前所未有的。无论发生什么，陈朵觉得自己现在必须得先找个地方安顿下来，另外一定要隐藏好自己不是这个世界的人的秘密。

陈朵沿着街道缓缓走着，夜早就深了。昏暗的路灯将陈朵的影子拉得很长，街道上偶尔有车辆驶过，她依旧不知道自己该何去何从。

正在迷茫之际，一辆面包车突然停在了陈朵身边。车门打开，一个人从车上下来，惊讶地看着陈朵。陈朵也惊讶地看着那个人，他正是陈朵熟悉的樊良，只不过她认知里的樊良是个混混，而这个樊良看上去更加朴实温和。

第十四章 一顿普通的早饭

樊良上下打量一番陈朵,有些吃惊:"陈朵,你怎么大半夜在这里?"

陈朵愣愣地看着樊良,想起了警察小赵的话,似乎自己在这个世界的身份是樊良弟弟樊斌的妻子。

陈朵随口道:"我……我出来遛一圈。"

樊良道:"上车,你这刚怀孕,大半夜的就别乱逛了,小心着凉。"

陈朵一愣,低头看看自己的肚子,下意识地用手遮了一下。

樊良打开车门,就拉陈朵上车。陈朵想了一下,还是跟着他上了面包车,不如就先利用一下这个世界的陈朵的身份,了解一下情况吧。

陈朵坐在副驾驶座上观察了一下,发现面包车后排座位上都是一包包的菜,还有一些肉和油之类的东西。

樊良看到陈朵在打量,于是解释了一下:"趁晚上去进一点儿货,白天忙起来真没时间。"

"你……你开饭馆?"

樊良疑惑地看了陈朵一眼。

陈朵赶紧道:"不,我的意思是,开饭馆可不都是这样的嘛,累人。"

"说话怪怪的,你今天看起来有些不一样。"

"什么不一样?"

"嗯,头发,头发怎么短了很多?"

"刚剪的,这样利落一些。"

"斌子陪你去的?"

"斌子?嗯,对,樊斌陪我去的。"

樊良关切道："孩子怎么样？去医院检查了吗？"

陈朵有些尴尬："挺好的。"

樊良点点头，不疑有他，专心开车。很快，面包车停在了饭馆门口，樊良和陈朵下车。樊良拿着钥匙去开门，而陈朵站在门口，抬头打量着面前这个普通的小饭馆。

樊良打开门，进去收拾桌椅，灯光下忙碌的背影，显得十分温馨。

樊良见陈朵站在门口不进来，走出来说道："看什么呢，进屋啊！"

陈朵看着这个朴实的小饭馆，看着热情洋溢的樊良，似乎有些感触。在自己的世界里，那个刚刚出狱的樊良是如此狼狈，特意过来求自己写一份担保书，想要好好生活，他告诉自己，如果有机会，谁不想好好生活。他只想要过普通的生活，结果转眼又投靠了许文，继续执迷不悟，走向不归路，虽然可恶，但也有些悲凉。而在这里，这个樊良却早就过上了安稳平凡的生活。同一个人，不同的命运，陈朵一时间有些恍惚了。

陈朵叹了口气，喃喃道："你终于能够好好生活了。"

樊良一愣："怎么了？"

陈朵摇摇头，怅然若失："没事，想到一个老朋友，他要是看到这个饭馆，一定眼红死了。"

樊良笑了笑："这些都得感谢王叔，王叔可真是个好警察，没的说！要不是他帮我们樊家查清楚当年化工厂的事情，现在哪有这种好日子过？那口锅要是真的扣在我们家头上，指不定啥样呢。"

陈朵身子微微一颤，原来这个世界也有化工厂的事件，而不

第十四章　一顿普通的早饭

一样的是，这里的樊远峰没有被栽赃入狱。原来一切是从那里开始不一样的。

陈朵想到了自己世界里的樊良，不由得喃喃道："另一种结果，我知道会变成什么样。"

樊良一愣，不知道陈朵在说什么。

陈朵回过神，赶紧打岔："对了，那个王叔是王金国吗？"

"对，你前几天不是还见过？"

陈朵若有所思，点点头，看来两个王金国也做了不一样的选择，走向了不一样的人生，一个逃避，变成了货车司机；一个坚持正义，还了樊家清白。

樊良嘀咕一声："说到王叔，也不知道他去哪儿了，一直联系不上。我这正有件事要跟他说，这事还挺蹊跷，得让他查查。算了，明天再问吧。"

陈朵有些好奇："什么事？"

樊良盯着陈朵看了一会儿，旋即摇摇头："就是昨天我看到……唉，没事没事，也许看花眼了。"

樊良说着，走进屋里："来，进来坐会儿啊！"

陈朵沉吟一下，怕露出太多破绽，这个樊良已经怀疑她好几次了："不了，我先回去了。"

樊良拿出电话："让斌子过来接你啊？"

陈朵摆摆手："没事儿，我自己溜达着回去，不远。"

说着，陈朵转身快步离开，留下樊良疑惑地看着她离去的背影。

樊良只好大喊道："明天，你跟斌子有空来我这吃早饭啊！"

夜里，居民楼亮着星星点点的灯光拼凑成一个方正的迷宫，每一盏灯后面都有一个故事。陈朵站在走廊一角，这条走廊正是原来世界她家外面的走廊，只不过这条走廊并没有那个坏掉的顶灯，没有忽闪忽闪的灯光。

陈朵看着一个陌生的女人刚刚走进自己的房子，明白这里也不是她的家了。

星野辽阔，夜里还是有微微凉意，陈朵靠在一个长椅上，拿着手机录音：

"这里的一切都不一样了，我必须得回去，而回去的关键是找到那个三棱锥。到底是谁攻击我，拿走了我的三棱锥？是田康吗？难道他一直在跟踪我？他到底想做什么？"

陈朵关闭录音，发现手机的电量已经不足了。她打开通讯录，看着通讯录里的那个名字——江辉，手指点在上面，然后又挪开了。

以往这个时候，那个男人都会出现在自己身旁，轻轻地抱住自己，照顾自己，但是陈朵知道，现在他已经不在自己身边了，是自己把他赶走了。

最后，陈朵叹了口气，关闭了手机，靠着长椅，缓缓睡去。睡梦中，她似乎再次回到了少女时期。

"你为什么总是不听我的？"

"因为我是你姐，我必须告诉你，什么是对的！"

说着，陈沁一把挣脱开陈朵，大步走出了房间。陈朵一边哭，一边追出屋子，来到街道上。

"姐——"

夜色中，她四处张望，但再也没有看到姐姐的身影。

第十四章 一顿普通的早饭

陈朵蜷缩着身子,缓缓从睡梦中醒来,天已经亮了,她伸手摸了一下眼角,竟然有泪水。陈朵擦掉泪水,坐起身子,紧接着剧烈的饥饿感袭来。

陈朵揉揉肚子,站起身离开,一副愁眉苦脸的样子,她想来想去,只能去樊良那里吃点东西了。

陈朵沿着街道缓缓走向樊良的饭馆,揉着肚子,嘴里嘀嘀咕咕的:

"啊,好巧!对对对,我又出来遛弯儿了。早餐?还没吃呢。也行,就在这里吃点也行。斌子?哦,他没过来。"

陈朵似乎在演练着什么,但很快又苦笑了一下,觉得自己像个傻子。

陈朵自言自语:"陈朵,你可别被人发现来自别的世界,不然一定会被当成外星人!"

正说着,陈朵拐过路口,前面就是樊良的饭馆。不过,前方的一幕,却让她愣在了原地,只见樊良的饭馆前面停着几辆警车,红蓝的警灯闪得人心慌,几名警察正在设置隔离带,周围围满了一群看热闹的群众。

陈朵脑子嗡嗡响,这一幕她太熟悉了,一定是发生了案子。她心中涌起了不祥的预感。

陈朵赶紧快步跑了过去,她扒拉开人群,走到最里层,隔着隔离带朝里面焦急地望去。几名警察正在疏散人群,让他们离开,将门口挡得很严实。

但一股血腥气还是钻进了陈朵的鼻子里,她皱紧了眉头。

后面有人悄悄地议论:

"听说姓樊的那小子昨晚被人杀了。"

"你说这事怪不怪，樊良这老实孩子从没得罪过人，咋就出这事了？"

"你还别说，今天早上来吃饭的老孙看到屋里的情况，差点吓死。"

"怎么了？"

那人左右看看，再次压低声音："樊良被人绑在椅子上，手指头都被掰断了，后脑勺被开了个洞！屋里到处都是血！"

另外一人打了个冷战："多大的仇啊！"

"谁说不是呢？最近不太平啊，出门都小心点儿。"

陈朵震惊地看着被警察挡住的饭馆入口，想到了木材仓库里田康的死亡现场：被绑在床上的田康，被掰断的手指头，还有后脑勺的伤口。

正在这时，一阵吵闹声传来，一名年轻男子正推开警察往里面冲：

"让我进去！让我进去！哥！哥！"

男子哭喊着，旁边警察死死抓着他。

有人悄悄地道："这是樊斌，樊良的弟弟。"

"这樊家，还真是多灾多难。"

陈朵注意到警察小赵也在现场。这时，几名警察抬着一个裹尸袋走出来，上了车。樊斌跟着车离开，哭得更加伤心。警察小赵的目光扫过来，陈朵怕被发现，抬手遮挡一下脸，转身悄悄地离开了。

陈朵躲在远处的角落，遥遥看着樊良的饭馆门前，那里依旧围着一群人，议论纷纷。

陈朵脑海中闪过昨晚樊良在饭馆忙碌的背影，还有那个和煦温暖的笑容。

"明天,你跟斌子有空来我这吃早饭啊!"

陈朵渐渐地攥紧了拳头,即便已经选择平淡地生活,为何还是走不出厄运?到底是谁这么残忍?

C

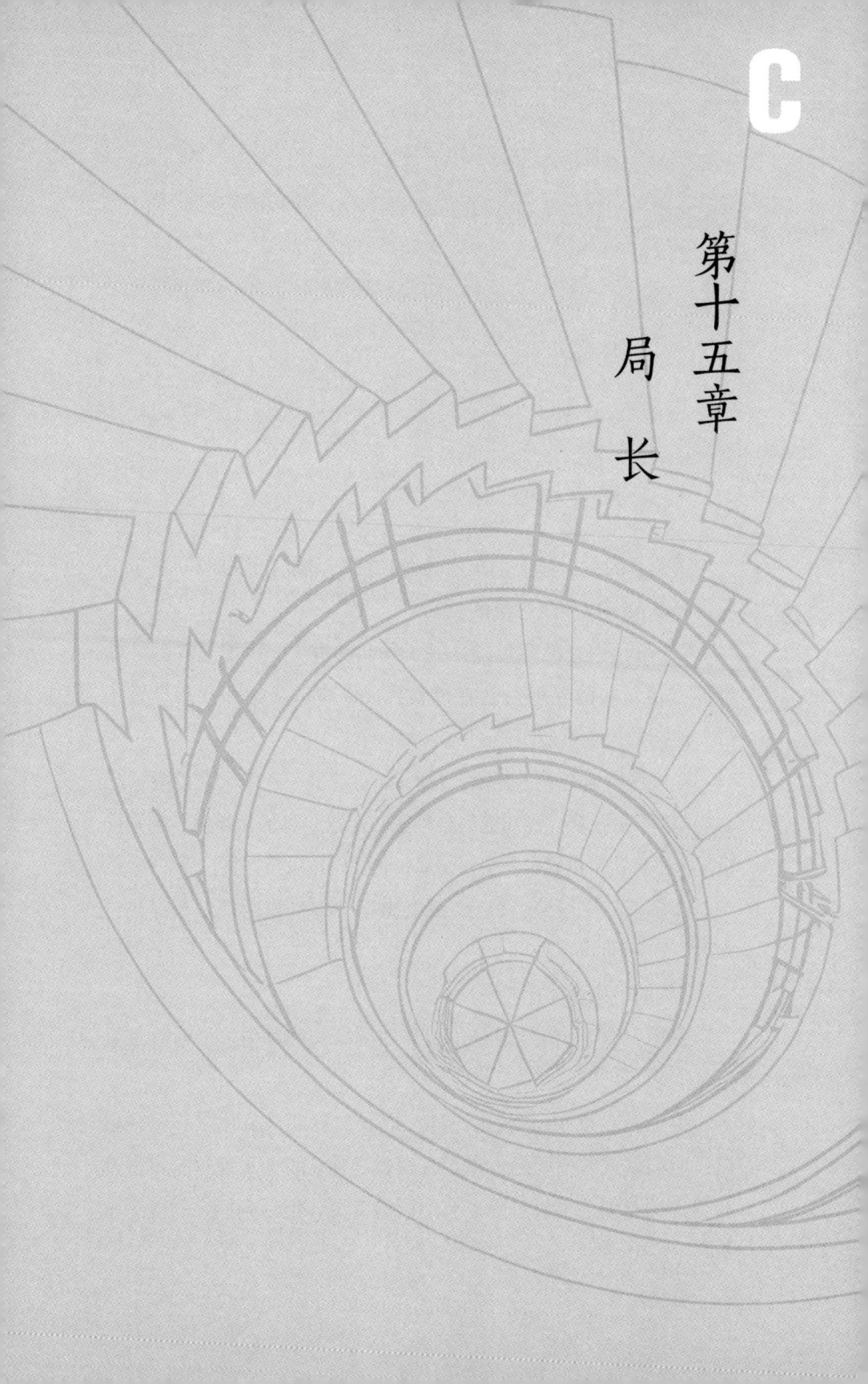

第十五章　局　长

司象县的主干道上,车水马龙,货车在街上行驶着。王金国一边开车,一边和江辉谈话。

"江辉,你有没有想过,除了我们的世界,可能还有另外的世界,在那些世界里,也有司象县,也有王金国和江辉,只不过,他们的人生可能跟咱们的不太一样。"

江辉愣愣地看着王金国:"师父,你打我一巴掌,我就醒了。"

"这不是做梦!我知道很难理解,但这是真的!咱们跑到别的世界来了!这个世界,王金国是局长,江辉也没当警察!懂了吗?"

江辉依然一脸蒙:"怎么跟电影里一样?我们是怎么穿越过来的?"

"你的手机还能用吗?"

"能用,但是信号很差,而且刘韬局长和其他人的号码都显示是空号。"

王金国点点头:"我也一样,以我的判断,从化工厂出来以后,咱们就进入不同的世界了,很多之前认识的人在这个世界都有很大的差别,手机号码也有不同的变更,但是咱俩之间应该可

第十五章 局　长

以联系。"

"那就是说，化工厂是穿越世界的大门？"

王金国点点头："你是怎么闯进这个世界的？"

江辉想了一下，回忆道："我想着还是得多找一些关于许文的线索，就来到李东彪挖尸骨的地方，在树林里找到了那个埋尸的土坑，给你打完电话，我就打算等你过来，一起回局里，结果在树林里碰到一个人。"

"谁？"

"一个戴着兜帽的人，鬼鬼祟祟的。我让他站住，结果那家伙扭头就跑，我就一路追，追到化工厂的那个地下室。我朝他扑过去，我们俩沿着楼梯滚了下去，结果那小子比我先起来溜了，我也只好从里面出来。"

"然后就到了现在这个世界？看清那人的长相了吗？"

江辉摇摇头："没有，只知道是个男人。那你呢？"

"我跟你差不多，也是进了那个地下室，出来后就不一样了。"

江辉有些迷惑："那……咱们现在怎么办？"

王金国拍拍方向盘："当然是从哪儿来回哪儿去，咱们赶紧去化工厂的地下室，回到原来的世界里。"

江辉不说话了，看了看王金国身上的局长制服："在这里，你可是当上局长了，不想留下过过瘾？"

王金国没说话，只是开车。

"回去也没啥意思，反正我也不是警察了。"

王金国瞥了江辉一眼："犯了错，就得承担后果，以后好好表现，还有机会回去……"

江辉直接打断："我是想抓住许文那个王八蛋！再说了，好

死亡救赎

歹我也是你徒弟,你自己不想干警察了,干吗非得揪着我?"

"你到现在还没想明白?今天你能做伪证,明天就能犯更大的错。我是想让你知道,当警察就要守住底线。"

江辉扭过头去,不看王金国:"这么多年,你倒是守住底线了,我也没觉得你活得有多成功。"

王金国看了江辉一眼:"起码,我心安。"

江辉不说话了,只是看着窗外的街道,神色有些不忿。

另一边,真正的局长王金国开车驶入大院,下车后,朝办公楼走去。他在门口遇到一名警察,那警察朝他打招呼:"局长,这么快就回来了?"

局长王金国一愣,没说什么,只是点点头,继续向办公楼走去,进入大厅后,又碰到另外两名警察。

"局长,亲戚这么快就送回去了?"

局长王金国一脸蒙:"什么亲戚?"

"就是刚才那个神经病啊?"

局长王金国感觉更加奇怪:"神经病?我亲戚?"

"刚才在大厅里闹了半天,您说他脑子有点问题,亲自带走的。"

局长王金国不知道怎么回应,感到有些莫名其妙:"我带走的?"

见局长有些含糊,警察乙拉了拉警察甲,示意他别说了。

"哦,那是我们记错了,局长,我们去忙了。"

说完,警察乙拉着警察甲离开了。局长王金国看着两人离开,一脸迷惑,感觉两人说的话很奇怪,他边思索边朝自己的办公室

第十五章 局　长

走去。

见局长离开，两名警察低声议论：

"局长怎么了？怎么不记得了？"

"早就告诉你了，这又不是什么好事，局长装傻呢，肯定是不希望咱们再问这事。"

"懂了。"

局长王金国走进自己的办公室，放下公文包，在办公桌前坐下，从包里拿出几份文件，翻看着。这时，外面传来敲门声。

"进来。"

一名警察走了进来，手里拿着一份卷宗。

"局长，这是县殡仪馆的陈尸记录。"

局长王金国随手翻看着，上面是一份份陈尸记录。

警察继续说："都是十五年以上的无名尸，冻在冷柜里，一直没有家属认领，殡仪馆那边问，局里还有没有悬案需要保留的，如果没有，能不能集中火化。"

局长王金国翻看了几页："好，我先看看，明天给你答复。"

"是。"

警察正想离开，王金国问道："樊良有下落了吗？"

"暂时还没有。"

局长王金国皱眉，有些不满："一个瘸子，到现在还没找到？"

"他逃进化工厂那一带之后，就下落不明了。要不要再安排一次搜捕？"

局长王金国想了一下："算了，就是一个混子，犯不着大动干戈，他一个人也躲不了太久，早晚会出来的。"

"明白。"

三 楼：死亡救赎

警察离开后，局长王金国一个人坐在桌前，他刚要打开文件柜，把那份殡仪馆的陈尸记录放进去，突然电话响起来，他停下手里的动作，接起电话。

"王局长，县长那边一会儿有个会议，需要您参加一下。"

"知道了，我马上过去。"

局长王金国挂断电话，把那份陈尸记录随手放在了桌上，然后起身离开办公室。

山脚下，货车从远处驶来，停在化工厂大门前。王金国和江辉从车上下来，两人一起望向废弃的厂区，然后对视一眼，都没说话。这个荒废的工厂竟然能够联通两个不同的世界，到现在两人还是觉得有些不可思议。

江辉和王金国一起走进那个斑驳的厂房，从旋转楼梯一直走下去，直到地下室的底部，然后又重新走回旋转楼梯，朝上面走去。

两人看着眼前的废弃厂区，并没有什么异样。

"咱应该是回来了吧？"

王金国沉吟一下："出去看看。"

两人朝厂区外走去，来到化工厂的大门口，结果眼前的一幕让他们瞬间呆住。大门外停着一辆小货车，正是两人来的时候驾驶的那辆。王金国和江辉对视一眼，两人的脸色都有些不好。

"还在这儿啊！"

王金国皱眉，转身回去："走，再试一次。"

两人再次朝厂房的地下室走去，江辉急着要往里闯，王金国却停下脚步，从地上拿起一颗石子，在铁门上画了一道横线。做完这一切，王金国才跟着进入地下室。

第十五章 局　长

过了一会儿，王金国和江辉再次返回，结果两人再一次看到了铁门上的那道横线。

江辉不耐烦了，一脚踢在铁门上，大吼道："这是什么鬼地方？！还回不去了！"

王金国叹了口气："可能是我们的方法不对，先休息休息吧。"

两人来到旁边一间空旷的厂房，里面已经没有设备，只有一些简单的桌椅，散落在地上。墙上的油漆已经起皮，夹杂着发霉的斑点，显得十分肮脏。窗户上的玻璃大部分已经破碎，只有少量完整的，但是上面也布满了厚厚的灰尘。

江辉坐在一个凳子上，独自生着闷气。

王金国走过来，递给他一个梨子。

江辉头也不抬："不吃。"

"折腾半天了，又饿又渴，吃个梨子，润润嗓子。"

江辉依然不接梨子，一个人生闷气。王金国只好自己先吃。

王金国一边吃，一边安慰道："早就教你了，遇到难题更要冷静，怎么还是这么毛毛躁躁的？"

江辉有些火了，直接把王金国手里的梨子抢过来，猛地丢向一旁。梨子撞在窗户上，"啪"的一声，玻璃粉碎。

江辉大吼道："我江辉真是瞎了眼，怎么找你当师父？遇到事只知道教育我，从来不真正地帮我！"

王金国平静地道："还在想那事儿？我可没教过你做伪证。"

江辉继续吼道："许文那个王八蛋，一直找你的麻烦，我做伪证，不也是为了你吗？！再说了，他本来就是坏人，当警察不就是要抓坏人吗？！"

王金国皱眉，站起身，正视江辉："做事重要，做人更重要。

按你的做法，就算抓了许文，你和他有什么区别？这道理我早就跟你说了，你怎么还不明白？行了，不说这个了，先想办法回去再说。"

江辉依旧不依不饶："回不回去对我也没什么差别，反正我也不是警察了！"

王金国有些无奈，看着生气的江辉，好像在看一个耍性子的小孩。

"要不是为了帮你查你儿子的事，我也不会来到这个鬼地方。"江辉又说道。

王金国一愣，似乎被江辉的话提醒，想到了在土坑里发现的那个三棱锥，还有当初遇到马浩的时候，他手里拿着的那个三棱锥。

"你当时到底是怎么过来的，再好好跟我说说。"

江辉冷着脸，不说话。

王金国郑重道："没和你开玩笑，想回去，就原原本本地把过程说清楚。"

"当时根据李东彪的交代，我就想去那个土坑，看能不能找到别的什么线索……"感受到王金国语气凝重，江辉再次回忆起当时的情形。

根据描述，江辉当时在树林中很快就找到了那个土坑，他俯下身子，在土坑里翻找，然后发现了王晨的水壶。就在这时，他听到身后有些响动，回头望去，只见一个戴着兜帽的男人，站在不远处，正在偷偷地看着他。

"谁啊？"

那人一听，扭头就跑。江辉立刻起身，朝那人追了过去。那

第十五章 局　长

人跑进了化工厂的废弃厂区，江辉也一路追了过来。那人继续朝地下室跑去，江辉也跟了过去。

那人从旋转楼梯飞奔而下，江辉直接从上面跳下去，扑倒了他。两人在楼梯上搏斗了起来。混乱中，江辉发现那人手里攥着一个三棱锥，只见三棱锥一阵闪烁，不过光线十分柔和。

两人顺着楼梯一起滚了下去，一直跌落到最下面，才停了下来。三棱锥掉落在地上，停止了闪烁。两人都摔得有些蒙，摇摇晃晃地站不起来。

最后，神秘人先站了起来，他不顾江辉，捡起地上的三棱锥，转身就跑上楼梯。江辉挣扎着站起身，一瘸一拐地追过去，不过在追出化工厂之后，那人就不见踪影了。

"那人手里拿着三棱锥？"王金国捕捉到关键信息。

"我也不知道那是什么东西，看着像三棱锥，反正他一直攥在手里。对了，当时在地下室里的时候，那玩意儿好像闪了几下。"

王金国思索着，点点头："应该就是那个东西。"

江辉奇怪地看着王金国，不知道他说的是什么意思。

"我也是拿着一个三棱锥进入了地下室，然后才来到这个世界的。看来，只有用那个东西才能打开空间的大门，回到咱们原来的世界去。"

江辉有些兴奋："那玩意儿还在你身上吗？"

王金国掏了下兜，结果发现什么都没有，顿时脸色一变。

"怎么了？"

"坏了，在公安局的时候，换了那个王金国的衣服，把三棱锥落在他办公室了。"

江辉的脸色也有些难看，两人对视一眼，立刻起身朝外跑去。很快,两人回到货车上,朝公安局赶去。

"三棱锥我放在办公室的文件柜里了,得赶紧拿回来,要是被别人发现了,咱们就麻烦了。"

"你这老警察,做事也这么不靠谱吗?这么大的疏漏。"

"当时还不是为了救你?你傻乎乎地就往公安局里闯,也不知道先了解了解情况。"

"我当时哪儿知道这不是咱们那个司象县啊?"

"行了,都别说了,赶紧去把东西拿回来。"

"怎么拿?"

王金国看了看自己制服上的肩章:"你忘了?我现在是司象县的公安局局长。"

王金国和江辉很快回到了公安局,把车停在公安局附近的街边。两人看着眼前的公安局办公楼,王金国指着二楼的一个窗户,说道:"那个开着窗户的房间,就是局长办公室。"

"位置倒是跟咱们刘局的办公室一样。"

"你在这里等我。"

"你不怕碰到……那个自己?"

"我会小心的,去拿了东西就走,用不了多久。"

"我还是跟你一块儿去吧,多少有个帮手。"

"你老实等着。"

说完,王金国独自走进公安局大院,看了看四周,发现没人注意自己。他走进大厅,尽量躲避其他人,快速朝二楼走去。

王金国快步走到局长办公室的门口,正要推门,却意外地发现,门竟然被锁上了!他顿时眉头紧锁,看了看四周,旁边是档案室,于是走进去,一名女警正在里面办公,看到他,立刻起身:

第十五章 局 长

"局长。"

王金国故作镇定:"我那里有一个文件夹坏了,纸都散了,你这有曲别针吗?"

"有的。"

女警很快找出一盒曲别针,递给王金国。王金国接过曲别针,重新走回办公室门前,警惕地看了看四周,然后拿出一只曲别针,弯成一个钩子的形状,塞入锁眼里。

王金国开始鼓捣起来,但是锁一直没打开。他渐渐紧张起来,头上渗出汗水。这时,楼梯处传来脚步声,眼看就要走上二楼。王金国有些慌,赶紧把曲别针拔出来,生怕被人看到自己的举动。

就在这时,门锁"咔嚓"一声从里面被打开了,开门的人正是江辉。

王金国赶紧闪身进去,关上房门,把门反锁。

看见江辉,王金国松了口气,随即有些惊讶:"你小子怎么跑来了?"

"没有我,你进得来吗?"

王金国看了一眼旁边打开的窗户,猜到江辉是爬窗户进来的。他拿出曲别针:"这锁马上就要打开了。"

"我在屋里都听半天了,你在外面鼓捣了好久也弄不开。"

王金国脸色有些尴尬,赶紧转移话题:"别废话,公安局都敢爬,我看你是找死!拿了东西赶紧走。"

说着,他走到文件柜前,发现自己的衣服还在里面,衣服里的三棱锥也还在,不禁松了口气。江辉在办公室里四处乱看,注意到了桌上的相册,他拿起相册,看到局长王金国的全家福照片。

三楼：死亡救赎

江辉放下相册，又看了看一旁的王金国，叹了口气，什么也没说。

就在这时，王金国注意到办公桌上放着一份文件，正是殡仪馆的陈尸记录。他有些兴趣，拿起文件，随手翻看着，手里的曲别针则丢进桌旁的垃圾桶。文件上有一处引起了王金国的注意，那是一个七八岁男童的尸体记录。

王金国认真地看着记录，一时间有些出神。江辉看到他的异样，催促道："师父。"

王金国这才回过神来，点点头："走吧。"

他犹豫了一下，最后趁江辉不注意，把那份陈尸记录也一起拿走了。

王金国和江辉快步走出公安局大院，正要朝对面的货车走去，这时一辆警车从街道上驶进了公安局大院，坐在车内的人正是局长王金国，两人赶紧躲在角落，生怕被对方发现。

警车停在办公楼前，局长王金国走下车，朝大楼走去。王金国和江辉看着他一路都没有发现什么异常，这才松了口气。

江辉看着局长王金国的背影，又看了看身边的王金国。

"真的是一模一样！这也太神了！"

王金国没说什么，只是说道："走吧。"

另一边，局长王金国走进大厅，一边打电话，一边朝二楼走去。电话里传来妻子许娜的声音："今晚咱们家请亲家吃饭，你可千万别迟到。"

"放心吧，我心里有数，误不了事。"

许娜吐槽："得了吧，我还不了解你？一忙起来，什么都忘了。今天可千万别迟到，别让人家觉得咱家人不懂礼数。"

第十五章 局　长

"知道了，真啰唆，挂了。"

局长王金国挂了电话。档案室里的那名女警走了出来，手里拿着一个文件夹："局长，我给您找了一个新的，曲别针不好用。"

局长王金国奇怪道："什么？"

"您刚才不是问我要曲别针吗，说是文件夹坏了，纸都散了。"

局长王金国接过文件夹，想了一会儿，不再说什么，点点头示意女警可以离开了。

局长王金国眉头紧锁，走进自己的办公室，他并没有急着坐下，而是警惕地环视一下整个房间，然后走到衣架前，注意到自己挂在那里的制服不见了。

局长王金国又走到窗前，从打开的窗户，朝外探看，并没有发现什么异常，他再次坐回到自己的办公桌前，看着桌上的陈设，发现相册的摆放位置跟原来有些不同。他低头弯腰，在桌下四处查看、摸索，似乎在寻找窃听器之类的东西，但是并没有找到。他刚要站起身，忽然注意到一旁的垃圾桶，他在垃圾桶里翻找着，终于发现了那只被掰成钩状的曲别针。

局长王金国轻轻捡起那只曲别针，重新坐回座位上，仔细地端详着，陷入沉思。

这次是江辉驾驶货车，而王金国坐在副驾驶的位置上，翻看着刚刚顺来的陈尸记录。

江辉一边开车，一边说："师父，你假扮那个局长王金国，进了他办公室两次，他会不会发现什么异常？"

王金国眼睛没离开记录："难说，如果是我，应该会感觉到有些不对劲。"

"不过也无所谓了，反正已经拿到了三棱锥，咱们可以离开这里了。"

王金国继续看文件，只是"嗯"了一声。

江辉又说："在他办公室我可看见相册了。那个王金国，自己当局长，还有老婆、孩子，一家人多幸福。再看看你，师父，你不觉得你应该反思一下吗？"

王金国抬起头："反思什么？"

"都是王金国，为啥人家家庭幸福，事业有成，你混得这么惨？你做人，是不是有问题？"

王金国叹了口气："我做事讲究问心无愧。"

"那你老婆、孩子呢？我呢？都跟着你倒霉。你是问心无愧，可你连累了多少人？"

王金国脸色有些黯然，不再说话，合上了文件，不知道在想什么。

江辉似乎觉得自己刚才的话有些重，赶紧换了个新话题："师父，你看的是什么？"

王金国把那份文件收了起来："没什么。"

货车驶到化工厂，停在大门外，王金国和江辉走下车。

江辉要往里走："走吧，赶紧回去。"

王金国却站住，掏出那个三棱锥，塞给江辉："那个……你先回去，我还有点事。"

"有事？还有什么事？"

王金国深吸口气："我想查查我家王晨的下落，看他是不是在这里。"

江辉一愣："你怀疑他跑到这个世界来了？"

第十五章 局　长

王金国点点头："那个坑里有他的东西，却没有尸骨，我想，他是不是也来到了这个世界？"

"可是，这大海捞针的，一时半会儿也找不回来啊！"

王金国神色有些黯然："我已经有些线索了，现在想去确认一下。"

江辉急了："到底什么线索？师父，你在说什么？"

王金国只好拿出那份陈尸记录，递给江辉。江辉接过来，发现是陈尸记录，立刻认真地翻看起来，最后在其中一页停了下来，正是那个七八岁男童的尸体记录。

江辉看向王金国，明白了他的意思。

"时间、年龄和身材特征都对得上，我想去殡仪馆看看，最后确认一下，到底是不是王晨。"

"那我跟你一起去。"

王金国摇摇头："这是我自己的事，而且这里不是咱们的世界，有很多变数，我自己去就行。你拿着三棱锥先回去。"

江辉有些急了："这玩意儿就一个，我带走了，你怎么办？"

王金国走到货车前，拉开车门："总会有办法的。大不了过几天，你再回来接我一趟。"

江辉拦住王金国："你自己也说了，两次进公安局的办公室，那边可能已经起疑了，你现在就是个黑户，要身份没身份，要钱没钱，留下来说不定就被抓了！你说得清楚吗？"

"文件上也说了，这些无名尸已经放很久了，过几天就要被火化，我等不了。王晨的下落，我找了十几年，这次好不容易有点眉目，不管结果怎么样，我都要留下来查查，这样我才能心安。"

"那我也不走，我要跟你一起去。"

王金国有些火了:"带着你这个'二百五',只会给老子误事!"

江辉也不说话,只是倔强地看着自己的师父,与他僵持着。

"你小子又犯浑!赶紧滚蛋!"

"我不走!"

王金国见江辉十分执拗,不肯让步,直接一脚把他踹翻在地,然后自己上了货车的驾驶室,砰的一声关上了车门。江辉爬起来,想追上去,结果王金国一踩油门,直接发动车子,飞驰而去。

江辉看着货车远去,满脸气愤,拼命地喊着师父,但货车根本不停。

晚上,货车停在了殡仪馆的大门前面。王金国下车,看着大门上面"司象县殡仪馆"的牌子,有些发愣,想到要在这里寻找自己儿子的下落,顿时一股悲凉涌上心头。

王金国走过去,发现殡仪馆已经下班了,大门紧锁,他看了看四周的围墙。

王金国爬上围墙,向院内张望,看到不远处的值班室还亮着灯,似乎里面还有值班的工作人员。他从围墙上跳下来,轻手轻脚地朝停尸房走去。

幽暗的走廊,只有王金国的脚步声,周围的气氛显得有些阴森。王金国走进停尸房,却没有打开房间的灯。在幽暗的夜色下,他依然可以看到,房间里存放着很多冷柜。王金国拿出那份文件,打开手机上的手电筒,然后将文件翻到那个编号为17的男童尸体那一页。

王金国再次确认了一下尸体存放的编号,然后开始寻找17号冷柜。过了一会儿,他终于找到了17号冷柜的位置,正要打开冷柜门,从里面拉出被冰冻的尸体时,房间的灯竟然亮了!

第十五章 局　长

王金国一愣，这时从他身后传来一个既熟悉又陌生的声音："你果然来了。"

正是局长王金国。他手里还举着一支手枪，对着王金国。王金国听到身后的声音，停下了手里的动作。局长王金国看着王金国的背影，冷冷地道："举起手来。"

王金国静静地举起手，背对局长王金国站着，没有乱动。

局长王金国道："转过来。"

王金国没有动，局长王金国拉动手枪的保险，发出一声清脆的金属撞击声。

局长王金国再次强调："我让你转过来。"

王金国无奈地叹了口气，只能缓缓地转过脸去，与局长王金国面对面。局长王金国看到王金国的面孔，脸上震惊之色一闪而过，随即保持了镇定。

"你到底是谁？"

王金国淡淡地道："王金国。"

局长王金国冷冷地道："冒充我的身份，进入我的办公室，你想干什么？"

"我的确冒充过你，也进过你的办公室，只是我是迫不得已的，也没法和你解释。"

"那就回局里慢慢解释给我听。"

"先回答我一个问题，你是怎么知道我会来这里的？"

局长王金国看了一眼那份被偷走的陈尸记录："你从我办公室只拿走了这份文件，很明显，你是对里面的某具尸体感兴趣。"

王金国点点头："所以，你就提前来这里守株待兔。嗯，是我疏忽了。"

"说说吧,你到底是谁,想要干什么。"

"我如果告诉你,我是来自另一个世界的王金国,你会相信吗?"

局长王金国皱眉,似乎在飞快地消化这个答案。

王金国看了看一旁的冷柜:"我来这里,只是想确认一下,里面的尸体是不是我儿子。"

局长王金国审视着王金国,在判断王金国话的真假。

王金国向前一步:"我保证,做完这件事情,我会马上离开,不会干扰你的生活。"

局长王金国警惕地举着枪,示意王金国不要乱动:"对不起,我没法相信你的解释,跟我回公安局。"

王金国无奈地叹气,点点头。

突然,王金国猛地暴起,朝局长王金国扑过去,抓住他的手,不让他的手枪射向自己。局长王金国也迅速反击,两人在地上扭打起来,势均力敌,一时不分胜负。

局长王金国将王金国按在地上,手里端着枪,试图将枪口对准王金国,而王金国的手也握着局长王金国的手腕,拼命地想要扭转枪口。

王金国看到黑洞洞的枪口,慢慢对准了自己的额头,就在这时,只听砰的一声,局长王金国的后脑勺遭受了一记重击,身子一僵,立刻瘫软在地。

王金国这才看到,竟然是江辉,他手里还拿着一根木棍。

江辉看着王金国,扬了扬下巴:"这次我没拖你后腿吧?"

王金国喘着粗气,从地上爬起来:"你来干什么?我自己能搞定。"

第十五章 局 长

"你一把老骨头了,要不是我,这次就交待在这儿了,还嘴硬。"

江辉盯着倒在地上的局长王金国,说:"师父,虽然你们不是同一个人,但也像是给了你一棍子,感觉还是怪怪的。"

王金国瞥了江辉一眼,还想再说什么,这时外面传来值班工作人员的声音。

"王局长,怎么了?"

王金国和江辉对视一眼,立刻有些紧张。

"快走!"

王金国看了看冷柜,有些犹豫。

"回头再说,先离开这里。"江辉催促道。

王金国只能无奈地点点头。江辉看着地上昏迷的局长王金国:"他怎么办?"

"他知道我的存在,回公安局后肯定不会放过我们,先带走吧。"

江辉将局长王金国扛起来,与王金国一起快速离开了停尸房。

C

第十六章

亲　人

夜色中，小货车拐进一条小路，江辉驾驶着货车，王金国坐在副驾驶位置上愁眉不展。

"还好有惊无险。师父，你在里面有什么收获吗？"

王金国一言不发，只是愣愣地看着前面的路。江辉叹了口气，一边开车，一边扭头看了一眼后座上昏迷的局长王金国。

"早就跟你说赶紧离开，你非不肯，现在好了，这家伙，你打算怎么处理？"

"殡仪馆那边，我还没查出什么，还要再去公安局看看档案。正好，再借用一下他的身份。"

"还查啊？"

王金国点点头："江辉，我已经想好了，你先找个地方把他安顿下来，他是公安局局长，我明天继续用他的身份，应该很快就能有结果。"

江辉有些担忧地说道："师父，这可不是拍戏，我总觉得这么做不妥。"

王金国自从在陈尸记录中看到疑似儿子的信息，就一直脸色

第十六章 亲　人

阴沉，此刻他收敛了一下情绪，认真地说道："对不起，我知道有点冒险，但是……这事关我的儿子。这么多年了，你知道吗，王晨的样子我都快记不清了，这件事必须有个结果，我只有这一点念想了，这也是唯一的机会了。"说着，他看看昏迷的局长王金国，"事后我再给他赔罪。"

江辉无奈地哼了句："自己给自己道歉呗。"

就在这时，后座传来手机的铃声，两人循声望去，正是从局长王金国的身上传来的。王金国赶紧从他身上找出手机，显示是他老婆许娜的来电。

王金国有些犹豫，不知道该不该接。

江辉看了一眼："接啊！要是不接电话，那边说不定就怀疑他出事了，你还怎么借用他的身份？"

王金国只能硬着头皮接起电话："喂。"

里面传来许娜有些不满的声音："你去哪儿了？不是说一个小时到吗，这都快半夜了，怎么还不来？你和王晨今天怎么回事？亲家都等半天了！"

时隔十五年，王金国再次听到妻子的声音，整个人都愣在那里，心中一股复杂的情绪袭来，差点让他哭出来。但他还是强压着激动，努力平静道："我……局里有点事，刚处理完。"

"不是让你今天别迟到吗？看看现在几点了？你和你儿子一个都没来，我真是服了你们爷儿俩了。"

王金国和江辉对视一眼，思忖一下："你们在哪个酒店来着？我给忘了。"

"王金国，这都能忘了！你干女儿的东芝大饭店，305包厢！再不来，就别来了！"

说完，许娜直接挂了电话。王金国和江辉都有些发愣，面面相觑。

王金国还有些沉浸在许娜的声音中，一旁江辉焦急地道："怎么办？去不去？"

王金国沉吟不语，权衡着各种利弊，如果不去，可能就真的没有机会借用局长的身份了。

"师父，听她话里的意思，是跟亲家吃饭，不能不去啊！不过，这次面对的，可不是一般人，是这个局长的老婆和孩子，说不定就穿帮了。"江辉又说。

王金国思忖片刻："去，到时候我尽量少说话，只要能瞒过今天晚上就行。"

江辉点点头，忽然想到什么，伸手抓过局长王金国的胳膊，摘下他的手表："把表换了，别露破绽。"

王金国一愣，点点头，收起自己那块破旧的手表，戴上了局长王金国的手表。

"师父，你不用担心我，我找个地方躲起来，等你消息。"

王金国跟江辉分别后，很快赶到了东芝大饭店，走进饭店大堂。早就等候在大堂的陈朵看到王金国，立刻迎了上来："干爸，您怎么才来？上面都等半天了。"

王金国看着眼前职业、干练的陈朵，听到她的称呼，有些发愣。他实在无法把眼前人与自己世界里的那个怀孕的陈朵联系起来。

王金国有些疑惑："干爸？"

陈朵也被王金国看得有些奇怪："干爸？您怎么了？"

王金国这才意识到自己有些失态："我这就过去，在哪儿呢？"

第十六章 亲　人

"我带您过去。"

陈朵引着王金国来到包厢门前，推开了包厢门。

王金国终于看到了包厢里的众人。包厢里，菜已经上满了桌子，许娜正在陪客人聊天，她身边坐着女方的父母，一名娴静、年轻的女孩坐在一旁，静静地听着，正是王晨的未婚妻。

王金国看到了许娜，尽管来之前他心里已经做好了充分的准备，但是看到那张朝思暮想的熟悉面孔，还是有些发愣，内心一下子波涛汹涌。他现在只想走过去拉住许娜的手，然后仔细地盯着她，向她诉说十五年来的思念，但是他知道，自己不能这么做。

屋里众人看到王金国，纷纷起身。许娜赶紧走到他面前，低声埋怨："可算来了，赶紧陪亲家说说话。"

王金国身子一颤，现在这一幕比他做过的任何一个美梦都要幸福。他看着许娜，还是难以压抑自己的情绪，不由伸手拉住了她的手。

"你还好吗……"

王金国还想说什么，但是嘴巴动了动，虽有千言万语，却什么都说不出来。

许娜看到王金国的异样，推了他一下："看我干吗？发什么呆啊，赶紧的！"

王金国强忍情绪，点点头，依依不舍地松开许娜的手，这才入席，坐在了亲家身旁，但是目光依旧追随着许娜。

许娜又招呼陈朵："朵，都是一家人，你也一起吃。"

陈朵笑了笑："干妈，你们吃，我还有事，有什么需要就叫我。"说完，她就很得体地离开了。

王金国坐在主位，如坐针毡，看着旁边陌生的亲家，不知道要说什么。

反倒是亲家爸爸，主动与王金国攀谈起来："王局，我听说，你们局里最近事不少，怪不得这么忙。"

王金国敷衍："是啊，是啊。你们那边呢？"

亲家爸爸笑了一声："财政局嘛，老样子，哪家都说经费不够，天天有人上门要钱。"

一旁的亲家妈妈问道："王晨呢？还没来？"

"这爷儿俩，我真的服了，我再打个电话催催。"

许娜给儿子王晨打电话，这次终于接通了："儿子，你干吗呢？就等你了。"

许娜听着对面的声音，脸色有些尴尬，片刻后挂了电话："他说，公司突然有个项目，特别紧急，要加班，所以来不了了。"

一听这话，女孩和女孩妈妈的脸色顿时有些难看。

许娜赶紧赔笑，解释道："他去的那破公司，的确是事多，经常突然就加班，等改天我叫上他，咱们一起去吃海鲜。"

说着，许娜又捅了王金国一下，示意他也帮着解释一下。

王金国赶紧道："对，他是事多，忙。"

女孩妈妈有些不满："再忙也不差这一天啊，结婚可是最大的事了。"

许娜和王金国脸色都有些尴尬。

亲家爸爸拿着筷子夹了块鱼肉，缓缓道："要我说，私企毕竟不稳定，我们财政局明年有指标，让王晨考个公务员，我安排他进财政局。"

王金国心里哼了一声，面上却不露声色："嗯，到时候听听他的意见。"

第十六章 亲　人

现场气氛有些冷，许娜拿出一个很厚的红包，塞到女孩手里，笑道："小雯，这是叔叔、阿姨的一点儿心意。"

女孩有些腼腆，看了看父母。

亲家妈妈点点头："这是你王叔一家的心意，快谢谢叔叔、阿姨。"

女孩收下红包，很乖巧地说了声"谢谢"。

许娜又朝王金国使眼色，王金国无奈地点点头，这时也感觉适应了过来，虽然不是一个世界，但礼数都是一样的，他打开桌上的茅台，给亲家满上。王金国开始招呼众人喝酒，几杯酒下去，慢慢进入了状态，一时间谈笑风生。王金国自己也有些恍惚，仿佛这就是他的生活一样。

酒席结束，王金国、许娜与亲家一家走出包厢，来到酒店大堂。

亲家爸爸有些醉意："老王，以后咱们就是一家人了，你在公安局，我在财政局，咱孩子留在司象，以后的路都帮他们铺好了……"

王金国附和着："那是，那是。"

亲家妈妈嘱咐道："婚礼也没几天了，让王晨也上点心。"

许娜赔着笑："一定的，今天真是特殊情况，我回去就说他去。"

许娜招呼着亲家一家走出大堂，上了车，只剩下王金国一人站在那里，看着众人离开，似乎对刚才经历的事情还有些迷糊。王晨要结婚，妻子也在身边，这不是他日思夜想的生活吗？现在真的不是在梦里吗？

这时，身后传来陈朵的声音："干爸。"

王金国扭头看陈朵，点点头，不知道该说什么。陈朵看了看四周无人，终于鼓起勇气："我想问问……樊良他现在怎么样了。"

王金国有些奇怪，不明白陈朵的话是什么意思。

陈朵见王金国没说话，立刻有些紧张："我……我没别的意思，我就是想说，樊良就是个没本事的混混，不管他说什么、做什么，都没人信的，您……"

陈朵有些吞吞吐吐，不敢继续说下去，胆怯地看着王金国。

王金国有些奇怪，这个局长王金国这么吓人吗？他问道："我怎么了？"

陈朵终于说道："您真的没必要赶尽杀绝。"说完，她就低下头，不敢看王金国的眼睛了。

王金国听了陈朵的话，微微一愣，心里感觉有一丝不舒服，这个世界的王金国到底是个什么样的人，为什么会让人说出"赶尽杀绝"这样的话？

王金国沉默片刻，说道："我知道了。"说完，他便走出了酒店。

陈朵看着王金国的背影，这才松了口气，神色缓和下来。

酒店外面，亲家一家已经开车离开，许娜站在路边朝他们挥手告别。王金国走了过去，盯着许娜，似乎怎么也看不够。

许娜神色也有些异样，盯着王金国问道："你今天怎么怪怪的？头发怎么了，这么乱？上午不是刚洗过头发吗？"

王金国心里一紧，知道许娜一定是感觉到了什么，但他并不是很慌，他知道许娜的性格，只要自己假装很累的样子，她一定会体贴地放过自己，不再追问，等一会儿跟江辉会合，这个难关就算过去了。

第十六章 亲　人

"最近案子多，有点累。"王金国不想多说什么，装出一副疲倦的模样。

"你今天到底怎么回事？见了亲家，也不说话。这可是你儿子要结婚，平时你也不这样啊？算了，你今天喝酒了，别开车了，打车回去吧。"

"局里还有点事要处理，今晚……我就不回去了。"

许娜一愣，一下子眯起眼睛，盯着王金国，似乎要将他看透："到底是什么天大的事，非要你这个局长亲自处理，连家也不回了？"

王金国含糊道："局里的事，说了你也不懂。"

"老王，你今天到底是怎么了？我就说你不对劲儿，你以前遇到再大的事，都不会不回家的。"

王金国一愣，看着许娜，他知道自己现在最好的选择就是离开她，然后跟江辉会合，不然，肯定会露出马脚。但是，王金国看着眼前这个最熟悉、最思念的人，他做不到，哪怕能多相处一秒，他都舍不得离开。王金国心里暗暗发誓，就一晚，让他最后一次守在许娜身边，把这当成一个美梦，一个不要这么快结束的美梦。于是他不再说什么，跟着许娜回家了。

门打开，王金国和许娜走进房间，打开灯，屋里顿时亮堂起来。

王金国看着宽敞明亮的客厅，微微有些出神，这里的王金国看来过得很不错，的确给了许娜很好的生活条件。他下意识地朝屋里走去，却被许娜叫住："哎，怎么不换鞋啊？"

王金国这才回过神来，赶紧脱下原来的旧皮鞋，换上拖鞋。

许娜看到王金国的旧皮鞋，有些奇怪："哪来的鞋？我都没注意到，怎么穿这么旧的鞋？你早上穿的那双呢？"

王金国立刻意识到鞋子的破绽，赶紧解释道："今天出现场了，全是泥路，就换了双旧的。"

许娜嘀咕一句："真是稀罕了，还知道爱惜东西了。"

王金国暗自松了口气，知道虽然许娜有些疑惑，但这些破绽目前并不是很致命。

许娜把外套挂在衣架上，说道："到吃药的点了，去卧室帮我把药拿来。"

王金国顿时又紧张起来，他看了看几个房间的门，不知道哪一个是卧室，只能朝着其中一个房间走过去。

"你进书房干吗？药在卧室。"

王金国只好推开另一个房间的门，还好这个房间就是卧室。他走进卧室，看到床头柜上摆放着局长王金国和许娜的合照，另外还有一些药瓶。

王金国拿起药瓶看了看，是一些移植后抗排异的药物。他拿起药瓶，走了出去，又去接了杯水，递给坐在沙发上的许娜。

许娜接过水和药，白了王金国一眼："你今天到底怎么了？不仅做事迷迷糊糊的，而且整个人……看着怎么老了那么多？"

王金国咳嗽一下，有些尴尬："酒喝得有点多，头有点晕。我不是说了吗，最近压力大，可能状态不好。"

"喝多了你还要去单位？真不知道你是怎么想的。哎，对了，你好好管管你儿子，今天这么重要的聚会，他怎么说不来就不来？太不懂事了。"

王金国点头敷衍道："好，好，我明天给他打电话。"

"你少敷衍我，现在就给他打电话，问问他到底想干吗。"

王金国不满地道："这么晚了，王晨肯定休息了，明天再

第十六章 亲 人

说吧。"

许娜白了王金国一眼，这才不再说什么。她喝完药，不再理会王金国，直接去洗漱了。王金国坐在客厅沙发上，有些拘谨又有些好奇地看着整个房间。

过了一会儿，许娜洗漱完毕，从卫生间出来，对王金国道："赶紧洗漱睡觉吧。"

王金国一愣，赶紧往客厅沙发上一躺："你先睡吧。我……我今天睡客厅。"

许娜奇怪地看着王金国："老王，你又说什么胡话？"

王金国故意咳嗽了两声，做出一副没精打采的样子："白天有点感冒，又喝了酒，身上不舒服，我怕传染给你。"

许娜狐疑地看了王金国好一会儿："没错啊，要不是你还是老王的模样，我还以为换了个人呢。"

许娜无奈，只好走进卧室抱出一床被子，递给王金国："那你早点睡。"

王金国点点头，故作不耐烦地道："知道了，去睡吧。"

许娜走进卧室，关了门。王金国松了口气，立刻坐起来，四处看着。他走到那面挂满照片的墙前，仔细地看着上面的照片。

照片上是局长王金国这么多年以来的缩影。王金国又看到了一旁的另外一张照片，照片上是一家三口的合影。王金国看得很认真，他情不自禁地伸手去触摸照片，触摸照片上已经长大的王晨，不由得有些发愣，想着什么时候可以看一眼这个世界的王晨。

这时，王金国的手机响了，铃声把他重新拉回现实。王金国一看，正是江辉来电。

王金国接起电话，压低声音："喂。"

三楼：死亡救赎

"师父，你那边怎么样？"

"反正只有一晚上，勉强能应付吧。你那边怎么样了？"

一栋废弃的民居中，此时局长王金国已经清醒，一只手被手铐铐在墙角的暖气管上，正冷冷地看着江辉。

江辉看了局长王金国一眼，没搭理他，回答道："这个世界跟咱们那边也不是完全不一样，还记得上回咱们抄的那个卖假化肥的烂尾楼吗，我在这个地方安顿下来了。"

"那个人呢？状态怎么样？"

江辉又看了局长王金国一眼："已经醒了，没事了，被我铐起来了。"

"把手机给他。"

江辉把手机递到局长王金国的耳边。

局长王金国立刻大骂道："混蛋！你要干什么？！"

王金国冷静地道："很抱歉，我知道你现在很生气，但我还是希望你能冷静一点儿。"

局长王金国眼神有些凶恶："你们到底是什么人？！你们这是绑架！是重罪！"

王金国压低声音道："早说过了，我们不是这个世界的人。我只是借用一下你的身份，等我把事情处理完，就会放你回去。我们绝对不会伤害你的。"

局长王金国深吸一口气："你今天见我的家人了？"

王金国沉默片刻："是的。还参加了你和亲家的酒宴。"

局长王金国立刻暴怒，奋力挣扎着，但很快被江辉按住了。他嘶吼道："混蛋！王八蛋！你要是敢伤害他们，我杀了你！"

"在我的世界，我也是警察，我只想找回我的儿子，不会伤

第十六章 亲 人

害任何人的。"

局长王金国一听，微微一愣："王晨？"

"没错，我的儿子也是王晨。只要你老实待着，我不会伤害你，更不会伤害你的家人。"

局长王金国哼了一声，看着江辉，恨不得吞了他："我还有别的选择吗？"

"恐怕没有了。"

局长王金国沉吟一下，缓缓闭上眼，不再说话。虽然这些事情有些匪夷所思，但是那个跟自己长得一模一样的人是他亲眼所见，就算他想否认，理智还是提醒他，的确是发生了离奇的事情。局长王金国不知道为何有一种直觉，那个王金国说的是真的，他不会伤害自己的亲人。虽然不知道这种直觉源自哪里，但这让局长王金国稍微安心了一些。

江辉接过电话，里面传来王金国的声音："看紧点儿，别让他跑了。"

"明白。"

王金国打完电话，叹了口气，走到客厅的落地窗前，看着外面的夜色，一夜无眠。

第二天，许娜还没睡醒，王金国就离开了。他走进公安局大厅，不时有警察向他打招呼。王金国这次不再像上次一样局促，而是很淡然地点头，已经是局长的派头了。

王金国用钥匙打开门锁，推门走了进去。他在办公桌前坐下，从公文包里拿出那份陈尸记录，拿起桌上的电话："来我办公室一下。"

一名警察走进来，站在王金国面前。

那份陈尸记录摆在桌上，正好翻到17号童尸的那一页。

"把这具尸体的所有相关资料都给我找出来。"

警察看了看陈尸记录上的日期："已经是十五年前的资料了，恐怕内容不会太全。"

"能找多少就找多少。"

"是。"

不一会儿，桌上就放了一份卷宗，看样子年代十分久远，还是用笔记录的资料。

王金国打开卷宗，第一页就看到尸体的衣服照片，正是他儿子王晨走失时校服里面穿的衣服。

王金国的手开始微微地颤抖，呼吸也急促起来，似乎那些噩梦就要在此刻成真了。

警察在一旁汇报道："发现尸体的时间是1995年10月2日，估计距离死亡时间有一周左右，所以尸体已经高度腐烂，脸部已经无法分辨。衣服也从尸体上脱落，但经过鉴定，确认是死者的衣物。"

王金国听着警察的介绍，强装镇定，但是发抖的手出卖了他。

"当时发现这孩子的尸体后，警方也发布了认领公告，但是一直没有家属来认领。我们调查了两个月，都没有相关线索，县里也没有符合条件的失踪少年，估计是外地的孩子，被人贩子拐卖，途中逃走时坠湖。"

王金国深吸口气："那死亡方式呢？"

"当时尸检的结果是肺部有大量积水，身上没有其他致命伤，那个湖也是意外高发地，所以断定是意外溺水身亡。"

王金国听了警察的汇报，沉默良久："那个湖……是不是离远峰化工厂很近？"

第十六章 亲　人

"没错。"

王金国痛苦地闭上了眼睛，其实他早就在内心深处接受了儿子出事的事实，毕竟已经失踪了这么多年，一直以来他只是想要一个说法、一个结果。但是，来到这个陌生的世界后，他又燃起了一丝希望，也许失踪的儿子只是穿越到别的世界了，也许他还活着，只不过不是在自己的世界罢了。但是现在，那种充满希望，之后又被狠狠击碎的失落感，王金国需要努力消化一下。从目前的证据来看，当年王晨的确是被带到了这个世界，结果却失足掉进了湖中，还是没有摆脱厄运。至于他为什么会来到这里，又是被谁带来的，此刻的王金国已经没有精力去琢磨了。

警察见王金国状态有些奇怪，一直以来沉默威严的局长，此时身子似乎在微微发抖，小心地问道："局长，您没事吧？"

王金国回过神来，面无表情地说："好了，我这儿没事了。"

警察点点头，准备离开。

王金国又说："给殡仪馆打个电话，17号尸体先不要火化，近期可能有人会去认领。"

"是。"

警察离开，王金国神情木然，看着桌上局长王金国一家人的合影，上面成年以后的王晨帅气十足，他不禁用手轻轻地抚摸着照片。

以前王晨总是说长大后要做一名老师，原来世界中的王晨已经没有机会了，王金国想着。他没有痛哭流涕，也没有撕心裂肺地嘶吼，接受一切后，反而有些平静。

第十七章 协议

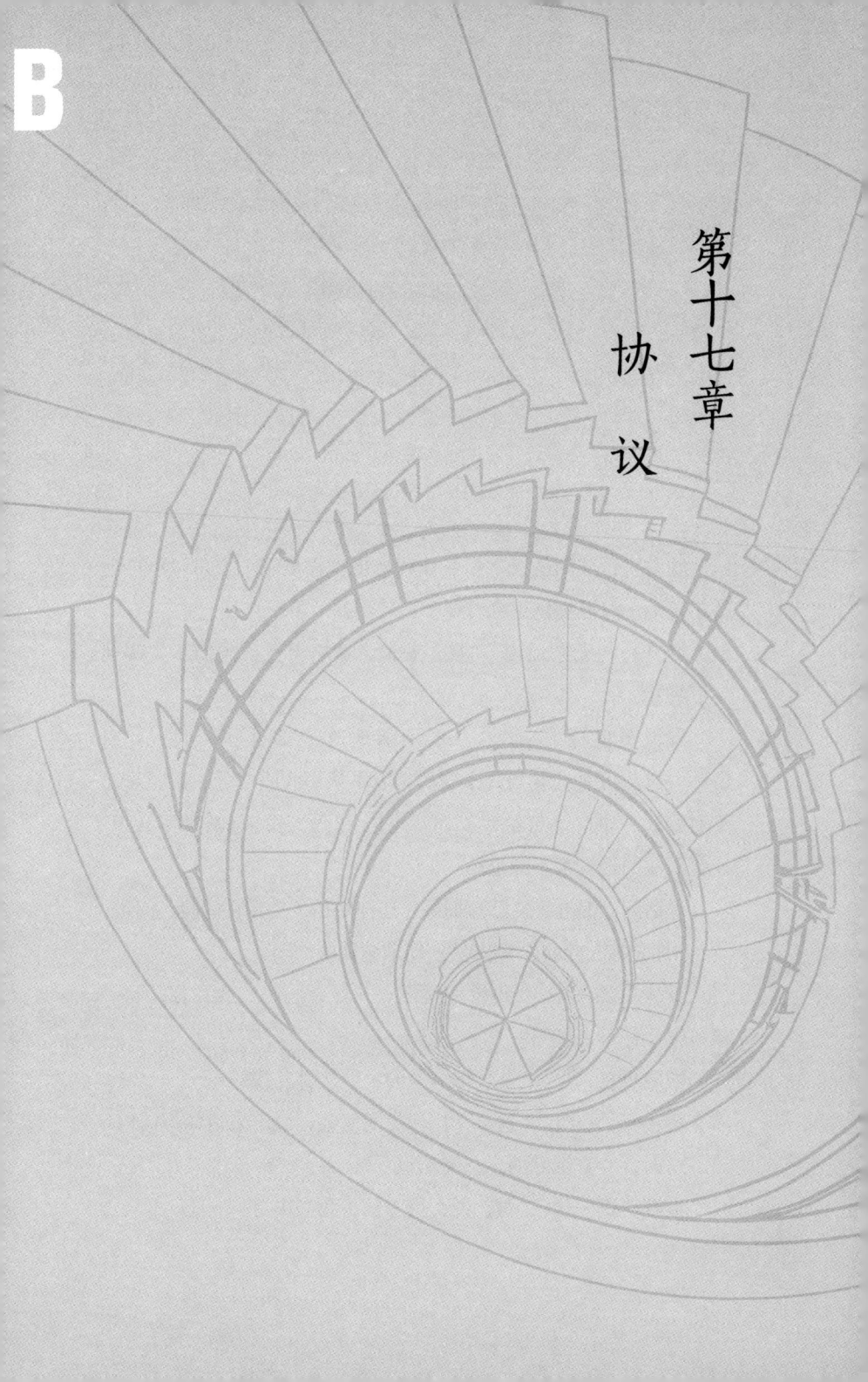

城中村，破旧的民宅里，律师樊良坐在椅子上，忠叔冷冷地站在一旁。混混樊良正拿着绳子，一圈圈地将樊良捆起来。

樊良一脸无奈地说："哎，我说，这么着急，咱们不先沟通一下吗？"

混混樊良哼了一声，一脸不屑地道："臭小子，假冒我身份……忠叔可是把我当儿子看的，能不认识我吗？他一眼就看出不对劲，一个电话打给我，你就露馅儿了。你连马浩都不认识，连自己住的地方都不知道……"

说话间，混混樊良已经捆好，还伸手拍了拍樊良的脸，问道："你是谁？是许文那家伙让你来偷钱的？"

樊良更加无奈："我说你就没点儿好奇心吗？我和你长得一模一样，你不奇怪吗？"

混混樊良一愣："是长得挺像的，他从哪儿找的？"

樊良叹了口气："这事，比你想的复杂，说出来怕你不信！"

这时，一直沉默的忠叔突然道："你说。"

混混樊良一愣："对，说，信不信，我来决定！"

第十七章 协 议

"好吧,我是另一个世界的你,我也叫樊良。一来到这个世界,就被误认为是这个世界的你,被许文逮住让我还钱,我跳河才逃走了,但是回我的世界的重要东西可能落在了许文那里,我需要拿你偷走的钱,去和许文换回我的东西。"

混混樊良沉默了一会儿,啪的一巴掌打在樊良脸上。

樊良惨叫一声:"干吗?!"

混混樊良一脸不爽:"耍我呢!搁这给我编故事呢?还是科幻的。"

忠叔在一旁默默看着,淡淡地道:"你怎么证明你是另一个世界的樊良……"

樊良着急地看着忠叔:"忠叔,我爸救过你,你的确说过要把我当儿子一样照顾,难道连你也认不出我了吗?"

忠叔愣了一下,疑惑地看着樊良,若有所思。

混混樊良不屑地道:"忠叔与我们家的关系,整个司象县都知道!"

"这个……不知道这两个世界有没有相同点,但是忠叔,你还记不记得,你跟我爸是在工地上认识的,后来我爸救了你,再后来,你就跟着我爸一起建立了化工厂。为了跑业务,我爸买了辆车,当时说好这辆车只能公用,但有一次,你偷偷开着这辆车带女朋友去兜风,被我看到了,你答应带我逃课一次,让我不要和别人讲……对,就是后来的婶儿。对了,怎么没见到婶儿?"樊良想到一些往事,急忙道。

忠叔愣了一下,疑惑地看着樊良。

混混樊良看着忠叔,有些奇怪地道:"是有这事啊!忠叔,这事你没和别人讲?"

"多久以前的事了,我怎么会和别人讲?"

混混樊良很震惊:"这真是邪门了!"

忠叔沉吟一下,给混混樊良使了个眼色,然后拉着他去了另一间屋子。

"忠叔,这怎么回事?"

"不是许文的人,要不就放了吧。"

混混樊良叼了根烟,点着后,思索道:"那不行,万一他通风报信,告诉许文我住在这里,阿秀也危险了。"

忠叔闻言沉默下来,眉头紧皱,似乎在想解决方案。

混混樊良把烟掐灭:"忠叔,我有个大胆的想法……"

"你不要再干浑事。"

"忠叔,你人来都来了,说明心里还是有我的,再帮我一次吧。里头那家伙既然不是许文的人,而且又跟我长得一样,不如……"混混樊良停顿了一下,露出狠绝的神色。

"你到底要干吗?"

"他不是说自己被许文逼得跳水逃生吗?我们把他弄晕了,往河里一丢,过一两天被人看到,许文肯定以为我死了,就不会让人再找我了,那我就安全了。"

忠叔面无表情地看了混混樊良一眼:"他如果说的是真的呢?你连你自己都想害?"

"忠叔啊,你想什么呢?平行世界,两个我,这你都信?"

忠叔沉默不语,但显然不同意混混樊良的建议。这时,混混樊良手机响了,来电显示是李东彪,他赶紧挂断,一脸惊慌。

而卧室里,另一个樊良被捆在椅子上,他奋力地挣扎,但是椅子摇摇晃晃,始终挣扎不开。就在樊良愁眉苦脸的时候,阿秀

第十七章 协 议

走了进来。不过阿秀只是远远地、胆怯地看着樊良,似乎有些纠结。

樊良见状,低声蛊惑道:"放了我,你应该明白,把钱还回去,对我们都好。"

"你……到底是谁?"

"我就是樊良。我知道这些事超出了你们的理解,但是我为什么要编这样的谎言呢?你认真想想,然后看看我的脸。樊良知道的我都知道,哦对了,我的大腿外侧有个疤,小时候爬梨园划伤的,这个他也应该有,对吧?"

阿秀还是一脸迷惑:"那……你认识我吗?"

樊良摇摇头道:"不认识,在我的世界,我没遇到你。"

阿秀似乎有些好奇了:"那……遇到了谁?"

樊良眼前闪过陈朵的面容,随即摇摇头,让往事消散:"谁也没有遇到,苦命人!"

阿秀想到了什么:"那樊家也是……"

樊良点点头:"万人唾弃!"

阿秀沉默了,过了一会儿,她忽然大步上前给樊良松绑。樊良有些惊讶地看着阿秀。

"他要杀死你,让许文误以为自己死了,我不能让他再干傻事了!"

阿秀很快将樊良松开,但就在这时,混混樊良和忠叔大步走了进来。

"阿秀!你在干什么?"

说着,混混樊良一把将阿秀拉过来,然后伸手抄起一个台灯,警惕地看着樊良。樊良挣脱绳子,站起身,举起手,表示和平。

"冷静一点儿，我没有恶意，咱们都是一样的人，我非常理解你的想法。"

"你理解个屁！你根本不知道我经历了什么！"

樊良无力地笑了一下，看着面前的混混樊良，认真地道："没错，咱们虽然是同一个人，的确又有不同。不过，有一些事情应该没变，晚上被丢进屋里的石头，那些被石头砸碎的玻璃碎片，还有爸爸被警察带走的那个晚上，忠叔拉着我们的手，明明是夏天，却冷得要命。爸爸低声告诉我们，一切都没事，他还会回来的，可从此之后却再也没见到他。还有那些泼在门口的墨水，那些刺鼻的味道，这些，我都理解！"

忠叔愣愣地看着樊良。混混樊良也一下子愣住了，随后他猛地将台灯摔在樊良脚边。

"你他妈到底是谁？！"

樊良一字一句地说道："樊家大儿子，樊良！忠良的良！"

混混樊良崩溃了："这不可能！为什么会这样？！"

"我也有太多的不解，但是，无论在哪个世界，我们都想活下去，而只有把钱还回去，我们才能活下去！"

忠叔看着樊良，叹了口气："你走吧……"

樊良一愣，转头看看混混樊良。阿秀点点头，上前，拉住了混混樊良的胳膊。

忠叔说道："他已经犯了太多错了，我们不会让他成为杀人犯的。"

混混樊良死死盯着樊良，最后也妥协了："滚！"

"你很幸运，即便经历这么多苦难，身边也有愿意为你着想的人。"

第十七章 协 议

说完，樊良看向房间角落的那个皮箱。

忠叔拿起那个装着钱的皮箱，递给樊良，然后又拿过混混樊良手里的手机，也塞给了樊良。混混樊良有些不舍，想要冲过来，但被阿秀死死拉住。混混樊良挣扎了一下，就放弃了。

忠叔说道："给许文打电话，把钱送回去，拿回你的东西。如果这笔钱可以拯救两个樊良，值了！"

樊良拎着皮箱，大步离开，身后传来忠叔的声音："不要乱跑，早点回家，你的忠叔会着急的。"

樊良眼睛红了，他对着这个看梨园的忠叔用力点了点头。

"我会的。"

离开混混樊良家，樊良在城中村狭窄的巷子里，拎着皮箱一瘸一拐地向前走着，他不敢耽搁，很快从手机里找到了李东彪的号码，拨了过去。

"喂……"

李东彪的冷笑声传来："樊良，你在哪儿？等我找到你，扒了你小子的皮！"

"我还钱……"

"你说什么？"

"我还钱！我还要见许老板，我有东西在他手里！"

"算你有眼力见儿！先把钱拿过来，来化工厂找我！"

樊良一愣："化工厂？"

李东彪没解释，把电话挂断了。樊良疑惑地抬头望向远处，化工厂高耸的烟囱，隐隐约约。

此时，另一边的李东彪正在环视周围破烂的厂房，嘴里还骂骂咧咧的。这时，手机嗡嗡地响了起来，他看了一眼，见是许文的电话。

李东彪接起电话:"老板。"

许文的声音从话筒里传来:"东西找到了吗?"

"我刚到,按照这个本子上写的,应该就埋在这个厂房里。"

说着,李东彪掏出一个日记本,翻开,看着上面密密麻麻的字,其中一页还画着一个工厂厂房的平面图,在房间西南角,有着一个五角星符号。

"你确定是田康贪的货?"

李东彪恶狠狠地道:"肯定是这小子藏的,不然干吗埋在这里?这日记本就是在他夜店的柜子里翻出来的,幸亏咱们动手早,不然就落在警察手里了。虽然日记是他那个女朋友写的,但他俩不是一伙的吗?日记里说在这里藏了重要的东西,除了咱们的货,还能是什么?"

"好,你先把东西找出来,我一会儿过去。"

李东彪点点头:"对了,老板,樊良那小子怕了,说过来还钱。"

"行,别让他看到货。"

李东彪点头:"明白!"

许文挂断了电话。李东彪收起手机,看看手里的日记本,嘟囔道:"写的什么玩意儿,玄玄乎乎的。"

说着,李东彪看向厂房西南角,然后走了过去。但是李东彪没有注意到,他身后的窗户外有个人影一闪而过。

天色渐渐暗了下来,暮色中的化工厂如同一只蛰伏的巨兽,显得有些阴森恐怖。樊良拎着箱子,走到一个厂房门口,他正在

第十七章 协 议

给李东彪打电话,但是没有人接。

樊良在厂房门口喊道:"彪哥……"

四周一片寂静,没有人回应,樊良走进厂区之中。这片厂区很大,各种老旧的机器上布满了锈迹,到处黑乎乎的,樊良站在空旷的厂区里,四处张望。突然,西南角传来一声男人的惨叫,同时伴随着一些叫骂声和"哐当"的声响。

樊良顺着声音的方向探出头去,见到黑暗中一个人拎着一个箱子大小的东西,从附近厂房门口跑了出去。光线昏暗,樊良并未看到那人的模样。他正在犹豫要不要追上去时,忽然闻到一股刺鼻的血腥味,听到一个人痛苦的呻吟声。

樊良向前几步,看清之后,吓得倒退两步,撞到了身后一个大型机器上。

只见李东彪倒在血泊里,脑后被开了一个大口子,一把沾了血的扳手掉在前方不远处,一看就是作案工具。樊良伸手探了下李东彪的鼻息,忽然,李东彪瞪大眼睛,嘴里汩汩地冒着血,然后使劲挥了一下手,樊良看到他手里攥着一个笔记本。

李东彪想说什么,但没说出来,身子抽搐了一下,不动了。

"死了……"

樊良惊恐之际,想了一下,上前费了九牛二虎之力,才把笔记本从李东彪的手上拽了出来。这是一个拉扯之下被撕成两半的日记本,几乎每页纸都残破不全了。樊良翻了翻,看到其中一页上潦草地写了些东西,但只是些只言片语。

樊良虽然感到这里气氛有些瘆人,但还是被日记本上的字迹吸引,赶紧看了起来。

他走到窗前,借助光线,看到这页纸上写着"一切都能改变，我会好起来的""最重要的东西藏在化工厂"，同时还有一幅很简洁的草图，是一个很怪异的物品轮廓的模样，中间有一个三角形的缺口，草图旁边，还有人写了句："真的可以吗?"

樊良又认真翻了翻这半本日记，在尾页上还有一句："我们每个人都有三种人生。"

樊良喃喃自语："我们每个人都有三种人生……"

樊良看着本子发怔，就在这时，几个人快步走过来，将他团团围住了，正是许文带着人进来了。

一个兄弟看到躺在地上的李东彪："彪哥，彪哥……"

许文皱皱眉头："彪子……"

李东彪没有一点儿反应，许文脸色阴沉得很："把尸体处理干净了，看看货还在不在。"

周围几人点点头，拖走了李东彪的尸体。

许文转头冷冷地看向樊良，樊良有些发愣，只好将手里的日记本和放钱的皮箱递给他。许文向手下使了个眼色，樊良就被押进了车里，然后被带到许文的办公室。

许文安稳地坐在办公桌后面，拿起毛笔，又开始在纸上笔走龙蛇，不搭理樊良。

樊良装作若无其事地道："我找他就是为了还钱。他让我去的化工厂，我不知道为什么约在那里，我到的时候就看到他躺在地上了，手里攥着那个日记本。"

许文这时才停下写字，抬头看向樊良，然后摩挲着放在桌子上的那个残破的日记本，不知道在想什么。

因为紧张，樊良的双手都有些哆嗦了，他急忙把两只手握在一起。

第十七章 协 议

"我来的时候看到一个人拎着一个箱子跑走了,但天太黑,没看清是谁。许老板,真的不是我干的。"

"箱子?"

樊良点点头,尽量让自己表现得诚恳一些。

"我知道,李东彪不是你杀的,你没这本事,是有人抢走了我的货。"

樊良一愣:"货?"

许文将自己写字的纸拿起来,上面是"十面埋伏"四个墨字,他看了一下,似乎有些不满意,将纸扔进了旁边的垃圾桶里。

"今天你没去过化工厂,也没见到过李东彪,懂我意思吗?"

樊良立刻装傻:"啊?李东彪是谁?我啥时候去过化工厂?"

许文冷笑一声,打开一旁的保险柜。樊良的目光立刻被放在保险柜上层的那个三棱锥吸引,正是自己遗失的那一个。

许文的手划过三棱锥,拿出压在下面的一份文件,放在樊良面前:"这是一份化工厂土地所有权的转让协议,签了它,远峰化工厂跟你们樊家再无关系。"

许文将一支笔推到文件旁边:"当年樊远峰要创业,找了一个港商投资人,投资人欺负他,是我为他出头……他却跟我吵了一架,把我赶出了化工厂。"

许文扶了一下眼镜,似乎陷入了回忆之中。

"没有我,就没有远峰化工厂,但在别人眼里,我却是个外人。我现在只是拿回本来属于我的东西……你觉得我对你不公平,当年我也觉得你爸对我不公平。这个世界哪有那么多道理可讲?签了这个,一切就都结束了。"

樊良低头看着合同,似乎还在犹豫:"许老板,我有一个要求……如果我签下这份协议，把拿走的钱还给你，你能把我的东西还给我吗？"

许文顺着樊良的视线看到了保险柜上层的三棱锥。

许文一眯眼："这个东西，是什么？"

樊良立刻回答道："就是一个玩具，我妈留给我的，有纪念意义。"

"是吗？"

樊良假装憨厚地道："当……当然了，不然还能是啥。"

许文却把保险柜门关上了："我不是在跟你做交易，而是给你建议，我没有那么多耐心。"

樊良见状，只好道："能不能给我几天时间，让我好好想一下这些事？"

"慢慢想，在我失去耐心之前。"

樊良收起合同，一瘸一拐地离开了。

城中村，黑黝黝的客厅中，阿秀做好了一桌菜："樊良，吃饭了！"

混混樊良从里间走出来，拿起筷子正要吃，却又把筷子放下了。

阿秀赶紧安慰道："你别生气了……"

"那老东西，胳膊肘往外拐，要不是……要不是看在以前的情分上，我砍死他……"

阿秀把一张银行卡放到桌上："忠叔临走的时候给的。"

混混樊良瞥了眼银行卡，愣了一下，低头扒饭，声音却越来越小："别让我再看见那个老家伙，再看见，我一定砍死他……"

第十七章　协　议

阿秀看着还在嘴硬的樊良，不由得笑了笑，然后摸了摸自己的肚子："我觉得现在挺好的，这小东西也要出来了，咱们以后就平平静静地过日子，好吗？"

"就这几天了吧？"说着，混混樊良趴在阿秀的肚皮上。

"听到心跳了吗？"阿秀甜蜜地问道。

"心跳没听清，他踹了我一脚，这一点像我……"混混樊良嘻嘻哈哈地道。

"那以后有我们受的了，还没出来就这么顽皮……"

"顽皮好，不会被人欺负！"

这时，门外传来敲门声。

混混樊良有些不耐烦："谁啊，这么晚……"

混混樊良把毯子拉过来给阿秀盖上，然后走了出去。他来到门口，透过门缝，看到门外站着的竟然是另一个世界的樊良。他皱皱眉头，打开门，领着这个樊良回到屋里。樊良把那份化工厂土地所有权转让协议递给他，混混樊良接过这份协议看着。

看完后，混混樊良有些惊讶："早就知道许文要重建化工厂，估计就是因为要签这个协议，所以偷钱的罪他不追究了吧？可这不能白签吧，这么大的事，不得要个几十万。"

樊良撇撇嘴："如果你敢要。"

混混樊良想了一下："十万也不行？"

"你自己去说。"

混混樊良叹了口气："签，我签……签完了，就彻底没关系了。"

樊良看到混混樊良要签字，急忙抽走协议："先别急，我想请你帮个忙。"

混混樊良警惕道:"什么?"

樊良犹豫一下:"我知道你擅长开保险箱,所以想让你帮个忙。这份协议,我会约许文到外头去签,到时候他办公室没人,你摸进去,把他办公室保险柜里的那个三棱锥偷出来给我。那个三棱锥,是我回去的钥匙。没有它,我只能一直留在这个世界。"

樊良说完,期待地看着混混樊良。

混混樊良看着樊良,沉吟良久,然后道:"这是要命的事,我为什么要帮你?"

樊良低下头:"我……我也不知道,但在这个世界,我只能找你了。"

"我做不到,我也不会冒这个险的,我只想好好陪在阿秀身边。"

樊良叹了口气,站起身:"我理解,我再想别的办法吧。"

说着,樊良转身要走,忽然他又想到什么:"对了,最后一个问题,斌子呢?这个世界的樊斌在哪儿?"

混混樊良浑身一颤,低头不说话。

"我能见他一面吗?"

混混樊良语气有些不善:"你走吧,不要再让我看到你!"

樊良还想说什么,混混樊良道:"滚!"

以色音乐列文学·分发人选识标

天喜文化

天喜文化

以声音刻文字，分享人类聆听

下

死亡救赎

麻辣香郭 著

第十八章 凶手

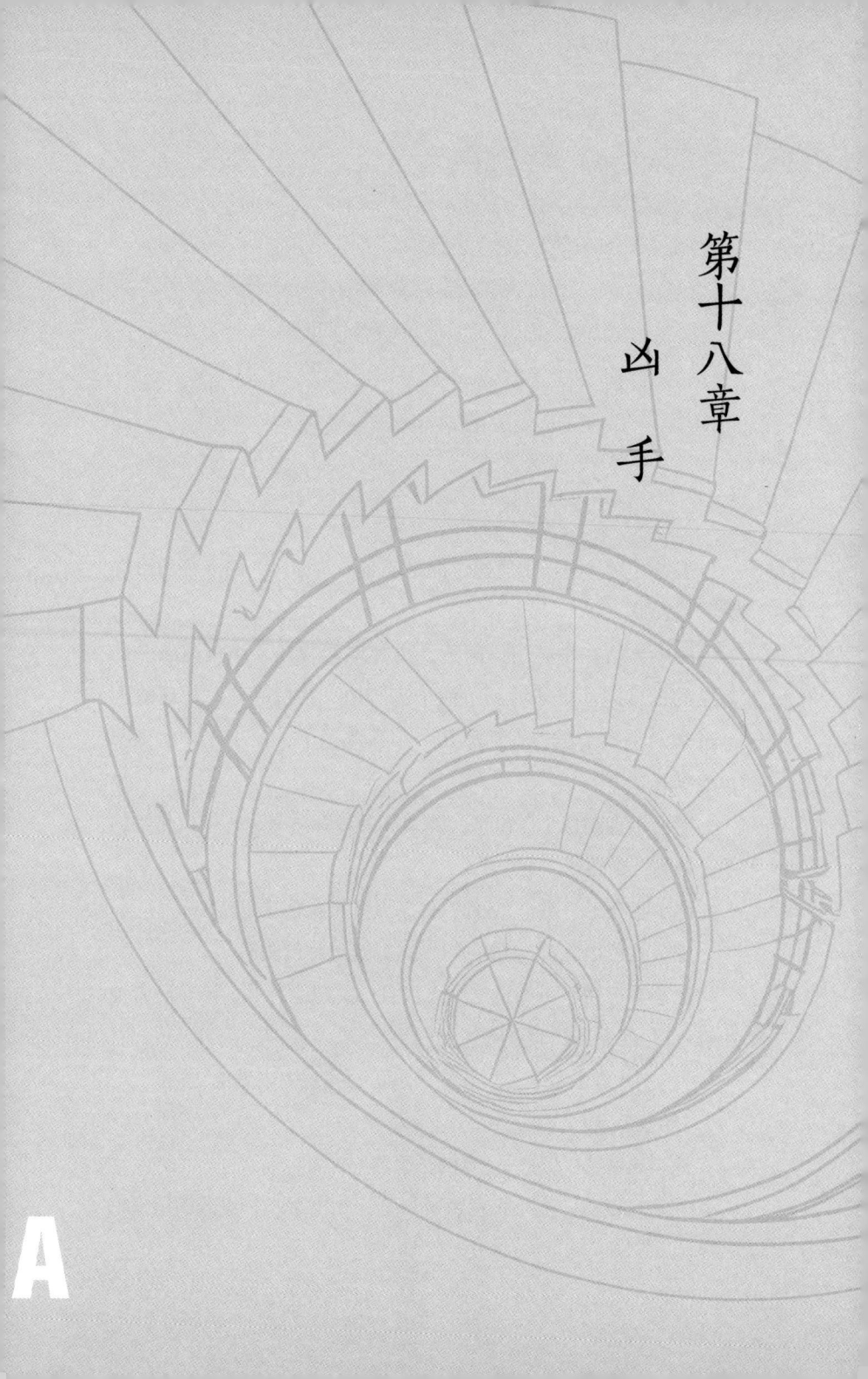

正午时刻,阳光很通透,但是还有一些凉风,路人都不由得紧了紧衣服。

池小惠站在小区门口附近,出神地看着几个小孩追着一个蓝色的皮球跑。皮球滚到了池小惠脚边,她捡起球,把球放到追过来的小孩手里。直到那几个小孩跑远了,池小惠才依依不舍地离开。

见池小惠刚从小区出来,陈朵从旁边蹿过来,一把拉住她的手,来到一个角落。

池小惠吓了一跳:"是你?你怎么知道我住这里?"

陈朵脸色很沉重:"很久以前,我查过你的资料。"

池小惠一愣,不知道这个人找自己又想干什么。陈朵盯着池小惠:"你联系到田康了吗?"

"他刚才联系我了,给我发信息了,我正要去见他!"

"给我看看!"

池小惠疑惑:"你……真的是警察吗?"

陈朵点点头。池小惠犹豫了一下,掏出手机,点开田康发的

第十八章 凶　手

一条信息:"小惠,来郊外木材厂仓库,我有事跟你说。"

陈朵看了一眼手机,然后盯着池小惠,神色郑重:"立刻报警!"

池小惠蒙了:"为什么?"

"接下来我说的话,你可能会认为我疯了,但是我必须得告诉你,希望你能认真听我说完!"

池小惠被陈朵的气势吓到,点点头。

陈朵沉吟一下,然后缓缓道:"你的男朋友田康,我很确定,他是一名杀人犯!"

池小惠瞪大眼睛:"他做了什么?"

"他杀死了两个人,而且如果我没猜错,他应该刚刚又杀死了一个。你不能去跟他见面,因为你很可能是他的下一个目标!"

"你说这些有证据吗?田康是我男朋友,为什么要杀我?"

"因为他已经杀死另一个池小惠了!而且如果他只是想见你,为什么约你去那么偏僻的地方?这件案子我是一路追过来的,虽然匪夷所思,但是我的推断不会错。"

池小惠一脸诧异,后退一步:"你……你在说什么啊?你要是警察,为什么不去抓他?"

"我……我告诉你,这个世界,不是你想的那样,有两个一模一样的世界,当然……甚至有可能更多。田康在另一个世界杀了两个人!我就来自那个世界,我一直在追查这件案子。我需要跟你联手,因为只有抓到田康,拿回我的东西,我才能回到自己的世界!"

陈朵竹筒倒豆子一样,把所有话一口气说完了,但是说完之后,她觉得自己像个疯子,这些话正常人都不会相信吧?

池小惠果然有些发蒙，过了一会儿，她道："你疯了吧，胡说八道些什么？！你根本不是警察，让开，不然我报警了！"

陈朵紧紧抓着池小惠的胳膊："我说的都是真的，田康才是疯子，我虽然不知道他做这一切的理由，但是他真的很危险！"

池小惠挣扎着："你松开，我喊人了！"

"你不能去，你真的不能去！他还会杀人的！"

池小惠奋力地跟陈朵撕扯在一起，大喊大叫，渐渐吸引了很多人驻足观看。

"救命！救命！"

围观人群中有人掏出手机，准备报警。陈朵见状，没办法，只好松开池小惠，最后又叮嘱了她几句："把我说的告诉警察，让警察保护你！"说完，她转身跑了。

池小惠看着陈朵离开，惊魂未定，但还是没有选择报警，而是继续沿着街道走了。

陈朵绕了一圈，远远地跟在池小惠身后，然后看着她上出租车离开。她面色凝重，一边找车子继续跟上，一边掏出手机打了一个电话。

靠近树林处，有一个破败的木材厂，很多木材东倒西歪地堆在空地上。仓库后面的角落里，一双眼睛正窥视着从远处走来的池小惠。池小惠在仓库前面的空地掏出手机打电话，电话没接通。她又试了几次，最后把手机放下，四处张望。

池小惠喊道："田康，你在哪儿？"她四处寻找田康的踪迹，但是周围一片死寂。

角落里的那双眼睛依旧凝视着池小惠，然后，那个身影悄悄地靠近了池小惠。

第十八章 凶 手

池小惠朝着仓库走去，忽然，一个人从她身后闪身出来，挥着一根铁棍，砸向她的脑袋。

后面跟过来的陈朵大喊道："小心！"

池小惠被陈朵的声音提醒，狼狈转身，举起拎着的氧气罐格挡，铁棍砸在氧气罐上，氧气罐立刻被砸扁，开始滋滋地漏气，池小惠则摔倒在了地上。她惊魂未定地看着袭击自己的人，正是田康。

"田康，你干吗？！"

田康头发有些散乱，脸色阴沉地看了池小惠一眼，然后又看向正跑过来的陈朵。

"我终于找到你了！"

田康举起铁棍想要再次攻击池小惠，但陈朵扔来一块木板，他只好放弃攻击，向后躲开木板。陈朵趁机上前拉起池小惠。池小惠脸色苍白，拿着呼吸罩拼命地吸气。

田康看看陈朵，攥紧了手里的棍子，就在这时，警笛声远远地传来。原来在这之前，陈朵就报了警。田康听到声音，脸色一变，转身就跑。

"别跑！"陈朵快步追了上去。

田康不理陈朵，疾步向着树林外跑去，但是他逃跑的方向也传来警笛声，远处隐约可见几辆警车正在驶来。田康立刻掉转方向，从一捆捆木条之间穿过去，想要从另一侧逃走。

陈朵想要拦住田康，使劲推倒了一捆捆竖立的木条。木条倒向田康，田康察觉，回身格挡，但是他没有料到，木条上竟然有钉子，钉子正好扎在了他的胳膊上。田康吃痛，推开木条，继续逃走。

陈朵见田康负伤，穷追不舍。远处警笛声越来越近了。

田康和陈朵一前一后,来到了树林边缘的马路上。田康跑过马路,忽然停住,转头看着陈朵。陈朵也站住,死死盯着田康。

田康胳膊上都是血,他毫不在意地抹了一下,用衣服缠住伤口。

陈朵气喘吁吁,死死盯着田康:"为什么要杀人?"

田康盯着陈朵,冷冷地道:"你是她的帮手吗?"

"我是来找你的!"

"你知道吗?那些人都不应该死的!"

"那就住手!跟我去自首!"

田康脸上露出悲愤的神情,咆哮道:"这一切都不该发生,你不该在这里,你们是在犯错!我一开始就应该想到这一切,所以,杀死她,是我的责任!"

陈朵喝道:"为什么要杀樊良?他只是一个无辜的人!"

田康刚要说话,树林中传来几名警察的声音:"在那里!快!"

田康听到动静,立刻转身继续跑。这时,一辆大货车沿着马路飞速驶来,将田康和陈朵隔开。田康回头看着陈朵,留下一个神秘莫测的笑容。

货车驶过后,对面已经不见田康的踪影。警察的声音越来越近,陈朵一咬牙,也只好先躲开。

过了一会儿,陈朵返回木材厂,却见池小惠已经跟警察在一起了,她惊魂未定,似乎正在向警察描述刚才发生的一切。陈朵见状急忙躲在一旁,远远地看过去。

池小惠说着说着,似乎看到了远处的陈朵,于是向陈朵微微摇了摇头,示意她不要过来。

陈朵领悟,转身走开,消失在树林之中。

陈朵回到了池小惠住的小区附近,坐在石凳上等她。良久,

第十八章 凶　手

一辆出租车停在小区门口，池小惠下了车。

池小惠见到陈朵，立马走了过去。她左右看看，见没人注意，有些愧疚地道："谢谢你救了我，我应该听你的。"

陈朵也警惕地环视四周："这里不是说话的地方。"

池小惠想了一下："跟我走。"

池小惠拉着陈朵，来到自己的房子。陈朵好奇地打量池小惠的房子，一切都很简单素净，所有东西都摆放得井井有条。陈朵看到桌子上有几包饼干，早就饥肠辘辘的她顾不得什么，走过去拆开饼干就吃了起来。

池小惠见状愣了一下："饿了吧，你等一下。"说完，她就拿起围裙，走进厨房。

陈朵大快朵颐，目光忽然停在了电视柜上面的一张照片上，那是池小惠和王金国的合影。陈朵看着那张照片若有所思，看来这个池小惠与这个世界的王金国关系很好。

过了一会儿，池小惠端着一碗热气腾腾的乌冬面从厨房出来，放在了陈朵面前。

"乌冬面，趁热吃吧。"

陈朵手里拿着饼干，看着眼前的乌冬面，忽然愣住了。

"怎么了？不喜欢吃吗？我可以做点别的。"

说着，池小惠就要把面端走，陈朵赶紧伸手按住："不不，我只是想到了一个人，她也喜欢乌冬面，也经常做给我吃。"

池小惠一笑："是吗，我一个朋友也超喜欢吃这个，所以我才学的。"

陈朵点点头，端起碗，开始吃面。池小惠坐在一旁，看着陈朵吃面，只见她狼吞虎咽，很快就把整碗面都吃完了。

陈朵靠在沙发上，长舒一口气，这可能是她来到这个世界后最舒适的一刻。陈朵打了个饱嗝，瞥了一眼池小惠，只见她一直看着自己，欲言又止。

"想问就问吧，你肯定有很多疑惑。"

池小惠看着陈朵，终于开口："我没有跟警察说你的事，只是说我遭到了田康的袭击，所以，他们都不知道你的存在。因为你说你……不是这个世界的，你……之前说的那些都是真的吗？"

陈朵点点头，掏出手机，打开，给池小惠看了一些照片。

"这是另一个世界的案子，死者就是田康本人，这是案发现场的照片。你刚才也看到了，这个世界的田康并没死，说明有两个田康。"

池小惠看着手机，一脸震惊。

陈朵收起手机："如果有必要，我还可以向你证实，这个世界还有另一个陈朵，她是一个孕妇，是樊良的弟媳，跟我长得一模一样。最重要的是，这个田康做的事情，你也看到了。"

池小惠低下头："为什么？他……以前不是这样的，现在整个人好像走火入魔了一样。"说着，她抬头，看着陈朵，"你说田康能穿越世界杀人？"

陈朵点点头，坐直身子："还记得我上次给你看的那个东西吗，就是田康也有的那个三棱锥，我怀疑穿越世界跟它有关。"

"他杀死了另一个我？"

陈朵点点头："没错，不光是你，还有另一个他自己！说来话长，这一切都是从一个奇怪的报警电话开始的……"

天色昏暗下来，小区居民楼的灯光亮起。陈朵将自己经历的一切都告诉了池小惠，池小惠一脸震惊，久久不能平复。陈朵说完这

第十八章 凶 手

一切,跟讲了一个离奇的故事一样,心里也很忐忑,但她看到池小惠的表情,不由得松了口气,感觉这个池小惠应该是相信了。

池小惠皱着秀气的眉头:"所以你现在也回不去了,因为田康抢走了你的三棱锥?"

陈朵点点头:"我必须找到他,将他逮捕,我才能回去。"

池小惠眼神坚定起来:"这个世界的警察也在找他,我已经报案了。"

"没那么简单,如果田康能穿越世界,警察就不会那么容易抓到他。"

"为什么会这样?我还是觉得这一切跟做梦一样。"

陈朵沉吟一下:"我的手机在这个世界也能使用,但是我认识的很多人都已经是空号,无法拨通。所以,其他穿越者应该也可以使用自己世界的手机。这也就解释了当初报警电话的矛盾之处,因为那一刻有两个池小惠存在,正好有两个相同的号码存在,如果在我的世界当初报警的人不是你,那么就说明还有别的池小惠。当然,也许还有其他更多的世界。"

池小惠瞪大眼睛:"还有第三个世界?"

陈朵点点头,这个猜测似乎并不是不可能的。

"太可怕了。"

陈朵想了一下:"田康肯定知道什么,抓到他,就能解释已经发生的这些事了,也许一切都能恢复正常。不过,在这之前,你不要告诉其他人这些事,因为我也无法预料将会产生怎样的后果。"

池小惠飞快地点头,显得有些乖巧:"就算我说了,其他人也会以为我是疯子。"

陈朵点点头,感觉这个池小惠性格还不错。

"你接下来打算怎么做？"

陈朵心里早就有了计划，说道："我明天会去公安局了解一下樊良的案子，田康为什么会杀害他，也许公安局有一些新线索。"

"怎么去？你不是这个世界的人。"

"这里也有一个陈朵，我以被害人家属的身份过去。"

池小惠愣了一下，叹气道："太复杂了，我真希望自己不知道这一切。"

"在找到田康之前，我无处可去，能不能暂时住在你这里？我可以保护你。还有，我可能需要一个新的手机，新的号码。"

池小惠点点头，站起身，推开旁边一间卧室的门："我来准备。你就睡这里吧，被褥都是新的。"

陈朵点点头："谢谢。"

池小惠走到另一间卧室，刚要推门进去，忽然站住，转身问道："如果真的有这么多一样的世界，那么，那些失踪的人是不是都有可能去了其他世界？"

陈朵一愣，顺着池小惠的目光，看到了电视柜上的照片，照片中王金国笑得很和煦，而她则想到了另一个人——少女时期的陈沁。

晚上，陈朵破天荒地睡得很香，也许是这几天太累了，各种信息快要将她压垮。一夜无梦，第二天一早，她就来到了公安局。

陈朵站在街角，远远地看着她曾经无比熟悉的公安局大门，确定樊斌和这个世界的孕妇陈朵没有出现在这里。她深吸口气，大步走向公安局。

然而，就在这个时候，一辆奔驰车忽然从另一条路疾驶过来，差点蹭到陈朵。陈朵赶紧避让，奔驰车也刹车，停下了。

第十八章 凶　手

车窗打开，驾驶座上是一个身着西装的男子，正是许文的律师。

律师淡淡地道："没事吧？"

陈朵摇摇头，示意没事。

律师点点头，关闭车窗正要离开，后面的车窗却再次落下。里面坐着一人，正是戴着金丝边眼镜的许文。

陈朵见到许文，虽然不在自己的世界，但是她依旧感到一股怒意升起。

"许文！"

坐在车里的许文也死死地盯着陈朵，露出疑惑的眼神，却没说话。陈朵看着许文，有些奇怪他的眼神和状态。

良久，许文问道："我们见过吗？"

陈朵回道："我不认识你。"

许文皱皱眉头，示意律师继续开车。陈朵目送奔驰车开进了公安局。

车子进去后，陈朵也快步走进公安局，找到了警察小赵。警察小赵领着陈朵坐在办公区的一角，然后用纸杯给她接了一杯水。

陈朵接过水："谢谢。"

小赵坐在对面："没想到我们这么快又见面了。"

陈朵点点头："我是替我丈夫樊斌来的，你知道……樊良的事……他接受不了，我过来帮他了解一下。"

小赵叹了口气："节哀。放心，我们一定会把凶手绳之以法的！"

"警察同志，不知道你们现在有没有什么进展。"

"虽然还没有确凿的证据，但是我们已经锁定了一个嫌疑人！"

陈朵一愣，想到了在公安局外面遇到的那个许文。

审讯室里，许文和律师有恃无恐地坐在桌后，他们的对面是局长刘韬和另外一名刑警。

"刘局长，我可是全力配合你的工作，准时过来了，不知道你找我有什么事。"

"许老板辛苦，时间宝贵，那我就不耽误你的时间了。"说着，刘韬将一沓照片扔在桌上，照片散开，正是樊良在饭馆内被杀死的情形。

"这个人，你认识吗？"

许文拿起照片看了一眼。旁边的律师道："刘局长，您这是在审问我的委托人吗？"

许文摆摆手，打断律师，淡淡地道："这不是樊良吗，我怎么会不认识？他也算是我的侄子。"

"昨天夜里十二点到凌晨两点，你在哪里？"

"你怀疑是我干的？"

"你们盛文集团打算重建远峰化工厂，最近一直在走流程，这些司象县人人皆知。我已经查过了，之所以工程迟迟没有动工，就是因为化工厂还有部分所有权在樊家人手里，你曾经多次找樊良签署转让协议，但樊良都拒绝了！没有樊良的签字，你的化工厂就动不了！"

许文冷笑一声："刘局长查得仔细。"

刘韬一拍桌子："许文，回答我的问题，昨天夜里十二点到凌晨两点，你在哪里？"

许文面对刘韬的逼问，平静地喝了一口水："昨晚我在自己的酒吧待到凌晨三点才走，全酒吧的人都可以作证。如果不信，

第十八章 凶 手

刘局长可以随时去查。"

说着，许文向律师示意，律师掏出一个火柴盒，放在桌子上。火柴盒上写着"蓝灯"两个字。

"放心，我会去查的。"

刘韬示意一下，旁边的刑警起身离开去调查。

"虽然你们很快会查到我的不在场证明，但刘局长一定还会怀疑是我雇凶杀人。很遗憾，可能会让您白忙一场，看来我们的误会还是很深啊！"

说着，许文站起身，准备离开。

"不过，我听到樊良被杀的消息，还是很开心的，的确省了很多麻烦。好像他还有个弟弟，叫樊斌是吧？他可比樊良好搞定一些。又或者，樊家人都出了意外，我的工程会更顺利……还有，刘局长，别忘了，您是怎么坐到今天这个位子的。"

许文似笑非笑，一脸玩味地看着刘韬。

刘韬眯了一下眼，冷声道："许文，我会一直盯着你的！树林中的无名男尸，还有老王的失踪，包括樊良的死，你最好不要露出马脚。"

"刘局长，我是守法公民，有证据，欢迎您随时来抓我！哦，对了，王金国警官果然失踪了，真是太可惜了，我还在公司给他留了一个闲职呢。"

说完，许文就带着律师，大摇大摆地离开了。

陈朵思忖了一下，想到刚才遇到的许文，也许警察怀疑许文是凶手。她知道凶手是田康的可能性更大，但是这些信息又无法直接告诉警察，只能问道："我能看一下案发现场的照片吗？"

小赵一愣:"这怎么行?按照规矩,现场照片是不能外漏的。"

陈朵找了个借口:"其实,我昨晚是最后一个见到樊良的人,如果让我看一下照片,对比一下有什么不同,也许能发现什么线索。"

"你昨晚见到樊良了?"

陈朵点点头:"昨晚我去过饭馆,当时一切正常,我走的时候是十点多。"

小赵闻言想了一下,站起身,从旁边桌子上拿过一个档案袋,递过来,陈朵刚要接,他又忽然想到什么:"你怀孕了,能看这个吗?"

陈朵点点头,打开档案袋,仔细看了起来。现场的各种照片,场面血腥,不忍直视。陈朵目光落在其中一张照片上,那里是饭馆角落,地面上正是那些再熟悉不过的黄色粉末。

"又是这个!"

"什么?"

陈朵皱眉,看了一眼现场鉴定报告:"现场没有发现指纹吗?"

"凶手抹去了指纹,没有提取到完整的指纹。"

陈朵有些诧异,紧接着她翻到另一张照片,上面却是一张很小的碎纸片,纸片上写着一个"沁"字。

陈朵顿时感到头皮发麻:"这个是什么?"

"这是在现场的桌缝里搜到的一块碎纸片,根据字迹,应该是樊良写的,但是被人撕碎了,其他部分没有发现,只有这一块落在桌缝中。"

陈朵看着照片上那个清晰的"沁"字,一个名字在脑海中不停地盘旋。

小赵似乎意识到了什么,试探地问道:"你的姐姐是叫陈

第十八章 凶　手

沁吧？"

陈朵点点头："跟她有关系吗？"

小赵摇摇头："一开始我们也觉得这个'沁'指的是陈沁，但是调查后发现，陈沁这几年一直不在司象县，最近也没回来过，这个你应该很了解吧？陈沁跟樊良有联系吗？"

陈朵有些心乱，只能摇摇头，因为她知道，陈沁不止一个。

"樊良出事前一天曾经多次打电话来公安局找王金国，王师傅。但是，王师傅也失踪了……这一切不知道有没有什么联系。"

陈朵一愣，想到那天见到樊良，他似乎的确是有话要找王金国说，但是一直没有告诉自己要说什么。

陈朵犹豫一下，知道有些冒险，但还是说道："有一个叫田康的人，你们查过吗？"

小赵惊讶地看着陈朵："你怎么知道田康的？对了，在化工厂附近，你上次也提到这个名字了。"

陈朵愣了一下，不知道该如何跟小赵解释："这个……"

"他涉嫌一起故意伤害案，我们正在找这个人。是樊良提过他吗？"

陈朵赶紧点点头："对，樊良提过他，说是经常看到他，他是非常危险的人，会不会跟他有关啊？总之，你们找到这个田康，应该就会有线索。如果找到了，记得联系我。"

说着，陈朵在一张纸上写下自己的新电话号码，递给小赵，目光却不小心瞟到桌子一角的另一个档案袋，袋子上写着"树林　无名女尸"的字样。

陈朵看着档案袋，有些惊讶。小赵看到陈朵的反应，揉揉脑袋，有些头疼。

"最近发生太多事了,全是凶杀案。本来王师傅转岗前已经破了一起,没想到紧接着他自己也不见了,案子一起接着一起。前几天,树林中又发现了一具高度腐烂的年轻女尸,身份还没确定,据说埋在那里有两三年了。奇了怪了,今年的司象县,不太平啊!"

陈朵有些好奇:"女尸?跟樊良的案子有关吗?"

"还不确定。"

陈朵没有在意,点点头,起身准备离开。

"我先回去了。"

"我送你。"

公安局门口,陈朵跟小赵告别,然后沿着街道离开。小赵目送陈朵离开,转身返回公安局。这时,一辆出租车驶来,停在了公安局附近,车上下来两个人,互相搀扶着,正是樊斌和这个世界的陈朵。

小赵正要走进大门,身后传来一道声音:"赵警官。"

小赵回头,看到樊斌和孕妇陈朵走近,顿时一愣。

樊斌急切地道:"赵警官,我哥的案子怎么样了?给我们透露点儿进度吧。"

小赵看着换了个模样的陈朵,头发明显比刚才长了很多,衣服也不一样了。

小赵有些发蒙:"你……你不是问过了?"

孕妇陈朵一脸惊讶:"啊?我刚来啊!"

小赵看看眼前的孕妇陈朵,又看看刚才那个陈朵离开的方向,一脸迷茫。三个人你看我,我看你,面面相觑,一时间都有些茫然。

第十九章 车祸

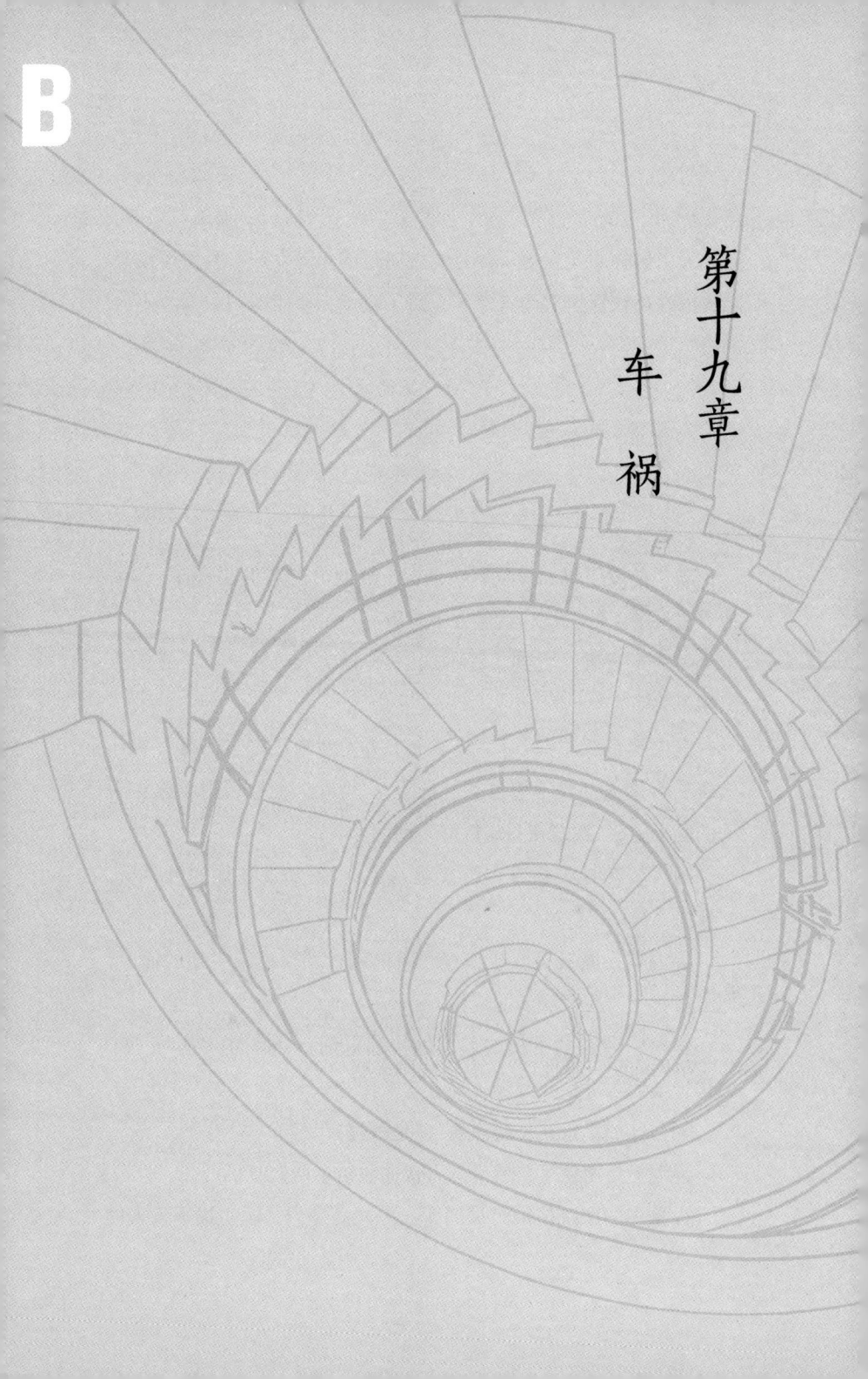

破烂的屋子里，气氛有些低沉，混混樊良坐在桌子前，愣愣地看着桌子上的协议，犹豫要不要签。

阿秀走过来，看到了他的纠结："他怎么办？会不会真的永远回不去了？"

混混樊良叹了口气："我能怎么办？我自己都过不好，有什么资格帮别人？我不想再惹麻烦了。"说着，他轻轻把手放在阿秀的肚子上，"我现在只想好好生活。"

阿秀轻轻地依偎在混混樊良身上："不知道在他的世界里，樊斌怎么样……"

混混樊良闻言又叹了口气，眼前划过那个稚嫩少年的面庞，屋子里弥漫着一股淡淡的忧伤。

这时，阿秀的手机响起，她接起电话："喂？什么？等等！请你让他们等等！我跟樊良马上过来！"

阿秀挂掉手机，一脸焦急："是医院！"

混混樊良愣住了，然后两人快速收拾东西，赶了过去。

夜幕中的医院依旧灯火通明。一间病房内，医生拔下病人的

第十九章 车　祸

呼吸管，伴随着"嘀"的一声，仪器的显示屏上，心率曲线变成一条直线。

混混樊良急急忙忙地跑进来，拨开病人家属，望着床上失去心跳的女孩，不禁趔趄了一下，绝望地抓住自己的头发。他抬起头，怒视着旁边的女孩父亲和女孩弟弟，声音嘶哑地问道："你们干了什么？"

女孩父亲摇摇头，有些无奈："我们做了该做的事。"

混混樊良一把揪住对方的衣领："该做的事？你们杀死了她！你们杀死了她！"

女孩父亲挣脱开樊良，冷声道："松开！这是我们的家事，你管不着，给我松开！"

医生赶紧向外面打了个手势，门外几个护士匆匆跑进来。在众人的劝阻下，混混樊良才松开了手。

"是不是因为钱？我不是说了吗，我会给你们打钱的……"混混樊良神色痛苦，有些不知所措，只能一个劲儿地抓头发。

"你那几个钱能顶什么用？十几年了，家底都掏光了，有什么用？我的女儿早就死了！"

女孩弟弟上前搀扶父亲："爸，不要跟他废话了！"然后，他对混混樊良道，"谁稀罕你一个罪犯的钱？"

混混樊良抬起头，怒目圆睁："你说什么？"

"我说的不对吗？你樊良是一个罪犯，你的死鬼老爸樊远峰也是罪犯，这种肮脏的钱我们不需要！"

众人没有注意到的是，一个戴着鸭舌帽的男人站在病房外的围观人群中，默默地看着，神情复杂，那正是樊良。

病房里，混混樊良朝女孩弟弟扑了过去："去你大爷的！"

混混樊良一拳打在女孩弟弟脸上，两人厮打起来。混乱中，两个保安进来，将混混樊良一把控制住。

医生喝道："把他带走！"

两个保安要将混混樊良带走，混混樊良无力挣扎，只能痛哭道："你们怎么能让她就这么死了？她怎么能就这样死了？"

两个保安架着混混樊良，将他推出了医院。混混樊良不甘心地怒吼着，还想冲进医院，却被保安死死地拦住。这时，阿秀托着肚子，慢慢走过来，安抚混混樊良。最后，他痛哭失声，被阿秀扶着离开了。

远处，街角，樊良静静地看着这一幕，脸上露出一丝疑惑，这个病人到底是谁？竟然能让这个世界的樊良崩溃。樊良明白，这或许是他说服混混樊良帮助自己的关键。

第二天，天还没亮，城中村的街上人已经多了起来。阿秀拎着包，打开门，正要去买菜，却看到门外站着樊良。

"又是你！你又来干吗？"

樊良左右看看，有些紧张："我看到他走了，才敢过来的。我希望你能帮我。"

"我……我能帮你什么？"

"我想知道，昨晚在医院是怎么回事？是不是跟斌子有关？"

"你跟过去了？"

樊良点点头，混混樊良的状态太奇怪了，他就不由自主地跟了过去。阿秀脸上露出为难的神情。

"我也是樊良，樊斌到底怎么了？"

阿秀叹了口气，带着樊良回到屋里。樊良殷勤地、小心翼翼地扶着阿秀坐下。

第十九章 车祸

"谢谢！"

樊良又给阿秀倒了一杯温水。阿秀喝了一口，捧着水杯，陷入回忆之中。

"我是跟樊良在一起之后才知道这件事的。那是十四年前的事了……化工厂那事虽然已经过去了一年，但这个阴影仍然笼罩着他们兄弟俩……樊斌在学校经常被同学欺负，只有一个女同学对他很好。但是一天晚上，樊斌和那个女同学在回家的路上，却被一辆车……"阿秀不忍说下去，停顿了好久才继续说道，"在那场车祸中，樊斌死了，女孩活了下来，但却成了植物人。"

"是谁撞的？"

阿秀摇摇头："没人知道，司机撞了人之后就跑了。从那以后，樊良每周都去医院看那个女孩，希望有一天她能醒过来，告诉他到底发生了什么，并指认撞死弟弟的肇事者。但是，现在那女孩的家人也放弃她了……"

樊良抽出一支烟，叼在嘴中，但没有点燃，不知道是为这个世界的樊斌悲哀，还是为这个世界的樊良悲哀。

"樊良这辈子过得很浑、很烂，唯有这件事一直在坚持，他还经常去医院，支付维生的设备等费用。十四年前，他失去了世界上唯一在乎的人，现在唯一的线索也断了，所以他才会那么激动。"

樊良拿下烟，放入盒中，站起来，准备离开："我知道了。"

阿秀忽然出声喊住了他："等等……"

樊良站住，看着阿秀。

"在你那个世界，樊斌怎么样了？"

樊良沉默了一下："死了……被人杀死了。"

阿秀愣住，一种无法言语的悲伤弥漫开来，她再看向这个樊良的时候，眼神中多了一丝理解。

樊良走到门口，又转过身来："有一句话，你没有说对。"

阿秀一愣，望着樊良。

"十四年前，樊斌是他唯一在乎的人；十四年后，他多了两个在乎的人。"

樊良叹了口气，离开了。阿秀明白樊良的意思，微笑着低头，摸着滚圆的肚子。

樊良走出院子，眼神罕见地变得坚毅。他早就知道这个世界的樊良过得不好，最开始还有一些幸灾乐祸，竟然有人比自己混得还惨。但是了解了一切之后，尤其是这个世界的樊斌也离世了，这种相同的悲剧，让他忽然感到一种前所未有的悲凉。为何每个世界的樊良都如此凄惨？难道他们樊家在所有地方都要承受命运的诅咒？在另一个世界，会有一个幸福的樊良吗？

复杂的情绪折磨着樊良，尤其是樊斌车祸一事最扎心。樊良心里一直期待着，可以看一眼自己弟弟长大的模样，但是在这里，他却以另一种方式也离开了。樊良忽然明白了，也许所有世界都只有一个樊良——孤苦伶仃，只能依靠自己的樊良。

想明白一切后，樊良戴着一个鸭舌帽，来到了医院，悄悄地摸到护士站旁边，伸手去拿柜台上的登记表。他只能自己去查清楚一切了，这么做，是为了所有世界里的樊良，包括他自己。

就在这时，一名护士喝道："干吗呢？"

樊良吓了一跳，转头看去，见是一名漂亮的女护士，正虎视眈眈地看着他。樊良抿抿嘴，摘下帽子——又到自己擅长的领域了。

女护士把他认成了混混樊良，又喝道："昨天在病房打人，今天你还敢来？信不信我叫保安？"

第十九章 车 祸

樊良叹了口气，表情有些失落，一副伤心欲绝的样子，眼看就要抽泣起来。

女护士见到樊良的反应，微微一愣。

"你知道我昨天为什么那么激动吗？"

女护士语气缓和了一些："我听患者家属说过那起车祸。"

"我不是个好人，但是十几年来，这是我唯一坚持的一件事，你能理解吗？"

女护士点点头："听说你是为了你弟弟。"

"我这样做，错了吗？"

女护士无言以对："你是来看她的吗？家属已经把遗体带走了。"

"不，我只是想看一下访客表，看看这些年都有谁跟我一样，还牵挂着这个昏迷了十几年的孩子。我想证明，不是我一个人在干蠢事！"

女护士有些动容，看着樊良有些英俊的侧脸，心头一热，便将登记表拿给他看。

樊良道了谢，开始翻看登记表，突然，他注意到有个签名的出现频率很高，但是笔画凌乱，看不出字迹："这是谁？"

"这个人啊，应该是女孩家里的亲戚吧，也经常过来。不过，他都是挑没人在的时候过来，也就坐一会儿，留下花篮、水果什么的就走了。"

樊良皱眉："长什么样？"

"就是一个普通人啊，不过……好像是物流公司的人，有时候穿着蓝色工服。"

"有照片吗？"

女护士摇摇头:"我干吗拍照片?不过……不过他的手表很奇怪。"

樊良眼眸一缩:"咋了?"

女护士想了一下:"手表很旧了,表带好像是拼接的,一截一截的,颜色都不搭。"

樊良一下子惊呆了,那块手表他再熟悉不过了,这绝对不是巧合。他胸口剧烈起伏,一下子锁定了目标。

物流公司大门外,货车进进出出。樊良穿着一件便宜的装卸工衣服,手里拿着自己那个世界里王金国的破旧手表,表带正是拼接的。他觉得有些神奇,原来不同人的物品在不同世界竟然也会有重合。樊良心里感慨了一下,收起手表,四处看看,周围都是忙碌着的装卸工、司机和管理人员。

这时,樊良双眼一眯,转身弯下腰去,假装在搬东西。司机王金国和其他几位司机一起走过来。

"老王,听说你儿子就要结婚了?"

司机王金国面带喜色地应和道:"是啊!"

"好福气啊!啥时候办喜酒啊?"

"就在明天!"

"哟,到时候可别忘了给我们这帮老伙计发喜糖啊!"

司机王金国开心得哈哈大笑:"一定发,一定发。"

樊良转过身来,望着司机王金国,只见他的手上正戴着一只老表,金属腕带上有一截颜色明显不符。

这时,司机王金国离开众人,打开车门,上了自己的货车。

樊良眯着眼,目送王金国离去,然后看向一旁的经理办公室。他脑子一转，径直走了进去，掏出律师证，声称自己是一名律师，需要王金国的车辆维修信息。

经理却冷笑一声，将手中的律师证放下："虽然你是律师，但你没有法院的调查令，恕我不能把王师傅的信息提供给你。"

樊良左右瞧瞧，走过去，关上办公室的门。

经理脸色奇怪："你干吗啊？"

樊良气势一变，将一包烟放在桌上，露出讨好的笑容。

"别来这套啊！我可不收礼的。"

"瞧您这话说的，这能叫送礼吗？我就是脸皮再厚，也不能送这么寒碜的东西啊！跟您直说了吧，这件事，我是替我的客户来办的。"

经理挑了一下眉毛："客户？哪个客户？"

樊良压低声音："许文，许老板。"

经理变了脸色。

"来，我跟您说说这件事的细节……"

经理站了起来："不不不，您不用跟我说细节……系统就在这，我们公司成立十六年来所有车辆的维修信息都有记载。王师傅这十四年来就换过两次车，都有记录，您自己查吧！我出去上个厕所。"

"那这烟……"

"嘿，烟您还是拿回去吧！"

樊良收回烟，满意地点点头。经理匆匆往外走，顺便带上了门。

樊良冷笑一声，坐在电脑前，开始查询。随着电脑上信息的浮现，樊良的脸色渐渐变得阴沉起来。

半小时后，樊良离开物流公司，径直来到混混樊良家里。混混樊良和阿秀听到樊良的呼喊，走了出来。混混樊良神色复杂地看了一眼樊良。

樊良拿出一份材料递了过去，混混樊良没有立刻接手："这是什么？"

"你想要的真相。"

一辆破旧的两厢汽车行驶在公路上，樊良开着车，副驾驶座上，混混樊良翻看着手中的材料。

樊良瞥了一眼材料，解释道："根据物流公司的车辆记录，1996年10月23日，这辆货车有过一次维修。"

"樊斌是在10月22日晚上出的事。"

"由于已经过去了十四年，当时城东的那家修车厂早就不在了，所以，这不能成为直接的证据，但是我们可以找他对质。"

"他要是不承认呢？"

"有些事，只能赌一赌。"

"赌一赌？"

樊良眼神饱含深意："对，赌一赌，在这个世界，他到底是个什么样的人。"

家门口，司机王金国正在用水管冲洗货车上的泥巴。手机响起，他放下水管接听。

"喂，儿子，我还在洗车呢……我要过去帮忙吗？嗯，也行，明天中午我会准时赶过去的，放心吧！"

司机王金国笑着挂掉电话，随后从口袋里拿出两个核桃，正要剥开，身体却瞬间僵住。

前方走来的正是混混樊良。

第十九章　车　祸

司机王金国的眼睛眯着，打量着来人，随后，他将核桃放进口袋，笑了笑，看向混混樊良。

"你是樊家的大儿子吧？"

混混樊良一愣，点点头。

司机王金国叹了口气："你终于来了，我等这一天已经等了很久了。进屋谈吧！"

司机王金国走进屋中，混混樊良紧随而入。

远处，樊良靠着墙边，找了个地方坐下，缓缓点燃一支烟，并未跟过去。

屋内陈设简陋且杂乱，靠墙的桌上摆着妻子许娜的遗像，显得有些孤单。

"屋里比较乱，你随意坐吧！"

司机王金国走到妻子的遗像前，上了一支香，然后，他来到混混樊良面前，也搬了一把椅子坐下，从口袋里拿出核桃。

司机王金国伸手给混混樊良递核桃："吃吗？"

混混樊良摇头："你刚才说，你等这一天等了很久了，是什么意思？"

司机王金国自顾自地捏开核桃，吃了起来。

"这核桃皮很硬，但只要用力，就能捏开，吃到里面的核桃仁。真相也是一样，无论外面的壳多硬，只要有人挂念着，总有露出来的一天……既然你都到这里了，不如听我讲个故事吧！"

混混樊良点点头，眼中情绪开始积蓄，但被强行压住了。

"十五年前，远峰化工厂发生毒气泄漏时，有个警察参与调查了那个案子……"

随着王金国的话语，混混樊良的思绪似乎又回到了那个雾气萦绕的绝望时刻。那时,年轻的王金国戴着防毒面具,正在参与救援。

司机王金国继续说:"不久后,一个叫许文的人给了他一笔钱,让他帮忙做一件事。"

当年,许文将存折塞到他的手中。屋里妻子许娜正在床上咳嗽,面色苍白,儿子王晨在床边照顾着妈妈。门外,年轻时的王金国捏着存折,咬着牙。

"或许因为他是个懦弱的人吧,最终他没敢要那笔钱……"

第二天,王金国将存折放回到许文的手中。

"后来,他的老婆没有钱治疗,死了。樊远峰也被判了刑……什么都没有改变……"

妻子许娜的遗像被摆上了桌子,年轻的王金国一脸哀伤地站在桌前。电视里,司象县电视台正在播报新闻:"樊远峰因涉嫌危害公共安全罪,可能面临最高长达十年的有期徒刑……"

王晨缩在角落里哭着,王金国摘下警徽,放入抽屉。

"他老婆死的那天,是1995年10月22日。再后来,那个人辞了职,成了一名货车司机,但是生活压力让他变得嗜酒成性。那天是1996年10月22日,是他老婆的祭日……他恨自己的无能……"

司机王金国的眼前似乎又浮现出当时的画面,他开着货车,喝着酒,脸上满是泪水。

这时,前方出现一条野狗,他急忙转向,车灯却照出了两个人,伴随着刺耳的急刹车声,他们躺在了前车轮下。

司机王金国坐在座位上喘着气,正要打开车门下车,突然看见前面放着的王晨的照片,他知道,他要是留下,王晨就再也没人照顾了。司机王金国犹豫了一下,没有下车,而是开着货车走了。

第十九章 车　祸

"后来他才知道，自己撞的两个人，其中一个就是樊远峰的小儿子……你说巧不巧，讽不讽刺？我拒绝了栽赃陷害他，最后却杀死了他的孩子！"

混混樊良猛地站起来，一拳打在司机王金国的脸上，他的嘴角流下血来。

"你这个混蛋！我杀了你！"

司机王金国捂着脸，笑了起来，眼中的泪水，与血混杂在一起，流了下来。

"打得好！打得好啊！"

混混樊良看着司机王金国癫狂的样子，一时愣在原地。

"……因果循环，善恶有报。这么多年，我就是在等这一天……这一等，就等了十四年。这块大石头，我也背了十四年。现在，王晨长大了，可以照顾自己了，我终于可以喘口气了……樊良，替你弟讨个公道吧！"

混混樊良一把掐住司机王金国的脖子："好，我成全你！"

司机王金国面如死灰，也不挣扎。就在这时，樊良冲了进来，一把拽住了混混樊良。

樊良死死抓住他："冷静点儿！想想你媳妇儿和孩子，你想再进监狱吗？"

混混樊良一听，身体颤抖着，松开了手。他闭上眼睛，眼角流下泪来。害死樊斌的凶手就在眼前，混混樊良这么多年的坚持，一下子都化为了泪水。

樊良放开了混混樊良。

"你去自首吧！"

司机王金国看着一模一样的两人，露出惊异的神色，不过他并没有多说什么,似乎已经失去了对任何事情的好奇,只是点点头:"我会的,不过,在此之前,我有个请求……"

第二天,酒店内的婚礼现场,鲜花铺满两侧,到处都是喜庆的大红色,布置不算豪华,但也宾朋满座。一对新人站在台上,似乎在期待着什么。

司仪凑到新郎王晨耳边:"新郎官,吉时快过了,还不开始吗?"

王晨皱着眉头,看着门口,忽然,他紧皱的眉头舒展开,脸上露出了笑容。门口,穿着西装的司机王金国走了进来,他的脸上贴着创口贴,手上戴着那块老旧手表。

司机王金国走上台,王晨和新娘迎上前。

王晨松了口气:"爸,还以为你不来了呢!"

司机王金国爽朗地笑道:"儿子结婚,做爸爸的怎能不来呢?"说完,他从怀里拿出两个大红包,交给了新娘。

新娘声音很甜美:"谢谢爸!"

司机王金国欣慰地笑着,然后从手腕上摘下手表,给王晨戴上:"儿子,我没有大富大贵,什么也没法留给你,这块表我戴了一辈子,以后就交给你了,好好对你媳妇儿,好好过日子。"

王晨有些奇怪:"爸……你说什么呢,跟要出远门一样?"

司机王金国摆摆手,不多说,然后和王晨、新娘拥抱在一起。

门口,樊良和混混樊良远远地默默看着,也有一些感触。这个王金国到底是好人还是坏人?樊良想到了自己世界里的王金国,不禁有些唏嘘。

婚礼结束后,司机王金国遵守承诺,跟着樊良两人来到公安局,他叹了口气,大步走向公安局,但走了几步又转过身来:

第十九章 车 祸

"喂！你们俩……"

樊良和混混樊良看着司机王金国。

"这十四年来，我一直是个迷了路的人，直到今天才找回了自己，我觉得无比轻松。我看得出来，你们也跟我一样，都是迷了路的人。希望你们也能找回自己，找到回家的路。"

说完，司机王金国笑了笑，大步往公安局走去。混混樊良和樊良对视一眼，若有所思。

C

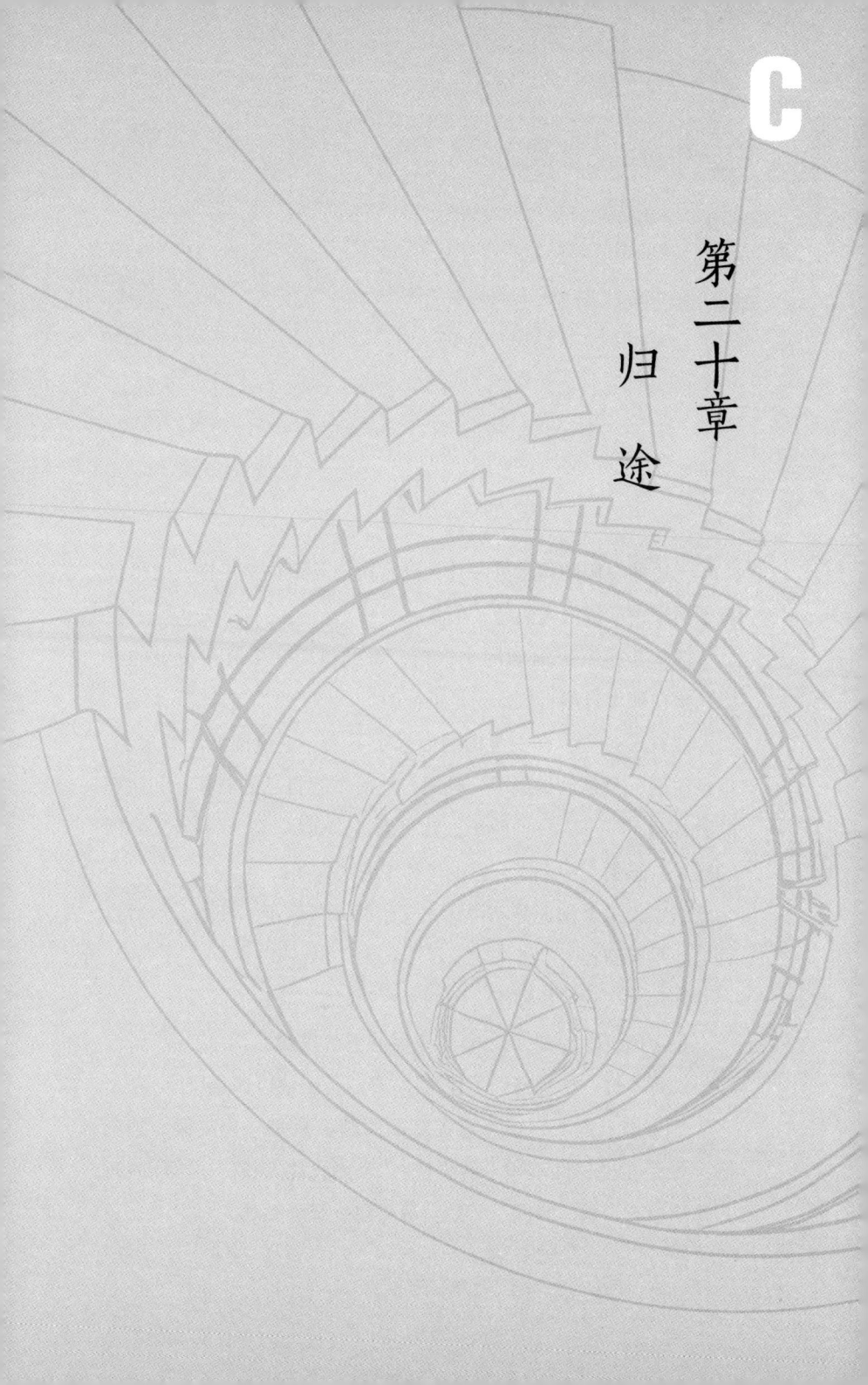

第二十章　归途

天边的夕阳映得远处一片火红，司象县跟往常一样，父母接孩子回家，下班的人们融入车流。

江辉走进一家简陋的小饭馆，看到里面一个有些疲惫的身影，坐在那里自斟自饮，正是王金国。

江辉走过去，在王金国对面坐了下来。王金国见江辉来了，也没说话，只是给他倒了一杯酒，然后举起自己的酒杯，和江辉的酒杯碰了一下，一仰脖子，就将酒一饮而尽。江辉看着王金国的样子，感觉有些奇怪，但也将杯中酒喝完了。

结果，王金国还是不说话，又给两人各倒了一杯酒，然后自顾自地端起酒杯，准备一饮而尽。

江辉这次直接拉住王金国的手："师父，怎么了？"

王金国沉默片刻，说道："王晨的下落找到了。"

江辉吃惊，仿佛猜到了什么："真的是殡仪馆那具尸体？"

王金国点点头，也不看江辉的眼睛，只是一边夹菜一边喝酒，像是在说一件不相干的事情："今天我让人找出了当年发现尸体的所有资料，时间、年龄、身高和血型全都对得上。"

第二十章 归 途

江辉静静地听着，右手紧紧攥着酒杯。

"我还看到了尸体身上的衣服……错不了，王晨失踪那天，他校服里穿的就是那件衣服。"

江辉看着王金国，缓缓地说道："那就是说，确定是他了。那死亡原因呢？"

"尸体是在山脚下的湖里发现的，落水溺亡。身上没有别的致命伤，应该是一场意外。"

江辉不知道该说些什么，只能端起酒杯和王金国碰了一下，然后一饮而尽。

"师父，那个土坑怎么解释？王晨的校服为什么会在那里？而且，王晨为什么会来到这个世界？他遭遇了什么？"

王金国摇摇头，整个人有些无力："我不知道，现在的情况早就超出了我的认知。王晨这事，我查得够久了，一直在想会是一个什么结果，可当真查到了，我反而很平静。也许，对于这个结果，我早就有心理准备了。这么多年，又有什么意义呢？"

江辉叹了口气："不管怎么说，总算是有个结果了，虽然……师父，你现在怎么打算的？"

"回去吧，折腾得够久了。"

江辉点点头："什么时候走？"

王金国抬头望着外面的天际："明天吧，还有最后一件事。明天一早，我想去趟殡仪馆，把王晨接回去，跟他妈安顿在一起。"说着，他长叹一声，似乎想把心里的悲伤一扫而光，又故作轻松地道，"都结束了，以后我也可以安心了。"

江辉看着王金国，不知道该说什么好，只能默默喝酒。

王金国看了江辉一眼："干吗用这种眼神看我？你是不是觉

得，我这辈子混得特别惨？人家这个王金国，不仅是局长，一家子也和和美美；我呢，孤家寡人，废人一个。"

江辉沉默良久，摇摇头："要是原来，我可能会觉得是你活该，守着自己的原则，一点儿不懂得变通，搞得一辈子很辛苦。不过，现在经历了一些事情，我不这样看了。"

王金国好奇："为什么？"

"因为我看到了那个局长王金国的另一面。"

王金国一愣："什么意思？"

"那天晚上，我看到了他做噩梦的样子，他蜷缩着身子，似乎害怕什么人找到他。我就知道，一切都是有代价的。如果丧失底线，也许就会变成他那样，睡都睡不踏实。师父，为了你的坚守，你失去了很多，但是我知道你一直很坦荡。坚持原则不难，难的是一辈子坚持原则！"

王金国看着江辉，似乎要重新审视这个年轻人了。

江辉撇撇嘴，又把自己的酒杯倒满："师父，你知道我为什么要当警察吗？"

"为什么？"

"小时候我又瘦又小，做事又喜欢出风头，班里那群男孩子可坏了，总是欺负我。有一次，我狠狠地咬了其中一个人，他们几个就像疯了一样追着打我。我当时特别害怕，结果跳进学校外面的一座枯井里藏了起来。"

王金国不禁失笑："看不出来，你还有这么厌的时候。后来呢？"

"那几个小孩倒是没找到我，可是我发现自己也爬不出去了……那时候没有手机，我拼命喊，也没人听得见。我在井里被困了很久，差不多得有三天吧，因为每天我都会在地上刻一道痕迹，当刻到第三道的时候，我又渴又饿，连呼喊的力气都没有了。我抬头看着天空，已经绝望了。那时我眼冒金星，觉得自己大概再过一会儿就会死在井里。就在这时，井口终于来人了，我记得特别清楚，他是个警察，当他一把抓住我的胳膊的时候，我立刻哭了出来。我当时就想，我长大了也要当警察，也要救人！"

王金国一笑，目光中的阴郁少了一些："因为警察救了你，你就也想当警察？"

江辉摇头："我只是觉得，我也要做一个能保护别人的人。这才是我的初心嘛。你举报我，我其实一直都不理解，现在我明白了，人要是没了初心，迟早会迷失自己。"

"那你不怕以后落个跟我一样的下场？"

"但求心安嘛。我已经想好了，等我回去，就去找刘局检讨，得到什么处分我都认了，只要还让我当警察就行，哪怕再去学习、培训三年，我也愿意。"

王金国满意地点点头，和江辉碰杯："这才像我王金国的徒弟。"

江辉忽然又想到什么："师父，我被救的那天，跟王晨失踪是同一天，你说是不是很巧？"

王金国愣了一下，刚要说什么，突然局长王金国的手机又响了，一看是许娜来电。

王金国只好接起电话，对面传来许娜的声音："老王，你在哪呢？"

"陪同事吃饭。"

许娜很生气，催促道："赶紧回来吧，你儿子在家呢！翅膀硬了，我说不了他了。"

"怎么了？"

"你回来就知道了！"

说完，许娜就气呼呼地挂了电话。王金国有些蒙，无奈地看着江辉。

江辉笑了笑："师父，你赶紧去看看吧。有时候这种家庭琐事，也是一种幸福。"

王金国摇摇头，摩挲着酒杯，有些犹豫："我去干什么，明天咱们就走了，让正主自己去处理吧。"

江辉盯着王金国道："可是王晨在家啊，你不想见见他吗？"

王金国一愣，这可是他十几年来的心愿啊，怎么会不想见呢？

"这次咱们走了，估计再回来就难了，你不想亲眼看看长大以后的王晨吗？了解一下，他是不是一个听话的孩子。"

王金国沉默不语，不过脸上的确露出了向往的神色。

江辉在兜里掏了半天，只掏出一点儿钱，然后装到一个破烂兮兮的红包里，递给王金国。

"这是干什么？"

江辉挠挠头："王晨要结婚了，怎么说他也是师父的儿子，我得随个礼。"

王金国推开江辉的手："胡闹！这又不是我的儿子！"

"师父，你就当是自己的儿子，去看一眼王晨吧，看看他成家的样子。"

然后江辉拿起桌上的笔，歪歪扭扭地在红包上写着：祝贺王晨新婚大吉，愿你一生幸福平安，做一个跟你父亲一样有正义之心的人。江辉叔。

江辉硬把红包塞到王金国的手里："师父，你可一定要帮我把红包带到啊!"说完,江辉起身,笑吟吟地又嘱咐道,"明天一早,咱们分头行动,你去殡仪馆,我负责放了那个局长,然后咱们在化工厂会合。"

王金国叹了口气,只好把红包装进自己上衣的口袋。江辉见状,催促王金国赶紧回去,王金国没办法,只好再次回到局长王金国家。

王金国一进门,就看到许娜坐在沙发上,双手抱在胸前,一副余怒未消的样子,但是客厅并没有看到儿子王晨。

许娜见到王金国回来,立刻开始抱怨:"你那宝贝儿子,真的要气死我了!"

"到底怎么了?"

"这到了眼前,说不想结婚了!也不知道是哪根筋搭错了!我说那天吃饭他怎么不来呢,原来早就打算好了。"

王金国听着许娜的喋喋不休,没有说话,只是目光扫视,寻找着王晨在哪个房间。

许娜继续道:"人家小雯是老师,她爸是财政局的,多好的人家,都走到这一步了,说不结就不结了?唉,你倒是说句话啊!"

王金国脸色有些尴尬:"王晨呢?"

许娜瞥了一旁的房门一眼:"在屋里。你自己跟他说。"

王金国点点头,朝王晨的房间走去。他轻轻推开门,只见房间只开着一盏台灯,灯光温暖柔和。一个年轻的身影正背对着王金国,坐在书桌前,有些消瘦。

王金国看着这个背影,微微有些发愣。虽然对方没有转身,但他可以确定,这就是王晨,长大后的王晨。可是……这个背影却如此陌生,就算在梦里都没有看到过。

那个身影也不转身，只是说道："爸，你不用劝我。"

王金国听着声音，他的心剧烈地跳动，呼吸也跟着急促起来。

终于，王晨转过身，看向王金国。王金国也终于见到了成年后的王晨，他心中一阵激动，眼睛不由得有些湿润。王晨跟照片上一模一样。

两人对视着，一时间都没有说话。

王晨似乎感觉到父亲的神色有些异常，疑惑地问道："爸？"

王金国这才意识到自己有些失态，立刻收敛情绪，恢复正常的神色："听你妈说，你不想结婚了？"

王晨点点头。王金国在儿子身边坐下："理由呢？"

王晨侧着头，想了一会儿："反正就是突然不想结婚了，没什么理由。之前这些事都是你跟妈定好的，但是现在我觉得我还年轻，有很多事要做，不能这么早就把什么都定下来。"

王金国苦笑："人这一辈子，能平平安安地活着，就已经很幸福了。有的人，连体会人生的机会都没有。"

王晨有些不耐烦："又是这一套，我都听腻了。你不懂我，没有人能够真的懂我，有时候……我觉得我都不属于这个世界。"

王金国看到桌上放着一副象棋，心头不由一动，想到自己明天就要离开了，他实在不想就这样浪费与王晨之间的会面。

"要不咱俩杀一盘？"

王晨有些不满地看了王金国一眼："爸，你今天这是怎么了？你从来没跟我下过棋。"

王金国一愣，这才想起来，眼前的王晨并不是自己的儿子。

王晨站起身，撇撇嘴："我的想法已经告诉你们了，你们也不要再说什么，我已经决定了。"说完，他就朝外面走去。

第二十章 归 途

王金国愣愣地看着王晨离开，有些不知所措。很快，客厅传来许娜和王晨争执的声音，然后是一道关门的声音。

王金国知道，王晨走了。

王金国回到客厅，许娜的脸气得通红："你说，你儿子这是抽的什么风？这不是胡闹吗？"

王金国沉吟片刻，也没说话，只是朝外面走去。

"你干吗去？"

"出去走走。"

"这么晚了，什么时候回来？"

王金国摆摆手："别等我了。"说完，他出门离开，径直走出小区。

街道的路灯下有一个棋摊，几个男人蹲在一起，聚精会神地看着眼前的棋局。王金国从不远处走过来，也蹲在棋摊前，看他们下棋，仿佛这里的生活本来就属于他自己一样。

破烂的民居里，局长王金国的一只胳膊被铐在墙角，江辉拿着面包和水，递到他面前。局长王金国有些警惕地看着江辉，没有接水和食物。江辉也没有强求，而是坐在一旁，拿出那个三棱锥，仔细端详着。局长王金国看到江辉手里的东西，微微有些吃惊："那是什么东西？"

江辉看了局长王金国一眼，没说话。

"我之前也见过一个，不过不知道是干什么用的，被人偷走了。"

江辉一愣："还有一个？这是穿越空间的钥匙。"

局长王金国若有所思，似乎想到了什么，露出惊讶的神色："你们就是用这东西来到这个世界的？"

江辉点点头："你终于相信我们说的话了。"

局长王金国摇摇头，皱着眉头分析这件事："虽然很难，但我不是傻子，看到跟自己长得一模一样的人，不信也不行。"

"我师父，就是另外那个你，只是想找到他失踪多年的儿子，不会做其他过分的事情。"

局长王金国问道："那……他找到了吗？"

江辉神色有些黯然，只是叹了口气。

"是殡仪馆的那具尸体？"

江辉点点头。

"你们之后的打算呢？"

"比起你，他过得不好，老婆、孩子都死了，一辈子过得很憋屈。"

局长王金国的眼里有一丝惊慌，他想到了一种可怕的可能。江辉看了他一眼，似乎理解他的想法："我们明天一早就离开这里，我会放了你。"

局长王金国微微松了口气，但随即又有些警惕地看着江辉："说话算数？"

"我们都是警察，跟你也无冤无仇，当然说话算数。"

局长王金国打量着江辉，不置可否。

就在这时，江辉看到窗外有一阵亮光闪烁，他愣了一下，随即仔细辨认，亮光正是远处化工厂厂区方向发出的。江辉有些疑惑，走出屋子，观察远处的亮光。化工厂方向，缓慢而有规律地闪烁着光芒，看上去有一种说不出来的诡异。

江辉有些警觉，朝亮光的方向走去。

很快，他来到化工厂厂区，注意到闪烁的光芒来自一间废弃

第二十章 归　途

的厂房。淡黄色的光芒，一阵阵地从厂房的窗户射出，而且隐约能看到，厂房里似乎还有人影在走动。

江辉蹑手蹑脚地走过去，透过窗户看到了里面发生的事情，忽然他脸上露出震惊的表情，然后拿出手机，开始偷偷拍摄。

第二天，天色一亮，王金国就驾驶着局长的车赶往殡仪馆。王金国一边开车，一边给江辉打电话，但是江辉的电话一直无人接听。

王金国挂了电话，感到有些奇怪："这小子，干吗呢？"

来到殡仪馆，王金国和殡仪馆的工作人员交涉那具遗体的事情。

工作人员说道："如果要火化，正常来说需要家属签字，但是17号是无主遗体，您这边签字也是可以的。"

"我签字吧。"

工作人员递给王金国一张表格，王金国看着表格，在"家属"那一栏签上了他的名字。

工作人员看到王金国的签字，提醒道："局长，那是家属签字的地方。"

王金国没理会工作人员，只是说："安排火化吧。"

"因为没有家属认领，骨灰我们怎么处理？"

"交给我吧。"

看着殡仪馆的烟囱飘出一些烟尘，王金国一个人坐在那里，静静地等待着。过了一会儿，工作人员走了过来，手里捧着一个骨灰盒。

工作人员把骨灰盒放在桌上："局长。"

王金国点点头："谢谢。"

工作人员离开，房间只剩下王金国一个人，他起身走上前，轻轻地抚摸着骨灰盒，神情有些哀伤："儿子，我带你回家。"

王金国捧起骨灰盒，大步离开，再次回到车上。他拿出手机，继续给江辉拨打电话，但是江辉的手机依然无人接听。

王金国感到有些奇怪，于是直接来到那处废弃民居。他抱着骨灰盒，推门走进屋里。局长王金国还被铐在墙角，有些警惕地看着王金国。

王金国看了看四周的环境，没有发现江辉。

"江辉呢？"

局长王金国没说话，只是看着王金国。

王金国看到房间里散乱地放着一些面包、方便面的包装袋。他把骨灰盒放在桌上，开始等江辉。

"等江辉回来，我就放了你。"

局长王金国似乎放松了一些，看着王金国，说道："你儿子……找到了？"

王金国看了一眼一旁的骨灰盒："找到了，我要带他回家。"

局长王金国打量王金国："我很好奇，另一个世界的自己，生活到底是什么样的。"

"你的生活很好了，没必要知道那些不开心的事。"

就在这时，王金国的手机响了，他拿出来一看，是局长王金国的。王金国接起电话，瞥了局长王金国一眼，然后打开免提，里面传来警察的声音："局长，化工厂有命案。"

王金国和局长王金国都是一愣。

"什么命案？说清楚点儿。"

第二十章 归 途

"是当地村民报的案,在化工厂里发现一具尸体,死者是男性,30岁左右,身高1米78,身穿一件卡其色的夹克和棕色的裤子。"

王金国顿时感觉脑子嗡嗡作响,手机差点脱手,这个描述跟江辉一模一样。他低头看了一眼局长王金国,局长王金国也一脸惊讶。

局长王金国安慰道:"不一定是他。"

王金国愣愣地挂上电话,看了局长王金国一眼,然后快步转身离开。

不一会儿,王金国就来到了化工厂旧址大门口,发现这里已经拉起了警戒线,警察也已经工作起来。

警察见王金国来了,立刻迎了上来:"局长。"

王金国尽量让自己显得冷静:"尸体在哪儿?带我去看看。"

警察看着王金国,欲言又止:"局长,死者……是上次您的那个……亲戚。"

王金国看了警察一眼,没说话,径直朝化工厂内走去。

警察带着王金国走进废弃的厂房,正是王金国和江辉逗留过的那间。厂房里已经聚集了不少警察,都在忙碌着,此时都看着王金国,并主动让出一条路。王金国径直走到中间,看到一个人背对着他坐在椅子上,双手和双脚被绑着,可以看出,此人已经死了。

王金国走近,站在那人对面,只见他低着头,头上套着一个塑料袋,看不清长相,但是身形王金国再熟悉不过了。

王金国有些迟疑,最后还是伸手掀开了那人头上的塑料袋。尸体露出面孔,正是江辉!

王金国一脸呆滞,愣愣地看着江辉的尸体,良久不说话,周围众人也不敢出声。过了很久,他强压内心的悲伤和震惊,用尽量平静的语气问道:"现场还有什么发现?"

"现场还在勘查,除了受害者,目前还发现另外两人的脚印,很可能就是凶手留下的。"

王金国点点头,语气有些冰冷:"仔细勘查现场,不要放过任何线索。"说完,他便匆匆离开了厂房。其余警察目送他离开,大气也不敢喘。

王金国回到废弃民居,他愣了很久,忽然痛苦地抱着脑袋,整个身子微微颤抖着。

良久,王金国抬头盯着局长王金国,脸色非常难看。

局长王金国猜到了什么:"那小子死了?"

王金国愤怒,冲上去扯着局长王金国的衣领,喊道:"是不是你?!是不是你干的?!"

局长王金国冷笑:"用脑子好好想想,如果真是我干的,你现在还能这样跟我说话?"

王金国一愣,似乎也意识到自己刚才的失态,松开了局长王金国。

王金国用手抱头,非常痛苦:"为什么会这样?是我害了他,如果他没留下来,就不会死……是我害了他。"

局长王金国喝道:"喂,以后有的是后悔的机会,你还是先想想,这起案件到底是怎么回事吧!"

王金国一愣,看着局长王金国,吼道:"那是我的徒弟!是我一手带起来的徒弟啊,跟儿子一样!"

局长王金国也提高声音:"所以呢?凶手是谁?还有他杀人的动机,你现在有思路吗?"

王金国茫然地摇头。

"那就是说,谁杀了人,为什么杀人,你都毫无头绪。"

第二十章 归 途

局长王金国又看了看桌上的那个三棱锥:"这东西可以送你回去,对吗?"

王金国点点头。

"那我劝你,最明智的方法,就是带着这玩意儿,回到你自己的世界去。因为事情越来越复杂了。"

王金国有些惊讶:"让我别管了?"

局长王金国缓缓地道:"难道不是吗?你只是个外来者,对这个世界一点儿都不了解,你又能做什么呢?这次的案子肯定不是一场意外,天下哪有这么巧的事情,被害的恰好就是另外世界的人。这说明,你们早就被人盯上了,杀人者一直躲在暗处,他能杀一个,就能杀第二个,你自己也不安全。"

王金国皱眉,听着局长王金国的分析,没有回应。

"我是这个世界的公安局局长,发生在这里的案子,我会去调查清楚。你现在要做的事,就是放了我,然后自己离开。"

王金国看了看局长王金国,又拿起桌上的那个三棱锥,仔细端详着。

局长王金国盯着王金国,似乎在等待他做决定。

恍惚间,王金国耳边传来江辉的声音:"师父……"

王金国猛地一个激灵,缓缓摇头:"可是,死的是我的徒弟啊!我哪里听得进去这些道理?"

局长王金国皱眉,有些不理解地望着王金国。

"江辉是因为我而死,查出杀人凶手,是我必须做的。别忘了,我也是一名警察。"说完,王金国把三棱锥收了起来,又对局长王金国道,"你的身份,我只能再多借用几天了。"

第二十一章 马浩回来了

A

街角一家便利店，池小惠穿着便利店的工服，将氧气罐放在收银台一角，然后去整理货架。这时，另外两名女店员站在一角，对视一眼，露出不怀好意的神色。

店员甲指挥道："小惠，货架上的牙膏是不是不够了？你去仓库补一下货吧。"

池小惠闻言道："好的。"

池小惠转身来到仓库，打开门，进去找牙膏。两个店员赶紧悄悄地溜过去，将仓库门关上了。随后，店员乙摸出一瓶胡椒粉，店员甲拿起池小惠的呼吸罩，眼看就要把胡椒粉倒在呼吸罩中，这时，池小惠想要推门出来，店员甲赶紧伸手拧住门把手。

池小惠打不开门，发现门从外面被拧住了，她喊道："孙姐，帮忙开一下门！卡住了！"

店员甲一脸兴奋："快快快！"

店员乙眼看就要把胡椒粉倒在呼吸罩里，这时，陈朵的声音响起："不想蹲监狱，就别这么做！"

店员甲和店员乙一愣，看着陈朵大步走过来："小惠肺部有

第二十一章 马浩回来了

损伤，如果吸入胡椒粉，很有可能引发感染，你们现在的举动，可以说是涉嫌谋杀了！"

两人一怔，店员乙不服气："你谁啊？吓唬谁呢！"

说着，店员乙依旧拿着胡椒粉想要往呼吸罩里倒。陈朵抢步上前，一把抓住店员乙的胳膊，用力一个反扭，一下子把店员乙按在了收银台上，东西被撞得七零八乱。

店员乙疼得吱哇乱叫。店员甲吓得松开了门把手，池小惠这才从仓库里出来，惊讶地看着眼前的一幕。

陈朵冷声道："信不信我现在就送你去公安局！"

"疼疼，松手，松手啊！"

池小惠看了一眼掉在地上的胡椒粉瓶，还有桌上的呼吸罩，顿时明白了一切。陈朵看着池小惠，见她眼中闪过一丝愤怒，但很快就被压制下去，化为一丝无奈。

池小惠上前劝道："放了她吧，没事的，开玩笑而已。"

陈朵冷着脸："这不是玩笑，会要你命的！"

池小惠低头，小声道："我知道，但是如果闹大了，我怕这份工作也保不住了，我好不容易找到的。"

陈朵看着池小惠，只见她脸上有些无奈和委屈。最后，陈朵还是松开了店员乙。店员乙揉着胳膊，跟店员甲胆怯地退到角落，恐惧地看着陈朵。

陈朵冷声道："如果再开这种玩笑，我就拧断你的胳膊！"

池小惠拉着陈朵："算了算了，我带你去吃饭吧。"

池小惠看看两个店员，带着歉意地点了点头，就拉着陈朵离开了，两人来到附近一家饺子馆。

看着桌上摆着的两盘热气腾腾的水饺，陈朵胃口大开，用筷子夹了一个放在嘴里。池小惠坐在陈朵对面,目光却望向饺子馆门外,也不动筷子。

陈朵顺着池小惠的目光看去,见她是在看门外两个正在玩风车的孩子,没有在意,而是问道:"她们经常这样吗?"

池小惠这才收回目光,看着桌子上的两个小型氧气罐:"我理解她们。在哪儿我都是一个怪胎,连一份普通的工作都找不到,她们觉得跟我一起工作,她们也会被认为是怪胎,所以总想把我赶走。"

"没找人帮忙?"

"王叔是我最亲近的人,但他自己的事情也很多,我不想让他操心。"

陈朵想到自己世界的经历:"就是他在化工厂事故里救了你?"

池小惠点点头,然后想到什么:"你那个世界里的池小惠,是什么样的?"

"也是一样,在事故中肺部受伤,但是做了移植手术,然后开了一家美甲店。"

池小惠叹了口气:"真让人羡慕。"

"羡慕吗?你还活着,她已经死了。"

池小惠若有所思,缓缓地道:"普通人无法想象我经历的这些,只有亲身经历过,才会珍惜曾经拥有的一切。我失去了很多宝贵的东西,可惜却没有从头再来的机会。如果有这样的机会,哪怕再渺茫,也要抓住,你说对吗?"

陈朵点点头,想到了在事故中去世的父母,盖着白布的遗体从她眼前被抬走,那是她一辈子的痛。

陈朵感慨道:"可惜时间不能倒流。"

池小惠好奇地道:"你也会有这样的烦恼吗?我觉得你很勇

敢，还是一名警察，好像什么都不怕。而且，我总觉得你有些眼熟，好像咱们在哪里见过一样。"

陈朵苦笑一声，眼前闪过雨夜中江辉转身离开的背影。

"也许在另一个世界，咱们可能是好朋友。其实，我比谁都胆小，惧怕任何跟我亲近的人，我的惧怕和犹豫还伤害了最亲近的人。"

池小惠惊讶道："是吗？"

"直到现在，我才明白，我欠很多人一个道歉。我一直觉得自己有时间去弥补，有时间去慢慢靠近，最终却发现，时间其实没有那么多，现在连再相见都很难。"

"等你回去了，他们就会原谅你了。现在，他们一定在拼命地找你吧。"

陈朵有些恍惚，眼前再次浮现出公安局走廊里，江辉站在远处，撑着雨伞，笑容和煦地看着她的画面。

陈朵叹了口气，低下头。

"对了，你还记得那个三棱锥吗？"

陈朵点点头。

池小惠道："我想起来在什么地方还见过一次了。"

"在哪儿？"

池小惠说道："王叔失踪前破了一个案子，他遇到了一个少年，叫马浩，好像手里就拿着三棱锥。我记得王叔跟我讲过。"

陈朵一愣，有些失望："可惜……王金国也失踪了。"

"我有他家钥匙，他的案子都记在一个本子上。我一会儿带你过去，说不定也能顺便找到王叔。"

陈朵顿时精神一振，根据她的推断，三棱锥可是回去她的世界的关键道具，如果能发现与它有关的线索，一定会大有帮助。

傍晚，天色暗淡了许多，司象县渐渐被黑夜笼罩，马路上汽车驶过，灯光连成一片。池小惠领着陈朵来到王金国家，她摸索着按开了墙上的电灯开关。

陈朵环视一周，这是一个老旧的居民住宅，房间里各种设施都非常陈旧，不过却很整洁，看来被池小惠打扫过。池小惠领着陈朵来到卧室，桌子上果然有一个笔记本。

陈朵走过去，拿起笔记本，然后看到了桌子上王金国年轻时候一家三口的合影。陈朵看着照片，不由得有些出神。

"怎么了？"

陈朵感慨良多："没事，只是想到这个世界的王金国，身为警察，是值得敬佩的。他帮助樊家洗清了冤屈，在那样的情况下顶住了许文的诱惑，太不容易了。"

"你的世界呢？"

"王金国放弃了。"

"樊家呢？"

"很惨。"

池小惠闻言不再说什么，脸上流露出一股忧伤。

陈朵翻开笔记本，只见里面是各种照片和剪报，还有王金国做的笔记，隐约能看到"7岁少年失踪""远峰化工厂毒气泄漏"之类的字样。陈朵翻到笔记本最后几页，看到了关于马浩案的记载。

某一页上面贴着一张马浩的照片。陈朵看到照片，一下子惊呆了。因为不久前，她在化工厂大门口遇到的那个十五六岁的神秘少年，原来就是马浩。

"我见过他，就在化工厂附近。"

第二十一章　马浩回来了

池小惠点点头："现在终于明白了，王叔见过的其实是两个马浩，其中一个就拿着三棱锥，而另一个则被他父亲失手杀死了。"

"拿着三棱锥的马浩来自另一个世界，而且他还在这里！"

池小惠有些惊讶，似乎觉得事情越来越复杂了。

"还记得你问过我，失踪的人是不是都去了别的世界，也许你说得对，我姐姐失踪的时候手里也拿着一个三棱锥，可能她就是去了另一个世界，甚至很有可能就是这个世界。"陈朵又道。

池小惠有些好奇，盯着陈朵："陈沁吗？你见过这个世界的姐姐吗？"

陈朵摇摇头："还没见过。但是陈沁、马浩、田康都有三棱锥，他们之间一定有着某种联系！"

陈朵继续低头翻看王金国的笔记本，试图找出新的线索，而池小惠则默默地陪在旁边。

县城一条不起眼的马路上，一辆出租车刚刚从拐角处驶出来，忽然一辆奔驰车横在路中央，挡住了出租车的去路。出租车司机不停地按喇叭，但是奔驰车纹丝不动。

出租车车门打开，司机师傅及车里的樊斌和孕妇陈朵都下了车，奇怪地看着前面的奔驰车。司机师傅怒气冲冲的，想要上前理论："眼瞎啊，怎么停的车？"

这时，奔驰车车门打开，许文和李东彪下车。李东彪上前一把揪住司机师傅的衣领，粗暴地喝道："没你的事，滚开！"

司机师傅看看李东彪，再看看许文，似乎认出了对方，赶紧溜回车里，掉头离开，把樊斌和孕妇陈朵扔在了原地。

樊斌看着许文，眼神有些怯懦："许叔叔。"

许文冷笑一声，走上前，打量樊斌。

"樊远峰的二小子长大了呀，我跟你爸在一起工作的时候，你还小呢，没想到还认得我。"

樊斌有些不敢跟许文对视，只是点头。

旁边孕妇陈朵扶着肚子，神色有些不爽："你这是什么意思？要绑架我们？"

许文瞥了一眼孕妇陈朵，微微露出诧异的神色，若有所思："你认识我吗？"

"许文许老板，司象县谁不认识。"

许文盯着孕妇陈朵看了一会儿，然后摇摇头，似乎在否认自己的某种想法，目光又落在了樊斌身上。许文一抬手，旁边李东彪递过来一份文件："签了它，我保你一生平安无事，而且盛文集团欠你一个人情。"

樊斌愣愣地看着面前的文件，伸手就要去拿。就在这时，旁边的孕妇陈朵伸手一把抓过文件，然后当着许文的面撕成了两半。

孕妇陈朵生气地道："樊斌，你哥的死说不定就跟他有关，你在这里认怂，对得起樊良吗？"

樊斌有些纠结，看着自己的妻子："我……我……我不知道。"

李东彪想要上前，被许文一只手拦住。许文看看地上破碎的文件，又看看孕妇陈朵，似乎毫不生气。

"樊良的事我很抱歉，但在司象县，我许文要做的事，一定能做成。"

孕妇陈朵掏出手机，冷喝道："我现在要跟樊斌回家，如果你们不让开，我就立刻报警！"

许文绅士状伸手："请。"

第二十一章 马浩回来了

孕妇陈朵拉着樊斌，樊斌有些担忧地回头看了许文一眼，然后跟着她离开了，身后传来许文幽幽的声音："一味调料坏了一道菜，要做的不是补救，而是把整道菜倒掉！"

清晨，陈朵躺在池小惠家里的床上，眉头紧皱，似乎在梦境中遇到了什么，身子微微颤抖着。

梦中，陈朵来到一个陌生的房间，她看到"自己"坐在床上，似乎正在打电话。

"姐，没事……警察说还没证据。樊斌还好，嗯，谢谢。你要回来吗？嗯，其实还行，谢谢姐。嗯，那你到了车站，我去接你。"

陈朵感觉"自己"挂断了电话，长舒一口气，然后站起身，来到镜子面前，望着镜子里的自己。

脸庞一模一样，但是这个陈朵明显是长发，而且穿着宽松的孕妇装。

陈朵猛地睁开眼睛，躺在床上一动不动，很显然她梦到了这个世界的另外一个陈朵，就跟之前的那个梦一样，梦中人是自己，但也不是自己，不过这次却能感受到另一个陈朵的只言片语。这似乎是不同世界同一个人之间的一些微妙连接，难道之前在梦中跟樊良亲热的，也是这个陈朵吗？

陈朵觉得有些不可思议，但是她又想到自己曾推断可能不止有两个世界，那就是说，可能也不止有两个陈朵。

陈朵想到梦中的那个电话，似乎是在跟陈沁通话，看来这个世界的陈沁还活着。

陈朵不由喃喃道："姐……你在哪儿？"

陈朵再也睡不下去了，她起身走出房间，寻找池小惠："小惠。"

陈朵喊了几声，找了一圈，发现池小惠并不在家，可能是去上班了。她拿起电话，给池小惠打电话，但是没有接通。

陈朵露出疑惑的神色，最后找了纸笔，写下：我去见马浩妈妈了，一会儿见。随后，她将纸条留在桌上，随便吃了一点儿东西，拿着王金国的笔记本，就匆匆出门了。

树影婆娑的小路上，陈朵从远处走来，打量着这个梨园，只见很多梨树都被砍了，而且周围还停着一些挖掘机，似乎整个梨园马上就要被拆迁了。陈朵皱皱眉，低头看了一下王金国的笔记本，确认就是这里。

陈朵看到梨园旁边有一间屋子，而屋子外面坐着一个女人，正是马浩的妈妈周慧。周慧头发有些油腻，眼神空洞，坐在一个马扎上，身旁是一堆梨子，她正一个个地把梨子往塑料袋里装。

陈朵走过去，看着周慧。周慧察觉有人，抬头看了一眼，眼中露出迷茫的神色。

陈朵见到这个女人，之前从王金国的笔记本中大概也了解了发生在她身上的事情，不禁有些同情："您是马浩的妈妈吗？"

周慧又低下头继续装梨子："买梨吗？可以便宜一点儿。"

周慧似乎整个人都失去了精气神，双手和身躯都有一些干瘪。陈朵早就从笔记本中了解到这个女人身上发生的一切，眼中不由多了一些怜悯，还有一些愤怒，事情本来可以不这样的。

陈朵蹲下身子："我是王金国的朋友，想要问一些事情。"

提到王金国，周慧眼中恢复了一些神采。

"你是警察吗？"

陈朵愣了一下，不忍骗她："以前是，现在……不是了。"

第二十一章　马浩回来了

"男人被抓了，儿子也死了，要不是王警官，我现在连住的地方都没了，你还有什么想问的？"

陈朵盯着周慧，直奔主题："马浩回来过吗？"

周慧顿时身子一震，惊骇地看着陈朵，空洞的眼睛泛出了光彩。意识到自己反应过度后，周慧转过头去："你在说什么？浩浩已经死了。"

陈朵看到周慧的反应，明白自己猜对了："你见到他了，是吗？他是不是还经常回来？我想问的就是马浩的事情。"

周慧别着头不说话。

"你不用瞒我，因为我也见过他了。"

周慧终于有些兴趣了："你见过浩浩？浩浩的鬼魂，我的浩浩，又回来了。"

"他做了什么，说了什么，能告诉我吗？"

"你要干什么？"

陈朵诚恳地道："我是来帮他的。"

周慧抬头，看着陈朵，陈朵眼神很坦然。

"浩浩是真的还活着，对吧？我就说不是做梦。你也要跟我一样帮他吗？"

周慧似乎陷入了回忆之中，摩挲着手里的梨子，喃喃地开始讲述自己的经历。

大概两天前，周慧坐在马扎上，正在一个个装梨子，忽然感到有些不对劲，抬头向前看去，只见离她不远的地方，马浩正站在那里，默默地注视着她。

周慧一惊，以为是幻觉，手里的梨子落在地上，滚出去老远。

"浩浩!"

马浩看着周慧,似乎也有一些动容,弯腰捡起滚到脚边的梨子。

周慧起身跑过去,一把抱住了马浩。

"浩浩!我的浩浩!"

马浩举着双手,犹豫了一下,最终也抱住周慧:"妈!"

周慧痛哭流涕,拼命地释放自己的情绪:"妈妈错了,妈妈没有帮你!我的浩浩,你终于回来了,妈妈想你!"

马浩紧紧地抱着周慧,神色复杂。周慧抓着马浩的肩膀:"浩浩,你疼吗?你怨妈妈吗?妈妈对不起你啊!"

马浩摇摇头:"我从来不怪你,我只怪自己不能保护你。"

马浩抓住周慧干瘪的双手,有些心疼。

周慧再次崩溃,哭得浑身抽搐:"妈妈想你啊,妈妈对不起你!"

周慧哭着打量马浩,发现马浩的衣服很脏,浑身上下都是泥土:"浩浩,你找妈妈有事吗?妈妈能帮你什么?"

马浩犹豫了一下:"我需要钱。"

周慧一听,立刻把口袋里的钱都掏了出来,塞到马浩手里。

马浩只拿了一半,将另一半塞回周慧手里:"你也要照顾好自己。"

周慧点头:"我听浩浩的!"

"妈,我得走了,但我还会回来看你的。"

说完,马浩就转身离开了,周慧不舍地看着他走远。

周慧讲述完毕,整个人又垮了下来。陈朵听完后,有些疑惑:

第二十一章 马浩回来了

"他要钱干什么?"

周慧叹了口气:"不知道。他走后,我舍不得他,跟了他一段路,看到他买了一些东西。"

"买了什么?"

"他买了吃的,还去药店买了一些药跟纱布。"

陈朵惊讶:"纱布?"

她皱眉思索,立刻想到木材厂中那个受伤的田康,似乎笃定了什么:"他们果然是一起的。"

周慧察觉到陈朵的神色:"你要把浩浩带走吗?你要干什么?"

陈朵抓住周慧的胳膊,认真地道:"你知道的,你的马浩已经死了,他也并不是马浩的鬼魂!他是另一个马浩!"

周慧挣脱开来:"不,他永远是我的孩子,谁也不能再伤害他。这次……这次……他一定不会出事的!"

"没错,所以我要找到他。我怀疑马浩现在正跟一个很危险的人在一起,我必须把那个人抓住!我希望你能帮我一个忙,等马浩再回来找你,你立刻打电话告诉我。"

说着,陈朵在笔记本上写下自己的电话号码,然后撕下来交给周慧。

周慧看着电话号码,有些发愣:"他有危险吗?"

陈朵点点头:"只有你能救他!"

周慧的眼神忽然变得非常坚毅:"我还有机会!王警官你听到了吗?我还有机会保护一次浩浩,我真的还有机会!我这回……要救他!"

陈朵点点头,继续问道:"你跟踪马浩,最后他去了哪里?"

"我跟着他进了化工厂附近的树林,然后他就不见了。"

第二十二章 合作

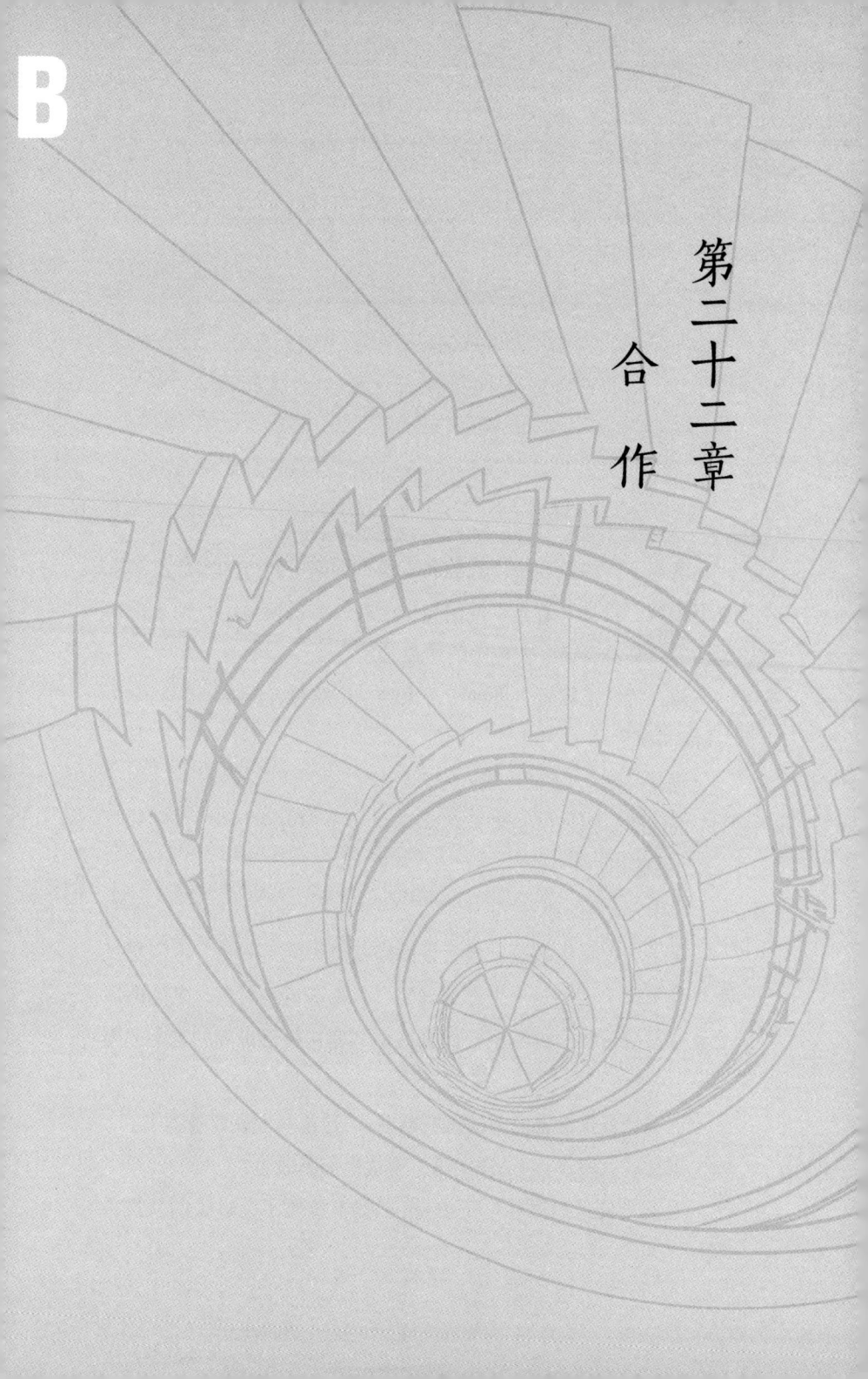

夜幕下，司象县一片寂静和安逸，昏暗的路灯和车灯点缀着这个小城。樊良开着车，混混樊良坐在一旁的座位上，两人也不说话，只是看着窗外夜色中的司象县。

两人持续沉默着，直到车子来到一个路口，混混樊良才开口："前面左拐。"

樊良一愣："不回去吗？"

混混樊良语气里充满无限感慨："去个地方。"

"去哪儿？"

"咱们长大的地方。"

车子在夜幕中缓缓驶去，最后停在樊家老宅附近。混混樊良和樊良下车，走近这个世界的老宅。樊良惊讶地看到，老宅的墙上竟然写着很多"拆"字，而且这个老宅比自己世界的老宅还要破旧。

混混樊良抚摸着老宅的斑驳墙壁："这边马上就要被拆了。"

樊良若有所思："是许文吗？连这里都不放过？"

混混樊良最后摩挲一下墙壁："都不重要了，过去的就过去

第二十二章 合 作

了，我现在只想好好生活。"说完，他就向老宅旁边的一棵老槐树走去。樊良见状跟了过去。

混混樊良来到老槐树旁边，绕着槐树转了一圈，随后拿起一根树枝，在槐树底下刨了起来。樊良看着他的动作，先是一愣，随即想到了什么："这是……难道还在这里？"

混混樊良一笑："你也想起来了？我一直没动。"

樊良有些激动，也跟着混混樊良一起刨，很快，两人从土里挖出一个盒子，打开盒子，里面是一瓶白酒。

混混樊良抚摸着白酒酒瓶："我答应他的，等成年了一起喝。你的世界也一样吗？"

樊良看着白酒酒瓶，神色恍惚，然后点了点头，那个嘻嘻哈哈的少年又浮现在了眼前。

少年时期的樊良和樊斌鬼鬼祟祟地从老宅出来，两人手里抱着一个盒子，那是偷来的白酒。

樊斌左右看看："爸没看到吧？"

樊良有些急不可耐："快，别磨叽了。这可是瓶好酒，爸看到，非揍咱们不可。"

"走走走！"

两人快步跑到槐树底下，然后挖坑，将盒子埋了进去。樊斌填好土，使劲踩了几脚。

"哥，这可是咱俩一起藏的，你可别偷喝。"

"哎呀，等你还不行吗？等你上大学，咱们一起喝！"

樊斌非常开心，露出向往的神色："嗯，你说这白酒，是啥滋味啊？怎么他们天天都喝？"

"我哪知道，想喝酒就赶紧长大！"

樊斌笑嘻嘻的，又围着填好的土坑转了一圈。这时，樊远峰从远处走来，两人赶紧分开。

这些画面看来是两个樊良共同拥有的记忆，如今混混樊良根据当初的约定，第一次挖出了那瓶白酒。混混樊良打开白酒，一股酒香弥漫开来。

"斌子，这瓶酒我开了。咱们也都到年纪了，之前舍不得开，是没法跟你交代，现在，咱们喝了吧。"

说完，混混樊良举起酒瓶痛饮一口，随后递给樊良。樊良看着手里的白酒，也举起来，猛灌一口。

樊良喝完，倒了一些酒在地上："斌子，尝尝这白酒的滋味，有些辣，其实并不好喝啊！"

混混樊良再次接过酒瓶，喝了一大口："斌子，咱们都长大了，长大后没有当时想象的那么好啊！"说完，他哽咽几声，将酒瓶摔在地上，转身离开。

夜幕中，城中村灯火通明。樊良和混混樊良回到家时，阿秀已经做好了吃的。餐桌前，阿秀正在指挥两个樊良摆菜，这时，敲门声突然响起。

樊良走过去打开房门，一个人提着酒走了进来，正是忠叔。樊良和阿秀一起看向混混樊良。忠叔也不说话，只是看着混混樊良。混混樊良挠挠头，走到忠叔面前，有些尴尬："忠叔。"

忠叔没理会混混樊良，走进屋里，把酒放在桌上。

阿秀张罗着："忠叔来了，都别站着了，开饭吧！"

樊良、混混樊良和忠叔在桌前坐下，桌上已经摆了不少菜肴。忠叔没说话，打开自己带来的那瓶酒，给三人分别满上。忠叔端起酒杯，樊良和混混樊良也跟着端起酒杯。忠叔向空中举了

第二十二章 合　作

举杯,然后把酒洒在了地上。

忠叔叹了口气:"樊斌的事,不管怎么说,也算是有个了结了。樊良,你小子有家有口的,以后也该走走正路了。"

混混樊良赶紧起身,给忠叔满上一杯,恭敬地道:"忠叔,我懂,这些年是我不懂事,把您也给连累了,我对不起您。最近我想明白了,你们在我身边,比什么都强。"说着,他仰头一饮而尽,"以后,我都听您的。"

这时,阿秀端着一碗汤从厨房出来。

忠叔一脚踢在混混樊良腿上:"你媳妇儿都快生了,怎么还让她干活?"

混混樊良赶紧起身去接阿秀手里的汤:"媳妇儿,我来!"

"别动别动,我能行。"

阿秀将汤稳稳地放在桌上,混混樊良蹲下,将耳朵贴在她的肚子上:"闺女,你妈太倔了,你可不能学她啊!"

阿秀有些脸红,嗔怪道:"你这人……你怎么知道是女孩?万一是儿子呢?"

混混樊良哼了一声:"儿子是赔钱货,我就喜欢闺女。当然,你要真给我生个儿子,我只能吃点亏、受点累,认了。"

阿秀轻轻地捶打混混樊良:"找打。"

四人一起笑着,忠叔问道:"孩子的名字取了没有?"

混混樊良挠头,有些为难:"这个还真没有……忠叔,你是长辈,你给取一个呗。"

忠叔摇头:"我不行我不行,取名字这事可不能含糊。"说着,忠叔转向樊良,"我听说,你是大律师,有文化,孩子的名字,你给想想?"

三人一起看向樊良，目光中满是期待。

樊良本想推托，但看到他们的眼神，只能郑重点头："我想想。"

"菜都凉了，赶紧吃饭，吃饭！"

四人其乐融融地吃起饭来。忠叔酒喝得有点多，饭后被阿秀扶到沙发上休息。而混混樊良和樊良则坐在被月光笼罩的院子里，感受着夜间的凉风，两人中间还摆着忠叔带来的那瓶酒和两个玻璃杯。

混混樊良倒上酒："干！"

两人干了一杯。

混混樊良抬头看着月亮："我的事你都知道了……在你那个世界，爸爸和樊斌后来怎么样了？"

樊良脸色一暗："因为化工厂的事，爸爸被判刑入狱，后来在监狱里自杀了。樊斌……也死了。"

"也是车祸？"

"被杀了，我怀疑是许文干的，只是一直没有证据。"

混混樊良看了看樊良的瘸腿："你的腿，怎么回事？"

樊良苦笑道："被人打断了，就因为我是樊远峰的儿子。"

混混樊良顿了顿，也苦笑道："我还以为，在另外的世界，你会过得好一点儿。跛脚的通缉犯和我这个小偷，咱们……彼此彼此。"

"不，起码现在，你比我幸福，你有家人，有老婆孩子。"

混混樊良有些好奇："这么多年，你就没找到合适的？咱们长得还算可以啊！"

樊良端起酒杯一饮而尽，苦笑道："我以为我找到了，只是

第二十二章 合　作

没想到，唉……不说这个了。"

樊良倒上酒，两人又干了一杯。

"化工厂那事，我一直怀疑有人在暗中使坏，但始终没有证据。如今看来，如果这两个世界有雷同，那么，当年就是许文让人诬陷咱们樊家的。"

樊良点点头："在这个世界，王金国可能没有接受许文的那笔贿赂，许文用别的方法栽赃了我们。在我的世界，王金国和许文联手了。"

"要是没有那次事故，也许我们都能过上普通人的生活，一家人整整齐齐，热热闹闹，安安稳稳，多好。"

樊良点点头："或许吧……或许还有另外一个世界，还有另外一个樊良，他可能过着咱们梦寐以求的安稳日子。但是咱们俩的命运，已经被改变了。"

"真荒诞！"混混樊良突然想到了什么，有些兴奋，"我打算签合同的时候跟许文要点钱，然后带阿秀和孩子离开这里，到她的老家去定居……那是云南的一个小镇，山清水秀，冬暖夏凉。她家里还有十几亩地和一片果园，我准备在那里重新开始，彻底告别这里。"

樊良看着混混樊良。混混樊良笑起来："不错吧？"

"那忠叔呢？"

"肯定跟我们一起走啊！他那么大年纪了，我得照顾他。"

樊良点点头："很好的计划。"

"你呢，以后有什么打算？"

樊良沉默着，目光有些迷茫。

"不如……你也跟我们一起吧。"

樊良一愣，面露诧异。

"跟我们一起到云南去，以你的本事，搞个新身份应该不难，别人问起来，就说你是我的双胞胎兄弟。"

樊良摇头："不，我得回去。"

"干吗一定要回去？在那个世界，你都成通缉犯了，回去很危险！不如跟我们一起，重新开始。"

樊良沉吟良久，抬头凝视空中的明月："因为，在我的世界，我还有很多事情要做……不过，还是谢谢你的提议。"

混混樊良点点头："好吧，那我答应你了。"

"什么？"

混混樊良站起身，伸个懒腰："我答应你，帮你从许文那里偷回那个小玩意儿。"

樊良一愣，忽然明白过来，脸上露出惊喜的神色。

"哎，别太感动啊！我只是不喜欢欠你的人情而已……我能做的，也只有这些了，你个瘸腿的通缉犯。"

"谢谢你，小偷。"

月光下，两个落魄的樊良彼此对视一眼，微微一笑。在经历了不信任与矛盾之后，相同的成长背景让他们开始互相理解，在被所有人敌视的情况下，他们决定联手，再一次向不公的命运宣战。

翌日，一辆车停在街角，车内，樊良和混混樊良看着许文所在大楼的方向。

樊良解释道："三棱锥就在许文办公室的保险柜里。在没有干扰的情况下，你用多久能打开保险柜？"

混混樊良看了一眼手边的一个包："最多十分钟吧。"

第二十二章 合　作

樊良点点头:"好,我会帮你争取十五分钟。"

"可是,平时许文的办公室根本不让人随便进去,更不要说单独在里面待十五分钟了。"

"所以,必须制造一个名正言顺的机会,让你能一个人待在里面。"

混混樊良摇摇头:"这个……恐怕有点难。"

"对于许文来说,樊良最大的价值是什么?"

"咱家化工厂那块地,他最想拿到那块土地。"

樊良点点头:"所以,我会打电话给许文,约他出来见面,谈转让协议的事,他一定会同意的。这时,就要用到我们最大的那张底牌了。"

混混樊良疑惑地看着对方:"什么底牌?"

"最大的底牌就是许文不知道这里有两个樊良。"樊良拿出两份转让协议,将其中一份递给混混樊良,"只要我打电话把他约出来,你就进去,拿着这份协议直接去许文的办公室。"

混混樊良接过协议书,有些吃惊:"我直接去?"

"对,如果有人阻拦你,你就说你跟许文约好了,是他让你去办公室面谈土地转让协议的事的,这件事许文很重视,他公司的人应该不敢阻拦你。"

混混樊良皱眉:"等等,我有点蒙,你把他约出去,我又跑去他办公室找他,肯定有人给他打电话,通知他啊!"

樊良一笑:"放心,我早想到了,我会把他约到地下车库,那里没有信号。"

混混樊良恍然大悟:"我懂了,他公司的人就算想给许文打电话,也没法接通,他们怕耽误事情,只能让我先在办公室等着。"

"我会尽量拖住他十五分钟,你那边要利用好这段时间,打开保险柜,拿走三棱锥。做完这一切,你马上找借口从公司大楼的后门离开,我会在那里接应你。"

混混樊良点点头:"明白。"

樊良把两人的手机放在一起,然后调出"倒计时"模式,给两个手机同时设定了十五分钟倒计时。

樊良最后嘱咐道:"记住,从许文出来,你进入大楼那一刻开始,只有十五分钟。如果实在打不开保险柜,你就不要耽搁,直接放弃行动,安全第一。"

混混樊良信心满满地拍着胸脯:"放心吧,我这辈子干啥啥不行,偷东西可没差过事儿。"

樊良一把抓住混混樊良的胳膊,郑重地道:"答应我,不要勉强,别忘了阿秀和孩子还在等你回去。"

混混樊良看着樊良:"好,我答应你就是了。走了。"

混混樊良把那份协议装进文件包,然后拎着包下了车。樊良看着混混樊良离开,拿出手机,拨通了许文的电话。

"喂,许老板,是我……我想好了,咱们签协议吧……不过,我想换个见面地点。还有,能不能多少给点好处啊?不多,能让我一家人过上一阵好日子就行。"

不久后,盛文集团门口,许文带着一名壮汉从大门走出,上了车离开。拐角处,暗中观察的混混樊良拿出手机,按下按键,十五分钟倒计时开始。

混混樊良走了过去,一个保安拦住他:"哎,你是干吗的?"

混混樊良拎着文件包,一副很嚣张的样子:"你们许总约我谈生意。"

第二十二章 合　作

另一边，樊良也拿着一份协议，站在无人的地下车库。樊良掏出手机，看了看，屏幕显示没有信号。这时，不远处的车库入口处，一辆轿车开了进来。车灯在黑暗的车库隧道里显得格外刺眼。樊良手机的倒计时也开始倒数，显示还有十四分钟。

此时，混混樊良站在电梯里，看着电梯的数字不断变化着，最终在六层停了下来。电梯门打开，混混樊良走了出去。

车库里，轿车停在了樊良的面前，许文和那名壮汉从车上下来。

许文看了看车库的环境，冷笑道："选这个地方签协议，倒是很少见啊！"

樊良故意贱兮兮地道："许老板您的大楼太过高端了，我这人没见过什么世面，在那里签协议，我浑身不自在……还是这里好，人少安静。"

许文不屑地道："你小子是当贼当惯了。"

樊良笑道："许老板，我的东西呢？"

许文不满地哼了一声，示意一旁的跟班。壮汉从车上拿下一个背包，递给许文。许文把背包丢在樊良的面前。樊良赶紧捡起背包，拉开拉链，里面是一沓沓钞票。

樊良满脸堆笑："多谢许老板。不过，我能先数数吗？"

许文脸上有些阴郁："信不过我？"

"这话说的，我能信不过您吗？我这也是守规矩，当面点清了，对大家都好。毕竟第一次见这么多钱，见谅见谅。"

许文冷哼一声："随便！跟你老子一个德行，把钱看得比什么都重要，点吧！"

樊良干笑着，开始数钱，他又看了看手机，倒计时显示还有十三分钟。

另一边，混混樊良径直来到许文的办公室门前，旁边坐着一名女秘书。混混樊良正准备推门进去，被女秘书拦住："你干什么？"

"找你们许总，我跟他约好的。"

"许总刚刚出去了。"

"出去了？他不是约我谈化工厂转让协议的事吗？"

"这个我就不知道了。你等一会儿。"

女秘书只好拿出手机，给许文打电话，但是电话一直无法接通。

混混樊良故作不耐烦："怎么回事啊？"

"我现在联系不上他。"

混混樊良不管她，直接往办公室里走，又被女秘书和保安拦住："许总不在，你不能进去。"

混混樊良从文件包里拿出那份协议，晃了晃，提高声音道："我跟许总谈的可是大生意！你们就这么招待我？有没有点儿诚意？再阻拦我，信不信，这协议我不签了？！"

混混樊良拿出泼皮无赖的架势，大声嚷嚷起来。声音惊动了公司的安保主管，他走了过来。

安保主管对女秘书道："交给我处理，别耽误了许总的事。"

安保主管打开办公室的门，对混混樊良道："请进。"

混混樊良一脸得意，走进办公室，大刺刺地在沙发上坐下，结果回头一看，那名安保主管也跟着进来了，关了门站在一旁，没有要出去的意思。

混混樊良有些傻眼，他掏出手机，看到倒计时显示只有十分钟了。

混混樊良看到茶几上有一个玻璃烟灰缸，便对安保主管道：

第二十二章 合 作

"有水吗？我有点渴。"

安保主管走到一旁的饮水机前，给他接了一杯水，然后走到茶几前，俯身把水放在茶几上。突然，混混樊良抄起那只烟灰缸，朝安保主管的后脑勺猛地砸了下去。

砰的一声闷响，安保主管被打晕了！他一个趔趄，眼看就要倒地，混混樊良赶紧扶住他的身体，将他轻轻放在沙发上，整个过程十分安静。然后，混混樊良立刻快步走到保险柜前，耳朵贴着保险柜，开始扭动数字按钮。

车库中，许文明显有些不耐烦了："数完了吗？"

"数完了数完了，一分不多，一分不少，刚刚好。"

许文摆摆手："那就赶紧签吧！"

"好，我这就签。"

樊良拿出笔签了字，并按下手印："您再看看。"

许文扫了一眼，有些满意："我和你们樊家的事就到此为止了，你好自为之。"

壮汉收起协议，许文正要离开。樊良掏出手机，瞥了一眼，倒计时还有七分钟。

"许叔，还有最后一件事。"

许文愣了愣，一脸不耐烦："还有事？"

"事到如今，一切都结束了，我就想知道，我爸被冤枉的事，真的是你做的吗？"

许文盯着樊良，冷笑了一声："你是不是觉得他特别冤枉？"

"难道不是吗？"

许文眼里出现怒意："我告诉过你，我才是被背叛的人！"

樊良平静地注视着许文："所以，你就想报复他。"

许文眼中寒光一闪，冷笑道："当年那个投资人各种欺辱他，甚至还对他动手，是我看不过，打断了那个投资人的一条胳膊，结果他反而把我赶出了化工厂。上天有眼，化工厂出了事，我就顺水推舟，找人伪造了调查结果，把他送了进去……他对我不仁，我也不义！"

樊良咬紧牙关，攥紧拳头："你……就不怕遭报应吗？"

许文凑近樊良，低声阴阴地道："樊远峰是我害的，我承认了。你又能把我怎么样？你想知道后来那个投资人怎么样了吗？你去猜吧，你不会想知道的。"

樊良冷汗涔涔，不敢说话。

办公室里，混混樊良全神贯注地开密码锁，却始终打不开，急得满头大汗。

混混樊良将耳朵贴在保险柜上，屏气凝神良久，忽然"咔"的一声，保险柜的密码锁终于打开了，他长出了一口气。混混樊良赶紧打开保险柜，看到最上层的三棱锥，不禁大喜，将三棱锥放入一旁的文件包里。接着，他又看到下面一层放着许多档案。

混混樊良翻开其中一份档案看了看，露出震惊的神色。他没有注意到，一旁躺在沙发上的安保主管的手指微微动了一下。

车库中，许文和樊良继续对视着，樊良慢慢低头，躲避许文的目光，低声道："许叔，我惹不起你，我认输。"

许文满意地点点头，拍拍樊良的肩膀："樊家只剩你一根独苗了，我是念旧的人，不会赶尽杀绝的，一切就到此为止吧。呵呵，如果你实在忍不了，就跟我一样，多练练书法，可以平心静气。"

"多谢许叔。"

许文冷笑，上车离开。樊良立刻看了看手机，只剩最后一分

第二十二章 合 作

钟了。

樊良也上了自己的车，从另一个出口离开了。

办公室里，混混樊良继续翻看资料，里面全是许文贿赂各种人的证据。他沉吟一下，将证据全部放入文件包里。然后，他在最底层又看到一盘老式磁带，上面贴着"1995"字样的纸条，他拿起磁带也打算一起带走。

突然，那名安保主管猛地勒住了混混樊良的脖子。混混樊良大惊失色，开始和对方厮打起来。房间里的桌椅等都被打翻，发出一阵嘈杂的响声。女秘书听到办公室里传来的声音，急忙上前，却发现门被反锁了，无法推开。

女秘书使劲拍门，门依然不开，她回身大喊道："来人啊！"

声音惊动了公司的其他保安，他们纷纷跑过来。这时，许文已经返回公司，听见吵闹声，也带着人赶向办公室。

樊良的车已经驶出地下车库，来到了公司后门位置，却没有见到混混樊良的身影，他隐隐有些不安。他看了看手机，已经过了约定时间。樊良给混混樊良打电话，但是一直无人接听。樊良一脸焦急，心中有着强烈的不祥预感，焦虑地握着方向盘。

办公室里，混混樊良继续和安保主管搏斗。混混樊良的手机一直响着，他却无暇顾及，被对方打得满脸是血。混混樊良一脚踢中安保主管的下腹，对方立刻弯腰倒地，起不来了。

就在这时，办公室的大门被撞开了，许文带着众多手下闯了进来。

许文看到混混樊良，微微一愣，他有些惊讶，怒喝道："你怎么在这？！"

混混樊良挣扎着站起身，将装着文件的文件包捡起来，抱在怀里,他扫视一周,见所有出口都被封死了,明白自己已经没了退路。

混混樊良凄然一笑,吐掉嘴里的血水,决绝道:"许文,你不会有好下场的!"

许文朝手下命令道:"抓住他!"手下立马朝混混樊良冲过去。

混混樊良却冷冷地一笑:"想抓小爷,做梦!"话音一落,他就朝办公室的落地窗冲了过去,直接撞破窗户玻璃,从六楼跳了下去。

樊良的车子停在大楼的后门处,他正焦急地朝大楼张望。

突然一声巨响,混混樊良直接跌落在樊良车前的一个垃圾桶上,浑身扭曲,嘴角冒血,但他手里依然死死地攥着那个文件包。

樊良坐在车里,震惊地看着摔在面前的混混樊良。混混樊良躺在垃圾桶上,也看着车里的樊良。

混混樊良嘴里全是血,他尽力把手里的文件包递向樊良:"东西……拿到了……"

樊良这才反应过来,赶紧下车,将重伤的混混樊良扶进自己的车子。他抬头往上看去,高处的窗户那里,许文正冷冷地看着自己。

樊良顾不上这些了,赶紧将混混樊良放在副驾驶的位置,然后上车,一踩油门,疾驰而去。

许文站在破碎的窗户前,看着樊良的车离开。这时,女秘书走过来,低声道:"许总,保险柜里的东西都不见了。"

许文脸色十分难看:"让他们都出去。"

女秘书让许文的手下都离开办公室。许文坐回沙发,看着被

第二十二章 合 作

打开的保险柜,脸色阴沉。

女秘书一脸迷惑:"为什么……会有两个樊良?"

许文神色有些恍惚,似乎想到了一些什么:"该死,又是一些奇怪的事情,我真的讨厌这些!不过,现在不是说这个的时候,他手里的东西太要命了。马上安排人,尽快找到逃走的那个小子。"

"是。"

"等等。"

女秘书站住。

"把东西找回来,什么手段都可以!"

第二十三章 棋局

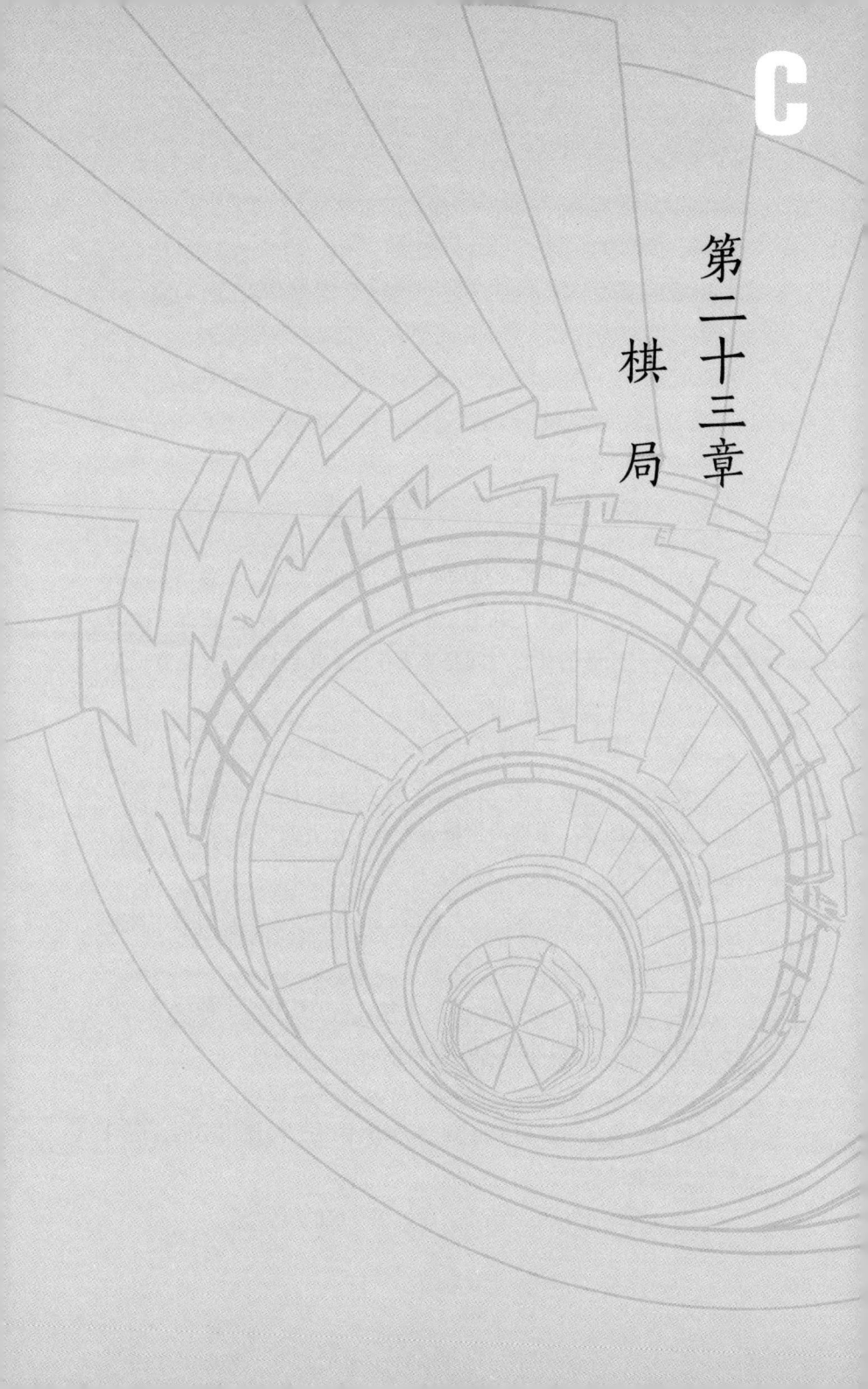

会议室里的大屏幕上投放着凶杀现场的照片，王金国和几名警察坐在会议桌周围，其中一名警察正在做讲解："根据法医的尸检报告，死者的死亡时间是昨天夜里1点至3点，死亡方式是头部被套上塑料袋窒息而死。"

接着，屏幕上又投放了江辉的手腕和现场的各种脚印照片。

警察继续讲解："现场一共发现了两组可疑的脚印，推测应该有两名行凶者。根据尸检报告来看，死者的头部遭受了重击，应该是被袭击后昏迷，又被捆在椅子上的。"

王金国静静地听着，面无表情，只有手中被攥紧的笔，显示着他现在的心情。

警察继续投放各种照片，其中有一张是江辉的手部特写，可以看到他的一只手的指尖有明显血迹。

"死者身上有多处严重伤痕，但是都非致命伤，似乎只是为了给死者制造痛苦，初步推测，应该是凶手曾经使用酷刑，逼问死者一些事情。"

王金国终于发话："有没有跟凶手有关的线索？"

第二十三章 棋 局

警察点点头,又展示了一张照片,是在椅子腿上发现的血手印的照片。

"这是在现场发现的一枚血手印,极有可能是凶手留下的,技术科那边已经做了采集,正在指纹库里做比对,应该很快就会有结果。"

"有消息第一时间通知我。"

王金国嘱咐完,起身离开,独自一人来到法医工作室。江辉的尸体被停放在法医室里,一名法医正在收拾东西,似乎刚刚做完尸检。

王金国走进来,看了看一旁的法医:"你先出去。"

法医点点头,似乎也听说了这名死者跟王金国有亲戚关系,于是默默离开。

王金国看着停尸台上江辉的尸体,神情木然。事到如今,王金国依然有些恍惚,他悲痛过、后悔过、自责过,但依然无法接受江辉已经死了的事实。他本来应该是跟自己一起回去,然后接受处分,过一段时间再重新回到公安局,然后时不时来图书馆看看自己,可是他为什么会死?为什么会是他?王金国感觉心口像被压了一块巨大的石头,呼吸都有些困难了。

王金国看到江辉脸上的瘀血,轻轻地用手擦拭着,却怎么也无法擦干净。他拿起江辉的一只手,看着他指尖的伤痕,死亡前他一定经历了什么,到底是谁这么残忍?往日的画面浮上心头,那个鲁莽而又耿直的徒弟,如今只是一具冰冷的尸体了。

王金国喃喃道:"江辉,我一定会给你报仇。"

就在这时,大门推开,一名警察快步走了进来:"局长,指纹结果出来了。"

说着，警察把一份报告递给王金国。王金国看了一眼报告，上面写着指纹对比人的名字：田康。

王金国有些奇怪，问："田康？马上抓捕这个人。"

警察有些奇怪地看着王金国："局长，您忘了？"

王金国一愣。

警察告诉王金国，田康早就被抓了。王金国惊讶地回到办公室，坐在桌前，要来一份这个世界的田康杀死池小惠的案件卷宗，仔细地看着。池小惠的惨状，让王金国心里抽搐一下，他想到了那个照顾自己的池小惠，不知道她现在怎么样了。

那名警察一直站在一旁。

"这个田康一直被关在看守所里，根本不可能作案。"

王金国皱眉思索着，现在看来情况似乎有些明朗了，一定是另一个世界的田康做的。可是到底有几个世界呢？难道是自己世界的田康？可是他为什么要杀这些人？

"不过，现在想来，田康这件案子的确也有些奇怪。当时田康杀池小惠的时候，监控视频、指纹都指向他，铁证如山，可是这小子就是死不承认，说不是自己干的。当时也没人在意，都觉得他是为了活命，随便胡扯的。"警察又道。

王金国点点头，放下报告："可是从指纹上看，的确是还有一个田康又在作案。"

警察有些迷惑："这个……也许是有人复制了田康的指纹，故意栽赃？总不可能有两个田康吧？我们查过他的资料，田康没有双胞胎兄弟。"

王金国沉吟片刻："也许，真的有两个田康。"

"两个田康？"

第二十三章 棋 局

王金国不想过多解释,只是对他说:"所有跟田康案相关人员的资料都给我找出来。"

"是。"

会议室里,屏幕上投放着田康案的各种资料,警察正在做案情梳理,王金国坐在一旁,认真地听着。

屏幕上正在投放马浩的照片,一名警察简述道:"马浩,16岁,司象县北源村居民,在田康杀人案中,被田康指认为目击证人,说他是唯一可以证明自己不在杀人现场的人,但是经查,在田康杀人的第二天,此人就失踪了,至今下落不明。"

"失踪?"

警察点点头。

王金国若有所思,夜里那个坐在自己电瓶车后面的少年,在回忆里一闪而过。王金国示意警察继续。

屏幕上又变成了樊良的照片:"樊良,30岁,也是司象县居民,在田康杀人案中,是田康的辩护律师,但是在调查此案期间,警方在他车内发现了毒品,此人目前是在逃状态。"

王金国沉吟一下:"那就是说,他也是下落不明。"

"樊良当时被警方追捕,逃进远峰化工厂后,就再也找不到了。"

王金国一愣,眼里亮光一闪:"失踪前他进了化工厂?"

"是的。"

"那马浩呢?他的失踪地点是不是也在化工厂?"

"这个目前还不清楚,但是他家所在的北源村,倒是离化工厂很近。"

王金国看着屏幕一言不发,脑子里思绪翻腾,很多事情似乎都可以串在一起了，这一系列案件的背后，到底隐藏着一个什么样的人？

一辆警车停在马浩家的门口。马喜才正在往货架上搬运梨子，结果看到警车驶来，有些发怵。

王金国穿着警察制服走下警车，马喜才一眼认出他来，拔腿就跑。

王金国直接从腰间拔出手枪，拉了一下枪栓："站住！"

马喜才立刻吓得站在原地，王金国走到他面前，直接反剪他的双手，将他铐了起来。

"我……我什么都没干，凭什么抓我？"

"什么都没干，你跑什么？而且我开走你的车，你怎么也不报警？是不是干了亏心事？"

"我……我真的什么都没干啊！"

王金国问道："你儿子马浩呢？"

马喜才一愣："早就跑了，一直没回来。"

"跑了？跑哪儿去了？"

"我……我哪儿知道。儿大不由爷，我也管不住他。"

王金国冷笑一声，他现在几乎可以确定，那天在国道上遇到的马浩就是这个世界失踪的马浩。马浩回到家里，发现这不是自己的家，并无意中目睹了马喜才勒死另一个马浩，然后埋尸的一幕。所以，王金国才会有当初遇鬼一样的经历。而且王金国在那个马浩的脖子上也看到了伤痕，说明这个世界的马喜才跟自己世界里的一样，都对马浩动过手，都是有家暴倾向的人。那么，剩下的问题就是，那个马浩是怎么到了自己的世界的？

第二十三章 棋 局

王金国看着马喜才的眼睛："事情应该没这么简单吧？马浩失踪那天，你是不是打过他？"

马喜才眼里闪过一丝紧张。

王金国恐吓道："我怀疑，你儿子被你杀了，跟我去局里走一趟！"说着，他就要把马喜才带走。

马喜才立刻急眼，大喊道："我……我没杀他！我真的没杀他！"

"那你就老老实实地把当时的情况说清楚。"

"好好好。当时……当时我喝了点酒，心情不好，的确动手打了他……但是，后来来了一个莫名其妙的人，把我打了，然后带走了马浩。"

根据马喜才的描述，一周前，他喝多了对马浩动手，马浩跑出家，他醉醺醺地追了出去。马喜才当时愤怒地一个耳光将儿子打倒在地，马浩拼命地反抗。马喜才随手拿过一截绳子，勒在马浩的脖子上。

眼看马浩就要被勒死了，这时，马喜才身后出现了一个人，在他后脑勺猛地一击。马喜才立刻倒地，疼得站不起来。马浩才得以从他手中逃脱，只是脖子上留下了一道勒痕。

马喜才忍受着后脑勺的疼痛，看到那个神秘人将马浩带走了。

马喜才回忆，他看到的那个神秘人穿着黑色罩衣，手里拿着一个微微闪烁的三棱锥，而在黑色的帽子下，隐约能看到那个人的面孔。

王金国听着马喜才的描述，有些兴奋："那个人手里有个三棱锥？"

马喜才点点头："我估计我的脑袋就是被那玩意儿打的，可疼了。我……我是打了孩子，但是他去哪儿了，我真的不知道，要问你就问带他走的那个人！"

"你还认得那个人的长相吗？"

"那天天挺黑，他又戴着帽子，但是……如果有照片，我应该能认得出。"

王金国一听，立马从手机里找出田康和樊良的照片，放在马喜才眼前。

马喜才拿起照片，辨认了一下，最后指着田康的照片："就是他。"

王金国点点头，心里忽然想通了很多，很多线索都对上了，始作俑者都指向田康。接下来是另一个地点，他要去核实另一件事情。

很快，王金国来到忠叔的小超市。

忠叔和忠婶一眼就看到了王金国，忠婶一脸惊慌，忠叔却只是满脸怒气地看着王金国，显然他们对这个世界的王金国有着很大的意见。

忠叔冷冷地道："你又来干什么？"

王金国一愣，意识到忠叔对自己的敌意，果然这个世界的王金国跟他们是有冲突的。他只能平静地说："我想了解一下樊良失踪的事。"

忠叔冷笑道："王金国，你少在这装好人！樊良的事，你应该比我清楚！我告诉你，樊良要是出了什么事，我就算拼了这条老命，也要咬下你一块肉！"

王金国奇怪地道："你这话是什么意思？"

"别以为你当了公安局局长，我就怕你！你干的那些破事……

我们都知道了。"

忠婶有些慌张，一直拉忠叔的衣角，让他别说了。

忠叔却毫不在意："我怕什么！是他王金国干伤天害理的事，樊良一家都被害惨了！"

王金国皱眉："我不是来跟你聊这些的。我只想知道，樊良失踪之前有什么异常举动，或者见过什么奇怪的人吗？"

"我不知道！樊良的事，你别想从我这里套出一个字！有本事你就栽赃我，把我也抓进去！"

忠叔吵吵嚷嚷的，一副要拼命的样子。王金国见状，不想多做纠缠，只好转身离开。看来这个世界的王金国的确做过什么见不得光的事情，不然也不会天天做噩梦，而且还被樊良的家人如此唾弃，应该也是跟当年的远峰化工厂有关。

王金国一边想着，一边走出超市，正要上车离开，这时忠婶急匆匆地走出来，拦住了他。

"王局长，王局长！"

王金国一愣。

"我们家老忠犯浑，您别跟他一般见识。樊良的事，我听他念叨过几句。我什么都告诉你，但……但求您高抬贵手，放过他。"

王金国叹了口气，尽量让自己语气温和："你说。"

"听老忠说，樊良查那个杀人犯的案子，好像是在监控视频上发现了什么问题，说杀人的不是那人，好像还发现了什么东西，叫三什么来着……"

"三棱锥？"

忠婶点头："对对，就是这个。别的事我就不知道了。王局长，我们家老忠是个倔驴，他跟樊家早就没关系了。您和樊家的事，我们一点儿都不知道，也不关心，您……可别为难我们啊！"

王金国点点头，不知道该怎么安慰她，只好说道："只要没做犯法的事，就不用害怕。"

忠婶使劲点头："那……樊良他……"

"我会找到他的。"

王金国转身上了车，回到公安局，来到局长办公室，用电脑仔细地查看当初田康案的证据。

王金国认真地看着田康杀人案的监控视频，突然，他好像发现了什么，按下了暂停键。视频里，田康正从犯罪现场逃走，手里攥着一个东西。王金国把画面放大，看到田康手里露出的一截东西，正是三棱锥！

王金国做了一些初步调查之后，来到废弃民居，与局长王金国会面。他脸色冷峻地看着局长王金国："跟我说说你与樊家的事吧。"

局长王金国一愣，随即平静地道："这是我的私事，跟你要调查的事没有什么关系。"

王金国冲上去，一把扯住局长王金国的衣领，发狠道："有没有关系，不是你说了算。"

局长王金国迎着王金国的目光，却丝毫没有胆怯："发火是无能的表现，看来你的调查没有什么进展。"

"你应该比我着急，我只要一天查不出江辉的死因，你就得继续被关在这里。"

局长王金国无奈，点点头："把你的调查进展和我说说，起码这个世界，我比你了解得更多。"

王金国有些犹豫，没有立刻表态。

第二十三章 棋 局

"多一个人就多一份力量,你现在能依靠的人,只有我。"

王金国看着局长王金国,沉思片刻,将一份调查文件丢在他的面前。

局长王金国一边翻看资料,一边说:"从现有的线索来看,杀死你朋友的人,应该是另一个世界的田康。"

"这个田康,杀了池小惠,杀了江辉,却救了马浩,不知道为什么,我需要知道他的目的。"

"看来,这是一个在平行世界之间流窜的杀人案。"

"你还是没有说你和樊家的事。"

局长王金国有些不耐烦:"我说了,这和你现在要调查的事没有任何关系。"

王金国摇头:"樊良拿到一个三棱锥,而那个三棱锥是你偷偷藏起来的,对吗?还有,许文是怎么死的?你一定知道些什么!"

局长王金国不说话了,只是默默地看着文件。

"所有跟三棱锥有关的人和事,我都要查清楚。就算你不说,我自己早晚也能查出来。"

这时,王金国的手机响了,打开一看,是局长王金国的妻子许娜的电话。

王金国和局长王金国对视一眼。

王金国道:"你的家事我可以让你听到,但你不要出声,这是为你好。"局长王金国叹了口气,只好点点头。

王金国走到旁边,接起电话,打开免提,里面传来许娜焦急的声音:"老王!不好了,王晨不见了!"

局长王金国立刻紧张起来,身子一绷,刚想说话,就被王金国按住。

王金国沉稳地回答："不见了？怎么回事？"

"今天我给他打电话，一直没人接。我又打电话问他公司，说是他一早就没去上班。"

"去他家里找了吗？"

"找了，根本没人。这马上就要结婚了，怎么办啊？！"

"你先别着急，应该没什么大事，我现在就去找他。"

王金国挂了电话，局长王金国似乎很焦急："快，快去找王晨！他可能有危险！"

"为什么？"

"可能是樊良干的，这小子狗急跳墙，对付不了我，就找我儿子下手！"

王金国看着局长王金国，却没有表态。

局长王金国恳切地道："帮我找回我儿子，只要确保他的安全，你问什么我都告诉你。"

王金国点点头，起身离开了。

他先是来到王晨独居的公寓，公寓里很整洁、很干净，但是没有人。随后，他注意到客厅的桌上放着一个相册，相册下面似乎压着什么东西。

王金国上前，从相册下面拿出一张便笺，只见便笺上写着：爸、妈，结婚的事，我想再考虑一下。这段时间我想出去散散心，你们不要找我。我很好，不要担心。王晨。

王金国无奈地叹了口气，拿出手机，拨打电话，对面传来声音："局长，什么事？"

"帮我查查，王晨有没有买火车票或者飞机票的记录，也派人去长途汽车站看看。还有，让出租车公司也帮着找一下。"

第二十三章 棋 局

不一会儿,手机响起,王金国接起电话,里面传来警察的声音:"局长,人找到了,就在……"

"知道了,你们不要派人过去,我自己去就行。"说完,王金国挂了电话,匆匆下楼。

王晨换了一身休闲服,头上戴着帽子,坐在长途汽车站的候车室里,身旁放着一个行李箱。检票处的检票员喊道:"去北京的旅客,准备5号口检票上车。"

候车室里,乘客们纷纷起身,朝检票口走去。王晨也跟着站起来,走到检票口排队。

不一会儿,王晨已经检票完毕,跟随排队的人,准备登上长途汽车。

这时,他身后不远处传来一道声音:"王晨!"王晨循声望去,只见王金国走了过来。

王晨立刻有些慌乱,想要跑,却被追过来的王金国一把扯住。他不敢看王金国的眼睛:"爸,你就别逼我了。"

王金国看着王晨,又好气又好笑地摇了摇头。

"就算跟你回去,我也不想结婚了。"

王金国无奈地叹了口气:"我不会强迫你回去的。走,先跟我吃点东西去。"

王晨有些发愣,惊讶王金国竟然没有骂自己。

"吃完,去哪儿随你便。"

王晨这才放松下来,点点头。

两人来到路边的一家小饭馆,桌上摆了几个家常菜,还摆着两瓶啤酒。王晨低头不说话,王金国拿起啤酒,给王晨和自己各倒了一杯。

王金国端起酒杯，示意王晨也举杯。

"你不是不让我喝酒？"

王金国没说话，只是摇摇杯子。王晨有些奇怪父亲的举动，但还是举杯和他碰了一下，然后一饮而尽。

王金国放下酒杯，看似随意地夹了一筷子菜，然后对王晨说："吃菜。"

王晨有些糊涂，不知道父亲是什么意思，也不夹菜。

"吃菜啊！"

王晨只好也夹菜吃，但不时地偷眼看向父亲。

"我像你这么大的时候，在部队已经当副连长了。"

王晨低头吃菜，还是不说话，只是有些不屑地撇撇嘴。

"这次，你别当我是你爸，咱们就是两个成年男人，一块儿聊聊天，有什么想说的，都可以大胆地说，不管同不同意，我都会尊重你的想法。"

王晨看着父亲，犹豫了片刻，终于鼓起勇气："我……我想离开司象。"

王金国低头吃菜："为什么？"

"我……我感觉自己从来都不属于这里。从小到大，你都把我的生活安排好了，现在又安排我结婚。我感觉，我一眼就能看到自己老了的样子，这不是我。有很多事情，即便是你和妈，我也无法痛快地说出来，这种感觉很孤独。我不想这样，我想出去闯闯。"

"因为这个，你才不想结婚？"

王晨点头，有些愧疚地道："小雯，我对她挺满意的，但

第二十三章 棋 局

是……我真的想离开这里,到外面的世界走走。我是怕耽误了人家。"

王金国笑了笑:"没看出来,你还挺有责任心。"

"我相信,靠我自己,也能闯出一片天地。"

王金国看向饭馆不远处的树下,那里正是他之前过来时看到的棋摊,此刻棋摊旁边没有人。

王金国看看王晨:"你不是一直想跟我下棋吗?走,试试。"

王晨一愣,随后点点头。

很快两人来到棋摊,坐在棋桌前。王金国开始熟练地摆放棋子,王晨的摆放也很熟练。

王金国想了一下,开始念起口诀:"马走日,象走田,车走直路炮翻山……"

王晨直接接上:"士走斜线护将边,小卒一去不回还。"

王金国一愣:"你小子知道啊?"

"你不肯教,我不会自己学吗?"

王金国一笑:"好小子,那咱俩好好地杀一盘。"

树荫下,两人的棋盘已经杀得难解难分。王晨的卒子已经过了河,冲到了王金国的盘面上。

但是不一会儿,王金国又占了上风,局势对王晨变得不利起来。

"年轻人啊,都觉得自己有能力,要么觉得自己是象棋里的'车',可以横冲直撞;要么觉得自己是'炮',可以隔山打牛;要么觉得自己是'马',可以闪转腾挪,可是到头来才发现,自己其实只是个'卒',只能一步一步地往前拱。"

王晨把自己的卒子又朝前拱了一步:"当卒子起码能过河,

能杀到外面去，总比当个'士'强，只能围着'帅'转圈。"

"你真的考虑好了？"

王晨点点头，口气很坚定："不管怎么样，我都会离开司象。"

"卒子过了河，可就身不由己了，遇到的麻烦和考验要比原来大得多，搞不好就被人吃了。"

"你就这么瞧不起小卒子，不过河我怎能左右纵横？"

王金国叹了口气，看着王晨："你的决定，我同意了。"

王晨一愣，有些不可置信。

"王金国的儿子不会是孬种！我相信，没有父亲的庇护，你也能闯出来。"

王晨有些惊喜："真的？你同意了？"

"不过，你的决定，你得亲自告诉小雯和她父母。"

王晨有些为难："他们肯定会骂死我的。"

"你既然决定去闯荡，那就得堂堂正正地面对所有事。我不希望你当逃兵。"

王晨目光坚定，点点头："我明白了。对了，爸……"

"怎么？"

"今天你让我觉得很熟悉、很亲切，以前你不是这样的。"

王金国点点头，拍拍王晨的肩膀，话里有话："我一直在你身后。"

王晨似懂非懂，又在棋盘上挪动自己的过河卒子，吃掉了王金国的一个"车"。

王金国一愣。

王晨一笑："过河的卒子，能顶'车'。"

C

第二十四章
一个计划

王金国拎着一些面包和水走进废弃民居。局长王金国看到王金国回来，急忙问道："王晨怎么样了？有下落吗？"

王金国把东西放下："没事了，已经回家了。"

局长王金国这才松了口气，拿起王金国带来的面包，吃了起来："这孩子，到底怎么回事？"

"他不想结婚，想自己去外地闯荡，在长途汽车站被我给追回来了。"

"真是胡闹！日子过得好好的，整天异想天开！"

"人长大了，总会有自己的想法，有时候顺其自然更好。"

"毛都没长齐的小子，哪懂这世上的险恶？他真的以为外面的世界跟家里一样风平浪静啊，还不是有我给他撑着！"

王金国坐在一旁，语气很平静："我倒觉得他说的有些道理，做父母的，不能永远保护自己的孩子，应该给他一些成长的空间，所以我同意了他的要求。"

局长王金国一皱眉："你什么意思？"

"我同意他出去闯荡，但是必须亲自去找女方家说清楚，不

第二十四章 一个计划

能当逃兵。"

局长王金国立刻暴怒,把手里的面包朝王金国丢了过去:"混蛋!你有什么权利这么做?!那是我儿子!"

"你就没有考虑王晨的感受?也许他不需要你的保护呢?"

局长王金国使劲挣扎,手铐跟钢管发出刺耳的摩擦声,他想要冲到王金国面前,却被手铐死死拽住:"我不需要你来评判,这是我的家事!你没这个资格!"

"我认为,让王晨学会承担责任,才是作为父亲最该做的。"

局长王金国挣扎无果后,停了下来,冷笑着看了一眼一旁的骨灰盒:"当父亲,你做得很成功吗?你的老婆、孩子呢?"

王金国听了局长王金国的话,心似乎被揪了一下,立刻不说话了。

"我觉得你已经产生错觉了,那不是你的儿子,那是我的儿子,你的儿子已经死了!"

王金国痛苦地闭上眼睛,不再回应,现场的气氛一时有些冷,两人都坐在地上,默默地不说话了。过了一会儿,局长王金国似乎觉得自己说得太重了,拿出案件文件,放在桌上:"江辉的尸检报告,我有些发现。"

王金国一听,睁开眼,看向局长王金国。

局长王金国翻开文件,对着一张照片说:"这张照片。"

王金国上前,发现是江辉的手部照片,照片上他的右手指尖有些渗血。

"你没觉得,他手指指尖的伤口有些反常吗?"

王金国没看出什么问题,询问地看向局长王金国。

局长王金国解释道:"人在临死前挣扎,手指会不受控制地疯狂抓挠，所以应该两只手的指尖都会产生伤痕，可是他为什么只有右手指尖有伤痕？"

王金国也意识到了问题："你是说，这不是无意间造成的伤口，而是他故意用手指留下的痕迹？"

局长王金国点点头："也许，他是在生命的最后时刻给你留下了什么线索。"

王金国顿时如遭雷击，愣了许久，然后他一言不发，快速离开了废弃民居。

王金国立刻赶到化工厂案发现场，废弃厂房的四周围满了黄色隔离带，在夜色中显得格外阴森。他推开大门，拿着一只手电筒，一个人进了空荡荡的厂房。

王金国环视厂房片刻，似乎想找到什么。他看向一旁的窗户，忽然有些恍惚，只见之前他跟江辉争吵时，被江辉用梨子打碎的窗户玻璃竟然变得完好无损了！上次在这里时，因为江辉死亡的冲击，他没有仔细观察，现在看到这扇窗户，立刻觉得奇怪，难道之前他记错了，两人所在的不是这个厂房？

王金国走到窗前，用手在玻璃上擦拭了一下，上面的灰尘沾满了手指，明显不是新换的窗户。

王金国有些疑惑，自言自语："难道是我记错了？"

他一时间想不明白，便决定暂时不去理会玻璃的事，而是走到江辉遇害的椅子前。那个椅子倒在地上，被隔离带包围着。他扶起椅子，在椅子后背，靠近江辉双手的位置，仔细地寻找，很快，他发现了一处被手指抠出的三道带血的划痕。王金国记得当时证物科说这是江辉临死前无意识抠出来的。

看来事实并不是那样，这是江辉刻意留下来的。王金国皱眉，

第二十四章 一个计划

坐在地上思索着，喃喃自语："江辉，你到底想说什么？"

王金国脑子里飞快地闪过他与江辉的所有经历和对话，这三道划痕到底有没有特殊的含义？

那个刚刚加入公安局的憨直青年，那个笨手笨脚却一腔热血的实习警察，那个每次出任务都挡在自己前面的亲密徒弟，那个被自己亲自举报的停职警察……往日的一幕幕在眼前闪过，让王金国险些控制不住情绪。

三？王金国似乎想到了什么，猛地站了起来。是的，江辉之前讲过自己小时候的故事，他曾经被困在井里三天时间，后来是被一名警察救上来的。

王金国激动地道："井……枯井！"

王金国环视一周，冲出厂房，在化工厂的厂区四处寻找着，终于，在厂区外墙的一个角落，他发现了一个废弃的工业供水的窨井。王金国的呼吸都有些急促了，他用手电筒朝井下照去，看到窨井并不算太深，井壁上还有可以攀爬的把手。

王金国立刻用嘴叼着手电筒，顺着把手，一路向下，来到窨井的底部。

井底都是散乱的碎石和苔藓，王金国一只手拿着手电筒，另一只手一点点地摸索，仔细地寻找，最后，在一处碎石中，他终于找到了一部手机！

王金国认出来，这正是江辉的手机！

王金国拿着手机回到车上，正准备打开江辉的手机，却发现手机已经没电，自动关机了。

王金国急忙在车内翻找，终于找到一根充电线，立刻给江辉的手机充电。他看着一时开不了机的手机，只能无奈地摇头，决定先离开这里。

王金国的轿车驶离化工厂，向国道开去。他一边开车，一边看着江辉的手机，终于在充了一些电后，显示开机了。

王金国顾不得驾驶安全，一只手拿起江辉的手机，翻看起来。在相册中，王金国发现了一段视频。

视频里正是江辉偷拍的一段画面：黑夜中，化工厂的废弃厂房，透过窗户可以看到一阵阵闪烁的亮光。走到厂房的窗户处，往里看去，只见厂房里有个模糊的人影正在操作着什么东西。厂房中间的椅子上放着一个皮箱大小的装置，装置里有很多复杂的机栝，看不清楚是什么东西。那个人蹲在装置前，手里拿着一个三棱锥，然后将它放进了装置中。闪烁的亮光，就是从那个装置中放射出来的。埋头操作的那个人始终背对着镜头，没有转过脸来，在逆光下也看不出是男是女。

忽然，画面一抖，拍摄的方向骤然一转，视频就结束了。

王金国看着这段视频，皱眉思索一会儿后拿出自己的手机，给局里打电话："喂，技侦吗？我这里有一段视频需要你们看看……"

王金国话还没说完，突然整个车厢猛地一震，一阵剧烈的撞击声中车门玻璃立刻粉碎，一股巨大的力量从侧面袭来，似乎要把他从驾驶的位置上拽下来。

只见一辆卡车从侧面开过来，正撞在王金国轿车的车门上。车门被撞得变形，整部车子被巨大的力量推着直接撞开公路的护栏，往前滑行了很远。

在车胎与路面的摩擦声中，两辆车终于停了下来。

王金国被撞得晕头转向，脸上全是血，他努力想从座位上起

第二十四章 一个计划

来,却发现自己根本无法爬出驾驶室,浑身像散架了一样,眩晕感袭来,眼看就要失去意识。

这时,那辆卡车的驾驶室门打开了,一个人从车上走下来,一直走到王金国面前。

王金国努力想看清来人的面孔,却没有力气抬起头,眼睛被血水遮蔽,一片模糊。

那人也不说话,只是弯腰在车厢里不紧不慢地翻找着,终于找到江辉的那部手机,然后装进了自己的口袋。

王金国努力地想抢回手机,却力不从心,胳膊都抬不起来。不过,他的视野终于清晰了起来,他努力扭头,终于看到了对方的面孔——正是田康!

王金国沉声道:"是……是你。"

田康面色阴冷,戏谑地望着王金国:"本来你可以不用死的,是你自己多管闲事。"

田康转身从自己的卡车里拿出一根铁棍,缓缓走过来,将铁棍举起来。王金国看着田康的举动,剧烈的求生欲让他想要从车厢里爬出去,却毫无办法,只能眼看着铁棍朝自己的脑袋砸下来。

就在这时,手机铃声响起,田康一愣,停下手里的动作,掏出手机。

田康接听电话,脸上立刻现出怒色,低声道:"他知道得太多了!……你太心慈手软了……留着他会很麻烦……"他听着对面的话,片刻后无奈地叹了口气,"好吧,我听你的。"

田康丢掉手里的铁棍,冷冷地看着王金国:"算你运气好,不过最好不要再有下一次。"说完,他就扭头离开了。

王金国看着田康的背影消失在夜色中,然后眼前一片黑暗,

三 棱：死亡救赎

终于昏死过去。

恍惚间，王金国感觉自己来到了一个梦境中，觉得自己是另外一个人。

酒店内是婚礼现场，布置得不算特别豪华，但也宾朋满座。一对新人站在台上，司仪凑到新郎王晨的耳边："新郎官，吉时快过了，还不开始吗？"

王晨皱着眉头，看着门口，这时，他紧皱的眉头舒展开，脸上露出笑容。门口，穿着西装的王金国走了进来，他的脸上贴着创口贴，手上戴着拼接表带的手表。

王金国走上台，王晨和新娘迎上前。

王晨松了口气："爸，还以为你不来了呢！"

王金国爽朗地笑道："儿子结婚，做爸爸的怎能不来呢？"说完，他从怀里拿出两个大红包，交给了新娘。

新娘道："谢谢爸！"

王金国欣慰地笑着，然后从手腕上摘下手表，给王晨戴上："儿子，以后这块表就交给你了，好好对你媳妇儿，好好过日子。"

"爸……"

王晨、新娘和王金国拥抱在一起。

眼前渐渐明亮起来，王金国缓缓睁开眼，视野里一片模糊，过了好一会儿，画面才逐渐清晰起来，只见妻子许娜和儿子王晨正一脸关切地看着自己。

许娜见王金国醒来，惊喜道："老王，你醒了！"

王金国点点头，看看四周，发现自己正躺在一间干净明亮的病房里。

王晨也很激动，握住王金国的手："爸，你感觉怎么样？"

第二十四章 一个计划

王金国努力地坐起身子，稍微伸展了一下四肢："没什么事儿，就是还有点头晕。"

许娜喜极而泣："没事就好，没事就好。"说着，她朝外面喊道，"大夫，大夫！"

一名大夫走进来，检查了一下王金国的身体，点点头："你是受到猛烈的撞击导致了脑震荡，不过，那么严重的车祸，你身上只有几处轻微的骨折，真的很幸运。"

王金国感觉自己状态还不错："那什么时候能出院？"

"在医院观察两三天就可以出院了。正好有一些文件，需要家属签字。"

许娜松了口气："好。"

许娜跟着大夫离开病房，屋里只剩下王晨和王金国两人。

王金国揉着额头："我睡了多久了？"

"从车祸到现在，已经过去快两天了。"

王金国看到王晨眼中的关切，不由得心头一热："这么久……不过，我现在已经没事了，放心吧。"

王晨看着王金国，沉吟了片刻，说道："爸，对不起。"

王金国一愣："什么？"

"你出事这段时间，我和妈都特别担心，我感觉家里的天都要塌了，我不敢想象，要是家里没有你，我的生活会是什么样。"

王金国静静地听着，拍拍王晨的手以示安慰。

王晨苦笑道："一直以来，都是你支撑着这个家，在我看来这一切都是理所当然，但是你倒下的这两天，我发现我什么也做不了。我已经不小了，却还像个小孩子一样只想着自己。我是成年人，应该为家人分担一些事情了。爸，我想了很久，我决定不走了。"

"那你的梦想呢？不出去闯荡了？"

"我不会放弃自己的梦想，但是我要用一种负责任的心态去追求这些，而不是逃避。我会跟小雯再认真地聊一次，把心里的想法都告诉她。我不会再躲避，最后结果怎么样，我都接受。"

王金国觉得眼中热泪涌动："王晨，你是个男子汉了，你的决定，我都支持。"

"爸，等我跟小雯聊完，如果能解决一切问题，我希望你用最好的状态来参加我的婚礼。"

王金国愣了一下，嘴唇翕动，他特别想告诉王晨自己其实并不是他所认识的那个爸爸，这些父子谈心，应该留给另外一个王金国。但是他说不出口，因为这一刻，他太幸福了！他享受着现在的每一秒。王金国拉住王晨的手，使劲地点了点头。

两天后，王金国披着衣服，站在医院的小花园里，身后跟着两名警察，正在汇报工作。

其中一名警察把一份关于车祸的调查报告递给王金国："局长，这是车祸的调查报告。"

王金国随手翻看着。

"根据车祸现场的分析，应该不是普通的驾车肇事，而是专门针对您的袭击。"

王金国点点头："肇事者有下落吗？"

"发生车祸的路段没有监控摄像头，时间又在深夜，没有什么目击者。那辆卡车的主人当天就报失窃了，卡车遗留在现场，车上也没有任何与司机有关的线索，所以，暂时还没有肇事司机

第二十四章 一个计划

的线索。"

另一名警察补充:"不过,我们分析,之前一直失踪的樊良有作案动机。"

王金国摇头:"不,不是樊良。"

两名警察一愣。

"车祸发生的时候,我隐约看到了司机,肯定不是樊良。"

"那您还记得那个司机的长相吗?"

王金国沉吟了一下,他知道很多事情还是不说为好,如果告诉警察肇事者是田康,他们根本理解不了,也于事无补。于是,王金国摇摇头:"我不记得了。"

两名警察有些失望。

"还有什么别的发现吗?"

"肇事司机明显是为了袭击您,可是根据我们现场的调查,在车祸发生后,肇事司机并没有受伤,可是他却放弃了对您的进一步袭击。这个行为很不合理,所以,我们无法判断他的动机,也许这只是一次警告。"

王金国沉默片刻,决定什么都不说。

第二天,出院后的王金国立刻拎着一袋子食物和水走进废弃民居。局长王金国正靠在墙角睡觉,王金国走到近前,把食物袋子丢在他的脚下。

局长王金国立刻被惊醒,看到眼前的食物和水,二话不说,拧开水瓶就大口地喝起来。整整喝了一瓶水后,他才停下来,松了口气。

王金国有些歉意:"是不是很久没有吃东西了?辛苦了。"

局长王金国摆摆手:"还好,之前送来的东西剩了很多,只

三楼：死亡救赎

饿了一天而已。你去哪儿了？"

"你就不怕我走了，把你扔在这里活活饿死？"

"你要害我，不用等到现在……出什么事了吗？"

"出了点小意外，被人开车撞了，在医院躺了两天。"

局长王金国皱眉："恐怕不是什么意外吧？"

王金国点点头："是田康干的。"

局长王金国有些震惊："他又出手了？为什么？"

"根据你提供的线索，我在江辉被害的厂区外墙一带找到了他留给我的手机，就在我途经国道的时候，田康开着卡车撞了我的车，然后拿走了那部手机。"

局长王金国好奇地道："手机里有什么？"

王金国想了一下："视频里似乎有一个皮箱大小的机器，但是我不知道是什么，没看清楚，就被撞了。"

"不对，我很好奇，你是怎么活下来的。"

王金国摇头，语气也很疑惑："这个……我也不清楚，当时他本来是要杀了我的，可是后来他接了一个神秘的电话，就离开了。"

局长王金国盯着王金国："跟你一块儿来的那个江辉已经死了，你也在死亡边缘走了一遭，怎么样，还要继续查吗？"

王金国冷笑一声："你说呢？"

局长王金国苦笑："没想到，另一个世界的王金国竟然这么倔。"

王金国叹息一声，摆摆手："所以，我的人生……跟你没法比。对了，告诉你一个好消息。"

局长王金国一愣。

"王晨回心转意了，决定留下不走了，顺利的话婚礼会如期举行。"

局长王金国有些欣喜，拿起食物吃了几口："这小子，总算懂事了一回。"

王金国点点头："我会在这之前结束一切，你还能赶上参加王晨的婚礼。"

局长王金国有些吃惊："你……你真打算放了我？"

"不然呢？杀了你，顶替你的身份，活在这个世界？"

局长王金国没说话，沉默良久，说道："你不是那种人，你要真是那样，就不会活得那么惨。"

王金国无言以对，这句话似乎的确很有道理，一时间心情有些复杂。

"我跟樊家的事情，还想听吗？"

王金国点点头，诧异地看了局长王金国一眼，没想到他会主动提起这件事。

"十五年前的远峰化工厂毒气泄漏案，你知道吗？"

王金国点点头："我的世界里也有这场事故。"

"没错，不同世界里的很多事情也是一样的。那你应该也收到许文的贿赂了。"

王金国点点头："我拒绝了，但我猜，你接受了那笔钱。"

"我能怎么办，许娜的身体快不行了，我需要那笔钱！"

"所以，你放弃了你的原则，放弃了你的心，放弃了警察的职责。"

局长王金国摇摇头，脸上露出忧伤的神色："我也犹豫过，收了那笔钱，我就必须陷害樊家，我也不想做昧良心的事！我甚至，把钱又还给了许文。"

十五年前,年轻的王金国走进许文的办公室,把那张存折放在他面前的桌上。

"你拜托我的事,我做不到,我不能收你的钱。"

许文冷眼打量王金国:"王警官,真的就不替你老婆和孩子考虑一下?"

王金国脸颊抽动了一下,坚定地道:"我是警察,我不能知法犯法。"

许文点点头:"高风亮节,我很佩服你。"

"没别的事,我走了。"

王金国转身要走,许文拦住他道:"等等,有些东西,我觉得你应该先听听。"说着,他按下一旁录音机的播放键,里面传来王金国和许文交易时候的声音。

王金国震惊:"你……你竟然……"

许文拿着录音机里的磁带:"我只要把这盒磁带交给你们公安局,就算你不收这笔钱,你觉得,谁还会相信你?你还能做警察吗?"

王金国震惊地看着许文,胸口剧烈起伏。许文走到王金国身边,重新把那张存折塞进他的口袋,拍拍他的肩膀,道:"回去重新考虑一下。我等你答复。"

废弃民居里,局长王金国讲述着自己的经历,脸上流露出一丝痛苦,似乎这是一段不堪回首的经历。王金国听完,问道:"然后,你就把化工厂事故的元凶栽赃给了樊远峰?"

"我那时候已经没有退路了,许文要是公布录音,我就全完了。许娜那时候……为了保护我的家人,我只能这么做。"

第二十四章 一个计划

"那许文是怎么死的?是被你杀了?"

"你这么推测,也不算错,但也不完全正确。"

"什么意思?"

局长王金国皱着眉头,陷入回忆之中:"在那件事之后,许文就抓住了我的把柄,我知道他早晚还会继续要挟我。果然,没过多久,一天夜里,他打电话让我去化工厂附近的树林找他,还询问我关于什么巡查组的事情,我不明白他的意思。"

"他让你对樊家人下手?"

局长王金国摇摇头:"他说还有其他人知道了我们交易的事情,想要保平安,就得斩草除根,彻底抹去所有知情人。而我,就是他手里的刀。"

"那个人是谁?"

"是陈朵。她小时候无意间撞见了我跟许文的谈话,我以为许文没有看到,但是他竟然也知道了。他想让我帮他处理掉陈朵,并且在那个晚上尽量阻止公安局出警,然后伪造成失踪。"

王金国若有所思,这些事情已经跟自己世界里的发生了天壤之别。

"我接到电话,犹豫了很久,那只是一个孩子,我不能这么做。我想要去救陈朵,但我迟到了半个小时,就在我到达树林的时候,看到了很奇怪的事情……"局长王金国脸上露出一丝诡异的表情,似乎想到了一些不可思议的事情。

十五年前,年轻的王金国急匆匆地来到树林,却没看到一个人。他有些奇怪地四处张望着。这时,地上的血迹引起了他的注意。血迹一直漫延到树林深处,他立刻勘查现场,发现这里似乎刚刚经历了一场生死搏斗，到处都有搏斗的痕迹。

王金国更加惊异，顺着血迹一路跟过去。最终他停下脚步，愣愣地看着眼前的情景。只见许文浑身是血地躺在地上，很明显受了很重的伤，脖子上有一个狰狞的伤口，鲜血直流，但他还没有断气。

许文看到王金国，立刻挣扎着求救，不过声音很模糊："快……快……救救我……"

王金国有些发愣地看着地上的许文，不知道在思考着什么。

许文继续向他求救，鲜血不停地从伤口处流出："王金国，快……快送我去医院……"

王金国走到许文面前，蹲下身子，俯视着他。

"救救我！我……我……给你钱，给你……很多钱！"

王金国冷冷地道："我不要你的钱，我只要那盘录音带。"

"在我……我的办公室抽屉里，你……你送我去医院，我就把磁带还给你……"

王金国点点头："多谢。"

"王金国！快！"

王金国的声音渐渐变冷："我犯了一个错误，现在必须把这个错误纠正。你活着，我就永远没有机会纠正了！"说完，他就直接用手捂住了许文的口鼻。

许文瞪大眼睛，拼命地挣扎，握住了王金国的手腕，把他手腕上的手表扯了下来，但是他却无法挣脱王金国。王金国一言不发，只是死死地按住许文。

没多久，许文停止了挣扎。

王金国满头大汗，左右张望，然后慌张地开始做善后工作。

第二十四章 一个计划

他先是从旁边的一个废弃木屋里找到一把铁锹,挖了一个大坑,然后将许文推进土坑。

王金国看到许文身上滚出一个三棱锥,他拿起那个三棱锥,好奇地端详了一下,没有太在意,又把它丢回到了许文的尸体上,然后用铁锹往坑里填土。

其实,除了那个暗淡无光的三棱锥,许文的手心里还攥着王金国的那块老旧手表,只不过王金国太紧张,没有注意到。

"后来我把所有痕迹都清理掉了,并把那个木屋也烧掉了。"

局长王金国说完,似乎终于吐出了多年积聚在心的郁气,长叹了一声。

王金国从口袋里掏出自己的手表看了一眼,依旧是那块拼接表带的手表,他又看看自己的手腕,上面是局长王金国的那块崭新、价格不菲的手表。

"怪不得,旧的走了,换了新的,位子也爬高了。"

局长王金国压抑着自己的声音,缓缓地道:"我能怎么办?这些年我兢兢业业,努力工作,这个局长的位子我问心无愧!"

"可你还是犯了罪!"

局长王金国苦笑道:"我已经受到惩罚了,这十五年,我经常会梦到许文,还有樊家人来找我报仇,我每一天都过得胆战心惊!"

王金国看着局长王金国:"你后悔自己做的事吗?"

局长王金国沉吟片刻,摇头:"不,我不后悔,起码我的家人是幸福的。为了家人,我愿意承担一切,哪怕是下地狱。你呢,你后悔当初的决定吗?为了你的原则、你的正义,最后家破人亡，值得吗？"

王金国沉默良久，说道："我不知道，我真的不知道。"

两人同时沉默了，似乎都沉浸在了自己的思绪之中。

王金国又问道："还有件事，刚才你说，你在许文身上也看到一个三棱锥？"

局长王金国点点头："当时，我不知道那玩意儿是什么，也不知道为什么会在许文身上。我猜，它的主人可能就是在我赶到之前，真正袭击许文的人。"

王金国拿出自己那个三棱锥："这个三棱锥也是我在一个埋尸坑里找到的，而且埋葬的时间也是十五年前。"

局长王金国一脸震惊："看来十五年前还有很多事情都没有弄清楚。"

"也许只有抓住那个田康，才能搞清楚真相。可是，这家伙神出鬼没的，还能在几个世界来回窜，实在不好对付。"

局长王金国看着王金国："我们手里并不是没有底牌，我倒是有个办法。"

第二十五章 新生

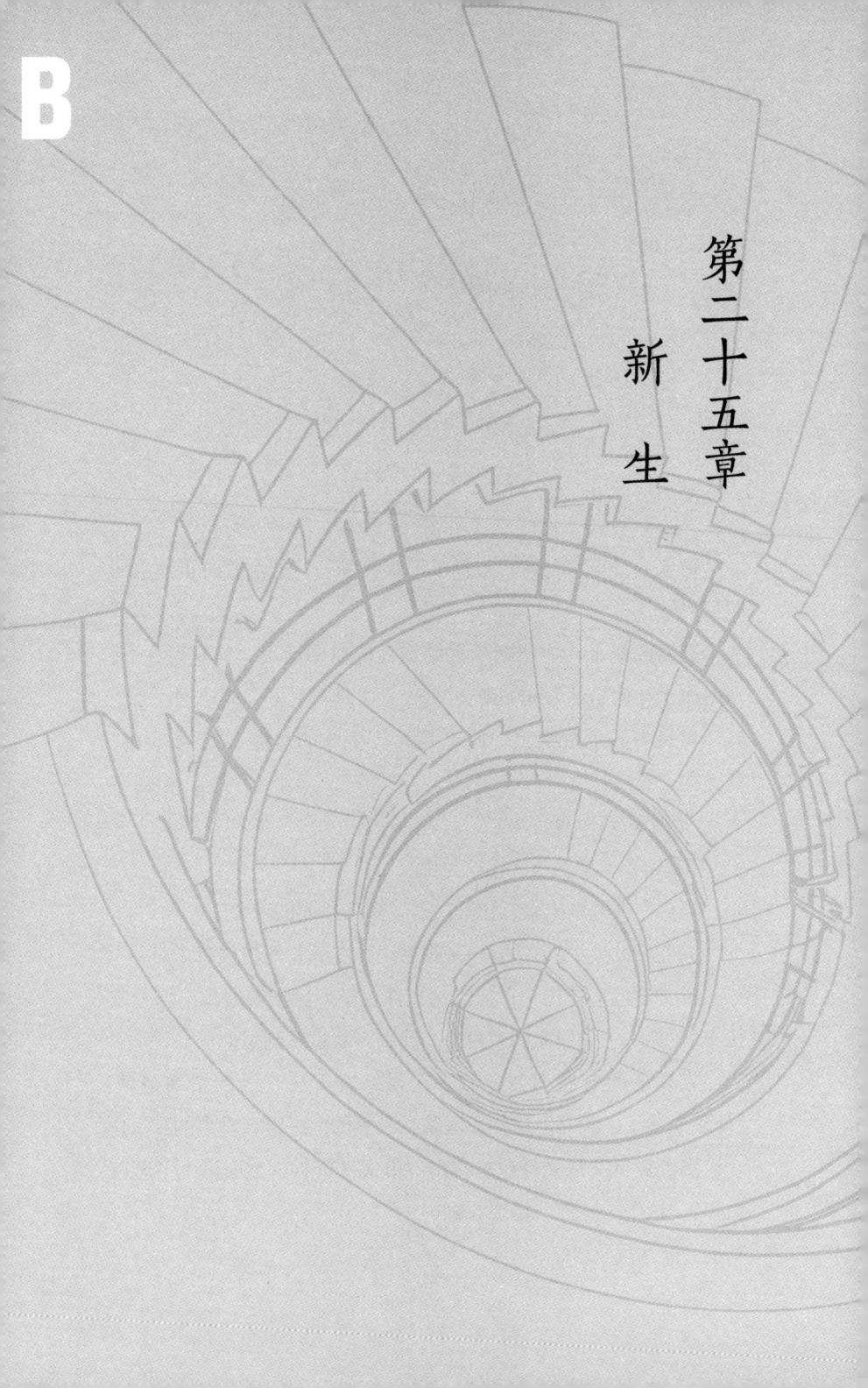

街道上，车水马龙，一辆车子快速驶过，显示着司机焦急的心情。

副驾驶座上，血不断从混混樊良的口中涌出，他想说什么，但是血水让他的话含糊不清："大……大律师……"

樊良看着混混樊良，脸上是无法掩饰的悲痛："不要说话，我送你去医院！"

"钱……钱拿到了吗？"

"拿到了，拿到了，在这儿呢！"

樊良把书包拿出来，拉开拉链，露出里面的现金。

混混樊良笑了笑："好……很好……嘿嘿，奶粉钱有了……"

说着，他又吐出一口血，从文件包里颤颤巍巍地掏出那个三棱锥："你……你回家的东西……我……我也拿到了。"

樊良的脸有些扭曲，似乎在强忍着不让自己的情绪崩溃："你别说话了，我马上送你去医院！没事的，一定会没事的！"

混混樊良又从文件包里掏出一份文件资料，上面沾上了斑斑血迹："这个……你一定要收好……"

第二十五章 新　生

"这是什么？"

混混樊良虚弱地道："许文的黑料……这里面肯定有……陷害咱们家的……证据……"

樊良一愣，看着那份沾着血迹的文件，心中剧烈的悲痛像骇浪一般冲击着他。

混混樊良靠在座位上，望着窗外的天空："我……我樊良烂了一辈子，总算……总算办了点正事，那是……烟花吗？对了……小时候，大年夜那晚的烟花真好看啊！我们一家人都在，好想……好想再看一次……"

混混樊良微笑着喃喃自语，表情渐渐凝固，手里的三棱锥也掉落下来。樊良一脚踩下刹车，将手探到混混樊良的鼻下，混混樊良一动不动。

樊良颤抖着手合上了混混樊良的双眼，他神色有些茫然，似乎还没有明白发生了什么。他拿出烟来叼上，又拿出打火机，但无论怎么按，都按不出火来。

车外，下起了小雨。车内，樊良拿着打火机，一边流泪，一边用力地捶打方向盘，一下又一下。

"为什么？为什么？"

樊良不知道自己在质问谁，是质问自己，还是质问混混樊良，抑或质问这个世界——所有世界？

混混樊良的手机响了起来，樊良停下来，丢开沾血的打火机，从混混樊良的口袋里拿出手机，上面显示着"媳妇儿"。

樊良颤抖着接起电话："喂。"

忠叔焦急的声音传来："樊良，你媳妇儿要生了，赶紧过来！"

雨中，车子在医院门口停下。樊良下了车，冒着雨，一瘸一拐地跑进门内。浑身湿漉漉的樊良来到手术室外，忠叔站了起来，看到他身上的血以及手上混混樊良的手机，不禁四处张望，想要寻找混混樊良的身影，但却一无所获。

樊良张了张嘴，想说些什么，却说不出口。忠叔似乎明白了什么，一个趔趄，慢慢坐回到椅子上。这时，婴儿的啼哭声从手术室传出，樊良和忠叔一愣，赶紧走到门前。

手术室的门被拉开，一个护士走出来："家属来了吗？"

忠叔看了一眼樊良。

樊良赶紧上前一步："我……我是。"

"母子平安，进来看看吧！"

樊良和忠叔跟着护士进入手术室，阿秀已经疲倦地入睡了。护士将一个正在啼哭的婴儿抱过来，樊良擦了擦手上的血，颤抖着接过婴儿。

"是个男孩。"忠叔哽咽道。

婴儿止住啼哭，睁开眼睛，看着樊良，竟然笑了起来。樊良也笑了一下，然后眼泪默默地掉了下来。

医院上空，大雨倾盆而下。

公安局中，警察们都在忙碌着。罗玥忙得满头大汗，将整理好的文件拿过来，顺手递给江辉一杯咖啡。江辉接过来，但没有喝，说："我听说，这两天许文的人动静很大。"

罗玥好奇地问道："你从哪儿得到的消息？"

"我有我的渠道。"

罗玥点点头："听说是许文的东西被偷了，他正派人四处寻找那个偷东西的人。"

第二十五章　新　生

"是什么东西？谁偷的？"

"这个我们还在跟进当中。不过，从许文的反应来看，那个东西应该对他很重要。"

"这件事难道真的跟小朵失踪没有关系？"

"目前来看，没有。"

"我还听说，省厅和市局的专员就要到了，专门调查许氏集团的犯罪活动。"

"你的消息很灵通嘛，许氏集团猖獗了这么多年，刘局一直在忍耐，就是因为证据不足。但如今组长失踪，局长已经没法再忍下去了，即使时机不成熟，也向市局和省厅打了报告……可惜的是，目前有力的证据不多，要查处许文，还需要一段时间。"

江辉目露忧色："到底还需要多久？我担心，时间拖得越久，小朵就越危险。"

罗玥叹了口气："目前我们需要耐心等待，很快就会水落石出的。陈朵组长一定会没事的。"

停尸间里，樊良拿着一个老式随身听，播放着录音带。这段录音里，是许文和一个陌生男人的声音。

"为什么要来找我？王金国更适合做这件事。"

"他拒绝了。"

"你凭什么认为我不会拒绝？"

"他太蠢了，而你是个聪明人，我愿意跟聪明人合作。聪明人，才会步步高升。"

"这件事……你不会泄露出去吧？"

"我们是一条船上的，怎么可能泄露出去？"

樊良按下按键，停止了播放。

一旁的忠叔问道："这个录音带能为樊家翻案吗？"

"这个录音带不能成为直接证据，但它是一条很重要的线索，只要顺着这条线索查下去，应该就能查出当年的事。不过前提是要先扳倒许文，否则很难查下去。"

忠叔幽幽地叹息道："你有办法吗？"

樊良从包中拿出一份文件，文件上还残留着混混樊良的血迹。看着那刺眼的血迹，樊良心里有些难受，他平复了一下心情，道："这些是许文贿赂各种人的记录，是樊良死前从许文的保险柜里偷出来的，只要将这些交给合适的人，就能扳倒许文。"

忠叔惊讶地道："许文怎么会留下这些东西？"

樊良冷笑道："因为他不相信任何人。这些东西都是为了控制别人而留下来的，可是他没想到，这些东西一样能置他于死地。"

忠叔看向一旁盖着白布的混混樊良的尸体，眼中有无尽的哀伤。

忠叔掀开白布，看着尸体，伤心道："你小子啊，胡混了一辈子，到了最后，还是不让人省心啊……你说你怎么就这么不让人省心啊？！"

忠叔老泪纵横，樊良也神色黯然。

"是我害了他，我不该找他帮忙的。"

忠叔叹气，摇摇头："这世上，有几个人能看清前方的路呢？自从他弟弟出事，樊良就迷路了，这十几年，活得人不人鬼不鬼的。他最后愿意帮你，起码也算是走回正道了。"

樊良怔怔地看着混混樊良的尸体，一种奇异的感觉萦绕在心头，似乎躺在面前的就是自己，这个逝去的樊良的喜怒哀乐，他都能感同身受。

第二十五章 新　生

"你已经拿到你需要的东西，可以离开了。"

樊良点了一支烟，放在混混樊良的尸体旁边。

"我不会走的，有些事情，必须做个了结。"

江辉坐在车内，用望远镜透过车窗望着许氏盛文集团大楼内的动静。

手机铃声响起，是罗玥打来的电话。

江辉接起电话："喂，罗玥……什么？偷东西的人是樊良？确定吗？"

江辉挂掉电话，紧皱眉头，继续看着许氏集团的大门。

"这个樊良到底做了什么？"

这时，手机又来了一个电话，是陌生号码。

"喂？"

"我是樊良。"

江辉一愣，不由瞪大了眼睛，一脸的不可置信。

"我知道陈朵的去向，想知道真相，就带着那个叫罗玥的警察一起过来见我。"

江辉看着挂断的手机，一脸震惊，但很快，他就找到罗玥，说明了情况。两人匆匆来到樊良所说的地点，推开大门，走进太平间。

樊良正背对着两人。江辉走近，有些不确定地问道："樊良？"

樊良转过身来，笑了笑。罗玥皱着眉头问樊良："你知不知道许文的人正在外面到处找你？"

"许文找的人不是我，是他。"

樊良掀开白布，露出混混樊良的脸。

江辉和罗玥一看之下，十分震惊。罗玥的眼睛更是微不可察地眨了几下，仿佛遇到了难以理解的事情。

"樊良！他是樊良！……那你是谁？为什么你们长得一样？"

"我也是樊良，只不过是另一个世界的樊良。"

突然，罗玥掏出枪来，对准樊良："装神弄鬼！你到底是什么人？"

"我已经了解过了，池小惠和田康被杀，这两件案子的诡异之处，难道还不能证明？"

罗玥有些震惊："你……你是说，都是另外世界的人在作案？"

"我可以很肯定地告诉你们，这两件案子都是另一个世界的田康干的，否则那些事无法解释。而且，我还可以告诉你们，一共有三个世界，联通三个世界的通道就在远峰化工厂旧址。"

江辉若有所思："当初我们追到化工厂，是因为小朵的车停在化工厂外……"

樊良点点头："所以，她一定是去了别的世界，而我知道穿越的办法……我能帮你们找到她。"

江辉怀疑道："为什么要帮我们？"

"我只是想……做笔交易。

"什么交易？"

樊良目光坚定，郑重地道："帮我扳倒许文。"

樊良拿出那些文件，递给两人。江辉和罗玥翻看着文件，都十分震惊。

"这些东西，你哪来的？"

樊良看了看混混樊良的尸体，没有多说什么，但罗玥和江辉立刻明白了，许文拼了命寻找的东西就是这个。

"这些罪证应该能扳倒许文。"

第二十五章 新 生

"可是，你为什么找我们？"

"我查过了，在这个世界你们江家有些人脉……"樊良看向罗玥，"而你是个好警察。最重要的是，你们都很关心陈朵，而我则能找到陈朵的下落，这是我们达成交易的基础。"

江辉和罗玥对视一眼。

江辉率先发话："可以，我们答应你。"

樊良点头："最后，为了避免不必要的麻烦，这件事只限于我们三人知道，不然，你们就永远见不到陈朵。"

江辉和罗玥尽管眼中依旧带着些不可思议，最后还是点了点头。

与此同时，公安局专案指挥部内，局长刘韬正在与省公安厅、市局的专员及其他工作人员讨论案情。

"刘局，虽然你这些年做了大量工作，保存了许多证据，但这些证据，都只能打击许文黑恶势力的小头目们，无法真正将许文捉拿归案，更无法将其背后的保护伞连根拔起。"

"我知道，但是我们局里的刑警陈朵因为调查许文，已经消失好多天了，至今生死不明。我们必须对许文采取行动，哪怕只是震慑，也要逼他将陈朵交出来！"

专员还要再说，这时，敲门声响起。

"进来！"

罗玥走了进来，将手中的文件递过去。

"这是什么？"

"局长，这是许文的犯罪证据。"

刘韬一愣，和专员对视一眼，赶紧接过来仔细查看，每个人脸上都露出震惊的神色。很快，整个司象县的公安力量全体出动。

地下赌场，一队警察冲进赌场，抓捕四处逃散的赌客和看场子的人。

KTV内,穿着暴露的男女们正在狂欢,警察冲入,抓捕众人。

某仓库,一群人正从车上卸货,一队缉毒警察包围货车,打开货物,从里面搜出大量毒品。

某高级酒店,几个商人正搂着美女,谈笑风生,警察冲入,出示拘捕令,抓捕众商人。

短短几天,经过一系列的雷霆行动,与许文犯罪链条有关的所有人都被控制,而许文也已经在劫难逃。

许氏集团大门外,停满了警车和武装车,这是最后的收网行动。

局长刘韬一挥手,武警和警察们冲了进去,抓捕嫌疑人员。罗玥作为其中一员,也冲了进去。警察们冲进大楼,抓捕已投降和试图逃走的人员,而罗玥则抓住了一名正要逃走的许文手下,将他按在墙上。

"许文在哪儿?"

"不……不知道,刚才他自己跑了。"

许氏集团外的街角,停着一辆轿车,车内是樊良和江辉。樊良拿着望远镜,观望着许氏集团里的动静。

江辉看着积极的樊良:"你在家等消息就行,何必亲自过来。"

"我是替另一个人来的,我一定要亲眼看见许文被抓,然后去告诉他,陷害他爸的那个人,已经伏法了。"

江辉看着樊良,自然知道这句话的意思,他也知道远峰化工厂的故事。

望远镜里,许氏集团的侧门处,一个戴着帽子的清洁工走了出来。

第二十五章　新　生

樊良皱眉道："那个是不是……许文？"

江辉拿过望远镜一看，顿时目光一凛。远处，那个清洁工走到一辆SUV旁，抬起头左右看看。他正是许文。

"是他。"

许文上了车，准备驱车离开。

"想溜！"樊良立刻发动车子跟上。

江辉则放下望远镜，拿出手机："罗玥！许文从侧门跑了，开一辆SUV，车牌号是SX395……"

SUV在前方急速行驶，樊良和江辉在后面紧追不舍。许文看到后视镜中跟着的车子，明白自己被发现了，他一踩油门，继续加速，脸上满是疯狂的神色。

樊良也猛踩油门，继续加速。两辆车，一前一后，往城郊驶去。

很快，许文的SUV从主干道拐下来，开进了废车场。樊良也跟着进了废车场，他和江辉向外望去，一排排废车中，失去了SUV的踪影。

两人正感到疑惑，突然，轮胎剧烈摩擦地面的声音响起，SUV从一旁撞了过来，车内的许文面容狰狞。两人的轿车侧面被撞得变了形，车门夸张地凹陷了进去，剧烈的撞击中，两人都被撞蒙了，两眼发黑。

接着，许文倒车，再次猛踩油门，撞向轿车："去死吧！"

眼看SUV再次朝他们撞过来，樊良首先清醒过来，挣扎着挂倒挡，猛踩油门，倒车，躲过了这次撞击。而许文的SUV则一头撞到了堆砌起来的废弃车辆上。几个废弃的车架跌落下来，正好砸中SUV的驾驶室位置。

SUV彻底熄火，一动不动。樊良和江辉下了车，朝SUV走了过去，只见许文被困在了车里。许文想从车里爬出来，他浑身是血，喘着粗气，努力爬着，结果爬到一半便出不来了，他的下半身卡在了车里。

许文抬头，看着一瘸一拐走过来的樊良。樊良走到许文面前，蹲了下去。

两人对视着，许文眼中渐渐露出怪异的神色："你……到底是谁……"

樊良冷声道："我是樊良，但不是那个樊良。"

许文眼中是无比怨毒的神色："当初就该……都杀了……我早就应该明白，你们都有问题，你们都长得一样！跟那个女人一样，你们都是疯子！"

樊良目光冷冷地道："我早说了，你会遭报应的。"

许文正要说话，突然，他脸色一沉，吐出一口鲜血，昏死过去。远处警笛声响起，罗玥的支援也到了。昏迷的许文很快被抬上了救护车。

樊良和江辉身上的伤也被处理好了。两人站在那里，看着罗玥走过来。

"重伤，但还没死。"

樊良点点头："最好别死，死倒便宜他了。"

罗玥看着许文被带走的方向："等他醒了，还有很多事要交代。以他的罪行，足够被判死刑了。"

"许文完了，我也放心了。你们什么时候有时间，我将所有真相告诉你们，关于三个世界，关于陈朵。"

罗玥和江辉对视一眼。

第二十五章 新 生

罗玥沉吟一下:"现在恐怕不行,许文的事情还需要做一些收尾。"

江辉点点头:"那明天中午12点,你们来我家会合,我们一起去找小朵。"

罗玥点头,表示同意,然后看到其他警察在呼唤自己,便说:"许文的事,还有很多问题要处理,我先走了。"

江辉和樊良一起点头,目送罗玥离开。

樊良想了一下,从兜里掏出一盒烟,点了三支插在土里,然后又点了一支,叼在嘴里。

江辉看着樊良的举动没说话。樊良叹了口气:"许文完蛋了,樊家平冤昭雪,这个好消息我得告诉他一声。"

江辉点点头,然后拿出钱包,看着里面的照片,是他和陈朵的合影。

"也不知道小朵现在怎么样了,是不是也遇到了另一个世界的自己?"

"你很关心她。"

江辉笑了笑:"她是个很特别的女人,看着挺坚强的,其实心里很脆弱。我一见到她,就觉得很熟悉,很有好感。本来,我应该保护好她的。"

樊良瞥了江辉一眼:"听你的话,好像有点对不起她。"

江辉沉默良久:"我没有好好珍惜她,把她一个人丢下了。"

樊良叹了口气,想到自己世界的那个陈朵:"如果她知道你为她做的这些,她会原谅你的。"

江辉看向樊良:"你离开自己的世界那么久,应该也有女人为你担心吧?"

樊良一愣，苦笑一声。

"怎么，一个都没有吗？"

樊良顿了顿："算有一个。"

"叫什么名字？性格怎么样？长得好看吗？"

樊良看了看江辉，声音有些不耐烦了："与你无关。"

江辉倒是不在乎，继续问道："你俩后来呢？"

樊良脸色冷淡："她没有好好珍惜我，把我一个人丢下了。"

江辉默然，有些感慨，原来每个世界的情绪都是相通的，虽然人不一样，但都还是有悲欢离合。

樊良站起身："好了，不说这些了，临走前，我还有事要办。"说着，他转身就要离开。

江辉连忙叫住他："哎。"

樊良站住，看着江辉。

江辉郑重地道："谢谢你，愿意帮我，之前，是我错怪你了。"

樊良笑道："口头的感谢也太不值钱了，等你找到陈朵，怎么着也得送我瓶好酒吧？"

"送你一瓶1986年的红酒吧，怎么样？"

"喝不惯洋酒。有没有1986年的茅台啊？"

"还真有，到时送你。"

樊良大笑起来："一言为定啊，1986年的茅台！"

樊良挥挥手，转身离开。江辉看着樊良远去的身影，正准备从另一个方向离开，突然他似乎在地上发现了什么，走过去捡起来一看，是半本被撕毁的日记，好像是从许文车里掉出来的。

江辉随手翻看了一下，见上面所写的东西有些神秘和晦涩，不禁微微皱起眉来。

第二十六章 许文的报复

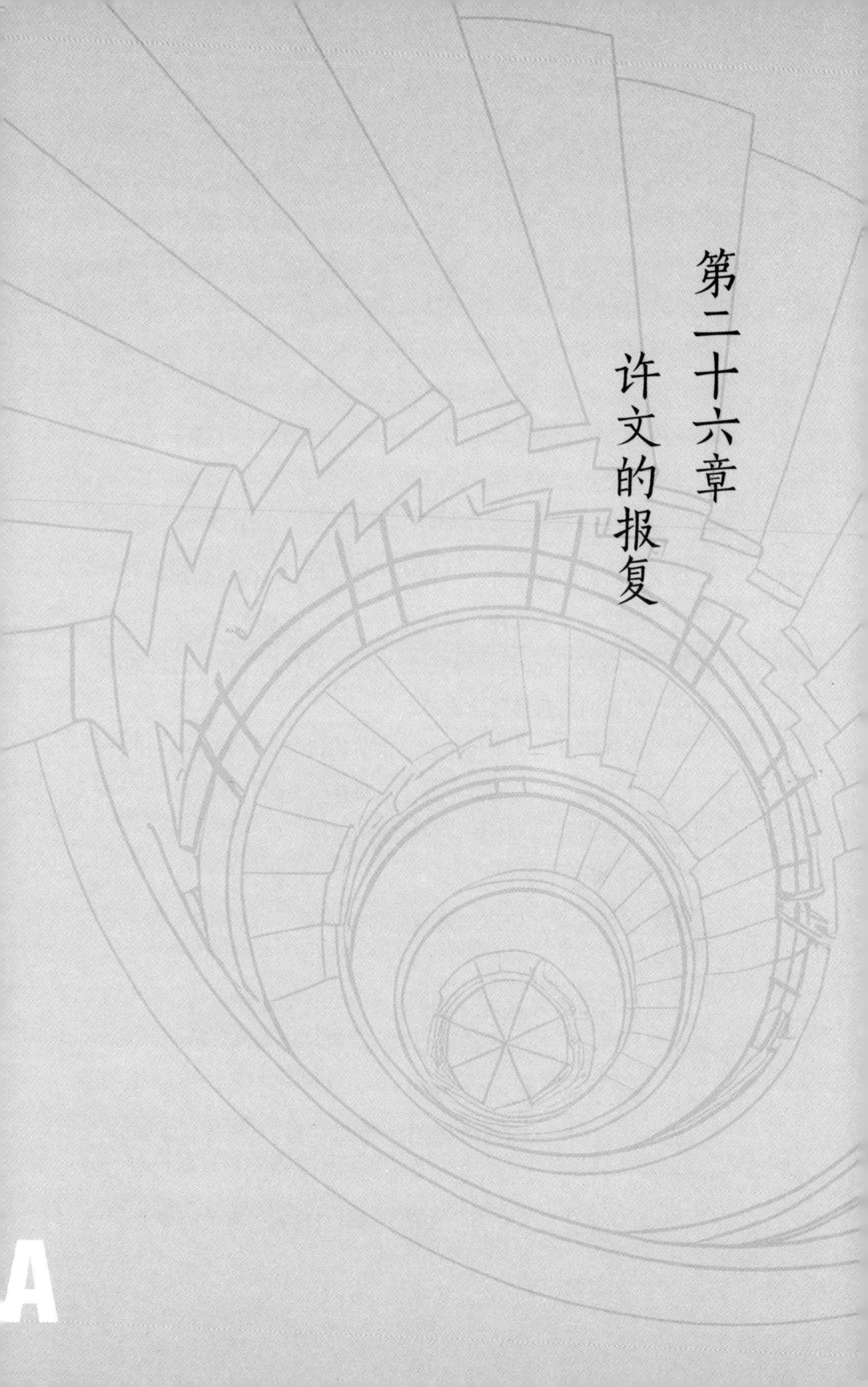

化工厂残破的躯壳有如一只蛰伏的巨兽，烟囱高高地耸入天际，巨大的阴影笼罩四周，远处走来一人，正是陈朵。陈朵再次来到化工厂附近，此时警察都已经撤离。她看到了树林边缘的那个大坑，里面的东西都已经被带走了。

陈朵来到树林处，这里正是马浩妈妈描述自己跟丢马浩的地方，她环视一周，什么都没发现，不禁有些失望。

陈朵正要离开，一个声音忽然喝止住她：

"站住！举起手来！"

陈朵缓缓转身，惊讶地发现是警察小赵："赵警官，你怎么在这里？"

小赵警惕地看着陈朵，慢慢逼近，一只手伸到腰后，似乎准备拔枪。

"应该是我问，你怎么在这里？"

陈朵注意到小赵手上的动作，退后一步："我就是来看看，别激动。"

"你到底是什么人？为什么要了解与樊良案子有关的事情？"

第二十六章　许文的报复

"我是陈朵啊，你认识我的。"

小赵冷冷地注视着陈朵："不是，你不是我认识的那个陈朵，我已经调查过了！你到底是谁？你跟田康是什么关系？跟我去公安局！"

陈朵无奈地一笑，缓缓举起手来，表示不反抗："这一定是误会。"

小赵缓缓靠近陈朵，一只手一直藏在身后："我相信自己的眼睛。"

说着，小赵从腰间摸出一副手铐。就在他凑过来的一瞬间，陈朵快速出手，一下子抓住了他的胳膊，脚下用力，将他摔在地上。

"对不起，赵警官，我现在不能跟你走！"

说着，陈朵一脚将小赵身上的枪踢开，然后快步跑走了。当小赵从地上起来时，陈朵已经跑远了，他大喊道："我一定会抓住你的！"

天色已经暗了，陈朵匆匆返回池小惠家，关上门，背靠在门上，有些惊魂未定。这时，陈朵惊讶地看到桌子上的纸条还在那里，显然池小惠一天没有回家了。她有些担心，掏出手机给池小惠打电话，但是电话依旧无人接听。

陈朵有些焦虑，正要放下手机，这时房门打开，池小惠拎着一个袋子走了进来。

陈朵看着池小惠道："你去哪儿了？"

"我……我去上班了啊！"

陈朵摇摇头，焦躁地道："你没在便利店，我问过了。"

池小惠感受到陈朵的情绪有些不太稳定："你……这是怎

么了？"

陈朵也察觉自己的失态，冷静了一下，道："警察已经怀疑我了，我恐怕不能再随意行动了！"

池小惠一笑："早就料到会这样，所以我出去一趟，买了这个。"

说着，池小惠将袋子放在桌子上。陈朵打开看了一眼，见里面是一顶假发，她疑惑地看向池小惠。

"你不是说你与这个世界的陈朵的头发长度不一样吗？用这个假发，可能更安全一点儿。就算警察再遇到你，也不会第一时间就认出你。"

陈朵叹了口气，看着池小惠："谢谢，刚才是我着急了。你要注意安全，别忘了田康还在找你，他比你想象的更可怕。"

"我当然知道。来，试一下吧。"

说着，池小惠掏出假发，递给陈朵。陈朵戴上假发，长度恰好跟这个世界的陈朵的头发长度一样。陈朵照照镜子，很满意。

"你去找马浩的妈妈了？"

陈朵点点头："我怀疑马浩跟田康在一起，也许通过马浩，就能找到田康。但是现在还有很多无法解释的地方。"

"什么？"

"比如，田康如果能穿越世界，为什么非得留在这个世界？他去别的世界可能会更安全。现在这个世界的警察都在找他，他去田康死掉的我所在的那个世界反而更隐蔽。"

池小惠点点头："是的，他为什么一直留在这里？"

"除非他在这个世界有必须做的事情，比如，袭击你！"

池小惠吓得脸色苍白，有些不理解："他为什么要这么做？"

陈朵摇摇头:"我也不知道。还有,樊良的案子也有疑点,虽然看起来是田康做的,但是跟我的世界的案子又不一样,那两起案子里田康行凶的时候并不在乎留下指纹,但是樊良被杀时他却细心地擦掉了所有指纹,为什么?"

池小惠胡乱猜测:"也许这是他自己的世界,所以要谨慎一点儿?"

陈朵没有立刻回答,因为她现在对这个世界里很多奇怪的事也是一无所知。

此刻,许文的办公室中,气氛凝重。许文站在办公桌前,桌上摆着一个面板,上面是一条被剖开的鲢鱼。许文拿着刀,正一点点地将鲢鱼的鱼鳞刮掉。案板旁边摆放着一份远峰化工厂土地转让协议。

李东彪站在旁边,小心翼翼地道:"樊斌没签,还是被那个女人拦住了。"

许文没有回复,而是专心地继续捣鼓鱼鳞,刀刃刮鱼鳞的声音在屋里不断地响着,李东彪站在一旁,噤若寒蝉。

良久,许文淡淡地道:"是不是所有人都觉得我许文是一个好说话的人?"

李东彪一愣:"许总,这事交给我去办就行了。"

许文抬起头,看了李东彪一眼:"你知道吗?其实我很早以前喜欢写书法,因为可以让我平心静气,但是后来我发现,那个警察王金国总跟我作对,像狗皮膏药一样,每每想到他,我落笔的时候根本静不下心!现在那个王金国失踪了,怎么还有那么多烦心的事情?"

李东彪鼻尖渗出冷汗,站在那里,低着头,看都不敢看许文。

三楼：死亡救赎

"后来我发现，烹饪反而能让我心情好。你知道为什么吗？因为我可以把不满发泄出来！"

说着，许文一刀将案板上的鱼剁成两截，李东彪的身子也跟着哆嗦了一下。

许文拿起手帕擦手："手续和工程队准备得怎么样了？"

"手续方面上下都打通了，工程队也早就等着了，已经……等了一个月了，几个……资方对进度有些……不满意。"

许文笑了一下："天天说自己是守法公民，说得我自己都要信了。"

"您的意思……"

"那个陈朵，是个麻烦。不新鲜的食材，就不要用了！"

许文将手帕扔在被剁成两截的鲢鱼旁边，似乎下了一个决定。

第二天，长途汽车站内停着一排排长途汽车，门口人流不断，这个世界的孕妇陈朵正站在车站门口等着谁。她没有注意到，远处一辆面包车正缓缓驶来，停在一个不起眼的角落里。车窗落下，李东彪的脸上带着一丝阴狠，死死地盯着孕妇陈朵。

而孕妇陈朵并未察觉，依旧一脸期待和喜悦地看着车站内。这时，一个女人缓缓走了出来，孕妇陈朵开心地跑过去与女人抱在一起。

"姐！"

女人正是陈沁，她同样热情地与孕妇陈朵相拥。

孕妇陈朵拉着陈沁的手："咱们先回去。"

姐妹两人一边慢慢走着，一边聊着天。这时，面包车忽然加速驶过来，车门打开，没等两个女人反应过来，几个壮汉就将黑色头套套在了她们头上。孕妇陈朵和陈沁尖叫着被拽上车。车门关闭,面包车扬长而去,前后不过短短几十秒时间。

池小惠家里,她和陈朵坐在餐桌前,刚吃完饭。陈朵一边收拾餐具,一边说:"你跟田康是怎么认识的?"

池小惠愣了一下:"你也知道我的情况,一般人都会嫌弃我。我和田康是在他有一次来店里买东西时认识的。来了两次,后来就约我看电影。"

"你很喜欢他吗?"

"说不上吧,我只是觉得,有人不嫌弃我就不错了,还谈什么喜不喜欢。"

陈朵把碗碟放在洗碗池中:"之前没觉得有什么异常?"

池小惠想了一下:"他在我眼里就是一个普通的上班族,我没感到有什么不一样,只是最近开始经常失联。我跟他认识,也只有一年时间。"

陈朵在洗碗池中洗碗:"看来他最近一定是发生了什么事情。"

池小惠目光炯炯地看着陈朵:"对了,你有没有想过,那些三棱锥是怎么回事?"

陈朵一愣:"什么意思?"

池小惠歪着头,努力想着什么:"那些三棱锥为什么能让人穿越世界?是谁制造的?是外星人吗?你想过吗?"

陈朵皱皱眉头,拿着碗,陷入了沉思。

"不知道,但肯定不是普通人能制作出来的。真的是外星人?不可能吧。不过说到三棱锥,我突然想到一点,当初在我的世界,池小惠被杀害后遭到焚尸,而那个三棱锥也被烧坏了。如果……

我是说如果，田康想要烧毁的并不是尸体，而是那个三棱锥呢？只是三棱锥的火焰引到了尸体上！"

池小惠惊讶道："那田康是为了三棱锥才杀人的？那个池小惠为什么会有三棱锥？"

陈朵摇摇头，无法解答，的确还是有很多想不通的点。

就在这时，陈朵忽然趔趄了一下，脑子开始剧烈地疼痛起来，手里的碗落在地上，摔得粉碎。

池小惠赶紧扶住陈朵："你怎么了？"

"头痛又犯了！忽然好痛，有药吗？"

池小惠赶紧去找止痛片。陈朵感觉有些眩晕，手扶住洗碗台，眼前竟然开始出现一些幻觉。这是一个如同梦境一般的迷幻画面。在她的第一视角，前面黑乎乎的一片，似乎是被头套遮住了，她拼命地挣扎着，耳边是几个粗暴的声音："老实一点儿！"还有一个女人的尖叫声："陈朵！"

陈朵感到无比恐惧和愤怒，她奋力地挣扎着，似乎挣脱开了什么，然后一只手拽下了她头上的头套。

一幅画面映入眼帘，这是一辆颠簸的面包车，对面有几个男人抓着一个女人，女人也戴着头套，看不清模样，她也在拼命地挣扎。

陈朵大喊道："姐！"

周围还有其他人，其中一个是李东彪。

李东彪喝道："把头套给她戴上！"

另一个男人来抓陈朵的胳膊，陈朵奋力反抗，拼命嘶喊："救命！救命！"

李东彪一巴掌抽在陈朵脸上，陈朵顿时感到火辣辣地疼。

他抓起头套就要往陈朵头上戴，陈朵竭力挣扎，一口咬在他的胳膊上。

李东彪吃痛："臭婊子！"他气急之下，拽住陈朵的头发，使劲一拖，陈朵摔倒下去，脑袋正好磕在座位的扶手上。

一股剧烈的眩晕感传来，陈朵眼前一片漆黑。过了一会儿，陈朵感到身体摇摇晃晃的，似乎正在被人拖拽着。

河边，一辆面包车停在不远处，车里传来女人的尖叫声："陈朵！陈朵！"

陈朵虚弱地呼唤道："姐……"

李东彪低头看着躺在河边的孕妇陈朵，鲜血从她脑后不停地流出来。他表情阴狠："别怪我，我也是替人办事！"

陈朵想要挣扎，却没有一丝力气。李东彪拿出一根绳子，缠住了陈朵的脖子。陈朵发出粗重的呼吸声，手死死地抓着李东彪的胳膊，双腿不停地蹬地，视线渐渐模糊，双手逐渐失去力气，然后彻底陷入昏迷之中。

池小惠家里，警察陈朵忽然涌起剧烈的恶心感，扶着洗碗台狂吐不止。这时，池小惠拿着药片过来了："止痛片，先吃一片，稍后我送你去医院。"

陈朵精神恍惚，推开池小惠，跌跌撞撞地朝门外走去。

"你要去哪儿？"

陈朵神情悲伤："我……我看到了，陈朵……出事了。"

"你看到了什么？"

陈朵不理池小惠，推开门就往外走。池小惠没有办法，只能跟上陈朵。

三楼：死亡救赎

陈朵拦住一辆出租车，池小惠也跟着上去，最后车子一直开到河边，车门打开，陈朵跌跌撞撞地下车。

"就是这里……"

池小惠也跟着下车："师傅，谢谢。"

出租车离开了，池小惠追上陈朵："你到底在找什么？"

陈朵有些失神："就是这里……"

陈朵看到远处的河流，快步跑了过去，沿着河岸一路寻找。池小惠远远地跟在后面，不过她体力不行，没一会儿就得停下来吸氧。

陈朵目光扫视周围，终于看到远处河边躺着一个人。她快步走过去，映入眼帘的正是孕妇陈朵的尸体。孕妇陈朵躺在河边，脸色惨白，脸上带着惊恐的表情，死不瞑目。

陈朵扑通一下跪在孕妇陈朵面前，先是测了一下鼻息，然后开始拼命地做心肺复苏。

"不要，醒醒！醒醒！"

这时，池小惠也走过来了，看到眼前的画面，顿时惊呆了，开始剧烈地干呕。陈朵像疯了一样，依旧在给已经死去的孕妇陈朵做心肺复苏。

池小惠反应过来，上前拉住陈朵："快走！被人看到就完了！"

陈朵还在努力："醒醒啊！醒醒！"

池小惠拽着陈朵："走啊！你不想被警察抓起来吧？到时候就没法解释了！"

陈朵一脸凄然，被池小惠拽着，跌跌撞撞地离开了。两人一前一后地沿着公路返回县里，身旁不时有车辆经过。

陈朵有些失魂落魄，脑子里全是那个呼唤自己名字、戴着头

第二十六章 许文的报复

套的女人,她明白,那是这个世界的陈沁。这时,陈朵的手机忽然响了起来。

陈朵看了一眼,是一个陌生的号码,她接通,周慧的声音传来:"我的浩浩又回来了!"

陈朵一愣,对池小惠低声道:"马浩的妈妈。"然后将手机调成外放模式,问周慧,"马浩是什么时候出现的?他跟你说了什么?"

"刚刚来的,他是来跟我告别的。"

"告别?什么意思?"

"我……我也不知道,他说,时间只剩下两天了,他要立刻去别的世界了!"

"别的世界,是哪里?"

"我不知道,我不想浩浩走,我该怎么办?你不是说浩浩有危险吗?这次我要保护他,我该怎么做啊?"

"你跟着他了吗?他去了哪里?"

"还是化工厂的树林,他看到我了,他不让我跟着他。我该怎么办?"

"这是什么时候的事?"

"刚才,就十分钟前。"

陈朵挂断电话,神色有些纠结。

池小惠伸手拦车:"你还愣着干吗啊?赶紧去追马浩,找到马浩就能找到田康了!"

陈朵却愣在原地,没有动,神色变幻不停,似乎在下什么重要决定。

池小惠着急地问道:"你怎么了?"

陈朵叹了口气："我……我看到了一切。那辆面包车里，我姐也在里面，虽然我没看到她的样子，但我知道，那就是她。"

池小惠惊讶道："你不会要去救她吧？你应该明白，这个世界的陈沁不一定就是你的姐姐。你不是想要回去见对你最重要的人吗？如果田康跑了，你就永远被困在这个世界了！"

陈朵看着往来的车流，似乎陷入了回忆之中。

池小惠在一旁着急地道："抓到田康不是你一直想要的吗？"

"你知道吗？无论在哪个世界，我每一天都在想，要是当年姐姐失踪的那一晚，我能做出不一样的决定，会不会一切就能改变？我发疯一样地盯着许文，但是依然无法救回我的姐姐。这次我又看到了许文，还有陈沁，同样的绑架，但我终于有了再次选择的机会！这次，我要做出不一样的选择。"

池小惠完全无法理解，苦口婆心地道："你可以报警，让警察去救陈沁，你去找田康。"

陈朵点点头："我会请求警察帮助的。但是许文敢明目张胆地杀死陈朵，说明他已经疯了，陈沁此刻也很危险，我必须立刻过去为警察拖延时间。"

"你怎么拖延？"

"别忘了，我是陈朵，一个在他们看来已经死去的人！"

这时，一辆出租车正好经过，陈朵招手拦住车子："田康那边，麻烦你去报警吧，让警察封锁化工厂，一定不要让田康再次逃走。"

池小惠愣在原地："如果三棱锥落在警察手中，你怎么拿回来？"

陈朵一愣，不过已经没有时间去想那些了，既然现在没有万全的计划,她只能遵从内心了。陈朵一咬牙,钻进车里,车子迅速开走了。

上车后,陈朵马上拨通一个号码:"赵警官,是我。"

"我知道是你,你想干什么?"

"赵警官,对不起,有很多事我没法立刻告诉你,我有自己的苦衷。但是这次找你,我是报案的!"

"报什么案?"

"公路河边有一具尸体,是陈朵的,她被许文的人杀死了。还有陈朵的姐姐陈沁也被许文的人带走了,此刻她非常危险。"

小赵愣了一下:"你现在在哪儿?"

陈朵语气焦急:"我在哪儿无所谓!你们一定不要去许文的公司找人,他不会把人带到那里的。郊外有个窑厂,那是他干脏活的地方,去那里找人!快!"

"窑厂?你是怎么知道的?"

陈朵看向车外,似乎在讲述一个很久以前的故事:"我在另一个地方,已经跟他斗了很多年了!我现在离那里比较近,会先过去拖延时间,请你们立刻过来!"

"如果真的如你所说,你不要过去!等我们警方……"

陈朵挂断了电话,眼中满是坚定。

第二十七章 替代

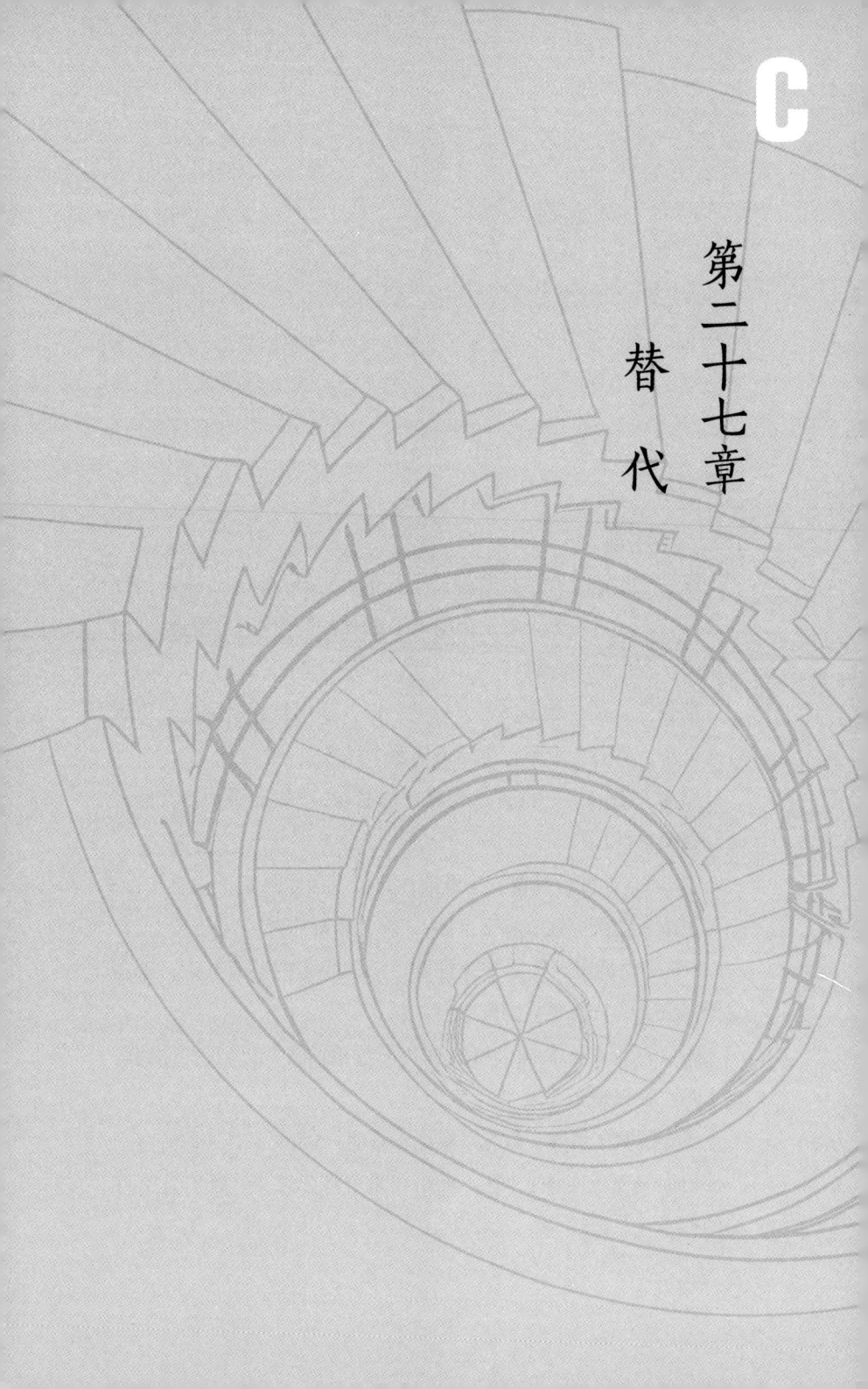

嫌疑犯田康坐在单独看押的牢房里。这时,外面传来铁门打开的声音,一名狱警带着王金国走了进来。王金国对狱警道:"你先出去,我跟他单独聊聊。"

狱警点点头,转身离开,砰的一声,铁门被重新关上。田康有些奇怪地看着王金国,不知道他要干什么。

田康左右看看,没有发现樊良的身影:"我的律师呢?樊良呢?我要见他!"

"田康,你配合我做一些事情,我可以帮你脱罪。"

田康有些震惊地看着王金国:"你什么意思?"

"我已经确定,你是被冤枉的,杀池小惠的另有其人,现在我要抓住真凶,需要你的配合。"

田康打量着王金国,依然有些不敢相信:"王局长,你到底要干吗?我只是个普通人。"

王金国叹了口气,目光坚毅地看着他:"我说了,还你清白。"

田康终于点点头:"好,反正我是个将死之人,还有什么好怕的?"

第二十七章 替 代

王金国点点头:"好,一会儿你按照我说的做。"

王金国很快再次叫来狱警,行使权力把田康从看守所的牢房中押了出来。监狱长闻讯赶了过来,一脸诧异地看着王金国。

王金国解释道:"田康刚才认罪了,而且还愿意交代其他的犯罪行为,现在我要带他去指认现场。"

监狱长有些犹豫:"王局长,这……恐怕不太符合规矩。"

"怎么?你不认识我?"

"我怎么会不认识您呢?只是这田康是重大嫌疑犯,没有法院的调令,我……"

"人我带走了,字是我签的,出了事,我来负责!"

监狱长还是有些犹豫,又不敢说什么,不过王金国的确是在文件上签了字,虽然不符合规矩,但他毕竟不敢得罪公安局局长,只好默许。

王金国押着田康:"就在化工厂附近,我的同事们都过去了,指认完,我就把他送回来。"

说完,王金国就把田康塞进警用囚车,驾车离开了。

王金国驾车行驶到一处偏僻地点,前面停着一辆车。王金国停下车子,把田康带下来,在他们对面,车上也下来一人,竟然是陈朵。

陈朵迎上来,见到王金国背后的田康,顿时大惊:"干爸,这人是嫌疑犯?"

王金国把田康交给陈朵:"替我安顿好他,不管外面发生什么,都不要管,也不要报警。"

陈朵感到有些奇怪,打量着田康,表情惊异。

"办好这件事,我会找到樊良,还他清白。"

陈朵一愣，立刻点头："我懂了，交给我。"

陈朵不再说什么。田康跟着陈朵上了她的车子，两人离开了。

王金国看着陈朵的车子走远，然后走到一旁的护栏前，用头猛地撞向护栏，额头立刻开始冒血，他却不紧不慢地掏出手机，给局里打电话："田康跑了！"

王金国返回局里，带着众警察在会议室召开紧急会议。

王金国额头上包着纱布，装作很生气的样子道："田康这小子很狡猾，表面上说要带我去指认犯罪现场，没想到竟然狗急跳墙，跑掉了！"

"从田康的逃跑地点来看，他极有可能逃到了化工厂附近的山区。"

王金国点点头："向市局请求救援，派特警队在化工厂附近的山区进行密集搜索，尤其是化工厂厂区，很容易藏身，一定要全面封锁，不许任何人进出。同时，立刻在全县发布悬赏通告，把全县的人都发动起来，一定要让这个危险分子无处藏身。"

"是。"

大院里，警察和特警纷纷上了警车。警车响着警笛，驶出公安局大院。全副武装的特警在树林中搜索；街道上，普通警察则在县里各处排查，并张贴悬赏通告。

王金国站在自己的办公桌前，看着窗外的景色，似乎在等待着什么。没错，这一切都是他和局长王金国制订的计划，现在正在按部就班地进行着。

一天前，在废弃民居里，局长王金国和王金国筹谋了这个计划。

第二十七章　替　代

局长王金国率先提出自己的想法："既然这个田康在暗，那我们就要想办法把他逼到明处。"

"怎么逼？"

"把他变成通缉犯，还记得看守所里那个嫌疑犯田康吗？"

王金国认真地听着。

"你以局长的身份提审嫌疑犯田康，然后想办法让他越狱出逃。"

王金国恍然大悟："这样就可以调动局里的力量，名正言顺地在全县搜捕那个杀手田康。不过，要是他已经不在这个世界了呢？"

"按照我们对他的了解，他似乎想要在这里完成什么事情，不然也不会因为江辉的识破而痛下杀手。这里对他来说一定很重要，他有很大概率还在这个世界。"

"就算不在，用这个办法，也能搜出关于他的线索来。"

局长王金国点点头："不过，你切记要先安顿好那个嫌疑犯田康。你可以去找陈朵，让她帮你。"

王金国点点头："我还得封锁整个化工厂，那里是穿越空间的通道，只要封锁了那里，杀手田康就无法逃离这个世界。"

"对，这样就可以关门打狗，只要他还在这个世界，又是通缉犯的身份，就藏不了多久。这家伙陷入绝境后，你觉得他会怎么做？"

"他一定会想办法找到那个嫌疑犯田康，只有找到他并交给警方，封锁才能解除。"

局长王金国表示赞同："所以，藏好嫌疑犯田康，非常重要。杀手田康顶着通缉犯的身份，想找到这个田康，基本不可能。"

"那他只能选择第二条路，铤而走险，就是袭击甚至抓住我，然后逼我下令解除封锁。"

"只要你在局里按兵不动，他就不可能得手。想从公安局里绑架局长，除非他疯了。所以，他只有最后一条路。"

局长王金国停下来，等着王金国接话。

"跟我谈判。"

局长王金国一挥拳头，显得很兴奋："没错！他知道你是从另外的世界过来的人，他也知道你是假冒的局长，所以，他会利用这一点来要挟你，跟你谈判。那么，这时候，机会就来了。"

王金国故意放走嫌疑犯田康，就是为了能够利用公安局的力量来搜捕杀手田康，这样一来，他将无所遁形。

王金国站在窗前，望着窗外的景色。他转而看了看放在桌上的手机，没有任何动静。他继续等待，突然，桌上的手机响了。

王金国走到桌前，拿起手机，看到一个陌生的号码。他轻轻按下接听键，不紧不慢地说："喂。"

对面果然传来杀手田康的声音："王局长。"

王金国很沉稳："田康。"

"有件事，我想和你谈谈。"

王金国嘴角露出一丝冷笑："我不觉得跟你有什么好谈的。"

"我知道你是冒牌货，我们都不属于这个世界，所以，其实我们并不完全是敌人。王金国，当局长的感觉怎么样？妻子健在、儿子孝顺的感觉怎么样？你不想一直这样生活下去吗？"

王金国语气冰冷："你到底想干什么？"

杀手田康的声音幽幽传来，充满蛊惑："很简单，只要你解除化工厂的封锁，交出那个田康，什么都不要管。我做完我的事，

第二十七章 替 代

就会无声无息地离开这个世界,而你,则可以继续享受现在的身份和生活。"

王金国沉吟片刻:"所以,你是想让我忘记江辉的死?"

"僵持下去,我们只会两败俱伤。我的任务会失败,我的身份将会曝光。同样,你的身份也藏不住,你也得不到你梦想的生活了。"

王金国似乎被命中要害,久久没有说话。

杀手田康感觉到王金国的变化,继续问道:"你觉得呢?"

"我会考虑一下。不过,在决定之前,我希望能见你一面,我还有很多疑问需要你解答。"

"见我?没这个必要吧?我可不想落入公安局局长的圈套里。"

"就像你说的,我们都有秘密,抓了你,我也一样没有好结果,我不会那么傻的,我只是想逼你出来。你放心,我会找一个很安全的地方,那里只有我们两个人,毕竟我也不想让别人知道,我绑架了这个世界的公安局局长。"

杀手田康沉默许久,然后问道:"地址呢?"

"就在后山的野树林,那里很偏僻,具体的位置我会发到你的手机上。"

"那见面的时间我来定。"

"可以。我知道,你肯定要事先去检查,看有没有埋伏,这是很谨慎的做法。"

"见面时间,我会再联系你。"

说完,杀手田康就挂断了电话。王金国看着手机,脸色阴沉。几小时后,天色渐渐暗下来,王金国的手机接到消息:今晚10点。

王金国看了看手表,现在是晚上9点左右。

王金国离开公安局,上了轿车,行驶到荒郊野外的一处山林前。车子停下,王金国下车,看了看眼前的山林,夜色中,黑魆魆的山林显得格外诡异。

王金国大步朝山林中走去。

这里是一片茂密的树林,地上落满了厚厚的树叶,王金国走在上面,沙沙作响。这时,他身后传来一道声音:"你很准时。"

王金国转过身子,只见身后不远处站着一个人,一身黑衣,戴着罩帽,看不清面孔。王金国默默地注视着他。那人掀开罩帽,正是杀手田康!

杀手田康和王金国保持着一段安全距离:"我的提议,你考虑得如何?"

"我说了,你得先回答我几个问题。"

"你说。"

"为什么要杀江辉?"

"他看到了不该看到的东西,会影响我们的计划,我是逼不得已。"

"你们?你不是一个人?"

"无可奉告。"

"你们到底想要做什么?"

"江辉看到的,只是我们伟大计划的一小步,只是一次小小的实验而已。不过,令人欣慰的是,实验很成功。"

"这个世界的池小惠也是被你杀的,对吧?也是为了你们的计划?"

"没错。"

王金国眼里燃烧着愤怒:"你们这个计划听着一点儿也不

第二十七章 替 代

伟大。"

"那是因为还有人在阻止我们。杀人,也是迫不得已。不过,他们不会白死的,甚至不是完全意义上的死亡。"

王金国一听,捕捉到信息:"谁在阻止你们?"

"这个也跟你无关。我没那么多耐心给你解释这些,你最好尽快解除化工厂的封锁。"

"你真的觉得我会放你走吗?"

杀手田康只是一笑,从兜里掏出一支手枪,对准王金国:"我不觉得凭你一个人,就能拦住我。王金国,你本来应该死在车祸里的,活下来不容易,现在要么立刻下令解除封锁,要么死在这里。"

王金国也一笑,表情有些耐人寻味,道:"谁说我是一个人?"

杀手田康一愣。就在这时,他身旁的树叶堆里,突然蹿出一个人,一下子将他扑倒在地,正是局长王金国!王金国也急忙冲过去,两人合力,将田康制服,收走了他的枪。

王金国拿出手铐,将田康铐在一旁的林间栏杆上。

杀手田康大惊:"你……你们!"

王金国和局长王金国相视一笑,这也是计划的一部分,是计划的最终环节。

一天前,在废弃民居里,局长王金国继续阐述计划:"你一定要提出跟他见面,不过杀手田康也不是傻瓜,所以,约见的地点必须给他足够的安全感,让他确认跟你见面是绝对安全的。"

王金国点点头:"局里的人手就不用指望了,我不能让其他人知道我的身份,只能一个人面对他。"

"杀手田康也会想到这点,你不能找人帮忙。但是,你觉得单凭你一个人,有把握制服对方吗?"

王金国沉吟片刻,摇摇头:"我只能尽力。"

局长王金国看着王金国:"你忘了,其实你还有一个助力。"

王金国一愣,局长王金国指了指自己:"就是我。"

王金国有些吃惊:"你?"

"对,我可以事先抵达约定地点,在那里潜伏下来。只有我一个人的话,我有信心不被杀手田康发现。而且杀手田康绝对不会想到咱们会联手,毕竟,在他眼里,你是霸占了我的生活的人。"

王金国听了局长王金国的提议,有些犹豫。

"怎么,你还是信不过我?"

王金国看着局长王金国,依然沉默。

"就算我曾经犯过错,但是别忘了,我也是警察,抓捕杀人犯本来就是我的责任。"

王金国终于说话:"我可以放了你,然后咱们联手行动,但是我有一个要求。"

局长王金国看着王金国:"你说。"

"事成之后,我希望你能恢复樊家的名誉,承认自己当年的错误,去自首!"

局长王金国顿时一愣,内心天人交战,似乎非常纠结,但良久之后,他还是苦笑着点了点头:"其实,就算你不说,我也是这么打算的。这件事压在我心里很多年了,早该解决了。"

王金国点点头,然后掏出钥匙,给局长王金国打开了手铐,然后伸出手:"合作愉快。"

局长王金国揉了揉手腕,跟王金国握手:"合作愉快。"

第二十七章 替 代

计划的第一步,是放走嫌疑犯田康,逼迫杀手田康现身;计划的第二步,则是二人暗中联手,捕获杀手田康。

此刻,杀手田康的一只手被铐在栏杆上,计划大功告成,王金国和局长王金国对视一眼,都长长地出了一口气。

"你的计划成功了。"

局长王金国摆摆手:"是我们的计划。这家伙已经被抓了,你打算怎么处理?"

"我想把这小子带回去,好好地审一审,看看他说的'伟大计划'到底是什么,还有多少同谋,都要抓起来,江辉不能白死。"

局长王金国点点头。王金国问道:"你呢?"

局长王金国思忖一下:"我会先去参加儿子的婚礼。结了婚,成了家,才算是真正的成年。"说着,他从上衣口袋里拿出一张叠好的信纸,"婚礼的致辞我已经写好很久了,一直带在身上,要看看吗?"

王金国看着局长王金国,并没有接那张信纸,而是等着他后面的话。

局长王金国只好将信纸重新装回口袋:"然后……我就去自首,把当年的事都说出来。"

王金国点点头:"希望你能说到做到,给王晨立一个好的榜样。"

说完,王金国就朝杀手田康走去,准备解开手铐,押走他,而杀手田康则一直冷笑着。

就在这时,王金国忽然感到一阵恶心,脑中快速闪过几个

三棱：死亡救赎

画面：局长王金国手里攥着一根绳子，看着他的后背，然后快速逼近。

王金国一愣，心中有所警惕。果然，局长王金国从后面扑了上来，直接用一根绳子勒住了王金国的脖子。

王金国用手抓着脖子上的绳子，奋力挣扎着，同时怒吼道："你干什么？！"

局长王金国面目狰狞："对不起，我做这些都是为了家人。我当年只是犯了一个错误，而且已经努力地修正了。要不是你，一切早就过去了，我要继续修正这一切！我不能自首！"

王金国脖子上的绳子逐渐收紧，脸憋得紫红。

王金国用力肘击身后的局长王金国，剧烈的疼痛让他松开了手里的绳子，两人搏斗起来，在厚厚的落叶中不断翻滚。他们都没注意到，王金国的手枪掉落在了地上，而一旁的杀手田康则趁机将那支手枪移到了自己脚下。

两人继续扭打着，都在以命相搏。局长王金国吼道："我不能自首，我的家人还需要我！王晨不能是杀人犯的儿子！我努力了这么多年，不能白费！"

王金国咬着牙，脸色因为气愤而变得通红："你……你还是执迷不悟，你是在犯罪！我不会放过你……"

局长王金国也咬紧牙关，双手掐住王金国的脖子："所以，你必须死！"

突然，身后传来一声枪响，两人一愣，朝枪响处看去，竟然是杀手田康拿着枪，打断了手铐。一瞬间，他重获自由！

杀手田康用枪指着两人，冷笑道："都别动。"

王金国和局长王金国只好分开，都不敢轻举妄动。

第二十七章 替　代

杀手田康玩味地看着两人，似乎在看一件很有趣的事情："这就是人性，脆弱的联盟总是不堪一击。"

他将枪口对准王金国："你明明有很多机会可以杀死他的。杀死他，你就是司象县公安局局长，就能获得失去的一切，为什么不那么做？"

王金国冷冷地看着杀手田康，目光里没有一丝退却："这是我的选择，我自己决定我要做怎样的王金国！"

"不，别把自己想得那么高尚，你做不到是因为你还有退路。现在，我送给你一件礼物。"

一声枪响！

王金国身子一震，但是回过神来却发现自己身上毫发无伤，倒是一旁的局长王金国胸口中了枪。

王金国震惊道："田康，你！"

杀手田康冷冷一笑："你运气比较好，有人愿意保护你。所以，我不能杀你。"

"你……你到底什么意思？"

杀手田康把玩着手里的枪："还记得我之前提出的条件吗？现在依然有效。把一切都当成一场梦吧，忘记那个江辉，忘记你失踪的儿子，你要做的就是留在这个世界，取代他，平静地生活下去。"

王金国冷冷地看着杀手田康，胸口剧烈起伏，显然异常愤怒。

杀手田康缓缓后退："你不忍心害人，我替你做这个恶人就好。你好好地问问自己的内心，追求所谓的正义，你能得到什么？难道这不是你最希望的结局吗？不要虚伪了，王金国！"

王金国看着杀手田康一言不发。杀手田康举着枪，说："过上你梦想中的生活，就是这么简单，你只需要忘记那些无关紧要的人而已。"他一步步后退，缓缓消失在化工厂的方向。

看到杀手田康彻底隐没在夜色中，王金国这才扭头看向躺在地上的局长王金国，他的胸口已经被鲜血染红，嘴里不住地往外冒血。

王金国俯下身子，慌乱地用手按住伤口，试图止血，但是血液还是不停地从他的指间渗出。

局长王金国抓住王金国的手："对……对不起，我来之前……已经给公安局打了电话，化工厂的封锁解除了。我……以为杀死你，再放走田康，这样所有知道我秘密的人，都会消失在这个世界，我的生活就能恢复了，但是，我……搞砸了……"

王金国悲愤地捶地："为什么？"

"我多想抹掉我以前犯的错误，但是我做不到，我做不到跟你一样……一样……永远坚持自己的底线……太难了……"

王金国不知该如何是好，只能紧紧地按住伤口。

局长王金国的脸上露出释然的笑容："我……我不行了，他……他说得对，你……你应该接替我，照顾……"

王金国摇头："不，不行。"

局长王金国死死地握住王金国的手，将口袋里的那张婚礼致辞掏出来，塞进王金国的手里："家人……比什么都重要，我……我本来就是个罪人，你……你比我更合适……答应我……好好待他们……"

局长王金国眼里的光彩迅速黯淡下去，握住王金国的手也松了下来。王金国愣在那里，抓着那张沾血的婚礼致辞，久久不能平静。

第二十八章 三个人的会合

这是一个废弃的砖窑厂,窑厂周围是一个个被挖出来的巨大窑坑,坑里都蓄满了水。几座砖瓦房并排而立,有一个陈旧的巨大烟囱矗立在瓦房之间。几辆车停在窑厂空地,其中的面包车,正是之前绑架孕妇陈朵的那一辆。

宽敞的窑房里,连通着数个房间,到处阴湿,灯光昏暗。许文坐在角落的一个椅子上,正好整以暇地看着前面,旁边站着两个打手,都是面包车上的壮汉。

李东彪把樊斌推了过来,樊斌四处张望,慌张乞求:"陈朵呢?求求你让我看她一眼,我签,我什么都签,不要伤害她,她怀孕了!求求你!"

许文淡淡地道:"报警了吗?"

樊斌急忙摇头摆手:"我没有……我真的没有,我谁也没说,我自己来的。"

"那就好,签了,就能见到你老婆了。"

李东彪一脚将樊斌踢倒在地,樊斌爬起来从桌子上拿起笔,然后趴在桌子上,哆哆嗦嗦地在协议上签上自己的名字。李东彪

第二十八章 三个人的会合

把协议拿给许文,许文看了一眼,点点头。

樊斌看着许文,哀求道:"许叔叔,这样可以了吧?求你放我们走吧!"

许文抬头漠然地瞥了一眼樊斌:"没问题,我现在就让你去见陈朵!"

说着,许文冲李东彪使个眼色,李东彪猛地上前一步,用绳子勒住樊斌的脖子。樊斌猝不及防,奋力地挣扎,但明显李东彪力气更大,他眼看就要窒息了。

许文站起身,准备离开:"屋里关着的那个,既然也看到了,就一起扔到窑湾里吧。"

樊斌挣扎的力气越来越小,脸色发紫,慢慢失去意识。

就在这时,陈朵高喝一声:"许文,住手!"

陈朵大步走了进来,冲到樊斌身旁。李东彪看到陈朵,顿时一愣,手上不由松开了樊斌,樊斌趁机挣脱绳子。

许文也惊讶地看着陈朵,然后盯着李东彪:"这是怎么回事?"

李东彪一脸惶恐:"这……不可能,你怎么还活着?我明明已经……"

陈朵冷笑道:"你明明已经把我勒死了是吗?"

李东彪有些骇然,下意识地后退两步:"你是人还是鬼?"

陈朵环视一周,见除了许文和李东彪,还有两个壮汉:"你说呢?"

许文语气森然:"我管你是人是鬼!这下好了,既然来了,你们一家,整整齐齐上路吧!"

许文一摆手,李东彪和其他几个壮汉都上前围住陈朵与樊斌,挡住所有出口。

三楼：死亡救赎

樊斌咳嗽着，脸色还因刚才的窒息而通红："小朵，你……你没事吧？"

陈朵看了樊斌一眼，想到他还不知道妻子已经死亡的消息，当下也不知道怎么解释，只能意味深长地道："樊斌，你一定要照顾好自己，这样我才会放心！"

樊斌一愣，有些疑惑，但还是点点头。陈朵这才凝重地看着逼近的李东彪等人，脑子飞速运转着，想着如何为警察争取时间。

陈朵突然想到了什么："许文，我想跟你谈一件事情。"

"我们没得谈，解决了你，我还要回去煲汤。"

"是吗？如果我告诉你，我知道蓝灯酒吧里的那些'跳跳糖'呢？"

许文一惊，挥手制止李东彪等人："你是怎么知道的？"

"我不但知道'跳跳糖'的事情，还知道盛文公司走私的事情。"

许文脸色越来越难看："你到底是谁？"

旁边，樊斌也诧异地看着陈朵，这个陈朵无论从语气还是穿着打扮，都跟自己熟悉的陈朵不一样。他一脸茫然，全然不知到底发生了什么。

陈朵毫不畏惧地盯着许文："你也许不熟悉我，但是我可太了解你了，我跟你斗了很久了。"

"说出这么多秘密，看来真的不怕死啊！"

"该怕的人是你吧？我已经报警了。"

许文冷笑一声："等警察找到这里，只会看到三具泡在窑湾里的尸体，其他什么都不会发现。"

"如果报警时间比你想的还要早呢？"

第二十八章 三个人的会合

许文盯着陈朵,忽然明白了什么:"干掉他们,她在拖延时间!"

陈朵脸色一变,一把推开樊斌:"跑!"

两人立刻朝门口冲去,但李东彪等人还是快速围了上来。陈朵弯着身子,将想要拦住她的一个壮汉撞倒在地,然后起身,继续向门外跑,可是李东彪却死死地抓住了樊斌。

樊斌跟李东彪纠缠在一起,冲着陈朵大喊:"跑啊,别管我!"

陈朵一咬牙,又返回来,去拉樊斌。其他几个壮汉拎着武器攻击陈朵,陈朵后背被铁棍打中,不由得跟跄几步。李东彪再次抡起铁棍打向陈朵,樊斌伸出胳膊帮陈朵挡住,铁棍抡在樊斌的胳膊上,樊斌闷哼一声,倒在地上。李东彪继续攻击陈朵,其他几人也拎着武器再次围了上来。

"不许动!"就在这时,小赵带着警察蜂拥而入,将众人包围了。

小赵举着枪道:"都不许动!"

李东彪等人立刻停手,面面相觑,许文脸色一变。

许文指着李东彪大喊:"警官,不关我的事。李东彪,你在干什么?!谁让你这么做的?!"

小赵冷笑一声:"许文,这次弃卒保帅没用了!"

说着,小赵掏出了自己的手机,正是接通状态。一旁,陈朵也掏出手机,两部手机一直在通话中。

陈朵盯着许文,淡淡地道:"所有的话,警察都听到了。"

许文面如死灰。小赵义正词严道:"许文,你涉嫌谋杀、贩毒、走私等多项罪名,现在被逮捕了!"

几名警察上前,给许文、李东彪等人戴上手铐。

许文死死地盯着陈朵："我明白了，你不是陈朵，对吗？都是那些莫名其妙消失的人，你们一直都在我身边！"

许文歇斯底里地吼着，陈朵一脸疑惑，不知道他在说什么。

"是你，还有那个脸上缠着绷带的人，害了我！"

许文咆哮着，却被警察押出了窑房。

夜已经深了，小区零星地亮着几盏灯，王金国从树林中回来，换了一身干净的衣服，推门走进客厅，看了看墙上的挂钟，已经凌晨1点多了。

卧室里，许娜已经熟睡，王金国轻轻地推开卧室的门。许娜听到王金国回来，睡眼惺忪地嘟囔："怎么才回来？都几点了？"

王金国轻轻地坐在床边，看着床上的许娜，有些发愣，他嘴唇翕动，欲言又止。

许娜翻了一个身，抓住王金国的手："赶紧睡吧，王晨跟小雯聊好了，婚礼照常进行，明天还有好多事呢。"

王金国脸色变幻了一下，"哦"了一声，轻轻脱去外衣，躺在了许娜身旁。

王金国躺在床上，感受着温暖柔软的床榻，他抱紧被子，把头埋在枕头里，长长地吸了一口气，似乎努力地感受着家的味道。

被子下的王金国微微颤抖着身子，努力压抑着自己的情绪。

城中村里，樊良正在和忠叔，还有抱着孩子的阿秀说话，桌上放着那个书包，里面是许文给他的现金。

"许文已经倒台了，不过这都不重要了。忠叔，你带阿秀回云南老家吧。有这些钱，足够你们生活了。"

忠叔和阿秀对视一眼，神情悲伤。

"他不在了，去哪里都没有意义了。"阿秀抱着孩子，眼中满是痛楚。

樊良也有些难受，不敢看阿秀："这也是他的意思。他早就想带你们离开这里。"

阿秀忍不住悲伤，眼泪流了出来。忠叔看看樊良："那你呢？"

"我明天见完一个人，就要走了。他的后事，拜托了。"

忠叔点点头，眼里含泪："放心吧，我会好好操办的。"

樊良看了看阿秀怀里的孩子："在这个世界，樊家就剩他了，你们要照顾好他。"

忠叔和阿秀都点头："那你以后还会回来吗？"

樊良点点头："有机会的话，我一定回来，毕竟，我是这小子的干爹。"说着，他捏了捏孩子的脸蛋，"干爹不在，你可要乖啊！"

孩子咿呀咿呀地说着什么，三人都笑了起来。

樊良看看两人，叹了口气："那么，我走了。"

阿秀突然想到什么："等等。"

樊良和忠叔看向她。

"孩子的名字，你取好了吗？"

樊良看向孩子："就叫他，樊新生吧！"

第二天，王金国醒来，发现自己躺在床上，窗外天光大亮，一旁的许娜已经不在床上。王金国看了看周围，似乎对眼前的一切有些不敢相信，发生了这么多事，他没想到自己还能熟睡，看来家里的温馨与和谐，总会治愈那些不堪与残酷。

王金国又看了看床头柜上的夫妻合照，仿佛之前发生的所有

三 棱：死亡救赎

死亡和凶案都如梦一般，恍如隔世，现在的生活让他心里充满了幸福感，他多想一辈子就这样过下去。

王金国走出卧室，发现许娜正在厨房里忙着。她麻利地做着早饭，灶台上的锅里正煮着稀饭，空气里全是食物的味道。

许娜一边忙着，一边说："一会儿王晨要带小雯回来吃饭。吃完饭，咱们一起去逛商场，给你买几身衣服。"

王金国随口道："好好的，买什么衣服？"

许娜瞪了王金国一眼："明天儿子就结婚了，你这个当爸爸的，不能给儿子丢人啊！西服我已经买好了，再买几身便服。"

王金国点点头，这时，传来敲门声。

许娜把王金国推出厨房："儿子他们来了，快开门去。"

王金国走到门口，打开门，正是王晨和他的未婚妻小雯。

王晨笑着道："爸。"

小雯也很乖巧："王叔叔。"

王金国赶紧让两人进屋："快进来，你妈正做早饭呢。"

一家四口坐在一起吃饭，面前是满满一桌的早餐。王晨有些夸张地道："妈，这早饭也太丰盛了吧？这么吃，早晚得'三高'。"

许娜一拍儿子："你们是沾小雯的光，要不是小雯过来，我才懒得给你们爷儿俩做呢。小雯，你多吃点儿。"

小雯有些羞涩地道："谢谢阿姨。"

王金国和许娜微笑着点头。王金国看着眼前幸福美满的一切，低着头，恍若在做梦。

饭后，王金国把自己关在书房里，桌上放着局长王金国留给他的那张信纸，上面是他给儿子准备的婚礼致辞。

王金国拿起那张信纸，上面还残留着一些血迹。

第二十八章 三个人的会合

王金国静静地看着信纸上的婚礼致辞，有些发愣。他想到局长王金国垂死之际，让自己代替他照顾家人。王金国心里明白，只要自己不说，谁也不会发现那具埋在树林中的尸体；只要自己不再调查，谁也不会识破他冒牌的身份，一切都会过去，只要他能说服自己。

是的，只要他想，他梦寐以求的生活就唾手可得。这如梦幻一样的生活，王金国说不心动，那是撒谎。他愣愣地看着婚礼致辞，然后又看到自己手腕上崭新的手表，轻轻地摩挲着，似乎有些不舍。

这时，门被打开，许娜拿着新西服走进来，王金国赶紧把信纸收起来。

"致辞准备得如何了？"

"正……正在练。"

许娜见王金国有些闪躲："还不好意思呢。好好练，明天就看你表现了。"

王金国点点头。

许娜把新西服放在桌上："记着换好这件。"说完，许娜离开了。

王金国脱下原来的衣服，换上新西服。这时，原来衣服口袋里的一个红包掉落下来，正是当初江辉送给他的红包。王金国捡起红包，有些发愣，然后将红包和那张信纸一起装进了上衣口袋。

窑房一角，只有警察小赵和陈朵，其他几名警察正在打扫现场，搜集证据。不远处，樊斌被一名警察搀扶着离开。樊斌不时地回头看着陈朵，陈朵向他点头示意。

陈朵望着樊斌，对小赵道："他还不知道那些事情。"

小赵死死地盯着陈朵："我们在你说的地方找到了陈朵的尸体，所以……你到底是谁？"

陈朵叹了口气："我也是陈朵。"

小赵眼中惊讶更甚："什么意思？"

"说来话长，你不会相信的。但是我可以跟你回局里，仔细说一遍。在这之前，我能不能先见一下陈沁？"

"陈朵的姐姐？"

"没错，我只想看她一眼！"

小赵看着陈朵，点点头："她在另一个房间，我的同事已经找到她了。"

小赵走到另一名警察身旁询问了一下，然后领着陈朵，来到一个房间门口："她就在里面，我在外面等你。"

江辉坐在书桌前，正在认真地翻看那半本日记，这时，门外传来敲门声，他走过去开门，是罗玥。

江辉让罗玥进屋。罗玥问道："这么晚找我，有什么事？"

江辉把书桌上的日记递给罗玥："这是我在废车场找到的，好像是许文身上的东西，你看看。"

罗玥翻看着，皱眉不语。日记上都是一些只言片语，还有残破的奇怪机器的图纸。

江辉解释道："这个好像是池小惠的日记，不过日记上的文字不全，没法判断全部的内容，但是我觉得，上面好像说是有一个什么特别的装置，跟三个世界有关，而且好像有人在计划什么。"

罗玥摇头："这些东西……很难说明什么，缺失的太多了，我觉得还是不要在这上面浪费时间了，找到陈朵才是我们要做的。"

江辉摇头："你再好好看看，还是能发现一些有用信息的。我怀疑，池小惠和田康被杀，可能也跟日记上记录的事有关，我觉得你应该向局里汇报。"

罗玥为难地道："这些东西，我们没办法向局里解释，说什么呢？有时空杀人犯？就凭这个？根本不能当作证据。"

陈朵走进房间，这个世界的陈沁正背对着门口，站在窗户下面。察觉有人进来，陈沁缓缓转身。陈朵有些激动，十几年来朝思暮想的人终于要见到了，一瞬间各种情绪纷至沓来。

陈朵不由得走快几步，却又有一些怯意，她站住，唤道："姐！"

陈沁转过身来，看到陈朵，愣了一下："陈朵，你没事，太好了！"

而陈朵看到陈沁的模样后，却愣在原地，整个人如遭雷击，不由得踉跄了几步，脸色煞白。因为，她面前这个世界的陈沁的模样竟然跟罗玥一模一样！

江辉从罗玥手里把日记本拿过来，继续翻看："你看这里有一句话，'潜伏在三个世界的暗桩已经就绪'，这是什么意思？是不是说我们这里早就潜伏着其他时空的人？"

罗玥看着江辉："其他时空的人早就潜伏过来了？你确定？"

江辉道："他们好像是为了一个什么计划，所以需要跨越时空来杀人。这台设备很奇怪，我觉得，应该交给局里……"

突然，江辉身子一震，话再也说不下去，因为一把水果刀刺入了他的后背。他缓缓地转过身，只见罗玥正冷冷地看着自己。

江辉露出不可置信的目光:"你……"

罗玥低着头,轻声道:"我劝过你了,不要管这件事的。"

江辉瞪大眼睛:"你到底……是谁?"

陈朵震惊地看着陈沁,而对面的陈沁也惊讶地看着陈朵呆滞的模样,不明白她怎么了。

陈沁想要上前搀扶陈朵:"你怎么了?陈朵?"

陈朵退后几步:"怎么会是你?"

陈朵的脑子嗡嗡作响,她根本无法相信自己的眼睛,与罗玥有关的记忆如同潮水一般快速地在眼前闪过,那些之前未曾注意的蛛丝马迹立刻串联在了一起。

两年前,刘韬领着罗玥走过来,向陈朵介绍:"陈朵,这是新来的同事,叫罗玥,以后跟着你了!"

陈朵坐在办公桌前,正埋头看资料,桌子一角是已经吃完的泡面桶。她有些头疼地揉揉脑袋,吃了一粒布洛芬,看都没看罗玥一眼:"哦,知道了。"

罗玥则兴高采烈地道:"陈朵组长好!见到你很高兴!"

刘韬不满地道:"陈朵,跟你说话呢!"

陈朵这才抬头看了罗玥一眼,不由得愣了一下,有些惊讶。

刘韬继续道:"罗玥是从田台县公安局证物科转来的,是市局的调令,你多上心一点儿,好好带她。"

陈朵疑惑地盯着罗玥:"我们之前见过吗?"

罗玥笑嘻嘻地道:"报告陈朵组长,应该没有见过!"

几天后,罗玥开车,陈朵坐在副驾驶位置,拿着一份档案。

第二十八章 三个人的会合

她看了一会儿,然后盯着罗玥,问道:"你的年龄比我还大?"

罗玥笑了一下:"是啊,我长得显小,是不是很羡慕?"

陈朵合上资料,闭目思考:"我们真的没见过吗?我总觉得你像一个人。"

"谁啊?"

陈朵摇摇头:"一个我也不知道还能不能再见到的人。"

罗玥摩挲着下巴:"啊,是熟人啊!我记得咱们没见过啊!陈朵组长,你是不是经常认错人?"

陈朵叹了口气:"也是,这不可能。"

……

公安局后院,罗玥看着陈朵:"命不命的我不知道,我只知道,田康犯了罪,我们必须把他抓住!"

陈朵笑笑,没说什么。

罗玥望着天空:"如果硬说有命数,当年那么可怕的事故,却神奇地造就了司象县最优秀的女刑警,不是吗?"

……

办事厅,罗玥瞥了一眼档案一角的备注:9·24陈沁失踪案。她惊讶地看着陈朵。

陈朵告诉罗玥:"陈沁是我姐姐。"说着,她合上档案,站起身,"你上次说化工厂事故造就了我警察的身份,其实不是,我当警察是为了姐姐。"

……

小时候,幼年陈朵端着一碗乌冬面。

陈沁一笑,把陈朵揽过来:"呀,真是小哭包,捉迷藏都能哭。我不是答应你,以后绝对不会把你一个人扔下了吗?"

此刻，罗玥的模样与面前陈沁的模样重叠在了一起。

陈沁（罗玥）："我不是答应你，以后绝对不会把你一个人扔下了吗？"

姐姐的话语如同湖水的波纹，开始不停地在陈朵脑海中回荡，她浑身颤抖，眼泪不停地流下来，原来姐姐一直在自己身边，只是她从来没有说过。

与此同时，另一个世界里，江辉死死地盯着罗玥，脸色越发惨白。

罗玥叹了口气："你不会想知道我来自哪里的，那是一个比噩梦还可怕的地方。我本来不想杀你，可是你太执着了，我只能对不起陈朵了。"

江辉看着罗玥，感觉气息越来越弱，他用最后一口气努力说道："最后的秘密……1986……"

罗玥一愣："秘密？你说什么？"

江辉嘴角浮现一丝冷笑，然后缓缓地闭上眼睛，倒在了地上。

罗玥略一沉吟，拿起桌上的餐布，擦拭了一下水果刀上的指纹，收拾完现场，然后拿起那本日记离开了。

陈朵愣愣地看着面前的陈沁，虽然还是有很多疑惑盘旋在脑中，但是复杂的心情让她终于崩溃："原来你一直都在我身边！"

陈沁一脸疑惑地看着陈朵："陈朵，你怎么了？"

陈朵嘶喊道："可是你……你为什么要骗我？你知不知道，我找你找得多辛苦，你为什么不告诉我？！为什么？！"

第二十八章 三个人的会合

陈沁不知道该怎么回答,也不明白眼前的陈朵情绪失控的原因,只好上前,轻轻地抱住她。

陈朵将头埋在陈沁的肩上,痛哭流涕:"姐……"

良久,陈朵收拾好心情,抬头看向一旁的窗户。

"对不起,我一定要回去,我一定要找她问清楚!"说完,陈朵推开陈沁,抓起椅子,猛地砸向窗户。

小赵和几名警察正守在门口,忽然听到房里传来"哐当"一声,然后陈沁的声音响起:"陈朵,你干什么?下来啊!来人啊!"

小赵察觉到不对,赶紧推门进屋,却见屋里只剩下了陈沁,陈朵已经不见踪影。

小赵愣了一下,顺着陈沁的目光看过去,只见房间的窗户被砸开,显然陈朵就是从那里离开的。

"找!把她带回来!"

几名警察立刻散开。

医院里,重伤的许文躺在病床上,一只手上还戴着手铐。

一名戴着口罩的护士,端着药盘走了进来。护士看了看床上的许文,从药盘里拿出一支药剂,注入输液瓶里。

许文似乎有些醒了,看向护士,他感觉有些不适:"我……我不舒服……"

护士却没有任何举动,只是看着许文。

许文有些怀疑了:"你……你是谁?"

护士摘下口罩,露出面孔,竟然是罗玥!

许文想坐起来,却发现四肢已经不听使唤了:"是你!你……你要干什么!"

罗玥凑近许文："你仔细看看我是谁，想起来了吗？"

许文努力地看着罗玥，却依然无法想起来。

罗玥声音森冷："我提醒你一下，十五年前……"

许文闻言，似乎想起了什么，震惊地道："是你！竟然是你！"

"你总算想起来了。"

许文脸上露出惊恐的模样："你怎么会……"

许文脸色越来越难看，似乎喘不上气来。

罗玥凑近，低声道："你不该看那台机器，我来兑现承诺了。"

许文挣扎着还想说什么，却再也没机会了，他的眼中彻底失去了神采。罗玥面无表情地离开了病房。

酒店内外聚集了不少人，鲜花和灯笼布置在街道两侧，这可是司象县最有排面的婚礼。公安局局长的公子成亲，所有人都站在街边围观，随着司仪一声令下，开始燃放鞭炮，婚礼也正式开始。

婚礼现场布置得十分高贵豪华，礼台中央，王晨穿着西服，身姿挺拔，在他对面是一身洁白婚纱的小雯，她身边是自己的父亲，牵着她的手，正缓缓向王晨走过去。

司仪朗声道："新娘的父亲正牵着自己心爱女儿的手，缓缓走向新郎。"

小雯和父亲走到王晨面前。

"二十几年的养育，当年的少女已经长大，在这一刻，爸爸将女儿的手交到新郎的手中，从此以后，将由他接替自己，照顾最珍爱的女儿。"

满眼泪光的父亲将小雯的手交给王晨，场下一片掌声。王金国和许娜坐在下面鼓掌，两人眼中都含有复杂的情绪。

司仪继续道:"接下来,有请新郎的爸爸上台,为这对新婚夫妇送上最真挚的祝福。"

又是一阵掌声,王金国有些发愣,许娜在一旁扯扯他的衣角。王金国这才回过神,从下面走到礼台中央,所有聚光灯都照在他的身上。

王金国被聚光灯照得有些睁不开眼,只觉得眼前一片茫然,有些不知所措,好似在幻梦之中。

司仪活跃气氛道:"看来,新郎爸爸比新郎官还要激动啊!"

场下一阵笑声,缓解了王金国的尴尬。

王金国清清嗓子,开始背诵信纸上的内容:"尊敬的各位来宾、各位亲朋好友!今天是王晨和小雯的大喜之日,承蒙各位的厚爱和光临,我代表我的家人,向光临的各位,表示诚挚的欢迎和衷心的感谢!"

场下一片掌声,而聚光灯之下,王金国眼前却闪过各种画面。

树林里,局长王金国抓住王金国的手:"我……我不行了,他……他说得对,你……你应该接替我,照顾……"

王金国摇头:"不,不行。"

局长王金国死死地握住王金国的手:"家人……比什么都重要,我……我本来就是个罪人,你……你比我更合适……答应我……好好待他们……"

王金国摇摇头,收敛心神,继续致辞:"在这美好温馨的时刻,我对两个孩子表示由衷的祝福!祝福你们永结同心,白头偕老!"

王金国紧皱眉头,那些画面根本控制不住,再次出现在眼前。

树林里,田康蛊惑道:"还记得我之前提出的条件吗?现在依然有效。把一切都当成一场梦吧!忘记那个江辉,忘记你失踪的儿子，你要做的就是留在这个世界，取代他，平静地生活下去。"

王金国冷冷地看着田康。

"你不忍心害人，我替你做这个恶人就好。你好好地问问自己的内心，追求所谓的正义，你能得到什么？难道这不是你最希望的结局吗？"

王金国看着田康一言不发。

田康举着枪，一步步后退，最终消失在黑暗中："过上你梦想中的生活，就是这么简单，你只需要忘记那些无关紧要的人而已。"

台上，王金国的身子微微颤抖，有些说不下去了："我希望你们……你们……"

王金国的内心似乎在做着剧烈的挣扎，场下众人都觉得他可能是太激动而忘词了，开始窃窃私语。王金国满头大汗，只好从上衣口袋掏出那张信纸，结果江辉的那个红包也随着滑落到了地上。

王金国看到红包，慢慢俯身将它捡起来。

红包上是江辉歪歪扭扭的字迹：祝贺王晨新婚大吉，愿你一生幸福平安，做一个跟你父亲一样有正义之心的人。江辉叔。

王金国看着字迹，如遭雷击。他站起身，有些茫然，抬头看向宾客席。

王金国好像在人群中看到了江辉，他一个人站在人群中，依旧是那样倔强，那样浑身充满了干劲。他微笑着看着自己，点点头，挥挥手，什么也没说。

王金国揉了揉眼睛，再次看去，却发现根本没有江辉的身影。这一刻，他似乎终于做出了抉择。

第二十八章 三个人的会合

王金国收起信纸,眼神变得清明:"对不起,我还是做不到,我忘记不了这一切,我骗不了自己的心。"

台下宾客一片哗然,大家面面相觑,不知道王金国在说什么。

王金国重新抬起头,看向王晨,看向许娜,开口说道:"世界上的每个人都要面对诱惑,我们该如何选择?退一步,会简单幸福很多,而进一步,就要经历更多的苦难和分离。"

台下的宾客静静地听着。

"每当这种时候,我就会问自己:你到底是个什么样的人?你心里最看重、最在意的到底是什么?我的回答是,我是一名警察,我坚信,正义和善良才是最宝贵的品格,我一生都将坚守这一信念。"

台下的宾客继续听着。

王金国语气中透露出无限感慨:"可能有人会说,你这样太傻了,可我还是想告诉我的家人,我的儿子,坚持内心的选择,永远都不要改变,只有你才能决定你是谁。对不起,我始终不是一个好父亲、好丈夫!"

说完,台下一片安静,但很快就响起一阵热烈的掌声。

王金国看向儿子,王晨也静静地看着父亲,许娜则有些惊异和疑惑。

王金国大步走下礼台,径直离开了酒店。

马路上,车水马龙,樊良从出租车上下来,来到江辉的公寓,但眼前的场景让他眉头一紧,只见公寓外拉起了警戒线,警车亮着灯,警察们在忙碌着。樊良想要走进去,却被警察拦住。

"这里有命案,不能进去。"

樊良大吃一惊："命案？谁死了？"

警察没有理会樊良，樊良还想说话，这时，罗玥从里面走了出来。

"罗玥，罗警官！"

罗玥看到樊良，走到他的面前，面带悲伤："你来得正好，我刚才还想联系你，问问你的情况。"

樊良似乎意识到了什么，脸色难看："是……江辉？"

罗玥点点头，一脸悲痛。樊良握紧拳头，震惊地问道："怎么回事？"

"根据现场的初步勘查，有人用水果刀从背后袭击，刺入心脏导致的死亡。"

"谁会杀他？有线索吗？"

罗玥摇头："凶器上面的指纹被抹去了，家中也没有留下指纹和毛发、皮肤组织。行凶者的反侦查能力很强，躲过了小区的监控。初步判断，凶手很可能跟许文有关。"

樊良有些疑惑："许文？他不是在医院，被控制起来了吗？"

"许文昨天也死了。"

"什么？！"

"许文在医院身亡，死亡原因目前还不清楚。我们推测，也许是许文的手下为了复仇，才对江辉哥下的手……"

樊良脸上的震惊久久不能散去。

罗玥回头看了一眼江辉的公寓："这边的事情，局里有人会处理，我们帮不上什么忙。找到陈组长，才是江辉哥的心愿。"

樊良点点头："我明白，跟我来。"

罗玥开车载着樊良行驶在路上。远处正是化工厂，罗玥开着车,樊良坐在副驾驶座位上,抽着烟,看着窗外。

樊良感慨万分:"罗警官,你信不信命?"

"怎么突然这么问?"

"之前有人说,我命中注定是颗灾星。那时候我不信,现在我信了,只要跟我扯上关系的人,都没有好下场。"

罗玥没有回应,只是看着前方,开着车:"对了,有件事想问问你。"

"什么事?"

罗玥假装不经意地问道:"'1986'这个数字是什么意思?你听过这个数字吗?"

樊良一愣:"什么意思?"

罗玥语气随意:"当初审问许文的时候,他说有一个秘密跟这个数字有关,没头没脑的,我想会不会跟江辉的死有关。"

樊良的瞳孔一缩,随即恢复正常:"我没印象。"

"算了,也许并不是什么重要的话。"

樊良点点头:"是啊!"

樊良不再说什么,扭头看着车窗外,眼神十分复杂。

车驶到化工厂外。樊良和罗玥穿过厂房,走下旋转楼梯,往地下室走去。樊良走到楼梯前,从一堆工业添加剂下面拿出三棱锥,还有王金国的那块旧手表。

樊良展示了一下三棱锥:"这就是用来穿越的三棱锥。"

罗玥点点头:"原来你藏在这儿了。"

突然,樊良把旧手表套在手掌上,猛地砸向罗玥。罗玥来不及躲避,被砸倒在地,额头流下血来。倒地的罗玥试图拔枪,樊良一脚将枪踢开,然后又一脚将罗玥踢倒在地。

樊良跑过去，捡起枪，拨开保险栓，对准罗玥："别动！"

罗玥擦掉眼睛上的血，捂着额头，气喘吁吁地站起来："樊良，你干什么？你疯了？"

樊良冷冷地道："是你干的，对吧？"

"你……你在说什么胡话？"

"'1986'这个数字，根本不是许文说的，而是江辉。"

罗玥一愣，脸色变得有些难看。

"这个数字，只有我和他知道，我猜是他在临死前告诉你的，对吗？"

罗玥收起惊愕和愤怒的神态，露出了然的笑容："原来如此，他故意说出这个数字，就是猜到我一定会找你询问……不愧是小朵看上的男人，真聪明。"

"砰！"樊良对准罗玥脚下开了一枪。

"为什么要杀他？"

"他本不该死的，但他知道了不该知道的东西，会影响我的计划。"

"你到底是什么人？"

罗玥将手伸入口袋，拿出一本完整的日记，扔到樊良脚下。樊良警惕地捡起日记本，发现这是由两个半本拼接、粘贴起来的日记。

"这是李东彪手里的半本日记！为什么你会有另一半？"

罗玥阴森森一笑："你觉得呢？"

樊良恍然大悟："当时袭击李东彪的那个黑影是你！"

罗玥点点头："是我！"

"你杀了李东彪，杀了江辉，都是因为这个笔记本？"

罗玥点点头。突然，樊良又想到了什么："许文……许文也是你杀的。"

"为了我们计划的成功，看过这本日记的人都要死。不过许文的死，另有原因，你不会懂的。"

"你到底是什么人？"樊良冷冷地盯着罗玥。

"看了那个日记本，你就知道了。"

樊良愣了一下，低头翻看小本子，只见上面写着很多文字，还画着一台模样怪异的机器，机器中间有一个三角形的缺口，旁边还画着一个三棱锥。机器和三棱锥之间，用红笔画了一条带着箭头的线，将两者联系起来，另外还有三个大大的问号。

樊良被日记本上的内容吸引，不由得一页页地翻看起来，而罗玥却趁机冲了上来，将他撞倒在地。樊良大吃一惊，翻身跟罗玥撕扯起来，两人都紧紧攥着手枪，奋力地争夺着，罗玥猛地一口咬在樊良手腕上，樊良吃痛，罗玥将手枪夺了回去。

罗玥重新用枪指着樊良，示意他站起来。

樊良没有慌张，只是冷冷地看着罗玥，询问道："日记上记录的那台机器到底是什么？你们的计划到底是什么？"

"这个你就没有必要知道了。还记得我刚才说过的话吗？看过这本日记的人，都要死。"

罗玥举起手枪，对准樊良。樊良忽然看到了什么，眼中露出诧异的神色。罗玥注意到樊良的眼神变化，低头看去，却见自己的衣袖在刚才的争斗中被撕开了，裸露的皮肤上竟然布满了狰狞的伤口。

罗玥似乎比较忌讳这些伤口，将衣袖拉了一下，遮掩住它们。

樊良不明白这些伤口的来历，但还是冲罗玥淡淡地道："我还有很多事没搞清楚，我不想死。"

罗玥举起枪："这个恐怕就由不得你了。你一个瘸子，跑得过子弹吗？"

说着，罗玥就要扣动扳机。

"我的确躲不开子弹，除非……"

樊良从兜里掏出那个三棱锥，而此时的三棱锥已经开始闪烁起来。罗玥立刻开枪，子弹从枪口射出，朝樊良飞去，而樊良则猛地向楼梯方向一扑，眼前出现一阵空间的波动，在即将被子弹击中的一刻，他消失了。子弹射到了对面的墙壁上。

罗玥看着空荡荡的地下室，脸色十分阴沉。

王金国已经换回了自己原来的衣服，走进废弃的民居，他看到桌上还放着那个三棱锥和王晨的骨灰盒。

王金国把骨灰盒放入书包，然后将局长王金国的手表放在桌子上，重新戴上自己那块拼接表带的旧手表，最后拿起桌上的三棱锥，大步离开。

王金国走到化工厂的大门前，无数关于它的记忆纷至沓来，那些记忆有悲伤，有震惊，有撕扯，还有绝望，但他看了看手里的三棱锥——此刻三棱锥微微闪烁着光芒，还是毅然地大步走了进去。

警笛声四起，陈朵正在气喘吁吁地努力跑着，忽然手机响起，是池小惠打来的。

池小惠问道："你在哪儿？"

"我……还在郊外。"

第二十八章 三个人的会合

"立刻来化工厂附近的后山,我问了马浩妈妈,马浩妈妈说马浩来的时候给她带了山楂,都是还没熟透的山楂。司象县只有后山这里有一片野山楂林。"

"你去追踪马浩了?"

"我没报警,不然你就真的回不去了,这是我唯一能帮你做的。你赶快过来,我看到马浩了,田康也一定在附近。找到田康,你就能回去了!"

陈朵惊讶道:"你一定要注意安全,我没到,不要行动。我现在立刻过去!"

说完,陈朵挂断电话,拦下一辆出租车。

出租车停在路边,陈朵急忙下车,朝着化工厂的后山方向跑去。她路过化工厂大门时,由于已经来过这里无数遍,因此并没有多留意,只是一边跑,一边给池小惠打电话,但是一直无人接听。

陈朵更加焦急,正要离开,忽然看到化工厂大门内走出一人,背着一个书包,有些眼熟。陈朵一愣,仔细看去,惊讶地发现竟然是王金国。

陈朵站住:"是你!"

王金国也看到了陈朵:"陈朵?"

两人正在疑惑的时候,又有一人着急忙慌地从化工厂里跑了出来。那人虽然一瘸一拐的,但是跑得还挺快,正是满头大汗的樊良。

陈朵看到樊良,更加震惊。樊良跟跟跄跄地跑出来,也看到了两人,顿时愣在原地。

樊良脸色古怪地道:"是你们。"

三人面面相觑,站在原地,呈三角状对峙。每个人都警惕地看着另外两人,尤其是王金国和樊良。他们都无法确认自己是否回到了原来的世界,只能默默地、谨慎地观察另外两人的神色和反应。

　　良久,三人对视一眼,一种无法言喻的默契感忽然涌上心头,异口同声地问道:"你们是……穿越者吗?"

第二十九章 多出的一个

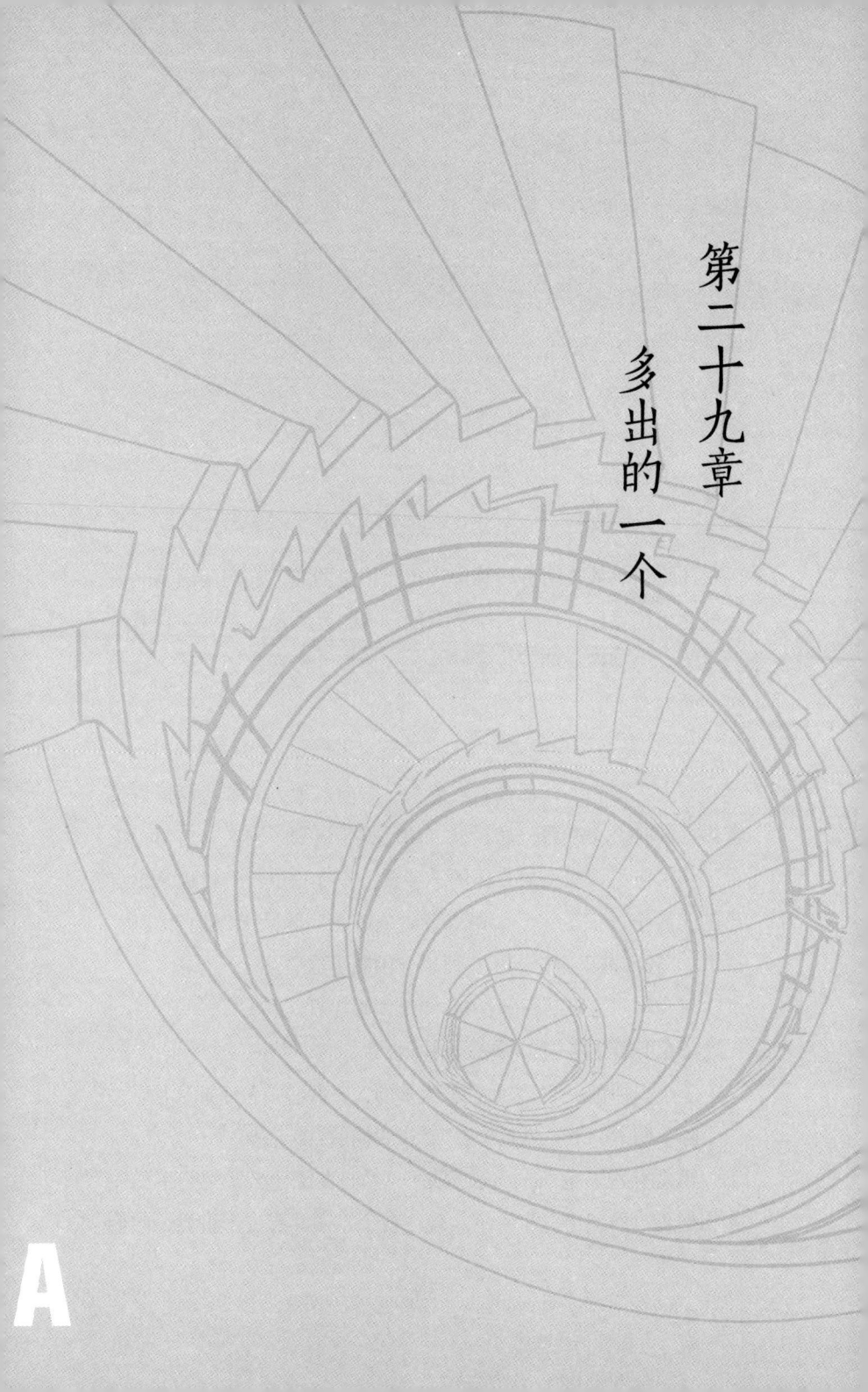

A

几只乌鸦从茂密的树林中飞出,干哑的叫声在四周回荡。残破的化工厂遗址,仿佛一个沉默的巨人,默默地注视着互相对峙的三人。一种怪异的气氛萦绕在三人之间,慢慢积蓄,最终化为极大的疑惑。

"你们是……穿越者吗?"这个问题同时从三人口中问出。

三人犹疑一下,都微微点点头,看向其他人的神色既惊讶又警惕,同时又夹杂着一丝轻松,仿佛终于遇到了同类。这时,王金国从书包里缓缓掏出自己的三棱锥,举在手中,樊良也拿出自己的三棱锥,挥了一下。两人皆看向陈朵,陈朵无奈地耸耸肩,说道:"我的被田康抢走了,所以被困在了这里。"

王金国闻言眼睛一眯:"你知道田康在哪儿吗?"

陈朵盯着王金国:"你也在找他?"

王金国神色决然:"他杀了太多的人,我必须亲手抓住他。"

陈朵愣了一下,点点头:"看来我们的目标一样。"

樊良有些不耐烦,皱皱眉头:"你们在说什么,咱们不如先互相把各自的经历分享一下。现在看来,一共有三个世界,咱三个既认识又不认识，这么聊下去，一个个都成谜语人了，越聊越乱。"

陈朵犹豫了一下："警察在追我，我还要去跟一个人会合，她知道田康的下落。"

王金国问道："是谁？"

陈朵看着王金国："池小惠，你认识的。"

王金国一愣："小惠？她怎么也卷进来了？"

陈朵说道："田康是她的男朋友，也曾经袭击过她。"

王金国大吃一惊："对了，难道凶手就是这个世界的田康？现在带我过去。"

樊良有些心悸地回头看看化工厂："那咱们就先离开这里，一边走一边说，也有人在追我，我还怕她追出来呢，那可是个女魔头。"

陈朵看了化工厂一眼，点点头，示意王金国和樊良跟着她。她根据之前与池小惠的通话，带着两人朝化工厂的后山方向走去。三人穿过树林里的小径，远处隐隐响着警笛声，催促他们加快动作。王金国为了能够尽快地了解其他世界的信息，一边跟在陈朵身后，一边首先讲述了自己的经历和故事。

樊良听完之后，沉默片刻，喃喃地道："那个王金国已经死了？呵，我第一次觉得这个世界其实还是挺公平的，田康做的也不都是坏事。"

王金国问道："我去的是你所在的世界？"

"没错，我就是那个世界的樊良。"

陈朵在听到王金国世界的江辉死掉后，不由得神色一动，随后讲述了自己的经历。王金国听完，点点头，表示现在陈朵所在的世界，就是自己的世界，同时对樊良的死感到义愤填膺，发誓一定要把这个田康抓住。

而樊良听完，则是默默地摇了摇头，原来世界上真的存在一个过着平静生活的樊良，但最终他还是遭受了厄运。没想到三个世界的樊良，现在只剩下了自己。他向王金国表示感谢，感谢他在这个世界守护了樊家的名誉，那对他们一家来说是最重的恩情。

最后，樊良深深地看了陈朵一眼，缓缓讲述了自己的故事。

当陈朵听到罗玥杀死了江辉，顿时停住脚步，整个人如遭雷击，一脸不敢置信，她上前一把揪住樊良的衣领："你说什么？江辉死了？"

王金国拉住陈朵："陈朵，放开他。"

陈朵愣愣地放开樊良，有些失神。樊良喘着气，神色复杂地看着陈朵，他听江辉讲过与陈朵的故事，也明白两人的关系，这个消息对陈朵来说肯定是个巨大打击。

樊良不忍道："没错，在你的世界，江辉死了，被罗玥所杀。"

陈朵震惊了一会儿才回过神来，接着露出痛苦的表情，一时间无法消化这个信息。她本来想要回到自己的世界，跟罗玥相认，然后去找江辉道歉，想要努力摆脱过去阴影的困扰，开始新的生活，但是一瞬间，事情又发生了天翻地覆的变化。陈朵只觉得一阵气闷，面对种种信息，她一时间不知道该如何反应，尤其是那个总是和煦地望着自己的男人，可能再也见不到了。

陈朵的头如撕裂般疼痛："不可能，她为什么要杀掉他？她明明知道我和江辉……她是我姐……"

陈朵痛苦地抱住脑袋，她甚至想立刻返回去查清楚这一切到底是怎么回事。樊良看着陈朵痛苦的模样，不由得想到了自己世界的陈朵，心有不忍，上前安慰道："想知道一切的缘由，只有找到那个田康才行，罗玥很有可能跟他是一伙的！"

王金国叹了口气，几个世界的悲欢离合，也让他感慨不已："根据大家刚才所说，我们三人，是来自三个不同的世界。为了方便描述，我的世界，也就是现在的世界，称为A世界；陈朵的世界是B世界；樊良，你的世界是C世界。"

樊良点点头，而陈朵似乎还是有些失神。

王金国继续分析："而引发一系列事件的罪魁祸首，是一个流窜在三个世界的连环杀人犯田康。B世界的田康已经死了，C世界的田康案发后被栽赃入狱，所以，真正的凶手就是这个世界——A世界——的田康！"

樊良补充道："不止如此，根据你们刚才的讲述，B世界的罗玥，C世界的马浩，和这个田康很有可能是一伙的。"

王金国点点头："由于某些不可知的原因，我们所有人的命运都发生了微妙的改变，在这种情况下，什么事情都有可能发生。而所有人、所有事，也许都和那个奇怪的机器有关。我在C世界，樊良在B世界，都遇到了跟那台机器有关的信息，而田康等人似乎也跟那台机器密切相关，找到田康和那台机器，所有真相都将揭晓。"

"我们现在该怎么办？"

王金国看向陈朵："我明白你现在很痛苦。在我的世界，江辉是我的徒弟，他也被杀害了，我同样痛不欲生。但是，只有找到田康，才能解决一切问题，我们现在需要你带着我们跟小惠会合！"

陈朵看着王金国，王金国眼神坚毅，点点头。陈朵深吸一口气,强迫自己冷静下来:"我明白了。"

说完,陈朵带着两人继续朝后山走去。在后山的野山楂林附近,三人一眼就看到了那个靠在树下休息的瘦弱身影。

王金国呼唤道:"小惠!"

池小惠扭过头来,顿时一脸的不敢相信,转惊为喜:"王叔!"

王金国上前和池小惠拥抱在一起。一场分别之后,经历各种生死,王金国感慨万分,现在身边只剩下这一个可以牵挂的人了。

王金国上下打量着池小惠:"你没事吧?"

池小惠看了一眼陈朵。陈朵已经恢复了冷静,冲池小惠点点头。

池小惠看着关心自己的王金国,安慰道:"我很好,是她一直在照顾我。倒是王叔你,失踪了这么久,如今安然回来,我才放心了。"

王金国点点头:"你们的事情,我已经知道了。现在怎么回事?"

池小惠伸手一指:"根据马浩妈妈的线索,我在附近看到马浩了。他就在前面那栋废弃的木屋里……我一直在盯着。"

樊良和陈朵上前一步,透过茂密的枝叶,看到前面果然有一个破旧的小木屋,窗户拉着布帘,后面影影绰绰的,似乎有人在走动。

池小惠提醒道:"里面不止马浩一个人,田康……好像也在。"

王金国三人对视一眼,悄悄地朝着木屋靠近。

很快,四人小心翼翼地来到木屋附近,樊良和王金国抄起木棍作为武器。王金国示意池小惠在旁边等待,其他两人跟他一起靠近。他招了招手,三人来到屋前,观察着里面的动静。窗户被布帘挡着,什么也看不清。

王金国试着推了下门,发现门是松动的。三人互看一眼,王

第二十九章 多出的一个

金国大喝一声"警察",然后领着其他两人冲了进去。

刚进屋,一个黑影就将王金国扑倒在地,挡住樊良和陈朵,正是田康。

田康胳膊上缠着绷带,鲜血渗了出来,他大喊道:"快跑!"

后门打开,马浩跑了出去。

屋内立刻一片混乱,王金国和田康厮打在一起,樊良和陈朵上前死死地按着田康,而田康神色癫狂,情绪激动,奋力挣扎,力气竟然奇大无比,抓到什么就砸向众人。

樊良死死地扯住田康,但是因为腿脚不方便,趔趄了一下,差点摔倒。田康趁机一脚踹开陈朵,也从后门跑了出去。

王金国等人赶紧追出去,却发现田康已经跑入了树林中。

陈朵喊道:"快追!"

王金国看了池小惠一眼:"报警!告诉警察这里有杀人犯!"

说完,他和陈朵率先追去。樊良和池小惠身体不适,紧跟在后面。

田康从树林跑上街道,然后又跑入附近的城中村,躲进一旁的废弃民居。王金国和陈朵追过来,也进入了民居。过了一会儿,樊良和池小惠紧随其后,气喘吁吁地进了民居。

但众人都没有注意到,旁边的墙壁上贴着几张通缉令,上面的画像竟然是王金国。几人进去之后,附近一个路人看到了墙上的通缉令,拿出手机,拨打电话。

民居中,王金国和陈朵紧跟着田康,爬上五楼,寻找着他的踪迹。樊良和池小惠还在一楼,池小惠气喘吁吁,拿着氧气罐拼命吸氧,樊良也累得不行,扶着池小惠大喘气。

陈朵左右张望,喊道:"田康,别藏了,你和那台机器的事我们都知道了！无论你跑到哪里，我们都能找到你！"

田康的声音从未知的方向传来："你们什么都不知道！你们都被利用了！我是不会放弃的！"

王金国一边爬楼梯，一边喊道："田康，你只有告诉我们真相，我们才能帮你。"

楼上的田康冷笑道："呵呵，就算告诉你们真相，你们也不会相信我的！"

王金国大喊："我和陈朵都是警察，我们的背后有警方、有政府，你要相信我们。"

陈朵附和道："我知道这一切不是一个人就能做到的，你一定有什么苦衷。这些事情那么离奇，现在你是唯一知道真相的人了，如果你需要帮助，我们是最好的选择！"

楼上的田康没有出声，像是在犹豫，不知道该如何回应陈朵的话。王金国和陈朵爬上六楼，来到居民楼的天台处。天台上，田康似乎没有了退路，一个人正站在楼顶的边缘，警惕地望着追上来的王金国和陈朵。

王金国看着田康："不要再逃了，一切都结束了！"

田康的胳膊一直在流血，绷带已经全部染成了血红色，衣服也非常破旧，显然过得并不舒坦，但是他眼神清澈，似乎毫不在意。王金国看着这个落魄的田康，心里忽然感到一丝奇怪，至于哪里奇怪，他一时间也说不上来，思忖之后，才明白眼前这个田康似乎并不是他想象中残忍冷酷的模样，反而处于一种悲壮的状态。

田康望着王金国和陈朵："一切都没有结束，时间已经不多了！你们都被骗了！"

王金国皱皱眉头："时间不多了？什么意思？"

第二十九章 多出的一个

田康喊道:"根据我之前得到的信息,现在离能量冷却,机器重启只有二十个小时了!一旦重启失败,我们所在的几个世界都会被毁灭!"

陈朵皱着眉头,即便已经经历了很多怪事,但听到世界毁灭,还是有些不适:"你把话说清楚,什么重启?什么毁灭?是不是跟那台神秘的机器有关?"

田康举起一个三棱锥:"是的,这些三棱锥也是我们制造的,里面的能量可以让我们从洞口穿梭在不同的世界。而那台机器,用你们能理解的话来说,就是一台时空机器,但设计得还不完善,很不稳定,只有不到五分之一的概率能够重启成功,大概率会失败。一旦失败,我们的世界就会被里面的能量吞噬,我必须去阻止,但是我不知道他们最终会在哪个世界启动,所以我……"

田康正说着,突然,一声枪响,他整个身子一僵,不可置信地低头看着自己的胸口,那里出现了一个血洞,鲜血汩汩而出。王金国和陈朵也呆住了,转头看向远处开枪的人。

田康用尽最后的力气说道:"对不起,我尽力了,一定……阻止……"

说着,田康将手里的三棱锥扔给王金国和陈朵,自己则重重地从天台摔下,掉在了街道上。他睁大双眼,嘴中血沫涌出,很快就失去了呼吸。周围的路人一阵惊呼,纷纷散开,有人赶紧打电话报警。

楼顶,陈朵和王金国一脸震惊地看着远处开枪的人,只见那人站在另一栋民居的楼顶,正微笑着望着他们。让王金国和陈朵感到惊骇的是,那人的模样,竟然和田康一样!

杀手田康对着两人一笑,转头跑掉了。王金国这时才恍然大悟,记忆中的画面与眼前的人重叠，开车袭击他的人正是这个田康！

王金国和陈朵回过神来，陈朵捡起地上的三棱锥收起来，正要下楼追过去，这时，樊良和池小惠才匆匆赶到，几人会合后立刻下楼。

王金国、陈朵、樊良和池小惠四人来到楼下，杀手田康已不见踪影。

陈朵左右看看："我们分头去追吧！"

樊良忽然道："等等！"他指向旁边的墙壁，上面贴着通缉令。四人走到通缉令前，面面相觑。

池小惠惊讶道："王叔，你被通缉了？"

王金国眉头紧皱，不知道这是怎么回事。就在这时，警笛声响起，四人一看，好几辆警车从远处开了过来。

王金国当机立断道："先藏起来。"

四人躲入附近的一条小巷，不一会儿，几辆警车在居民楼前停下，警察们冲过去，发现了田康的尸体。

警察小赵就在其中，他环视案发现场："联系局里，这里发生了命案！"

小巷内，王金国四人继续逃跑，四周是忽远忽近的警笛声。很快，王金国领着众人跑到一栋烂尾楼后面，再也听不到警笛声了。

陈朵气喘吁吁，双手撑着膝盖问道："怎么回事？为什么会有第四个田康出现？"

池小惠心神不宁："还有，王叔怎么会成为通缉犯？"

王金国脸色难看："也许我们都猜错了，也许……还有第四个世界，D世界！"

此话一出，所有人都一脸震惊。

第二十九章　多出的一个

樊良迷惑不解："这……"

王金国深吸口气，问道："既然有三个世界，为什么不能有第四个世界？"

"所以，才会有第四个田康。可是，谁才是D世界的田康？开枪的那个，还是死去的那个？到底谁才是敌人？"

王金国摇摇头，神情也迷茫了："我也不知道，但是死去的田康说离那台机器重启只有二十个小时左右了，那台机器很危险！"

樊良问道："什么机器？是炸弹吗？恐怖袭击？"

"不管是什么，经历了这么多事情，现在发生什么我都不奇怪了。我们必须把这些话当成真的去处理。我现在要去局里把事情弄清楚，并请求援助。"

池小惠提醒道："可是你被通缉了。"

王金国眉头紧锁，无奈地道："这是最后的办法了，必须找到更多可以信任的人来帮助我们才行。别忘了，到目前为止，我们连敌人是谁都不知道。"

陈朵反驳道："平行世界这种事太过离奇，一般人是不会相信的。你进了局里，如果没有足够的证据，一时半会儿就很难出来了。即便你能证明你所说的一切，但这需要花费多久时间？如果时间真的只剩二十个小时，一切都来不及了。"

王金国觉得陈朵说的有道理，不由得有些头疼，沉默着想办法。

池小惠看看众人，一脸愁容："所以，接下来到底该怎么办？"

陈朵说道："不管怎么样，现在最重要的，依然是那台机器，最危险的也是那台机器。田康说了，一旦重启失败，我们的世界都有可能毁灭。虽然说出来有些奇怪，但我是警察，只要有一丝希望，我都会竭尽全力地阻止这件事。"

王金国点点头："我也是警察，虽然严格来说已经转岗了。"

一直沉默的樊良笑了笑，想到那个刚刚出生的婴儿，还有在自己世界中默默守护自己的老人，决然道："我虽然不是什么警察，也不是什么好人，更不想当拯救世界的英雄，而且世界真的毁灭了也不错，毕竟这个世界太不公平了，不过，在这几个世界里，还有一些我在乎的人和事，我不会任由那些人毁灭他们的！"

池小惠道："我……我支持王叔，也支持陈朵。"

众人相视一笑，一时间心似乎都凝聚在了一起，众志成城。

王金国思忖了一下，看看手表："既然大家都决定全力一搏，那我也决定了。时间不多了，我们必须在二十个小时之内找到那个时空机器的下落，才有机会阻止他们。根据已知的线索，目前唯一可靠的办法就是找到那个杀手田康，他一定知道重启计划。刚刚在城中村田康坠楼身亡，还有枪声，警察一定会重点排查附近的监控，我只要去局里一趟，看到监控视频，就一定可以找到杀手田康的下落！"

池小惠担心道："可是……"

王金国摆摆手："放心吧，我会小心的，我尽量偷偷溜进去。就算出事了，我王金国身正不怕影子斜，局里还有那么多熟人，一定会保我平安的。而且……这是最快找到那个杀手田康的办法了，不是吗？这里毕竟是我的世界，也只能靠我去试试了。"

樊良和陈朵对视一眼："我们明白了。那就拜托你了！"

王金国点点头："我会自己去公安局，找到监控视频，你们在这里等我。如果三个小时后，我还没有回来或者联系你们，就说明我出事了，接下来就靠你们了！"

樊良和陈朵郑重地点点头，池小惠则一脸担忧。

第三十章 三棱锥研究所

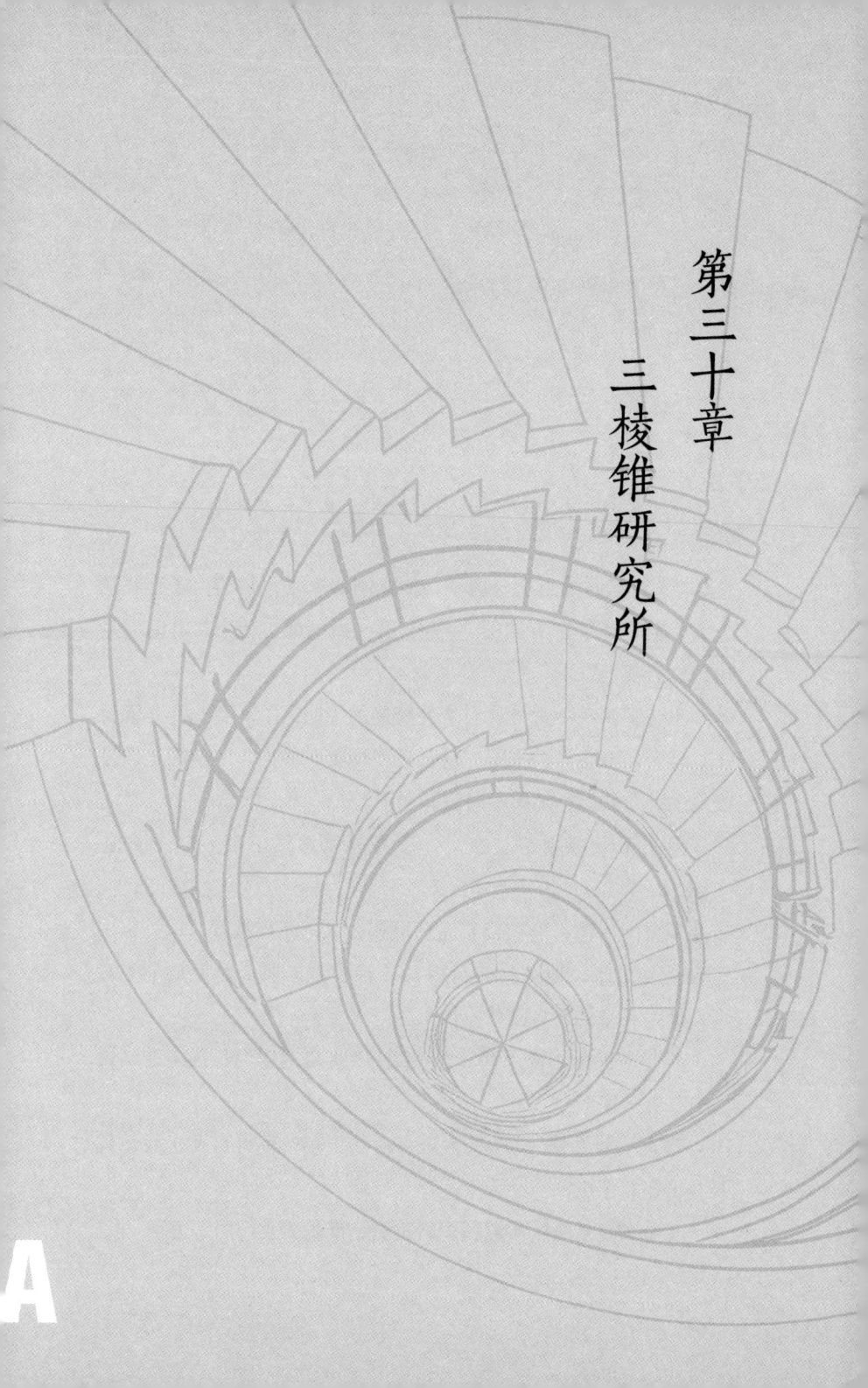

"我看到通缉犯王金国了,他刚刚回家了,是的,还有好几个人一起,似乎都有武器。"王金国挂掉电话,从公共电话亭走出,然后戴上口罩。

王金国站在不远处,看着公安局的大门,不一会儿,几辆警车鸣着警笛开出了公安局。待最后一辆警车驶出,王金国走向公安局的一个侧门,那里平时没有警卫。

但是王金国刚走过去,一个警卫就忽然出现,拦住了他:"什么人?"

王金国一愣,他在公安局上班那么久,就算戴着口罩,也一定会被认出来,他正要转身离开,忽然瞥见那个警卫是个年轻人,像是新来的,自己并不认识。

于是,王金国停下脚步,说道:"我是刘韬局长找来的,说要打扫办公室。"

警卫一脸疑惑:"局里不是有清洁工吗?你等会儿,我给局长办公室打个电话。"

王金国点点头,看着警卫转过身,准备去正门的警卫亭。

第三十章 三棱锥研究所

王金国攥紧拳头,心里默念一句"对不起",他知道只有将这个警卫打晕,才能进入公安局。王金国心里想着,往前一步,正要举起手刀砍向警卫。就在这时,一只手搭在了他的肩膀上。王金国顿时一个激灵,转身看去,惊讶地发现是警察小赵。

小赵盯着王金国:"是你?"

王金国顿时浑身的寒毛都竖了起来,小赵一定是认出了自己,他的脑子飞速地转着,琢磨着如何脱身。

小赵一脸惊讶:"王师傅,果然是你。"

这时,警卫转身问道:"这谁啊,赵哥?"

小赵看看王金国,然后看看警卫。王金国紧张得大气不敢喘,小赵只要说出他的名字,他就无法离开这里了。他做好了拼命的准备,小赵却忽然一笑:"哦,局长新找的保洁,没事,我带进去就行了!"

警卫摆摆手:"那行吧。"

王金国一脸震惊地看着小赵,小赵却故意不与他对视,拉着他走进公安局。重新回到这个熟悉的地方,王金国既激动又紧张,当初自己离开的时候还是警察,现在却莫名其妙地变成了通缉犯。那时候,还有江辉陪着他喝酒,可是现在江辉已经……王金国叹了口气,随后收敛心思,因为他还有更重要的事情要做。

王金国跟在小赵身后,压低声音:"小赵,你在做什么?"

小赵也低声道:"王师傅,别误会,我只是想帮你。"

"帮我?为什么?我现在可是通缉犯。"

小赵左右看看,尽量让王金国不被其他人看到:"我知道这些事情不对劲。昨天,他们说在樊良命案现场发现了新的证据,并找到了凶器,而且凶器上有你的指纹,所以怀疑是你杀死了樊良。可是，别人不了解你，我还不了解吗？王师傅，你不可能会做那样的事情，那些指纹，根本信不过。"

"你是警察，只是凭借了解我，就信我？"

小赵叹了口气："前段时间你失踪了，应该是和陈朵差不多的遭遇吧？"

王金国一愣，没想到小赵竟然知道陈朵的事情。

小赵眼神有些迷茫："我见过两个一模一样的陈朵。一个死了，一个跑了，失踪了。从那时开始，我便知道，这件事情有些不对劲。但我没有证据，不好跟其他人说这件事，只能将怀疑藏在心里。现在见到你，还有你的举动，我越来越肯定我的猜想了，是不是……一些无法解释的事情发生了？"

两人走到公安局的走廊，王金国低着头，生怕其他人认出自己。

王金国继续道："说说你的猜想。"

"这个世界乱套了，樊良的死是个阴谋。还有，那个失踪的陈朵，我不知道，听起来也许有些奇怪，她是不是……不是这个世界的人？还有王师傅，你之前看到的马浩，他们都有关系，对吗？"

王金国点点头，眼神有些震惊："小赵，你真的成长了，你能理智地去推测这些，一般人很难做到。"

小赵转头看着王金国："我也觉得不可思议，但是只能这么理解，不然我就要疯了。王师傅，你也去了其他世界？"

王金国再次点头。

小赵松了一口气："果然如此。可是，为什么？"

王金国郑重地道："小赵，我现在不方便和你解释太多，你能理解这些事情真是太好了！我现在必须借助公安局的监控视

第三十章 三棱锥研究所

频,找到田康。"

小赵愣住了:"田康不是已经死了?等等……是另一个田康?"

王金国点点头:"是田康杀死了田康,你能懂吗?我需要公安局的内网,看到案发时候其他地方的监控视频。公安局应该都拷贝过来了,对吗?"

小赵点点头:"我们看了监控,发现你们也在案发现场,所以所有人都在找你们。"

"我要看的是另外一栋楼,找的是另一个田康。"

"我明白了,王师傅,跟我来。"

小赵领着王金国来到技术科,示意他自己动手。小赵则来到门口,警惕地看着周围环境,为王金国把风。

王金国在房间内的一台电脑前坐下,开始操作起来。不一会儿,监控视频被调了出来,其中一个画面显示着废弃居民楼附近的街道上,田康的尸体躺在血泊之中。王金国跳过这段监控视频,看另外一个方向的视频,也就是杀手田康所在的那栋楼的方向,找了一会儿,杀手田康果然从楼里出来,钻入一辆面包车,很快离开了。

王金国将画面放大,记下面包车的车牌号,然后又继续搜索面包车的相关信息。很快,信息显示面包车被登记在一家五金商店的店主名下,王金国赶紧记下这家五金商店的地址。

"好了。"

小赵点点头,领着王金国走出房间,其间遇到了几个同事,王金国低着头,避开他们的目光。因为对小赵的信任,他们也没有过多地怀疑王金国的身份。两人有惊无险地走出长廊,来到公安局前院。

小赵看着王金国问道:"对了,王师傅,江辉也失踪了,你知道他去哪儿了吗?"

王金国沉默不语。小赵皱皱眉头,看着王金国,似乎预感到了什么。

"江辉牺牲了,这也是我必须抓到杀手田康的理由!"

小赵咬紧牙关,两腮的肌肉绷紧,显然是在强忍情绪:"王师傅,我跟你去,抓住凶手是警察的责任!"

"虽然你信任我,可是你帮了我,已经属于违规了。"

"王师傅,我回来写检查。凶手如果抓不到,还会有人遇害的!死的人已经够多了!"

王金国看着小赵,郑重地点点头。两人走到停车处,上了小赵的警车。小赵开着车,王金国坐在一旁。

小赵问道:"最近这段时间发生的几起命案,是不是都是那个杀手田康干的?"

"不只有他,还有其他的一些人。"

"那他们至少是两年前就过来作案了吧?"

"为什么这么说?"

小赵解释道:"您失踪之后,国道旁的树林中又发现了一具高度腐烂的年轻女尸,身份不明,据法医说埋在那里两年了,至今没有关于尸体和凶手的任何线索,结合最近一系列奇怪的事情,是不是也跟这些人有关?"

王金国闻言,皱着眉头道:"尸体有什么特征吗?"

小赵想了一下:"死者年龄在20岁左右,中等身高,身份不详。"

王金国摇摇头,似乎试图驱散什么想法,然后紧锁眉头看向窗外。

第三十章 三棱锥研究所

随后,王金国给池小惠打了一个电话,告知陈朵和樊良,杀手田康有可能会出现在那家五金商店中。陈朵和樊良表示会尽快跟他会合。而王金国则担心杀手田康会转移位置,所以决定和小赵先过去。

车在五金商店外停下,王金国和小赵下了车,往店里走去。

"就是这家?"

王金国点点头:"是的,一定要小心,这个田康很残忍,而且有枪。"

"放心,王师傅,我已经叫了增援。咱们只要拖住他,他就跑不了。"

王金国和小赵小心翼翼地走进五金商店,里面空无一人。小赵掏出配枪,随时准备出手。两人互相使了一个眼色,继续向里面走去。五金商店看似只是一个很小的门店,但是里面的空间却很大,各种货架排列紧密,视野非常受限。

突然,一人从一个商品货架后面闪出,一刀刺向王金国的后背,此人正是杀手田康。小赵见状,一把推开王金国,杀手田康一刀挥空,立刻从后腰掏出枪。王金国立刻反应过来,转身一脚踢在杀手田康的膝盖上,杀手田康趔趄了一下,撞倒了旁边的货架,手中的枪也掉在地上。

小赵上前一步,举着枪,指向杀手田康:"不准动!"

杀手田康倒在货架上,神色有些癫狂地看着王金国和小赵:"你们真是愚蠢,以为抓到我,就能阻止我们的计划吗?"

王金国问道:"时空机器在哪里?你的同伙还有谁?"

杀手田康神色一动,似乎很诧异王金国知道这些,但随后还是恶狠狠地道:"我饶过你一次,你竟然还敢多管闲事,这回就不要怪我了。"

小赵一手持枪瞄准杀手田康，另外一只手去摸手铐，准备带走他。

就在这时，杀手田康猛地起身，扑向小赵，王金国大喊："小心！"

小赵眼疾手快，看到杀手田康扑过来，立刻后撤一步，开了一枪，顿时血光四溅，杀手田康身子一顿，瘫在一旁，一动不动了。

小赵有些惊魂未定，上前查看杀手田康，然而就在他靠近的瞬间，杀手田康猛地抬头，同时挥动手里一直藏着的刀子，刀刃从他脖子上划过，鲜血喷溅而出。

王金国大吼道："小赵！"

王金国赶紧上前扶住小赵。杀手田康狞笑着，站起身，只见他肩膀处中了枪，鲜血不停地流着，不过他似乎毫不在意，拉倒一排货架，挡住王金国，向外逃走了。

王金国蹲下来，查看小赵的情形。小赵口中吐着血沫，想要说什么，却发不出声音，他吃力地将枪放在王金国的手里，就失去了呼吸。

王金国浑身颤抖，神情扭曲得有些吓人，显然正在忍受巨大的痛楚，他一咬牙，放下小赵，往外追去。

王金国跑出店外，发现杀手田康上了那辆面包车，逃走了。王金国立刻上了警车。就在这时，陈朵和樊良终于赶到。王金国打开车门，让两人上车。两人看到王金国浑身是血，吓了一跳。

樊良问道："你没事吧？"

王金国脸色阴沉，淡淡地道："我没事，前面就是杀手田康。"

第三十章 三棱锥研究所

说着，王金国发动警车，向杀手田康追去。面包车在路上横冲直撞的，显然杀手田康的伤势让他无法很好地控制车子。王金国开着警车，紧追不舍。其间，王金国注意到池小惠没有跟来，陈朵向他解释，池小惠氧气罐里的氧气用尽了，身体虚弱，最好不要参与这种事情，所以让她回家等待了。王金国经历了小赵和江辉的牺牲，对陈朵的决定表示赞成。

说话间，王金国、陈朵和樊良注意到，杀手田康逃走的方向竟然是远峰化工厂。三人想到，杀手田康可能会继续逃窜到其他世界，不由得暗暗着急，因为如果有四个世界，那么，谁也猜不到杀手田康会逃到哪个世界，而且他们对三棱锥的了解还不深，并不知道如何利用三棱锥追踪杀手田康。

王金国将油门踩到底，距离杀手田康越来越近。

面包车一路咆哮着，开到了化工厂门口，直接撞在大门旁边的墙上，杀手田康连滚带爬地从车上下来，冲进化工厂。王金国、陈朵和樊良也下车，追了过去。很快，三人惊讶地发现，杀手田康并没有去有地下室的那间厂房，而是去了另外一间厂房。

王金国隐隐觉得有些不对劲，但还是紧紧地攥着手枪，跟了过去。

三人推开铁门，冲进厂房。这间厂房不大，几人往前走了几米，然后一下子站住了，只见杀手田康浑身是血，站在厂房的墙边，正笑吟吟地看着他们。

王金国举起枪，指向杀手田康。杀手田康一笑，将手里的刀扔在地上，一副束手就擒的模样。

王金国见状，心里的不安更加强烈了，一边警觉地四处打量，一边喝道："你逃不掉了！"

杀手田康阴恻恻地说道:"我真的很佩服你们,死了那么多人,你们还是穷追不舍,面对未知的事物,难道就不怕吗?"

王金国冷声道:"当然怕,怕对不起那些死去的人。"

陈朵喝道:"你已经无路可逃了,田康,把一切都交代出来!"

杀手田康低声笑道:"我没有什么可交代的,我的任务已经完成了。我就是一个小混混,一个天生就该是坏人的人。从小,所有人都觉得我没有出息。我学习不好,什么都学不会,无论亲人还是朋友,都觉得我是一个废物。正如他们期待的那样,我一路坑蒙拐骗,变成了一个人渣。人生多么平淡无奇,没有波澜啊!"

樊良听到杀手田康的话,有所触动,不由气愤地道:"这些都不是你杀人的理由!不要把你堕落的原因安在别人身上!"

"没错,这些都不重要。重要的是,我不觉得我天生就是一个人渣,所以,我想要第二次机会,想要可以改变一切的机会,如果我不认可他们,如果我坚持自己的想法,会不会就不一样了?"

王金国、陈朵和樊良对视一眼,三人都有些疑惑,不知道这个田康在说什么。

杀手田康抬头望向某个方向,似乎陷入了回忆之中:"很幸运,我遇到了那个人。那个人指引了我,告诉我一切都有希望。那个人从地狱中走出,却更伟大。我只想拯救我自己,那个人却要拯救世界!"

樊良神色一愣:"是罗玥吗?"

王金国喝道:"到底是谁?!"

杀手田康嘿嘿笑着,身子趔趄几下,非常虚弱:"到时候,你们就知道你们现在有多愚蠢了。"

就在这时,众人身后的铁门忽然砰的一声关闭了。王金国、

第三十章 三棱锥研究所

陈朵和樊良一惊,赶紧转身冲到铁门前推门,然而门外似乎有人用铁棍别住了把手,将铁门封死了。

王金国使劲砸门:"谁?是谁在外面?"

门外传来淡淡的呼吸声,王金国、陈朵和樊良能够感受到外面站着人,但那人一直不出声。

王金国继续咚咚咚地砸门,铁门还是纹丝不动,而杀手田康则哈哈大笑起来。

门外的呼吸声似乎有一些急促,对方好像也紧贴着铁门,王金国听着那微弱的声音,忽然觉得有些熟悉,电光石火间想到了什么。

王金国喊道:"是谁?是你吗?"

王金国紧皱眉头,自己也觉得不可能。门外的呼吸声更加急促,却依旧没有回复他。

"到底是谁?"

过了一会儿,一股刺鼻的汽油味传来,只见汽油从门缝下汩汩地流进了厂房。王金国立刻意识到不对劲,赶紧让所有人后退,不要沾到汽油。

杀手田康还在哈哈大笑着,似乎在跟外面的人对话:"你放心吧,我们还会再见的,谢谢你,我终于还是没让你失望!接下来看你们的了!"

汽油越来越多,一直流到杀手田康脚下,杀手田康也不躲避,只是疯狂地笑着。

这时,一缕火苗从门外蔓延进来,瞬间转化为熊熊大火,将所有汽油引燃,杀手田康立刻被火焰吞噬。他惨叫着,同时癫狂地大笑着,画面极为诡异。短短片刻,整个厂房就变为一片火海,火焰如同咆哮的巨兽一般，占据了整个空间。

王金国、陈朵和樊良靠在厂房一角，看着火势越来越凶猛，顿时陷入绝望之中。

"我们上当了，田康是诱饵，他是决心要跟我们同归于尽的！"

"另一个人……另一个人是谁？"

樊良沉默不语，但是眼神中透露出强烈的不甘，猛烈的火势让他感受到了生命的威胁。

王金国大喊："有人吗？"

没有人回应他。樊良绝望地道："从一开始，我们就输了，我们一直在对抗未知，那些未知的人物。"

火焰慢慢朝着三人逼近，王金国已经感觉到发梢被烤焦，灼热感跟刀子一样，刮在他的皮肤上。突然一团烈火朝着三人扑来，就在千钧一发之际，铁门被打开了，因为空气的流通，那团火焰改变了方向，朝着门口而去。

一个声音喊道："快出来！"

王金国、陈朵和樊良一愣，顾不得什么，赶紧抱着头冲进火焰之中，穿过火海，跳到门外。

三人身上都沾着火苗，跳出铁门后，在地上不停地翻滚，才将火苗扑灭。三人气喘吁吁，脸上、身上都有或多或少的烧伤，不过好在性命保住了。这时，厂房里火焰滔天，要是再晚一会儿，他们就都葬身火海了。王金国转头看去，发现打开铁门，救了他们的正是马浩。

王金国露出吃惊的神色："是你。"

马浩看着王金国，笑了一下："你好，你说过要送我回家的。"

王金国忽然鼻子一酸，眼睛通红，他站起身，上前抱住马

第三十章 三棱锥研究所

浩。陈朵和樊良看着马浩，也感慨良多，他们明白这个马浩是另外一个世界的马浩，无意间也卷入其中了。随后，三人在马浩的带领下，又来到后山的那个小木屋，就是在这里，他们曾经追捕过其中一个田康。

马浩从木屋里找出一些药，三人拿着药敷在自己烧伤的位置，这才感觉好了一点儿。王金国打量着木屋，只见到处散落着食品包装袋，显然马浩和那个田康在这里已经待了有一段时间了，并且过得并不好。

马浩看着三人，低声道："我听说，田康哥死了。"

樊良点点头："被第四个出现的田康杀死了。这到底是怎么回事？田康应该告诉过你吧。"

马浩表情有些伤心，能看出来他与田康的关系还是很亲密的。他静静地坐在木屋一角，似乎在努力消化这个坏消息，良久才抬头说道："田康哥其实早就预料到这一天了。他说他来到这里，就是要用自己的死亡来阻止他们。可惜他还没有完成他要做的事就死了。"

陈朵说道："你可以把你知道的告诉我们，或许我们可以帮他。"

王金国点点头："你知道这到底是怎么回事吗？"

马浩继续说："田康哥说，这件事很危险，他不想我参与太多，但是他给我讲了他的故事。我只知道，田康哥和他一直在追查的人，都是从第四个世界来的。"

樊良和陈朵对视一眼，马浩所说的跟他们之前的推测一样，果然存在第四个世界。

王金国问道："第四个世界，也就是D世界，那里到底发生了什么？"

马浩说:"你们身上有三棱锥吗?"

王金国掏出自己的三棱锥,递给马浩。

马浩拿着三棱锥:"这个三棱锥就是第四个世界——D世界——发明的,里面藏有他们提取的一种能量,叫作暗能量。三棱锥的材质虽然类似塑料,但原料却是非常特殊的,是我们的世界制造不出来的。你们只能在化工厂的地下室使用这个三棱锥进行穿越,是因为那个地下室是所有平行世界的连接点,田康哥称呼那里为'洞'。而这个三棱锥的四个面,每一个面都代表着通往一个世界的门。穿越时,只要让三棱锥的某个面朝前,就能穿越到相应的世界。"

陈朵看着这个三棱锥,忽然明白了,像金字塔一样的三棱锥,每一个面都是三角形,而且一共有四个面,也就是其实有四个相互联通的世界,不是三个。

马浩继续说,四位一体,四个世界才是一个整体,而那个田康就来自D世界。

D世界是三棱锥的底面,是支撑其他三个世界的一个面,也是差异最大、科技最先进的一个世界。D世界的走向区别于其他三个世界,在事情没有发生之前,其他三个世界其实是类似的,所有时间线和人物经历几乎都是相同的,可以看作一模一样的三个世界,而D世界则跟它们截然相反。D世界有一个知名的研究所,叫作三棱锥研究所,就在如今废弃化工厂的位置,研究的内容就是制造暗能量,然后掌控这种能量,探索无限可能。

十五年前,三棱锥研究所通过强大的激光脉冲打造特殊的光学材料,终于提炼出了压缩态的暗能量。然而,让人意想不到的是,他们无法控制这些暗能量。暗能量一经出现,就释放出强大的冲击波,瞬间摧毁了整个D世界。

那时强大的暗能量也牵动了其他三个世界。三个世界中的化工厂毒气泄漏事故,其实就是D世界三棱锥研究所的爆炸导致的,同时三个世界的走向受暗能量的影响也开始发生变化,慢慢变为三个不同的世界。

樊良听到这里一愣,喃喃地道:"没错,我父亲说过,那天发生了地震,但是根本没有人相信他。因为没有人感觉到地震,所以他们都不相信只有化工厂位置才发生了地震。原来是这个原因!"

这才是真相,樊家是被冤枉的!可是,这个真相,如今会有谁相信呢?

陈朵的神色也有一些恍惚,原来造成那么多牺牲和伤害的化工厂事故,竟然源自另外一个遥远的世界。

马浩继续解释,暗能量的爆炸摧毁了整个D世界,D世界瞬间变为一片废墟,幸存下来的人不足10%。即便他们活了下来,那个世界也变为了地狱。暗能量可以分解空间,部分空间被分解成了比原子还小的气泡状,很多气泡演化为了空间黑洞,而且是不可见的黑洞。黑洞可以吞噬一切,稍不留神,你身体的一部分就会被看不见的黑洞吞噬。

暗能量爆炸的同时打开了可以连接四个世界的所谓的"洞",而要通过洞就需要暗能量作为钥匙,不过刚刚诞生的暗能量非常不稳定,无法提供能量。很多年过去,暗能量逐渐稳定,才能够提供能量,让人类通过"洞"。

田康说自己跟池小惠都是那场灾难的幸存者,他们的亲人都在世界末日中死去,但是活下来的人并不是幸运的,因为整个世界变为了地狱,没有食物,没有电力,没有法律,到处布满暗能量造成的辐射霾，每一步都要小心谨慎，因为稍不留神就会被吸入黑洞。

田康跟池小惠就是在这样的地狱中长大的，然后相遇、相爱，相依为命。他们后来有了一个孩子，但是孩子出生后不久就被黑洞所吞噬，湮灭无踪。池小惠悲痛欲绝，整个人都变了。从那以后，她一直想着如何改变这一切，渐渐疯魔。

幸存下来的人们都在研究如何改善这个世界，清除世界里的黑洞和辐射霾。三棱锥研究所的幸存者们在一个被毁容的女人的领导下，想出一个办法，那就是利用暗能量和四个世界联通的"洞"，制造物理学界大名鼎鼎的范斯托库姆时空机器，用暗能量作为动力，在四个世界以"洞"为圆心，产生圆柱状的能量环，引爆暗能量，从而重置时间，使时间倒流，也许就可以回到爆炸发生的前一刻，阻止这一切。

陈朵问道："毁容的女人？"

马浩点点头："田康并没有见过她，只知道似乎是她引领着大家制造出了三棱锥，并且开始实施这个方案。后来据说，她在一次实验中牺牲了。"

王金国道："她是三棱锥的发明者？"

马浩点点头，继续说，后来池小惠知道了这个方案，毅然加入了他们，一直努力地推动这个方案的执行。然而，最后方案被证实成功率只有不到15%，更多的可能是，如果启动暗能量，四位一体的世界就会继续分裂，成为八个世界，而身为底面的D世界会与分裂出来的另一个D世界重叠，那时候所有世界将会更加混乱，甚至毁灭。

但池小惠那时已经疯魔，根本不顾后果，她偷走了机器的原

第三十章 三棱锥研究所

型机,并且杀死了想要阻止她的科学家,还偷走了三棱锥研究所储存暗能量的容器,也就是现在的三棱锥,然后利用"洞"来到其他三个世界,企图启动时空机器,重置世界。

D世界"洞"的周围布满了密集的黑洞,运气不好的人还没靠近就可能消失了,而池小惠却甘愿冒险,摸索出了安全的通道,不停地往返几个世界,据说还召集了很多同伙,所有企图阻止她的人都被杀死了。

田康是池小惠的丈夫,他看着妻子一点点地变成了一个恶魔,并且还要制造更大的危机,知道自己必须阻止她,于是冒着生命危险也来到"洞"的附近,想要穿越"洞"来阻止池小惠毁灭世界,但是他运气不好,差点被黑洞吞噬,是一个叫马浩的孩子救了他。

田康在马浩的帮助下,终于进入了"洞",开始在三个世界里寻找池小惠,这也是他为何在到达C世界的时候愿意帮助马浩从父亲的打骂中脱困,并把他带到A世界照顾的原因。因为在D世界,马浩是田康的好朋友,他不忍心看到C世界的马浩死在父亲之手。

池小惠潜入其他三个世界,但是因为三棱锥里的暗能量并未彻底冷却,趋于稳定,她只能慢慢等待。这几年来,池小惠一直等待着三棱锥里的暗能量彻底稳定,当暗能量彻底稳定的时候,就是她启动时空机器的时候。而田康必须在这之前,找到池小惠,并阻止她。

然而,池小惠非常狡猾,她利用三个世界里不同的自己作掩护,并且蛊惑、利用她们,告诉她们自己可以治愈她们残破的人生,然后利用她们的身份,给田康造成很大的麻烦。田康寻找池小惠很多年，都没有结果。更可怕的是，田康发现，无论哪一个世界，田康跟池小惠都是情侣，就像命中注定一样，这让他在情感上也备受折磨。

随着时间的流逝，田康越来越接近池小惠的藏身之地，池小惠于是蛊惑了A世界的田康，作为她的帮手。池小惠利用他内心对于现状的不满，承诺可以改变他的过去，然后将他训练成了一名杀手。他们在三个不同的世界犯下无数罪行，有的是为了掩饰自己的行踪，有的是故意留下证据，让田康变为杀人犯被通缉，目的就是逼迫D世界的田康无处藏身，让他知难而退，返回D世界。

如今，暗能量已经得到冷却，池小惠即将启动时空机器，但是在最后时刻，D世界的田康还是遭到偷袭，死在了杀手田康手中，池小惠已经无所顾忌了。

听完马浩的讲述，三人目瞪口呆，一时间不知道该说什么好。

王金国更是心情久久不能平复，尽管他十分不愿相信，但他的直觉还是对了。如果马浩所说的是真的，那么，刚刚将他们困在厂房里想要烧死他们的就是池小惠。

可是，为什么？那可是从小在王金国身边长大的池小惠啊！那个永远温声细语、细心照顾自己的小惠，为什么会下这样的狠手？

忽然，王金国愣了一下，很多线索串联在一起，他想到了小赵提到的那具两年前的无名女尸。如果……如果这个池小惠早就不是原来A世界的池小惠了呢？一切的一切，都是她在伪装，所以，樊良被杀的现场出现了王金国的指纹，因为池小惠搞到这些东西太容易了。而樊良被杀前，一直说要告诉王金国一些事情，会不会那些事情就与池小惠有关系？

王金国顿时惊出一身冷汗。

第三十一章 最后的时刻

A

王金国、陈朵和樊良静静地消化着马浩的那些话，即便他们早就已经有了心理准备，但是当这个不可思议、超乎想象的真相狠狠地砸向他们的时候，他们还是蒙的。尤其是樊良，当他真正地查清楚了化工厂事故的原因，十几年来的心酸瞬间涌上心头，一时间不知道该开心还是难过。

他以为那天之后堕入地狱的只有他一个人，但现在看来，那一天是所有世界都坠入了不可控的地狱之中。

王金国看了一眼手表，此刻已经正午，距离田康死前所说的时间，只有十二个小时了。

"田康有没有说池小惠会在哪个世界启动时空机器？"

马浩摇摇头，他知道的也不多，或者说D世界的田康其实也并没有完全获得池小惠的所有信息。现在杀手田康死了，来自D世界的田康也死了，他们失去了所有关于池小惠和时空机器的信息。

王金国不想坐以待毙，虽然明知那个池小惠并不是自己世界的池小惠，但他还是想跟对方聊一下，希望能阻止她。他给池小

第三十一章　最后的时刻

惠打电话，果然已经无法接通。随后，王金国带着马浩、陈朵和樊良来到池小惠家里，与他们预料的一样，此刻早已人去屋空。不知道现在的池小惠是不是以为王金国等人都已经死了，但是她肯定已经开始为最后的计划做准备了。

陈朵看着这个曾经居住过一段时间的房间，没有想到那个看似柔弱的女孩，竟然就是这一切的幕后黑手。陈朵只觉得脑袋又开始疼痛，她凭借着记忆，找到池小惠为她准备的止痛药，吃下了一片。

王金国搜查了一圈，并没有找到任何可以提供池小惠去向的线索。

陈朵想了一下，说道："现在最后的线索就是罗玥了。"

樊良点点头："没错，她……应该也是池小惠的同伙，就因为江辉看到了关于机器的信息，她就杀了他。难道她也是来自D世界？"

陈朵摇摇头："如果我没猜错，她应该是我的姐姐陈沁。"

众人吃惊地看着陈朵。陈朵道："我也不知道到底发生了什么，但是我现在必须得回去B世界，找到罗玥，无论是为了问清楚这一切，还是为了找到池小惠！"

说着，陈朵掏出自己的三棱锥，这个三棱锥正是田康坠楼前留下的，而她带来的那个外形损毁的三棱锥则被杀手田康抢走了，至今下落不明。

樊良叹了口气，想到了什么，缓缓道："我……不想再跟你去B世界了，因为我不能肯定我们一定会阻止成功。如果我们失败了，整个世界毁灭，那么，我想在最后的时间里，见一下我想要见的人。因为我离开太久了，有很多话要和他们说。"

陈朵点点头："B世界是我原来的世界，就算你们去了也帮不上什么忙，反而会添乱，交给我吧，我会努力找到一些线索的。"

王金国看了一眼手表："还有十二个小时，如果你找到什么线索，希望能够尽快穿梭过来，联系我们。如果时间到了，大家还是找不到池小惠的下落，我建议我们所有人都在化工厂附近会合，等待池小惠出现，进行最后一搏。因为田康说过，时空机器的启动需要'洞'的帮助，而D世界的空间充满危险，她应该不会返回D世界启动的，只能在其他三个世界。"

樊良同意这个方案："如果到最后一刻，我们还没有找到她，我也会在化工厂等待结局的，因为那是一切开始的地方。"

陈朵说道："我也有回去要见的人，我会努力找到线索的，如果罗玥真的是我姐姐，她一定会见我的。"

王金国说道："很抱歉，接下来我帮不上什么忙了。我希望能够找到更多的伙伴，但是在这个世界，我不但是通缉犯，而且再也没有可以信任的人了……但我不会放弃的。"

陈朵说道："在最后的时间里，大家感受一下最后的人生吧，然后我们全力以赴。反正这个世界已经够荒诞了，我们最后再去做一件拯救世界的荒诞事，也不奇怪。"

屋外，隐隐传来警笛声，王金国知道小赵牺牲后，自己潜入公安局的事情也瞒不住了，现在的他已经是多重罪孽加身，无法靠解释就可以解决了，就算自己开诚布公地说出所有事情，也需要很长时间去核实，根本来不及阻止池小惠。现在唯一的办法就是躲起来，或者藏到其他世界，但是在这个世界，他还有不得不去做的一件事情。

王金国看向自己背包里王晨的骨灰，然后向其他几人告别。

第三十一章 最后的时刻

马浩也向王金国告别,他决定跟着樊良回到C世界,也就是他自己的世界。失踪了这么久,在其他世界经历了这么多,那个照顾自己的哥哥已经不在了,尤其是在最后的这段时间里,马浩也只想回到家里,回到父母身边,即便父母对他不怎么样,也是他最亲近的人了。

而且,经历了这么多事情,马浩也跟以前不一样了,他已经不会再惧怕什么,他有信心处理好家中的一切。王金国拍拍马浩的肩膀,告诉他:"如果一切结束后,咱们还能见面,到时候下一盘象棋,为了那个再也回不来的马浩。"

马浩跟王金国拉钩,并且把手腕上自己编制的一条手环送给王金国。马浩说,这本来是要送给田康的,不过他认为王金国一定会完成田康的遗愿。王金国揉揉马浩的脑袋,将手环戴在了自己手上。

马浩跟随陈朵和樊良离开了。

陈朵和樊良带着马浩避开沿路的警察,进入化工厂,分别回到各自的世界,为了最后的决战,也为了最后的告别做准备。

王金国离开池小惠的屋子,在附近的巷子里躲避了一会儿警车,然后径直来到妻子许娜的墓前。

王金国坐在墓碑旁边,将王晨的骨灰盒放在一旁。他就这么静静地坐着,似乎这里不是墓地,而是自己后院的一角;他也不是一个逃犯,而是一个在享受午后时光的悠闲老人。想到自己在C世界的那些经历,许娜和王晨都生活在自己面前,恍如隔世,就像一场梦一样。那个时候,他可以选择不醒来,永远地生活在那里,但是他忘不了这里,忘不了自己是谁,他要是那样选择了,就再也没脸来这里了。

王金国轻轻擦拭墓碑："对不起啊，好久没来了，你不知道我这段时间经历了什么。这么多年了，我终于把儿子带回来了，虽然结果并不是很好，但是也算对你有一个交代了。你知道吗，我看到了咱们幸福的生活会是什么样子，没有生病的你还是那么漂亮，气质就像……嗯，怎么说，像一个贵妇。"说着，他脸上浮起一丝红晕，像喝了酒一样，"好看，哈哈。还有咱们的儿子，比我帅多了，个子也高，真的是个精神小伙，但是后来没有当老师，自己弄了个小公司，也挺好的，不是吗？就是容易闹脾气。不过话说回来了，谁家的孩子不淘气。我看着他结婚了。他结婚了，你能想到吗？王晨结婚了……我站在台上给他念婚礼致辞……那是咱们的儿子啊……"

王金国的眼泪簌簌而下，他使劲捶着自己的胸口，试图让自己冷静下来："有时候我也后悔，是不是当初做出不一样的选择，结果就会不一样，尤其是看到那些美好的生活之后。但是，我真的做不到啊！我是一名警察，保护大家是我的责任，我不能为了自己就放弃这些……你不会怪我吧……我记得当初，你跟我结婚的时候就是这么说的……然后你送我的那块手表，我现在还戴着，就是不敢让自己忘记啊！现在很多事情，我都没法跟你说了，这个世界也变得不一样了，你听完肯定不相信。但是放心，还有我……我还是会努力地去做，去保护这一切！"

王金国起身，拍了拍自己身上的土，又在墓地旁边挖了一个土坑，然后将王晨的骨灰盒埋在里面。他叹了口气："你不要埋怨我，现在情况特殊，只能先这么凑合一下了，等……我是说如果顺利，等我回来，再好好地把你们娘儿俩安排在一起。"

说完，王金国哽咽着，注视着妻子许娜的墓碑，久久不愿离

第三十一章　最后的时刻

开。就在这时，他身后传来轻轻的脚步声，他警惕地转过身，只见是局长刘韬。

王金国有些惊讶，立刻四处打量，刘韬见状摆摆手："别找了，就我一个人。"

"你怎么在这里？"

刘韬看看墓碑："经常来，因为我知道你一定会来。"

王金国问道："你是来抓我的？"

"老王，发生了这么多事，你能解释清楚吗？"

"我解释不了，但是我知道我做的是对的！"

刘韬看着王金国，王金国与他对视，两人都不退让，僵持着。

刘韬叹息一声："你还是那么犟。江辉呢？"

"跟小赵一样，他也牺牲了。江辉是一个好警察，等一切结束，我就把他带回来！"

刘韬神色有些哀伤："你什么都不跟我说，是不是觉得我不是一个合格的警察？"

王金国盯着刘韬，然后一字一句地问道："你是一个问心无愧的警察吗？你跟许文之间真的没有交集？"

刘韬愣了一下，然后陷入沉思："我……我很久以前跟他吃过几次饭，那时候我还年轻，咱们都一样，老王，都是刚刚来到司象，没有什么根基。但是后来，我已经跟他划清界限了！"

王金国冷笑一声："怪不得我在调查许文的时候那么难。"

"不是的，那是很久以前的事情了，我没有做过违背良心的事情。如果有，只有一件……可能对不起你……"

"什么事？"

"你……儿子失踪的那天夜里，我……收到过消息，但是我……没有在意，因为我……那时候跟许文……"

王金国愣了，不可置信地盯着刘韬："那天你……你知道许文要绑架王晨？"

"我不确定，等我知道的时候已经晚了！老王，我知道现在说这些，已经没用了，我只是想告诉你，我可以与你开诚布公，你只要跟我回局里。"

王金国摇摇头："没有时间了。"

刘韬掏出手机，拨通了一个电话："王金国在墓地这边，派人过来。"

王金国一惊，掏出小赵留给他的枪，指向刘韬。

刘韬挂断电话，毫无惧色地看着王金国："老王，我可以顶住所有压力，先不把你送到市局，只要你跟我回局里，把所有事情都解释一遍，不管你说什么，我都会去一一核实、确认，我保证绝不敷衍你！"

王金国看了一眼手表，距离最后时间只有九个小时了："对不起，我真的不能跟你回局里，我知道自己在做什么。"

刘韬着急地道："我也知道自己在做什么。我信任你，但我也是一名警察，我必须做警察该做的事情，你再犹豫下去，就没有挽回的余地了。王金国，你这辈子怎么都不知道变通一下？你是不是还不信任我？"

王金国苦笑一声："对不起，局长，我只能自己决定我是哪个王金国！如果还有机会，我会跟你解释这一切的！"

说完，王金国收起枪，转身大步离开。刘韬站在原地，目送他渐渐远去，并没有上前逮捕，只是深深地叹了口气。

第三十二章

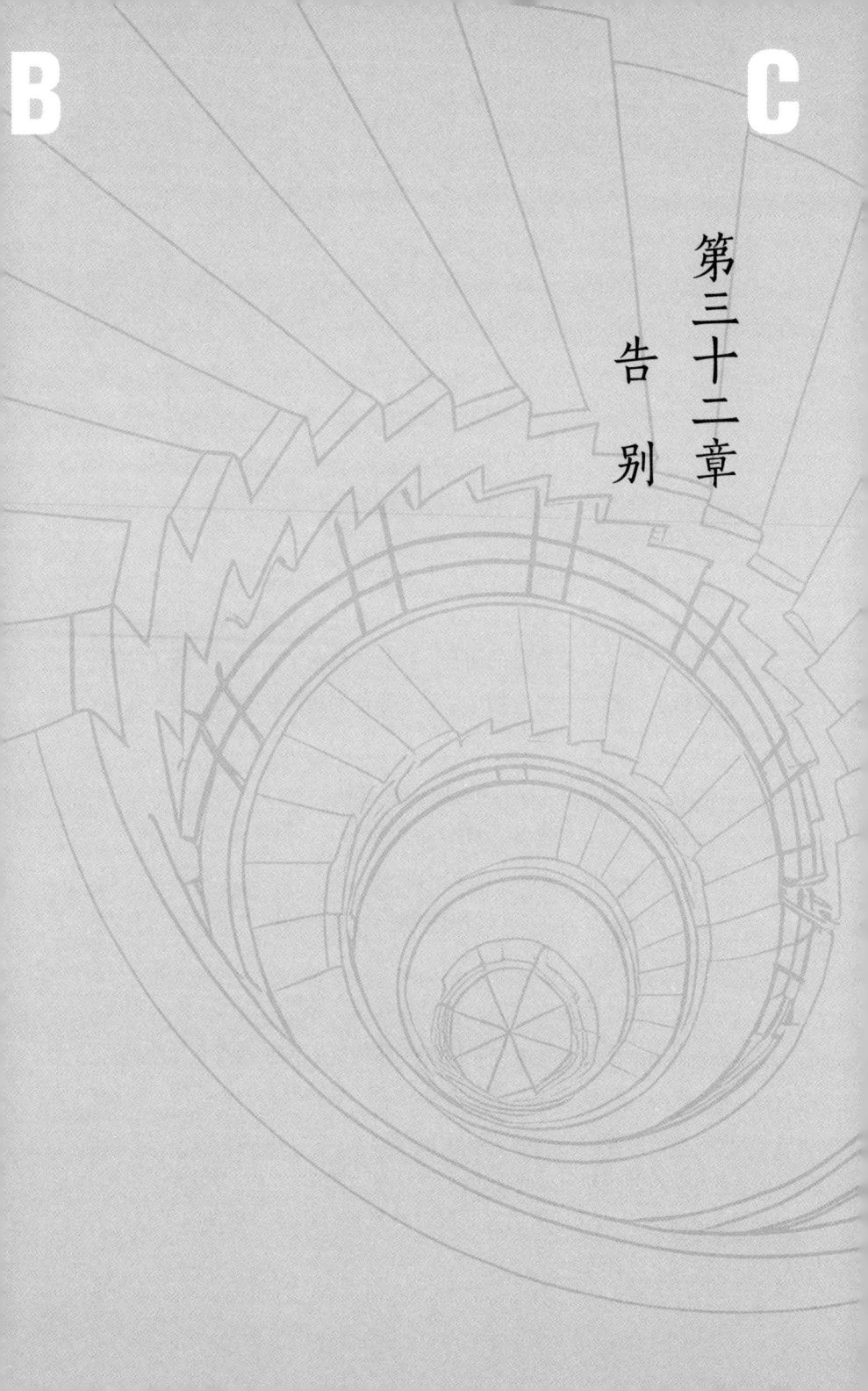

告别

樊良站在一根电线杆前,上面也贴了一张通缉令,被通缉的人是他自己。樊良狠狠地吐了一口口水,撕下通缉令,但还是下意识地遮挡了一下自己的面孔。随后,他花了点时间,找了一个口罩戴上,然后一瘸一拐地来到一家便利店,在货架上买了几瓶白酒。

樊良拎着东西,刚走出门,就忽然愣住了。

只见不远处的路边,陈朵正在和一个长相普通的男人聊天。陈朵眼神温柔地看着男人,男人似乎在说着什么,惹得陈朵笑容灿烂。樊良有些发怔,因为他从来没有看到精明干练的陈朵有过如此深情的眼神。

男人搂住陈朵的腰肢,然后轻轻地在她唇上一吻。陈朵似乎有些娇羞,扭着头要躲开,但最后还是迎了上去。男人冲陈朵一笑,最后上车离开了。陈朵站在路边,直到男人不见踪影,才依依不舍地准备离开。

陈朵刚刚转身,就看到了街对面的樊良,一下子愣住了。她的神情变了几变,然后笑了笑,冲樊良打招呼。樊良叹了口气,

第三十二章　告　别

拎着酒走向她，最后两人对视一眼，默默走到一个僻静的公园里。

公园里树荫错落，两人站在树下，斑驳的阳光像牢笼一样笼罩在他们身上，密不透风。两人静静地站了很久，都没有说话。

陈朵先开口："你走了很久。"

樊良点点头："现在回来了。"

陈朵低着头："你恨我吗？我做的一切……我并不是你想象的那样。"

樊良没回答，却问："那个男人是谁？"

陈朵似乎有些不好意思："我交的新男友。普通的银行职员，不是有钱人，但对我很好。"

樊良点点头："你值得有一个新的生活。"

陈朵看着樊良，忽然眼睛红了："樊良，你知道吗？我找干爸求过情，我只是想要保护你而已，但我们不是一样的人，我不想再冒险了，我只想过去的事情都过去！"

樊良抬起手，抚摸着陈朵的头发："过去的事情，永远不会过去，只会忘记，但我忘不了。"

"我不知道该怎么办，现在一切都乱套了，干爸也失踪了，你……你还在被通缉……"

"我知道，我还知道田康在你那里。"

陈朵瞪大眼睛，惊讶地看着樊良。

樊良笑了笑："带我去找田康，把他交给我吧。王金国再也不会出现了，你永远不用再害怕了。这个世界已经变了，跟以前不一样了，只是你没有发现而已。"

陈朵看着樊良，似乎一时间无法消化他的话："你……你怎么知道……"

"我不能告诉你。怎么,你害怕我报复你?"

陈朵摇摇头:"我从小到大都是个怕死的人,否则,小时候我就不会撒谎,不敢把王金国的事说出来了。自从你逃走,很多个夜晚,我都会梦到你回来报复我,但我发现我怕的其实不是死,而是让你失望。不过,当你真正出现在我面前的时候,我反而不怕了。"

"为什么?"

陈朵苦笑道:"因为这是我欠你的。从小到大,我欠你的太多,多到我都快无法呼吸了。我的命也是你救的,你随时可以拿走。你杀了我,对我来说可能是最好的结局。"

樊良笑了:"我怎么会杀你呢?你可是陈朵,我是你的樊良哥,我们一起坚持了那么长时间,我们互相保护了对方那么久,我怎么会做这样的事情?我这次回来是和你告别的,以后你会过得比我幸福,而我会一直保护你,甚至在你看不见的地方……但是我们可能再也不会见面了。"

陈朵闻言,忽然捂着眼睛,呜呜地哭了起来。樊良没说什么,只是静静地享受这一时刻。

后来,在樊良的要求下,陈朵带着他找到了藏匿的田康。田康见到樊良后非常惊讶,因为现在的樊良无论眼神还是气质,都跟之前完全不一样了。更重要的是,樊良见到田康的第一句话,就是告诉他,他是清白的。

最后,樊良轻轻地吻了一下陈朵的额头,向她告别。陈朵看着樊良离开。她知道,这次告别对她而言是最好的结果,但她心里还是空落落的,一段跨越十五年的拧巴情感,在此刻终于结束了。

第三十二章 告 别

樊良带走了田康，并答应还给他自由，但是在这个世界，法律层面上是无法满足了。樊良让田康闭上眼睛，然后带着他来到化工厂，穿越到了B世界。樊良告诉田康，在这个世界他再也不会是通缉犯，可以自由地生活了，不过美中不足的是，他需要改名换姓，远离司象县，去其他城市生活，因为这里的田康其实已经不存在了。

田康听完之后，不甘心地问樊良："世界为什么会变成这样？我明明什么都没有做，为什么要像老鼠一样背井离乡？"

樊良听完，沉吟一下，说道："因为未来是未知的，也许以后会变好呢。"

田康恨恨地道："这样的世界，我情愿它毁掉。"

樊良闻言一愣："相信我，你会改变这种想法的，所有活在过去，走不出去的人，都只会毁灭自己，什么也改变不了。"

看着一脸茫然的田康，樊良没有多做解释，简单地告别之后，又回到了自己的世界。随后，他来到父亲的墓前，洒下一杯酒，告诉父亲："一切都清楚了，远峰化工厂，问心无愧！"

樊良将酒一饮而尽，他知道自己很有可能是最后一次来这里了，他什么也没改变，他依旧是樊良，即便知道了化工厂事故的真相，对于这个世界的樊家也于事无补了，除非……除非他帮助池小惠，真的能改变过去。

但那样做，是对的吗？

樊良叹了口气，走向自己在这个世界的最后一站，也是最重要的一站。

屋里，忠叔、忠婶正在吃饭，敲门声响起，忠婶起身走到门边开门："谁啊？"

门外樊良喊道:"是我。"

忠婶惊讶地道:"樊良?!"

忠婶打开门,门外正是拎着白酒的樊良。忠婶紧张地四处打量,生怕其他人看到,毕竟她也知道樊良现在的身份:"快进来!快进来!"

忠叔快步走过来,捶了一下樊良的胸口:"臭小子,你来这干吗?你不知道……"

樊良一笑,抓住忠叔的手:"没事的忠叔,我就来待一会儿。"

忠叔还是有些紧张,叮嘱忠婶把门反锁好。樊良拎起自己买的白酒:"忠叔,咱们喝一杯。"

忠叔又惊又喜,更多的还是担心:"臭小子!"

"忠叔,我回来了,我来看您了。"

忠叔一把抱住樊良,热泪盈眶:"没事就好!没事就好!"

樊良也感动地紧紧靠在忠叔身上,经历了几个世界的流浪,他终于明白,如今在这个世界上真心对他好的只有这个老头儿了,他欠忠叔的太多了,倾尽一生也还不完。想到自己之前种种不争气的行为,樊良只想扇自己两个耳光。

忠婶笑道:"你看你们两个大老爷们儿,赶紧坐下来吃饭。"

樊良与忠叔尴尬一笑,坐在了餐桌前。两人倒了白酒,干了一杯。

"你回来得正是时候,那个王金国啊,据说在儿子婚礼上胡说八道一番,就失踪了。这是好事,他人不见了,你就能翻案了。"

樊良笑笑:"这我都知道了。忠叔,今天咱们不聊这些,我就是想陪您和婶儿唠唠家常。"

忠叔诧异地看了樊良一眼:"看你小子这模样,这段时间遇

第三十二章 告 别

到了不少事吧？"

忠婶也感慨地道："对啊，整个人都变成熟了呢！"

樊良苦笑道："确实碰到了不少事，但也懂了很多事。"

忠叔点点头："人这一辈子，总要经历大大小小的坎儿，爬出来就好了。"

忠婶嗔怪道："又在讲大道理了，赶紧让樊良多吃点菜吧！"

"对，多吃点儿！"

忠叔和忠婶一个劲儿地往樊良碗里夹菜。樊良鼻子一酸，又忍住，埋头吃了起来。

樊良吃了几口，抬起头："忠叔，我待不久，吃完就该走了。"

"你忙你的去。我呀，也不操心了，看到你这个样子，我就放心了。我也不问你去哪儿，想做啥，你只要觉得对，尽管去做，大不了有我们老两口给你兜底。"

樊良放下筷子，看着忠叔，认真地问道："忠叔，你有想过一件事吗？如果真的有机会改变我们樊家过去的事情，你觉得我应该去做吗？"

忠叔嘬了一口酒："问这个有什么意义，过去的就过去了，过去的事情成就了现在的你我。你这么问是觉得对不起你，还是对不起我了？如果你连自己都否定了，那做啥都没有意义。"

"我……明白，但是……总会那么想一下。我心里早就有答案了，只是想跟您确认一下。"

"挺好的，你能想通，说明你走出来了。"

樊良看着忠叔，郑重地点点头："忠叔，我樊良窝囊了一辈子，从来没给您争过气，我现在要去做一件大事，一件可以光宗耀祖的事！"

"好，那我等你好消息！"

忠叔举起酒杯，再次跟樊良干了一杯。

"忠叔、忠婶，等我把事办完，就回来找你们，带你们出去旅游。"

忠婶摆摆手，不过脸上都是笑容："这么大年纪了，还旅啥游啊？你平安回来就行。"

"你婶儿说的没错，一定要平安回来。"

樊良一把抱住两人："我一定会平安回来的，你们也会没事的。"

出门后，樊良依依不舍地看了一眼这个小小的超市，然后乘坐出租车，往化工厂的方向而去。

另一个世界，陈朵从化工厂出来以后，径直来到街边的一个小花店前。她曾经很多次从这里路过，但从来没有进去过。有一次，江辉想要从里面买一束花送给她，但被她拦住了。因为陈朵一直认为花这种东西，华而不实，是人们赋予了它过多的意义，并不能代表什么。如果不是想不出该带什么去陈沁的墓，她估计一辈子都不会买花。

陈朵记得那时的江辉有些尴尬，不过他只是挠挠头，最后还是听从了她的话。如今陈朵第一次走进这家花店，闻着淡淡的花香，看着色彩斑斓的花束，脑海里回想着往日那些零碎的画面。她想来想去，也只能带着这个去见他了。

这时，一名年轻的女店员走了过来："美女，要什么花啊？"

陈朵见到女孩，感觉有些眼熟，但是一时半会儿又想不起在哪儿见过。陈朵若有所思地看着女店员，女店员有些紧张："怎

第三十二章 告 别

么了？"

陈朵指着白色的菊花："这个吧！"

女店员很快将白菊花打包起来，陈朵看得出来，她的手法并不是很熟练，但是做得很认真。

陈朵拿着花，正打算离去，这时，一个老人抱着一个婴儿、拎着饭盒走了进来。

女店员见到老人，赶紧迎上去："忠叔，您怎么来了？"

听到"忠叔"的名字，陈朵停住了脚步，她记得樊良提起过这个忠叔。

"阿秀，来来来，你婶儿炖了鸡汤，给你带点儿。先别忙了，新生，来，让妈妈抱一下！"

忠叔将怀里的孩子递给阿秀，陈朵望着忠叔和阿秀、樊新生祖孙三代其乐融融的画面，想到了之前那个眼神倔强的混混樊良，在命运齿轮的转动下，他已经不在这个世界，但是眼前的画面应该就是他此生最想要去守护的。

陈朵笑了笑，没有打扰他们，转身离去。

墓园中，江辉的葬礼正在举行。墓碑前摆着江辉的遗照，周围站满了人，每个人都露出忧伤的神色。

远处的树荫下，戴着口罩的陈朵缓步走来，她低头看了一眼手里的白菊花，没有再靠近，而是停在远处，默默地看着。

墓碑处，传来隐隐约约的哭声，所有人都在悲痛中与江辉告别。

陈朵目睹着一切，她至今无法接受江辉的离开。她一直以为自己还有机会向他说一句抱歉，但现在已经再也见不到他了。对她而言，一直以来江辉都是有求必应的，但是现在，那个男人再也不会像以前那样温和地看着她了，她提出的所有要求，再也没有人回应了。

陈朵紧紧地攥着手里的白菊花，强迫自己，想让自己哭出来，因为她觉得，只有这样，江辉才会明白，自己对他的离开真的很难过。但是努力了很久，她依旧没有流出眼泪，即便她已心如刀割。

不久，吊唁的众人都散去了，陈朵这才走向前去。她站在江辉的遗像前，怔怔地看了一阵，然后将花放下，转身离开了。

陈朵回到家中，打开家门，发现家中竟然十分干净，显然是有人整理和打扫过。她走到桌子前，只见桌上有一张纸条，上面写着：小朵，回来记得联系我——辉。

陈朵将这张简单的便笺纸贴近自己的胸口，看着整洁明亮的房间，每一个角落都被打扫得一尘不染，即便自己做了那么过分的事情，他还是在竭尽所能地照顾着自己。就在这一瞬间，陈朵才深切地意识到，江辉真的已经不在了。

陈朵靠在沙发上，把抱枕挡在自己脸上，眼泪终于流了下来。

"小朵……"再也没有人这样称呼自己了，陈朵心里想着，生病了的自己，像怪物一样的自己，终究还是被所有人抛弃了。

正沉浸在悲痛之中的陈朵，这时接到了一个电话，来电显示：罗玥。

陈朵愣了一下，抹掉眼泪，看着手中嗡嗡振动的手机，那个总是喜欢开玩笑，看似天真无邪的罗玥，如今也是一个未知人物了。她很讨厌这种感觉，讨厌身边的人变得熟悉，然后又变得陌生。

陈朵深吸口气，接起电话。

第三十二章 告 别

陈朵的反应比自己想象中的更加平静,而罗玥也是,似乎她们从来就没有分开过,似乎这些天发生的那些事都只是陈朵臆想出来的一场梦。罗玥依旧是那种单纯的口气,她告诉陈朵,希望能够与陈朵见一面,地点就是她们小时候玩捉迷藏的地方。

陈朵眼眸一缩,只是淡淡地回应道:"我会过去的……姐。"

对面的罗玥似乎停顿了一下,然后挂断了电话。

陈朵看着电视柜上的合影,照片里自己跟陈沁都笑得很开心。她走上前,将相框反扣在柜子上,然后穿上外套,大步离开了家。

这个公园比陈朵想象中的又大了一圈,看来这些年公园也进行了翻修和扩建。一进公园,就是一个巨大的沙坑,很多小朋友都在里面玩沙子、做游戏。沙坑不远处,是一排座椅,陈朵看到罗玥就坐在椅子上,望着她。罗玥依然穿着长衣,即便天那么热。

陈朵径直走到座椅处,坐在罗玥身边,然后开门见山:"池小惠在哪儿?"

罗玥惊讶地看了陈朵一眼,似乎没有想到她会直奔主题:"你不想跟我叙叙旧?"

陈朵冷冷地道:"我知道你是陈沁,我也知道你跟池小惠是同伙,还有,你杀了江辉。所以,没有什么可聊的。"

罗玥笑了一下:"陈朵组长,不愧是你,还是这么简单粗暴。你知道吗,我本来可以消失得无影无踪,你永远不会找到我,但是我觉得这样你会很伤心,所以我还是决定跟你见一面。"

陈朵转头,盯着罗玥:"能告诉我为什么吗?"

"我告诉你之后,你就不会抓捕我了吗?"

陈朵摇摇头："不会的，杀人犯法，不管你是谁，我都会抓捕你的。"

罗玥叹了口气："所以，很多客套话我们就不说了吧。我这次来，只是单纯地见你最后一面，不想让你在茫然中接受失败。至于原因，我不会告诉你的。也许……在很久以后，你自己就会明白。"

陈朵有些生气："你以为会怎么样？你以为我会和你拥抱，与你相认，然后痛哭流涕地说我很想你吗？陈沁！"

罗玥摇摇头："你不会这样做的。"

"这么多年，我一直都是错的吗？"

罗玥神色似乎有些不忍："我很感动，你一直想着我，但是有一点我比你更清楚，那就是你们无法阻止池小惠成功。陈朵，我这样做都是为你好，你记住这句话。"

陈朵冷笑道："怎么，你是她的信徒？"

"在那个末日世界里，是她救了我的命，后来……虽然发生了很多事，但大部分时光是她一直陪伴着我，并把我带回到这个世界。而且，我也有想要做的事情，我必须完成。"

"那个机器会毁掉所有世界，对吗？"

罗玥点点头："有机会让这个世界变得更好，任何一个选择，都是不错的，不是吗？"

陈朵盯着罗玥："你只是想要拯救D世界。"

罗玥不置可否："那天，咱们分别之后，我就踏进了那个世界，我曾经呼唤你的名字，但是没有人回应我，漫天的尘霾让我以为自己来到了地狱。在我绝望的时候，有人出现并保护了我，所以我才明白自己的使命。"

第三十二章 告 别

"所以，你把自己当成了D世界的人？那些经历让你变成了这样？"

"陈朵，你还不懂吗？我所做的这一切，不是因为哪个世界，而是因为我曾经叫作陈沁。"

陈朵无奈地摇摇头，问道："为什么一直在我身边？"

"因为我说过啊，我再也不会抛弃你了，我的妹妹。"

陈朵神色一动，强忍着起伏不定的情绪："为什么不早点告诉我这一切？"

"我的傻妹妹，这个世界从来都不是你想象的那样，不是吗？本来你不用卷入其中的，你只需要作为一个旁观者，接受最后的结果就行了。但是你太固执了，明明知道会失败，还是冲得头破血流。"

"我们会守住所有世界的化工厂，你们不可能成功启动那个机器的！"

罗玥冷笑一声："你们还是低估了我们的决心，我们可是从地狱中生存下来的，赌上了一切，就是要改变世界。机器的启动是一定的，你们无论如何都阻止不了。"

陈朵刚要说什么，罗玥突然从衣袖中摸出一把手枪，抵在她的肋骨上："见面也该结束了，虽然不愉快，但还是很开心用陈沁的身份跟你聊了一次天。"

陈朵要站起身，罗玥的枪口又近了几分。

陈朵自信地道："你不会杀我的。"

"没错，但是你乱动的话，我会把你的腿打断，防止你乱来。"说着，罗玥站起身，看着怒视她的陈朵，"再见了，我的妹妹。如果一切顺利，我们还会见面的。"

说着，罗玥收起手枪，转身离开了公园。陈朵一直坐在座椅上，看着罗玥消失在视线之中。她看了一眼手机，距离田康所说的时间，只有一个多小时了。

"姐，我知道该去哪儿阻止你了。"

陈朵起身，快步离去。

第三十三章 命运

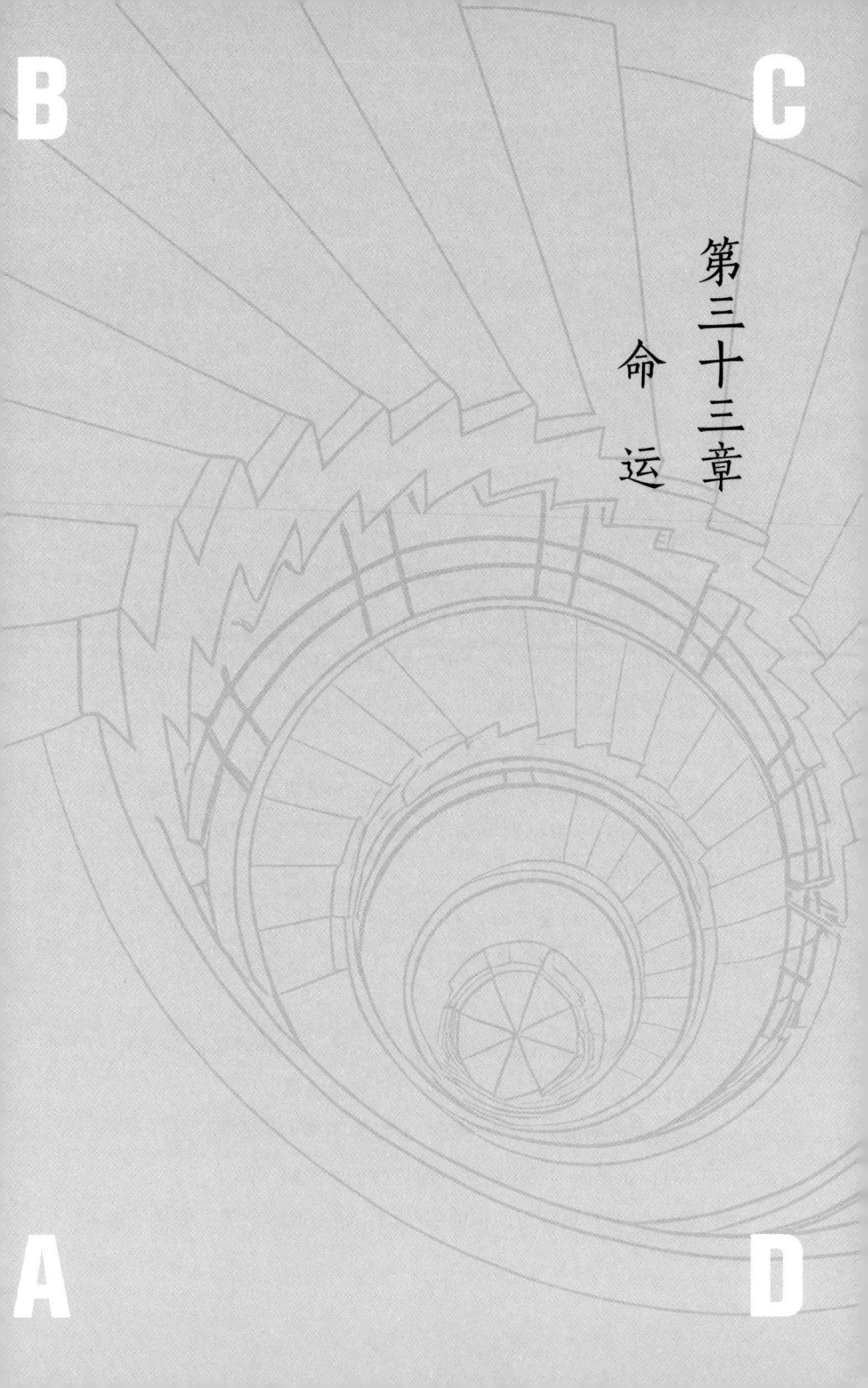

王金国坐在化工厂地下室的楼梯上，低头看了一眼手表，此时距离田康所说的机器启动的时间只有不到四十分钟了。他有些焦虑，拿出自己的三棱锥，将锥面调整成B世界的方向，正准备前往陈朵的世界。就在这时，眼前的空间扭曲了一下，一个人出现在他面前，正是手拿三棱锥的陈朵。

王金国见到陈朵很惊讶："怎么样？知道机器的位置了吗？"

陈朵说道："我见到罗玥了，他们比我们准备得更充分，我没有看到机器。"

王金国不由得更加着急："没时间了，那么我们只能按照最后的计划，守在这三个世界的'洞'附近，无论他们在哪个世界行动，我们都要尽力阻止。"

这时，陈朵看着王金国，思忖一下，说出了自己的想法："我觉得他们很可能不会在这三个世界启动机器。"

王金国疑惑地道："为什么？D世界不是更危险吗？"

"对，正是因为那里危险，所以我们才忽略了那里。"

陈朵想到罗玥临走前说的那些话，她嘲讽陈朵等人低估了池

第三十三章 命 运

小惠这次行动的决心，而且一副信心十足的模样，说明他们根本就不担心陈朵等人守在化工厂。

王金国听到陈朵的分析，愣了一下，最后点头道："我们都没有去过D世界，所以确实最容易忽略那里。如果她们反其道而行之，的确会去那里。"

陈朵有些不确定："可是这一切都是猜测，我们只有三个人，不可能同时守在四个世界。"

王金国若有所思："身为一名警察，有时候……"

"要相信自己的直觉！"陈朵下意识脱口而出。

王金国愣了一下，看着陈朵。陈朵解释道："这是另一个世界的王金国告诉过我的！"

王金国点点头，时间不等人，他决定跟陈朵一起去找樊良会合，把目前的信息分享给他。

两人拿出三棱锥，同时调整锥面方向，沿着楼梯走动，空间一阵扭曲，两人消失在原地。

而樊良早就等候在化工厂地下室了，三人见面后，陈朵立刻将自己的推理告诉他。樊良也认可陈朵的分析。如果还有几十分钟他们就会启动机器，那为何现在整个化工厂都不见人？他们不可能等到最后一刻才行动，所以，池小惠和罗玥早就已经返回D世界的可能性很大。

王金国说道："根据田康的描述，D世界是一个地狱般的地方，尤其是我们过去后会出现在三棱锥研究所内，那里布满了不可见的黑洞，也许我们还没找到池小惠她们，就已经全军覆没了。"

樊良撇撇嘴："如果什么也不做，等待我们的也是全军覆没。反正我已经没有什么牵挂了，最后就让我再保护一次我想保护的人吧。"

陈朵点点头："没错，我们没有援兵，只能靠自己。这是给牺牲的人，最后的一个交代。"

王金国看到两人都眼神坚定，便点点头，拿出三棱锥。三人第一次将锥面调整为D世界那一面，然后同时踏入那个未知世界。

眼前流动着细微的波纹，紧接着一股甜腻的味道传来，光线似乎也在一瞬间暗淡了几分，王金国、陈朵和樊良从楼梯走出来，打量着这个废弃的研究所。这里的空气散发着一股甜腻的味道，到处灰蒙蒙的，各种奇形怪状的设备、仪器横七竖八地倒在地上，墙上到处都是烧焦的痕迹。每走一步，空气中就会弥漫起类似纸灰一样的雾霾，一片混乱。

三人立刻感受到这个世界与其他世界的不同，被那种衰败和绝望感瞬间笼罩，不由得有些紧张。他们刚要继续往前走，就被一个声音喝止了。雾霾中走出一个少年，正是马浩，但是这个世界的马浩看上去更成熟一点儿，皮肤略黑，眼神更加犀利，而且少了一只胳膊。

王金国想到，这个马浩就是曾经帮助过田康的D世界的马浩。

马浩打量着三人，询问："田康呢？"

王金国、陈朵和樊良相对无语。马浩自然明白这短暂的沉默代表着什么，他撇撇嘴，没有过多的反应，似乎早已习惯了死亡。

王金国看着马浩："我们觉得池小惠带着机器来到了这里，是来阻止他的。"

马浩问道："你们是田康哥的朋友？"

王金国神色黯然："还没来得及成为朋友，但是他要做的事

第三十三章 命 运

情,跟我们一致。"

马浩看了三人一眼,告诉他们一定要跟着他走,因为在看不见的地方会有可怕的黑洞,稍有不慎整个人就会被吞噬。马浩自然也知道池小惠是谁,她的目的是什么,他告诉三人,如果池小惠想要在这个世界启动时空机器,那只能在一个地方。

在马浩的带领下,他们几个人避开无数个黑洞,一路来到研究所的地下一层,这里就是池小惠最适合启动机器的地方。

整个研究所的地下一层像是一个巨大的实验室,大部分墙面都是乳白色的,不过同样布满了灼烧的痕迹,还有很多奇怪的设备摆放在实验室里,这些设备比起上一层的设备更加完整,看上去还能够使用。

在实验室的中央位置,有一个桌台,上面摆放着一个手提箱大小的设备,里面露出各种复杂的电子机栝,中央是一个三角形的缺口。王金国一眼就认出来了,这个就是江辉死前拍摄的那个机器,也就是田康口中所说的时空机器。

而池小惠和罗玥正站在机器旁边,似笑非笑地望着进来的众人。

王金国看着面前的池小惠,只见她一改往日的虚弱,整个人站得笔直,脸上有一种兴奋而又疯狂的神色。尽管王金国早就知道了真相,但是当他真的面对池小惠的时候,他还是感到一种虚幻和不真实。他无法想象,一个人竟然可以这样伪装,将自己变成另一个性格相反的人。

池小惠冷笑道:"你们竟然真的敢来。"

王金国语气忧伤:"小惠!住手吧!"

池小惠看了王金国一眼:"王叔,你不该来的,我真的不想对你动手！"

王金国有些激动："我知道我说这些都没有用，但是看在这些年咱们的交情上，我还是要劝你，不要乱来了。"

池小惠摇摇头，冷漠的脸上罕见地露出一丝柔和："王叔，虽然我不是你救下来的那个池小惠，但是在我替代她的这两年里，我的确很珍惜与你相处的日子。在这个世界，恐惧已经成为生活的全部，而这两年你让我体会到了久违的温情。我并不是彻底地在伪装，而是真的在生活。所以，我阻止过田康杀死你，因为我不忍心，我不想让你卷进来。但是，你要理解我，我要拯救的是更多的人，我也不希望你在火灾中死去，但是我没有办法。我更希望你能够支持我！"

王金国听到池小惠的话，激动地道："你知道你在做什么吗？你没有资格来决定这个世界的结局！"

池小惠摇摇头："王叔，你错了，我是最有资格的人！这个世界给我的苦难太多了，我太有资格跟它提要求了！既然我的丈夫都无法理解我，那我也只能带他走进我的结局！"

王金国知道自己无法劝服池小惠了，又问道："可是，你为什么要杀樊良？"

池小惠叹了口气："他去化工厂找你，撞见了我跟陈沁的会面。"

陈朵突然想到什么，问道："B世界的池小惠被杀时，打电话报警的人是你？所以两个号码既是报警人，也是受害者！"

池小惠摇摇头："不是我，是C世界的池小惠，我想让她帮忙，所以把她带到了另一个世界，让她见识一下，结果她吓坏了，一个劲儿地说要报警。为了不暴露信息，没办法，我只能让人干掉她。"

第三十三章 命 运

"那为什么要烧毁三棱锥?你们应该还有用。"

池小惠闻言看了旁边的罗玥——也就是陈沁——一眼:"这就要问她了。"

罗玥撇撇嘴:"我只是让田康处理尸体,没想到他烧坏了那个三棱锥。"

陈朵皱着眉,继续问:"那B世界的池小惠是你的同伙,你为什么也要杀她?"

池小惠冷笑一声:"没错,她很有野心,也是一个很好的帮手。我告诉她只要计划成功,就能恢复健康的身体,她立刻就同意了。但是,她不该把这些都告诉自己的男朋友,而且还偷偷拿走关于时空机器的一些资料,记录下来,有了自己的想法。这个计划只有一次机会,不听话的人,我只能处理掉了,包括她的那个男朋友!"

王金国喝道:"你杀了这些人,都是为了嫁祸给田康,逼他出来?!"

"没错,我最了解我的丈夫,他比任何人都可能威胁到我。我如果让他成为三个世界的通缉犯,那么他还能躲到哪里去呢?不过话说回来,那些人本来就是田康杀的,只不过不是同一个世界的而已!"

王金国的情绪渐渐有些失控:"还有江辉!你杀死那么多人,就是为了这个机器?!"

池小惠眼中闪烁着一丝忧伤:"王叔,他们不会白死的,只要机器启动,他们就会生活在一个更好的世界中!田康、池小惠、樊良和江辉,这些牺牲,算不上什么!"

王金国咬牙掏出枪,指向池小惠:"但是成功的概率只有不到五分之一！"

池小惠根本不惧怕王金国的枪："那也不会比现在的世界更糟糕了！"说着，她转头看向旁边的罗玥，"时间到了，暗能量已经完全冷却，我们该启动了！"

王金国大喊："住手！"

罗玥不理不睬，只是瞥了一眼人群中的陈朵，然后掏出自己的三棱锥，本来朴实无华的三棱锥此刻流动着各种波纹。

眼看罗玥就要把三棱锥放到装置里，王金国一咬牙，开了一枪，然而在射击的过程中，子弹忽然消失不见了。

马浩警觉道："她们躲在一个黑洞后面，小心！不要直线过去！"

王金国一愣，握着枪，与其他人立刻从侧面冲了过去。但是，池小惠却抓起旁边的一个机械装置，顿时一道炙热的激光射过来，锋利的激光将实验室的一堵金属墙面割断，金属墙砸向众人，众人赶紧向后躲避。

池小惠吼道："我不理解，你们也是失去了一切的人！王叔，你的老婆、孩子早就没了，一辈子都活在痛苦和自责之中，即使世界像这样继续存在下去，你的余生也会在痛苦和寂寞中度过吧！为什么不赌一把？也许还有机会改变一切！樊良，你们樊家的耻辱，你真的愿意背负一辈子吗？陈朵，想想你的父母，想想你那痛苦的头痛症，你们难道真的不想改变这一切吗？不如就让我来帮你们好了，只要我成功了，我们所有人都会得到幸福。"

樊良沉着脸："如果是以前，我也许会同意你的计划，但是现在，经历了那么多，我已经明白，我并不是一无所有，我身边还有最重要的人，我绝不愿意为了自己的名誉，去牺牲我想要保

第三十三章 命　运

护的那些人！"

王金国咬着牙道："我从来不后悔自己的决定，就算再来一次，我还是这样的选择！我是警察王金国！"

陈朵更是直接道："我从来不听罪犯的狡辩！"

罗玥冷笑一声："不要白费口舌了。他们既认命，又不懂得命运！"

说着，罗玥一下子将手里的三棱锥放进时空机器，顿时整个机器散发出强烈的蓝光，蓝色的光芒像是绽放的花朵，向四周散射。

池小惠看着漫天蓝光，大喊道："带我回去吧，回到三棱锥研究所提取暗能量的那一刻，阻止他们，就能改变一切！"

无数的蓝光围绕着机器开始收拢。

马浩喊道："快，机器马上就要启动了！"

王金国等人再也顾不得什么，拼命地冲向机器，而池小惠自然不会让他们轻易地过来，她操控着手边的机械装置，无数道激光攻向王金国等人。炙热的激光像是一个个飞旋的刀片，将实验室四周割出一个个黝黑的洞口。王金国举起枪，想要避开黑洞，攻击池小惠，然而一道激光射过来，他的枪直接被削成两截，手指也差点被割掉。

陈朵躲在一个保险柜后面，盯着池小惠，趁池小惠攻向马浩的时候，她一个箭步冲了出去，扑向池小惠。但是，陈朵显然低估了池小惠的反应速度，就在她扑过去的瞬间，池小惠就掉转设备，一道激光刺穿了她的肩膀。陈朵惨叫一声，摔在了地上，鲜血从肩头流出。

池小惠冷冷地看着陈朵，掉转设备，准备继续攻击她。然而就在这时，一把手枪抵在了池小惠的脑袋上。

池小惠惊讶地转头，竟然是罗玥。

罗玥的语气不容置疑："不准伤害我的妹妹。"

池小惠气愤地吼道："陈沁，你疯了！这是你第二次用枪指着我了，第一次是为了那个丑八怪江朵！你要干什么？"

罗玥淡淡地道："我只答应帮助你完成计划，但请你不要伤害陈朵。"

陈朵躺在地上，惊讶地看着罗玥。就在罗玥和池小惠对峙时，旁边的马浩忽然蹿了出来，一下子将池小惠手中的激光设备撞飞了，然后起身扑向那个时空机器。

罗玥最先反应过来，立刻朝着马浩开了两枪，正中他的后背。马浩躺在血泊之中，一动也不动了。

王金国悲愤地喊道："马浩！"

被马浩撞飞的激光设备，正好落在腿脚不便的樊良身边，他赶紧捡起设备，对准池小惠。

陈朵大喊着提醒："机器，来不及了！"

此时，时空机器的光束马上就要汇合成一束，根据光束的变化，汇合之后机器可能就会正式启动。

樊良看到机器的变化，立刻掉转装备，将激光射向时空机器。激光正好打在时空机器上的三棱锥上，立刻将三棱锥灼烧出一个洞，刺目的光芒从洞中涌现。随着三棱锥被破坏，时空机器的蓝色光芒开始减弱。

罗玥喊道："三棱锥被破坏了，机器没有能源了！"

池小惠大喊一声："不可能！"

池小惠伸手抓起被破坏的三棱锥。随着洞口光芒的绽放，三

第三十三章 命 运

棱锥似乎一直在扭动着,一股灼热的气息将池小惠包围,正是里面泄露的能量。池小惠的胳膊瞬间被烧焦,衣服和血肉都被一种无形的力量搅碎了。

池小惠忍着剧痛,将三棱锥扔了出去,然后她又掏出了一个三棱锥,正是陈朵当时在案发现场捡到的那个被烧毁的三棱锥。

池小惠将被烧毁的三棱锥再次塞进时空机器之中,蓝色光芒竟然重新启动,显然那个三棱锥虽然外形受损,但影响不是太大。

王金国想要冲过来阻止,却被罗玥手中的枪逼退。陈朵爬起来,也准备上前,就在这时,被池小惠扔出去的三棱锥忽然发生了爆炸。刺目的光芒中,剧烈的冲击波将在场所有人都掀飞了。这股爆炸的能量眼看就要将众人吞噬,不想它正好经过那个无形的黑洞,瞬间就被吞噬了,众人因此躲过一劫。

而被能量掀飞的池小惠脑袋正好撞在实验室的保险柜上,后脑勺鲜血直流,加上刚才被破坏的三棱锥的灼烧,此时已经奄奄一息。但是,她的目光一直看向被冲击波波及的时空机器,只见时空机器掉在了地上,而蓝色的光束却没有受到影响,依旧在继续汇拢。

池小惠露出了欣慰的笑容,身子倒在地上,似乎失去了气息。

王金国、陈朵和樊良被冲击波摔了出去,一阵耳鸣,正晕头转向地想要从地上爬起来。陈朵距离时空机器最近,但是她肩膀受了伤,行动有些吃力。她趴在地上,努力伸手去够时空机器,想要把三棱锥拔出来,但是距离时空机器还差几寸。

罗玥也被冲击波震倒,脑袋受了伤的她看着努力的陈朵,脸上露出笑容,道:"果然是这样。陈朵,没有用的。你……还没有发现吗?结局是无法改变的,因为三棱锥的数量不一样了

三棱：死亡救赎

啊……"

陈朵还未明白罗玥这些话的意思，所有的蓝色光芒就汇拢到了一块儿，一道巨大无比的蓝色光柱冲天而起，就像咆哮着的龙卷风一样，将周围的所有人都席卷其中。瞬间，所有人的身形都消失在了这道蓝光之中。

荒废的实验室又恢复了平静，只留下毫无生机的池小惠和马浩。

第三十四章 原来是自己

九月份的司象县正是雨季，闷热的天气持续良久，终于在这一刻倾泻而出，电闪雷鸣，大雨滂沱。路旁一棵大树上，因为惊雷，鸟巢内的两只鸟儿惊慌失措，不时惊叫着。良久，雷声渐渐隐去。

密集的雨幕中，可以看到旁边远峰化工厂的轮廓，在雨水的干扰下，有些扭曲变形。

两只鸟儿正要安静入睡的时候，鸟巢上空却凭空出现一道人影，摔落下来，两只鸟儿惊慌飞走。

那道人影摔到树下的泥水里，然后挣扎着爬了起来，靠着树身坐着。那人有些茫然地打量四周，天空一道闪电掠过，照亮了他的脸，正是警察王金国。

王金国东张西望，喃喃自语："这里是……"

王金国有些迷茫，他的记忆还停留在D世界实验室的大战之中，最后的画面是池小惠脸上带着血迹的疯狂的笑容，还有那些席卷过来的蓝光，然后他就什么也不记得了。

又一道闪电掠过，王金国转头看去，不远处化工厂厂房的墙壁上"安全生产胜过一切"的标语清晰可见。

王金国望着熟悉的化工厂:"这里是司象县,远峰化工厂……厂房怎么这么新……难道我真的……"

王金国忽然感到脸上传来剧烈的疼痛,他伸手朝脸上摸去,发现几道被树枝划出的惊悚的伤口,还有一根树枝穿透他腮上的肉,刺进了嘴巴。

王金国疼得直吸凉气,雨水进入伤口,更加疼痛。王金国捂着嘴,压抑不住内心的震撼:"这是哪个世界?机器启动成功了吗?"

王金国茫然地站起身子,在雨幕中四处打量,脸上的树枝干扰着他的视线,未知的经历让他有些紧张,迷茫和疑惑也让他心情更加烦躁,他一狠心将那根树枝扯了出来,脸颊上顿时出现一个血孔,鲜血汩汩流出。

巨大的疼痛如浪潮一样袭来,王金国只觉得眼前一黑,就昏了过去。过了一会儿,一双穿着雨靴的脚走过来,站在王金国身前,然后将他扛走了。

不知道过了多久,当王金国悠悠醒来的时候,一位女医生正在给他处理伤口。她给王金国进行了伤口缝合,将树枝扎透的地方用绷带包裹起来,下半张脸几乎都被遮盖了。其余的伤口也被贴上了医用创口贴。

处理完这些,女医生终于松了口气:"你这情况有些严重,最好打一下破伤风针。这是怎么弄的?要不是旁边看梨园的马喜才那小子把你送过来,你可就危险了。"

王金国扭头看去,发现病房门口站着一个穿着雨衣的年轻人,也就二十岁出头,正拘谨地看着女医生和他。

王金国认出来了,这是年轻时候的马喜才。

马喜才看到王金国醒了，紧张地说了一句："我就先走了……"不等女医生说话，马喜才便匆匆离开了。

女医生笑道："这小子吓坏了吧。前一阵化工厂出事，他帮了不少忙，天天在医院里跑进跑出地照顾人，是个好人。"

王金国看着离开的马喜才，心中既惊讶又迷惑，任谁也想不到那个嗜赌弑子的马喜才竟然还有如此一面。王金国的脑子里全是问号，种种迹象表明，他似乎来到了一个更加未知的世界。

女医生问道："你是怎么伤成这样的？要不要帮你叫家人来？"

王金国却没有心思关心自己的伤口，而是环视病房的摆设，他越看越心惊，一种不安的情绪开始弥漫，这里的布置和环境跟他记忆中的某个时期正好吻合。

王金国扭头，终于看到了墙壁上的日历，显示是1995年9月24日。王金国心中咯噔一下，浑身的寒毛都立了起来，尽管难以置信，但是他知道时空机器似乎真的成功了。

但是，王金国忽然又觉得不对劲，因为现在的日期是9月24日，这时远峰化工厂已经发生事故了，而池小惠想要返回的日期应该是三棱锥研究所爆炸之前，那么自己为什么会出现在这里？还有这里是自己的A世界吗？陈朵和樊良他们去哪儿了？王金国只觉得脑子有些疼，根本不知道现在是什么情况。

这时，女医生在操作台上拿出注射器和药剂，将注射器扎入药剂瓶里，把针头的空气排出去，她转身正要给王金国注射，却发现人不见了。女医生环顾四周，一脸愕然，奇怪患者去了哪里。

王金国走在医院走廊中，打量着周围的一切，一种既熟悉又陌生的感觉萦绕心头，他此刻脑子里根本来不及想其他的，只知道如果自己真的回到了过去，回到了1995年9月24日，那么在这

第三十四章　原来是自己

家医院中，自己就能看到她了。

王金国的心情很激动，开始印象还有些模糊，但是随着越来越熟悉的场景出现，凭借着记忆，他找到住院部的一间病房，然后轻轻地走了进去。

王金国的妻子许娜正在一张病床上沉沉地睡着。王金国来到病床前，凝视着她，果然一切都跟预想的一样，自己回到了过去，这里就是自己的A世界，时空机器成功了，只是返回的时间出现了问题。

王金国注视着记忆中已经故去的妻子，如今她还在医院接受治疗，一切不幸还没有发生。他呼吸有些急促，身体微微颤抖着："活着，还活着……"

王金国情不自禁地伸出手去触碰许娜苍白的脸颊，这时外面传来脚步声，他一愣，清醒过来，急忙钻到另外一张病床之下。

这时，年轻的王金国提了个保温盒，推门进来。他轻轻地抚摸了一下许娜的脸颊，脸上满是心疼，之后就静静地坐在一旁。

王金国歪头看着这一幕，心里一动，轻轻吐出几个字："我对不起你。"

很快，年轻的王金国揉了揉发红的眼睛，声音很低很轻地道："许娜，我对不起你。"

许娜好像有所知觉一样，从睡梦里醒来，虚弱地道："你来了。"

年轻的王金国急忙拿起枕头给许娜垫在腰后，让她坐起来。然后，他打开保温盒，夹了块鱼肉，挑出鱼刺，往许娜嘴边递去。

许娜一笑："我又不是手脚生病，不用你喂……"

年轻的王金国笑了笑，还是坚持喂她。许娜低着头，默默地咀嚼着鱼肉:"王晨自己在家吗?"

年轻的王金国点点头:"我等会儿回去陪他一会儿,晚上我再过来。"

许娜摇摇头:"我没事,你多在家陪他,不要经常带他来医院。"

年轻的王金国点点头。

许娜又道:"不知道我这身体还能撑多久,以后王晨就只能你来照顾了……"

年轻的王金国把筷子重重一搁:"你胡说什么?你会好起来的!"

许娜默默地吃着饭,不说话了。吃完之后,她似乎有些累了,躺下来闭目休息。年轻的王金国坐在一旁,拿出一些文件,仔细地看着。

躲在床下的王金国知道,他正在看的是化工厂事故的一些调查报告,此时的王金国应该正在努力地为樊远峰洗刷冤屈,证明化工厂的设备保养没有问题,毒气泄漏只是意外。

这时,一名白发苍苍的医生路过病房门口,招招手,示意年轻的王金国出来。

年轻的王金国赶紧起身往外走去。床底下的王金国见许娜似乎睡着了,这才从病床底下出来,然后蹑手蹑脚地朝病房外面走去。最后离开的时候,他停下脚步,再次深深地看了一眼熟睡的许娜,似乎想要将她的样貌铭记在心中。

离开病房后,脸上缠着绷带的王金国沿着走廊来到一个拐角,然后靠在墙边偷听。拐角后面,那个老医生和年轻的王金国正在交谈。

第三十四章 原来是自己

老医生问道:"手术费……筹好了吗?"

年轻的王金国闷声道:"快了。家里房子有人要买,谈得差不多了。"

"别卖了。"

年轻的王金国看着老医生,有些不知所措。老医生拍了拍他的肩膀,叹了口气,往走廊里头走去。

年轻的王金国像雕塑一般站在那里,双眼似乎失去了神采。

王金国靠在墙上,这一幕在他的记忆深处根本无法抹去,如今他虽然作为旁观者再次经历了一切,但心中依旧还是如刀割一样的疼,不由得眼圈发红,颓然地靠坐在墙角。他当年拯救了樊远峰一家人,却永远无法拯救自己的老婆和孩子。

这时,年轻的王金国从拐角后走出来,看到了眼眶发红、靠坐在墙角的王金国。

年轻的王金国刚要经过,却站住了,问道:"兄弟,碰到难事了?"

王金国一愣,没有说话,他知道自己现在这个模样,脸上全是绷带和创口贴,过去的自己还没有认出自己。

年轻的王金国叹了口气,拍拍王金国的肩膀:"都会好起来的。"

王金国点点头:"会好起来的!"

王金国看着年轻的王金国提着保温盒消失在走廊尽头,走向另一间病房,他知道,那是池小惠的病房,当年自己把还是孩子的池小惠从事故现场抱出来,也在一直照顾着她。

王金国看着那个年轻的身影,想到了自己的经历,如今因为时空机器,自己又回到这个时间点,尽管他也不清楚自己未来该何去何从，但是在今天，此刻，还有一件事情可以改变。王金国看了一眼自己的手表，离那个时间点很近了。

王金国喃喃道："我会让一切都好起来的。王晨，我一定会保护好王晨，然后幸福地陪着他长大……"

王金国看向远处的病房门，仿佛在对着许娜说话一样，这是最后一个承诺。他站起身，从旁边座椅上抓起一件雨衣，大步走出了医院。

大雨滂沱，雨水落在地上，不停地溅起水花。

今天是1995年9月24日，这个日子是王金国记忆中永远的痛。就是这天晚上，王晨从家中离开后就再也没有回来。而王金国现在没有时间去思考别的了，这次他一定要阻止一切的发生。

王金国穿着雨衣来到一个街边小卖部，拿起电话，打给公安局。电话接通后，对面传来一个男人的声音，公安局里似乎特别嘈杂，男人的声音断断续续的，听不太清楚。

"司象县公安局。"

声音虽然很吵闹，但王金国顾不了这些了，他说道："今天晚上许文要绑架一个小孩，希望你们警察能提前监视许文，不要让他得逞！"

对面的男人喊道："你说什么？许文怎么了？"

王金国只好再重复一遍："许文今天要绑架王金国家的孩子，王晨！你们一定要过来支援，阻止许文！"

对面男人失去了声音，但紧接着，王金国听到电话里传来其他人的声音："那个叫江辉的小孩找到了吗？这都第三天了，怎么一点儿线索都没有？"

王金国听到后愣了一下，恍然间想到江辉给自己讲述的小时

第三十四章　原来是自己

候的故事，他被营救的时间也正好是今天，而且就在他将要扛不住的时候。王金国立刻抓着话筒大喊："我知道江辉在哪里，他在学校后面的枯井里！"

电话那头传来声音："你说什么？江辉在枯井里？"

王金国大喊："对！他就在学校后面的枯井里，赶紧去找他！"

对面的警察立刻冲其他警察喊道："江辉在枯井里，赶紧带人过去看看！对了，你说许文要绑架人是吗？是今天晚上吗？你叫什么名字？"

王金国"嗯"了一声，然后犹豫了一下："我……我只是个举报人。你们一定要阻止他！"

对面的警察沉默片刻："好的，我明白了。我们会盯着他的！"

然后对方就挂断了电话，王金国披着雨衣叹了口气，他知道江辉应该会得救了，而现在只要阻止许文绑架王晨就行了，他朝着记忆中自己家的方向走去。

王金国蹲守在年轻的王金国家附近的小巷子里，紧盯着出入口。

"王晨就是在今天被我训斥后跑出家去，然后失踪了，我要知道到底发生了什么。"

王金国低头检查身上的东西，除了那个三棱锥和破旧的手表，之前的枪和手机都不见了，应该是摔落的时候掉在什么地方了。王金国将三棱锥装回口袋，缩到一个广告牌下，死死地盯着前方。

从路边看去，透过雨幕，几乎看不见王金国被包裹在雨衣帽子里的脸，只有路灯的一点亮光，时而明亮，时而昏暗。

此时王金国家里，年轻的王金国刚刚回家，因为太过疲惫，衣服和鞋子都没脱，就靠在沙发上休息。王晨挎着水壶，拎着书包过来，然后将书包放在一旁，好像因为什么事情坐立不安，一会儿在爸爸身边坐下，一会儿又站起来。

年轻的王金国睁开眼睛，王晨都没发现，这让他莞尔一笑，突然把王晨抱过来，拿胡子扎王晨的脸。

王晨喊道："爸，疼，疼！"

年轻的王金国问道："你干吗呢？"

"爸，你能不能明天教我下象棋？"

年轻的王金国把王晨放下来，揉揉太阳穴："以后教你。最近爸很忙。"

王晨泪眼婆娑："爸，我想学，学会了可以去医院和妈妈下棋，好让妈妈不会感觉无聊。妈妈现在都不回家了，我的同桌小萍说，她爸爸也是这样，先是常常去医院看医生，后来就在医院不回家了，最后她就没有爸爸了……"

年轻的王金国紧皱眉头，叹了口气，显得有些烦躁。

王晨停顿了一下，瘪着嘴说："爸，我怕妈妈也像小萍的爸爸那样……我想让妈妈开心一些……"

年轻的王金国一下站了起来，指着王晨呵斥："王晨，你胡说什么？妈妈会好起来的，会回家的！"

"可我在医院听到医生偷偷讨论，说妈妈的病又加重了……"

年轻的王金国大怒："放屁！他们都是放屁！去做作业，别在这烦我！"

王晨委屈地看了眼脸色铁青的爸爸，站在原地不动。

年轻的王金国皱着眉头，疲倦地摆摆手："还在这干吗？去做作业！"

王晨拎起书包，转身摔门而去。年轻的王金国心情有些沉重

第三十四章　原来是自己

地一屁股坐在旁边的椅子上，叹了口气。

王金国穿着雨衣，依旧蜷缩在巷子里，他盯着远处自己家里隐隐约约的灯光，想到了在C世界的时候，那个局长王金国与自己的对话。

"你后悔自己做的事吗？"

"不，我不后悔，起码我的家人是幸福的。为了家人，我愿意承担一切，哪怕是下地狱。你呢，你后悔当初的决定吗？为了你的原则、你的正义，最后家破人亡，值得吗？"

王金国收敛神色，站起身，似乎在遥遥地回应这个问题："我想告诉你，值得。坚持正义的人，会很苦，会很难，会灰头土脸，会满身伤痕，但这个世界一定不会辜负他。"

这时，王金国看见附近停着一辆轿车，车里似乎坐着一个人，雨水冲刷着挡风玻璃，暂时看不清那个人的模样。这样的情形，让王金国顿时警惕起来，他走到车前，看着车里的那个人。等他看清那个人的模样，顿时眼眸一缩，心中充满愤怒。没错，坐在这辆车里的正是许文。

许文坐在车里，看着挡在车前的王金国，似乎有些疑惑，不明白这个穿着雨衣的怪人为何站在这里看自己。

王金国盯着许文，飞快地思考着，不知道该不该现在过去跟许文挑明身份，但是他很快就排除了这个想法。现在的他该如何解释自己的身份呢？而且说不定会打草惊蛇，激怒许文，现在最重要的就是保护好王晨。

正想着，王金国看到王晨背着一个水壶，从家里冲出来，走进雨幕之中。

王金国深吸一口气，深深地看了许文一眼，然后跟上王晨。

车里的许文疑惑地看着奇怪的王金国，想了一下，启动车子，然后缓缓地消失在雨幕之中。

王金国见许文开着车子离开了，并没有因此松一口气，反而更加警惕。

此时，浑身湿透的王晨跑累了，蹲在地上哭了起来，自言自语："就把我当孩子，以为我什么都不懂吗？我不去上学，我要陪在妈妈身边。"

大雨倾盆，王晨全身都被雨水淋湿了，他蹲在雨中不停地哭泣。突然，雨水没了，王晨抬头，看见一个脸上缠着绷带、穿着雨衣的怪人打着伞站在他旁边。

王金国把伞递给王晨："给你。"

王晨有些害怕："给我？"

"你妈妈生病了，你可不能也生病，要不你怎么照顾你妈妈啊？"

"叔叔，你认识我妈妈？"

王金国的眼睛蒙上一层水汽，不知道是雨水，还是因为难以忘怀的情感让他流泪了。他嘴唇翕动，似乎有千言万语，却一句话也说不出来，只能点点头，算是回答。王晨有些狐疑地接过雨伞，撑起来，然后朝医院的方向走去。

王金国喊道："这么大的雨，你要去哪儿？"

"我要去医院陪我妈妈。"

王金国皱皱眉头："现在不安全，你先回家吧，让你爸爸陪你去医院。"

王晨摇摇头："爸爸不会陪我的，他总是生我的气，不让我去见妈妈，我要自己去。"

第三十四章　原来是自己

说着，王晨打着伞朝医院的方向走去。王金国担忧地回头看了一眼许文离去的方向，一把抓住王晨的胳膊："你先回家，把你的想法好好地跟爸爸说说，他一定会懂的！"

王晨惊讶地看着王金国，使劲地挣扎："你怎么知道的？你根本不懂！你放开我！"

王金国抓着王晨的胳膊不松手："你一定要听我的，不要去医院！"

王金国虽然穿着雨衣，但是雨水早就将他脸上的绷带浸透，血水流了出来，此刻显得有些狰狞。一道闪电划过，王晨看见王金国的模样，顿时更加害怕了："你……你是谁？你要干吗？"

王金国有些急躁地解释道："你听我的，你爸爸是爱你的，他只是心情不好，所以才会对你发火。我送你回家，等回到家，一切都能解释清楚，王晨！"

王金国拉着王晨就往家的方向走去。王晨更加害怕，他一脚踢在王金国的腿上，然后使劲挣扎，转身跑走了。

王金国大惊失色："王晨！别跑！"

王晨把雨伞也扔掉了，在雨中跑得飞快，王金国没办法，只好赶紧追了上去。

大雨滂沱，司象县医院门口冷冷清清，但有两辆车停在路边，其中一辆车里坐了三个人，领头的正是年轻时候的李东彪。李东彪正拿着大哥大与一人通话：

"许哥，我知道，都认识，踩过点了。放心，不会让人注意到的。就算有人敢碎嘴，我把他牙打碎了，看他还说不说得出话……"

李东彪收起大哥大，朝另外两个马仔说道："老板说，王金国的兔崽子不好逮，晚上我们就冲进医院把他婆娘绑了。大家都是吃一锅饭的,嘴巴都严点儿,我李东彪话撂这边了,如果连累了其他兄弟,这个人全家都得死!"

两个马仔急忙道:"彪哥,你放心。"

李东彪点点头:"你们刚跟我不久,事情还是要和你们说清楚的。那辆车里是我宗家兄弟,他们我很放心……"

李东彪扯了根烟,一个马仔急忙给他点上。车子的雨刷不停地摆动着,李东彪透过窗户看着马路,见到穿着校服的王晨急匆匆地跑了过来。

李东彪把烟往窗外一丢:"嘿,王金国的兔崽子竟然来了,那正好。"

李东彪四处一看,道路上没有其他什么人,便拿起大哥大:"注意,看到那个跑着的孩子没,货来了。把车子发动,人一到手,马上撤。"

王金国紧跟在王晨身后,但是因为受伤了,体力不支,渐渐被拉开一段距离。他看到王晨跑到了医院大门附近,随后注意到旁边的两辆车同时发动了,急忙加快脚步,冲上去,边跑边喊:"王晨,王晨!危险!"

王晨低着头,朝着医院大门跑去,想要尽快摆脱这个怪人。这时,旁边车子的车门打开,里面的人将王晨一下子拉到了车里。王晨挣扎,李东彪直接一巴掌打在他脸上,王晨晕乎乎地被两人摁在中间。

马仔喊道:"后面有人在喊,要不要一起处理了?"

李东彪冷声道:"先走!"

李东彪的车子冲上公路,溅起的水花淋了追过来的王金国一身。王金国气得咬牙切齿,浑身肌肉都绷紧了,当第二辆车经过

第三十四章　原来是自己

他面前时，他猛地扑上去，用力一拉，车门没锁，便直接钻了进去。王金国一钻进去，就将后座的一个人摁倒，朝着他的太阳穴来了两拳。那个人掏出一把刀要刺王金国，被王金国夺过去了。王金国用大腿夹住这家伙的脖子，将他死死制服在后座下面，不一会儿他就晕了过去。

前方开车的司机正要拨打大哥大联系李东彪，但寒光闪闪的刀子架在了他的脖子上。

王金国喝道："好好开车，跟上！"

司机抬头看了一眼王金国，见他面容恐怖，顿时有些紧张，无奈地将大哥大扔到副驾驶座上。这时，大哥大却响了起来。

王金国道："你知道该怎么回答。"他接通电话，然后将大哥大放到司机耳边，自己也竖起耳朵听着。

李东彪问道："刚才那个人是不是扒进车里了？"

王金国的刀子在司机的脖子上轻轻地划了一下，司机只得屈服："彪哥，已经控制住了，一会儿就挖个坑给他埋了。"

李东彪闻言，放心地挂了电话。

两辆车驶出司象县城，朝着偏僻的地方开去，建筑物越来越少，道路两边都是树林。最后，车子下了主干道，拐进树林里的小路，几个拐弯后，他们来到山林深处一栋看起来已经废弃的木屋前。

李东彪下车，指挥两个马仔把王晨关到小木屋里："进去后把他的手脚都绑紧了，可别给溜了，这可是财神爷。"

两个马仔点头，抬着还在挣扎的王晨进了木屋。

李东彪拿着大哥大给许文打电话："许哥，王金国的兔崽子抓到了……对，说来赶巧了。先把他关在小木屋这里，如果那个王金国还不肯就范，就在附近挖个坑把他埋了，给老板您好好出口气……"

挂了电话后，李东彪见后面车上的人还不下来，便奇怪地走了过去。

"还不下车，磨蹭什么呢？"

李东彪不耐烦地拍打着车门。突然，后车车门被打开，将李东彪撞倒在地，然后王金国一下子蹿出来，冲进小木屋。

屋里，那两个马仔还在捆绑王晨，王金国从后面将两人踹倒，割开王晨手脚上的绳子，便带着他往外冲去。

王金国拉着王晨冲出来，却见李东彪和另外两个马仔已经从后备厢里拿出大砍刀，将路堵住了。这时，两个被袭击的马仔也从木屋里出来了。

"搞偷袭！"

两个马仔打开另一辆车的后备厢，掏出械斗用的砍刀。被五个拿着大砍刀的地痞堵住，王晨吓得浑身发抖。王金国把王晨护到身后，无论发生什么，他都不会再让王晨离开自己的视线。

李东彪等人慢慢围拢："兄弟，你谁啊？见义勇为能当饭吃吗？你现在乖乖地让我们剁了你，给我们省点力气。王晨这小崽子，我们还有用。你听话，他就能活。当然，能不能活，还得看他那个满脸晦气的爸爸听不听话了。"

王金国护着王晨后退，没有搭理李东彪。

李东彪又走近了些："但要是乱刀砍起来，他这小胳膊小腿，会不会被不小心砍死，那可就不清楚了。"

王金国目光扫视四周，考虑着如何脱身，但是现在看来，机会渺茫。

第三十四章　原来是自己

王金国冷声道："他爸不会听你们这些败类的话的。"

"你是谁啊……你知道什么？！兄弟们，随便砍，砍死就成，不用管别的！"

王金国看着身后的木屋："王晨，我喊1、2、3，喊到3，你就死命冲，我拖着他们。你赶紧跑，去喊警察来！喊你爸来！"

王晨虽然浑身发抖，但还是认真地点点头。

李东彪和几个兄弟都笑了："你要记得，这个孩子是被你弄死的。"

"1……2……3……"

当王金国数到"3"的时候，李东彪等人举起大砍刀，准备在他们冲过来时立马砍下去，却不想王金国反手抱起王晨，转身冲回木屋，"啪嗒"一声把门关上了。

李东彪等人面面相觑。

李东彪冲上前去，对着门就是一通乱踹，还愤怒地拿大砍刀砍门。王金国将木屋里所有的杂物都推过去堵住木屋的门，然后搂了一下被吓坏的王晨："不要害怕，不会有事的。"

但是，木门被大砍刀砍出一条裂缝，这条裂缝越来越大，王晨看着，脸色发白。

王金国环顾木屋，看到一把生锈的斧子被扔在角落里，沾满了灰尘。他拿起斧子在木屋后面薄弱的墙壁处劈出一个洞口。

"快！"

王金国首先将王晨推了出去，而他是个大人，钻不出去，不得已只好反身捡起斧子，再次劈砍，扩大洞口。此时木门已经被砍出很多裂缝，李东彪直接撞开木门，推开堵门的桌、椅、柜子等，闯了进来。

这时，王金国也将洞口扩大了，他赶紧猫身钻了出去。可是，眼看就要出去的时候，他手臂上的衣服却被木条挂住了，他挣扎着，想要扯断木条。

李东彪见王金国要跑，脸上闪过一丝狠意，大砍刀落下去，王金国的手臂被砍了下来。

王金国发出一声惨叫，手臂从手肘处被砍断，掉落在木屋外的地上。剧烈的疼痛之下，他瞥见自己的断臂，手腕处正系着马浩送的那个手环，电光石火间脑海里闪过些什么。王金国眼中露出一种清明的决然，他忍着剧痛，用仅存的一只手拎着斧子，继续护送王晨。

王晨吓得浑身哆嗦，只是一个劲儿地哭喊："爸爸，救我！爸爸……"

李东彪和马仔也要钻出木屋，王金国强忍着疼痛拼死反抗，一斧子砍在李东彪的胳膊上，李东彪的胳膊也血流如注。

李东彪大声道："看什么呢？还不绕到木屋后面去！"

在李东彪的怒斥下，两个马仔从房门冲了出去，绕着木屋来到后面，却只看到王金国和王晨钻入山林的背影。

这时，李东彪也从木屋的墙壁钻了出来。他捂着流血的手臂，满脸凶残："你们三个和我去追他们。你和老板联系，多叫些人过来，把路口都堵住了……"

说完，李东彪就带着三个马仔沿着地上王金国断臂流下的鲜血追了过去。

树林里，王金国跌跌撞撞地跑了几步，虚弱地靠在一棵大树上。

王晨很是担心："叔叔……"

"叔叔没事……好孩子，帮叔叔把皮带解下来。"

王金国用皮带将伤口处紧紧绑住，暂时延缓了血液流失的速度。

王晨想了想，也将自己的校服脱下来，包裹在王金国的断臂上，但很快鲜血就将校服浸透了。王金国看着被鲜血浸透的校服，摇了摇头，反而露出一丝笑容。

王晨十分着急，又将水壶递到王金国的唇边："叔叔，你喝点水。"

王金国接过来喝了两口，把水壶挂在自己身上，拉起王晨："好孩子，还走得动吗？坏人又要追过来了。"

王晨脸上、手上布满了被山林荆棘扎出的伤口："叔叔，我走得动。"

两人跟跟跄跄地往山林的更深处跑去。

此时，许文带着一队人赶来和李东彪会合。雨夜中，他们每个人手上都拿着一个手电筒，一束束光芒刺破山林的夜色。

李东彪恶狠狠地道："老板，那两个家伙就在那片山林里，逮到了，我要他们生不如死……"

许文一巴掌拍在李东彪脸上，冷冷地看着他。

李东彪低下头："老板，是我把事情搞砸了。"

许文分派人手："你们几个从那边过去，你们沿着山坡，别让他们从那里溜走了，其他人跟我到山林里搜人。记住，一个也不能跑掉，生死勿论。"

黝黑的山林里，雨水敲打着树叶，十几道手电筒光随着三队人马分散开来。

一阵风吹来，雨收云散，月光让山林变得明亮。王金国气喘吁吁地走着，忽然脸色大变，他回头看看两人走过的地方，雨停之后，他的胳膊流出的鲜血在地上留下了清晰的痕迹。

王金国推开王晨："好孩子，我不行了，你找个地方躲起来，不管发生什么事都不要出来。"

王金国因为失血过多，看东西已经出现重影，他咬了下舌头，让疼痛刺激自己清醒。

"好孩子，我们在一块儿，都跑不了。我去引开他们，你还能走。"

王晨眼里蒙了一层雾气："叔叔……你会死的……"

王金国踉踉跄跄地走了几步，脚下一软，一下子跌进旁边的山沟里。王晨不顾荆棘，拨开草丛，也下到山沟里。他爬到王金国身边，轻轻推着王金国，唤道："叔叔，叔叔，你醒醒啊……"

王金国使劲摇摇头，失血过多和雨夜失温让他的身体已经到了极限。他费力地支起身子："好孩子，听话，你去别的地方藏着别出来……"突然，他发现了这个山沟的异样，"这是……这是水库放水时用来给各个村镇的农田灌溉的沟渠，我们只要沿着这个沟渠爬出去，就能离开这儿，就可以报警。孩子，跟着我走。"

两人趴在沟渠的底部，向前爬去。沟渠四周都被浓密的草丛遮盖着，从外面完全看不到内部的情况。

许文蹲着身子，看着地上的血迹，但血迹到了某个地方就没有了。许文打着手电筒四处看着，最后目光定在王金国之前摔下去的位置，他拨开草丛钻了进去，看到原本长满杂草的沟渠底部有一条窄窄的爬行留下的痕迹。

许文通知手下："旁边是不是有条灌溉用的沟渠，下到里头看看有没有人从那里爬过去了，没有的话，盯死那里。"

第三十四章　原来是自己

此时，王金国和王晨正趴在沟渠里一动不动，他们透过草丛的缝隙就能看见许文的马仔。

王金国朝王晨身后指了指，两人往回爬了一截，然后从沟渠里爬出来，下了山坡。

许文等人沿着血迹追过去，最后在李东彪手电筒的照射下，看到一条血迹延伸到了下方的山林。许文也不说话，领着人就冲了下去。

两批人路过，犬吠声阵阵，年轻的周慧出门察看动静。她看见月光下一个独臂男人穿着雨衣，带着一个小孩正在赶路。

那个孩子回头看了一眼后面，年轻的周慧隐约间看清了他的脸，她嘀咕了一句："那是谁家孩子……"

年轻的周慧迈出一步，想要去看看发生了什么事情，但是她环顾了一下四周，看到黑黢黢的山林，又把脚缩了回来。

王金国和王晨从山林里艰难钻出，来到马路上。王金国顺着马路往前方看去，他看到了远峰化工厂高耸的烟囱。此时，底下的山林里手电筒的光束已经照来。

"他们从这里跑了……"

王金国抚摸了一下王晨的头："终究只有一条路，能救我们。"

王金国和王晨朝着远峰化工厂逃去，但一个断了胳膊的重伤之人和一个年幼的孩子能逃多远？此时，两人已经到了极限，都是一副摇摇欲坠的模样，仅仅凭着求生的欲望支撑着自己不倒下。

王金国和王晨艰难地走进化工厂大门。现在王金国的视线几乎模糊了，他停在原地，不知道该往哪边走。后面手电筒的光束已经影影绰绰地照了过来。

危急关头，王金国再次狠狠地咬了自己一口，暂时提起精神，视线清晰了一下。他指着一个方向对王晨说："往那边走……那里有个地下室……"

王金国摸了一下口袋里的三棱锥，确保它还在，但此时的他已经站不稳了，那只完好的胳膊搭在王晨瘦弱的肩膀上，才能勉强走路。

王金国和王晨推门进入厂房，王金国一个踉跄，摔倒在地上，这时手电筒的光束已经照到了他们身上。

李东彪喊道："他们在这里！"

一阵紧密的脚步声传来，手电筒的光越来越亮。王金国奋力地将化工厂厂房的铁门推上，却发现大门的横栓被一把铁锁锁住了。

王金国脸上闪过一丝决然，他用身体将铁门挡在身后："孩子，听好我现在和你说的话。"他费力地抬起手，指着地下室的方向，"你沿着那道楼梯一直往下走，一直往下，就可以躲开坏人。"

王金国从口袋里掏出三棱锥塞到王晨手里："拿着它，这是你离开这里的钥匙。"

说罢，王金国将王晨往地下室的方向推去。

王晨哭喊道："叔叔，我们一起走……"

王金国摇摇头："叔叔没力气了，动不了了……我还要把坏人挡住，不要内疚……孩子，以后你就要靠自己了……记住，你会去到一个陌生的世界，会遇到一些无法理解的事情，但是无论发生什么，都要好好生活下去。一定记住……小心湖……湖……很危险……"说着，他顿了顿，竭力喊道，"跑……不要停……跑啊……"

此时，铁门被许文一伙人不停地撞着，发出让人紧张的巨大声

第三十四章　原来是自己

响，王金国用身体死死地将铁门抵住。这个失血过多的残破身躯，不知为何，竟然爆发出惊人的力量，抵抗住了外面多人的撞击。

王金国大声喊道："跑啊！"

王金国的每一声嘶喊，似乎都在燃烧自己的生命，眼中的光彩也在渐渐消退。王晨终于转身跑向通往地下室的楼梯。看着他的身影消失在地下室入口，王金国长长地出了一口气。

王晨将三棱锥攥得紧紧的，沿着楼梯往下快速走动着。这时，他听到上方传来王金国的声音。

王金国声音洪亮，带着一丝苍凉："王晨，我教你下棋！马走日，象走田，车走直路炮翻山，士走斜线护将边，小卒一去不回还……孩子，我教你了……你记住了，一定不要回头！一定不要回头啊！"

王晨带着哭腔回应道："叔叔！我记住了，我一定不会回头！"

黑暗的楼梯上，王晨掌心的三棱锥泛起了幽微的光亮，他不小心一脚踩空，身子向下摔去，手里的三棱锥脱手而飞。

突然，光亮消失了，王晨也消失了，只有三棱锥落在楼梯上，滚动几下，停在了楼梯的上半截位置。地下室重新变回一片黑暗。

外面的人一个个猛烈地撞击着，王金国用脚蹬着地面，但终究因为失血过多，再也没有力气，铁门的开口被越撞越大，他无力地滑落下来，倒在了地上。

铁门一下子被撞开了，许文和李东彪等人鱼贯而入。许文环顾了一下厂房，没有看到王晨，目光落到前方通往地下室的楼梯上。

"彪子，下去，把王晨抓来。"

李东彪点了两个人："你们跟我下去。"

许文蹲在王金国面前,王金国躺在地上,没有任何力气,也看不清许文的面容。

许文看着王金国,知道他就是之前挡在自己车前的那个人,疑惑地问道:"你到底是谁?"

王金国喃喃地道:"正义……"

许文一把拉开王金国鼻唇处的绷带。王金国的脸上满是伤口,又因为经历重大变故,以及时间的流逝带来的苍老,许文并没有认出这是老了的王金国。

王金国费劲地抬起胳膊,握紧拳头,往许文身上砸去,一拳又一拳,但却轻飘飘的,没有一点儿力量。许文没感觉到任何疼痛,任凭王金国打着。

王金国一边打,一边说:"正义会战胜你们的,也许不是……今天,但总有那一天……因为我已经看到了……"

最后,许文不耐烦地把王金国的手拨开,然后一刀刺进他的肚子。王金国身子一颤,露出一个释然的笑容,喃喃地道:"果然……是我……"他的手落到地上,再也没有抬起来。

这时,李东彪和两个马仔回来了:"老板,王晨不见了。"

许文目光一冷:"怎么可能?"

李东彪急忙道:"老板,每个角落我们都搜查了,真的不见了,只在楼梯上找到这个玩意儿。"

李东彪举起手里的三棱锥。

"有没有别的出口?"

"没有,就这一个门可以出入。"

许文困惑道:"找,外面也找!我就不信了,他还能去另外的世界?一定就在这儿……"

第三十四章　原来是自己

许文和他的马仔们四散开来，搜索王晨去了。李东彪走过来，探了下王金国的鼻息："死了。"

树林中，两个马仔将王金国的尸体扔进挖好的坑里，李东彪看了一眼土坑，将手里的三棱锥也扔了进去。这时，一个马仔似乎看到了什么，跳进坑里将王金国的手表摘了下来。

"旧了点儿，也能卖点儿钱。"

李东彪大骂："出息样儿！"

马仔笑嘻嘻地收起手表，然后出坑，填土埋好。

"弄完后收拾一下周围，别露出什么马脚，血啊什么的都擦一擦，或者用土埋一埋。"

几人穿出树林，上了停在路边的车，开向远方。整个树林再次恢复寂静，似乎从来没有发生过什么。

第二天，雨又下了起来。浓黑的夜色中，雨点落地的声音，鞋子踩在树枝上的声音，还有一个男人的强烈喘息声，汇集在一起。

男人穿着厚重的雨衣，手里拿着手电筒，在茂密的树林中焦急地奔跑着。不远处远峰化工厂的高耸烟囱矗立着，显得格外诡异。

男人旁边还有一些别的人，也都穿着雨衣，拿着手电筒，形成一条搜索线，一起向前寻找着什么。

这时，对面走来一个穿着雨衣的人，手里拎着一个证物袋。双方会面，那人掀开雨衣的帽子，是年轻时候的刘韬，他递上那个证物袋，说道："我找到了这个。"

另一个人也掀开雨衣的帽子，是年轻的王金国。

年轻的王金国急忙抢过那个证物袋，打开查看，发现里面是一只成年男人的前臂断臂，伤口处还残留着一些血迹，上面有很多被啃食的伤口，一看就是刚被砍断不久。断臂上还系着一个手工编制的塑料手环。

年轻的王金国拉住年轻的刘韬，急切地道："有王晨的线索吗？"

年轻的刘韬摇摇头："已经拉网搜查两遍了，只找到这只被野狗啃食过的断臂，不过这是一只成年人的断臂，恐怕王晨遭遇了什么事……"

年轻的刘韬没有继续说下去。年轻的王金国有些绝望了，他扑通一声跪在地上，任由雨水打湿自己的头发。

医院的病房里，年轻的王金国进来，许娜听到动静，睁开眼睛，用期盼的目光看着他。

年轻的王金国摇摇头，低下头去，避开了许娜的视线。许娜偏过头，眼皮无力地垂了下来，一滴眼泪从眼角滑落。

年轻的王金国像着魔一样，嘴里念叨着："马走日，象走田，车走直路炮翻山，士走斜线护将边，小卒一去不回还……晨晨，你去哪儿了？快回家啊！你不是让我教你下象棋吗？你看，棋子都摆好了，马走日，象走田，车走直路炮翻山，士走斜线护将边，小卒一去不回还……"

第三十五章 绝不会抛弃你

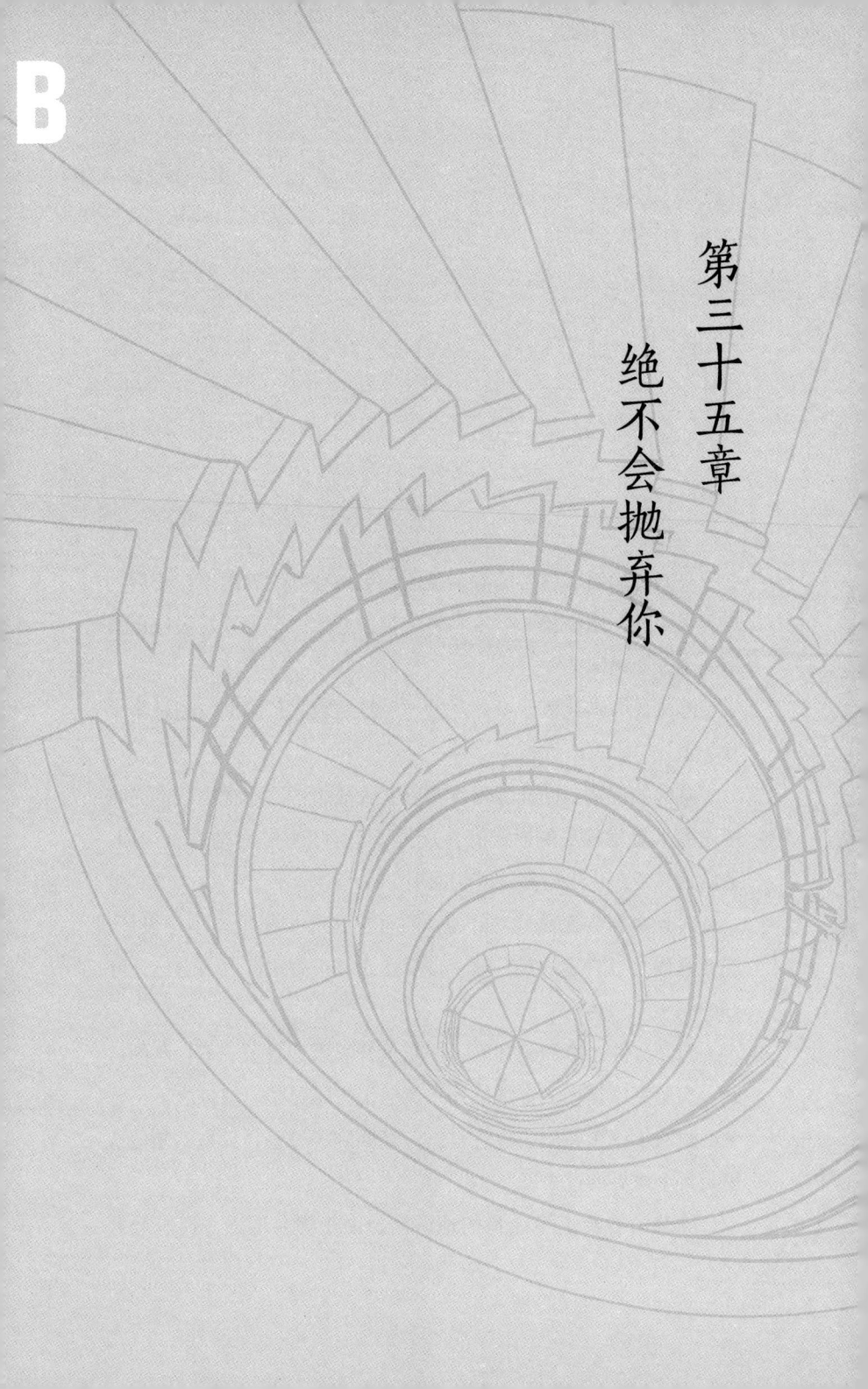

一滴水珠沿着树叶的脉络流淌，最后在叶尖处滴落。雨后的垃圾场里，污水横流，一堆塑料袋被掀开，一个人从垃圾堆里冒出头来，正是陈朵。

陈朵还有些迷糊，身体一动，一堆垃圾立刻倾倒，把她半个身子盖住了。

陈朵的记忆也同样停留在实验室大战之中，那耀眼的蓝光将她席卷，等她醒来的时候就在这里了。她有些茫然地看着四周，最后目光定在化工厂高耸的烟囱上。

时光机器到底是成功还是失败了？陈朵疑惑地走出垃圾场，现在起码可以肯定的是，这个世界还没有被毁灭，因为自己还好好的。

忽然，陈朵意识到什么，赶紧扒开衣服，看了一下自己的肩膀，实验室中被激光穿透的伤口竟然消失不见了。震惊之下，陈朵心里有了一个猜测，也许自己已经回到了过去，只是不知道这里是哪个世界的过去。

陈朵沿着街道漫无目的地游荡，由于浑身湿透，还脏兮兮

第三十五章 绝不会抛弃你

的,路上行人纷纷侧脸看她。但是,陈朵根本不在乎这些,此刻奇特的心情让她只能尽力地去思考自己到底身在何处。她看着熟悉的街道,记忆深处的一些碎片开始慢慢拼凑起来。

此时,陈朵路过司象县的初中,正好赶上学生放学,乌泱泱的初中生从学校里涌出来,就像开了闸的河水一样。陈朵没有心情关注这些初中生,只是在人流中径自往前走着。

忽然,一个稚嫩的声音在学生中响起:"江辉!"

陈朵一下子停住脚步,这个名字如电流一般从她身上窜过。陈朵慌张地四处打量,寻找这个名字的声音来源。只见一个女学生快步跑到一个男学生面前,陈朵的目光锁定在那个女学生身上,因为刚刚那个名字就是她喊的。

女学生看着男学生:"江辉,你找我干吗?"

陈朵愣愣地看着那个男孩,虽然跟她印象中的江辉完全不一样,但是眉眼轮廓还是渐渐地与记忆中那个高大英俊的男人对上了。陈朵心里立刻咯噔一下,除了确认自己回到了过去,更多的是震惊自己居然遇到了小时候的江辉。

初中时代的江辉头发乱糟糟的,衣服上有很多污渍,指甲盖里也有一层黑乌乌的东西,不是很讲卫生的样子。他将手里的零食递给对面的女孩。女孩穿着裙子,看起来十分漂亮。

江辉看着女孩,一脸的不开心:"小霞,你可不可以不要和大壮玩儿了?"

小霞撕开零食袋,闻言,疑惑地看着江辉。江辉手指交错,有些局促的样子。

小霞问道:"你为什么不让我和大壮一起玩儿?"

江辉瞥了小霞一眼:"因为,我……我喜欢……你……"

小霞害羞，不由得大喊道："江辉，你……"

江辉看到人群里有其他同学转头看过来，不禁急了："哎呀，你别喊啊……"

这下轮到小霞扭捏了："可……可我喜欢大壮……他个子高，篮球打得也好……"

江辉闻言，如遭雷劈，只能干巴巴地道："你怎么可以早恋……"

小霞一愣，回过神来白了他一眼："我是暗恋，你才是早恋。"

说完，小霞丢个后脑勺给江辉，就离开了。江辉哭丧着一张脸，呆立原地。周围的学生路过，都捂着嘴咯咯地笑，仿佛看了一场热闹。这时，一个人走过来，站在江辉面前，正是陈朵。

"你叫江辉？"

江辉撇撇嘴："关你什么事？"

陈朵不由莞尔一笑，心情竟然好了一些，没想到小时候的江辉是这种性格。

陈朵想了想，露出一个狡黠的表情："我可以教你怎么追女孩。"

江辉眼睛亮了："追小霞吗？"

陈朵点点头："不过我有一个条件！"

江辉自然是二话不说就答应了陈朵的条件，不仅因为陈朵要教的东西太诱人，还因为陈朵对江辉的家人如数家珍，表示自己认识他的父母，并不是什么坏人。江辉一心想着追小霞，自然也没考虑太多，就答应了陈朵的要求：带陈朵回家，让陈朵洗个澡。

江辉带着陈朵回家，看着她冲进浴室，自己则坐在沙发上心神不宁，等待着陈朵的教学。

第三十五章　绝不会抛弃你

浴室里的水声停了，门被打开，陈朵一边走出来，一边用毛巾擦拭着头发。她刚洗完澡，如今已经换上一身干净的女士休闲装，也就是江辉妈妈的衣服。

江辉急忙冲过来："姐姐，你说要教我追小霞的办法……"

陈朵神色复杂地看着江辉，摇摇头，嘟囔道："没想到你小时候还是个小色鬼。"

江辉歪头看着陈朵："姐姐，你不会是在骗我吧？"

陈朵环顾四周，只见江辉的几双鞋子、袜子乱扔一地，沙发前的小桌上，零食袋打开好几个，薯片撒了一桌子，到处都是乱七八糟的。

陈朵皱皱眉："女孩子都喜欢干净的男孩子，你看这屋子乱成什么样了。你先把房间收拾一下，把鞋子收到鞋架上，把零食放到柜子里，桌子上的薯片也清理干净！"

江辉狐疑："这有用吗？"

陈朵自信地道："我也是女孩子，相信姐姐。"

江辉想了一下，立刻开始收拾屋子。看着他撅着个屁股干活，陈朵难得地偷笑起来。

陈朵坐在一边，看着忙碌的小孩江辉，眼前出现的却是十五年后，成年的江辉坐在她身旁，疼惜地抚摸她的额头，轻轻一吻，随后起身，开始帮她收拾桌上的泡面碗，还有地上散落的衣服。看着看着，陈朵渐渐失神，一股强烈的思念涌上心头。

不知过了多久，小孩江辉终于拖完地，来到陈朵面前："姐姐，现在可以了吗？"

陈朵看着小时候的江辉，恍然失神，她伸手将他拉到自己身边："屋里不光要干净，你自己也要干干净净的。"

小孩江辉坐在一张小板凳上，陈朵拿着剪刀给他修剪头发，不一会儿剪完，看起来清爽了很多，然后陈朵又给他剪指甲。

陈朵边给小孩江辉剪指甲，边和他聊天。

"你爸妈呢？"

"我爸妈去外面和人谈生意，说要过两个月才能回来。"

陈朵揉了揉小孩江辉的头："原来你还是个留守儿童啊！"

小孩江辉把陈朵的手拿开："爷爷说摸头会长不高的。大壮比我高多了，姐姐你别再摸我头了……"

陈朵不管小孩江辉，又摸了两把他的头。小孩江辉无力反抗，只能愁眉苦脸地认命。

陈朵又想到了那个雨中的江辉，那天他第一次如此失态，大声对她吼着："陈朵，你还不明白吗，跟手机没有关系！是你的原因！"

江辉似乎用尽了所有力气，眼中也失去了光泽："我真的尽力了，但是你从来没有接受过我。你的一举一动仿佛都在提醒我，你根本不允许任何人走近你。对不起，我退出了。"

陈朵望着江辉离开的背影，抬起手，欲言又止，似乎想要把他留住，但最终还是没有发出一丝声音。

江辉的背影渐渐消失在夜幕之中。

江辉那渐渐消失的背影，在陈朵面前的镜子里越来越淡，和她的面容交织在一起，最后她的面容越来越凝实，而江辉离开的景象彻底消失了。陈朵眼睛通红。

小孩江辉察觉到什么："姐姐，你怎么哭了……你接着摸我的头，我可高兴姐姐摸我的头了……"

陈朵拍了拍小孩江辉的头："撒谎，原来你小时候就这么会安慰人了。"

小孩江辉纳闷道："我本来就是小孩嘛……"

陈朵又给小孩江辉洗干净脸，让他换上干净衣服，最后把他领到更衣镜前："看看。"

小孩江辉目不转睛地看着镜子里全新的自己，道："原来我比大壮帅多了嘛。"

"小孩子要爱干净，你看你之前跟个泥猴子一样，哪个小女孩会喜欢你？"

小孩江辉对着镜子里的自己左看右看："我记住啦！一定要爱干净！女孩子都喜欢干净的男孩子！"

陈朵看着开心的小孩江辉，心里闪过一个念头，忽然道："江辉……"

小孩江辉："嗯？"

"带我去看看爷爷吧。"

小孩江辉点头："好啊！"

小孩江辉没有注意到陈朵那忧伤的神色。

不一会儿，小孩江辉带着陈朵来到街对面的爷爷家，陈朵叮嘱他，就说自己是老师。小孩江辉虽然不明白，但是觉得挺好玩的，就同意了。江辉爷爷是市检察院的干部，马上就要退休了，见到他带着老师过来，自然开心，亲自下厨做了很多好吃的。

江辉爷爷端上一锅鸡汤："开饭了！"

听到声音，陈朵和小孩江辉走了过来，一脸期待。

江辉爷爷说道："老师，过来坐，过来坐，小辉我怎么说他都不听，天天钻树林、钻草丛，身上脏兮兮的，像只流浪狗一样，还是老师有本事。"

江辉爷爷亲自给陈朵盛了碗汤，小孩江辉眼巴巴地看着，把碗也推了过来。

江辉爷爷眼睛一瞪："自己盛。"说完，他又转头朝陈朵笑道，"老师快喝汤。"

江辉轻声嘟囔："骗子姐姐，姐姐不是老……"他还没说完，陈朵就把汤勺塞进了他嘴里。

小孩江辉："……"

陈朵目不斜视，云淡风轻地道："好好喝汤……"

江辉爷爷很热情："老师您快尝尝，我就是有这一手煲汤的好手艺，才被小辉奶奶相中的……"

陈朵喝着汤，瞥了眼小孩江辉："听到了吗？"

小孩江辉一下子溜下凳子，抱着爷爷的胳膊："爷爷，教我煲汤……"

江辉爷爷奇怪道："怎么突然要学煲汤了？以前教你，你都不学。"

小孩江辉嘟着嘴："爷爷又没说……"陈朵咳嗽两声，他急忙改口，"我想煲汤给爷爷喝……"

江辉爷爷脸上露出笑容："好孩子，好孩子！"说着，他又给陈朵夹菜，"老师，你快吃啊！"

陈朵慢慢地吃了起来。

"爷爷，你快说啊，怎么煲汤啊……"

江辉爷爷没办法，只好给他讲起自己跟老伴之间的故事。陈朵看着这一幕，感受着此刻家庭的温馨，思绪却已经不在这里了。

陈朵喝了一口汤，看着开心的小孩江辉，喃喃自语："江辉，我来看爷爷了。"

第三十五章 绝不会抛弃你

晚饭后，江辉爷爷和小孩江辉在门口送陈朵离开。

"老师，有空常来。"

小孩江辉有些依依不舍："骗子姐姐，你还会来找我玩吗？"

陈朵用力点头："我们会再见的。"

小孩江辉狐疑地道："真的？"

"真的。"

小孩江辉伸出小拇指："拉钩！"

陈朵伸出小拇指和小孩江辉拉钩："拉钩上吊，一百年不许变。"然后，她又拍了拍小孩江辉的头，"以后不要轻易把陌生人带回家里。记得打扫房间。"

小孩江辉哼了一声："我又不是笨蛋。我觉得姐姐是好人，很亲切。"

陈朵犹豫了一下，露出一个苦涩的表情："以后对喜欢的人多一些耐心，多给她一些机会，因为有时候她……就是个笨蛋！还有，警惕一个叫罗玥的人。"

小孩江辉听得一脸蒙，不知道陈朵在说什么。

陈朵叹了口气，摇摇头，朝他们挥挥手："爷爷，我走了。小屁孩，我走了。"

陈朵离开了，从灯火通明的小屋，走进夜色浓重的街道。陈朵迈着坚定的步伐向前走着，因为她知道，她人生中最重要的时刻就要来临了，这次她要改变一切！

陈朵家里，司象县电视台正在播报新闻：

"经过市里专家组为期两个月的调查，'7·29远峰化工厂特大毒气泄漏事件'主要负责人樊远峰已经被警方刑事拘留，远峰化工厂的安全设备存在重大隐患，安全章程也有重大纰漏。此次事故共造成13人死亡，7人重伤……樊远峰因涉嫌危害公共安全罪，可能面临最高长达十年的有期徒刑……"

12岁的陈朵坐在沙发上看着电视里的播报，有些开心。陈沁坐在旁边，见状伸手拿过遥控器，想要换台，却被陈朵一把夺过去。

"干什么，陈朵，把遥控器给我！"

"我就要看，他们一家人活该。不光咱们讨厌他，别人也讨厌！姐，你知道吗，我那天在小树林里看到有个人给警察钱，让他陷害这个樊远峰。"

陈沁闻言，愣了一下："你说什么？"

"就是很远的那个小树林，有个人拿着一张存折，要给一个警察。"

"什么时候？"

"好久以前了，就是爸妈……刚走不久……"

"你怎么不跟我说？"

"我……我害怕，那个警察好像看到我了，不过他没来找我。姐，这不是好事吗？反正那个樊远峰也不是好人。"

陈沁站起身，就要往外走。

"姐，你去哪儿？"

"把这些告诉警察，你这样会冤枉好人的。"

"姐，你别去。"

说着，陈朵起身去拉陈沁，两人撕扯中，将桌子上的花瓶扫落在地，摔成了碎片。

"你不准去！你为什么要帮我们的仇人？"

陈沁喝道："你松手！你这样不对，会害了别人的！"

陈朵摇着头,眼里含泪:"我不管,我就想让他们受到惩罚!"

陈沁突然停手,摸着陈朵的脸:"就是因为应该让真正犯错的人受到惩罚,我才必须去说。"

陈朵"哇"的一声哭了出来:"你为什么总是不听我的?"

"因为我是你姐姐,我必须告诉你,什么是对的!"

说完,陈沁一把挣脱开陈朵,大步走出房间。

夜色中,小时候的陈沁匆匆出门,下了楼。早就等候着的成年陈朵在一旁的小巷子路口看见了陈沁。她知道,就是在这里,陈沁离开之后就再也找不到了,然后因为未知的原因,陈沁去了D世界,成了池小惠的帮手。陈朵绝对不允许这样的事情再次发生。

陈朵就要跟上陈沁时,有一个人快她一步紧跟在了陈沁后面。那是个花臂男人,跟上去时,还特意戴上了鸭舌帽。

陈朵目光一紧,尾随着两人。

司象县公安局就在道路前方,陈沁加快了脚步。就在这时,那个鸭舌帽男人追了上来,从身后捂住陈沁的嘴巴,将她拖入一旁的巷子里。

鸭舌帽男人将陈沁摁在地上,陈沁挣扎着。

鸭舌帽男人掐着陈沁的脖子:"不想死,就听话!"

他用另一只手掏出大哥大拨打电话:"老板,陈家小女孩的确看到了那天的事情,正要去公安局报警……知道了,老板……"

这时,一道黑影笼罩在鸭舌帽男人身上。鸭舌帽男人回过头来,却见陈朵拿着一块石头砸了下来,他眼前一黑,连话都没来得及说,就晕了过去。

陈朵扶着陈沁:"姐……"她下意识地脱口而出,却立刻意识到不对，赶紧改口，"你没事吧？"

陈沁摇摇头："没事。你是……"

"我……我路过，看到了，就过来帮忙。我以前做过警察。我们赶紧走吧。"

"我知道他们是什么人，我们快去公安局。"

陈朵点点头，公安局就在不远处，五分钟就能过去。她拉着陈沁，两人刚要过马路，就见两辆车开了过来，停在公安局附近。李东彪带着人下来，四处张望。

陈朵见状大吃一惊，没想到这些人竟然敢在公安局门口蹲守，她连忙拉住陈沁，两人又退回巷子。

那个鸭舌帽男人摸着后脑勺晕乎乎地刚站起来，就被返回来的陈朵摁着额头，又撞向巷子的墙壁，歪倒在地上。

陈朵和陈沁向巷子深处跑去。李东彪和手下过来，那个鸭舌帽男人指了指巷子另一头："追……被人救走了……"

李东彪带着人追了过去。

陈朵拉着陈沁快速跑着，两人都累得气喘吁吁的。

"我们找个地方，借个电话报警吧。"

这时，陈朵看到马路对面的一条巷子里有个超市亮着灯。

陈朵对陈沁道："再坚持一下。"

她拉着陈沁朝马路对面奔去，就在她们将要来到巷子入口的时候，一辆车开过来，停在巷子口，拦在了她们面前。同时，李东彪等人也从后面追过来，将她们围堵住了。

车门打开，许文走了下来，陈朵和陈沁被包围住了。

许文指了指自己的车："陈沁，原来是你啊！你是自己进来，还是我去找你妹妹陈朵，让她进来？"

第三十五章 绝不会抛弃你

陈沁惊慌地道:"你不要伤害我妹妹……"

许文又做了一个"请"的手势,陈沁十分惊恐,瑟瑟发抖。

陈朵神色愤怒,拉着陈沁想要逃走。但是,李东彪等人眼疾手快,上前一下子抓住了陈朵,陈朵一拳打在李东彪脸上。李东彪吐了一口血水,目露凶光,上前一脚踹在陈朵肚子上。陈朵踉跄几步,蜷缩着身子,动弹不得。这时,其他马仔也上前,将陈朵死死按住。李东彪在陈朵身上摸索,一下子搜出了她口袋里的三棱锥。

李东彪看了一眼三棱锥,不明白这是什么,直接扔在了地上。

陈朵还是奋力地挣扎着,大喊:"许文,有我在,哪个你也别想伤害……"

许文惊讶地看了陈朵一眼:"你认识我?看来你也不能走了。"

许文拿起大哥大,笑吟吟地看着陈沁:"我现在打个招呼,留在你家外的兄弟就会闯进你家,把你妹妹陈朵扔进车里带走……"

陈沁有些害怕,但还是弯腰捡起李东彪扔在地上的三棱锥,走到陈朵面前:"姐姐,虽然我不知道你是谁,但还是感谢你这么保护我,你走吧,不要和他们继续起冲突……"

陈沁看向许文:"如果你放了她,我就跟你走!"她脸色煞白,双手握着三棱锥,强迫自己的手不要抖得那么厉害。

许文冷笑一声:"可以,我没意见,上车吧。"

陈朵大喊:"陈沁,别信他的!跑啊!"

陈沁摇摇头,将手里的三棱锥递给陈朵。陈朵看着三棱锥,再看看许文,告诉陈沁:"把这个收好,你记住,我会去找你的!"

陈沁犹豫了一下,将三棱锥收了起来。许文目光停留在陈朵身上一会儿，眼神冰冷。

陈沁随着许文上了车。在这个过程中，许文朝李东彪使了个眼色，李东彪轻轻点了下头，表示明白。

许文也上了车。坐在驾驶座位上，点了一支烟。后座上坐着陈沁，因为害怕，她的身体瑟瑟发抖，手里还拿着那个三棱锥。

许文把烟头一扔，摇上车窗，透过后视镜，目光落在陈沁握着的三棱锥上。他将手指对着嘴唇向陈沁比了个嘘声的动作，然后开着车子消失在夜色中。

陈朵奋力地挣扎、嘶喊，却只能无奈地看着陈沁被许文带走，看着车子消失不见。她扭头看见李东彪等人脸色狰狞，根本不是想要放过自己的样子，刚要挣扎，忽然后脑一阵剧痛，眼前一黑，就什么都不知道了。

李东彪冷笑着，将手里带血的扳手扔到车上："把这娘们儿扔到河里去。"

几人将昏迷的陈朵抬上一辆车，扬长而去。

车子一路开向化工厂附近的桥边，临近化工厂的时候，李东彪跟其他马仔下了车，走向化工厂，只剩下开车的司机，负责将后座上昏迷的陈朵捆好扔到河里。

司机看来也不是第一次做这种事情了，神色全然没有一丝紧张，只是回头看看依旧昏迷的陈朵，舔了舔嘴唇："可惜了，这娘们儿长得还不错。"

此刻已经临近半夜，桥边根本没有人，车子缓缓驶来，准备停在桥边。就在这时，前方一辆卡车迎面开来，那辆车开着远光灯，直愣愣地照在司机脸上。司机大骂一句，准备靠边侧让一下迎面而来的卡车，谁知对面的车子根本不减速，也不掉转方向，

第三十五章 绝不会抛弃你

直接冲着司机开过来。

司机吓了一跳，想要掉转车头，然而已经晚了，只听"咣当"一声巨响，他直接从车窗飞了出去，浑身是血地摔在地上，车头也撞得支离破碎。

司机躺在地上，身子不停地抽搐。

卡车的车门打开，一个女人走下来，看也不看躺在一旁的司机，径直走到面包车旁，将里面的陈朵抱了出来。

陈朵也被刚才的撞击惊醒了，不过依旧有些迷迷糊糊的。她看着将自己抱出来的女人，先是有些迷茫，慢慢地眼神清亮起来，叫出了对方的名字："陈沁……"

将陈朵救出来的人正是成年的陈沁（罗玥）。成年陈沁微微一笑，看了一眼虚弱的陈朵："我的傻妹妹啊，没有姐姐你可怎么办？"

说着，成年陈沁扶着陈朵朝卡车走去，路过躺在地上的司机时，她一脚踩在司机的胸口上，司机口中溢出鲜血，抽搐了一下，便不动了。

成年陈沁将陈朵扶上卡车，然后开车离开。

陈朵脑子乱糟糟的，还未彻底明白发生了什么，但她第一时间想到了重要的事情："陈沁……这时候的陈沁，还在许文手里。"

成年陈沁点点头："我知道在哪儿，我们现在就过去。"

陈朵看着成年陈沁，眼里全是迷惑："这到底是怎么回事？池小惠呢？时空机器成功了吗？"

成年陈沁看着前方，缓缓地道："池小惠死了，所以她不会被时空机器重置，而她的计划也失败了，时间并没有回到三棱锥研究所爆炸之前，而是回到了爆炸之后，也就是现在，所以，池小惠做的一切都没有意义。"

陈朵愣了:"为什么会这样?"

成年陈沁笑了笑:"我们的运气很好,时空机器没有自毁,成功地启动了,只是时间出现了误差。原因很简单,那就是最终启动的时候,池小惠使用了那个破损的三棱锥,可能是因为能量不足以支持回到她想要的那个时间点吧。"

陈朵一愣,想到了当初在实验室里,池小惠最后将那个被烧毁的三棱锥放到机器里,没想到就是那个残缺的三棱锥阴差阳错地促成了这个时间点。

"我之所以不希望你们阻止池小惠,是因为我知道,时空机器必然成功,绝不会毁灭世界的。"

陈朵震惊地看着成年陈沁,忽然她明白了什么:"对,因为你认出了我,知道我会在你小时候去救你,所以,你知道我们一定会被时空机器送到过去。当然,虽然是回到过去,但却是我的未来,只要你在过去看到我,就证明时空机器未来也一定会被启动。"

成年陈沁闻言,沉默了一下,随后道:"还有一点,你没注意到吗?我和池小惠、田康从D世界一共带来三个三棱锥,但是在最后时刻却出现了五个,有两个三棱锥不是出自D世界,好像一直就在这三个世界里一样。"

陈朵道:"有两个三棱锥是凭空出现的?"

成年陈沁看着陈朵,欲言又止,最后语气神秘地道:"也许不止那两个三棱锥,在某种意义上,可能所有三棱锥都是凭空出现的,没有源头,也没有结果,这也是我认为循环存在的原因。"

陈朵愣了一下:"什么循环?"

第三十五章　绝不会抛弃你

"你听说过那个在D世界带领三棱锥研究所幸存者,发明了三棱锥的毁容女人的故事吗?"

"马浩说过,是她发明了三棱锥。"

成年陈沁点点头:"没错,她拿出了第一个三棱锥,之后才有了更多的三棱锥的发明。你猜,最开始的那一个三棱锥来自哪里?"

陈朵震惊:"哪里?难道也来自这三个世界?三棱锥不是D世界的发明吗?"

成年陈沁叹了口气:"有可能我们已经不是第一次回到这个时间点了。因为这三个世界的'洞'都是基于D世界的暗能量爆炸才产生的,所以三棱锥才会在循环中诞生。一切的一切,也许只有你自己知道了。"

陈朵皱眉发问:"我?什么意思?"

成年陈沁却不再说话,眼里闪烁着一种决然的光芒。

陈朵若有所思:"可是,既然这样,你也一定能猜到时空机器并不能送你们回到你们想要的时间点,那你为何还要帮助池小惠做这些事?"

成年陈沁笑了一下,转头看向陈朵:"因为我就是想要回到现在这个时间啊!我再也不会抛下我的妹妹了。"

陈朵愣愣地看着成年陈沁,忽然间所有回忆在此刻重启:小时候的捉迷藏、那碗热腾腾的乌冬面,以及姐妹两人相拥在一起,陈朵靠在陈沁怀里哭泣,陈沁告诉她,永远都不会抛弃她。

陈朵心中翻江倒海,情绪复杂,动容道:"姐……"

成年陈沁叹了口气:"当年我被许文带走的时候,他答应放了你,但是我在车里看到他们把你打晕了,知道你遇到了危险。

所以，当我来到D世界，知道那个救我的人原来是我的妹妹，我还可以回到这个时间的时候，我就决定，这次轮到我救你了，我绝不会抛弃你的。"

陈朵摇了摇头，心情极其复杂，她既感动成年陈沁的行为，又想到了江辉的死亡："可是……你杀死了江辉。"

成年陈沁点点头："因为，我不能让任何人阻止我回来救你，哪怕是让你恨上我。"

陈朵一时间只觉得脑子嗡嗡响，那种头痛的感觉再次袭来，但是她摸遍全身，也没有找到止痛药。

"现在，我们只需要做一件事，就是救出这个时间的陈沁。"

卡车一路狂奔，直接开向远峰化工厂附近。

化工厂内的厂房处，李东彪和几个马仔正站在屋檐下抽烟。陈朵和成年陈沁摸了过去，遥遥地看着人数众多的李东彪等人。陈朵担忧地道："他们人太多了，我们两个可以吗？"

成年陈沁胸有成竹："相信我，可以的。你只要过去，把外面的人引开，给我争取十分钟时间，我就能救走陈沁。"

陈朵点点头："十分钟，没问题！"

说着，陈朵猫着身子，直接冲到李东彪等人附近。李东彪等人立刻注意到了陈朵，都脸色大变。陈朵大喊道："陈沁在哪儿？放了她，不然我就报警了！"

李东彪等人一愣，左右看看，见附近没有其他人，一挥手，便朝陈朵包围过去。陈朵见状，转身就跑，引着李东彪等人朝化工厂深处跑去。

成年陈沁看陈朵已经将人引开，却没有立刻行动，而是幽幽地叹了口气："对不起，陈朵，我骗了你。为了你，我只能这么做。"

第三十五章 绝不会抛弃你

成年陈沁捋起自己的衣袖,只见胳膊上都是触目惊心的伤疤,而且一看就年月很久了。她看着伤疤,眼中闪过无尽的恨意,终于下定决心,绕到厂房后面。

化工厂的厂房里,许文靠在一根柱子上抽烟,手里把玩着那个三棱锥,而此刻三棱锥上全是血迹。忽然,一支枪抵在他的头上,许文一愣,转头看去,正是成年陈沁。

成年陈沁望着许文,咬牙切齿地道:"许文!"

许文有些惊讶:"你是谁?你也认识我?"

成年陈沁没有说话,而是看向一旁,只见角落里躺着一个人,正是浑身是血的孩子陈沁。此时的她似乎遭受了非人的虐待,脸上全是肿烂的伤口,嘴里的牙齿也都被打断,身上到处都是狰狞的刀口,躺在地上一动不动,奄奄一息。

许文看到成年陈沁颤抖的手,说道:"你要什么?我可以给你钱。"

成年陈沁什么也没说,只是一枪砸在许文的脑袋上,许文立刻昏迷了过去。

成年陈沁捡起掉落的三棱锥,来到孩子陈沁身边,轻轻地蹲下来,将她脸上的血水擦拭干净,肿烂的脸庞已经看不出之前那个清秀姑娘的模样。成年陈沁没有哭泣,也没有暴怒,她似乎早就知道会看到这一幕,眼里只有深深的凄凉。

孩子陈沁虚弱地说着什么,听不太清楚。

成年陈沁紧紧抓着孩子陈沁的手,温柔地安慰道:"没事的,你会康复的,我知道,我经历过这些,不要怕。"

成年陈沁扶起孩子陈沁,朝楼梯的位置走去,但是每走一步,孩子陈沁都发出痛苦的呻吟声。

成年陈沁冷静而郑重地道:"陈沁,我知道你现在很痛苦,但我希望你记住,你要去的是一个很危险的世界,只有那里的技术才能让你康复,我必须把你送到那里,在那里会有人照顾你的。但是等你长大,你一定要回来救你的妹妹,因为今天帮助你的那个姐姐就是陈朵。"

孩子陈沁眼中露出震惊的神色,旋即又充满不解。

成年陈沁低声道:"我说的这些,谁都不要告诉,只有你自己知道。因为这一切,只有你自己能够完成。你去到那个世界,一切都要铭记在心里。你说过的,永远不会抛弃你的妹妹,一定要回来。"

成年陈沁抓着带血的三棱锥,扶着孩子陈沁来到台阶处,将三棱锥的第四个面调整好,这时,周围空气微微波动起来,一股细腻的微风开始流动,三棱锥开始闪烁。成年陈沁轻轻一推,孩子陈沁就消失在了台阶之上。

然后,成年陈沁收起三棱锥,拿着枪来到了昏迷的许文面前,一巴掌将他打醒。许文挣扎着站起来,发现孩子陈沁已经不见了。

成年陈沁用枪指着许文:"我应该现在就用枪杀了你,但是,我不能这么做,我还要保护陈朵。"

许文露出惊慌的神色:"求你不要杀我!"

"不过,你最后还是会死在我手里,你看清楚,记住我的长相,将来死的时候一定要想起来!"

正说着,李东彪等人押着陈朵走了过来,他们看到许文被成年陈沁用枪指着,都大惊失色。

陈朵没有看到孩子陈沁,不由问道:"陈沁呢?"

成年陈沁一把将许文提起来,面对李东彪等人:"放了她,

第三十五章　绝不会抛弃你

我就放了你们老大！"

陈朵焦急地看着成年陈沁："不能放了他！先救陈沁！"

成年陈沁不为所动，而是死死地盯着李东彪。

许文大喊："李东彪，你还犹豫什么？快救我！"

李东彪只好松开陈朵，陈朵跑到成年陈沁身边，一把抢过她手里的枪，继续指向许文。成年陈沁一皱眉头，拉着陈朵就跑。陈朵开枪，李东彪和许文都抱着头赶紧躲避，但是"咔嚓"一声，枪里竟然没有子弹。

许文知道自己被骗了："给我弄死她们！"李东彪等人抓着砍刀、铁棍，咆哮着冲了过来。

成年陈沁掏出三棱锥："跑！"

陈朵立刻明白成年陈沁的意思，两人不朝门外走，反而从旋转楼梯往下跑去。李东彪等人一愣，紧追不舍。楼梯上面的脚步声越来越近。

"快了，快了！再走几步就可以离开这里了！"

姐妹两人正往下走，却不想一个马仔竟然直接从上面的旋转楼梯上跳了下来，来到成年陈沁身后，一把拉住她的头发，将她往后扯去。

陈朵大喊："陈沁！"

成年陈沁眼角余光看到许文和李东彪带着其他人很快就要下来了，便冲陈朵一笑："照顾好我，其实在那个世界，一直照顾我的人就是你，妹妹！"

陈朵一愣，还没反应过来这句话的意思，成年陈沁就将三棱锥塞到她手上，用力一推。陈朵滚落台阶，三棱锥发出微微幽光，她与三棱锥就这样从旋转楼梯上消失了。

三楼：死亡救赎

之后成年陈沁反身抱住那个马仔，正要制服他时，许文挥舞着扳手狠狠地砸在了她的脑袋上。

成年陈沁脑袋一沉，血水涌出，迷糊中看见许文挥舞着扳手又要砸下来，她用胳膊一挡，扳手砸在了小臂上。成年陈沁借此机会抓住许文的手腕，倒退一步，跌落旋转楼梯。许文被她拉得半个身子探出楼梯，和她一起摔落了下去。二人摔在地上，成年陈沁用尽最后的力气朝许文脸上吐了一口唾沫，然后笑道："记住我的长相了吗？"

许文眼中露出恐惧之色，随后面目狰狞，另一只手拿过扳手，死命地砸着成年陈沁的脸。成年陈沁终于无力地松开了手，许文脸上沾满血迹，神色癫狂。

雨水从夜空中倾泻而下，两辆车停在化工厂门口。许文看着李东彪，安排道："都清理干净一点儿，还有那个司机，也去找找，一并处理了。"

两个马仔将被塑料袋包裹好的陈沁的尸体塞进后备厢里，许文将沾血的扳手也扔到了后备厢里。

"陈沁都伤成那样了，怎么会在楼梯上突然不见？还有那个女的，怎么也不见了？"

李东彪摇摇头，表示不知道，不过他神色放松地道："也不用担心，那伤势，活不过今晚。那女的我们继续在附近找一下！"

许文点点头，一伙人各自上车，朝化工厂外驶去。

湖边，两个马仔从后备厢里将被塑料袋包裹得严严实实的成年陈沁的尸体抬出来，而角落里的那个扳手却被他们忽略了，带血的扳手就这样静静地躺在后备厢里。

后备厢被合上，一艘小船驶向湖心方向，李东彪和另一个马

第三十五章 绝不会抛弃你

仔将成年陈沁的尸体抬起来，扔进湖里。

此时，12岁的陈朵在家里抱着腿，蜷缩在沙发上，一个人默默地等着姐姐回家。她抬头看看钟，此时已经是凌晨三点。

第二天，12岁的陈朵一边哭，一边走进公安局。年轻的警察王金国见到陈朵，赶紧迎了过去，问道："怎么了，小朋友？"

"我的姐姐……昨天晚上……来报警，没有回家！"

王金国惊讶道："你的姐姐？她叫什么名字？"

"陈沁。"

一些群众，还有大量警察，正在树林里做地毯式搜索："陈沁！陈沁！"

警察手里牵着警犬，警犬到处嗅闻。

另一边，几名警察从许文的车里搜出一个带血的扳手，然后将扳手放进证物袋里。王金国用相机拍下了扳手的照片。

不远处，许文戴着手铐，被几名警察押走，他嘴角带着一丝笑意，与王金国对视。

年轻的刘韬和年轻的王金国透过单面镜看着审讯室里镇定自若的许文。

"目击证人不是……"

刘韬摇头道："目击证人只是在夜里看到有一个身形与许文很像的男子带着陈沁上了车，她也不确定那人是不是许文，更没有看清车牌。"

"所以只能释放许文了？"

"我们做事要讲证据。"

王金国十分憋屈，气得一拳打在桌子上。许文好似感觉到了什么，转头看着单面镜，露出一个怪异的笑容。

C

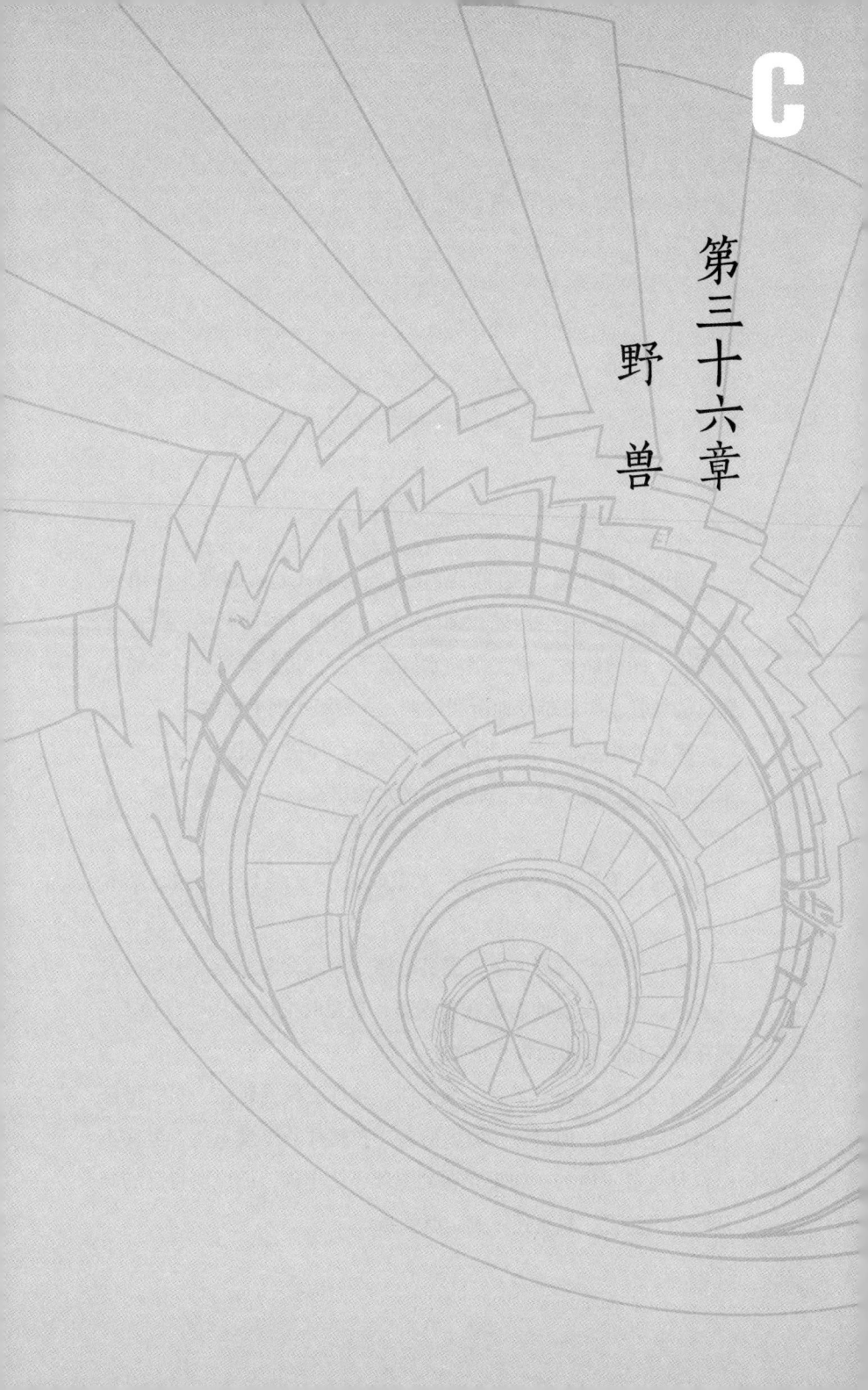

第三十六章 野兽

湖面波平如镜，一群野鸭在水面上游弋着。忽然，一道人影——樊良——凭空出现在湖面上方，狠狠地砸向湖水。野鸭受到惊吓，四散而去，樊良则向水底沉下去。湖水瞬间从口鼻涌入樊良的气管，樊良难受地清醒过来，立刻蹬水朝上面游去。

樊良浮出水面，大口大口地呼吸着。环视一周后，他有些疲累地爬上岸，脱下鞋子，将里面的水倒出来，又把上衣、袜子等脱下，拧干。

这时，有群孩子跑过来，大声喊着："王晨！来这边，来水边玩！"

听到这个熟悉的名字，樊良一愣，大脑飞速思考，实验室大战之后，自己莫名地出现在了这里，难道时空机器启动成功了？现在是在化工厂事故发生之前吗？

樊良赶紧检查一下身上的东西，发现三棱锥还在，不由得松了口气。这时，他目光一紧，盯着小孩模样的王晨不放。樊良小时候是见过王晨的，如果现在的王晨还是小孩，那说明自己的确是回到了过去，只是还不确定时间点。

第三十六章 野 兽

樊良大喊："王晨，你们过来！"

孩子们听到他的呼喊，才发现湖边有个大人在，都畏畏缩缩地走了过去。

樊良盯着王晨："你老子是不是叫王金国？"

王晨点点头，樊良心中的想法得到了初步验证："来玩水啊？"

王晨摇头，其他孩子也摇头，不敢承认。

樊良瞪着王晨："老实点儿！樊良、樊斌那两兄弟怎么没跟你们一起来？"

王晨犹犹豫豫地道："他家出事了……"

樊良心里咯噔一下，看来化工厂事故还是发生了，这个时间点比想象中的要偏后。

这时，另一个孩子低声说道："我爸妈不让我跟他们一起玩儿……"

樊良一瞪眼："你大爷的，李狗子，你还是我……你还是樊良带来这边玩的，要不你知道这儿吗……"说着，樊良拿起鞋子，追着那个小孩乱跑，"我让你们来玩水，都不知道危险是吧？十一街的孙大树去年就在这里游泳出事了，你们还敢偷偷来玩？不想当人，都要当水鬼是吗？"

樊良边说边追打，一群孩子被打得像小猪崽一样尖叫着四处散开了。

打完后，樊良叉着腰，气呼呼地道："都回去，下次再让我看见你们，我打不死你们！"

孩子们四散而逃，只有几个还躲在一旁，好奇地看着这个奇怪的瘸子。

樊良骂骂咧咧的："让你们不带我玩儿，一个个都是我带出来的，我家里出事，你们就都躲着我……"

樊良骂着骂着，突然沉默了，他看着湖面上的野鸭游来游去，心里顿时涌出一股难以言说的复杂情绪。

"1995年，没想到我又回来了。没想到，我真的能够回来。"

樊良离开湖区，一瘸一拐地走进一家小饭店，坐在那里随便点了一些吃的。这时，电视里开始播放一则新闻：

"经过市里专家组为期两个月的调查，'7·29远峰化工厂特大毒气泄漏事件'主要负责人樊远峰已经被警方刑事拘留，远峰化工厂的安全设备存在重大隐患，安全章程也有重大纰漏。此次事故共造成13人死亡，7人重伤……樊远峰因涉嫌危害公共安全罪，可能面临最高长达十年的有期徒刑……"

店里客人喊道："老板，声音大点儿……这不是人的玩意儿，我要看看他遭了什么报应。"

但是电视却被人关上了，店里客人转头一看是樊良干的，气愤地就要上前理论。

樊良摆摆手："不看了，看了，吃不下东西。"

店里客人表情一变："你家也有人在工厂里？"

樊良点点头。

店里客人的声音小了一些："遭难了？"

樊良想到樊远峰被带上警车的画面，又想到化工厂事故的真正原因，低声道："遭难了。"

店里客人长长地叹了口气，颇为唏嘘："会好起来的。"

说完，他拍拍樊良的肩膀，回到了自己的座位。这时，老板端了樊良点的餐品过来："这单我请客。"

樊良埋头吃东西，吃着吃着，停了下来，虽然此时他低着

第三十六章 野 兽

头,看不清脸,但泪水却一滴滴落在桌上。那个原本准备找事的客人见状,又骂了一句:"该死的樊远峰!"

店里其他人看着樊良,都被他哀伤的情绪感染,纷纷安静了下来。

忽然,樊良抬起头,问道:"今天是24号?"

众人点头,樊良大吃一惊,忽然想到什么,起身匆匆离开了。

樊良沿着马路朝樊家老宅走去,看着路边墙上写满的责骂、羞辱樊家的话:

"杀人犯,樊远峰!"

"樊家人都下地狱!"

"樊家人不得好死!"

悲伤、难过、不满、屈辱等各种复杂的情绪从樊良脸上闪过。一路走来,备受煎熬,樊良终于来到樊家老宅门前,他用铁丝打开大门,走了进去。

樊良站在被砸破的窗户前,吹着从外面呼呼地灌进来的风。最后,樊良扭头,黑暗的房间里,墙上的电子钟还显示着"1995-9-24"的字样。

"今天是9月24日,我没法挽回樊家的名誉,但是我可以做其他事情。陈朵会因为之前目击许文行贿王金国的事情,被许文绑架;现在的我和小斌会去搭救陈朵,小斌会因此出事……"

想到这里,樊良感觉自己浑身都在微微颤抖,内心无比激动,他知道自己还有机会拯救樊斌,于是转身离开老宅。

一个楼底的小超市前,两个木梯搭着,还算年轻的忠叔和忠婶正抬着灯牌往门脸上挂。

少年樊良和少年樊斌在下方给他们指方位。

忠叔问道："有没有歪？"

少年樊良说："忠婶，这边往上抬一点点……"

少年樊斌说："还是歪的，忠叔，这边也往上一点点……"

忠叔和忠婶按着他们说的挪了挪灯牌。

"正了吗？"

少年樊斌拍着手，开心道："正啦，正啦！不歪啦，不歪啦！"

少年樊良揪了下少年樊斌的脸皮："正和不歪是一个意思！"

少年樊斌躲开少年樊良："疼！"

忠叔和忠婶从木梯上下来，认真地看了看灯牌："是正的。"

说完，忠叔进了还没开灯的超市，摁下一个开关，刹那间外面一道亮光照进屋里，少年樊斌欢喜的声音响起："亮了，亮了！"

忠叔、忠婶、少年樊良和少年樊斌都带着笑容看着那个灯牌，上面"兴隆超市"四个大字流光溢彩。四人都满脸喜悦，仿佛仅仅一个灯牌就让他们看到了未来美好的生活。

忠叔有些感慨："这个超市开起来后，以后的生活就有着落了，樊良、樊斌，你们好好读书，别的不要多想。"

忠叔搂着少年樊良，少年樊斌靠着忠婶，四人依偎在一起，有些孤独，又那么坚强。他们满心期待地看着兴隆超市的灯牌，这灯牌似乎象征了他们新生活的希望。

而他们背后的不远处，成年的樊良正在默默注视着这里的一切。

少年樊斌突然问："要是生意不好怎么办？"

少年樊良抬手就要打他："乌鸦嘴。"

忠叔笑呵呵地道："小区那么多栋楼，住的人那么多，超市开得早些，关得晚些，生意不会差的。"

第三十六章 野 兽

这时,少年樊斌回头问道:"叔叔,你来买东西吗?"

他注意到了樊良,大声冲樊良喊着。因为天色阴沉,光线昏暗,他们并没有看清樊良的脸。

樊良愣了一下,道:"那给我来包烟……"

忠叔有些尴尬:"不好意思啊,今晚刚挂上招牌,东西都还没到……以后我们会提供小区送货,到时候请多关照。"

少年樊斌不好意思地吐了吐舌头:"叔叔,对不起啊,以后请多关照。"

樊良一笑,轻轻地点点头,然后一瘸一拐地走远了。

少年樊良笑骂道:"小斌是个大笨蛋,超市都没东西,就想着卖了……"

"哥哥才是大笨蛋,这位叔叔现在不就知道我们超市了?他以后一定会常常来光顾的。"

少年樊良看着忠叔道:"忠叔,以后我下了课,就来帮超市送货。"

"你现在是个小大人了,可是忠叔多么希望你能像别的小孩子一样任性些,不要太懂事。"

忠婶点点头:"你们不是还要去学校吗?赶紧去吧。小良多教教小斌功课,超市有我和你忠叔,都会好起来的。"

远处,一辆车中,年轻的许文和年轻的李东彪在对话。

年轻的李东彪说道:"老板,你说的那个看到你行贿的小姑娘陈朵,我一直派人盯着呢。盯梢的兄弟说,那个陈朵有好几回都走到了公安局门口,只是没敢走进去。"

许文掏了根烟点上:"该动手就动手,免得夜长梦多。"

抽了几口烟后,许文将烟扔到外面,抬头看看天空,天色阴沉得更加厉害了，一副山雨欲来的模样。

另一边，学生们从校门口涌出，陈朵也在人群里，随着人流朝家的方向走去。

这时，樊良戴着鸭舌帽靠近陈朵："陈朵。"

陈朵有些警惕地道："你怎么知道我的名字？"

"我还知道你要去揭发许文行贿的事。"

陈朵被说中心事，有些吃惊，疑惑地看着面前的人。

樊良低声道："但你今天不能去……会很危险的，跟我走。"

陈朵奇怪地道："为什么……我好不容易才下定决心。"

"为了你好，也为了其他人好。"

陈朵看着樊良走路一瘸一拐的模样："你腿脚怎么了？"

"这不重要。你能今天……"

陈朵打断樊良："那你一定跑不快了？"

樊良还没反应过来陈朵这句话的意思，就见她跟自己拉开了距离。

"那天在那里的人，包括我，一共三个，另外两个要害樊叔叔，都不是好人……你是他们的狗腿子吧？你也是坏人！我现在就去公安局，警察叔叔会保护我的。"

说完，陈朵就大步跑了起来，还在人群里钻来钻去的，很快出现在另一边。樊良大吃一惊，艰难地跟了过去。

陈朵边跑边得意地往后头看着，却意外地撞进一个大人的怀里。

陈朵连忙道："对不起，有坏人在追我……"

许文低头看她，笑吟吟地道："是我这个坏人吗？"

第三十六章 野 兽

陈朵听到这句话一下子愣住了,她抬起头来,看到面前的人是许文,顿时惊恐起来:"许叔叔……"

许文手里亮出一把刀子:"上车,许叔叔送你回家。"

陈朵结结巴巴地道:"不……不用了……"

说着,她转身就要跑,却被许文拽住书包,抓了回来。陈朵更加恐惧,不断挣扎着,张嘴想要喊叫,许文立即把刀贴在她的胳膊上,阴鸷地道:"乖乖地上车,许叔叔送你回家。你要是不听话,这把刀就会送你'回家'。"

陈朵吓坏了,不敢再吱声,被许文拉着走了。

许文带着陈朵走向自己停在小树林边的车,这一幕正好被少年樊良和少年樊斌看到了。

"哥,那不是陈朵姐吗?"

少年樊良感到有些奇怪:"另外那个人不是许叔叔吗?他们怎么会在一起?"

两人看到陈朵被许文拉进车里,她一脸害怕,并不是很情愿。车子很快开走了,兄弟俩对视一眼,有些担忧。

少年樊良突然招手拦住一辆路过的出租车,两人钻进出租车里。这时,道路尽头,樊良一瘸一拐地赶过来,看见樊家兄弟上了出租车。

樊良着急得不行:"不要去!"

但是出租车已经开走了。樊良四处张望,看见有很多辆车停在小树林旁,有个人正要去开车,他急忙冲了过去。樊良使劲撞开那个准备开车的瘦小男人,一把抢过他手里的车钥匙,钻进了车里。

樊良将车窗摇下一道缝:"我抢劫,要去化工厂附近的山林,你快报警让警察来抓我,要不你的车就没了……"

说完,樊良就开车走了,留下那个车主站在原地发愣。

车子疾驶在路上,少年樊良催促道:"师傅,快停车,别让他们发现了。"

只见前方许文、李东彪等人下车,将陈朵拖入了山林。

"师傅,他们绑架了我们的朋友,我们得去救她。"

出租车师傅摇摇头:"太危险了,我们马上回去喊警察。"

少年樊良打开车门,就要下车:"师傅,来不及了!"

出租车师傅犹豫道:"太危险了,这个小朋友我先带去公安局……你自己小心。"

少年樊斌急得不行:"哥,我要跟你一起去。"

"你听师傅的话。无论怎么说,陈朵的爸妈都是因为我们家化工厂才出事的,她不能再出事了,我得去帮她。"

少年樊斌不听,拉开自己那侧的车门,也跳了下去:"哥,你去哪里,我就去哪里。"

少年樊良看看少年樊斌,没办法,只好点点头。出租车师傅看着两个小孩进了山林,大喊道:"你们小心……我马上去叫警察……"

树林中,陈朵面对着几个魁梧的大汉瑟瑟发抖,许文阴恻恻地道:"你那天听到了什么……"

陈朵嗫嚅着说不出话。

"听到了就听到了,你干吗要害怕我?"

"我……我没有……"陈朵抱着胳膊,不停地后退,"许叔叔,我没有……"

"那你最近总是在公安局附近溜达什么?"

第三十六章 野 兽

陈朵低着头："我……我……"

"你爸妈不是在远峰化工厂事故里死了吗？我陷害樊远峰，可是为你爸妈报仇啊……我这是见义勇为，替天行道……你还要害我！"

陈朵好不容易鼓起一点儿勇气："我……许叔叔，如果樊叔叔是事故的元凶，你干吗还要去诬陷他？他不是事故的元凶，你才要诬陷他，你才是坏人……"

"你果然都听到了。"

许文看了眼李东彪，李东彪拿起一旁的铁锹开始挖坑。

陈朵吓得小脸发白："许叔叔……你要干吗……"

"你一定很想念你爸妈，你爸妈也一定很想念你，许叔叔帮你去和你爸妈生活在一起。"

许文推着陈朵来到李东彪挖好的坑旁，眼看就要将她推下去，这时林子一边响起一个怪异的声音："你在这里，我找到你了！"

许文等人都愣了一下，四处张望，李东彪示意了一下，几人朝着声音发出的方向寻去。最后，他们拨开草丛，发现是一个青蛙玩具在发出怪异的叫声："你在这里，我找到你了！"

李东彪一脚踩烂这个青蛙玩具："是谁？谁在这里？给老子滚出来……"

许文听到李东彪的叫声也看了过去。这时，一旁草丛里的少年樊良和少年樊斌突然跃出，一把将许文推到李东彪挖好的坑里，然后拉起陈朵就跑。

许文灰头土脸地从坑里爬出，抽出别在腰里的那把刀，因为被两个孩子耍弄，他气急败坏地吼道："这边，在这边，我要宰了他们！"

李东彪看见飞速跑走的三个小孩,和其他马仔朝着他们跑走的方向追了过去。

少年樊良、少年樊斌和陈朵三人沿着山脊拼命跑着,许文和李东彪等人在后面紧紧追赶。少年樊良看了一眼身后:"小斌,你和我们分开。陈朵知道一些许文陷害我们家的事情,他一定会来追我们……你逃走后就去找警察!"

少年樊斌有些担心:"哥!"

"跑!一直跑……出租车师傅去报警了,警察叔叔很快就会来的!一定会没事的!"

少年樊斌和少年樊良在山脊上分开了。少年樊斌往山脊一侧的茂密山林钻去,很快身影就被山林遮掩住了。少年樊良和陈朵则往山脊另一侧的山林跑下去,忽然,两人脚下一滑,沿着坡道径直摔了下去。

许文看到三人分散开来,摔下去的少年樊良和陈朵又跟跟跄跄地站起来,向远处跑去。

许文盯着陈朵:"追他们……"

李东彪看向少年樊斌的位置:"老板,我去逮那个小崽子……"

说完,李东彪跑了出去,许文他们也准备分头行动。这时,在他们身后,樊良终于一瘸一拐地赶来了。

樊良看许文等人朝着少年樊良和陈朵追过去,急中生智,大喊道:"许文!我是市里扫黑除恶专项领导小组的组员,我们目前正针对你们这伙司象黑恶势力进行调查取证,已经知道你陷害了远峰化工厂厂长樊远峰,也知道你跟警察王金国有勾当,立刻停手吧!"

许文闻言大惊失色,这些事情只有他跟王金国两人知道,这

第三十六章 野 兽

个人是怎么知道的？他一摆手，其他人都停了下来。许文目光冰冷地盯着山脊上的樊良，朝他走去，几个手下跟在他后面，将樊良团团围住。

山脊之下，少年樊良和陈朵又下了一个山坡后，不见了。

许文冷冷地道："怎么称呼？"

樊良强装镇定："我姓樊。你所有事情我都知道，我是来救这俩孩子的，其他警察马上就到，收手还来得及。"

之后就是一阵难言的沉默。许文踱步，盯着樊良，斟酌着要怎么处理这件事。这时，李东彪抱着挣扎着的少年樊斌从山坡下来到山脊上，见到这个情况，也讶异地看着樊良。

樊良喝道："把那孩子放下！"

李东彪看向许文："老板？"

"放下。"

樊良朝少年樊斌招招手："你过来。"少年樊斌快步跑到樊良身旁。

许文道："聊聊？这些事，你是怎么知道的？是王金国透露的？"

"许文，我已经把这边的情况告诉公安局了，如果我出事了，你们只会罪加一等……趁着警察还没到，你赶紧溜还来得及！"

"我可以放你们走……"许文点点头，挥了挥手，让马仔们让开，放樊良和少年樊斌离开。李东彪等人目光森冷地看着樊良和少年樊斌走远。

樊良带着少年樊斌一瘸一拐地朝停在前方的车子走去，回头时看到后面许文拿着大哥大在打电话，突然意识到了什么，脑海里电光石火般地闪过他与王金国的关系。

"许文一定在联系王金国确认我的身份……小斌,我们快跑!"

樊良带着少年樊斌,尽可能快地朝前方自己的车子跑去。身后许文放下大哥大,对李东彪吼道:"彪子,开车撞死他们!根本没有什么扫黑除恶专项小组在司象!"

李东彪钻进车里,一脚将油门踩到底,冲了出去。与此同时,樊良也钻进了车里,启动车子:"小斌,快系好安全带!"

少年樊斌听到熟悉的称呼,系好安全带后,目光怪异地看着樊良。

樊良将车开上马路,就要驱车逃离的时候,后面突然响起一声巨响,一阵巨大的冲击传过来,使得樊良和少年樊斌的身体猛地往后倾倒,还没等两人反应过来,又是一声巨响,车子被顶了出去,撞在路边的树上。

李东彪面色狰狞,再次倒车,然后狠狠地朝樊良的车子撞去。最后,樊良的车子被撞下了山坡。樊良从破碎的车窗爬出来后,又将少年樊斌从车里拉了出来。两人身上到处是伤。这时,李东彪带人到了山坡下。

樊良大喊道:"小斌……跑!"

少年樊斌道:"你呢?"

"你跑啊,我脚不行,跑不动!"

少年樊斌转身逃跑,边跑边回头看樊良。

樊良吼道:"别回头!走啊,你走了才能长大,才能喝上槐树底下的酒!"

少年樊斌愣了一下,看到樊良挡在追过来的李东彪面前,却被李东彪摁在地上猛揍,嘴里还不停地喊着:"小斌,跑!"

这时,许文等人也来了,喝道:"樊斌,回来!不然我就宰

第三十六章 野 兽

了他！"

说着，许文一刀将樊良的手掌刺穿，钉在了地上，而樊良却咬着嘴唇死活不发出声音。少年樊斌远远地看着凄惨的樊良，愣了一下，深吸口气，一步步地走了回来。

樊良惊讶地道："小斌！你回来干什么？"

少年樊斌带着哭腔道："我……不知道，你叫我的名字时好像我哥在叫我一样……你的眼睛也和我哥的好像……我不能放下你……"

樊良面露痛苦之色，泪水终于涌了出来："小斌，你总是那么听话，为什么这次你不听话了？"

许文上前扣住少年樊斌的脖子，将他拉到山林深处的一棵树后面："臭小子，要怪就怪你们多管闲事，怪你那死鬼老爸，给我惹了这么多麻烦！"

樊良意识到了什么，目眦尽裂，咆哮道："许文住手，不要！你不得好死！"

樊良奋力挣扎着，李东彪一拳打在他脸上，樊良嘴里飞出两颗断牙。

樊良满嘴是血，却依旧喊着："小斌……小斌……住手啊！"李东彪死死地按住樊良，掐着樊良的脖子，让他怎么也动不了。

这时，许文走了回来，树后少年樊斌躺在地上，露出双腿，一动也不动了。许文提着的刀上沾满了血，顺着刀尖往下滑落，他一脸狞笑，把刀在树皮上擦了擦，插回了腰间。

樊良整个人像是失去了灵魂一样，双目无神，喃喃自语："小斌！小斌！"

李东彪把樊良死死地按在地上，樊良不再挣扎，只是一直喃嚷着少年樊斌的名字，看起来认命了一样。

许文下命令："去木屋那里。"几个人将樊良拖进附近的木屋。

木屋里，樊良遍体鳞伤，奄奄一息，双眼呆滞，跟死人一样。许文将一根带血的棍子随手扔到地上，然后把玩着从樊良身上搜出来的三棱锥。

"司象县没见过你这号人物，你到底是干什么的？为什么知道这些事？还有谁知道？"

樊良愣愣地看着许文，想到自己本以为能够救走少年樊斌，结果却间接造成了他的死亡，这是多么可笑的命运！为什么自己明明拥有一次机会，却还是挣不脱这些枷锁？为什么？樊良咧嘴笑着，心如死灰，什么也不说。

"说话啊，不然我没事做，可能会做一些丧心病狂的事情，比如，把你另外一条腿也给敲断……"

这时，李东彪握着大哥大进来："老板，兄弟们没找到陈朵、樊良，我让他们在路口各处盯着。"

"没事儿，王金国一会儿就过来了，他是公安局的，其他事情交给他收尾就行。"

许文蹲下，拿手扇了扇樊良的脸颊，李东彪不屑地看了樊良一眼，退出木屋。

樊良迷迷糊糊的，心理和身体都到了极限，眼看就要失去意识，他努力睁开肿胀的眼睛，只看到许文模糊的轮廓。

樊良想到以前的事情，二十岁的他抱着头躺在厕所地面上，周围几个同学都喝得醉醺醺的，轮流用脚踹他。

樊良死死地保护着自己的脑袋，咬着牙，一声不吭。

其中一人嘲笑道："你神气什么？杀人犯的杂种！"说着，狠

第三十六章 野 兽

狠一脚踩在樊良的腿上。

樊良猛地瞪大眼睛，终于痛苦地喊叫出来。

那时的画面与此刻重叠在一起，樊良嘴里全是血，意识不清地呓语："我爸是清白的，我樊家是被冤枉的，我的腿不该被你们打断……小斌不该死啊……小斌该好好活着的啊……为什么要这样？我为什么要承担这些厄运……"

许文随手给了樊良一巴掌："说什么胡话呢？我听都听不清！"

许文拽着樊良的头发，樊良任他摆弄，无力反抗。

"臭瘸子，你这个样子像不像只缩头乌龟？"

樊良努力想抬起头，却被按了下去，少年樊斌的最后一句话在他脑海里回荡："你叫我的名字时好像我哥在叫我一样……你的眼睛也和我哥的好像……我不能放下你……"

樊良的泪水终于再次涌了出来："小斌，你总是那么听话，为什么这次你不听话了？为什么啊？"

樊良咆哮着，突然全身用力，猛地抬起头来，用自己的后脑勺狠狠撞在许文的下巴上。许文一声惨叫，身子朝后跌去，脑袋正好撞在旁边的大理石柜子上，立刻流出大量鲜血。

许文挣扎着，想要起身，这时樊良一下子扑过去，狠狠地咬在他的脖子上。许文疼得尖叫起来，但樊良此刻就像猛兽一样，断裂的牙齿将许文的颈动脉都咬穿了。许文的脖子血流如注，他怎么也推不开樊良。垂死挣扎的许文疯狂地用刀子扎向樊良的后背，但是樊良死死地咬住他，一动也不动。

许文嘴里不停地喷血。就在这时，李东彪终于听到异常，冲进了木屋。樊良浑身是血，像疯了一样朝李东彪冲了过去，将他撞倒在地，然后跌跌撞撞地跑走了。

李东彪看了一眼躺在地上的许文,见他脖子上有个巨大的豁口,看着是活不成了,吓了一跳,赶紧也连滚带爬地逃走了。

许文捂着自己被咬破的颈动脉,强烈的求生欲望让他不停地朝木屋外面爬去,一直爬到树林中。这时,一人走了过来,正是王金国。

许文看到王金国,立刻挣扎着求救,不过声音很模糊:"快……快……救救我……"

王金国有些发愣地看着地上的许文,不知道在思考着什么。

许文继续求救,鲜血不停地从伤口处流出:"王金国,快……快送我去医院……"

王金国走到许文面前,蹲下身子俯视着他。

"救救我!我……我……给你钱,给你……很多钱!"

王金国冷冷地道:"我不要你的钱,我只要那盘录音带。"

"在我……我的办公室抽屉里,你……你送我去医院,我就把录音带给你……"

王金国点点头:"多谢。"

"王金国!快!"许文已经奄奄一息。

王金国的声音渐渐冰冷:"我犯了一个错,现在必须把它纠正过来,你活着,我就永远没有机会纠正了!"

说完,王金国直接用手捂住了许文的口鼻。

许文睁大眼睛,拼命挣扎,他抓住王金国的手腕,把王金国的手表扯了下来,但却无法挣脱王金国的束缚。王金国一言不发,只是死死地按住许文。没多久,许文停止了挣扎。

王金国满头大汗,左右张望,然后开始慌张地做清理工作,他从附近小屋找来铁锹,挖了一个大坑,将许文推进坑里。他看

第三十六章 野 兽

到许文身边滚出一个三棱锥,拿起来好奇地端详了一下,没有在意,又丢回到许文的尸体上。

王金国往坑里填土,泥土渐渐将许文的尸体掩盖。他太紧张了,没注意到许文的手心里还握着他的手表。

王金国埋完许文后,沿着血迹又来到那个木屋,看到屋里到处都是血,虽然不明白发生了什么,但还是决定销毁一切。他找来汽油,点燃了木屋,在冲天的火焰中大步离开了。

山坡下,滚下山坡的少年樊良和陈朵醒来。少年樊良直勾勾地看着陈朵:"你说我爸是被许文诬陷的,这是真的吗?"

陈朵点点头,眼里却有着深深的恐惧。

停尸台上放着一具尸体,身上盖着一块白布,白布被掀开,露出尸体的面孔,正是少年樊良的弟弟樊斌。

少年樊良愣愣地看着弟弟的尸体,一言不发。在他身边,是年轻时候的忠叔。

王金国在一旁问道:"能确认死者的身份吗?"

少年樊良依然愣愣地看着,似乎没有听到王金国的问话。

一旁的忠叔点点头:"对,是樊斌,樊总的二小子。"

王金国点点头。

房间里,少年樊良、忠叔和陈朵坐在椅子上,对面是年轻时候的王金国和刘韬。

王金国问道:"你是说,你和樊斌意外看到许文掳走了陈朵,你们为了救陈朵,才和许文发生冲突,导致你弟弟的死亡?"

少年樊良点点头。

"许文杀了你弟弟,是你亲眼看见的?"

三楼:死亡救赎

"救了陈朵之后,许文拿着刀追我们,我们一起逃跑,我俩和弟弟走散了,后来从一个山坡上摔下来,晕过去了,后面的事我都不记得了。但是,我能确定,就是许文害死我弟弟的。"

王金国看向一旁的陈朵:"当时是许文抓的你?"

陈朵点点头,神色依然有些惊恐。

"他为什么要这么做?"

陈朵犹豫了很久,却不说话,只是摇摇头。

一旁的少年樊良终于忍不住了,说道:"陈朵看到了许文的秘密,所以他要杀人灭口!"

王金国脸色一变:"什么秘密?"

少年樊良道:"陈朵看到许文在贿赂一个人,让那人栽赃我们家,说化工厂的事故是人为造成的。"

一听这话,现场几人都有些震惊。王金国看向陈朵:"是你亲眼看到的?"

陈朵不敢看王金国,只是点头,然后又摇头,似乎犹豫不决。

王金国神情和蔼:"你大胆地说出来,这里是公安局,没有人敢伤害你们。许文贿赂的那个人,你看清长相了吗?"

陈朵抬头看向王金国,犹豫了很久:"我……我没看清。我当时离得很远,没看清那人的长相。"

"那你听清他们说的话了吗?"

"其实……也没怎么听清楚。"

少年樊良看向陈朵,不解地道:"你不是说你当时听得清清楚楚吗?"

"我……我记不太清楚了,离得那么远,我好像是听见几句……不,我好像没听见,可能是我瞎猜的……"

第三十六章 野　兽

见陈朵有些前言不搭后语，王金国和刘韬对视了一眼，摇摇头。

"不管怎么说，在樊斌的尸体上的确发现了许文的指纹，他杀人的嫌疑很大。"

"那许文呢？抓到他了吗？"

王金国摇摇头，有些无奈地道："没有找到，他很有可能已经畏罪潜逃了。"

忠叔面色悲哀地道："唉，樊总的厂子刚出了那么大的事，现在他儿子又……我……我可怎么向他交代……陈朵说的那件事……"

王金国目光深沉地道："只有抓到许文，一切才能真相大白。"

第三十七章 开端与结局

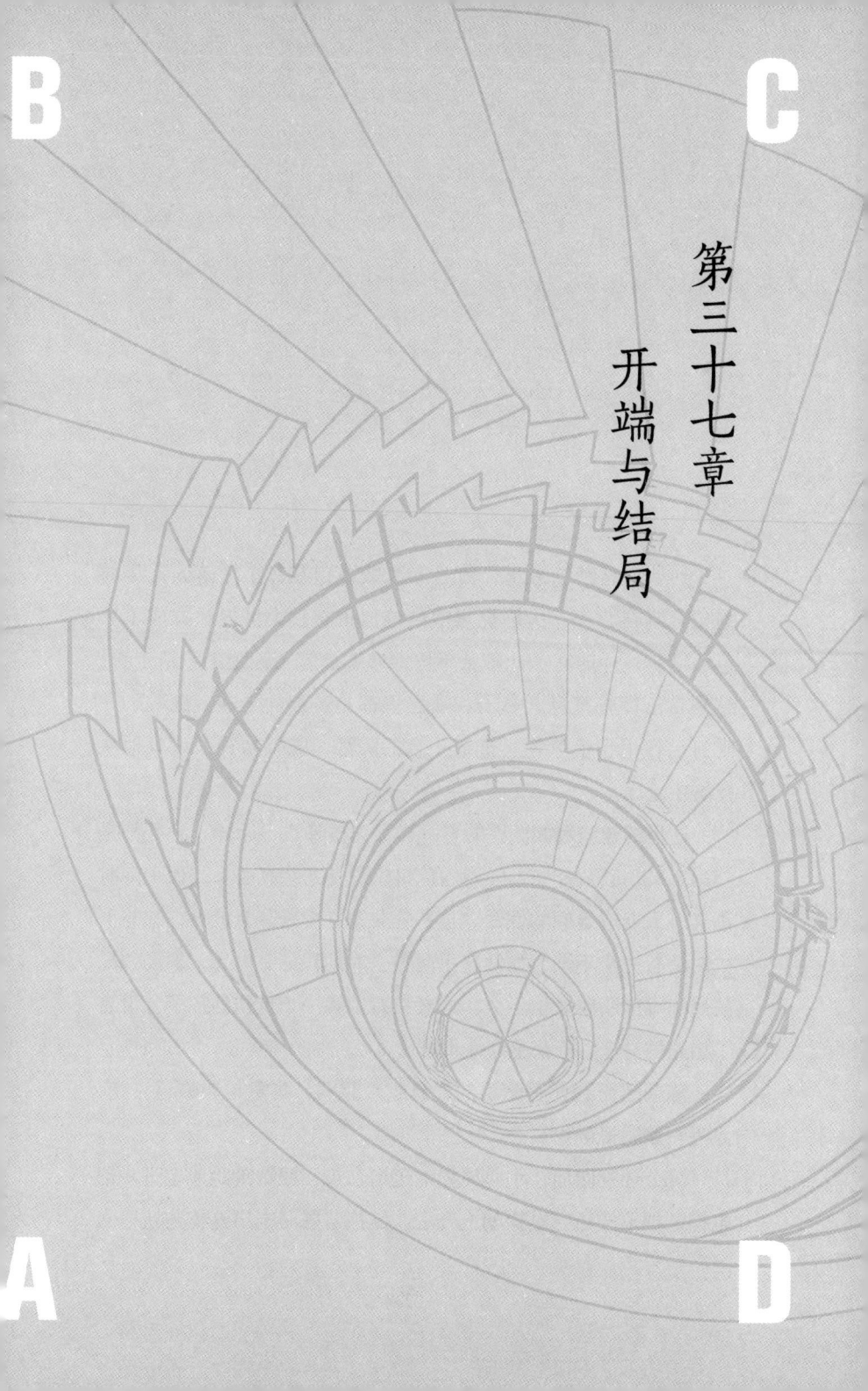

到处都是断壁残垣，萧瑟和衰败蔓延在每个角落，无尽的绝望萦绕在心头，火焰烧焦的痕迹似乎将整个世界涂抹成了黑色，纸灰一样的雾霾让陈朵不停地咳嗽。陈朵跟跟跄跄地走着，感到自己即将窒息，鼻子和嘴巴里都是苦涩的尘霾，她看了一眼自己怀里伤痕累累、奄奄一息的陈沁，强打精神，艰难地从废墟中走出。

这里的建筑和B世界的不一样，连楼梯也不一样，到处都是一副末日的破败样子，强烈的危机感总是萦绕在心头，似乎随时都会有人夺取她们的性命。这是陈朵第二次来到D世界，却与上次的情景完全不同，显然这里是过去时间段的D世界，那场残酷的爆炸可能刚刚发生不久。这次只有她和一个重伤的孩子，没有了指路的马浩，陈朵感到寸步难行。

陈朵感受到怀里陈沁的气息越来越弱，焦急地哭喊道："有人吗？谁能帮帮我？"

陈朵环视四周，小心翼翼地迈出几步，跟跟跄跄地走进一部电梯，摁下按钮，电梯朝上升去。她抱着陈沁走出这栋建筑，入

第三十七章 开端与结局

目尽是狼藉，天空阴沉，暗淡无光，死亡的气息萦绕在四周。陈朵粗重地喘着气，绝望和压力让她有些窒息，她看到建筑外横七竖八地倒着许多人，所有的躯体都是残破的，切口平滑。陈朵明白，这里正是D世界，一个末日一样的世界。

一只黑色的飞鸟从建筑物上掠过，但很快鸟儿的一半身子就离奇消失了，另一半掉落在陈朵面前，血水流到她的脚下。

陈朵惊骇地看着这一幕，一动也不敢动，目光在这些建筑物里搜寻着，焦急地喊着："有人吗？谁能救救我的姐姐？"

忽然，街道尽头，一个十来岁的少女从断墙后面钻了出来。少女灰头土脸的，模样还算秀气，她警惕地来到陈朵身边，打量着陈朵："你是从里面出来的？"

陈朵点点头，急切地望着少女。

少女露出惊讶的神色："里面那么多黑洞，你没遇到？"

陈朵有些茫然，随后恳求少女："你能救救她吗？"少女看了一眼陈朵怀里的陈沁，皱皱眉头："跟我来，小心黑洞，我知道医疗点在哪儿。"

少女率先朝着街道跑去，刚跑几步，回头道："我叫池小惠，你叫什么？"

陈朵愣了一下，然后压抑住眼中的震惊，脑海里电光石火般闪过很多想法，难道这个女孩就是小时候的池小惠？但如果她是池小惠，她应该见过自己才对，为何长大后她没有表现出来？难道穿越后发生了什么变故，自己面目全非，导致池小惠认不出来了？但无论什么原因，陈朵下意识地认为不能告诉对方自己的真实姓名，她略一思索，脱口而出："我叫……江朵……"

这个名字一说出来，陈朵就怔住了，记忆中似乎在哪里听到过这个名字。陈朵抓着三棱锥，看着怀里的陈沁，来不及多想什么，她知道也许自己早就成了命运拼图中的一块，未来的故事其实已经在冥冥之中编织好，即便心中还有无数谜团，但那又如何，当务之急是拯救危在旦夕的陈沁。

池小惠嘴里嘟囔着"江朵"这个名字，没有在意，继续带路。陈朵紧跟池小惠，走了几步后，她若有所感，回头看去，只见残破的建筑物顶端隐约可见"三棱锥研究所"几个焦黑的大字。

年幼的王晨浑身都是泥泞，身上还沾着不少王金国留下的血迹，他失魂落魄地走着，喃喃自语："叔叔不见了，坏人们也不见了……这是哪里？"

王晨慢慢来到一个湖边，周围空无一人，他跪在湖水前，看着自己的倒影，呜呜地哭了起来，然后开始用湖水洗脸。就在这时，王晨听到湖中有动静，他抬头看去，只见一个在湖里游泳的少年抬起头来。

王晨震惊了，因为那张脸和他的脸一模一样。

湖里的少年似乎也看到了王晨，同样一脸惊讶，朝湖边游来，突然，他痛苦地停下了，双手在水里拨弄着，身子拼命地挣扎着："我……我腿抽筋了，救我……"

少年痛苦地喊着，身体开始往下沉去。

王晨左右看了一眼，周围只有他一个人，他有些害怕，但还是冲出去，边跑边脱衣服，穿着一条印着动物图案的内裤就跳入了水里。可是，王晨才游出没有多远，那个少年就沉入湖里，不见踪影了。

王晨茫然地在水里呼喊："你在哪儿？来人啊，这是哪里啊？"

湖水波动，无人回应，王晨只能朝岸边游去。这一天的经历让他濒临崩溃，血和泥泞冲击着他的脑子，让他手足无措，只能蜷缩着身体，呜呜地痛哭起来。

不知道过了多久，天色已经很黑了，王晨看到一个人一瘸一拐、踉踉跄跄地从远处走过来。他以为是那个绷带叔叔，急忙冲过去，却看到了浑身是血的樊良。王晨吓了一跳，赶紧后退几步。

樊良看到王晨，笑了笑，虚弱地道："臭小子王晨，你怎么还没回家？又在这游泳吗？"

王晨惊讶地看着樊良，他不知道对方为何会知道自己的名字，只能哭道："我不知道这里是哪里，有人要抓我，一个绷带叔叔救了我……给了我一个三角形的东西，我摔倒了，然后这不是我的家……我回不去了。"

樊良咳嗽了一声，鲜血从嘴里流出："你不是这里的王晨吗？"

王晨摇摇头："湖里……湖里还有一个……跟我长得一样的。"

樊良似乎撑不住了，他坐在湖边，看到王晨那沾满泥泞的衣服，忽然明白了一切。

樊良咧嘴笑了，露出断裂的牙齿，有些触目惊心："有人……救了你……把你送到了这里，那你就好好活下去。"

樊良看到湖边还有另一堆衣服，正是湖里那个王晨的衣服。他又回头盯着眼前的王晨，脑海里电光石火般地闪过一个想法，神色渐渐激动。樊良招招手，让惊慌不已的王晨来到自己身边。王晨明明有些害怕，但是不知道为什么，还是凑近了樊良。

樊良气若游丝地说道："王晨，你听我说，也许你还不明白发生了什么事，但我现在希望你能做出一个选择。"

三棱：死亡救赎

王晨一愣："什么选择？"

"那个救了你的叔叔，你想知道他为什么救你吗？你想帮他吗？"

王晨胆怯地看着樊良："怎么帮……"

樊良叹了口气："在下一次见到他的时候帮助他。"

王晨依然迷茫。

樊良急促地道："你听我说，暂时把这一切都忘掉，换上那身干净的衣服，把你的脏衣服都扔到湖里，不要告诉任何人这里发生的所有事情，让它们成为你永远的秘密。"

王晨愣愣地看着樊良，不明白他的意思。

樊良抹了抹嘴边的血："从今天起，你就是这个世界的王晨，你的父亲还是叫王金国，好好生活，忘记之前的一切！"

王晨似懂非懂，有些害怕。

樊良吼道："明白了吗？不要让救你的人白白牺牲！平静地生活下去！守住这个秘密，一切都没有变！直到……"

樊良气息渐渐弱了下来，他凑到王晨的耳边又低声说了些什么。王晨憋着眼泪，眼神先是惊骇，然后迷惘，最终使劲点了点头。

樊良最后叹了口气："还有，把我也扔到湖里，记住，绑上石头，我不想让别人看……看到……"

王晨瞪大眼睛，然后看着樊良倒在了自己面前。他使劲地摇晃樊良，但是樊良一动也不动了。绝望的王晨又哭了起来，不知道哭了多久，直到周围黑漆漆一片。

王晨站起身，走到旁边，穿上那套崭新的衣服，然后将自己原来的衣服包裹上石头，扔进了湖里。他看着樊良的尸体，默默

第三十七章 开端与结局

注视了很久,终于一咬牙,也在樊良的衣服里放满石头,然后将他推到了湖水中。樊良的身体慢慢地沉入湖底,落到淤泥之中。

忽然,一阵凉风吹来,大雨落下,王晨在雨幕中,大步走向县城。

街道上,浑身湿透的王晨遇到了焦急地寻找儿子的王金国,他迷茫地看着这个王金国,似乎明白了什么,缓缓抬头,看着密集的雨幕,心里默默地道:"绷带叔叔、瘸腿叔叔、爸爸、妈妈,我很好,我留在这里了……"

时间快速流逝,远峰化工厂在光阴的腐蚀之下渐渐破败,荒草蔓延在四周,树木从青绿到枯黄,司象县也在时光中不停地翻新和发展,无数座平矮的房子被推倒,取而代之的是一栋栋高大的楼房。

王晨戴着生日帽,很多孩子给他唱着生日歌,许娜推着辆小车过来,上面是一个好大的蛋糕盒子,打开,里面竟然不是蛋糕,而是一只小边牧。王晨看向许娜,露出欣喜的笑容。这时,王金国端出了点好蜡烛的蛋糕。

吹蜡烛时,王晨心里默念:"另一个世界的爸妈,你们也要幸福,也要快乐。"

此时他脑海里闪过王金国追捕小偷的画面,闪过许娜在病床上的画面,然后看着眼前温馨幸福的一幕,恍如隔世。

长大后的王晨站在曾经生死一线的铁门前,抚摸着那把生锈的铁锁。

王晨眼睛湿润,语气充满无尽感激:"叔叔,您那晚有脱险吗?我被困在这里了,怎么也回不去。我不知道您为什么拼了命地来保护我这个素不相识的孩子,但我多想再见您一面,说一声

'谢谢'。"王晨顿了顿,"叔叔,我今天过来,是要告诉您,我要结婚了。在这个世界,我过得很幸福,您不用为我担心了。有一个人告诉我,我还会再见到您……这是真的吗?"

王晨抚摸着铁锁,感受着锈迹从上面脱落,一股淡淡的忧伤弥漫开来。

"不知道我在那个世界的妈妈病好了没有,不知道那个世界的爸爸如今怎么样……你们也一定要很好,一定要很幸福。"

王晨放下铁锁,铁锁落在门上发出"当"的一声闷响。

"叔叔……马走日,象走田,车走直路炮翻山,士走斜线护将边,小卒一去不回还……"王晨眼里噙满泪水,久久不能自已。

司象县公安局,一个老警察领着年轻的陈朵走到一张办公桌前:"这是你的办公桌。"

陈朵环视四周,眼里充满激动:"谢谢。"

"欢迎加入司象县刑警支队,一定要坚持下来,不要半途而废。"

老警察拍拍陈朵的肩膀,以示鼓励,然后就离开了。陈朵坐到办公桌前,打开背包,从里面取出一份档案,档案的一角写着"9·24陈沁失踪案"。

陈朵紧盯着档案,喃喃说道:"我不会半途而废的。姐,你在哪里?"

湖面结冰,然后又融化,欢快的鱼儿在水里穿梭。一个中年男人正在湖边垂钓,但鱼钩挂底了。

中年男人骂骂咧咧:"倒霉,鱼钩挂底了。"

中年男人拉扯着钓竿,一包东西从水底被拖了上来,那是一团被白色塑料袋紧紧缠绕着的东西。他想要将鱼钩从上面取下来,却被吓得突然后退了好几步,只见白色塑料袋破损的地方露出森森白骨。

警笛四起,红蓝闪烁的光芒中,警戒线已经拉起,法医正在拍照取证。陈朵也在现场,询问道:"有能证明死者身份的东西吗?"

法医摇摇头。

陈朵看向一旁的罗玥:"去调取司象县失踪人口的档案。"

罗玥点头:"是,组长。"

罗玥见陈朵还看着自己,露出一个询问的眼神。

陈朵有些奇怪:"我总觉得你很眼熟。"

罗玥调皮道:"那说不定咱们是亲戚。"

陈朵横了她一眼:"还不干活去。"

罗玥穿过零星围观的人,朝警车走去时,又回头神情复杂地看了一眼陈朵:"妹妹……我永远在你身边。"

离湖更远一些的马路上停着一辆车,许文透过车窗看着湖边。

"彪子,你不觉得那个刑警和当年的那个女人很像吗?"

李东彪剔着牙,满不在乎地道:"老板,那个女人都失踪多少年了,怎么可能这么年轻?"

许文嘴角一撇,觉得李东彪说的有道理,他摇上车窗,车子开走了。

湖边现场已经处理得差不多了,罗玥看见陈朵正眺望着湖面。

"想什么呢?"

"这里的风景真的很好。"

"却没想到美好的湖水之下,有着这样丑恶的事情。"

"但真相总有水落石出的一天。"

一阵风吹过湖面，波光粼粼，景色更美。

"啪"的一声，几百块钱被拍在牌桌上。这是几个棚子搭成的赌场，里面乌烟瘴气，声音嘈杂。

樊良蹲在凳子上，吆五喝六的："我可是都押上了，你们麻溜的。"

周围几个赌客相互对视一眼，也纷纷掏钱，扔在桌子上。旁边的人开始发牌。

樊良吆喝着："四个'二'，大家客气了……"

说着，樊良就准备从几人面前抽走一些钱，但他的手却被人摁住了，有个赌客也从手里放下一张"二"。

"一共八个'二'，前面出了四个，你这里四个，我这里还有一个，怎么就多出一个？"这人说道。

另外几人也看着樊良。

樊良挠挠头："我怎么记得只出了三个'二'？打了一天牌，记错了也不奇怪，我现在看牌都迷糊，找找呗，看看有没有多出来的……"

几人从出牌堆里找了一下，还真的只有八个"二"。

率先发难的赌客还是不肯罢休："你站起来！"

"你别输不起……"

赌客将自己面前的一沓钱都推到樊良面前："我赌你身上有个'二'，没有的话，这些就都是你的。"

樊良听到这话，瞬间来了精神，一下子把自己脱得只剩一条内裤，然后原地转了一个圈。几人眼睛瞪大，不禁笑了出来。

第三十七章 开端与结局

樊良毫不在意："怎么，还要不要继续脱？"

赌客呸了一口："晦气……"

说着，这人起身离开，樊良开心地将钱全部揽走了。

这时，赌场管理人员大声嚷嚷道："散了散了！隔壁工地挖出尸体了，警察要来了，都散了散了！"

所有人作鸟兽散。落在后面的樊良背过身，从嘴巴里扯出一张纸牌丢到地上，赫然是一张"二"。

隔壁工地上，一台挖掘机停在旁边，许多人站在那里围观着，樊良好奇地挤过人群来到前面。只见挖掘机下面有个土坑，一个人的头骨被挖了出来，坑里还散落着一些其他白骨。白骨被一件衣服覆盖着，衣服有些破损，但整体还是完好的。

有几个胆子大的，跳到土坑里，用木棍扒拉着白骨。樊良看到白骨的衣服下面露出一块手表，还有一个灰不溜秋、三棱锥模样的东西。

其中一人要把手表拿走，周围的人大喊道："死人的东西你也敢拿，小心警察把你抓了。"

那人一听，犹豫了一下，又把手表扔在了坑里。

这时，樊良注意到，那块手表的表带颜色似乎有些不一致，像是不同表带拼接而成的。

正想着，几辆警车快速驶来，五六个警察下车，走了过来。樊良看到局长王金国领头走在前面，神色匆匆。

王金国指挥现场："你们几个，过去把所有人都清走，拉起警戒线！"

几个警察听命散开，分别驱赶还在围观的所有人。樊良一边被警察驱赶着，一边扭头看向王金国，只见他走进坑里，左右看看，然后伸手将那块手表和三棱锥模样的东西揣进了怀里。

樊良皱皱眉头，觉得王金国的举动有些怪异，而且那个三棱锥模样的东西，刚才好像微微闪烁了一下，自己好像在哪里见过。

樊良一边回头，一边晃悠悠地离开了工地，路上正好经过湖区。他望着湖水，吹着口哨，走到湖边开始撒尿。

波光粼粼的湖面映照着月光，湖底深处的淤泥里埋藏着一具尸骨，尸骨的口腔里少了几颗牙齿，全身布满裂纹。

小巷的出口被隔离带封锁了，几辆警车停在四周，几名警察穿着雨衣，正在巷口四处排查。

陈朵和罗玥打着伞，走近案发现场，眼前的场景让她们都露出惊骇的神色。

一具女性尸体被火焰焚烧得面目全非，周围的墙壁也被烧得焦黑，鲜血、焦黑的泥土及雨水混在一起，流得到处都是，勾勒出一幅怪异的画面。

女性尸体呈现出一种狰狞的扭曲状，似乎能看到她临死前痛苦的神情，胸前的伤口看上去还在流血。

罗玥捂着嘴巴，发出干呕声，转身跑到了一旁。

陈朵默默地看着面前的女尸，忽然注意到了什么，她戴上手套，蹲下身子，捡起一个东西。

那是在尸体旁边的一个被烧焦的塑料质感的模型，因为火焰的焚烧，已经扭曲和焦黑，看不出原来的模样，只能勉强分辨出一个完好的锥形棱角。

陈朵站起身，看到远处更多的警察和法医赶到了。

雨越下越大，陈朵默默地注视着手里焦黑的模型，她不是没有经历过命案,但是像眼前这样怪异的案发现场,之前从未有过。陈朵将模型放进证物袋里,明白这注定是一个不同寻常的案子。

　　树林中,王金国的埋尸地,春去秋来,草木枯荣。狂风骤雨,白雪皑皑,风景交替,黄土中的尸体,最终变为一具骸骨。
　　不知过了多久,李东彪挖开了这个土坑,将里面的骸骨装在麻袋里,扔到后备厢中,然后开车离去。
　　雨还是跟从前一样下个不停,雨水积蓄在土坑中,然后又慢慢干透。
　　又过了几天,江辉拿着铁锹,缓缓走到土坑边,观察着里面的东西,然后掏出手机打电话。电话挂断,江辉似乎看到了什么人,便向化工厂的方向追去。
　　不久,警察王金国走进这片茂密的树林,却不见一个人影,只有一个土坑,还有一把被扔在旁边的铁锹。
　　王金国环视四周,喊道:"江辉!江辉!"
　　附近没有任何回应,安静得吓人。王金国一脸疑惑,掏出手机拨打江辉的电话,却显示无法接通。
　　王金国意识到事情不对劲,他走近那个土坑观看,只见土坑刚刚被人挖开,应该是江辉做的。王金国看到土坑里有一块半截手臂骨,他跳进土坑,拿起手臂骨仔细端详,发现断口很整齐,明显是被人齐齐砍断的,连忙仔细地翻找起其他东西。
　　……
　　不久,王金国呼唤着江辉的名字,走进了化工厂。过了片刻,他又走出废弃厂房,面前依然是化工厂的厂区,一副萧瑟冷清的样子,并没有什么异样。

这时，厂房外隐约传来警笛的声音，王金国愣了一下，以为是局长刘韬带人过来了，于是赶紧几步冲出去，然而，他看到的却是远去的警车。

王金国有些奇怪，怎么警察刚来就走了？他看了看周围，拿出手机，给刘韬打电话，这次，电话里传来声音："您好，您拨打的号码是空号……"

王金国奇怪地看了看手机，明明有信号，却无法接通，他只好把手机收起来，骂道："怎么回事？怎么都跑了？这破手机！也不知道江辉这小子跑哪儿去了。"

王金国决定先离开化工厂，然而就在他抬头的一瞬间，整个人都愣住了。只见他前面站着一个眉清目秀的青年，正神色激动地看着自己。

王金国看着面前的青年，一种前所未有的亲切感如巨浪一般猛烈地袭来，他自己也说不上是为什么，只是看着对方，眼泪竟然不受控制地流了下来。

"王晨？"

王金国明明知道自己呼喊出这个名字有多么荒谬，但内心的冲动和那种莫名的熟悉感还是让他叫出了青年的姓名。

王晨也盯着王金国，整个人微微颤抖着，泪水在眼眶里打转："是你！救我的那个人是你！爸！"

王金国的脸上既有震惊，又有疑惑，他愣愣地看着王晨，似乎不知道该怎么反应。

王晨深吸口气，眼神异常坚定地道："爸，我明白一切了！我等了你十五年，我们该改变这个循环了！"

就在这一刻，王金国口袋里的三棱锥微微地闪烁了一下。

图书在版编目（CIP）数据

三棱：死亡救赎 / 麻辣香郭著. -- 成都：天地出版社, 2025.2. -- ISBN 978-7-5455-8627-5

Ⅰ.I247.5

中国国家版本馆CIP数据核字第2024A858L0号

SANLENG SIWANG JIUSHU

三棱：死亡救赎

出 品 人	陈小雨　杨　政
作　　者	麻辣香郭
责任编辑	张诗尧
责任校对	杨金原
封面设计	今亮后声 HOPESOUND pankouyugu@163.com
责任印制	王学锋

出版发行	天地出版社
	（成都市锦江区三色路238号　邮政编码：610023）
	（北京市方庄芳群园3区3号　邮政编码：100078）
网　　址	http://www.tiandiph.com
电子邮箱	tianditg@163.com
经　　销	新华文轩出版传媒股份有限公司

印　　刷	北京天宇万达印刷有限公司
版　　次	2025年2月第1版
印　　次	2025年2月第1次印刷
开　　本	880mm×1230mm 1/32
印　　张	21
字　　数	508千字
定　　价	69.80元（全二册）
书　　号	ISBN 978-7-5455-8627-5

版权所有◆违者必究

咨询电话:（028）86361282（总编室）
购书热线:（010）67693207（营销中心）

如有印装错误，请与本社联系调换

喜马拉雅策划出品

《三棱：死亡救赎》（网络原名《叁棱》）精品有声剧
欢迎扫码收听

内容简介

一座平平无奇的小城发生了三起匪夷所思的凶杀案：少年的尸体在死亡24小时之后被发现，而老警察王金国却声称两人前一晚还下过象棋；一名女子在小巷中被杀害，接到报案的女警察陈朵却发现，目击者竟是受害者本人；律师樊良辩护的嫌疑人坚称自己无罪，可现场的监控却清楚地拍到了他行凶离去的画面。

三个案发现场都出现了一个神秘的三棱锥，而三人似乎都与十五年前化工厂的爆炸有关。

时光倒流，三个被厄运选中的人，从此踏上了拯救家人的不归路……

欢迎收听更多精彩有声作品

《出走的春天》
（网络原名《轮回间》）
难以抵达的真相尽头

《四叶草》
一场为爱复仇的猫鼠游戏

《天下刀宗》
百万人日夜追更的武侠故事

从古书到文字，分享人类智慧

天壹文化